丛书主编：陈平原

“十二五”国家重点图书出版规划项目

·文学史研究丛书·

西海遗珠

欧美明清诗文论集

叶晔　颜子楠　编

北京大学出版社
PEKING UNIVERSITY PRESS

图书在版编目(CIP)数据

西海遗珠：欧美明清诗文论集/叶晔，颜子楠编.—北京：北京大学出版社，2022.10

（文学史研究丛书）

ISBN 978-7-301-33262-7

Ⅰ.①西… Ⅱ.①叶…②颜… Ⅲ.①古典诗歌—诗歌研究—中国—明清时代②古典散文—古典文学研究—中国—明清时代 Ⅳ.①I206.48

中国版本图书馆CIP数据核字(2022)第142731号

书　　名	西海遗珠：欧美明清诗文论集 XIHAI YIZHU：OUMEI MINGQING SHIWEN LUNJI
著作责任者	叶　晔　颜子楠　编
责任编辑	徐　迈
标准书号	ISBN 978-7-301-33262-7
出版发行	北京大学出版社
地　　址	北京市海淀区成府路205号　100871
网　　址	http://www.pup.cn　新浪微博：@北京大学出版社
电子信箱	pkuwsz@126.com
电　　话	邮购部010-62752015　发行部010-62750672 编辑部010-62752022
印 刷 者	三河市博文印刷有限公司
经 销 者	新华书店
	880毫米×1230毫米　A5　21.5印张　655千字 2022年10月第1版　2022年10月第1次印刷
定　　价	108.00元

“文学史研究丛书”总序

陈平原

中国学界之选择“文学史”而不是“文苑传”或“诗文评”，作为文学研究的主要体式，明显得益于西学东渐大潮。从文学观念的转变、文类位置的偏移，到教育体制的改革与课程设置的更新，“文学史”逐渐成为中国人耳熟能详的知识体系。作为一种兼及教育与研究的著述形式，“文学史”在20世纪的中国，产量之高，传播之广，蔚为奇观。

从晚清学制改革到“五四”新文化运动展开，提倡新知与整理国故终于齐头并进，文学史研究也因而得到迅速发展。在此过程中，北大课堂曾走出不少名著：林传甲的《中国文学史》(1904)还只是首开纪录，接踵而来者更见精彩，如姚永朴的《文学研究法》、刘师培的《中国中古文学史》和《汉魏六朝专家文研究》、黄侃的《文心雕龙札记》、吴梅的《词余讲义》(后改为《曲学通论》)、鲁迅的《中国小说史略》、胡适的《五十年来中国之文学》和《白话文学史》、周作人的《欧洲文学史》和《中国新文学的源流》，以及俞平伯的《红楼梦辨》、游国恩的《楚辞概论》等。这些著作，思路不一，体式各异，却共同支撑起创立期的文学史大厦。

强调早年北大学人的贡献，并无“唯我独尊”的妄想，更不会将眼下这套丛书的作者局限在区区燕园；作为一种开放且持久的学术探求，本丛书希望容纳国内外学者各具特色的著述。就像北大学者有责任继续先贤遗志，不断冲击新的学术高度一样，北大出版社也有义务在文学史研究等诸领域，为北大向世界一流大学迈进呐喊助阵。

在很长时间里，人们习惯于将“文学史研究”理解为配合课堂讲授而编撰教材（或教材式的“文学通史”），其实，“海阔凭鱼跃，天高任鸟飞”，此乃学者挥洒学识与才情的大好舞台，尽可不必画地为牢。上述草创期的文学史著，虽多与课堂讲授有关，也都各具面目，并无日后千人一腔的通病。

那是一个“开天辟地”的时代，固然也有其盲点与失误，但生气淋漓，至今令人神往。鲁迅撰《〈中国小说史略〉序言》，劈头就是“中国之小说自来无史”。后世学者恰如其分地添上一句：“有之，自鲁迅先生始。”当初的处女地，如今已“人满为患”，可是否真的没有继续拓展的可能性？胡适撰《〈国学季刊〉发刊宣言》，以历史眼光、系统整理、比较研究作为整理国故的方法论，希望兼及材料的发现与理论的更新。今日中国学界，理论框架与研究方法，早就超越胡适的“三原则”，又焉知不能开辟出新天地？

当初鲁迅、胡适等新文化人“整理国故”时之所以慷慨激昂，乃意识到新的学术时代来临。今日中国，能否有此迹象，不敢过于自信，但“新世纪”的诱惑依然存在。单看近年学界之热心于总结百年学术兴衰，不难明白其抱负与期待。

在本世纪的最后一年推出这套丛书，与其说是为了总结过去，不如说是为了面向未来。在20世纪的中国，相对于传统文论，“文学史”曾经代表着新的学术范式。面对即将来临的新世纪，文学史研究究竟该向何处去，如何洗心革面、奋发有为，值得认真反省。

反省之后呢？当然是必不可少的重建——我们期待着学界同仁的积极参与。

1999年2月8日于西三旗

目 录

引言:欧美汉学脉络中的明清诗文

陈韺沅

2019年初,接获叶晔、颜子楠来信,得知他们有感于学界对欧美明清诗文研究的学者及相关成果关注尚少(相对于先秦、唐宋诗文及明清俗文学而言),有意发起一项翻译研究计划,以此呈现海外明清诗文研究的一些面相。这是极有意义的事,但也是一项吃力又未必讨好的工作,很难得他们有这份学术热忱和魄力。转眼两年,喜闻论文集已顺利编定并交付北京大学出版社。从文章选目到翻译,从作者、译者到出版社的联系及统筹等,编辑过程的默默耕耘及辛劳可想而知。值论文集出版在即,受两位主编所托撰写引言,谊不容辞,仅就个人管窥所及,杂谈一二,看能否为读者提供一些线索,从欧美汉学脉络中来理解、阅读这部明清诗文论集。

提到欧美汉学的明清文学研究,也许大多数人会首先联想到小说、戏曲,或晚明清初文化现象、女性文学等几个研究热点。前者是以小说、戏曲等文类为主导的研究,在文学史递变论重视新变代雄的影响下,小说、戏曲这一类在明清时期"新兴"的通俗文类备受关注,同时期的明清诗文等正统文类作为前代诗文之"余响"则往往反受冷落,这一现象亦见于中文学界的明清文学研究。后者(明清之际、女性文学等)是以历史文化现象或主题为中心的研究,所涉及的文本文献包含诗文,但其主要关心的课题不一定在于某一文类(如诗、文)自身的发展变化,而是把诗文和其他文类一样视作可供后世读者探究某一时代特征现象的历史文献或文本。因此，如果要探知欧美汉学有关明清诗文的译介及研究状况，我们看到的不一定是一条以文体为中心且泾渭分明的主线，而是数条交叉融合于多个文体、学科之间的丰富脉络。

比方说，明史大家牟复礼（Frederick W. Mote）先生以其史学研究著称，但论及北美明代诗文研究也必然提及其专著《诗人高启》（*The Poet Kao Ch'i, 1336-1374*），而其强调文史不分家的治学精神，在后期一篇与夫人合著的有关杨慎和黄娥夫妇诗文的文章（"Yang Shen and Huang O: Husband and Wife as Lovers, Poets, and Historical Figures"）中也有所延续。① 此次论文集敏锐地注意到了这一现象，也收录了部分历史学家涉及明清诗文方面的研究。

又比如，纵观欧美汉学的明清散文研究，对八股文的关注应该说远甚于其他，这也是一个值得注意的研究现象，颇能说明欧美汉学研究的错综视角与脉络。笼统将之分为三大方面：一、主要从文学角度出发，如20世纪70年代至90年代涂经诒（Ching-I Tu）、浦安迪（Andrew H. Plaks）、卢庆滨（Andrew H. B. Lo）等诸位先生的开山研究及译介，②到今年春天刚出版的戴沙迪（Alexander Des Forges）教授探讨八股文美学的专书；③二、以科举制度为主要研究对象，多属于历史研究范畴，如艾尔曼（Benjamin A. Elman）教授的

---

① Ch'en Hsiao-lan and Frederick W. Mote, "Yang Shen and Huang O: Husband and Wife as Lovers, Poets, and Historical Figures", in Marie Chan et al., eds., *Excursions in Chinese Culture: Festschrift in Honor of William R. Schultz* (Hong Kong: The Chinese University Press, 2002), 1-32.

② Ching-I Tu, "The Chinese Examination Essay: Some Literary Considerations", *Monumenta Serica* 31 (1974): 393-406; Andrew H. Plaks, "The Prose of Our Time", in Willard J. Peterson, Andrew H. Plaks, and Ying-shih Yü, eds., *The Power of Culture* (Hong Kong: The Chinese University Press, 1994), 206-217; Andrew H. B. Lo, "Four Examination Essays of the Ming Dynasty", *Renditions*, nos. 33 & 34 (1990): 167-181.

③ Alexander Des Forges, *Testing the Literary: Prose and the Aesthetic in Early Modern China* (Cambridge, MA: Harvard University Asia Center, 2021).

几部相关专著及所编论文集中都有长篇关于八股文的讨论和文章等,[①]这方面还有相当数量的欧美研究论文和学者也许一般不会为文学研究者所留意;三、在传统汉学圈以外,欧美学界还有一门学科对八股文情有独钟,那就是修辞学。在西方修辞学界以及中西修辞学比较的领域,八股文因为很早就被视为是一种能够体现中国修辞规律的文体而一直备受重视。清末时期意大利天主教士晁德莅(Angelo Zottoli,1826—1902)编写的拉丁文著作《中国文学课程》(*Cursus Litteraturæ Sinicæ*)中,第五册就以西方修辞学术语来阐释八股文的篇章结构,如破题、起讲等。[②] 2016 年加拿大修辞学研究会(The Canadian Society for the Study of Rhetoric)年会的大会主旨演讲,题目是"人、文、八股文:从当代情境理解中国修辞教学"(*Ren*, *Wen*, *Baguwen*: Understanding Chinese Rhetorical Pedagogy in Contemporary Contexts),主讲人施文娟(C. Jan Swearingen)是德克萨斯农工大学英语系的教授。诸如此类的西方学术会议与学者,或许不在中国文学研究者所熟悉的欧美汉学范围,但这正好说明了明清诗文是如何以不同姿态和意义进入到西方学界不同学科的研究视野当中。当然,以上分类还是流于简略,文学与历史研究之间本来就互有观照。即使同属文学研究范畴,因种种关系也容易产生现今学术分科过于细化的现象,如明清诗文与小说戏曲有时似乎形成不同学术群体,但其实研究者往往兼治诗文与小说戏曲。就如浦安迪先生,大家或许更熟悉他对白话小说研究(尤其是明代奇书体及《红楼梦》)的巨大贡献,而可能较为忽略他对八股文的一些探讨。

---

① Benjamin A. Elman, *A Cultural History of Civil Examinations in Late Imperial China* (Berkeley: University of California Press, 2000); Benjamin A. Elman and Alexander Woodside, eds., *Education and Society in Late Imperial China, 1600-1900* (Berkeley: University of California Press, 1994).

② Angelo Zottoli, *Cursus Litteraturæ Sinicæ: Neo-missionariis Accommodatus*, *Vol. 5*, *Pars Oratoria et Poetica* (Shanghai: Missionis Catholicae, 1882), esp. 12-42.

当然,欧美汉学界也有从文体的角度将明清诗文介绍给西方读者及学生的翻译及研究。相较于早期一些涵盖面较广的中国文学选集,1986 年是明清诗歌英译的丰收年。这一年在美国出版了由齐皎瀚(Jonathan Chaves)编译的《哥伦比亚中国晚期诗选:元、明、清》(*The Columbia Book of Later Chinese Poetry: Yuan, Ming and Ch'ing Dynasties*)以及罗郁正(Irving Yucheng Lo)与舒威霖(William Schultz)合编的《待麟集:清代诗词选》(*Waiting for the Unicorn: Poems and Lyrics of China's Last Dynasty, 1644-1911*),同一年在北京也出版了杨宪益的英译选集《明清诗文》(*Poetry and Prose of the Ming and Qing*)。中国文学英译的重要期刊《译丛》(*Renditions*)在 1990 年推出"古代散文"(Classical Prose)专号,其中明清散文占三分之一篇幅。读者若对照这些早期英译选集与此次论文集所收录的两部新近出版的明清诗文翻译集(《焚书与藏书:李贽作品选》及《两个世纪的满族女诗人:一部总集》)的引言,可看出欧美汉学界过去数十年来在明清诗文英译上的发展与走向。

在研究方面,两册本的《印第安纳中国古典文学指南》(*Indiana Companion to Traditional Chinese Literature*,分别于 1986 年及 1998 年出版)有蔡涵墨(Charles Hartman)撰写的诗歌导论以及倪豪士(William H. Nienhauser, Jr.)撰写的散文导论部分,均提及宋以后诗歌以及明清文章的历史发展。此外,该书所收录的关于个别作家及作品版本、翻译研究等的简要条目,是了解 20 世纪欧美汉学界(条目亦含中日研究成果)相关研究的重要入门工具书。英语世界中的几部中国文学史在编写体例上亦各有特色,其中《哥伦比亚中国文学史》(*The Columbia History of Chinese Literature*,2001 年出版)注重从文体出发,全书分七编五十五章,其中第二及第三编专门论述诗歌和散文。值得玩味的是,诗歌部分主要以时代编排,如第十九章"14 世纪的诗"至第二十二章"18 至 20 世纪早期的诗",大致涵盖了明清诗的范围;散文部分则不是按时代(除了第三十二章"20 世纪散文"以外)而是以文章体裁(如史书、传记、游记等)来划分。近年来两部面向北美大学本科生及研究生的书《如何读中国诗歌》(*How to Read Chinese Poetry*,2007 年出版)与《如何读中国散文》(*How to Read Chinese Prose*,编撰中①),从中可以看到近期的一些欧美汉学成果以及活跃于此领域的研究者。《如何读中国诗歌》收录方秀洁(Grace S. Fong)教授撰写的"明清诗"(*Shi* Poetry of the Ming and Qing Dynasties)一章,而该书的姐妹篇《中国诗歌文化:先秦到唐》(*How to Read Chinese Poetry in Context: Poetic Culture from Antiquity Through the Tang*,2018 年出版)则止步于唐代。这几部书是美国伊利诺伊大学香槟校区蔡宗齐教授与北京大学袁行霈教授共同主编的"如何读中国文学"丛书系列(哥伦比亚大学出版社)的部分成果,可视为中西学界的合作。

这些大型中国文学导论及文学史大致体现了明清诗文过去在欧美汉学研究中的位置。虽非明清文学的主流研究,欧美汉学界亦不乏关心明清诗文的研究者,眼前这部论文集努力搜集之"西海遗珠",留待读者细细品味,无须赘言。容我在此特别提一位明诗研究的汉学前辈——白润德(Daniel Bryant,1942—2014)先生。白润德教授早在 20 世纪 70 年代攻读研究生的时期就开始翻译明代诗人的作品,虽然后来博士论文及最早的专著集中于唐五代诗词,他对明诗的研究兴趣却丝毫未减,尤其对复古派文人何景明用力至深。1997 年他用中文写成《何景明丛考》一书,2008 年从加拿大维多利亚大学亚太学系荣休之时,出版了长达七百余页的巨著《大复:何景明与他的世界》(*The Great Recreation: Ho Ching-ming [1483-1521] and His World*)。十年前,在美国亚洲研究协会(Association for Asian Studies)2011 年的年会上,白润德教授主持了一场以宋代以后诗歌的定位与发展为题的圆桌论坛(What Happens in [and to] *Shi* Poetry After the Song?),聚集了各时期及领域的专家,如奚如谷(Stephen H. West)、孙康宜(Kang-i Sun Chang)、

① 该书于 2022 年 1 月出版。——编者

林理彰(Richard J. Lynn)、林宗正(Tsung-Cheng Lin)、寇致铭(Jon Eugene von Kowallis)等诸位先生,对于西方汉学的元明清诗歌研究是一次重要的推动。

兹谨借此短文向白润德教授致上敬意与缅怀。我想他一定乐知十年后的今天,叶晔、颜子楠主编的《西海遗珠:欧美明清诗文论集》即将问世,为中西学界的明清诗文研究迎来一个新的篇章。

2021 年夏

牛津

中国诗学中的"才""学"两极化：严羽及其后的传统*

[加拿大]林理彰(Richard J. Lynn)

严羽的《沧浪诗话》对其后中国诗学理论和创作的传统产生了深远的影响。无论支持还是反对,处于这一传统下的诸多诗论家均对此发表了自己的意见。① 这种对《沧浪诗话》的兴趣极大程

---

* 英文原文见"The Talent-Learning Polarity in Chinese Poetics: Yan Yü and the Later Tradition", *Chinese Literature: Essays, Articles, Reviews (CLEAR)*, vol. 5, no. 2 (1983): 157-184。这篇文章的写作得到了英属哥伦比亚大学的学院研究基金的资助。

① 参见 Richard J. Lynn, "Orthodoxy and Enlightenment: Wang Shih-chen's Theory of Poetry and Its Antecedents", in *The Unfolding of Neo-Confucianism* (New York: Columbia University Press, 1975), edited by W. T. de Bary, 217-269; Richard J. Lynn, "Tradition and the Individual: Ming and Ch'ing Views of Yüan Poetry", in *Chinese Poetry and Poetics* (San Francisco: Chinese Materials Center, 1978), vol. 1, edited by Ronald C. Miao, 321-375; Richard J. Lynn, "Alternate Routes to Self-Realization in Ming Theories of Poetry", in *Theories of the Arts in China* (Princeton: Princeton University Press, 1983), edited by Susan Bush, 317-340; Richard J. Lynn, "The Sudden and the Gradual as Concepts in Chinese Poetry Criticism: An Examination of the Ch'an-Poetry Analogy", "The Sudden/Gradual Polarity: A Recurrent Theme in Chinese Thought", May, 1981, (Los Angeles, 1981),会议文集将由格里高瑞(Peter N. Gregory)编辑出版。刘若愚(James J. Y. Liu)在其书中也曾探讨过《沧浪诗话》某些更重要的理论层面的问题,见 James J. Y. Liu, *Chinese Theories of Literature* (Chicago and London: University of Chicago Press, 1975), 37-40。(中译本见[美]刘若愚:《中国文学理论》,杜国清译,台北:联经出版公司 1981 年版;南京:江苏教育出版社 2006 年版。另有[美]刘若愚:《中国的文学理论》,赵帆声译,郑州:中州古籍出版社 1986 年版;[美]刘若愚:《中国的文学理论》,田守真、饶曙光译,成都:四川人民出版社 1987 年版。——译者)(转下页)

度上集中于严羽提出的几个基本主张:以禅论诗是合理而有益的①;开元天宝时代(所谓的"盛唐")的诗为后学提供了唯一正统的范式②;真正杰出的诗与书本知识以及事物、行为、思想的理性原则没有"直接"关联。在《沧浪诗话》中,书本知识("书")和理性原则("理")通常被视为相互依存的对象,无论后世的读者是否认同严羽的主张,对于他们而言亦是如此。事实上,有些人同意诗与学问没有直接联系,但他们仍然主张诗中常存有"理",诸如"理"可能是(1)规范个人生活的伦理道德;(2)管理社会或政治秩序的准则;(3)自然界运行的规律;(4)逻辑思维运转的原则及其通过词语被清晰表达的方式;(5)"比""兴"等构成修辞基础的特殊的诗学原理。后者不同于"普通"的理性"模式",但是,人们理解它们是如何起作用之后,它们仍会产生自己的模式。那些拒绝接受书本知识在诗中起作用却为"理"保留一席之地的人,似乎主要指的是最后这种意义上的"理"。然而那些坚持书本知识起本质作用的人,似乎强调前两种或前三种意义的结合,因为在他们看来,这些道德和宇宙论的原理必然是从经、史以及其他所有"学问性"的原始材料中获得的。据笔者所知,没有一个传统的中国批评家曾经提倡过诗的话语"应该"如文般直截而理性。相反,诸

(接上页)德博(Günther Debon)将这部作品完整地翻译为德文,见 Günther Debon, *Ts'ang-Lang's Gespräche über die Dichtung: Ein Beitrag zur chinesischen Poetik* (Wiesbaden: Otto Harrassowitz, 1962)。不幸的是,这一开创性的成果出现得过早,尚不及利用郭绍虞的校释本(见本书第 3 页注①);笔者目前正在筹备一部完整的、具有丰富注释的英译本。(英译本见 Richard J. Lynn, transl., "Ts'ang-lang's Dicussions of Poetry", in *The Columbia Anthology of Traditional Chinese Literature* [New York: Columbia University Press, 1994], edited by Victor H. Mair.——译者)日语节译本收入日本学者荒井健:『文学論集』,載『中国文明選』第 13 輯,東京:朝日新聞社 1972 年版,第 263—393 頁;全译本则有市野沢寅雄:『滄浪詩話』,東京:明徳出版社 1976 年版。

① 见 Richard J. Lynn, "The Sudden and the Gradual as Concepts in Chinese Poetry Criticism"。

② 见 Richard J. Lynn, "Orthodoxy and Enlightenment", 219-223。

多批评家不满后世的许多诗的一个最大的缺点，正是它们至多只能实现简单的铺叙（"赋"），而无力于"比""兴"。最糟糕的是试图简单地"以文为诗"。严羽否认"理"在诗中的作用，似乎是延续了这些线索；尽管他也可能否认这一点，因为他认为笼罩他的时代的关于道德和宇宙论原则的理性推断也与诗无关：

> 夫诗有别材，非关书也；诗有别趣，非关理也。然非多读书，多穷理，则不能极其至。①

这段文字尤为后人争议，不仅因为读者看待"理"的方式不同，也因为偶尔一些有影响力的批评家通常将严羽所谓的"书"（书本知识或学问）误以为"学"（学习），后者包含了一个诗学上向大师、前辈学习的特殊概念，即效法或模仿。这些批评家没有仔细阅读这段引文后面的文字，因为后文很多地方显示出严羽并非此意，并且效法合适的名家是他整个诗学理论的基础。整体而言，他的这段话是一个持平的论述，不应笼统地被视为反对学习的论断。尽管如此，仍有许多人持有这种误解，要么是因为他们仅仅从缺少后半段限定条件的转引中知道的这部分叙述，要么是因为他们故意忽略后面的文字，以便质疑他的整个作品。严羽的反对者们，例如反对禅诗相喻、反对宗法盛唐和反对将效法（或模仿）作为创作出优秀诗歌的正确方法的人，即是如此。对《沧浪诗话》恰当的解读是，尽管严羽非常重视学习，但他也坚持主张诗歌的优劣不是一个可以以诗人的学问来简单衡量和量化的对象：

> 大抵禅道惟在妙悟，诗道亦在妙悟。且孟襄阳学力下韩退之远甚，而其诗独出退之之上者，一味妙悟而已。惟悟乃为当行，乃为本色。②

---

① 严羽著，郭绍虞校释：《沧浪诗话校释》，北京：人民文学出版社 1961 年版，第 26 页。本文的写作极大地受惠于郭绍虞的注释（第 27—47 页），它们作为原始资料的指南为我提供了许多帮助。

② 严羽著，郭绍虞校释：《沧浪诗话校释》，第 12 页。

我们将会看到后世的批评家如何彻底地反对严羽的这个观点，以及他们如何将学问的发展与诗的发展等同起来。事实上，这种观念早在严羽所处的时代甚至更早的时期就相当盛行了。以下引文正是这种观念的典型代表，出自严羽极力反对的诗论家黄庭坚①写于元符元年(1098)的《与徐师川书》：

所寄诗，超然出尘垢之外，甚善！甚善！恨君知刻意于学问时，不得从容朝夕耳。承以乡中岁歉，寓居同安。同安美俗，里中有佳士，又四旁有禅老，皆可人。"居必择乡，游必就士"，②今两得之矣。士大夫多报吾生择交不妄出，极副所望。诗政欲如此作。其未至者，探经术未深，读老杜、李白、韩退之诗不熟耳。③

如此，诗的品质则应该随着作者接触和吸收的学问的增长而提升。并且在这里，诗似乎成了学问的一个分支。我们将在后文看到关于这一观点更极端的表述。但现在，让我们来看一下严羽一脉的后世批评家是如何详细地论证"理"并不附属于诗的。

《沧浪诗话》对这个传统产生最大影响力的时代是15、16世纪，它成为复古运动④真正具有典范意义的指南。这一运动将盛唐诗看作诗歌艺术的顶点，并且普遍鄙薄宋诗，认为宋诗是彻底失败的。对宋诗的这种敌意很大程度上是出于他们认为宋诗拘泥于"理"，而"理"又全然有害于"真"诗的观念。"前七子"之一的李梦阳是严厉的宋诗批评者，正如他为佘存修的诗集《缶音》所作的序言所说：

诗至唐，古调亡矣，然自有唐调可歌咏，高者犹足被管弦。宋人主理不主调，于是唐调亦亡。黄、陈师法杜甫，号大家，今

---

① 也包括黄庭坚的后学——江西派，见严羽著，郭绍虞校释：《沧浪诗话校释》，第27、251页。

② 王先谦：《荀子集解》卷一，北京：中华书局1988年版，第6页。

③ 黄庭坚：《豫章黄先生文集》卷一九，《四部丛刊初编》本，第27a—27b页。

④ 见 Richard J. Lynn, "Alternate Routes to Self-Realization in Ming Theories of Poetry"。

> 其词艰涩,不香色流动,如入神庙坐土木骸,即冠服与人等,谓之人可乎?夫诗比兴错杂,假物以神变者也。难言不测之妙,感触突发,流动情思,故其气柔厚,其声悠扬,其言切而不迫,故歌之心畅,而闻之者动也。宋人主理作理语,于是薄风云月露,一切铲去不为。又作诗话教人,人不复知诗矣。诗何尝无理,若专作理语,何不作文而诗为邪?今人有作性气诗,辄自贤于“穿花蛱蝶”“点水蜻蜓”①等句,此何异痴人前说梦也。即以理言,则所谓“深深”“款款”者,何物邪?《诗》云“鸢飞戾天,鱼跃于渊”,又何说也?
>
> 孔子曰:“礼失而求之野。”②予观江海山泽之民,顾往往知诗,不作秀才语,如《缶音》是已。《缶音》,歙处士佘存修作……(文章的剩余部分叙述了佘育请李梦阳为其先父的诗集作序的过程)③

李梦阳在此提出了几个重要的观点:其一,好的诗与音乐密不可分,并且它的感染力很大程度上取决于其听觉效果;宋代诗人忽略了这一点,因而整个诗歌传统从那时起渐次衰微。其二,诗中的理语全然是起阻碍作用的,因为它有碍于“比”“兴”的生效。其三,使真正的诗沦为“理”的解释是不可能的,而尝试去提炼那种意义也是荒谬的,正如庸才拆解大家之诗去提升自己的作品。其四,真正的诗不必作“秀才语”,即从书本知识衍生而来的语言,因为民间天真烂漫的诗是作诗的源头活水,能够使这一传统的主流不断焕发新的生机。

另一位明代复古运动的主要人物胡应麟(1551—1602)在他

---

① 出自杜甫《曲江二首》(其二):“穿花蛱蝶深深见,点水蜻蜓款款飞。”见彭定求等编:《全唐诗》卷二二五,北京:中华书局1960年版,第2409—2410页。

② 见《文选·移书让太常博士》李善注引班固言。萧统选,李善注:《文选》卷四三,《四部备要》本,第16a页。

③ 李梦阳:《空同集》卷五一,《四库全书珍本八集》本,台北:台湾商务印书馆1970年版,第5a—6b页。

的著作《诗薮》中,也因宋诗与“理”相涉而对其提出严厉的批评:

禅家戒事理二障,余戏谓宋人诗,病政坐此。苏、黄好用事,而为事使,事障也。程、邵好谈理,而为理缚,理障也。[1]

乍看之下,双关语“事”(典故=现象)是胡应麟所谓的“戏言”,但是,因为典故的使用确实包含了一些“刻意”的考虑——某些被挑选出的相似的“现象”和其他类似的代替。虽称之为“戏”,却是一种具备批判性洞察力的严肃的见解。这与严羽及随后李梦阳等明代复古运动者所说的要使诗歌摆脱理性和自我意识的束缚是一致的。

大体而言,明代的复古运动者接受了严羽的观点,并且似乎是《沧浪诗话》非常细心的读者。[2] 在当代,他们的运动通常被视为浸淫在传统学问中的极端保守的发展;同时作为宗法唐诗的模仿者,他们要求通过长久而艰辛的学习获得学问并以此自我标榜,由此带来的过度的压力使得他们为学界所摒弃。笔者认为这种观点是不正确的,因为它不仅忽视了这一运动产生的丰富的理论成果,例如关于创造性的本质、关于诗歌作为自我道德修养的手段、关于个体与传统之间的“动态”关系(以上仅略举可能是他们关注的最重要的几个方面的成果[3]),而且也没有注意到他们接受并认可了严羽关于“才”“学”以及诗的特殊、超“理”性本质的论述。他们

① 胡应麟:《诗薮》内编卷二,上海:中华书局1958年版,第37页。

② “后七子”之一的谢榛所写的批评性文章,在明代复古运动者关注的几个方面具有典型性。并且大多数情况下看似是对严羽之言所作的注脚和阐释,例如:“作诗有专用学问而堆垛者,或不用学问而匀净者,二者悟不悟之间耳。惟神会以定取舍,自趋乎大道,不涉于歧路矣。”接着,他讨论了杨慎的两首诗,第一首因堆砌学问而失败了,第二首却是成功的:“此不专于学问,又非无学问者所能到也。”见谢榛:《四溟诗话》,载丁福保辑:《历代诗话续编》,台北:艺文印书馆,影印1916年无锡丁氏排印本,第17a页。

③ 见Richard J. Lynn, “Alternate Routes to Self-Realization in Ming Theories of Poetry”。

的复古主义显然并非仅仅是刻板地卖弄学问，然而碰巧的是，他们正在为其他人——那些清代真正极端博学之人——所造成的过失负责。事实上，正是清人（至少）在他们的批评文章中将“诗”与“学”混为一谈，并指责严羽。

清代知识阶层对学术普遍的喜好是众所周知的，在此无须赘述。依据学问高下判定诗作的偏好在文人圈十分流行，以至于许多人将“才”视为“源于”学问的一种特质，而学问又只能从书本中获得。这种观念在两位 17 世纪杰出的学者兼作家——朱彝尊（1629—1709）和毛奇龄（1623—1713）——的文章中非常明显。二人皆为浙江人（分别是秀水人和萧山人），也都在学术和创作领域著述颇丰。[①] 朱彝尊对文学史和文学批评较有贡献价值的作品之一是《明诗综》，在该书中他对所收录的每位诗人均作了批评性注解。此后，这些评论被辑出，以《静志居诗话》之名单独刊行。其中关于晚明诗人和学者徐𤊹的评论，包含了朱彝尊对诗中之“学”热烈的维护和对严羽强烈的指责：

> 严仪卿论诗，谓“诗有别才，非关学也”。其言似是而实非，不学墙面，焉能作诗？自公安、竟陵派行，[②]空疏者得以借

---

① 见 Arthur W. Hummel, ed., *Eminent Chinese of the Ch'ing Period (1644-1912)* (Taipei: Ch'eng-wen, 1943), 182-185, 563-565。（中译本见［美］恒慕义编著：《清代名人传略》，中国人民大学清史研究所《清代名人传略》翻译组译，西宁：青海人民出版社 1990 年版。——译者）

② 公安派得名于袁氏兄弟袁宗道（1560—1600）、袁宏道（1568—1610）、袁中道（1570—1626）的家乡湖广公安。袁宏道是三人中最为著名和最具影响力的人物，这个学派总体上具有极度反对拟古风气、强调表现个性的特点。详参 Richard J. Lynn, "Alternate Routes to Self-Realization in Ming Theories of Poetry"。竟陵派得名于钟惺（1574—1625）和谭元春（1586—1637）的家乡湖广竟陵，其以极力地雕饰、晦涩的象征和热衷于仿效晚唐诗歌为特征。详参 L. Carrington Goodrich and Chaoying Fang, eds., *Dictionary of Ming Biography* (1368-1644) (New York: Columbia University Press, 1976), 408-409, 1246-1248。（中译本见［美］富路特、房兆楹原主编，李小林、冯金朋主编：《明代名人传》，北京：北京时代华文书局 2015 年版。——译者）

> 口，果尔，则少陵何苦“读书破万卷”[①]乎？兴公藏书甚富，近已散佚。予尝见其遗籍，大半点墨施铅，或题其端，或跋其尾，好学若是，故其诗典雅清稳，屏去粗浮浅俚之习，与惟和足称二难。以此知兴观群怨[②]，必学者而后工。今有称诗者，问以《七略》《四部》，茫然如堕云雾，顾好坐坛坫说诗，其亦不自量矣。[③]

朱彝尊评论的最后一句，也可以翻译为单数形式：“现在有一个人……”但是，笔者更倾向于将此解读为，朱彝尊对其所认为的忽视学问这一普遍现象的不满，尽管并非不可能联想到这是专门针对他的劲敌王士禛的。王士禛的“才”“学”观留待下文讨论。毕竟，王士禛是严羽狂热的仰慕者，其诗学理论也吸纳了许多《沧浪诗话》的内容。[④] 无论如何，王士禛当然不是“没有学问的人”，如果朱彝尊用这样的话评价他，那一定是怀着相当大的嫉妒。还需要注意的是，朱彝尊并没有超越那种错误和断章取义地引用严羽的话来立论的做法。在严羽原本的叙述中，是“书”（书籍或书本知识）而不是“学”（学习本身）。并且，如果忽略严羽后半部分论述所提供的平衡，就会扭曲它的主旨，这一点被一些阅读过《沧浪诗话》原文及朱彝尊评价的传统批评家注意到。例如，《念堂诗话》的作者崔旭（1767—1846）就从这个方面为严羽作了辩护：

> 朱竹垞诗：“诗篇虽小技，其源本经史，必也万卷储，始足供驱使，别材非关学，严叟不晓事。”按《沧浪诗话》：“诗有别才，非关学也，然非多读书，多穷理则不能极其至”，竹垞但摘

① 这句诗出自杜甫《奉赠韦左丞丈二十二韵》的其中一联。整联为：“读书破万卷，下笔如有神”。见彭定求等编：《全唐诗》卷二一六，第2251—2252页。

② 见《论语·阳货》。

③ 朱彝尊：《静志居诗话》卷一八，清嘉庆二十四年（1819）扶荔山房刻本，第23b—24a页。

④ 见 Richard J. Lynn，“Orthodoxy and Enlightenment”，240-244，254。

上二语讥之,徒欲自畅其说,则厚诬古人矣。①

与崔旭同时代但年龄稍长的张宗泰(1750—1832)历任天长县、合肥县(属安徽省)教谕,是经书及其他古籍的全面研究者,其著作涉及《孟子》《礼记》《尔雅》《竹书》等等。② 他应当是当时典型的文献学家,但在诗歌方面,他的观点与严羽一致。同崔旭一样,他在《书〈潜研堂文集〉〈瓯北集〉后》一文中也认为朱彝尊对严羽的论述是完全错误的:

严沧浪论诗,谓“诗有别才,非关书也;诗有别趣,非关理也。然非多读书,多穷理,则不能极其至”,并非教人废学也。秀水朱氏读沧浪语未终,遽加排诋,不免轻于持论。辛楣先生则谓严氏所谓“别材”“别趣”者,只是依墙傍壁,初非真性情所寄。余则以严氏所谓“别材”“别趣”者,正谓真性情所寄也。试观古今来文人学士,往往有鸿材硕学,博通文典,而于吟咏之事,概乎无一字之见于后,所性不存故也。间有强作解事,连篇累牍,赘入集中,而谈艺家率束诸高阁,无有过而问焉者,无真性情贯注其中故也。前辈有句云“吟诗好似成仙骨,性里无诗莫浪吟”③,斯真阅历之言。竹垞之诋严氏,固失之疏;而辛楣所论,亦非妙达诗理者也。④

---

① 见严羽著,郭绍虞校释:《沧浪诗话校释》,第35页。

② 此处应是作者混淆了清代同名为“张宗泰”的二人。下引此段文献出自《鲁岩所学集》,作者张宗泰,字鲁岩,为河南鲁山人,先后任修武县教谕、河南府学教授。而正文中所述的著述涉及《孟子》《礼记》《尔雅》的张宗泰,字登封,号筠岩,为江苏甘泉人,先后任天长县、合肥县教谕。——译者

③ 这首诗的作者无法确定。诗中提到的“仙骨”是黄庭坚和陈师道(1053—1102)的诗学理论中的典故。正如陈师道《次韵答秦少章》的首句:“学诗如学仙,时至骨自换。”见陈师道:《后山集》卷二,《四部备要》本,第2b页。至于黄庭坚的“换骨法”,被僧人惠洪(1071—1128)引用并记录于其编撰的《冷斋夜话》中,参见魏庆之:《诗人玉屑》,上海:上海古籍出版社1959年版,第190—191页。

④ 张宗泰:《鲁岩所学集》卷一三《书〈潜研堂文集〉〈瓯北集〉后》,载沈云龙主编:《近代中国史料丛刊续编》,第17辑,台北:文海出版社1975年版,第21b—22a页。

尽管此处不是“才”与“学”的两极化，而是性情与学问的对立，但同样涉及先天固有与后天习得的对比。张宗泰也提出了一个重要论点：如果一个人不能表达真实的自我、感觉和情绪，那么即便他拥有世上所有的学问，他也不会成为一个诗人。当然，或者他原本就缺乏突出的性格和强烈的情感。

初看之下，杜甫的“读书破万卷”和严羽的“才非关书”是完全对立的。显然，断章取义地引用严羽的论述并且忽视或不察下文的重要内容是常见的情况。与张宗泰同时代的宋咸熙在其诗话《耐冷谭》中如此写道：

> 少陵云“读书破万卷，下笔如有神”，此千古学诗者之极则。《沧浪诗话》云“诗有别材，非关书也；诗有别趣，非关理也；然非多读书，多穷理，则不能极其至”，持论本极周密。自解缙《春雨杂述》截取沧浪首四句①，以为学诗者不必读书，此论出而贩夫贾竖皆可哆口言诗，诗道于是乎衰矣。仆昔与曼生论诗，有“沧浪漫说非关学，谁破人间万卷书”之语，亦由少年无学，循习流俗人之说，使沧浪千古抱冤。书此以志吾愧。②

至于毛奇龄，他比朱彝尊更坚持“诗须从学问中来”的观念。为此，他的《东阳李紫翔（李凤雏，卒于1724年）诗集序》值得详细引述：

> 今世有文人而无学人。夫文人者，非谓习延祐举业，能挈笔作应试体也。将以摛辞赋诗，并发之为碑版札牍诸杂体文字，则虽千百之中偶一有之，亦属幸事。而况经学茫昧，谁则能开扃发覆，探五学之精，穷六籍之奥，使《易象》《春秋》

---

①　见解缙：《春雨杂述》，《宝颜堂秘笈》汇集第四，第1b页。在这个版本的《春雨杂述》中，严羽文章第一行的“才”（才能）被替换成了“长”（专长或长处）。

②　宋咸熙：《耐冷谭》卷八，清道光九年（1829）武林亦西斋刊巾箱本，第9b页。

《诗》《书》《礼》《乐》悉晓然于天地间,如七十子者乎?

予早知东阳有李子紫翔,以举文见知于时,时之诵其文者咸称之。而予独谓其有古学,尝窃观其论《春秋》策书,按时度物,其于三家之是非多所考驳,即妄附谬说如予者,[1]亦且一一正定之,此不可谓非当今有学之一人。乃相见投贽,只以所著诗篇若干卷示予,予读而叹之,此非学人乎?

昔论诗者云,诗有别才,非关学术。此非知诗者之言。夫诗,肇于汉,沿于六季,盛于唐而衰于宋,夫人而知之。而今之诗人,必且舍盛而趋衰,何也?不学故也。天下惟雅须学,而俗不必学;惟典则须学,而鄙与弃不必学;惟高其万步、扩其耳目、出入乎黄钟大吕之音须学,而裸裎袒裼、蚓呻而釜戛即不必学。则是今之为宋人诗者,不过借文人之名,以自掩其不学之实,非有他也。紫翔以学为文,即以学为诗,温柔敦厚[2],一本经术以出之,而风雅翩翩,上追汉魏而下不失乎三唐之法,即其主客盘桓,倡和予汝,拟苏、李之遗,而情旨亲切,于以笃厚谊而厉薄俗,无非以《三百》至意行乎其间,此岂与世之文人争肩并耶?[3]

显然,毛奇龄于此主要关心的是他所处时代的诗的状况,尤其是他所认为的宋诗对审美和实践造成的有害影响。[4] 同时,他也并没有公正或仔细地阅读严羽的著作,因为大体而言,《沧浪诗话》既是唐诗尤其是盛唐诗的拥护者,又是宋诗的抨击者。与朱

---

① 毛奇龄写了许多关于《春秋》的文章,见永瑢等:《四库全书总目提要》,第6册,收入《国学基本丛书》,上海:商务印书馆1930年版,第67—69页(总第581—583页)。他在此可能参考了李凤雏的《春秋纪传》,见《四库全书总目提要》,第11册,第53页(总第1121页)。

② 《礼记》卷五〇,清阮元校刻《十三经注疏》本,第1a页。

③ 毛奇龄:《西河合集》卷三四,清乾隆三十五年(1770)重印康熙李塨刻本,第3b—5a页。

④ 见 Richard J. Lynn, “Tradition and the Individual”, 347。

彝尊一样，毛奇龄也断章取义地引用了严羽的话，并曲解了他的意思，使之与他实际的立场完全相反。就“学”而言，实际上严羽认为他所处的时代（即宋代）诗歌的所有问题，都可以归咎于以包括“学”在内的诗外之物为诗的做法：

> 近代诸公乃作奇特解会，遂以文字为诗，以才学为诗，以议论为诗。夫岂不工，终非古人之诗也。盖于一唱三叹之音，有所歉焉①。且其作多务使事，不问兴致；用字必有来历，押韵必有出处，读之反复终篇，不知着到何在。其末流甚者，叫噪怒张，殊乖忠厚之风，殆以骂詈为诗。诗而至此，可谓一厄也。②

如果严羽能活到毛奇龄的时代，他可能会与毛奇龄一样反感许多这个时候的诗，但他会开出一剂非常不同的药方。据《沧浪诗话》所言，诗歌从来不像此后毛奇龄所界定的那样仅仅需要闳深之“学”，而是需要一个兼顾先天才能和后天技巧的平衡的培养方案。许多17世纪和18世纪的诗论家确实理解了严羽的话，并且他们自己也提倡相同的观点，我们将在下文看到诸多重要的细节。但在此之前，我们最好继续探讨一下对《沧浪诗话》的多方“解读”，它们似乎基于相异的观点而产生。严羽的著作引发了广泛的讨论，这并非赞成或反对那么简单。同时，随之产生的各种不同的回应可以为我们提供诸多关于此后中国诗歌传统的信息。有鉴于此，它所呈现出的复杂性和争议性远远超过大部分从事中国文学研究的现代学者的想象。

《诗学纂闻》的作者汪师韩（生于1707年，雍正十一年进士）

---

① 这里出自《礼记》关于清庙之音的叙述：“一倡而三叹，有遗音者矣。”郑玄注认为指的是唱歌。见《礼记》卷三七，第8a—8b页。这个表达也被用于称赞优秀的文学作品，例如苏轼曾谈及他弟弟苏辙的文章：“其文如其为人，故汪洋澹泊，有一唱三叹之声，而其秀杰之气，终不可没。”见苏轼：《苏东坡集》卷三〇，收入《国学基本丛书》，第11页。

② 见严羽著，郭绍虞校释：《沧浪诗话校释》，第26页。

则认为，关于学习和理性原则，严羽在理论上是正确的，在实践上却是错误的：

> 《三百篇》、汉、魏之作，类多率尔造极，故严沧浪曰：“诗有别才，非关书也。诗有别趣，非关理也。”后人传诵其语，然我生古人之后，古人则有格有律矣，敢曰不学而能乎？依法则天机浅；凭臆则否臧凶①，离之两伤，此事固履之而后难也。且夫诗尚比兴，必傍通鸟兽草木之名②，既不能无所取材，则不可一字无来历矣。“关关”“呦呦”之情状，“敦然”“沃若”之精神，夹漈特著论以明之③。其要归于读书而已。《传》曰：“不学博依，不能安诗。”④读诗且不可不博依也，而顾自比于古妇人小子之为诗也哉？⑤

在强调学诗的重要性的同时，汪师韩也承认了维持后天技巧和先天技能的平衡的重要性。我们将会看到，这种立场更接近于那些主要继承了严羽传统的诗论家，而不是像朱彝尊和毛奇龄那样的人。大约两代人之后，受到汪师韩文章的启发，梁章

---

① 《易经》，第七卦“师”卦。英译本移译自卫礼贤（Richard Wilhelm）的德译本，参见 Richard Wilhelm, transl., “The Lines”, in *The I Ching: Or Book of Changes* (Princeton: Princeton University Press, 1977), translated by Richard Wilhelm and Cary F. Baynes, 33。

② 《论语·阳货》。

③ 这可能是郑樵在其《六经奥论》（载纳兰成德辑：《通志堂经解》）中对《诗经》的阐释。值得注意的是，《诗经》中并未出现双音节词“敦然”，而仅有单字“敦”。

④ 见《礼记》卷三八，第7a页。

⑤ 汪师韩：《诗学纂闻》，载丁福保辑：《清诗话》，上海：文明书局，影印1916年无锡丁氏校刊本，第2a页。汪师韩的最后一句话是在批评与宋代有关联的追求浅易诗风的诗人以及被认为影响了宋代“诗风”的唐代诗人——白居易（772—846）。以下轶事在宋代流传开来：“白乐天每作诗，令一老妪解之，问曰：‘解否’？妪曰：‘解’，则录之；‘不解’，则又改之。故唐末之诗，近于鄙俚。”见孔平仲：《谈苑》卷四，《宝颜堂秘笈》续集第一，第6a—6b页。

钜(1775—1849)[①]表达了自己关于“才”“学”两极的看法。尽管他最初的言论似乎直接沿袭了汪师韩的说法,但是随后他提出了一个论点,极大地使天平向有利于“学”的一端倾斜:

> 古人不朽之作,类多率尔造极,不可攀跻。[②] 钟仲伟有“吟咏性情,何贵用事”[③]之语。严沧浪亦言:“诗有别才,非关学;诗有别趣,非关理。”此专为《三百篇》及汉魏言之则可,若我辈生古人之后,古人既有格有律,其敢曰不学而能乎?且诗兼赋、比、兴,必熟通于往古来今之故、上下四方之迹,而多识于鸟兽草木之名。既不能无所取材,又敢曰“何贵用事”乎?
>
> 余在枢直,每公暇,辄与程春庐[④]谈艺。春庐为余述其友方长青[⑤]之言曰:“诗必以造语为工,而造语必以多读书、善用事为妙。试取《三百篇》读之,‘沔彼流水,朝宗于海’[⑥],用

---

① 梁章钜,福建长乐人,出身“书香世业”之家。一生著述近七十种,其中,关于《三国志》和《文选》的研究最为著名。政治上颇有建树,历任多省长官。见 Arthur W. Hummel, *Eminent Chinese of the Ch'ing Period* (*1644-1912*), 499-500。

② 我认为这出自刘义庆编著的《世说新语·文学》:“佛经以为袪练神明,则圣人可致。简文云:‘不知便可登峰造极不?然陶练之功,尚不可诬。’”见刘义庆:《世说新语》卷四,台北:明伦出版社 1972 年版,第 178—179 页。英译本见 Richard B. Mather, transl., *A New Account of Tales of The World* (Minneapolis: The University of Minnesota Press, 1976), 115。

③ 钟嵘:《诗品》,载何文焕辑:《历代诗话》,第 4b 页。

④ 程同文,浙江桐乡人,官至奉天府丞,曾参与编修嘉庆二十三年(1818)成书的《大清会典》。见清国史馆:《清史列传》卷七三,上海:中华书局 1928 年版,第 8a 页。

⑤ 方薰,浙江石门人,著名画家、书法家及诗人。他将书斋命名为“山静居”,其关于诗、画的有趣的专著即为《山静居诗话》(载丁福保辑:《清诗话》)和《山静居画论》(《丛书集成初编》本)。梁章钜文章中程同文所引的这段话未见于《山静居诗话》。

⑥ 见《尚书》。英译本见 James Legge, transl., *The Shoo King* (*The Chinese Classics*, vol. 3), 113。

《禹贡》也;'燎之方扬,宁或灭之'①,用《盘庚》也;'国虽靡止,或圣或否,民虽靡膴,或哲或谋,或肃或乂'②,用《洪范》也;'罔敷求先王,克共明刑'③,用《康诰》也。虞史臣之《序》曰'率厘下土方'④,《商颂》用之;《夏小正》曰'有鸣仓庚'⑤,《豳风》用之;《涂山之歌》曰'有狐绥绥'⑥,《鄘风》《齐风》两用之;《箕子之歌》曰'彼狡童兮,不与我好兮'⑦,《郑风》用之。夫商周所有之书,其见于今者亦仅矣,而其可得而言者如此,则令其书具存,将《三百篇》无一字无来历,可知也。盖钟、严所言,专以性灵说诗,未为过也。乃言性灵而必以不用事、不关学为说,则非矣。桓野王抚筝而歌其诗曰'为君既不易,为臣良独难'⑧,安石为之累欷;谢康乐之诗曰'韩亡子房奋,秦帝鲁连耻。本是江海人,忠义动君子'⑨,孝静为之流涕⑩。彼诗之感

---

① 见 James Legge, *The Shoo King*, 229。

② Ibid., 327.

③ Ibid., 386.

④ 这是《尚书》的《序》,一种传统观念认为是孔子所作,方薰(或许还有程同文)并不认同,而将其归于虞(舜)的史臣,也就是一般所说的《虞书》的作者。《书序》实际写作"帝"而非"率"。见 James Legge, *The Shoo King*, 2。

⑤ 见《礼记》卷一五,第 2b 页。

⑥ 见赵晔:《吴越春秋》卷六,《四部丛刊初编》本,第 4a 页。

⑦ 见沈德潜辑:《古诗源》卷一,《四部备要》本,第 2a 页。

⑧ 余下句为:"忠信事不显,乃有见疑患。周旦佐文武,金縢功不刊。推心辅王政,二叔反流言。"桓伊的整首歌及谢安的反应,详见房玄龄等:《晋书》卷八一《桓伊传》,北京:中华书局 1974 年版,第 2118—2119 页。也可见 James Legge, *The Shoo King*, 351-359。

⑨ 沈约:《宋书》卷六七《谢灵运传》,北京:中华书局 1974 年版,第 1777 页。(此诗后两句《宋书·谢灵运传》作:"本自江海人,忠义感君子。"——译者)关于此诗的创作背景与典故出处,参见 John D. Frodsham, *The Murmuring Stream: The Life and Works of the Chinese Nature Poet Hsieh Ling-yun (385-433), Duke of K'ang-lo* (Kuala Lumpur: University of Malaya Press, 1976), 75-76。

⑩ 见魏收:《魏书》卷一二《孝静帝本纪》,北京:中华书局 1974 年版,第 313 页;李延寿:《北史》卷五《东魏孝静帝本纪》,北京:中华书局 1974 年版,第 196 页。

人至于如此，亦可谓有性灵语矣，而皆出于用事，本于学古。然则以学古、用事为诗，则性灵自具；以不关学、不用事为诗，虽有性灵，盖亦罕矣。"①

方薰的这些言论显示出对学问惊人的信任；他说，实际上，回溯到诗歌传统的最早先例《诗经》，其中没有任何一首优秀的诗能免于用事，即学问上的借用。看到他错误地引用那些现在已经被证实晚于《诗经》时代的材料，我们可能会为他感到尴尬，但是也不得不承认有一件事他说的是正确的——用事不会必然削弱情感表达的效果，甚至可能起到强化的作用。然而他就此断定，诗"必须"以学为基础，"必须"用事，然后才能成为个人表达的真正载体，这显然是荒谬的。虽然如此，仍然有许多人与方薰持相同的意见，显然梁章钜和程春庐就在此之列，因为他们"欣然"引述了方薰的说法。

当然，也有一些人认为，严羽不仅对"学"在诗中所起的作用认识有误，而且对"理"——理性或理性原则的理解也是不正确的。《春酒堂诗话》的作者周容（1619—1679）就是其中代表：

"诗有别材，非关书也；诗有别趣，非关理也。"此严沧浪之言，无不奉为心印。不知是言误后人不浅。请看盛唐诸大家，有一字不本于学者否？有一言不深于理者否？严说流弊，遂至竟陵。②

朱彝尊也将竟陵派的发展归罪于严羽，他尤其指出竟陵派的肤浅和对"学"的忽视。③ 然而在这里，竟陵派对"理"的忽视应同样受到谴责。由于周容似乎与公安派和钱谦益（1582—1664）的观念和兴趣相一致，相对于诗歌主旨，他所指的"理"很可能意味

① 梁章钜：《退庵随笔》卷二〇，清光绪元年（1875）福州梁氏《二思堂丛书》本，第5b—7a页。

② 周容：《春酒堂诗话》，1915年张氏约园刊《四明丛书》本，第一集，第9b页。

③ 胡应麟：《诗薮》内编卷二，上海：中华书局1958年版，第37页。

着某种理性的意义模式。钱谦益[1]本人也曾谴责竟陵派对晦涩风格的偏爱，包括钟惺和谭元春在《古诗归》《唐诗归》中搜集的诗作，以及他们和其追随者创作的作品。[2] 在最好的情况下，这样的诗歌至多只是不易理解；而在最坏的情况下，它们根本没有“意义”——因此它们不可避免地冒犯了那些直抒胸臆的诗评家。

从《新知录》对多方时人的评价来看，刘仕义（生卒年不详）似乎是16世纪中叶以后一位活跃的人物。他再次断章取义地引用了严羽的话，以一种有趣的立场指出，严羽关于“学”的言论是对的，然而关于“理”的观点却不然：

> 昔人谓“诗有别才，非关学也”，诚然矣；其谓“诗有别趣，非关理也”，则殊未是。杜子美诗所以为唐诗冠冕者，以理胜也。彼以风容色泽、放荡情怀为高，而吟写性灵、流连光景之辞者，岂足以语《三百篇》之旨哉！近唐寅《送人下第诗》曰：“王家空设网，儒子尚怀珍。”[3]唐荆川以为是有怨意，因举唐人诗曰：“明主既不遇，青山胡不归？”[4]如此胸次，方无系累也。此见诗之命意当主于理矣。都穆《咏节妇》诗曰：“白发真心在，青灯泪眼枯。”[5]沈石田以为诗则佳矣，有一字

---

① 周容是一个热情的表现主义作家，服膺杜甫、梅尧臣和陆游的写作风格。钱谦益对他的诗歌评价甚高。明朝败亡后他沦落为一个性情古怪的酒鬼，过着与徐渭类似的怀旧生活，参见清国史馆：《清史列传》卷七〇，第18a—18b页。

② 钱谦益把他们描述为对“古人之微言奥旨”感兴趣的人，见他对钟惺、谭元春的小传记述。钱谦益：《列朝诗集小传》，上海：上海古籍出版社1957年版，第571—572页。

③ 此诗未收录于《唐伯虎先生全集》（载《历代画家诗文集》，第一集）。

④ 笔者无法辨认此诗出处，也未能从《荆川先生文集》（《四部丛刊》本）中找到唐寅的原文。

⑤ 笔者未能获得都穆的文集。

> 未稳。《礼经》曰“寡妇不夜哭”①,“灯”字宜改作“春”字。②此见诗之用字当主于理矣。若谓“诗有别趣,非关于理”,岂不谬哉!③

刘仕义这里运用“理”的方式,使道德原则(moral principal)和思维范式(pattern to the thought)彼此重合甚至融合为一体,因为他认为诗歌中所建议的修改不仅涉及表意的明晰(更好的“诗意”),更涉及“道”的明确。他似乎认为,这才是诗歌之伟大的原因。

大约百年后,昆山(今属江苏)人吴乔(或作吴殳,约 1661 年前后在世)作为继承了李商隐传统的西昆派诗人和诗评家,拥有极高的声誉。④ 他留下了两部批评作品,其中一部是专门阐发李商隐诗歌难点的《西昆发微》,⑤另一部是诗歌评论总集《围炉诗话》。后者的许多段落都是回应《沧浪诗话》的,其中一段同样讨论了诗歌中的“理”:

> 余友贺黄公⑥曰:“沧浪谓‘诗有别趣,不关于理’,而理实未尝碍诗之妙。如元次山《舂陵行》⑦、孟东野《游子吟》⑧等,

---

① 《礼记》卷五一,第 27a 页。

② 见顾元庆:《夷白斋诗话》,载何文焕辑:《历代诗话》,第 13b—14a 页。顾元庆对都穆追随沈周的描述是基于钱谦益的《石田先生事略》,略做改动,而《石田先生事略》是在沈周的文集《石田先生集》基础上补充而成。见沈周:《石田先生集》卷一〇,明万历陈仁锡刊本,收入《明代艺术家集汇刊》,1968 年,第 11a 页。

③ 刘仕义:《新知录摘抄》,《丛书集成初编》本,第 5—6 页。

④ 王士禛与吴乔相熟,欣赏他的西昆体诗风,参见清国史馆:《清史列传》卷一〇,第 20a 页。然而,对于吴乔对《沧浪诗话》的批评,王士禛也有严厉的批评。见王士禛撰,张宗柟辑:《带经堂诗话》卷二,清同治十二年(1873)广州藏修堂重刊乾隆二十五年(1760)本,第 11b—12a 页。

⑤ 最方便的版本是《丛书集成初编》本。

⑥ 贺裳,明末著名人物,丹阳人,吴乔同乡,他似乎更注重词而非诗。众所周知,他曾完成两部作品,一部批评研究《皱水轩词筌》,一部本人的词集《红牙集》。

⑦ 彭定求等编:《全唐诗》卷二四一,第 2704 页。

⑧ 彭定求等编:《全唐诗》卷三七二,第 4179 页。

直是六经鼓吹,理岂可废乎?其无理而妙者,如'早知潮有信,嫁与弄潮儿'①,但是于理多一曲折耳。"乔谓唐诗有理,而非宋人诗话所谓理;唐诗有词,而非宋人诗话所谓词。大抵赋须近理,比即不然,兴更不然,"靡有孑遗""有北不受"可见。又如张籍辞李司空辟诗②,考亭(朱熹)嫌其"感君缠绵意,系在红罗襦"。若无此一折,即浅直无情,是为以理碍诗之妙者也。③

尽管吴乔对"理"的看法与刘仕义大致相同,即"理"是一个既包含"道德原则"又包含"思维范式"的术语,但他更进一步将"理"区分为"普通"理性话语的原则以及"比"和"兴"的基本原则——将语言"变形"(twist)成非正常的修辞表达方式。他批评宋代诗话作者所持的"理"只关乎"赋"而"词"只表明赋所采取的语言结构(verbal configuration)的观点,恰恰相反,他认为他们也应意识到在"比"和"兴"中也有"理"的存在,虽然模式不同于"赋",但它们也由造词(crafted words)构成。事实上,吴乔坚持诗歌应该用"比"和"兴"的术语来讨论,因为不这样做会导致误入无意义的歧途——这正是他对严羽的指责:

诗于唐人无所悟入,终落死句。严沧浪谓"诗贵妙悟"④,此言是也。然彼不知兴比,教人何从悟入?实无见于唐人,作玄妙恍惚语。说诗、说禅、说教,俱无本据。⑤

在这些严厉的评论之后,我们可能会惊讶地发现吴乔在《围炉诗话》的另一部分中称赞了严羽——他认为严羽恰当地强调了

① 这是李益(约749—827)《江南词》中的对句,前二句是"嫁得瞿塘贾,朝朝误妾期"。见彭定求等编:《全唐诗》卷二八三,第3222页。

② 此诗又题为《节妇吟寄东平李司空师道》,见彭定求等编:《全唐诗》卷三八二,第4282页。

③ 吴乔:《围炉诗话》卷一,《丛书集成初编》本,第7页。

④ 见严羽著,郭绍虞校释:《沧浪诗话校释》,第12页。

⑤ 吴乔:《围炉诗话》卷五,第107页。

“学”在诗学范式中的作用。总的来说,吴乔仔细研读过《沧浪诗话》,不至于像其他许多人一样把“学”和“书”混为一谈:

> 严沧浪云:“诗禁五俗:俗体、俗意、俗句、俗字、俗韵,皆不可犯。”[①]此言最善。学问安可无师?无师则杜撰。而书家贵学师,舍短取长。诗学李、杜,正道也。李之“座中若有一点红,斗筲之量成千钟”[②],杜之“袖中有旧笔,兴至时复援”[③],其可学乎?学字先得败笔,学诗先得累句,莫若之何。[④]

下文将研究16世纪晚期到19世纪中期的一批诗论家,他们似乎以关切而赞同的态度阅读了《沧浪诗话》,因为他们与其观点一致。虽然在其他的理论问题上,他们之间有时存在着严重的分歧,但他们在对严羽的传统,尤其是诗歌才能的发展中“才”和“学”的平衡的看法上,仍保持着基本一致。在阅读这些作品之前,让我们先简单地考察一位对严羽的一切都充满敌视的批评家冯班(1604—1671)。冯班在性情、情性、性灵的观点上极大程度继承了公安派和钱谦益的传统,对《沧浪诗话》的观点不置可否。[⑤]和钱谦益一样,冯班不赞同严羽的论述,主要因为《沧浪诗话》倾向于以“禅”论诗,根据超个人的(supra-personal)、严格的形式标准划分诗歌的历史分期,并坚持盛唐是学诗者唯一模仿的诗学范

---

① 见严羽著,郭绍虞校释:《沧浪诗话校释》,第108页。

② 这些诗句不存于李白的现存作品中,而见于失传多年的《壬斋诗话》(作者不详,年代不详),又因胡继宗于《书言故事大全》中引用为人熟知,此诗被认为出自刘郛(13世纪或之前曾任青州推官)之手。见胡继宗编集,柏木常雄删补:《书言故事大全》卷二,日本明治二十年(1887)柏木氏古碧堂藏本,第13a—13b页。

③ 出自杜甫《客居》,见彭定求等编:《全唐诗》卷二二一,第2331页。《全唐诗》中这句对句略有不同:“箧中有旧笔,情至时复援。”

④ 吴乔:《围炉诗话》卷一,第6页。

⑤ 笔者曾撰文考察了钱谦益对《沧浪诗话》的态度,见 Richard J. Lynn, “Orthodoxy and Enlightenment”, 239-240; Richard J. Lynn, “The Sudden and the Gradual as Concepts in Chinese Poetry Criticism”。冯氏兄弟在批评史上的地位,见郭绍虞:《中国文学批评史》,台北:文史哲出版社1979年版,第951—959页。

式,这些都与强烈的道德意识和个人主义的表现倾向相抵牾,而在他们看来,这两者才是诗歌的本质。冯班写了一部专门用于攻击严羽的书《严氏纠谬》,收于《钝吟杂录》第五卷。尽管这部作品的大部分内容不是重复钱谦益的言辞就是沉溺于并无理论意义的琐碎问题的争论,[①]但有几段内容确实包含了创新性的观点,其中一段是关于“理”在诗歌中的作用:

> 沧浪云:“不落言筌,不涉理路。”[②]按此二言似是而非,惑人为最。夫迷悟相觉,则假言以为筌;邪正相背,斯循理而得路。迷者既觉,则向来之言还归无言;邪者既返,则向来之路未尝涉路。是以经教纷纭,实无一法可说也。此在教家已自如此;若教外别传,则绝尘而奔,诚非凡情浅见所测,吾不敢言也。至于诗者言也,言之不足故长言之,长言之不足故咏歌之,[③]但其言微不与常言同耳,安得有不落言筌者乎?[④] 诗者,讽刺之言也。凭理而发,怨诽者不乱,好色者不淫,[⑤]故曰“思无邪”。[⑥] 但其理玄,或在文外,与寻常文笔言理者不同,安得不涉理路乎?[⑦]

---

① 见郭绍虞:《中国文学批评史》,第 953 页。

② 严羽的观点(紧跟着本文开头引用的关键段落),原文如下:“所谓不涉理路,不落言筌者,上也。”参见严羽著,郭绍虞校释:《沧浪诗话校释》,第 26 页。严羽引用了《庄子》(卷九,《四部备要》本,第 6a 页)的典故:“筌者所以在鱼,得鱼而忘筌;蹄者所以在兔,得兔而忘蹄;言者所以在意,得意而忘言。”Burton Watson, transl., *The Complete Works of Chuang Tzu* (New York: Columbia University Press, 1968), 302.(原文采用郭庆藩:《庄子集释》,王孝鱼点校,北京:中华书局 2012 年版。——译者)

③ 这段话见于《礼记》卷三九《乐记》,第 23a—23b 页。

④ 要考证这样现实主义的诗歌观,请参阅 James J. Y. Liu, *Chinese Theories of Literature*, 106-116。“讽/风”“刺”来源于《诗经》大序,参见 James Legge, transl., *The She King* (*The Chinese Classics*, vol. 4), 35。

⑤ 这种对于《诗经》的描写,摘自司马迁:《史记》卷八四《屈原贾生列传》,北京:中华书局 1975 年版,第 2482 页。

⑥ 《论语·为政》。

⑦ 冯班:《钝吟杂录》卷五,《丛书集成初编》本,第 56 页。

和刘仕义的看法一样，"理"在这里似乎既指道德原则，又指诗歌话语的"微"意。[①] 冯班坚持认为禅（鉴于其与道教的关联）和诗属于两种完全不同的人类经验，前者是一种自我和世界的超现象，不可能被文字的陷阱所"捕获"，也不可能被理性的规则所"模式化"——无论这一规则何等精妙；而后者是人类在这个世界上道德状态的一种私人表达，能够而且应该以诗歌的特殊语言来表达。

明清时期，许多诗评家认同严羽的观点，我们已经看到明代主流拟古学家中有多少人认为自己继承了他的传统。现在让我们来观察其中的一些人，他们即使不是严羽的追随者，至少也同意他的观点，并从他的话中得到了启发。对下列人物的评判将构成我们讨论的基础：邓云霄（万历二十六年进士，1598），王士禛（1634—1711）以及他的门徒郎廷槐、张笃庆、张实居（均生活于17世纪末至18世纪初）、沈德潜（1673—1769）、乔亿（卒于1788年）、凌扬藻（1760—1845）。这些人都值得特别关注，因为他们都提倡一种共同的观点，即"才"和"学"是一种共生关系——彼此需要对方来实现其潜力。

邓云霄的一段话可以作为对上述批评家观点的概述：

> 书亦何可废，但当以才情驾驭之，如淮阴将兵，多多益善。[②]

作为李梦阳诗集的编纂者之一，邓云霄与明代的诗歌复古运动有着密切的关系，[③]如果这句话反映了《沧浪诗话》的影响，那么很可能是以李梦阳之流为中介而传播的。[④] "情"可以翻译为"感觉"或"感性"，但在这里它似乎也意味着"直觉"——一个人认为

---

① 见本书第18页注③。

② 邓云霄：《冷邸小言》，摘自严羽著，郭绍虞校释：《沧浪诗话校释》，第31页。邓云霄提及的韩信，见司马迁：《史记》卷九二《淮阴侯列传》，第2613—2624页。

③ 参见 L. Carrington Goodrich and Chaoying Fang, *Dictionary of Ming Biography (1368-1644)*, 844。

④ 参见前文对李梦阳的介绍。

一种做法比另一种更好的"本能的感觉"。

王士禛及其诗派对"才""学"的基本态度在17世纪下半叶和18世纪前数十年占据了主导地位,于《师友诗传录》的对话中可窥一斑。该书记录了郎廷槐的提问和王士禛、张笃庆、张实居的回答:

> 问:"作诗,学力与性情,必兼具而后愉快。愚意以为学力深,始能见性情。若不多读书、多贯穿,而遽言性情,则开后学油腔滑调、信口成章之恶习矣。近时风气颓波,惟夫子一言,以为砥柱。"
>
> 阮亭(王士禛)答:"司空表圣云'不著一字,尽得风流',此性情之说也;①扬子云云'读千赋则能赋',②此学问之说也。二者相辅而行,不可偏废。若无性情而侈言学问,则昔人有讥点鬼簿③、獭祭鱼④者矣。学力深,始能见性情,此一语是造微破的之论。"

---

① 摘自司空图:《二十四诗品》,载何文焕辑:《历代诗话》,第3a页。笔者以前把这两句话翻译成:"Without writing down a single word,/completely get the spirit of it."参见Richard J. Lynn,"Orthodoxy and Enlightenment",245。现在认为,"著"应该从字面上理解,即"附着"(be attached to)、"专注"(be committed to)。因为司空图指的似乎是一种超越语言的状态,它凌驾于诗人在创造诗歌形诸文字前的过程之上。读者显然以同样的方式体验了这类诗歌——意义通过一种使人对关涉的词语浑然不觉的方式传达出来;读者对他们也保持着"不著"的关系。

② 这句话出自扬雄,见于桓谭(约前20—56)《新论》,曾失传,后为孙冯翼重新辑录,见《四部备要》,其中引用了大量的早期资料;同样见于虚构的《西京杂记》中,但刘歆(?—23)的作品很可能是唐代的伪作,参见刘歆:《西京杂记》卷二,载程荣辑:《汉魏丛书》,第5a页。

③ 即在诗歌中堆砌历史人物的名字,参见尤袤:《全唐诗话》卷一,载何文焕辑:《历代诗话》,第18a页。

④ 由于水獭有将捕获的猎物吃掉部分后,撒落在河岸上的习惯,这种行为被认为与"祭"有关,见《礼记》卷一四,第14a页。獭祭鱼(或"獭祭")用来描述充斥陈旧典故的写作模式,这个典故可能来源于杨亿(974—1020)《杨文公谈苑》中所写的一段话,"义山为文,多简阅书册,左右鳞次,号獭祭鱼"。见高橋和巳注:『李商隠』,載吉川幸次郎、小川環樹編集:『中国詩人選集』,第15巻,東京:岩波書店1958年版,第9頁。

历友（张笃庆）答："严羽沧浪有云：'诗有别才，非关学也；诗有别趣，非关理也'，此得于先天者，才性也；'读书破万卷，下笔如有神'①'贯穿百万众，出入由咫尺'②，此得于后天者，学力也。非才无以广学，非学无以运才，两者均不可废。有才而无学，是绝代佳人唱莲花落也；有学而无才，是长安乞儿着宫锦袍也。近世风尚，每苦前人之拘与隘，而转途于长庆③、剑南④，甚且改辙于宋、元，是以愈趋而愈下也。有心者急欲挽之以开、宝，要不必借口于宗历下⑤，转令攻之者树帜纷纷耳。"

萧亭（张实居）答："有问王荆公者，杜诗何以妙绝古今？公曰：'老杜固尝言之矣，读书破万卷，下笔如有神。'黄山谷谓：'不读书万卷，不可看杜诗。'看尚不可，况作诗乎？韩文公《进学解》云：'上规姚、姒，浑浑无涯。周诰殷盘，诘屈聱牙。《春秋》谨严，左氏浮夸。《易》奇而法，《诗》正而葩。下逮《庄》《骚》，太史所录。子云（扬雄）、相如（司马相如），同工异曲。'⑥熟此其庶几乎？夫曰：'诗有别才，非关学也；诗有别趣，非关理也。'为读书者言之，非为不读书者言之也。"⑦

尽管提倡"才"和"学"的平衡，但对话中蕴含着对不受控制、

---

① 见本书第8页注①。

② 出自杜甫《赠司空王公思礼》，载彭定求等编：《全唐诗》卷二二二，第2349页。

③ 白居易（772—846）和元稹（779—831）的诗歌选集分别被命名为《白氏长庆集》和《元氏长庆集》，正是在长庆时期，白居易和元稹从各自的流亡途中返回长安，并在长安建立起密切的联系，"元白体"又名"长庆体"。

④ 陆游（1125—1210）的诗集名为《剑南诗稿》，乾道六年（1170）至淳熙七年（1180），陆游在剑南渡过。剑南因其位于大小二剑阁道之南而得名。

⑤ 历下位于山东，大明湖遗址处，大致在新城（济南）王士禛故居的范围内。

⑥ 董诰等编：《全唐文》卷五五八，清嘉庆十九年（1814）刻本，台北：汇文书局1961年版，第6b页。

⑦ 王士禛等：《师友诗传录》，载丁福保辑：《清诗话》，第1a—1b页。

未经培养的“才”及其同类“性情”的高度戒备。事实上，涉及“才”的地位，王士禛弟子们的态度远比他更为保守。当然，王士禛有真正的才华，他的名声也由此延及后世，而他的弟子们的名声并未超越当时所处的时代——他们的“才”有限，某种程度上不得不同时依赖于“书”和“学”，尤其是“学”。张笃庆在引用严羽的话时，误将“书”引作“学”，这可能并非一种偶然或疏忽。“书”的意思是书本学习（学问），而“学”也包括所有重要的模拟创作，使人能由隘路回到盛唐——当然，严羽在其他方面亦有所强调。[①] 正如张九徵（1618—1684）在给王士禛的信中所写，这种师徒之间的理论差异明显地反映在他们的诗作之间：“历下诸公皆后天事，明公先天独绝。”[②]尽管王士禛的弟子张笃庆认为，正是对“才”和其他创造才能的过分强调以及对“学”的忽视，导致了后人对白居易、元稹和宋诗中如陆游等人的诗歌的模仿，王士禛本人并没有如此狭隘，实际上他十分喜爱包括陆游诗等很多宋诗，而且据笔者了解，他从来没有单纯因为缺乏“学”的原因而诋毁唐以后的诗歌。笔者曾在其他地方提到过，王士禛在理论和实践上都代表了17世纪一种“进化的古典主义”或“进步的传统主义”，因为他愿意承认唐以后诗歌有其价值，也因为他倾向于认为传统是当前的创造力，在每一个时代都能产生伟大的、和盛唐诗截然不同的诗歌。[③] 虽然王士禛不像袁枚（1716—1798）那样被认为是性灵派，[④]然而从

① “……推原汉魏以来，而截然谓当以盛唐为法。”见严羽著，郭绍虞校释：《沧浪诗话校释》，第27页。

② 钱锺书：《谈艺录》，香港：龙门书店1948年版，第48页。张九徵是河南提学佥事，张玉书（1642—1711）之父，著名的作家、学者、上层官员，康熙皇帝的心腹。见Arthur W. Hummel, *Eminent Chinese of the Ch'ing Period (1644-1912)*, 65-66。

③ 见 Richard J. Lynn, “Tradition and the Individual”, 354-356。

④ 袁枚也对王士禛的诗不屑一顾，认为其缺乏强烈的表现力，“阮亭先生自是一代名家，惜誉之者既过其实，而毁之者亦损其真，须知先生才本清雅，气少排奡，为王、孟、韦、柳则有余，为李、杜、韩、苏则不足也。”见袁枚：《随园诗话》卷二，《随园全集》本，第5a页。

他与弟子的交流中也可以看出,他非常重视个人的"才",这种"才"与个人的性格和性情紧密相连,再多的"学"也无法弥补它的不足。[①]

沈德潜通常被认为是一位严厉的儒家人物,在人们的印象中,他是一位古板的道德家,据说在与袁枚探讨诗歌中情感的克制时落入下风。沈德潜曾批评袁枚对写作情诗的倡导与实践;[②]袁枚则按照公安派、钱谦益等人的方式,以他独特的性灵派宣言予以反击。[③] 在《说诗晬语》的不少片段及其他著述中,沈德潜同样提倡教化的观点。然而,沈德潜的诗论还有其他维度,比如对山水田园诗敏锐的鉴赏,对自我修养和自我实现在诗歌中的作用(作为"克制"和"真"的表达前提)的强调,对格律和句法在技巧层面的兴趣,以及对严羽创造的术语和概念的借用——这些在《说诗晬语》中通篇可见。以下两段关于"才""学"的文字揭示了严羽的影响:

> 诗不学古,谓之野体。然泥古而不能通变,犹学书者但讲临摹,分寸不失,而己之神理不存也。作者积久用力,不求助长,充养既久,变化自生,可以换却凡骨矣。[④]
>
> 严仪卿有"诗有别才,非关学也"之说。谓神明妙悟,不专学问,非教人废学也。误用其说者,固有原伯鲁之讥;[⑤]而当今谈艺家,又专主渔猎(即读诗因涉及经、史),若家有类

---

① 类似的观点出现在徐经《雅歌堂甃坪诗话》中:"诗学自有一副才调,具于性灵,试观古人未尝不力学,而诗则工拙各异,则信乎才自有别,非一倚于学所得也。"引自严羽著,郭绍虞校释:《沧浪诗话校释》,第 32 页。

② 见 James J. Y. Liu, *Chinese Theories of Poetry*, 114-115。

③ Ibid., 137-138.

④ 沈德潜:《说诗晬语》卷上,载丁福保辑:《清诗话》,第 2b 页。见严羽著,郭绍虞校释:《沧浪诗话校释》,第 1 页。"……然后博取盛唐名家,酝酿胸中,久之自然悟入。"有关"换却凡骨"的引用,见本书第 9 页注③。

⑤ 见《左传·昭公十八年》。鲁昭公喜欢学习,却因此被闵子马嘲笑。

书，便成作者。究其流极，厥弊维钧。吾恐楚则失矣，齐亦未为得也。①

和其他一些批评家一样，沈德潜在严羽的观点中读到了“学”而不是“书”，而“学”指的是对先贤的效仿（上引第一段）和学问（上引第二段）。他坚持模仿要与“己之神理”相平衡，更准确地说，应该和个人神理的特有表达方式相平衡。“学”与“才”相平衡，这一观点与严羽的观点高度一致。

乔亿是沈德潜的密友兼同乡，其家乡宝应离沈德潜的家乡常州不远。乔亿是一位多产的诗人，曾效仿王维（701—751）、孟浩然（689—740）、钱起（约766年前后在世）和柳宗元（773—819）作山水诗，并效仿汉魏诗风作古体诗。② 他还留下了一部批评作品《剑溪说诗》，共两卷。这本书中有很多段落讨论了书本学习在诗歌中的作用及局限。和严羽传统下的其他评论家一样，乔亿认为，事实上，虽然不能没有“学”，但“学”本身不能造就一个诗人。除了将其作为写诗的原则，乔亿还把“学”作为整体评价诗歌传统各个阶段的标准：

汉人笃学，不易为文，文出气厚。六朝文士，未尝无学，然摭华弃实，文故靡靡。唐大家及北宋人，皆有文有学。南渡后，义理之学盛，往往易于语言，而文不逮学矣。诗之升降亦然。③

在这段话中，“学”并非与“才”相对，而是与“文”相对——文字的艺术或技艺。受他本人的品味和习惯的影响，乔亿特别指出汉魏和唐代（延伸到北宋）是在“学”和“文”之间取得平衡的时代。虽然其他时代的诗歌都有“学”的成分，但涉及“文”时它们失

① 沈德潜：《说诗晬语》卷下，第5a页。

② 见清国史馆：《清史列传》卷七〇，第58a页。

③ 乔亿：《剑溪说诗》卷上，清乾隆十六年（1751）刻本，第1b页。

败了——因此,他们的诗歌是不适合效仿的。另一方面,乔亿专门讨论了“学”的局限性,是关于严羽对韩愈与孟浩然之区别的注脚:[①]

> 萧千岩(萧德藻,约1147年前后在世)[②]谓:“诗不读书不可为,然以书为诗则不可。”所以沧浪贵妙悟。[③]

在下一段中,乔亿将“知‘道’”的诗人与“浅陋之人”进行了对比:

> 《仕学规范》[④]曰:“有道之士,胸中过人,落笔便造妙处。彼浅陋之人,雕琢肝肺,不过仅能嘲风弄月而已。”[⑤]故诗学首务知道。[⑥]

“知‘道’”指的是理学的研究和自我修养。自宋代以来,这一过程很大程度上是诗歌传统的一部分,而乔亿在这一点上与更晚时期一些主要的诗歌批评家非常一致。[⑦] 然而,他同时也告诫学诗者,在这一过程中不能退化为“学究”:

---

① 见严羽著,郭绍虞校释:《沧浪诗话校释》,第12页。

② 萧德藻(生卒年不详)、陆游、杨万里(1127—1206)、范成大(1126—1193),传统上被认为是南宋优秀诗人,见 Herbert Franke, ed., *Sung Biographies* (Wiesbaden: Franz Steiner, 1976), 1260。

③ 乔亿:《剑溪说诗》卷上,第2a页。

④ 这部作品由张镃(约1195年前后在世)所著,是自宋朝以来出现频率越来越高的从政指南之一,有四卷关于散文创作,五卷关于诗歌创作。由其他来源搜集来的如今已失传的评论,以及张镃《仕学规范》中的评论,部分见于郭绍虞:《宋诗话辑佚》,北京:中华书局1980年版,第606—623页。

⑤ 张镃:《仕学规范》卷三六,《四库全书珍本三集》本,第3a页。张镃在这里引用了李錞(约1100年前后在世)的《李希声诗话》,今已失传,部分见于郭绍虞:《宋诗话辑佚》,第478—482页。

⑥ 乔亿:《剑溪说诗》卷上,第2b页。

⑦ 见 Richard J. Lynn, “Orthodoxy and Enlightenment”, 218-219, 226-232, 235-236, 255; Richard J. Lynn, “Alternate Routes to Self-Realization in Ming Theories of Poetry”。

宋以来学《击壤集》[①]者多涉学究语，又或以书为诗，以文为诗，其乏风韵以此。[②]

在《剑溪说诗》这段文字之前，乔亿引用了心学发展中王阳明的重要先驱者、明代理学家陈献章（白沙，1428—1500）的一句话，[③]他对明代理学的发展、诗歌的理论与实践也很感兴趣。[④] 陈献章在这里把"风韵"看作诗的终极表现特征——"性情"的本质，将这两段并置表明乔亿在他自己的论述中也有同样的理解。在这里，乔亿将"学"与"风韵"对比，沈德潜将"学"与"神理"对比，王士禛及其弟子将"学"与"性情"对比。尽管术语不同，但似乎涉及相同的基本含义。

我们在这里要讨论的最后一位人物凌扬藻为广东番禺人，是朱珪（1731—1807）的弟子。朱珪是乾隆皇帝和嘉庆皇帝[⑤]的心腹、阁臣和文学密友，同时也是一位诗作广泛流传且受欢迎的诗人和著述丰硕的作家。[⑥] 他写了各式各样话题的笔记，结集刊印为《蠡勺编》，正是在这里，我们看到了凌扬藻的诗歌观。下面这段话对比了"才"和"学"的关系：

《文心雕龙》谓："英华出于性情。贾生（贾谊）俊发，则文洁而体清；子政（刘向）简易，则趣超而事博；子云（扬雄）沉寂，则志隐而味深；平子（张衡）淹通，则虑周而藻密。"严沧浪

---

① 全称是《伊川击壤集》。"壤"是一种用于投球游戏的木片。"击壤"有不同的理解：在远古唐尧时期，人们生活和平繁荣，老人和年轻人，或击地和鼓而歌，或玩击壤游戏。见张协《七命》，载严可均校辑：《全上古三代秦汉三国六朝文》，《全晋文》卷八五，北京：中华书局 1958 年版，第 11b 页；李昉等编：《太平御览》卷五八四《乐部》，《四部丛刊三编》本，第 6b 页。（《艺文类聚》卷一一引晋皇甫谧《帝王世纪》："［帝尧之世］天下大和，百姓无事，有五十老人击壤于道。"——译者）

② 乔亿：《剑溪说诗》卷下，第 9b 页。

③ 陈白沙曰："论诗当论性情，论性情先论风韵，无风韵则无诗矣。"

④ 见郭绍虞：《中国文学批评史》，第 594—597 页。

⑤ 见 Arthur W. Hummel, *Eminent Chinese of the Ch'ing Period (1644-1912)*, 65-66。

⑥ 见清国史馆：《清史列传》卷七三，第 5b 页。

> 言“诗有别才”,正是此意,非教人废学也。然亦有不读书而能诗者。北齐斛律金不解押名,而《敕勒歌》①乃为一时乐府之冠。②

在这里,我们又一次看到对“才”与“性情”的认同。但别有趣味的是,凌扬藻坚信有时最好的诗歌完全与“学”无关——这是我们在本次研究中看到的除了李梦阳“江海山泽之民……不作秀才语”的观点以外,③最为激进的立场。凌扬藻远比王士禛及其追随者或是沈德潜、乔亿更像是一个个人主义和表现主义者,除了对严羽在“才”“学”上的立场持有明确的兴趣之外,他与他们几乎无甚联系。

很明显,《沧浪诗话》已经获得了一种典型意义,至少在后世的传统中,所有的经典一样,它的某些关键陈述成为一些人眼中不可侵犯的权威,以及另外一些人操纵的资源。对严羽“才”“学”的论述的种种回应确实是非同寻常的,充分证明了几个世纪以来中国文学批评传统的活力、丰富性和广泛性。笔者认为,这也表明我们应该更仔细地审视这些后期的诗歌,因为诗歌理论上的争论必然对应诗歌创作上的成果。借用一个老生常谈的比喻,我们无法看到明清诗林中的独木,或是因为我们没有用批判性的方法对其加以区分——即便是像袁枚这样古怪到独秀于林的诗人;为了和林木之喻保持一致,亦可称之为“无本之木”。那些认为诗林中诸木皆同的观点已然不再有效,因为只有在未经训练的人看来方会如此。当然,眼力的训练是为了熟悉当下理论所处的复杂的时空坐标,这标志着传统随着时间的推移而发展。本文旨在说明,明清时期的诗学创作实际上是一座异质性的森林,其理论和创作方面

---

① 见丁福保编:《全汉三国晋南北朝诗》之《全北齐诗》,台北:艺文印书馆1916年版,第20a页。

② 凌扬藻:《蠡勺编》卷二三,《丛书集成初编》本,第381页。

③ 见本书第5页注③。

的努力都值得我们进一步深入研究。

【校后记】

承蒙林理彰先生高允,授权本篇论文的中译。该篇论文第一次中译稿(关道雄译),载莫砺锋编《神女之探寻——英美学者论中国古典诗歌》(上海古籍出版社,1994 年版),但该译稿将林理彰先生的一百二十余则注释大多遗漏(只译了六则),且该译文翻译时间较早,已有进一步重译的必要。这次重译,是在林理彰先生本人指导下完成。不当之处,由校译者承担,敬请批评。

费悦 张萌 译

童岭 校

吴嘉纪诗中的道德行为*

[美]齐皎瀚(Jonathan Chaves)

在近来对中国文学最伟大的戏曲之一——孔尚任(1648—1718)的《桃花扇》的一次讨论中,宣立敦(Richard E. Strassberg)让大家注意到柳敬亭这一人物所扮演的重要角色。如同孔尚任戏曲中的所有主要人物一般,柳敬亭这位技艺精湛的故事叙述者是以17世纪的历史人物为基础塑造的:

> 在这部戏曲的所有人物中,柳敬亭最能清晰地代表戏曲家的历史观。……孔尚任本应选择一白丁作为表演者,并将其眼界置于其周边的精英文人之上,从而彰显众多清初戏曲家所共有的新社会意识。但他却以传统上低俗卑下的丑角塑造柳敬亭,由此反映出一种社会的原始主义——在危机与变革交织的时代下,人民纯粹的声音成为重申文明之最基本价值的载体。②

甲申年(1644)的政治危机激发了清初众多汉族知识分子的深刻自省,他们趋向于将明之覆亡归咎为儒家传统"最基本的价值"——"忠""孝""贞""节"的式微。倘若果真存在复兴伟大传

---

* 英文原文见"Moral Action in the Poetry of Wu Chia-chi (1618-1684)", *Harvard Journal of Asiatic Studies*, vol. 46, no. 2 (1986): 387-469。

② Richard E. Strassberg, *The World of K'ung Shang-jen: A Man of Letters in Early Ch'ing China* (New York: Columbia University Press, 1983), 261-262.感谢宇文所安(Stephen Owen)让我注意到了吴嘉纪的诗。

统的任何希望，那么随之而来的则是重申这些价值的迫切需要。对传统复兴的呼吁不仅承载于《桃花扇》这样的戏曲杰作，也承载于文人眼中自始至终最重要的文学体裁——诗歌。清初诗人在诗作中以极多的笔墨记录了各阶层普通男女的活动，包括农民、商人和底层文人，确确实实地证明了儒家基本道德的持续活力。其中数量最多、令人印象最深刻的诗作出自布衣文人吴嘉纪（1618—1684），他来自江苏中南部泰州安丰的乡村，那里属于贫瘠的盐碱地。与孔尚任一样，吴嘉纪在这些诗中选取了他所处社会环境中最无助的边缘性群体来担任“重申文明之最基本价值的载体”，其中许多还是女性。不过，他们并未像柳敬亭那样成为诗中的“声音”，而是完全通过他们的实际行为来担任这一载体。在这一点上，吴嘉纪回应了诸如吕坤（1536—1618）等晚明思想家，他们对索然无味的“关于道与天、理与气的讨论”深感懊恼和沮丧，[①]但在他们看来，这已然成为程朱学派和阳明学派所共有的理学特征。吴嘉纪应会同意吕坤所谓的“非知之艰，惟行之艰”。换句话说，空谈总是容易的，但关键在于一个人做了什么，以及其在危急时刻的行为所体现出的道德选择。

与吕坤等人不同，吴嘉纪并没有直白地道明这一观点；在杜甫（712—770）和白居易（772—846）“新乐府”诗歌传统的影响下，吴嘉纪仅仅在长篇叙事诗中呈现被他视为忠孝的真实个案，强烈暗示着正是这些历史构成了基础价值相沿不辍的证明——它们并未存迹于上层官僚的领域，而是延续于普通民众的世界。因此，这些诗中暗含的信息是中华传统价值和中华文明复兴的最后一丝希望，尽管这些诗歌语调幽黯沉郁，甚或悲戚恸切。

吴嘉纪终其一生为一介布衣隐士，将绝弃仕途作为对亡明朝廷默默效忠之举。他生活在乡村，偶尔造访过一些稍大的市镇。

① Joanna F. Handlin, *Action in Late Ming Thought: The Reorientation of Lü K'un and Scholar-Officials* (Berkeley: University of California Press, 1983), 142.

值得注意的是，他曾在扬州参与了周亮工（1612—1672）和王士禛（1634—1711）组织的文学雅集，二人是文化活动的资助者和文学的品鉴者，也都仰慕于吴嘉纪的诗作。然而吴嘉纪的绝大多数活动都局限于江苏东部的盐地和海滨，他对此地及生活于此的贫苦人群极为熟悉。吴嘉纪的诗为这片频繁受自然灾害打击的土地提供了沉重的证词：洪水、浪潮、干旱、蝗灾等等。除此之外，还有脆弱的经济基础——捕鱼业和断断续续的稻作农业（或许在高度盐碱化的土地上耕种，收成会大打折扣），但主要还是制盐业。吴嘉纪最负盛名的诗是一首无题绝句，据说后来还引发了乾隆帝“发国帑恤灶”[①]。此诗恰以两种版本见存，一种版本为：

白头灶户低草房，六月煎盐烈火旁。
走出门前炎日里，偷闲一刻是乘凉。

另一种版本为：

场东卑狭海氓房，六月煎盐如在汤。
走出门前炎日里，偷闲一刻是乘凉。[②]

如此恶劣的自然环境和经济状况可能还不是最严峻的，吴嘉纪还记载了苛酷的税收者对普通百姓施加的压力；扬州富裕的盐商剥削当地盐民所产的资源，并只给他们留下最微薄的利润；而最为严重的是人为的战争灾祸，特别是顺治二年（1645）四月二十五日至五月初三日，即臭名昭著的“扬州十日”。在此期间，立国未久的清朝的军队获准袭掠扬州市民，以此作为“对抵抗清军所作

① 吴嘉纪著，杨积庆笺校：《吴嘉纪诗笺校》附录五，上海：上海古籍出版社1980年版，第511页。杨积庆整理的吴嘉纪全集包括一千三百四十二首诗、两首像赞、两封简短的书信。粗略统计，本文探讨的这类诗可能有二十五或三十首，约占总数的百分之二。绝大多数诗表现了日常的偶然性主题，如自然灾害和各种社会问题。

② 吴嘉纪著，杨积庆笺校：《吴嘉纪诗笺校》卷一《绝句》，第10页；卷一五《安丰场绝句四首》（其三），第467页。

所为之人的严正提醒”。[①] 这场惨案还只是造成此地成千上万难民的一系列动乱之一,吴嘉纪的许多诗都涉及难民流离失所而带来的问题和苦难。同时,正是“扬州十日”和相关的事件,给吴嘉纪笔下无名英雄们的精彩瞬间提供了背景,其中包括一些女性,她们或是冒着生命危险将照看的幼童送达安全处所,或是宁可自杀也不愿屈从清兵的狂暴兽行。的确,吴嘉纪的真实兴趣不在于记述乱世的残酷,而在于给我们呈现这样的事例:在面对残酷的现实时,人们通过英勇的行为超越了恐慌。

吴嘉纪的叙事诗或可被分为两大类:一类是将人民描绘为无助的受害者,一类是将他们呈现为抵御动乱压力的英雄行动者。在更为绵长的中国诗史中,后者看起来更不寻常;杜甫和白居易的叙事诗中的主人公大半对动乱或不公的威胁无力抵抗,尽管在白居易一首振聋发聩的诗中,新丰老翁确实用自断手臂的办法达成了规避兵役的目的。[②]

吴嘉纪作于康熙元年(1662)的两首诗作形象且真实地描绘了被命运摧折的女性。《难妇行》[③]公开哀悼“妇命如尘埃”,对发生于康熙元年扬州城(吴嘉纪记载的绝大多数事件发生于此)以南四十五里的瓜洲之事展开如实的叙述。在被疯狂的敌军包围时,女子们惊惧于受困城内的前景,但当地官员却驳回了她们的逃离请求。她们便藏匿在一艘船中,希冀被摆渡到城外的安全区。船夫成功地逃脱了巡逻并离开扬州城,但藏身于货物之下的女子最后却被货物所压而殒命。在《东家行》[④]中,一位新娘依风俗规

---

① Tsing Yuan, “Urban Riots and Disturbances”, in *From Ming to Ch’ing: Conquest, Region, and Continuity in Seventeenth-Century China* (New Haven: Yale University Press, 1979), edited by Jonathan D. Spence and John E. Wills, Jr., 298.

② 白居易:《白香山诗集》卷三《折臂翁》,《四部备要》本,第 4a—5a 页。

③ 吴嘉纪著,杨积庆笺校:《吴嘉纪诗笺校》卷二《难妇行》,第 54—55 页。

④ 吴嘉纪著,杨积庆笺校:《吴嘉纪诗笺校》卷二《东家行》,第 55—56 页。诗底部的校记录有第五、六句诗句的其他版本。

定被层层袍服束缚，窒息而死。因为文字上巧妙的谐音，棉袄被认为是未来婚姻幸福的象征："绵绵缠缠直到老，风俗旧例重绵袄。"或许从这两起发生于康熙元年六月扬州城内及附近的事件可以推知，诗中暗示了吴嘉纪（与白居易不同）的典型写作特征：避免作者直接讲明，而是让事实自己发声。在第一首诗中，战争催生的恐慌最终摧毁了那些女性；而在第二首诗中，特定流俗的愚昧害死了那位无辜的新娘。两首诗都是吴嘉纪最擅长的以诗为叙事媒介的典型作品：事件无情地朝着可怕的结局展开，每首诗如同被挥剑疾斩般干净利落地结束。

然而，当吴嘉纪意识到并敬畏影响平民生命的自然和人为力量时，他并没有绝望，因为他从道德英雄主义中找到了足以获得鼓舞和希望的范例。在由四首诗构成的《挽饶母》组诗[①]中，吴嘉纪比平常更明晰地显露出他的标准。组诗的第三首陈述了饶母，即王士禛庇护的饶眉（字白眉）的母亲，如何在顺治二年扬州陷落后设法从敌军的牢狱中逃脱。她尝试以"自经"和"自焚"来杀身，而非顺从劫掳者去"偏存命一缕"。这表明与万千女性不同的是，她勉力独活的原因恰恰是其向死的意愿——并非出于绝望，而是出于个人正直。因此，这种向死的意愿实际上矛盾地呈现为一种生命的力量。饶母曾与其夫得以重聚，但因他的"远行"，饶母再次失去了他，此后孤苦无依地抚养其子饶眉，教他《汉书》和《孝经》。在记叙这一点时，吴嘉纪清晰地表述出一种基本价值观：

　　经书虽陈言，所贵能躬行。

"躬行"一词，源出《论语·述而》："子曰：'文，莫吾犹人也。躬行君子，则吾未之有得。'"吴嘉纪使用这一特定的词意在说明，他在向饶母（当然，也在向他自己）传达：实践远比书本学习重要，

---

① 吴嘉纪著，杨积庆笺校：《吴嘉纪诗笺校》卷一《挽饶母》，第 34—35 页。吴嘉纪的挚友汪楫也曾写过一首赞美饶母的诗，见汪楫：《山闻诗》，序系于康熙十六年（1677），普林斯顿大学葛思德东方图书馆影印东京内阁文库本，第 38a 页。

即使所学的书本就是《孝经》。同时他也暗示，经义应回溯至孔子本人。孔子确实在相关篇章中明确地将行动置于书本学习之上，或至少宣称前者更难以达成。饶母是一位值得尊敬的老师，因为在“扬州十日”期间，她表现出自己在“躬行”道德哲学中最理想化的状态。如今，她又将昔日两位先贤之名呈示其子，以供其效仿：曾参，孔子的弟子，也是二十四孝典范中的一员；陈平，刘邦的智囊之一。饶母既以身作则，又充当了引导其子关注前贤的老师。

吴嘉纪在诗中向我们展示了许多英雄，这些英雄儿女用具体的行动展现出一种内在的力量，使他们能够抵制或拒绝屈服于艰难的世事，而这正是基本价值观的根基。在其伊始，这种力量自显于汪玠（生于1634年）的求生抗争之中。他是吴嘉纪的挚友汪楫（1636—1699）之兄，在一场小舟被掀翻的风暴中幸存。康熙二年（1663），吴嘉纪为汪玠三十岁生辰道贺，所作长诗《汪大生日》[①]完全打破了与此主题相关的常规祥瑞意象（鹤、松树，以及炼丹大成），代之以呈现汪玠从溺亡中死里逃生的戏剧性叙述。正如康熙二年八月汪玠被称觞举寿时吴嘉纪提醒他，他的“生日”（重生之日）是当年的二月；[②]又如吴嘉纪自己在之后一首赠予汪玠的诗注中使我们知悉：“癸卯春，长玉（汪玠）负米（即归家探母），舟覆皖江，性命获全，洵有神助。”[③]然而，诚如诗中所述，是汪玠本能的求生欲拯救了他自己，而非神明：他自语“但言此身死不得”，故而能够积聚过人的力气，抓紧覆船底部，并最终漂浮到岸，抵达河畔的村庄。而与此同时，他的仆人则死于风暴中。二十年后，在贺汪玠五十岁生辰的赠诗中，吴嘉纪依然印象深刻地写道“清节曾为

---

① 吴嘉纪著，杨积庆笺校：《吴嘉纪诗笺校》卷一《汪大生日》，第33—34页。

② 吴嘉纪《汪大生日》：“老夫笑与汪大说，君之生日是二月。”“老夫”即吴嘉纪本人。——译者

③ 吴嘉纪著，杨积庆笺校：《吴嘉纪诗笺校》卷一二《醉竹先生歌赠汪长玉》，第348—349页。

神鬼祐”①。

吴嘉纪钦佩汪玠为个体生命而进行的英勇抗争,这种抗争后来成为公共领域内受“忠”鼓舞的勇气,尤其是为了明朝而英勇抗争的意愿。吴嘉纪被视为明朝遗民,司徒琳(Lynn A. Struve)提出“遗民”这一术语“不应被不加区别地用以指称满怀激情或崇敬为亡明英烈书写或发声之人”,②而吴嘉纪至少有六十三首诗被卓尔堪(约1675年前后在世)收入其汇编的著名诗集《明遗民诗》。③吴嘉纪显然将自己表现为一个明朝的追随者,这在他康熙三年致林茂之的《一钱行赠林茂之》④一诗中尤为明显。像吴嘉纪一样,林茂之也是一位隐士,其拒绝入仕本身就是一种抗议行为。据说他将一枚万历(1573—1620)通宝缝在袍服的腰带上,以此作为其出生时代的提醒。当然,铜钱本身也会唤起关于明朝的记忆。在吴嘉纪的诗中,与其共酌的同伴在见到铜钱(根据诗中的说法,这枚铜钱被林茂之保存在钱袋中)时潸然泪落,显然是在哀悼湮灭了二十载的明朝。

因此,无怪乎吴嘉纪钦羡明末抗清的奋战之人,并乐于倾听他们讲述战场上的英勇事迹。其中一人即金启明,他与吴嘉纪在客舍偶遇。正如吴嘉纪当时在《友玉客舍逢金翁启明赋赠》⑤一诗中描绘的那样,金启明恰似从《水浒传》中走出的英雄;他的外表富有吸引力,“寒如雪刃”,是个很有魅力的人物。金启明如此受人仰慕,以至于客舍的店家自己出钱款待他,当然,他也酒量惊人。

---

① 吴嘉纪著,杨积庆笺校:《吴嘉纪诗笺校》卷一二《醉竹先生歌赠汪长玉》,第348—349页。

② Lynn A. Struve, “Ambivalance and Action: Some Frustrated Scholars of the K’ang-hsi Period”, in *From Ming to Ch’ing*, 327.

③ 见卓尔堪选辑:《明遗民诗》卷八,上海:中华书局1961年版,第294页。

④ 吴嘉纪著,杨积庆笺校:《吴嘉纪诗笺校》卷二《一钱行赠林茂之》,第41—42页。

⑤ 吴嘉纪著,杨积庆笺校:《吴嘉纪诗笺校》卷一四《友玉客舍逢金翁启明赋赠》,第406页。

他蔑视当前的政府官员，之后很快转向讲述自己的光荣岁月，那时他身受十三处箭伤，仍“犹自纵横在战场”。显然，吴嘉纪自己对金启明是充满敬畏的（“昔年闻说金家翁，今日相逢客舍中”），他将金启明塑造为忠勇的典范，使其全然配得“侠烈名”。金启明完全没有传统的社会地位，但这一点并未让吴嘉纪感到困扰：是金启明的行为而非地位将其造就为一个英雄。（吴诗是我们了解此人生平的唯一资料来源。）

尽管对明代遗民怀有同情，但相比于众所周知的英雄事迹，吴嘉纪显然更多地受到不为人知的普通民众的鼓舞，较之于关乎明代的宏大“事业”，他们愿意为了他人而牺牲自己。吴嘉纪亲近家族，通过检视几代人的家传寻绎自己家族中的道德行为实例。在《宁四公诗》[1]中，他追溯到明初开国时，发现其七世族祖（吴汝宁）曾顶替需按期返回遥远的云南服艰苦兵役的兄长，却在水路征程中溺亡。《康熙扬州府志》中所载的吴汝宁传记证实了吴嘉纪长篇叙事诗中细节的准确性。[2] 吴嘉纪对其先祖的行为印象最深刻之处出自序中的一段：“宁公以弟（悌）代兄。”此处代表的关键道德价值要么是“悌（弟对兄长）”——尤其是当我们像偶尔的用法那样以“弟”字代表“悌”字；要么是“仁”——如果我们回忆起孟子对宋牼的说教，孟子告知他为弟应以“仁”而非“利”为基础来服侍兄长的重要性（《孟子·告子下》）。无论基于何种理解，宁公的做法体现出的重要道德价值都是“代”，换言之，即冒着巨大的风险为他人作出自我牺牲。宁公当然不知他将会在顶替兄长职责的过程中溺亡，但他必然意识到此程远赴云南的凶险和服役任务本身的艰辛。因而，宁公是一位经受了行为考验而非言语考验的真正的道德英雄。

---

① 吴嘉纪著，杨积庆笺校：《吴嘉纪诗笺校》卷五《宁四公诗》，第148—149页。

② 吴嘉纪著，杨积庆笺校：《吴嘉纪诗笺校》卷五《宁四公诗》笺注引《康熙扬州府志》，第149页。

宁公的行为令人敬佩，这一行为在一定程度上是由其与兄长的兄弟关系所决定的。而作为吴嘉纪最有影响的叙事诗之一《董妪》[①]中的女性英雄，董妪在动荡纷乱的顺治二年（1645）“扬州十日”期间无私英勇的行为，并不是为了亲戚，而是为了她所侍奉的女主人委托给她的男婴。她的故事在吴嘉纪的友人汪懋麟（康熙六年进士，1667）所撰的一篇散文记述中得以证实：

> 董氏，江都以死节著闻韩文适先生家妪也。当乙酉城破时，先生与夫人萧氏及其长子将就死。夫人痛韩氏之绝也，抱三岁儿泣拜妪。妪泣受，裹诸怀，即夜遁。当是时，万马屠城，城中火起，照锋刃如雪。天大雨淙淙，与戈甲声乱，杀人塞坊市。妪匍匐蛇行刀头马脚之下，伏死人中，从城窦出，匿江滩，拾麦穗啖儿，得不死。乱定，投韩之故人高氏，义育之。及长，以有成，即余友醉白名魏者也。醉白初为孤童，其故人者复以事破家，即自为计。尝读书僧寺，不能朝夕妪。妪居郭外村舍，思醉白并哀其主夫妇之死也，日夜哭不止。其子患苦之。家畜一牛，妪曰：“尔无苦，吾为尔牧。”即牵之野，伏田塍下，仰天大哭，人莫能劝也。自是以为常。后醉白有事四方，得钱归，即往省妪，置酒肉；妪喜，持醉白抚弄如婴儿。辞去，复大哭。[②]

尽管汪懋麟的传文中韩魏没有吴诗中那么无情，故事的细节仍然大致相同。也许吴嘉纪通过强调韩魏对董妪缺乏感恩，以凸显董妪在冒着生命危险拯救已故女主人之子一事上的无私无畏。她的大忠比整个韩家（除了那个婴儿外）出于忠诚的自尽（loyal suicide）更使吴嘉纪印象深刻。吴嘉纪刻画的董妪也不是一个超人的形象，韩魏明显的忘恩负义使她悲伤得几近发狂，但是没什么能损害她行为本身的尊严，这个行为向吴嘉纪证实，忠的道德价值

---

① 吴嘉纪著，杨积庆笺校：《吴嘉纪诗笺校》卷一二《董妪》，第357—358页。

② 吴嘉纪著，杨积庆笺校：《吴嘉纪诗笺校》卷一二《董妪》笺注引汪懋麟《百尺梧桐阁文集》所载《董妪传》，第358—359页。

在他的时代仍然存在。

不过,董姬的行为在某种程度上也可以说是取决于她与女主人的主仆关系。在康熙二十年(1681)应好友姚潜(如吴嘉纪一样,是一位入选《明遗民诗》[①]的诗人)之请作诗纪念王解子夫妇时,吴嘉纪才有机会表彰一种被视为彻底无私的舍身为人之举。这则故事再次得到其他文献的佐证,[②]事涉如皋县(约在泰州东南六十公里处)一位当地人的妻子,仅知其夫被称作王解子。当王解子被派去押送一位殉国的明遗民的遗孀时,她因同情这位遗孀而提出代其流放![③] 如吴嘉纪在诗序中所言,她"愿以身代"。一如前引《宁四公诗》,吴嘉纪在这里再次使用了关键词"代",并且似乎是为了将这一点表达透彻,他在此诗的第二十四、二十五、二十八句解子妇自述的过程中,三次重复使用这个字。最后,一位"故里客"因敬仰"义士妻"而将其以金赎回,使解子妇得以归家与其夫团聚。因此,她的行为不像宁四公那般不幸致死,也不似董姬那般招致忘恩负义的回应,而是代之以她和丈夫拥有新的幸福为结局。对其夫而言,他对妻子平添了一份尊重,起初他不愿与一介女流分享最深层的感情,最后却因她的勇气而心生敬慕。此诗所隐含的是对女子道德成就更多认可的呼吁,这在吴嘉纪的挚友孙枝蔚(1620—1687)《为秦母刘太孺人苦节乞言引》一文中得到了更直白的呼应。在注意到一些女子的事迹已载于史册之后,孙枝蔚哀悼道:

> 然而中间湮没无闻者,亦复不少,余窃为太息焉。岂贤妇人生世有幸不幸乎?抑士大夫有文章之名者,或不尽关心风

① 见卓尔堪选辑:《明遗民诗》卷一三,第553页。

② 吴嘉纪著,杨积庆笺校:《吴嘉纪诗笺校》卷一〇《王解子夫妇》笺注引《留溪外传》所载《王义士传》,第301—302页。

③ 吴嘉纪著,杨积庆笺校:《吴嘉纪诗笺校》卷一〇《王解子夫妇》,第300—301页。那位遗民是许元博。

化耶?不然则其子或无令闻望,足动当世之名公钜卿以表扬其母,故至于斯也。呜呼!亦足伤矣。①

因此可见,吴嘉纪、孙枝蔚等同时代之人对女子的道德行为给予了特别的关注,以此弥补他们认为的社会在这一问题上的不够关注。但即便如此,上述三首诗(有关宁四公、董妪和王解子夫妇)所述之行为体现出的“仁”和“忠”的美德,包括了男性和女性。这些美德看起来突破了阶级的界线:董妪是一位低贱的女仆;王解子夫妇隶属于下层士大夫阶级,抑或更像是界定模糊的底层市民;而宁四公则是真正意义上的士大夫阶级中的一员。

然而,有一种美德看起来确为女子所独有,即“贞”或“节”(这两个字在这种用法上大意类同)。吴嘉纪以各种方式向我们呈现了大量拥有此种美德的女性的事例。一些为之而死,相反,另一些则通常为了养育子女(或孙子女),怀有期望并坚持继续生存,拒绝赴死。因此,所有这些女子都可被视作像前述的英雄们一样愿为他人而牺牲,又或是愿为保存“贞”“节”的美德而献身。如果我们将这一美德理解为不仅包括对性的节制,而且涵盖了一个女子被认为恰当合宜的全部行为,那么“贞”和“节”可能应被译为“chastity”。

吴嘉纪有几首诗刻画了在敌军的劫掠面前情愿自杀而不愿屈服受辱的女子,其中最好的一首《李家娘》②再次以创巨痛深的“扬州十日”为背景。吴嘉纪在可怖的细节上不吝笔墨。像在别处一样,他于此表现出自己将诗歌引入叙事文学领域的惊人愿景,而这一领域通常仅有通俗小说和戏剧涉足。同时,他巧妙地运用诸多先前文学资料中用以表达轻视古匈奴的词汇(例如,第三解第二句中的“兜离”出自班固[32—92]的《东都赋》,原指一首蛮夷乐

---

① 孙枝蔚:《溉堂集·文集》卷一《为秦母刘太孺人苦节乞言引》,美国国会图书馆藏早期本,第17b—19a页。

② 吴嘉纪著,杨积庆笺校:《吴嘉纪诗笺校》卷一〇《李家娘》,第298—299页。

曲，但后来在《后汉书》中也被用以指代匈奴人的言语），在此明显借其影射满族。像吴嘉纪的其他一些诗一样，这首诗也被分割为若干“解”。“解”是一个源于古乐府的早期术语，吴嘉纪无疑旨在表现当时的英勇行为和与古体诗有关的振奋人心的道德氛围之间的联系。在故事的结局中，李氏夫人虽身死却贞节永固，而缺少勇气的其他女子则哭泣着被骆驼载离，沦为蛮夷的女人。

与《李家娘》相关的作品是《粮船妇》[①]，它或许是吴嘉纪所有叙事诗中最强有力的作品，被卓尔堪的《明遗民诗》收录。事实上，解读此诗的譬喻并不难。丈夫敦促妻子接受提议去为船夫做妾（实际是“婢”，但船夫的真实意图难以分辨），一如《李家娘》中的其他女子，是甘愿向船夫所代表的恶势力屈服之人的象征。然而诗题中的妻子则是遗民中最出色的典范，这位女性英雄宁愿以自身生命为代价，也要守护道德的完好（这是数世纪前孟子描述的著名的“鱼与熊掌”之选择，见《孟子·告子上》）。此诗并非仅言象征而别无他物，正是这位妻子所作所为呈现出的具体特性，使她被树立为儒家道德信念的典范。

并非只有吴嘉纪关注到粮船妇的高尚行为。明代重要散文家归有光（1507—1571）的曾孙归庄（1613—1673）就曾为其作传，揭示她原本姓“海”[②]，他也像吴嘉纪一样预见到了许多相同的状况。但与吴嘉纪截然不同的是，归庄呈现出故事细节的另一面，他告诉我们：船夫哄骗那位丈夫远航，然后在其妻“力捍”强暴时将她杀害，藏尸于运米船中。当船夫派人谋杀那位丈夫时，那人暗中向官府告发，官府调查此案后逮捕并处决了船夫，且在毗陵立祠纪念那位妻子。如果我们假设归庄遵照了其曾祖父建立的传统，尽可能准确地寻索了事件的真相，那么吴嘉纪将会被视为改动了故事的

① 吴嘉纪著，杨积庆笺校：《吴嘉纪诗笺校》卷四《粮船妇》，第119—120页。

② 吴嘉纪著，杨积庆笺校：《吴嘉纪诗笺校》卷四《粮船妇》笺注引归庄集中所载《海氏传》，第120页。

情节发展,因为在他的诗中那位妻子自裁而亡,而非成为谋杀的受害者。吴嘉纪一定欲在强调粮船妇的反抗意志,甚于强调其“力捍”的程度。他们对事件其他细节的描述也不尽相同。由此可以认为,在吴嘉纪的其他诗中,一定程度上的情节改写也很可能同样存在,尽管整体上看来吴嘉纪参用了真实的事件。这些事件可能直接引起了他的注意,也可能在某些情况下是他从文献资料中获知,或者以上两种情况皆有。

作为挚友,孙枝蔚经常“回应”吴嘉纪有关道德行为的诗,康熙二十二年(1683),他写了首题为《雨舟望海烈妇祠》①的诗,并在附录的注释中提到了吴嘉纪的诗;另一位吴嘉纪和孙枝蔚共同的朋友陈维崧(1626—1682),此前也已作词《大酺·题毗陵海烈妇祠》②来纪念那位妻子。为了形成细密的意象与典故之网从而引人追忆,陈维崧这首不同寻常的词回避了吴诗叙事的清晰性。在序言中,当陈维崧说她“不屈而死”时,看起来是仿效了吴嘉纪;但在词中,陈维崧似乎对营造一种神秘甚至是浪漫的气氛更感兴趣,这与吴嘉纪的风格形成对比。通过遴选措辞,他暗示这位“圣女”在某些方面令人回想起王昭君(注意词中提到王昭君的埋葬之处——“青冢”)。更令人惊奇的是,词中隐含女主人公与苏小小的比较。据说歌伎苏小小曾作歌吹之音,诉说于墓前等待的情人;她还与李贺(791—817)的一首有“翠烛”意象的名诗③有关,而这一意象也出现在陈维崧的这首词中。④ 的确,词中其他诸如“神弦”“醉觋”的指涉强化了李贺那令人毛骨悚然的世界给人的印象,也在一定程度上强调了那位妻子悲惨地化身为鬼神。如果说

① 孙枝蔚:《溉堂集·后集》卷五《雨舟望海烈妇祠》,第10b页。

② 陈维崧:《陈迦陵词全集》卷二九《大酺·题毗陵海烈妇祠》,载《迦陵全集》,美国国会图书馆藏康熙刻本,第12b页。

③ 李贺:《李长吉歌诗》卷一《苏小小墓》,《四部备要》本,第9b页。

④ 傅德山(J. D. Frodsham)提出此意象指涉鬼火,见J. D. Frodsham, *The Poems of Li Ho* (Oxford: Oxford University Press, 1970), 30。

有什么区别的话，相比于吴嘉纪选择强调女子的行为，陈维崧对材料处理的程度更强，因此吴嘉纪在诗中选择了更直白的叙事结构。同时必须谨记的是，陈维崧所从事的词之传统无疑将其引向减少叙事、增加抒情和展现氛围的方向，更不用说他所选用的罕见词牌，在过去几乎仅被周邦彦（1056—1121）这位最复杂难解的词人使用过。在周邦彦的作品中，残缺不全的意象创造出了万花筒般的效果，这与吴嘉纪从白居易的“新乐府”传统中所师法的叙事清晰性几乎背道而驰。

在吴嘉纪的道德行为诗中，呈现的常见情景是一位丧夫的年轻寡妇（他们有时则仅是未婚夫妇，这种情况下事例更富戏剧性）紧接着就被其亲属逼迫去嫁予他人。江都池烈女[①]在发现自身进退维谷时便急于自尽，尽管起初三次绳断，但她最后仍达成了目的。在池烈女的眼中，她的行为代表了对“贞”“节”的坚守，（如果她接受了嫁给她已故未婚夫的兄弟的提议）她的再嫁会是“令人乱匹配”，继而会将其人性降低至兽性的程度（“人生岂牛羊”）。孙枝蔚在为另一位烈妇所作诗的首句里写道“节妇如忠臣”[②]，清晰地为自己界定了这一主题的意义，想必对于吴嘉纪而言亦是如此。孙枝蔚文集中，此诗仅仅数页之后，便是其作于康熙十九年（1680）应和吴嘉纪《江都池烈女诗》之作（由此我们可将吴诗系于同一年）[③]。因此，女性的贞节和男性的忠诚被视作同一美德的两面。这一认知进一步促使我们从诸如《江都池烈女诗》等诗作中解读出遗民抵抗清廷的隐喻，就像在《粮船妇》中我们只需牢记，这一隐喻可能是第二层次的解读；毕竟，这些诗根本旨在将我们的主要注意力导向这些特定女性真实具体的行为。

---

① 吴嘉纪著，杨积庆笺校：《吴嘉纪诗笺校》卷九《江都池烈女诗》，第 260—261 页。

② 孙枝蔚：《溉堂集·后集》卷三《朱斋三母费太孺人贞节诗》，第 6b 页。

③ 孙枝蔚：《溉堂集·后集》卷三《江都池烈女诗和吴宾贤》，第 10a—10b 页。

与《江都池烈女诗》紧密相关的是吴嘉纪最长的叙事诗之一《梅女诗》[1],其中的女英雄正如池女一样决意自杀。当上吊未遂(她被兄长及时发现)时,她下决心绝食至死,并且通过沐浴、梳发和在鞋上缀饰珍珠等方式为其死亡做礼节性的准备。然而,梅女的处境与池女稍有不同:她的亲戚(父、叔、兄、嫂)都待她友善,且没有逼迫她再嫁。相反,她的阿叔在她被浪荡的丈夫(可能只是未婚夫,如前首诗)遗弃一事上与她有同样的愤慨。因此,对她而言,在被"荡子"抛弃无法忍受羞辱后,自杀是重获个人尊严和荣誉的途径。这首诗在故事情节的展开上的细致甚至超过了吴嘉纪对叙事细节的一贯标准,这种精密的叙事通常在短篇传奇中才可得一观。

我们能从诸如此类的诗作中推导出吴嘉纪鼓励所有的寡妇或弃妇自杀吗?在作于顺治十七年(1660)的《短歌为丰溪吴节妇赋》[2]一诗里,吴嘉纪为其友人吴延支之母胡氏的六十生辰祝寿。在首先谈及她如何早年丧夫(实际上,那时她二十三岁)后,吴嘉纪颂赞她"忍心称'未亡',珍重腹中雏",继而描述她如何养育延支使其成为"大吴宗"的成功学者,然后以这样的道德训谕收尾:"始知昔日不轻弃此躯,不学人间小丈夫!""小丈夫"或许是指那些盲目地强制每一位寡妇自杀的人。吴嘉纪的立场看起来更为灵活:他赞赏池女和梅女出于道德情感的自杀行为,即便此处我们已然分辨出两种看似不同的动机——池女是受其对婚约的忠诚推动,而梅女则是羞耻感使然——但二人都能被视作"贞""节"的不同面;吴节妇决意活下去以抚养其子,在她的例子中,吴嘉纪认为"节"之一词同样适用。看来吴嘉纪并非自杀行为本身的拥护者,他钦佩贞节之美德,贞节在不同的语境或处境下会致使寡妇自尽

① 吴嘉纪著,杨积庆笺校:《吴嘉纪诗笺校》卷一四《梅女诗》,第428—429页。

② 吴嘉纪著,杨积庆笺校:《吴嘉纪诗笺校》卷一三《短歌为丰溪吴节妇赋》,第398页。

身亡或是维系生命直至老去，这取决于特定的女性在其所处的特定环境中如何看待责任。这使人联想到《桃花扇》中正面人物所示范的遗民行为方式，显然孔尚任对他们所有人都倍加钦佩。在一则生动的事例中，吴嘉纪赞美了一位在甲申年(1644)绝食殉国的明代遗民的遗孀，她为了照料舅姑并抚养三岁的幼子而继续存活——这就是程节妇[①]。此外，吴嘉纪希冀能有采风者出现，使其诗作得以保存并引起当权者的注意(程节妇之子程岫是吴嘉纪的密友)。那位遗民自杀的决定及其遗孀保全生命的决定，显然被吴嘉纪一同视为组成所谓"大节"的事例，最终被他视作同样崇高的美德。

因此，在特定的语境中，自杀可能是懦弱的举动，是绝望而逃避责任的行为，甚至是沽名钓誉的企图。然而在其他语境中，它是英勇的行为，是道德担当的正面宣言。吴嘉纪在诗中着手纪念的正是这些例子，他甚至还记录了以继续存活于世为道德担当的事例。

著名的宋明理学家王艮(1483—1541)之子王襞(1511—1587)在16世纪宣称："人之性，莫大于孝。孝为百行之源(此处的'行'也可译为'行为')。"[②]王艮之于吴嘉纪的影响我们将在后文讨论(像吴嘉纪一样，王艮是安丰本地人)，现在应先注意到，早在明代中叶，至少王艮学派的思想家们就对"气""理""心"等形而上学的概念以及其他所有理学疑难术语愈加不耐烦，同时，他们正将注意力转向能被视作潜在之"行"的儒家价值(在这些价值中卓然独立的是存在已久的"孝")。

吴嘉纪定会赞同王襞的名言，足以为证的是他将孝道作为激励人心的情感，置于其道德行为诗作的首位。在这些诗中，他刻画

① 吴嘉纪著，杨积庆笺校：《吴嘉纪诗笺校》卷七《程节妇》，第224—225页。

② 王襞：《明儒王东厓先生集》卷一，与王艮集合刊为《明儒王心斋先生全集》，1912年安丰场和上海东台袁氏印本，第20a页。

了一系列为了父母或公婆而牺牲的行为，其范围从卖掉自己珍贵的书籍以承担先妣的祭祀费用，到希冀通过自残来救治双亲的疾病，甚至有时不惜以死为终。

在有关祭祀其先妣的一首短诗中，吴嘉纪彰显了自己的孝道（并透露出他的生活是何等之清贫）：

卖书祀母

母没悲今日，儿贫过昔时。
人间无乐岁，地下共长饥。
白水当花荐，黄粱对雨炊。
莫言书寡效，今已慰哀思。①

尽管对于一位学者而言，鬻卖书籍已是一种巨大的牺牲，但孝子汪子喻则作出了更大的牺牲。汪子喻的两个儿子与吴嘉纪熟稔，他们向吴嘉纪展现了其父在松泉间身着隐士装束的画像。吴嘉纪在《题汪孝子子喻先生遗像》的诗序②中清晰地表明，汪子喻已放弃仕途而成为隐士，以便能奉献精力以侍奉其母。此处儒家之"孝"和道家之"隐"意想不到地融合（注意他隐居之处叫作"炼丹峰"），这于北宋种放（卒于1015年）之例中已见端倪。据《宋史·种放传》③（意味深长的是，他被列于"隐逸"部，而非预期中的"孝义"部），种放的母亲居然主动焚毁了他的笔砚，以防止他走上仕途。种放被进一步描述为反佛教者（他撕毁佛经以制作窗帘）。他的品格得到当时著名的诗人王禹偁（954—1001）的认可，在种放的母亲逝世之际，王禹偁上表请愿资助其母的葬礼，以便

① 吴嘉纪著，杨积庆笺校：《吴嘉纪诗笺校》卷一《卖书祀母》，第36页。

② 吴嘉纪著，杨积庆笺校：《吴嘉纪诗笺校》卷九《题汪孝子子喻先生遗像》，第281—282页。

③ 脱脱等：《宋史》卷四五七《种放传》，北京：中华书局1977年版，第13422页及之后各页。

"扬隐士之清规,劝孝悌之俗"[①]。王禹偁对结合道教色彩的"孝"的公开认可,在吴嘉纪对其同时代人汪子喻的褒扬中得到了回应。吴嘉纪对种放的传记或许熟悉也或许未详,但他在诗中对四言古体的运用,如同他将长篇叙事诗分成若干"解"一样,无疑是筹度之下的结果。他借此表达如下要旨:常与古人相关联的那种道德担当,在当世依然存在,也依然值得被"采诗者"以文学形式保存下来。

就吴嘉纪的先祖——早于其六世的祖姑母(她应如宁四公一样生活于明初)而言,女性的牺牲(放弃婚姻以侍奉其母)与孝子汪子喻的牺牲(放弃仕途)效用相当,足堪并提。吴嘉纪为她所作的《祖姑诗》[②]构成了他在自己家谱中寻找的道德英雄的又一事例。类似于孝子汪子喻,他的祖姑母不堪丧母之哀而亡。同样的命运发生在另一位孝道典范鲍念斋的身上,他的故事在吴嘉纪为其所作的《挽鲍念斋》诗序[③]中被提及。鲍念斋的父亲是顺治二年(1645)"扬州十日"中无数受害者之一;当时鲍念斋年仅九岁,"往芜城寻父尸"。他仅能找回装有其父敝衣的笥,于是以之代替其父真正的尸骨下葬。在母亲身故一年后,鲍念斋哀恸而亡。因为鲍念斋被吴嘉纪称为"诗友"[④],故而我们假设,在经历悲惨的结局之前,鲍念斋已长大成人。吴嘉纪对孝子汪子喻、自己的祖姑母和鲍念斋的兴趣,源于他们浓烈的悲伤以及前二人的行为所彰显的自我奉献之高尚。他们三人的生命充分证实孝道作为一种鲜活的情感所拥有的生机。

---

① 王禹偁:《小畜集》卷二二,《四部丛刊初编》本,第 7b—8a 页。(论文作者对引文略有改动,原文为"上则成先皇之雅意,下则扬隐士之清规,亦足以激浮竞之风,劝孝悌之俗"。——译者)

② 吴嘉纪著,杨积庆笺校:《吴嘉纪诗笺校》卷五《祖姑诗》,第 147—148 页。

③ 吴嘉纪著,杨积庆笺校:《吴嘉纪诗笺校》卷二《挽鲍念斋》,第 71 页。

④ 吴嘉纪著,杨积庆笺校:《吴嘉纪诗笺校》卷六《赠鲍节妇二首》笺注,第 196 页。

死亡常被认为是至高无上的牺牲,而吴嘉纪在许多诗作中描绘了一种可以被看作与死亡的奉献程度相当的行为(甚至能导向死亡),甚至比死亡还要更为严峻。这可以被描述为一种自残行为(中文术语则是“割肉”“割股”),这种行为是基于一种信念,即身患顽疾的父母服用子女的血肉制成的汤羹就有可能被治愈(或者用相似的方法制成药膏涂抹在患处)。显然,这一信念为众多儒家学者所反感,我们稍后将检视这一至少早在唐末就已趋白热化的情感争议。上海出版的吴嘉纪诗集的笺校者杨积庆是位治学谨严的学者,他在集中删减了吴嘉纪的某些诗作(删减的诗作大多正是围绕“割股”这一主题,仅有的一首特例是关于一位小妾拒绝在主人死后改嫁),原因是它们“封建意识特别浓厚”①,这也表明对这一问题至今依然留有争议,但是为了对吴嘉纪叙事诗中的道德行为进行全面的探索,我们需要挖掘并检视这些诗作。②

吴嘉纪对家族成员中具有节义事迹之人的搜索并不限于其远祖(如关于宁四公和祖姑母的诗),他也在与其同时代的亲属中寻找到这样的个体,例如他的仲兄之女吴长③。《侄女割股诗》的诗序中陈述了她的传奇故事。④ 因为产妇不宜入病房的观念(这一观念因巴金的小说《家》中第三十四章“瑞珏”一节而闻名⑤),侄女吴长被阻拦,无法探望其病笃的父亲(尽管此前在尝试探病时她曾跌倒并陷入过度的担忧,她的待产也因此变为流产)。别无

---

① 吴嘉纪著,杨积庆笺校:《吴嘉纪诗笺校》,编例第2页。

② 清康熙十八年(1679)方鸿逵刊刻、汪懋麟作序的吴嘉纪别集《陋轩诗》收录了这些诗。

③ 英文原文在此处正文及附录此诗的英译中,均将吴嘉纪侄女之名写作“长仲”,应属原作者对诗序此句的句读有误。诗序曰:“侄女名长,仲兄嘉绅女也,适鲁氏,居与兄邻。”吴嘉绅为吴嘉纪之仲兄,其女应单名“长”字,而非名为“长仲”。——译者

④ 吴嘉纪:《陋轩诗》卷二《侄女割股诗》,第2b—3a页。

⑤ 此情节见《家》通行本第三十六章。——译者

他途以示拳拳孝心的她只能向灶神焚香（在民间信仰中，灶神的出现是为了保护作出如下行为之人）并“刲左股”，制成肉糜以飨其父。其父病愈，而她自己的伤口也痊愈了。吴嘉纪的表述强调了侄女的决心。出于担心磨刀的声响会引起注意（整个过程必定对父母保密），她使用了钝刀，这必然会极大地加剧痛楚。然而我们得知，她并未感到十分疼痛；更神奇的是，竟没有血流进承接的瓠中。无痛和无血实际上如同奇迹，所以引得“人来看空瓠”。吴嘉纪真的相信虔诚的孝道能感召出来自上天、自然或灶神奇迹般的回应吗（“人皆谓神明默佑”）？在著名的“新安画派”画家汪家珍为长者徐翁的七十寿辰敬绘的关于古人盛德之事的画上，吴嘉纪题写了组诗《后题图诗十二首》，并在其中一首《题采芹图》[①]中提到一位孝顺的孙儿的泪水奇迹般地使其祖母最爱的蔬菜（芹菜）在冬月里生长。眼前的这一实例就发生在吴嘉纪所处的时代，并且就发生在他的直系亲属中。吴嘉纪确信无疑地将事件呈现为记载在册的事实，那么我们可以假设，他确实相信《侄女割股》诗所记事件的真实性。鉴于我们对此的怀疑，我们可以不考虑这一事例中假定存在的那些奇迹，但我们至少应当认为自残行为确实发生了。

吴嘉纪侄女的行为可被视为是出于本能，因为她是为了生父方有此举。然而汪孝妇和吴氏这两位女子则是为了公公而割股。吴嘉纪所作的前一首《割肉诗为新安汪孝妇作》[②]启发了好友——岭南大家、诗人和明代遗民屈大均（1630—1696），他写下《后割肉诗为汪孝妇作》[③]，并在序中提供了更多的细节，其中包括汪孝妇

① 吴嘉纪著，杨积庆笺校：《吴嘉纪诗笺校》卷八《后题图诗十二首·题〈采芹图〉》，第238页。

② 吴嘉纪著，杨积庆笺校：《陋轩诗》卷一《割肉诗为新安汪孝妇作》，第4b—5b页。

③ 屈大均：《翁山诗外》卷二《后割肉诗为汪孝妇作》，清宣统二年（1910）国学扶轮社铅印本，第40a—41b页。

在康熙二十三年(1684,吴嘉纪去世当年)后的生活信息。看来,在其夫亡故后,出于未能像之前治愈公公那样成功地治愈其夫的悲痛(按照屈大均的解读),她将以右臂(她曾割左臂以救治其公公)之肉做成的汤羹献给了棺椁中丈夫的遗体。屈大均提到,康熙三十年(1691)汪孝妇之子曾何等希望说服吴嘉纪为其母的五十生辰作诗纪念,显然此人未能意识到吴嘉纪业已过身七年(或许这是对吴嘉纪行踪隐蔽的一种暗示)。汪孝妇与"古之贤媛"举止的相似性使屈大均印象深刻,康熙三十一年(1692)他应允了汪孝妇的小叔延请自己为她作生辰贺诗的请求,写下上述作品。与吴嘉纪一样,屈大均在诗中对她先前的行为极为赞赏,但却质疑她后来的行为是否真的必要。由此也揭示出即使是在与吴嘉纪过从甚密之人中,对这一主题的不安一定程度上依然存在。

这种不安在孙枝蔚的一首诗中变得更加明确。这首诗是对吴嘉纪所作《吴氏》诗的和诗。吴嘉纪的《吴氏》诗[①]向我们展现了另一件令人惊讶的事例。当时,来自吴嘉纪籍里安丰的本地村妇在公公不可思议地要求她的丈夫割肉以为其治病时,替代了她患病的丈夫(关键词"代"再次被使用)。即使是接受这一行为的那些人,也会认为考虑到病中父母的情感,对他们隐瞒真相十分重要,这也是为何吴嘉纪的侄女宁愿承受痛楚也要防止其家人发现她的行为。而此处却有一位父亲公开地要求自己的儿子实施自残!然而,吴嘉纪并不想对这位父亲进行评判,他意在标举赞扬其儿媳妇的所为——它同时暗示了妻子对丈夫的奉献和儿媳对其公公的孝顺(看来在此处,她对公公的孝顺与她的公公是否值得这样的奉献,这两种考量是相互独立的)。这首诗同样被分成若干"解",将这位女子塑造成又一位节义事迹的女性英雄。与汪孝妇相比较,吴氏死于割股之伤,我们得知她流了十二个日夜的血。(是由于她患有血友病,还是此处只是运用了诗歌的夸张手法?)

---

① 吴嘉纪著,杨积庆笺校:《陋轩诗》卷五《吴氏》,第39b—40a页。

然而在应和吴嘉纪而作的《吴氏和宾贤》一诗的诗序中，孙枝蔚在表达了他义愤于吴氏公公可憎的要求后，勉强承认吴氏确实展现了“心存忠厚”；但紧接他又责备吴嘉纪的诗缺乏使此类行为免于在后代发生的“垂戒”。[①]

在如吴嘉纪和孙枝蔚这样的挚友之间甚至都存在对自残行为的接受分歧，恰恰证明这一问题多么具有争议性。在唐代，韩愈(768—824)与皮日休(约833—883)二人皆强烈谴责了上述类似行径。韩愈在著名的《鄠人对》[②]中提出了基本论点：对患病双亲的孝顺行为应当止于提供适当的药物与治疗；在先贤中并未有伤害自己身体的先例，这样做存在死亡的风险(或许在数世纪之前，像吴氏那样遭受死亡的事例已经引起了韩愈的注意)，反而会危及家族血脉的传承，即最为不孝之过。皮日休在《鄙孝议》[③]上、下两篇中主要重复了韩愈的观点，并指出“夫人之身者，父母之遗体也。剸己之肉，由父母之肉也”。他进一步认为许多这样的行为“大者邀县官之赏，小者市乡党之誉”，并呼吁官方将其禁止。

距吴嘉纪和孙枝蔚时代稍近的王艮重申了韩愈和皮日休反对以孝为名而自残的论述，尽管他的措辞并不那么雅致。王艮著名的文章《明哲保身论》中云：

> 若夫知爱人而不知爱身，必至于烹身割股，舍生杀身，则吾身不能保矣。吾身不能保，又何以保君父哉？[④]

同时，王艮还有一首不太知名的四言打油诗《孝箴》，他在诗中不情愿地承认：“苟不得已，杀身成天(天性)。”[⑤]他所举的例子

---

① 孙枝蔚：《溉堂集·后集》卷三《吴氏和宾贤》，第11b—13a页。
② 韩愈：《韩昌黎全集》卷二《鄠人对》，香港：广智书局，第493页。
③ 皮日休：《皮子文薮》卷八《鄙孝议》，上海：中华书局1959年版，第86—89页。
④ 王艮：《明儒王心斋先生全集》卷一《明哲保身论》，第12b—13a页。
⑤ 王艮：《明儒王心斋先生全集》卷二《孝箴》，第9a—9b页。

包括了诸如伯夷、叔齐、泰伯、申生这样的先贤，言下之意似乎是，在极端的情况下这样的行为或许是可行的，但仅仅是对于往日先贤而言。故而较之于孙枝蔚与吴嘉纪，王艮在此番争论中的立场更接近于前者。

因此，孙枝蔚的审慎态度显然有着更充足的先例，并且毫无疑问更贴近于主流认知。不仅如此，在孙枝蔚之后，一些作家相继对吴嘉纪的立场加以苛评。张谦宜在康熙四十九年(1710)的著述中赞许了吴嘉纪的五、七言古体诗“深入人情处颇多”，但叹息吴嘉纪“又好传割股等事”，并将之归咎于其“学问未深”。[①] 但吴嘉纪对于以孝之名而自残的行为的正面态度，也并非没有先例可循。首先，可供比较的事迹大都依例记载于官方史书“列传”的“孝义”部，比如《宋史》中就提供了不少事例；[②]地方志的“列传”部分也同样囊括此类事例。试图在历史中追溯这一传统将超出本篇论文的研究范畴，与我们当前的关注点更相关的疑问是：久负盛名的文人们是否也像吴嘉纪这样，在他们的作品中公开表达过对这种行为的正面态度？答案看来是肯定的，但相比于反对之例，其数量则要少许多。在这一点上，元代重要的诗人、书法家杨维桢(1296—1370)为吴嘉纪导夫先路。杨维桢要比吴嘉纪更早地对道德行为产生了兴趣，其《陈孝童》诗的序中提及另外两例因孝道而自残的行为所引发的不同争议。十岁男童“割股”救母，可即便如此他的母亲还是死了。杨维桢的诗序云：

> 人谓刲股多救母，童不能，不亦妄誉乎？予谓童知爱亲，天(天性)之无伪者也。刲股救母，而知有其亲，而不知有其身也，又岂知有名哉？季世奸民，有刃股乳规免赋徭者，若童又岂有赋徭而为是哉？刲股，童之天(天性)也；母之救不救，

---

① 张谦宜：《絸斋诗谈》卷七“评论四・吴野人”，载郭绍虞编选，富寿荪点校：《清诗话续编》，上海：上海古籍出版社 1983 年版，第 884 页。

② 脱脱等：《宋史》卷四五六《孝义列传》，第 13385—13416 页。

亦天也。予居与童邻,亲睹其事,可以弘奖风教,遂为赋诗。[1]

杨维桢真情流露的序言强烈地暗示了因孝道而自残的行为在他所处的时代司空见惯,那些付诸此行之人会得到免除赋税和徭役的奖励。因此,许多人对这种行为的潜在动机都持十分怀疑的态度(我们可以回想一下孙枝蔚的顾虑,即把追求声望变成了最终目的)。杨维桢认为,一个十岁的男童不会以此为动机。但此处还存在第二个争议,有人或称之为功利的争议:这些行为的价值是建立在它们行之有效的基础上,还是建立在其初衷为真挚孝心的基础上?杨维桢坚定地支持后一种观点,并因此将陈孝童呈现为孝行的真实范例。由此,他已为吴嘉纪之观点发其先声。(值得注意的是,杨维桢的诗序并没有涉及韩愈和皮日休提出的问题,即这种行为是否天然地令人厌恶;也没有涉及现代读者心中的首要问题,即这种行为是否本就具有实际效用。)

吴嘉纪最后一例关于这个可怖主题的诗或许是最极端的。仆人刘升行割股之举,不为自己的任何亲属,而是为了主人的母亲。更重要的是,即使主人对其一再殴打虐待,他也还是这样做了;并且在主人过世后,他不仅没有立即图谋逃跑,反而承担起安排主人二女的婚丧事宜的责任,为这个家庭奉献操劳至死。吴嘉纪告诉我们,他的朋友程云家(程岫,其父是位明代遗民,其母为吴嘉纪《程节妇》一诗带去灵感)曾为这位典范撰写《义仆传》,吴嘉纪自己也作《挽刘升》诗二首[2]。杨积庆在笺校本中决意删除这两首诗。然而,在吴嘉纪看来,刘升的行为结合了“忠”(对主人及其家庭)和“孝”,可能正是坚决的忠心使其甘愿代主人尽孝。同样,这两种根本的美德在家庭的驱策下紧密相连:在这一事例中,“孝”几乎可被视为“忠”的一个方面。

---

① 杨维桢:《铁崖先生古乐府》卷六《陈孝童》,《四部丛刊初编》本,第 5a—5b 页。

② 吴嘉纪著,杨积庆笺校:《陋轩诗》卷一《挽刘升》,第 4b—5b 页。

如若吴嘉纪的叙事诗可被视为从属于白居易的“新乐府”文学传统,而杨维桢正是其间可能的过渡,那么吴嘉纪对道德行为的关注将被置于儒家思想史之何处?或许有人会争辩说,孟子最终奠定了吴嘉纪对节义事迹潜在价值的坚定信念。吴嘉纪自己也确实曾在一首有趣的诗中宣称孟子是至高无上的哲人:

说　客

战国无君臣,说客出户牖。
繁音如乱蛙,无处不是口。
一士伸于前,众士揣于后。
议论良可听,俄顷即已朽。
七篇而千秋,谁似孟家叟?①

也许有人会设想,至少出于两个原因,在孟子和吴嘉纪之间更为接近的过渡应是王艮。首先,王艮几乎是唯一出自吴嘉纪籍里安丰的名人。在《安丰场绝句四首》中,吴嘉纪写道:

尽说安丰风土非,蒹葭瑟瑟鹭飞飞。
谁知斗大潮边室,闻道当年有布衣。②

吴嘉纪对此加了一个注释:“斗室乃王心斋先生悟道处,今基址在场北。”这大概也是王艮在当地的祠庙所在。吴嘉纪在另一首诗中形容该祠庙在当时已年久失修:

谒心斋先生祠

我亦生斯里,先生称大贤。
人传元以后,学在汉之前。
破庙唯余草,残炉不见烟。

① 吴嘉纪著,杨积庆笺校:《吴嘉纪诗笺校》卷一三《说客》,第 393 页。

② 吴嘉纪著,杨积庆笺校:《吴嘉纪诗笺校》卷一五《安丰场绝句四首》其一,第 467 页。

阶墀卿相满，拥褐忆当年。[1]

王艮的思想被吴嘉纪称为“在汉之前”，换言之，吴嘉纪大概认为王艮传承了正宗、原始的儒家教义，未被宋明理学所玷污；他还强调了王艮身着褐衣的习惯。王艮设计了他所认为的尧服深衣并因此而知名，据狄培理（William Theodore de Bary）所言，深衣这种袍服“象征了平民至圣贤的直接通道。王艮不愿向任何官方精英让渡这一责任，他毕生都执着于平民的状态”[2]。王艮“愚夫愚妇与知能行”[3]的著名观点可部分上溯至《中庸》：“夫妇之愚可以与知焉。”这一观点显然在前文探讨的吴嘉纪《侄女割股诗》中得到回应，该诗第七句云：“妇是愚妇人。”因此，我们能否得出如下结论：尽管在将特定的自残行为视作道德行为的合法范例这一认知上，王艮本应与吴嘉纪分道扬镳，但他却为吴嘉纪将愚夫愚妇作为道德主体的兴趣导夫先路？

我们还应注意到，“愚夫愚妇”这一概念似乎并不涉及不同的社会阶级概念。我们已然知道，吴嘉纪叙事诗中的英雄在阶级上既包括像刘升这样的仆人，也包括像吴嘉纪亲侄女这样的文人阶级的家庭成员。但若非社会阶级，什么才是这一提法的具体指涉？答案可能暗藏于一处意想不到的文献，即蒲松龄（1640—1715）《聊斋志异》中“异史氏”（作者自己）对一则名为《孝子》故事的评论。[4] 尽管这一事例是小说作品，但其故事却与吴嘉纪等人所记载的出于孝道而自残的事例紧密呼应。那位孝子的父亲出现在他

---

① 吴嘉纪著，杨积庆笺校：《吴嘉纪诗笺校》卷一三《谒心斋先生祠》，第 398—399 页。

② Wm. Theodore de Bary, "Individualism and Humanitarianism in Late Ming Thought", in *Self and Society in Ming Thought* (New York: Columbia University Press, 1970), 159-160.

③ 王艮：《明儒王心斋先生全集》卷一《语录》，第 3a 页。

④ 蒲松龄：《聊斋志异》卷九《孝子》，台北：文渊书局 1973 年版，第 469—470 页。感谢白亚仁（Allan Barr）使我注意到此则故事。

的梦中(其父显然已殁),并要求孝子将他肉体的油脂涂抹在母亲的伤口之上,从而救治母疾。(注意,像《吴氏》一诗中的父母一样,此处是又一则事例——尽管死者是在为生者而非自己发声,但实际上却"要求"对方践行。不同于孙枝蔚的是,蒲松龄似乎没有对此类事件感到不安。)在故事结尾的评论中,通过使用微妙的反讽,"异史氏"确立了他心中真实的二分法:"愚夫愚妇"("愚夫妇"是蒲松龄对这一措辞的变用)是一方面,"君子"是另一方面。据说君子超然于这一行为之上,然而对于平民来说,做出这样的行为则情有可原。但此处蒲松龄的确使用了一种反讽的语调,他甚至声称"行其心之所不自已者"的普通人实际上通过"孝子之真,犹在天壤"的行为为此提供了证明;并且如果"司风教者""无暇彰表"这些行为,那么就只能留给像他这样的无名作家(有人或许会再加上吴嘉纪)代为记载。其中的暗示不言而喻:"君子"其实是当时主要的官员和学者,在蒲松龄和吴嘉纪看来,他们在实际道德上尚不如无论身处何等阶级心中都存有"忠""孝"之美德的"愚夫愚妇"。基于这一观点,我们甚或可更进一步断言,对于蒲松龄和吴嘉纪而言,就如日本小说家太宰治(1909—1948)所言,"孝是自然的情感,而非强制的行动法典"①。

因为"忠""孝"被视为由不同阶级的成员所共享,吴嘉纪对由此激发的行为的痴迷并不同于斯拉夫的民粹主义概念,这一概念被尼古拉·柏提耶夫(Nikolai Berdyaev,1874—1948)定义如下:

> 民粹主义(Narodnichestvo)首先是俄国人民中的信念,所谓的人民必须理解为单纯的劳动人民,并且尤其是农民……俄国形形色色的民粹主义者(Narodniks)认为,在人民中保存了真实生活的奥秘,那是一种隐藏在统治文化阶级之外的奥

① Osamu Dazai, *Return to Tsugaru: Travels of a Purple Tramp*, translated by James Westerhoven (Tokyo, New York and San Francisco: Kodansha International Ltd., 1985), 168.

> 秘。知识界与人民之间的意识分歧是民粹主义的根本。知识界的民粹主义者不视他们自身为人民的有机部分；人民要在他们之外被发现。知识界不是人民生活的功能，它脱离了生活，并在关涉到人民时感到愧疚。①

不可否认，其中确与中国事例有相似之处，且颇富争议。吴嘉纪、蒲松龄和其他人将“真实生活的奥秘”视为儒家的基本价值，与民粹主义者如出一辙，他们也肯定地认为在其所处的时代，相比于上层“统治文化阶级”，它至少在平民中得到了更好地保存。另一方面，柏提耶夫所描述的民粹主义者感到与“人民”疏离的程度，似乎远远超过了像吴嘉纪这样的中国文人所经历的任何事情；毕竟后者在其所处阶级和农民阶级之中寻找道德行为的典范，由此强烈地暗示出一种信念，即激励这类行为的基本价值是跨越了阶级界限的。

作为“百行之源”，“孝”远非统治阶级所能强加给难以驾驭的平民的意识形态，它实际上是所有人内在产生的“自然情感”。这一观点与孟子对道德信念天然性（至少是潜在的）的强调相契合，并已被某些宋代学者所接纳。例如，苏舜钦（1008—1048）在其《杜谊孝子传》②中认为，在他所处的时代和年龄阶段，当社会居然在嘲笑“孝”和其他道德行为时，人们须“自信至明”，无视社会的嘲笑而践行这样的行为。此外，杜谊不幸生于浙江台州这一“节行不坚”之地，因而“谊生于今世，而且又在越，非至性安能趋就此（孝）行？”言外之意是“孝”是与生俱来的信念或情感，而非强加的

---

① Nikolai Berdyaev, *The Origin of Russian Communism* (Ann Arbor: University of Michigan Press, 1960), 58.（中译本见［苏联］贝尔查也夫：《俄罗斯共产主义之本源》，郑学稼译，台北：黎明文化事业股份有限公司 1978 年版。此处译文略有改动。——译者）

② 苏舜钦著，沈文倬校点：《苏舜钦集》卷一三《杜谊孝子传》，上海：中华书局 1961 年版，第 198—200 页。

意识形态。王禹偁在其《记孝》①一文中更进一步叙述了非汉族的人们是如何为他们的父亲致哀的,暗示了“孝”其实是一种普世的价值,并不受文化所限囿。

一些学者认为“孝”和相关价值是先天的,他们确实在其目之所及的任何地方寻觅这些价值激发下的行为范例(而非亲身去教授这些价值)。在这方面最突出的是归有光,因此他可算是在吴嘉纪之前的另一个重要的先行者,他是归庄的曾祖,同吴嘉纪一样记录了粮船妇海氏之事。归有光在 16 世纪积极地寻觅当地道德行为的典范,并且他的作品集中充斥着关于这些个体的戏剧性而强有力的记述。其中《书里泾张氏妇事》②尤为肯綮,其原因有二。首先,归有光告诉我们他亲自“问之里泾人”有关此事,几乎像一位现代人类学家在做田野调查,尽管他的初衷是出于道德而非出于科学。其次,归有光认为,那位寡妇的自杀(以免被迫改嫁)事实上要胜过后汉为避免改嫁而上吊自杀的荀采(据《后汉书》卷八四)。因为荀采“知书学问”,所以“为是易也”;而张妻只是一位通常不被期望能拥有如此道德品质的“田里之妇”。对当代普通男女在其行为中保持传统道德价值的暗示,以及作者为后世记载这些行为的责任意识,使我们的想法与吴嘉纪更为接近。

毫无疑问,吴嘉纪受到安丰同乡王艮的普通男女也能成“圣贤”这一观念的影响。但我们也同样看到,吴嘉纪超越了王艮,他将类似自残的行为接受为“孝”和“贞”“节”价值的合理证据,并大加赞扬那些只能被称之为奇迹的细节(如他的侄女在自残行为中没有流血)——它们令人想起欧洲中世纪的圣徒传。现在,在正面看待这一现象的情况下,吴嘉纪不仅可被看作通常所称的民间信仰的观察者,而且一定程度上还是其参与者(但同时应切记,

① 王禹偁:《小畜集》卷一四《记孝》,第 4a—4b 页。

② 归有光著,周本淳校点:《震川先生集》卷四《书里泾张氏妇事》,上海:上海古籍出版社 1981 年版,第 95—96 页。

吴嘉纪在《东家行》中抨击了一种他所抵制的民俗）。我们已然知晓在道教和佛教中存在自我惩罚的传统，比如数年前杨联陞（L. S. Yang）所作的研究。[①] 吴嘉纪的友人汪楫在《栖贤寺观舍利歌寄石公》一诗中声明了他对遗迹的信奉（他见过它们沉入溪中然后又浮出水面），并宣称“小儒信耳不信目”。[②] 可以认为，汪楫是在鼓励文人同侪接受民间信仰甚至是大众佛教领域内看似奇迹的一面；那些不接受之人被他斥为“小儒”。

但以“孝”为名而自残的举动迫使我们追问，是否无须将这类行为认作是大众或民间的儒家信仰？诚然，明清时期善书的深远影响证实了大众儒家思想的存在，酒井忠夫已对此详赡无遗地加以研究。[③] 这些书经常包含出于孝道的自残行为；充满戏剧性的一例是记载于《女子二十四孝图说》[④]中的一则明代故事。这段情节中的女性英雄像吴嘉纪的侄女那样，在剖肝为婆婆疗病时向灶神祈祷，也同样不可思议地不觉得疼痛。救治成功后，这位儿媳活到了一百零八岁（这是一个在佛教中有神力的数字）。在她濒死之际，她召唤家人至前并向其宣称：“我将升天，金童玉女来迎我矣。”随即溘然逝去。《女子二十四孝图说的作者》，木刻插图画家吴嘉猷（字友如，？—1893）为《剖肝救姑》图提供了一首绝句，其中一句云：“奇兮愚孝哉！”他描画了当两位神灵从云上俯视时，女子跪在承有两支燃烧的蜡烛和香火盆的祭台前，割开了她的身体。这一行为的宗教性质由此得以生动形象地传达。

---

① 见楊聯陞：『道教之自搏與佛教之自撲』，载『仏教史学論集：塚本博士頌寿記念』，京都：京都大学人文科学研究所 1961 年版，第 962—969 页。

② 汪楫：《山闻诗》，第 28a—28b 页。

③ 见酒井忠夫（Sakai Tadao）：『中国善書の研究』，東京：弘文堂 1960 年版（中译本见［日］酒井忠夫：《中国善书研究》［增补版］，刘岳兵、孙雪梅、何英莺译，南京：江苏人民出版社 2010 年版——译者）；Sakai Tadao, “Confucianism and Popular Education Works”, in *Self and Society in Ming Thought*, 331-366.

④ 《女子二十四孝图说》，上海：善书流通处 1871 年版，《剖肝救姑》题下。

酒井忠夫告诉我们,“(15 至 17 世纪早期)普遍繁荣的兴起使更多人空前地获得了一定程度的阅读能力,并去购买(包括各种大众读物)所谓的善书”①;但他也指出,这些书“不仅服务于社会下层群体,而且还服务于各种类型、各个阶级的人群,不论其社会地位、经济地位和宗教归属。事实上,它们对伦理思想之共同特征的呼吁是如此基本,以至于甚或认同程朱学派的学者们也会对其加以阅读和使用”②。

善书并非唯一反映儒家价值的大众读物。所谓“宝卷”,通常与大众佛教相联系,欧大年(Daniel L. Overmyer)揭示其体现了“忠”“孝”等儒家价值。例如,在康熙十三年(1674)的宝卷文本中(它与吴嘉纪所处同一时代),关公(关羽)说出这样的话语:“吾嘱众生,急改前非,学圣贤忠孝节义事。”③(在同一文本的后文,玉皇大帝擢升关羽至帝位,由此显示了这些文本亦如通常民间信仰,对儒、道、释兼收并蓄。)与酒井忠夫一样,欧大年也与本文的观点不谋而合,他总结道:“尽管作者和听众的文化程度及地位隶属社会中下层,但宝卷的宣讲却面向整个社会秩序……在宝卷文学中,阶级意识淡薄甚至几近无存。”④

如果儒家道德行为中的男女典范是中国民间信仰一个方面的参与者,那么我们可以预见,他们已被神化并在现实中被崇拜。我们已然知晓,粮船妇海氏在其殒身地毗陵附近被奉若神明,吴嘉纪也记载了人们惊奇于承接其侄女鲜血的瓠中竟然无血。为了证实人们对这些典范的崇拜,我们可以参考中国台湾地区留存的民间信仰实践的证据。在关于今日台湾祭仪的出色的摄影调查中,阮

---

① Sakai Tadao, “Confucianism and Popular Education Works”, 341.

② Ibid.

③ Daniel L. Overmyer, “Attitudes Toward the Ruler and State in Chinese Popular Religious literature: Sixteenth and Seventeenth Century *Pao-chuan*”, *Harvard Journal of Asiatic Studies* 44, no. 2 (1984): 368.

④ Ibid., 348-349.

昌瑞提供了许多与吴嘉纪诗中的英雄人物极为相似的引人瞩目的事例,它们与郭适(Ralph C. Croizier)关于郑成功(国姓爷)祭仪的极具启发的论著所述一致,其中一些事例被地方管理者精心保存以鼓励忠诚。① 可供援引的一例是,明宁靖王五位妃子的祭仪被用作对其"贞""节"的表彰。在宁靖王逃往厦门和台湾之后,她们最终和他一同殉死。② (当然,这样的人物可能正好鼓舞了真正的献身,不论国家是否站在他们身后。)但其他祭仪却带有无中生有的特点。比如,孝子瞿公真人③据说是生活于17世纪早期的四川本地人,他的父亲在他还是孩童时便去世了。他在照料母亲之余研习典籍、搜集柴火,并用最好的食物奉养其母。当母亲亡故后,他在柴堆上自焚献祭,从天而降的乌云卷走了他。当地百姓在那里为他建造祠庙并祭拜(充分意识到这一概念在宗教研究中的争议性质后,此处"祭拜"一词取其最常用的含义)。据说一位清朝的将军还曾在捻军起义时祭拜他,他回馈给这位将军一张治愈军中瘟疫的药方。

或者还可以黄宝姑为例。她是台湾本地人,同治元年(1862)身亡后被祭拜于台南的祠庙中。有人注意到,总体而言民间信仰中更多的兴趣在于相对晚近的人物,此外,他们还与特定的地域相联系;这与古代圣贤基本上隶属于中国官方儒家学说截然相反。④ 在被第一任未婚夫退亲并被父母安排了另一桩婚约后,黄宝姑发觉自己陷入了一个道德困境。(她是应当遵从父母的意愿而改嫁以示其"孝",还是应当保持对第一任未婚夫的忠诚以恪守"贞"

---

① 见 Ralph C. Croizier,"Koxinga and Chinese Nationalism: History, Myth and the Hero", in *Harvard East Asian Monographs*, 67 (Cambridge: East Asian Research Center, 1977)。

② 阮昌瑞:《庄严的世界》,下册,台北:文开出版事业股份1982年版,第147—151页。

③ 同上书,第155页。

④ 同上书,第163页。

“节”?)最终,她选择自尽以求解脱。然而在付诸此行之前,她曾向佛祖拜祷求助,随即跳入鱼塘。她的尸体后来浮出水面,她的脸奇迹般地没有被水腐解——顺带一提,这一细节与归有光《陶节妇传》①中记载的事例近乎相同。

基于对善书的研究,酒井忠夫宣称:“(在明代中国)问题不仅在于传统儒家学说的下渗,也在于大众思想的上行。”②弗里德曼(Maurice Freedman)在更大的范围内传达了与之类似的观点,他认为:“儒家学者没有构建一个脱离了传统中国社会宗教生活主流的群体,他们与其余人等共享一个基本的宗教信仰体系……儒家学者与普通民众之间存在着稳定的宗教思想交流……精英和农民的信仰依托于共同的基底,代表了一种信仰的两种面向,我们认为它们互为表里。”③因此,对于像吴嘉纪这样的人在民间信仰的某一方面找寻灵感的现象,我们不必感到惊讶。吴嘉纪可以被看作是一个将诗歌运用于承载民间儒家信仰的人(尤其是对于白居易“新乐府”叙事传统的运用),而承载民间儒家信仰的主要文学载体原本是官修史书与地方志中“列传”的特定部分,④以及像善书、宝卷这样的大众宗教书籍。这一尝试虽然已被杨维桢捷足先登,但吴嘉纪以更大的规模创作了这种类型的诗作,使之成为其全部作品的主要组成。

此文写讫后,我有幸得阅洪长泰(Chang-tai Hung)的著作⑤,

---

① 归有光:《震川先生集》卷二七《陶节妇传》,第623—624页。

② Sakai Tadao, “Confucianism and Popular Education Works”, 331.

③ Maurice Freedman, “On the Sociological Study of Chinese Religion”, in *Religion and Ritual in Chinese Society* (Stanford: Stanford University Press, 1974), edited by Arthur P. Wolf, 19-41, esp. 36-37.

④ 感谢孔迈荣(Myron L.Cohen)向我指出关于这一传统的方志。

⑤ Chang-tai Hung, *Going to the People: Chinese Intellectuals and Folk Literature, 1918-1937* (Cambridge: Council on East Asian Studies, Harvard University, 1985).(中译本见[美]洪长泰:《到民间去:1918—1937年的中国知识分子与民间文学运动》,董晓萍译,上海:上海文艺出版社1993年版。——译者)

并注意到像吴嘉纪(及民俗学家钦佩的屈大均[①])这样的人(作为一方面)与现代中国民俗学家(作为另一方面)之间日常工作事项的有趣差异。如洪长泰所示,民俗学家"走向人民"以瓦解传统,找寻儒家学说的文化替代品,使人们确认属于自己的浪漫主义和平等主义;与此形成鲜明对比的是,吴嘉纪等人"走向人民"以寻求对儒家传统的再度确认,在他们看来那已被精英阶层所背弃。

丁涵 译

① Chang-tai Hung, *Going to the People*, 23, 25, 31.

从文章到文学:清代中后期文论的进路[*]

[美]胡志德(Theodore D. Huters)

方今从事18世纪中国研究的学者,很少能在他们的研究对象中发现围绕根本议题的争论。此类争论曾使17世纪的中国思想史看起来如此激动人心。与之相对,18世纪的学术呈现出高度共识。可以想见,这一时期的学术话语几乎无一例外地根植于对经书所揭"儒道"重要性的广泛认可,并基于以下隐含的预设:三代以降德行与政事的急剧滑坡将使"道"的重建无比困难。而从我们的立场看,更引人注目的是,在任何给定的时间点上,鲜有学者在重建儒道最佳途径的问题上表现出异议。比如,在18世纪最后几十年中,绝大多数人至少都在口头上赞同细密的考证对于实现这一共同目标至关重要。鉴于"政教一元"本属儒学之基本关切,缺少关于根本议题的论争或许无足深怪。不过,考虑到17世纪学术主张之蓬勃多元,乾隆时期大思想家在求道途径问题上的一致程度才是更出人意料的。有一种理论认为,正是早先的敌意激发了士林社会与皇权制度二者对于学术和谐的无上重视,为这种宁

---

* 英文原文见"From Writing to Literature: The Development of Late Qing Theories of Prose", *Harvard Journal of Asiatic Studies*, vol. 47, no. 1 (1987): 51-96。这篇文章的写作得到明尼苏达大学单季度假期形式的拨款资助、美国国家人文基金会的暑期津贴、美国学术团体理事会的中国文明联合委员会和社会科学研究理事会的研究资助,部分资金资助来自福特基金会、安德鲁·梅隆基金会和国家人文基金会。

静提供了一种有说服力的解释。[①]

很多看上去显得次要的问题,后来却成了关注的焦点。18 世纪后期在学术中赋予书写表达(written expression)以价值,正是其中之一。在乾隆五十五年(1790)以前经学的安稳时期,实证研究正处于令人兴奋且持续的发展中,几乎没有任何来自知识界的学者花力气去讨论词章与之有何关联。那些最忠于考据学派的人,倾向于将词章视为传达他们辛苦所得成果的明了直观的手段——既然事实可以自己说话,便不需要特别去注意什么风格或修辞。唯有一个值得注意的少数派——虽然他们不敢甚至也不打算完全反对实证研究的支配地位——看到了对"古文"传统缺乏关注正是这个时代的症结之一。所谓"古文"是一种可以追溯到韩愈(768—824)且与正统理学关系密切的文风。到了 18 世纪 90 年代,整体而言,中国人知识生活中对于散文的"诗学"的兴趣变得越来越明显。

鼓吹"文"(prose)在当代学问中的中心地位,这一趋势涌现的过程是本文关注的焦点。一方面,人们对文章(writing)在学问中所扮演的角色的看法逐渐转变,展现了在一个高度保守的系统中变化是怎么发生的。更确切地说,这种转变还为我们观察考据学派貌似坚不可摧的地位如何在嘉庆五年(1800)以后遭遇相当的挑战,呈现了重要的新面向。"文"之地位的抬升,同样为解释光绪二十一年(1895)以后"文学"(literature)这一新概念何以会在中文话语中获得如此重要的位置,提供了不可或缺的线索。但最

① 此种观点的概述,参见 Benjamin A. Elman, *From Philosophy to Philology: Intellectual and Social Aspects of Change in Late Imperial China* (Cambridge Council on East Asian Studies, Harvard University, 1984), 52。(中译本见[美]艾尔曼:《从理学到朴学:中华帝国晚期思想与社会变化面面观》,赵刚译,南京:江苏人民出版社 1995 年版。——译者)David S. Nivison, *The Life and Thought of Chang Hsüeh-ch'eng (1738-1801)* (Stanford: Stanford University Press, 1966), 5-6.(中译本见[美]倪德卫:《章学诚的生平及其思想》,杨立华译,南京:江苏人民出版社 2007 年版。——译者)

终或许是最重要的一点还在于,通过在不断变化的知识分类法中追踪文章地位的变迁,我们期待能够为中国知识话语的自我构建提供些一般性的启示。中国知识传统中的学者们维持话语领域统一性的坚定信念——意在确保所有知识都能用一套普遍认可的术语来表达——将成为17世纪以后思想史上最持久的一个特征。

最能表征中国学者几个世纪以来坚定维护思想统一的指标,或许就在于:乾隆十五年(1750)以后激烈争执的所有话题,都能在宋以来的辩论中找到源头(其中一些话题还是一直持续的)。然而,那些貌似陈旧立场的晚近拥护者,却确信其主张代表了概念突破。不能说这种确信便是虚妄的。诚然,任何"新"的趋向都可以追溯到多个先例,但这些观念重现的语境却从来不同。因此,在任何给定的时间点,意见的原创性都构成这样一个问题:长久以来存在于公共领域中的观念如何互相并列,以及这些观念如何并置于当时特定的历史环境中。换言之,考察宋以后中国的思想史,句法(syntax)优先于实质(substance)。分析这一过程的任何一部分,断定哪种思想在什么时候占主导地位,以及哪些思想被取代了,总是存在着历史主义扭曲的危险。但是,只有努力构建这样一种描述,才能得到理解以下问题的唯一现实的途径:在一个人人都谋求以尽可能遥远的古老观念作为论述基础的环境中,知识趋向是怎样起作用的?

在1975年发表的重要论文《清代儒家智识主义的兴起初论》中,余英时勾勒了理学内在发展的脉络,阐明了数世纪以来理学基本统一的原因。余英时指出儒学思想贯穿着一个基本的两极对立,亦即在求"道"的途径上是侧重于"学"还是侧重于"思"。前者强调运用圣人的话语,后者则主张通过精神思辨获得启悟。不过,早在《论语》中就可看到孔子强调二者不可偏废:"学"和"思"被视作达成共同目标的互补手段。余英时察觉到,这一基本对立的抽象形式后来发展为"博"和"约"(即从"道一以贯之"来看待一切事物的倾向)之间的区别。他补充道:"重要的是,要注意到'约'这个术语……带有沉重的道德意涵,(此处的)'一以贯之'也必须在这种道德观照下来理解:不是一般意义上的系统思考或理论化,实则就是道德化。因而,通过最后的分析可知,儒家的两极对立乃是知识与道德的对立。"①这一两极对立的形式,奠定了宋代儒学中程朱学派与陆象山学派的基本分野。

余英时的论点是:如此分化的两极在宋代尚处于平衡状态,但后来几个世纪的思想家却难免偏于一端。于是,从张载(1020—1077)到王阳明(1472—1529)及其门人强调"尊德性",其代价则是放弃对经书的艰苦钻研;而"直到明末清初,这一倾向才缓慢而持续地转向另一面"②。二者在宋代维持平衡的最好体现,或许就是关于知识的合理分类可以有两种不同观点的对照。一是刘彝(1017—1086)的著名分析,他将"圣道"分为三个部分:

> 有体,有用,有文。君臣父子,仁义礼乐,历世不可变者,其体也;《诗》《书》史传子集,垂法后世者,其文也;举而措之天下,能润泽斯民,归于皇极者,其用也。③

刘彝进而慨叹"体"和"用"长期被忽视,成为竞尚"声律浮华之词"的代价,而他的老师胡瑗(993—1059)则穷其一生来救正这种可悲的状况。

---

① Yu Ying-shih, "Some Preliminary Observations on the Rise of Ch'ing Confucian Intellectualism", *Tsing Hua Journal of Chinese Studies*, New Series 11, no. 1-2 (1975): 107.(中译文见[美]余英时:《清代儒家智识主义的兴起初论》,载[美]余英时著,何俊编:《人文与理性的中国》,程嫩生、罗群等译,上海:上海古籍出版社 2007 年版,第 103—139 页,此处第 107 页。本文译者参照余英时原文,对该译本文字稍有改动,下同。——译者)

② Yu Ying-shih, "Some Preliminary Observations on the Rise of Ch'ing Confucian Intellectualism", 110.

③ 黄宗羲:《宋元学案》卷一,《四部备要》本,第 2a 页。原文英译见 Yu Ying-shih, "Some Preliminary Observations on the Rise of Ch'ing Confucian Intellectualism", 118-119。

第二种分类法可以追溯到程颐(1033—1107)，它局限于一个稍稍狭窄的范围：

> 古之学者一，今之学者三，异端不与焉。一曰文章之学，二曰训诂之学，三曰儒者之学。欲趋道，舍儒者之学不可。①

显然，由刘彝和程颐分别提出的这两种三分法非常接近。刘彝的“文”和程颐的“训诂”看上去几乎有同样的意指，而刘彝的“体”和“用”在程颐那里则被组合成“儒者之学”，尽管刘彝赋予“用”的重要地位在程颐的框架中稍稍被压制了。在程颐的分析中，可以观察到他对实践的强调有所减弱，或许这正表征了余英时所见整个宋代日益强化的注重个人道德的趋势。② 不过，刘彝的体系中好像完全没有程颐所谓“文章之学”的对应物，而“文章之学”有可能为人们将文章(writing)妥当地构建为学问的一个合法分支提供了契机。尽管事实上，刘彝、程颐二人都轻视文章，哀叹创作时容易沉溺于追求道德上的有害修饰，③但程颐至少愿意承认文章作为学问主要部分之一的地位，这不仅标示着其(与刘彝的)观点确实有别，更点出了儒家“尊德性”与书写表达教养之间的确定联系。这种联系的确证，可以在宋代诗人将道德修身与诗歌创作相结合的运动中看到。④

这一宋初的例子表明，一些显著差异在多大程度上可以被言

---

① 朱熹、吕祖谦编：《近思录》卷二，《四部备要》本，第 14a 页。W. T. Chan, transl., *Reflections on Things at Hand* (New York: Columbia University Press, 1967), 63.

② 见 Yu Ying-shih, “Some Preliminary Observations on the Rise of Ch'ing Confucian Intellectualism”, 122-123。余英时指出了 12 世纪“体”和“用”是如何的密不可分，但随后“体”就比“用”承受了更多压力，尽管二者在理论上仍然是紧密统一的。

③ 参见朱熹、吕祖谦编：《近思录》。W. T. Chan, transl., *Reflections on Things at Hand*, 64.

④ 参见 Richard J. Lynn, “Orthodoxy and Enlightenment: Wang Shih-chen's Theory of Poetry and Its Antecedents”, in *The Unfolding of Neo-Confucianism* (New York: Columbia University Press, 1975), edited by Wm. Theodore de Bary, 219。

说方式的广泛一致性所掩盖。有关此点,余英时进一步认为,甚至16世纪学术焦点从道德思辨向文本考据的深刻转变,也是同一关切之下内在演化的结果:

> 清代考据学的兴起,很大程度上是晚明性理之学争执的结果……"取证于经书"的儒学运动始于16世纪,到清代充分展开。促成这个运动的事实是:性理的争辩者们智穷计尽,不得不诉诸最初圣贤的至高法庭,将其论点最终建立在经书的神圣文本之上。一旦文本证据被引入性理之学的诉讼,在操作上就不可能不让考据学来充当专业的证人。于是,经书文本的考据解释便逐渐取代道德上的性理思辨,而成为获得儒学真理(道)的主要方法。①

从这样的视角来看,正是那些性理学者所提出的问题,引发人们开始再度沉浸于经书。传统上认为清人厌于明人过度思辨而转向"实学"的观点必须修正了。至少所谓的厌恶当中,有一部分是新学术环境下倒果为因的解释,而并非那些学术新取向的发起者们真实感受到的刺激。此外,余英时认为清儒的论调出自明儒的关切,后者也可以说是宋儒的关切。这或许能让我们进一步叩问:余英时所说的"约"的概念,能否只被简单地当作与"博"对立的一极,抑或在实际上更是所有理学话语都拥有的一种基本状态,一种所有对立都含有的先验类型。

当然,毫无疑问的是,到17世纪后半叶,学术研究的焦点转换了。程颐学问三分之说的基本要素还保留着,却开始有了新的名

---

① Yu Ying-shih, "Some Preliminary Observations on the Rise of Ch'ing Confucian Intellectualism", 125-126.试比较裴德生(Willard J. Peterson)的论述:"正如黄宗羲提到的,方学渐(方以智的曾祖父)'见世之谈心往往以(王畿所教)无善无恶为宗,有忧焉',于是着手呈现经典和后世儒者著作中所见'心'的真正意义。"见 Willard J. Peterson, *Bitter Gourd: Fang I-chih and the Impetus for Intellectual Change* (New Haven: Yale University Press, 1979), 41。

称:除了"文章"之名不变,"训诂之学"这时一般被称为"考证"或"考据",而程颐借助"儒者之学"指涉的内容,长久以来显然已被称为"义理"或"性理之学"(moral philosophy)。在大多数学者的心目中,"考证"已经取代"义理"成为智慧的钥匙,成为知识氛围转变最明晰的指标。然而,尽管可能被压制了,但在貌似平静的表面之下仍有争吵在持续。比起争执哪一种学问才是卓越的,这些争吵更倾向于辩论如何定义"考证"。有大量的讨论涉及"考证"这一领域究竟包含了什么,以及其与其他知识分野的关系。而有一点似乎得到了广泛的认可,那就是词章(letters)在整个学问体系中的附属地位。

考证学派极盛期的文章

在考据学的伟大时代如何处置文章?深具影响力的思想家戴震(1724—1777)为回答这个问题定下了基调。在乾隆二十年(1755)的一通书信中,戴震断言,"古今学问之途,其大致有三:或事于理义,或事于制数,或事于文章",同时坚持认为"事于文章者,等而末者也"。[①] 尽管戴震此信的要点,似乎还在于精巧地处理

---

① 戴震在《与方希原书》(载《戴震文集》,香港:中华书局 1974 年版,第 143—144 页)中列出了他的三分架构。其中,译为"moral philosophy"的"义理"一词呈现了特殊的翻译问题。(此处指原英文论文对中文概念的翻译,下同。——译者)若追随艾尔曼(Benjamin A. Elman)译为"philosophy",并不能传达这个词特有的道德责任,因此我改用了"moral philosophy"。译作"writing"的"文章",以及与之基本同义的"词章""文词"等词汇给英语翻译者带来了更大的困难。它们基本上是用来泛指文(prose)的写作,但有时候也带有"纯文学"(belles-lettres)的言外之意,这取决于概念使用者的言说动机。而与此同时,文(prose)的潜在意味总是完整无缺的。因此我基本上将"文章"译为"writing";读者应该记得其中的一些意义与当代法语"écriture"(书写、绘写)一词的用法有关联。倪德卫(David S. Nivison)关于章学诚的著作解释了问题的根源:"章(学诚)语汇中(也是在许多中国文学理论家的文章中)最麻烦的字之一是'文'——'文章'(writing)或'文辞'(literary expression)。……全部要点都基于这一词汇兼具二义的特点:通常意义的'文章'和作为'道'之有形体现(转下页)

文词“等而末”这一明显吊诡的话语所带来的“本”“末”关系问题,但将与其他二者并列的文词降到第三位的做法,定下了这个世纪剩下时间里相关讨论的基调。[①]此外,尽管我们看到此类学问的三分法可以一直追溯到宋代,[②]但在戴震重构之后的几十年里,它将变得格外重要。朱熹“文以载道”的禁律使得宋以后的文章一直服务于官学,这一表述主要用来限制“文”的潜力,但它也确保了“文”作为不可或缺的载道手段而持续受到关注。但在戴震此信发布之后,乾隆朝学术推崇考据训诂的风尚却有可能使这种对“文”的载道手段的关注逐渐消退。须知理学对书写表达的关切植根于道德修身的理念,对文章兴趣的消减,可以视为学术话语转向以经验实证为基础的自然结果。

例如,在乾隆五十七年(1792)小学家段玉裁(1735—1815)为

(接上页)的秘传意义的‘文章’。‘文’就是文化本身(‘周衰文弊’),它是与实质(质)相对的艺术(文);它是宇宙中(或一时代的历史中)修饰或高雅的形而上原理,与朴素(又是‘质’)的原理相对。”见 David S. Nivison, *The Life and Thought of Chang Hsuieh-ch'eng (1738-1801)*, 117。(上述译文见倪德卫:《章学诚的生平及其思想》,杨立华译,第 99 页,略有修改。——译者)

① 较之其在“等而末”程式中所暗示的态度,戴震对于文章创作的真实态度可能更显不尊重。如果章学诚略带严苛的描述可以被采信的话,对于人们心目中掌握“古文”的困难,戴震采取了相当轻蔑的态度。乾隆三十八年(1773)章学诚和戴震同为幕宾,在冯廷丞(1728—1784)宁波道署中授课。据载,戴震曾声言:“古文可以无学而能,余生平不解为古文辞,后忽欲为之,而不知其道,乃取古人之文反复思之,忘寝食者数日,一夕忽有所悟,翼日取所欲为文者,振笔而书,不假思索而成,其文即远出《左》《国》《史》《汉》之上。”见章学诚:《书朱陆篇后》,载章学诚:《文史通义》内篇二,刘公纯标点,北京:古籍出版社 1956 年版,第 58 页。

② 在其间的大部分时间里,这一分类不是被忽视就是被蔑视。比如在康熙十五年(1676),黄宗羲就曾评论道:“学问之事,析之者愈精,而逃之者愈巧。……夫一儒也,裂而为文苑,为儒林,为理学,为心学,岂非析之欲其极精乎?奈何今之言心学者,则无事乎读书穷理。言理学者,其所读之书,不过经生之章句;其所穷之理,不过字义之从违,薄文苑为词章,惜儒林于皓首,封己守残,摘索不出一卷之内。”转引自钱穆:《中国近三百年学术史》,台北:台湾商务印书馆 1968 年版,第 29—30 页。

其师戴震次年刊行的文集所作序言中,就包含了一段经典的论述,表现出伴随着考证学派的兴起,针对学术分类系统的态度正在转型。段玉裁的论述始于重引戴震的学问三分法,但与之有别的是,段玉裁在以义理为先这一点上对戴震提出了异议:

> 始玉裁闻先生之绪论矣,其言曰:"有义理之学,有文章之学,有考核之学。义理者,文章、考核之源也。熟乎义理,而后能考核、能文章。"玉裁窃以谓义理、文章,未有不由考核而得者。①

段玉裁的论点是,随着经书考究的深入,其他学问分支的成果会自动实现,掌握"六经"便可以获知世界的整体意义。段玉裁的言论标示了考证学派高潮的来临:此前戴震还觉得有义务尊崇"义理"的正统地位,段玉裁则显然可以相当自由地将一切学问调转进全新的语文学路径(philological key)。

著名的考证学者焦循(1763—1820)进一步探索了考证学派文词观的认识论基础,他从适用的角度来看待这个问题,指出文章主要的功能就是表达"意"和"事";进而认识到,这样一种基于常识的构想立刻会带来一个重要问题:如果没有一些先验的指引来进行评判的话,"意"的本质或者"事"的实况就有可能难以获得。他指出"意"远要比"事"更难传达,因为"事"从其本质上来讲至少还包括了一部分事实基础。解决这个征实难题的办法,就是通过经书来体会文章:

> 说经之文主于意,而意必依于经,犹叙事之不可假也。孔子之"十翼"②即训故之文……后世注疏之学实起于此:依经文

---

① 段玉裁:《戴东原集序》,载《戴东原集》卷一,《四部丛刊》本,第1a页。

② 焦循这里是指注释《易经》的"十翼",传统上认为是孔子所作。关于"十翼"的文本史,参见 Willard J. Peterson, "Making Connections: 'Commentary on the Attached Verbalizations' of the *Book of Change*", *Harvard Journal of Asiatic Studies* 42, no. 1 (1982): 69-79。对于眼下的论旨而言,与此相关的是,要注意到在阮元论述中至关重要的《文言》是"十翼"之一。

而用己之意,以体会其细微,则精而兼实,故文莫重于注经。①

郭绍虞和王文生对这段话的现代阐释也许有些夸张:“在他(焦循)看来,考据以外无经学,经学以外无文章;‘故文莫重于注经’,经学也就是文学。”②然而,焦循此处的尝试乃是将有关经书的文章置于这样一个特权的地位,使之能够单独规避诠释学上不确定性的困扰:既然这些神圣文本的意义如此确凿明晰,那么也就只有关于经书的文章能保证避免一切错误。焦循是在暗示,那些与经书阐释没有明确关联的各类文章应该归到其他更边缘的类型。

就我们论述的主旨来看,值得关注的是戴震、段玉裁、焦循的分类学无不致力于将文词贬到一个次要的位置。文章当然不是微不足道的(毕竟还是“道”的传播中必不可少的环节),但(它的地位)却是从学问中另外两个分支的角度来观照的。既然文章是载“道”之具,考证学派对它的首要要求是朴素。就像博雅的汉学家钱大昕(1728—1804)在为秦蕙田(1702—1764)文集所作的序所言:“先圣之蕴,具于六经。舍六经安有学哉!及其出而为文,光明洞达,浩乎沛乎,一如其意之所欲言而止。”③钱大昕接着强调,他希望内容能主导修辞形式:文章应该足够明了而可塑,才能纯粹地反映作者想要交流的内容。这样一种实用主义的文章观显然有别于“义理”主导时代下理学思想中的一个核心理念,即文章风格是道德修身必不可少的一部分。④

---

① 焦循:《与王钦莱论文书》,载《雕菰集》卷一四,清道光四年(1824)阮福岭南《文选楼丛书》刻本,第22b—23a页。

② 郭绍虞主编,王文生副主编:《中国历代文论选》,第3册,上海:上海古籍出版社1980年版,第565页。

③ 钱大昕:《味经窝类稿序》,载《潜研堂文集》卷二六,《四部丛刊》本,第6a页。关于考证学派文章观的更多信息,参见第80页注②。

④ 关于作为道德修身的文章,参见Richard J. Lynn,“Orthodoxy and Enlightenment”,217-269。

如果说戴震、段玉裁、焦循、钱大昕体现了乾隆朝主流知识话语的特质,那么可以推论,支配那个时代的学术声音确实很少关注17世纪后期的文章理论。事实上,一些同时代人的概述证实了这一点。人们很难在钱大昕丰厚的著作中找到任何关于文章的评论,但在其与友人的一封书信中,钱大昕承认从未涉猎古文大家方苞(1668—1749)的文字,直到这位友人提起才勉强读之。① 不出所料,钱大昕读下来没有好感,他不仅责让方苞之学识浅陋,还严肃地质疑方苞把"古文"和科场所用的病态八股文混淆在了一起。而其最具毁灭性的指责或许还在于,方苞强调古文写作中的情辞要动人心目,钱大昕暗示这样做几乎是与备受非议的通俗小说评点家金圣叹(1608—1661)同流合污。② 对照方苞文章号称雅洁、禁绝浮词的自负,这一终极指控也是极为反讽的。

如果人们还怀疑钱大昕的鄙视态度或出自刻意贬低思想对手的策略,那么,学界的独行侠章学诚(1738—1801)作为古文复兴的同情者,他关于文章修辞在万物体系中处在相对低位的证词就应该更可取信。约乾隆五十五年(1790)在给晚辈沈在廷的一通书信中,章学诚充分展现了对文教趋向与王官制度之间互动的敏锐感触,他以一种与通常看法不太合拍的态度,追溯了18世纪学风的变化,进而指出:清初纂修明史带来的史学风尚在史书告成后渐次衰落,到18世纪20年代,关于科举考试和四书课业的排他性关切取代了史学。在这一趋势下,"老生宿儒自尊所业,至目通经服古谓之'杂学',诗古文辞谓之'杂作'"。③

---

① 钱大昕:《与友人书》,载《潜研堂文集》卷三三,第14b页。

② 同上书,第15b页。此信也包括了钱大昕指责方苞"不读书之甚"的名言(第16a页)。在其《跋方望溪文》中,钱大昕回应了王澍(1668—1743)对方苞更严厉的谴责,即方苞的古文与其八股文界限模糊。见《潜研堂文集》卷三一,第17a页。

③ 章学诚:《答沈枫墀论学》,载《文史通义》外编,第308页。(按仓修良《文史通义新编新注》考证,此信应撰于乾隆五十四年十一月。——译者)章学诚感觉考证学是乾隆十五年(1750)以后才发展起来的,可能正反映了他处在同时代(转下页)

章学诚感受到,从18世纪50年代开始,乾隆帝右文稽古的嗜好激发了对于训诂小学和古物考订的又一轮兴趣。一时文人在他们的文章中追迹这一学术趋向,将他们的全部注意力灌注于章学诚所谓的“学文”即“诗赋骈言”之上,凡此均否定了在道德意义上更为正统的“古文”。[①]作为对于近时风气概括的总结,章学诚指出:“学业将以经世,当视世所忽者而施挽救焉,亦轻重相权之义也。今之宜急务者,古文辞也。”[②]素来谨慎的章学诚在此附加了一条告诫:即便要复兴“古文”,也必须保持“学”与“文”之间的平衡;唯有如此,他日新风气取代考证学之时才不会随波逐流。

章学诚关于不远的将来学术风气将有所变革的暗示,诡异地预见了实证研究在下一个世纪最初几十年里面临的挑战。不过,在紧接着乾隆朝盛世的那些艰难岁月里,随着对于文化意义可即性和考证学稳固地位两者的信心都日益遭到质疑,无论有意与否,经过更新之后的论争将围绕着学问的分类、每一分类的相对位置甚至每个分类的具体意涵等问题来展开。英语世界有几部出色的历史著作,以年代为序胪举了乾隆末年以还文人气质的

(接上页)学术圈局外的位置;但也正由于此,这种感受更能格外标示此后考证研究开始主导学术话语的程度。关于这一趋势发展的概述,参见 Benjamin A. Elman, “The Unravelling of Neo-Confucianism: From Philosophy to Philology in Late Imperial China”, *Tsing Hua Journal of Chinese Studies*, New Series 15, no. 1-2 (1983): 67-88。

① 此处作者引章学诚“学文”之称,实为误解。章学诚的原文为:“比见今之杰者多偏于学,文则诗赋骈言亦极其工,至古文辞则议之者鲜矣。”前文称“夫考订、辞章、义理虽曰三门,而大要有二,学与文也”,显然“学”与“文”是并置的范畴。作者引用的古籍出版社1956年点校本《文史通义》将这句误断为“比见今之杰者,多偏于学文,则诗赋骈言亦极其工……”致其将“学文”连为一词。——译者

② 章学诚:《答沈枫墀论学》,载《文史通义》外编,第309页。

种种嬗变。[①] 朝堂之上的空前腐败,加之社会动乱的例证不断涌现,促使越来越多的学者开始怀疑:仔细研究经书古典,随之便会带来秩序和道德——这一安全假说是否还站得住脚?

无论如何,还有一种更为持久的紧张植根于新兴考据之学自身的分析进路。考据学派一登场就强调要更精细地专注于六经文本,以此来终结无稽且具破坏力的派别纠纷,这使他们不能不自外于此前一般的研究方法,于是不可避免地出现了实证研究和道德哲学的对立。后者作为程朱正学的基石,自明代以来就保有官方正学的地位。学者们将二者结合,构成"道"的互补要素。考证学派挂在嘴边更为刺耳的训诫是,除了最为严苛的经学,其余都是空言。然而,这势必会造成至少一部分作者开始表达他们对于某种执念的担忧:这种执念只会损害每个人都祈愿的——借用戴密微(Paul Demiéville)的术语——在"哲学"(philosophy)和"语文学"(philology)之间小心翼翼守"约"(essentialist)的平衡。[②]

---

① 这方面的例子,可参见 Susan Mann and Philip Kuhn, "Dynastic Decline and the Roots of Rebellion", in *The Cambridge History of China, Vol.10, Late Qing (1800-1911)*, edited by John K. Fairbank (London: Cambridge University Press, 1978), 107-162, esp. 144-154; James M. Polachek, *The Inner Opium War* (Cambridge: Council on East Asian Studies, Harvard University Press, 1991); Judith Whitbeck, "Kung Tzu-chen and the Redirection of Literati Commitment in Early Nineteenth Century China", *Ch'ing-shih wen-t'i* 4, no. 10 (1983): 1-32。此方面艾尔曼著作最富,相关参考资料可参见 Benjamin A. Elman, *From Philosophy to Philology*。

② 参见 Yu Ying-shih, "Some Preliminary Observations on the Rise of Ch'ing Confucian Intellectualism", 111。学界向来认为"philosophy"和"philology"不太适合它们想要传达的中文概念,但这两个词至少从戴密微就开始通用了,参见 Paul Demiéville, "Chang Hsuieh-ch'eng and His Historiography", in *Historians of China and Japan*, edited by W. G. Beasley and E. G. Pulleyblank (London: Oxford University Press, 1961), 184。钱穆在《中国近三百年学术史》(第 569—571 页)中,援引了姚鼐的一系列言论,强调考证带来了知识的破碎。而姚鼐这些言论中没有得到明确表达的另一种担忧,却成为 19 世纪 20 年代方东树(1772—1851)针对"汉学"著名攻击的焦点,即在那些反对考证运动的人看来,比起其所解决的问题,严格考究六经(转下页)

那种认定对古代制度的探赜索隐在本质上有助于统合思想、学问、道德的观点，开始让位于这样一种看法，即此类考究仅属意于考究本身，并且割裂了知识整体和旨在直接介入这一整体的行动，而非将其熔为一炉。这就好比，每当儒学内部维系文化和政治恒定的强烈趋势检测到不稳定时，人们的注意力就会立即聚焦于在当时占主导地位的知识体制。在16世纪早期，道德投机开始受到质疑；而到了嘉庆五年(1800)以后，矛头则指向了取代了"义理"的经学考证。姑且不论考据学黯淡的原因，"三分之说"的另外两个成员——性理和文章——在嘉庆五年后开始受到更多的重视。就性理之学而言，一度相当被忽视的宋学，带着几个世纪以来形塑国家意识形态基盘所累积的正统道德训诫气质卷土重来；而在文章方面，历来与宋学相关的"古文"受到了更多的关注；如果把嘉庆五年以后的今文学派也视为其逻辑结果，甚至连'考据"本身也在掉头转向。[①]不过，在此很难过分强调，随之而来的一切争论在何种程度上植根于维系一个统一知识话语场域的诉求，而在乾隆时代之后的那些年里，这种诉求又如何主导了精英学者们更具体的关注点。

乾隆六十年(1795)，考证学者焦循给他的同道孙星衍(1753—1818)写了一封长信，既显示了迫在眉睫的变化，也表征了知识统合这一诉求的深度。这篇文字写于焦循陪同其内弟阮元(1764—

(接上页)的取向反而带来了对圣经贤传正典权威性的更多质疑。如果考证学者的目标是把经学建立在更为坚实的基础上，这种热忱和勤奋却带来了反讽的结果：将经书的确定阐释推向了更遥不可及的地方。钱大昕则在《与友人书》中声张了他的忧虑：专注于文章风格会导致人们丧失对经书中真正重要问题的感受；他甚至对戴震涉足性理之学表示质疑，认为这背离了严肃知识事业的旨趣。参见 Benjamin A. Elman, *From Philosophy to Philology*, 66。

① 关于今文运动如何从考证学派中发展出来，参见 Benjamin A. Elman, *From Philosophy to Philology*, 33-34。

1849）在山东之时，阮元时任山东学政，孙星衍则为该省道员。[①] 焦循在信中先是祝贺孙星衍文集新刊，尤其是其中回复袁枚（1716—1798）一函，驳斥了袁枚创作之文优先的反传统观点；随园老人对这一看法的坚持，焦循、孙星衍二人均不以为然。[②] 而在焦循信文的主体部分，大量篇幅被用来详尽阐述"考据"这一概念，焦循觉得孙星衍还没有完全把握其内涵。在历数有关早期儒学分化的若干背景材料之后，焦循直接推出了古典时代并不存在所谓"考据"的论点。

然而，焦循并没有简单地将古无"考据"之名这一事实仅仅作为创造新理念以适应新状况的依据，而是从中获取了强烈的启示。焦循最反对孙星衍之处，正是他接受了袁枚对"考据"的定性，仅仅将之视为追索经典智慧的途径之一：

> 未闻以通经学者为"考据"……贾（逵，30—101）、郑（玄，127—200）大儒继作，以百家诸子之书，术数谶纬之学，一切通之于经，尽化以前专家章句之习，破古今师法之争，为经学大成，亦仍谓之"经学"。经学者以经文为主，以百家子史、天文术算……为之辅，汇而通之，析而辨之，求其训故，核其制度，明其道义，得圣贤立言之指，以正立身经世之法。[③]

焦循最后得出结论：这一传统在两汉以降即已式微，而从王应

---

① 原文为"circuit intendant"，似是根据清代道员敬称"观察"直译，据"中研院"近史所藏内阁大库档案 003912—001 号，乾隆六十年孙星衍任山东兖沂曹济道，又署运河道，次年署理山东按察使。——译者

② 在考证学派看来，袁枚最具煽动性的言论，是在一封信中令人不快地比较了正宗的"古文"与考据家的散体文字。在指出两种风格不可混淆后，他陈述了理由："古文之道形而上，纯以神行，虽多读书，不得妄有摭拾，韩（愈）、柳（宗元）所言功苦尽之矣。考据之学形而下，专引载籍，非博不详，非杂不备，辞达而已，无所为文，更无所为古也。"见袁枚：《与程蕺园书》，载《小仓山房文集》卷三〇，清光绪三十四年（1908）上海集成图书公司《随园三十六种》印本，第 1a 页。尽管立场完全不同，引人注目的是，袁枚对于考据家写作意图的领悟，竟与钱大昕如此相似。

③ 焦循：《与孙渊如观察论考据著作书》，载《雕菰集》卷一三，第 22b 页。

麟(1223—1296)开始复兴的经学,最终被那些没能看到经学在学问整体中核心地位的人贴上了“考据”的标签。上述引文以及整通书札的口气无不显示,焦循决意视“经学”为一无懈可击的整全体:他苦心孤诣地否认“义理”在严密审查经书之外容或还有些别的玄妙之境;同样,他也没有表露正统程朱学派对其缜密经术构成过任何阻碍。

不过,该信的主要论点却完全是针对另一个方面,这可以在紧接着上述引文的段落中看到:

> 以己之性灵合诸古圣之性灵,并贯通于千百家著书立言者之性灵,以精汲精,非天下之至精,孰克以与此。不能得其精,窃其皮毛,敷为藻丽,则词章诗赋之学也。……盖惟经学可言性灵,无性灵不可以言经学。①

可见,焦循念兹在兹的对手方,并非“义理”的抽象,而是袁枚的纯文学(belles-lettres)理念,一种更直观从而更清晰的通向“道”的手段。② 从焦循在乾隆六十年(1795)的论调来看,对于他所执着的18世纪后期学术和谐理念而言,比起任何复兴正统宋学的可能,第三分类“文章”似乎构成了更大的威胁。的确,焦循将“性灵”这一术语从诗歌批评领域(“诗话”)挪用到经学研究,这相当于(虽然有点反讽)是承认了同时代对于词章(letters)日益增加的认可。但是,更具有启示性的是,焦循急于否认“考据”研究的任何特殊地位。他如此直截地将所有学科置于一个单一的话语场域中,使每个学问分支的术语特征更趋向于可以互换。如若“性灵”可以学而得之,学亦因“性灵”而成,那么,后来的学者们总是把优

---

① 焦循:《与孙渊如观察论考据著作书》,载《雕菰集》卷一三,第22b—23a页。将“性灵”译为“native sensibility”,乃是依据 James J. Y. Liu, *Chinese Theories of Literature* (Chicago: University of Chicago Press, 1975), 86。

② 事实上,促成焦循写此信的动机,正是他洞察到孙星衍未能质疑袁枚把“考据”当成了一种独特的学问类别。

雅词章与性灵理念相联络,将其视作经学研究中道德和知识的对等物,也就是势所必至的进展了。

回向"古文"

焦循对袁枚将词章(letters)重新置于学问等级之首的担忧,以及乾隆末年的骈文创作试验,无不体现即便是在经学派的鼎盛时期,人们对文章体式的兴趣也已然开始复苏。骈文创作不仅经由阮元提倡,更有汪中(1745—1794)、洪亮吉(1746—1809)、孔广森(1752—1786)以及孙星衍(前述焦循批判袁枚信函的收信人)等专业考证学者的参与。但正如章学诚所指出的,由此而生的相关骈文理论与散体古文有相当自觉的区别,容下文另辟一节论述。"古文"复兴的真正引领者是一群自外于考证学派的人,他们追溯安徽桐城的方苞为其思想与文体的开宗祖师。由于声称模仿方苞的人也来自桐城,19 世纪中主张回归古文风格以把握程朱"义理"精髓的人,往往自称是"桐城派",不管他们是否真的来自桐城。[①]长久以来,桐城派一直怀疑"考证"已沦为简单地为学术而学术,并坚决地(即便不是顽固地)捍卫宋学思想的价值。对于回应嘉庆四年(1799)清高宗去世前后某个时点开始的社会心态巨变,他们恰好有所准备。

正如钱大昕不尽友好的评价所暗示的,方苞作为"桐城派"追

---

① "桐城派"的称名,历来被认为起于周永年(1730—1791)或程晋芳(1718—1784)的戏言——方苞、刘大櫆、姚范、姚鼐都是安徽桐城人。但真正使之得以传播的,可能还是姚鼐在其乾隆四十二年(1777)为刘大櫆所撰八十寿序中的引用。对这一过程的精细概述,参见郭绍虞:《中国文学批评史》,下册,上海:商务印书馆 1948 年版,第 355 页。最初援用"桐城"名号之时在术语上的轻率,可能会让人怀疑这一名称是否真有意义。如果把它看作是 19 世纪前期一群政治改革家(并非全部来自桐城)自称的标签,那么它就具有相当的分析作用。他们主要的理论武器,就是呼吁对正统"古文"的回归,这一事实使得"桐城"这一与特定写作风格有着传统联系的名称显得更加贴切。

溯的始祖,一般并不被视作经学家的典范,其长处实际上还在于创作古文的技巧。方苞将他的文法原则概括为"义"和'法"两个字①,取自司马迁的《史记》,用来表示:"义即《易》之所谓'言有物'也,法即《易》之所谓'言有序'也。义以为经而法纬之,然后为成体之文。"②准此,则桐城派理论的核心,不过是关于形式和内容结合的一个平庸程式而已。这一学派带来的真正冲击,必须从它跟当时知识语境的关系中来探求——无论是所忽略的内容,还是所诉诸的传统。

尽管方苞跟同时代其他中国文人一样,尊崇经书为优秀写作风格的终极资源,但其选编的《古文约选》却小心翼翼地排除了经书选段,同样也没有收录来自《左传》和《史记》的任何段落,尽管二书正是他心目中正确使用"义"与"法"的典范。在他为这部选集所作的序言中,方苞解释说那是因为《左传》《史记》"各自成书,具有首尾,不可以分剟"③。这一分辩很可能是借自在《文选》中以同样缘故排除了经书选段的总集创始者萧统(501—531)。④ 但是,萧统在其选文原则背后提出了许多美学理念,方苞则只是相当严肃地关注实际用途("学者能切究于此,而以求……义法,则触类而通,用为制举之文,敷陈论、策,绰有余裕矣")和(更刻意的)道德教化议题:选集将被主要用来充当求"道"的手段。方苞与萧统的另一大区别,是他无视文献类别之间的重要界限:经书在文体

---

① 原文附注汉字误"义"为"意",径改。——译者

② 方苞:《又书货殖传后》,载《方望溪先生文集》卷二,《四部丛刊》本,第20a—20b 页。原文对此段的英译,基于 David Pollard, *A Chinese Look at Literature: The Literary Values of Chou Tso-jen in Relation to the Tradition* (Berkeley: University of California Press, 1973), 145。

③ 方苞:《古文约选序例》,载《方望溪集外文》卷四,《四部丛刊》本,第 13b 页。原文英译基于 David E. Pollard, *A Chinese Look at Literature*, 146。

④ 参见 David R. Knechtges, "Introduction" to Xiao Tong, *Wen xuan or Selections of Refined Literature* (Princeton: Princeton University Press, 1982), vol. 1, 18-19。(原文如此,以萧统为总集创始者,不确。——译者)

上与他所选的文章并没有本质不同，只是作为典范无法接近；史书和"古文"也没有用途目的上的冲突，只是它们难以节录而已。

萧统所谓"文华"（literary elegance），甚至在古文回归成为风气之前，就曾被某些考证学者复活。然而，方苞的框架中似乎没有为这些专业化的文章类型留出位置。从事文章的唯一目的（除了作为通过科考的途径）是为了能与古人亲密接触。对于风格统一的强调，或许正可说明桐城派学者在多大程度上看到了他们心目中考证学离心倾向所带来的学问分化。这种分化反映着一种威胁，矛头所向正是居于正统理学核心的、精神与情感世界的统一典范。作为联系当下与经书的纽带，方苞挑出了世人所称的"唐宋八大家"：韩愈、柳宗元（773—819）、欧阳修（1007—1072）、苏洵（1009—1066）、苏轼（1037—1101）、苏辙（1039—1112）、王安石（1021—1086）、曾巩（1019—1083），以及明代文家归有光（1507—1571）。韩愈因其文体风格而被特意突出。两代人之后，姚鼐又在这条脉络中添进了方苞本人和他的老师刘大櫆。这个名单最为引人注目之处，在于其决意突出唐代及唐以后的作者。在清代中叶这样一个充斥着好古思想的时代，这可以说是一个相当具有反叛性的变化；同时，凭借着对"道统"（追溯到韩愈的不间断传统）权威的强调，这却又是一个相当符合同时代宋学视野的进展。①

在18、19世纪之交，桐城派之"派"主要只有姚鼐一人②，但事实证明，他最善于为他自己及其理念建构一个支持的基础。姚鼐早在乾隆二十八年（1763）就成为进士并点了翰林，由于对古典研

---

①　18世纪正统思想对"道统"的强调，与吕留良（1629—1683）坚决将之斥为受到佛教启发的邪说的立场，形成了鲜明的对比。吕留良是清初程朱学复兴过程中最为重要的发动者之一。参见 Wm. Theodore de Bary, "Lü Liu-liang and the Return to Orthodoxy", (unpublished paper) Traditional China Seminar, December 10, 1985 (New York: Columbia University, 1985)。

②　相关例证，参见曾国藩：《欧阳生文集序》，载《曾文正公文集》，第2册，上海：世界书局1936年版，第14—15页。

究中新异之说的蔓延感到失望,遂于乾隆三十九年(1774)挥别京师。[①] 但姚鼐并未满足于退居林下,而是将他余生中漫长的年华献给了一系列书院教学。于是,他获得了向下一代学者施加非凡影响力的绝佳位置,其门生包括陈用光(1768—1835)、方东树、管同(1780—1831)、刘开(1781—约1824)、梅曾亮(1786—1856)、吴德旋(1767—1840)、姚莹(1785—1853)等下一代中的显赫人物,证实了姚鼐教学的成功。[②]

嘉庆四年(1799)为王昶(1725—1806)文集所作的序,堪称姚鼐最为著名的理论表述之一。在这篇短文的开篇,他重新确认了学问的三分法;不过其间却有一个变化让人想起章学诚。姚鼐偏离了当下的盛行的观点,强调三者之间需要一种更为均势的平衡。然而,只要细审该文的前提,就会发现姚鼐显然超越了章学诚纠正过分忽略词章倾向的温和呼吁。在解释了三者善于运用则足以相济、不善运用则足以相害的道理之后,姚鼐提出了每一条学问分支独有的缺陷:

> 然而世有言义理之过者,其辞芜杂俚近,如语录而不文;为考证之过者,至繁碎缴绕,而语不可了当。以为文之至美,而反以为病者,何哉?其故由于自喜之太过,而智昧于所当择也。[③]

---

① 姚莹:《朝议大夫刑部郎中加四品衔从祖惜抱先生行状》,载舒芜、陈迩冬、周绍良、王利器编选:《中国近代文论选》,北京:人民文学出版社1962年版,第46页。(该书编者原文作"郭绍虞、罗根泽",郭绍虞、罗根泽应为整套《中国历代文论选》的主编,其中"近代文论选"一部,实由舒芜等人编录。——译者)并参考 Judith Whitbeck, "Kung Tzu-chen and the Redirection of Literati Commitment in Early Nineteenth Century China", 12。

② 唐传基:《桐城文派新论》,台北:现代书局1976年版,第69页。

③ 姚鼐:《述庵文钞序》,载《惜抱轩文集》卷四,《四部丛刊》本,第21a页。参见郭绍虞:《中国文学批评史》,下册,第379页;其中征引了更多姚鼐关于"文"的中心地位的论述。

换言之,当一个人过于沉迷于讨论道德哲学,问题便会出现在义理的文章表达上,而不一定出现在义理本身(鉴于姚鼐的词章中心论,至少在其同代人当中,他恐怕很难区分拙劣的文章和拙劣的义理)。学术研究也是如此:考证也许是正确的,但如果过于冗长——特别是当这种冗长妨碍了学术讨论达成任何统一的观点时——那就是严重的瑕疵。当然,在严格意义上,任何写作上的缺陷都是来自过于注重"义理"和"考证"所导致的错乱。因此,虽然姚鼐标榜自己是在讨论学问的三大分支,但实际上他只是在文章表达的层面上处理它们。

尽管姚鼐是要以文章表达为媒介来阐释知识,他也为桐城派文论注入了一批审美词汇,迥别于大多数以竭力减少文章词藻密度作为典型写作态度的考据学者:

> 鼐闻天地之道,阴阳刚柔而已。文者,天地之精英,而阴阳刚柔之发也。……其得于阳与刚之美者,则其文如霆,如电,如长风之出谷,如崇山峻崖,如决大川,如奔骐骥。……其得于阴与柔之美者,则其文如升初日,如清风,如云,如霞,如烟,如幽林曲涧,如沦,如漾,如珠玉之辉,如鸿鹄之鸣而入寥廓。①

如同焦循曾试图将审美批评语言挪用到考证学世界,姚鼐在这里寻求的是审美批评向"古文"的靠近。古文审美本有一套高度发达的词汇系统,可以追溯到南宋末年;在桐城传统中,方苞强调"古文"的道德性,刘大櫆则更为具体地强调技术问题;留给姚

---

① 姚鼐:《复鲁絜非书》,载《惜抱轩文集》卷六,第10—11a页。原文英译见James J. Y. Liu, *Chinese Theories of Literature*, 46。漆绪邦和王凯符在其所编《桐城派文选》的前言中(合肥:安徽人民出版社1984年版,第15—16页),强调姚鼐为桐城文论引进了一种更高度提炼的审美。这种高度抒情化的观点一旦导入,便在桐城传统中持续了下来。相关例证,参见管同:《与友人论文书》,载《因寄轩文初集》卷六,清光绪五年(1879)重刻本,第1a—1b页。

鼐的任务，正是将全方位的审美考量带进桐城的“古文”概念之中。他这样做不仅扩展了通常被认为相当沉闷的清代古文领域的视野，而且将审美和道德正统的教化关切更紧密地融合在一起，并在这一点上超越了大多数清代人的努力。

不过，正如林理彰（Richard J. Lynn）所证明的，宋以后的审美传统中几乎不存在道德说教；而在清代，抒情诗更成为这一传统关切的主要场合。“诗”从来没有被当作道德正统的主要载体，事实上，在此类责任之外“诗”甚至还保留了一定的自主性，即便只是因为人们普遍认为“诗”在事物的宏大体系中相对不那么重要。[①]然而，通过重新强调古文的审美性，姚鼐达成了审美和道德说教的再度统合。这在过去平实之“文”主导学术界而审美之“诗”与之保持一定距离的时代是不可能实现的。姚鼐这样做，跟前述焦循的努力一样，其结果是缩小了18世纪建立起来的各种书写表达以及与之相关的各种知识门类之间的距离。如果说姚鼐将高度的审美意识导入对“古文”风格的考量当中，他对复兴程朱正学的持续关注则直接导致了政治对文辞审美领域的更多介入。

当然，即使在那些最终证明是最为犯忌的篇章当中，姚鼐也会像他之前的经学家们一样，谨小慎微地作些迎合时趋的表面文章。于是，姚鼐总是给人一种错觉，仿佛是将自己置身于同时代主流的知识话语之中，即便他其实已经准备好要从根本上扭转乾坤。身处于一个注重话语统一性的学术传统当中，即便有意取而代之，却仍对当前流行的知识潮流表示敬意，似乎也是理所当然。由此带来表达异见之时的守成姿态，在中国思想史上可以说是贯穿始终：正如艾尔曼所论证的那样，顾炎武（1613—1682）质疑两宋“理学”的前提，却依旧在使用其术语；当代中国的改革，同样坚持既有的

① 这至少是钱锺书看起来相当在理的论点，参见 Theodore D. Huters, *Qian Zhongshu* (Boston：Twayne, 1982), 15-16。

原则和思想表述。①

再次回到余英时提出的理学思想的内在进路,我们可以看到:姚鼐以近乎微妙的方式,不断接近对训诂小学(philology)潮流的决定性突破,在其背后却有一种更为强烈的紧迫性。如果说"考证"最终证明它并没有走出一条比此前的"义理"更为清晰的、通向道德和政治正确性的大路,那么,一个多世纪以来的考据细读,却也使得简单回归一种更纯粹的思辨性道德哲学变得不再可能。② 当然,我们可以顺便指出,学问的三大分支中唯有"文章"尚未占据过人们注意力的巅峰,也该是它久旱逢甘霖的时候了。但这样的想法未免太轻易,会使人忽略通过文章来接近知识的实质性优势。其中最重要的可能是"古文"传统中持续不懈的道德感和与之相配的严格法度。这不仅有助于从冷漠的客观性这一许多人心目中经学研究的主要缺点中恢复过来,而且还提供了一种避免过度抽象思辨的方法。如果感到需要一种新的取向,那么强调"古文"这一回向还有一个优势:韩愈对同时代人的排斥正好代表了一次更为古老的正统回归,更不用说传统上就认为韩愈的(文体)改革正是理学的开端。

尽管关于古文创作的主张充满着激情,但在实践中,仍难以从形式上区分18世纪的"古文家"与经学家的文字。正如郭绍虞所论:

---

① Benjamin A. Elman, "Philosophy (*i-li*) Versus Philology (*k'ao-cheng*): The *jen-hsin tao-hsin* Debate", *T'oung Pao* 69, no. 4-5 (1983): 204.又见郭绍虞:《中国文学批评史》,下册,第388页。郭绍虞指出:"他们(桐城派)虽也用考证之名,但与当时乾嘉学风显然不同了。"如齐皎瀚(Jonathan Chaves)所述,晚明公安文派跟当时风行的文学潮流之间有很多共同的设定,似乎也是同一过程的例证。参见 Jonathan Chaves, "The Panoply of Images: A Reconsideration of the Literary Theory of the Kung-an School", in *Theories of the Arts in China*, edited by Susan Bush and Christian Murck (Princeton: Princeton University Press, 1983), esp. 341-344。

② 钱穆:《中国近三百年学术史》,第569—571页。在其中,钱穆征引了姚鼐质疑整个清代考证学体系的一系列文献。19世纪学者不甘完全放弃考证传统,参见 Benjamin A. Elman, "Philosophy (*i-li*) Versus Philology (*k'ao-cheng*)", 218-219。

> 大抵经学家之于文,可分三时期。戴(震)、钱(大昕)诸人,无意于文,仅取达意,故简直高古,辞无虚设,其作风虽与古文家不同,然以多偏单奇,与古文家之距离尚不甚相远。①

郭绍虞所谓"考证家"与"古文家"之间"作风"的不同,很可能是指不同群体创作文章的内容而非形式。固然,桐城文家基本上都戒除了焦循所称的"考据"——那种琐细的学术考证,而经学家则竭力避免像姚鼐阴阳刚柔论那样的抒情性爆发。尽管桐城派谈到了形式问题,但具体到形式上的差异,分离出来却要难得多。有一点大概可以确定,那就是古文家倾向于限制大量使用来自早期文献的典故;他们的句子也更短,且不那么复杂。

姚鼐曾有一篇赠序,开篇描述汉代学术,就说明了桐城文体的一些特征:

> 孔子没而大道微,汉儒承秦灭学之后,始立专门,各抱一经,师弟传受,侪偶怨怒嫉妒,不相通晓;其于圣人之道,犹筑墙垣而塞门巷也。久之通儒渐出,贯穿群经,左右证明,择其长说;及其敝也,杂之以谶纬,乱之以怪僻猥碎,世又讥之。②

前述焦循之文对同一历史过程的论述,即便在引用篇幅相对较短的部分,也要详细得多。焦循用更多的篇幅细致明晰地阐述了每一部经书的传注家数和师说流别,并进而列出他们所处理的全部典籍范围。在句法方面,他的文字确实包含了更多的从句和连词结构,但主要的区别还在于句子的长短。焦循往往采用很长的句式,这取决于他详尽罗列所讨论对象的需要。他并没有克制自己对所析论汉代学者中非经学者的评判,但他似乎更想为学术进展提供充分的背景资料。相比之下,姚鼐则满足于非常笼统的陈述,以支撑其相当严厉的评价。

---

① 郭绍虞:《中国文学批评史》,下册,第467页。

② 姚鼐:《赠钱献之序》,载《惜抱轩文集》卷七,第4a页。

宋学与汉学支持者之间的基本争论，在（姚鼐和焦循的）这两段话的对比中表露无遗。郭绍虞所谓“作风”的差异也是很明显的。就拿姚鼐批评考据派的话来看——“为考证之过者，至繁碎缴绕，而语不可了当”——当我们比较焦循的详审处理与姚鼐的简洁描述，至少后半句似乎所言不虚。诚然，姚鼐不满考证学派的繁碎缴绕，主要是指他们撰著的冗长注疏和经学论述，这是毫无疑问的。但焦循致孙星衍的书札在篇幅和学术细节上都与姚鼐依循惯例的简洁形成了生动对照，不论后者是以何种文体来写作的；换言之，焦循的私人写作甚至似乎也在考证学派详审习惯的支配之下。而姚鼐的文章在处理类似话题时异常简短，又似乎部分地坐实了考证学派长久以来对桐城文人缺乏学术兴趣的抱怨。焦循在文段中偶尔征引前代典故，姚鼐这边则是完全没有。总而言之，两篇短文在“文风”（stylistic）上的差异，可以归因于作者知识习性的分歧，而非诸如句法、措辞或类型等形式因素的严格考量。就此而言，论及文学功能的桐城文章在18、19世纪之交中国学术话语中所发挥的作用，要远远超过他们所热衷倡导的任何文体风格特征。因为，无论他们如何声张“古文”文风的特异性，绝大多数人毕生所写的似乎也就是这种文字。①

“古文”上升

尽管桐城文家的主张带有迫切性，清末作家李详（1859—

① 在向袁枚发难若干年后，焦循可以说是带着一种忏悔的心情，为“古文”文风的普遍性作出了证明：“仆幼受先君子教，年四十即习为古文，其间涉猎所及，虽学经、学六书、学算、学诗赋，而于属文之法，盖未尝一日离。”见焦循：《与赵宽夫论文书》，载《雕菰集》卷一四，第24a页。（焦循文中“年四十即习为古文”，原文照译；但按诸上下文及句中“即”字的口气，似当作“年十四即习为古文”。新校本《雕菰集》亦在此处出校“疑为‘十四’之误”，见陈居渊主编：《雕菰楼文学七种》，徐宇宏、骆红尔校点，南京：凤凰出版社2018年版，第340页。——译者）

1931)仍认为在乾嘉时代他们的理念并没有获得多少拥趸,但在嘉庆二十年(1815)姚鼐身故后,他的弟子们却完成了姚鼐及其所倡导的古文地位的提升。[1] 如姚鼐所编的作为古文写作门径的《古文辞类纂》一书,虽然在乾隆四十四年(1779)就已完成,却直到嘉庆二十五年(1820)才付梓,随即便产生了极大的影响。[2] 苏州学者恽敬(1757—1817)[3]的文章被看作是桐城模式的直系传承。他承认自己只有在开始认真创作"古文"之后,才惊讶地发现原来方苞、刘大櫆、姚鼐都属于同一个传统。这进一步证实了李详的观察。[4] 粗看之下,人们所称古文复兴的时间点并不一致:焦循早在嘉庆元年(1796)就担忧审美性文章会取代经学,李详则发现在嘉庆二十五年(1820)以前很少有人支持古文理论。不过,如果我们寻找的是一个渐进的转型过程而非一系列突发变换,那么这样的进展状况就是可以理解的了。从最初的动荡到最终的成功需要一段时间,这反而似乎是理所当然的事情。

在姚鼐的门生当中,方东树、管同、梅曾亮、姚莹四人后来在思想和政治两方面都成为 19 世纪 20 年代到 40 年代复兴的文人清议群体中的重要人物。这些学术精英试图通过不断参与政治来实现道德重整,他们的知识准备在很大程度上都以桐城"古文"理论

---

① 李详:《论桐城派》,《国粹学报》1908 年第 49 期,"文篇"第 3a—4a 页(页数每篇分页另起)。事实上,李详更具体地指出了梅曾亮和他的弟子才真正引发了桐城派影响力的扩张。

② Arthur W. Hummel, ed., *Eminent Chinese of the Ch'ing Period* (*1644-1912*) (Taipei: Cheng-wen, 1967), 900.(中译本见[美]恒慕义编著:《清代名人传略》,中国人民大学清史研究所《清代名人传略》翻译组译,西宁:青海人民出版社 1990 年版。——译者)

③ 原文如此,恽敬为常州阳湖人,并非"苏州学者"。——译者

④ 恽敬:《上曹俪笙侍郎书》,载《大云山房文稿初集》卷三,《四部备要》本,第 3b—4a 页。清代学者陆继辂(1772—1834)指出,直到乾隆后期,恽敬和张惠言才放弃了他们对考证研究和骈体文的巨大兴趣,转而专治"古文"。见郭绍虞:《中国文学批评史》,下册,第 429 页。

为基础。或许古文复兴最为确定的指征,就是在方东树的著作中可以找到大量有关“文”的写作问题的讨论。其数量之多,与钱大昕等考据学者文集中此类文章的匮乏形成了鲜明对照。在写给姚莹的一封信中,方东树明确地阐述了文章在桐城派道德行动视野中的重要性:

> 是故吾修之于身,而为人所取法,莫如德;吾饬之于官,而为民所安赖者,莫如功;若夫兴起人之善气,遏抑人之淫心,陶缙绅,藻天地,载天地,载德与功以风动天下,传之无穷,则莫如文。故古之立言者,与功、德并传不朽。①

在道光四年(1824),方东树还完成了一部此后备受关注的著作,②攻击被蔑称为“汉学”的考据学派。他将该书呈献给著名的考证学护法、势力熏天的两广总督阮元,显然是对自己的知识立场有足够的信心。这一事件或许可以成为18世纪90年代以降思想环境巨变最具说服力的证明。而作为桐城理念持续影响文章写作的一个重要表征,刘开和梅曾亮都放弃了早年的骈文兴趣而转向“古文”。促成梅曾亮转变的正是管同,在其成功的劝说中,他援引了“雅洁”这一桐城派创作准则。③

当嘉庆二十五年(1820)以后“古文”复兴运动开始逐渐支配文坛的时候,其领袖发现他们面临着一系列新问题。其中最为主要的,就是既要在文体风格上集中注意力,同时又不能掩盖文章所

---

① 方东树:《复姚君书》,载《仪卫轩集》卷七,清同治七年(1868)合肥《桐城方植之先生全集》刻本,第18a页。关于这一改革运动,参见James Polachek, *The Inner Opium War*, Chapter 2。

② 即《汉学商兑》,关于该书著作时间,郑福照《方仪卫先生年谱》系在道光四年(1824);但漆永祥最近的考证则指出该书在道光六年(1826)前后才有部分成稿,此后不断增改,到道光十一年(1831)才第一次刊行。见漆永祥汇校:《汉学商兑·汉学商兑赘言》,北京:北京联合出版公司2017年版,导读第12—17页。——译者

③ 梅曾亮:《管异之文集书后》,载舒芜、陈迩冬、周绍良、王利器编选:《中国近代文论选》,第26页。

服务的性理和道德议题。换言之，尽管一度获得了将学术关切转换到文章写作方面的成功，但比起“考证”主导学术话语的时代，桐城论者并没有找到更自如地解决其领域内部道德问题的办法。管同在道光七年(1827)为方东树的文集作序，证明了第二次转型的困难。这篇文章充满了一种认识论上的挫折感，完全有别于大多数“考证”学者的文字，却在日后桐城学者的言说中相当普遍：

> 同少时，性喜为文，与海内文士往来，而桐城方君植之(东树)为之冠。其后，同更忧患疾病，四十以来，悟儒者当建树功德，而文士卑不足为。以语他人，怃然莫应也，植之独深然之。①

身处并不友善的知识环境中所感到的这份孤独，在方东树有关“古文”的一封书札里得到了回响：

> 仆闻人之为学，每视乎一时之所趋：风气波荡，群然相和，为之既众，往往工者亦出。独至古文，恒由贤知命世之英，为之于举世不为之日，蒙谤讪，甘寂寞，负遗俗之累，与世龃龉不顾，然后乃以雄峙特立于千载之表。故其业独尊，而遇之甚稀。②

略读之下，这些段落似乎可以拿来证明19世纪20年代的“古文”依旧跟18世纪80年代的一样不受待见。事实上，从欧阳修开始看起来就是这个样子：提倡古文涉及意识形态的一个主要部分，就是扬言文风的衰落。然而，方东树更尖锐的关切还在其他方面。在另一篇心甘情愿地承认了桐城理论新近才流行起来的文章当中，他相当坦率地谈到这一关切：

> 今东南学者多好言古文，而盛推桐城三家；于三家之中，

① 管同：《方植之文集序》，载《因寄轩文二集》卷四，第7a页。
② 方东树：《答叶溥求论古文书》，载《仪卫轩集》卷七，第21b页。

又喜称姚氏,有非姚氏之说莫之从。呜呼,可谓盛矣!而吾独以为人知姚氏之文之美,犹未有能得其微妙深苦之心也;不得其心,则其于知也终未尽。①

于是,问题并不在于学者阶层的广大人群缺乏掌握“古文”的愿望,而是他们无法领略“古文”教学的深度。对于这个问题,方东树无法提供真正的解决方案:他强调彻底关注并有必要最终掌握“古文”文体风格的修辞细节,即便如此,他也承认这些细节不过构成“致功浅末之务,非为文之本”②。然而,文体风格的细节仍是掌握古人为文之道的唯一门径,方东树的许多文章也都显示出对技巧细微之处的敏锐关注。

在为归有光《圈识史记例意》与刘大櫆《论文偶记》二书合刻本所撰的跋语中,方东树以相当篇幅争论了重刻这两部著作的必要性:

学者所受微言奥论,文章真传在是(归、刘二书)也。或曰:自昔作者,第以其文传而已,未有举其所以治文之方而著之为言者,若此,则几于陋与?余曰:然。凡后人之所言,皆前人所不言。非不能言之也,以为吾不言而使人以意逆之,则其思之深、得之固,而其味长。言之愈悉,使人习口耳而不察,道听途说,不得其所以言之意,反以亵吾至教。古之达者,盖深有见于其得失如是,故不惟不暇,亦不敢,非第为其名迹近陋,避而不为也。然则二先生之虑不及此与?是其言当从弃置而

---

① 方东树:《书惜抱先生墓志后》,载《仪卫轩集》卷六,第22b—23a页。写作越是理论化,其实践的结果就越惨淡,这看起来是清代文章批评中(各种流派的人所共享)的老生常谈。方苞在一开始就说过:“夫秦、周以前,学者未尝言文,而文之义法,无一之不备焉。唐、宋以后,步趋绳尺,犹不能无过差。”见方苞:《书韩退之平淮西碑后》,载《方望溪文集》卷五,第3a页。类似议论也可以在下面各篇中看到:段玉裁:《潜研堂文集序》,载《潜研堂文集》序,第1a页;恽敬:《上曹俪笙侍郎书》,载《大云山房文稿初集》卷三,第3b页。

② 方东树:《书惜抱先生墓志后》,载《仪卫轩集》卷六,第23a页。

不足采与?是又不然。凡后人之所言多前人所未尝言,孔子之系《易》,由伏羲观之,则陋矣;汉唐以来儒者说经所发明,由先圣贤观之,皆可曰陋。然而至于今而传注不废,以为不如是不足以有明也。为其冥冥群即于昧也,孰若以吾所觉觉之也?是得圣人成物之智者也。①

此类对文章技巧躲躲闪闪的肯定,就方东树和他的时代而言,具有一定的象征意义。从这种技术性的观点来处理写作,使他更容易遭到一些指控,诸如鼓励无结果的形式主义,以及与那些更受诽谤的八股文家同流合污等等。② 但是,简单地让学生们自己去解决作文问题,实有使其受蒙蔽乃至失去文章传统轨辙之虞,且不论这种传统轨辙已经变得多么微弱。显然,源于方苞的对于教学法的关切,依然困扰着桐城理论家。也许正是时代的困难使方苞没能求得真正的解决,正如郭绍虞在谈到17世纪中叶与之类似的时代困扰之际所说的:当时作者“不欲托之空言,而同时又不能不托之空言;不能不托之空言,而同时又不愿徒托于空言。在这样情形之下,所以一方面承认文学的价值,而一方面又深恨空文之无用”③。

导致桐城派言说在各个方面有所冲突的一个主要因素,正是儒学长久以来所特有的一个认识论问题:如果仅仅把行为和现世状况作为人生在世的唯一向导,那么如何能对任何知识保有信心呢?乾嘉时代的实证主义风气一度以为,只要抓住文化模式中的一条线索,就能确保最终通向整体的入口。章学诚对这一点有所怀疑,就使他与其所处的时代如此格格不入,以至于几乎

---

① 方东树:《合刻归震川圈识史记例意刘海峰论文偶记跋》,载《仪卫轩集》卷六,第23b—24a页。

② 章学诚尤其反对此种技术性操练,参见章学诚:《文理》,载《文史通义》内篇二,尤其是第62页。

③ 郭绍虞:《中国文学批评史》,下册,第328页。

被人们遗忘。[1] 即便是姚鼐,作为“汉学”实证主义的异议者,好像也几乎没有怀疑过下面这一判断:学术世界普遍地转向更多地关注“文”以及其中所蕴含的道德,这会给求道者带来对文化整体的完满把握。然而,管同和方东树关于如何传播道德知识的怀疑,却让人想起章学诚。[2] 他们感叹即便人人都追求正确的典范,获得正确的知识仍然异常艰难;但与此同时,他们又发出了为其所独有的新音符。在成功将文章置于思想关注的前台之后,他们不得不面对这样的现实:文与道德意义之间的联系,本质上跟语文学(philology)和道德哲学之间的联系一样,都存在着问题。

训诂小学给词章(letters)带来的专业化趋向,让这个问题变得更加复杂。18 世纪之前的理学对学问举重若轻,意在使其普遍性主张独立于广袤的经验实证。然而,考证研究的蓬勃发展所呈现的知识分化,明白地核验了下面这种含蓄却又至关重要的感知:所有道德和经验的知识都是同一领域的组成部分。但是,如何应对“考据”对于儒学正统中这些或许最为核心信条的挑战呢?重申道德哲学的传统思辨性主张已经不够了,纯粹的实证研究才是带来危机的首要原因。由于文章(writing)长久以来一直被宣称为道德完善的途径,遂代表了一种解决的方案。然而,训诂小学所带来的挑战,使得文章的统合任务比以往任何时候都重要得多,同时也使这项任务更为困难。

清帝国社会和经济状况的迅速恶化,自然是姚鼐诸弟子流露出绝望感的一个重要因素:乾隆时代专制的结束,使人们越来越能够直面国家的虚弱;同时这也在士大夫当中引出了全新的感受——只有以他们自己为中心开始群体行动才能有补于时局。考证学派的碎义逃难以及他们相当被动的取向,显然不适合在

---

① David S. Nivison, *The Life and Thought of Chang Hsueh-ch'eng (1738-1801)*, esp. 272-274.

② Ibid., 109-116.

这更为严酷的时代充当思想的集结站。如果说桐城派的想法更能回应道德目的感的强化,那么它为自己设定的任务性质,则远远超出了雄心勃勃的姚鼐——身兼书院教席和社会向善论者(meliorist)——所能设想的一切。然后,正是在19世纪20年代,文章和文论开始充分地染上派性政治的色调,此种色调曾潜藏于焦循和姚鼐对审美和政治话语的融合之中。在这个时间点上的"古文"倡导者,相当自觉地带上了处境艰难的政治少数派为了获得道德和实践优势而不懈斗争的所有色彩,堪称中国近代文艺史上的一个关键进展;以文章为突破口来对抗当代政治与文化规制,其先例已然在此确立。

文论的分化

然而,针对"古文"理论复兴这一挑战的回应并非遥遥无期。截至嘉庆二十五年(1820),阮元已经撰写了一系列文章来阐述另一种作文理论。他在这些文章中主张回归骈体文,这绝非偶然。从六朝时期到整个唐代,骈体文一直支配着中国的文章世界;韩愈认为过度修饰的"骈体"写作在他的时代已构成一种病态支配,他发起第一次"古文"复兴,实际上就是对这种支配的反动。不过,阮元并不是简单抽象地援引一种武器来反对桐城派的崛起:如前文所述,在18世纪晚期,已经出现了相当规模且显然出于自发的骈文复兴,而这一复兴又是17世纪中叶以来早期骈文复兴的放大。正如郭绍虞论经学家文风发展时有所评论:"汪(中)、张(惠言,1761—1802)诸人,均以富于才藻,兼工骈词,征材博而琢句丽,取法六朝而得其神理,故又与宗主唐宋八家者异其旨趣了。"①根据郭绍虞的论述,唯有骈偶(parison)的复兴才带来了文体风格的实质性"创造"。因此,"骈体"新风尚的流行既是对"古文"的即

① 郭绍虞:《中国文学批评史》,下册,第467页。

时回应,也反映着开始专注于文章写作的整体趋向。无论是骈文还是古文的复兴运动,都是这一趋向的组成部分。

作为一种长期以来声名败坏的文体,骈体文得以遽然复兴的原因并不是那么清楚。章学诚将这种新兴趣归因于乾隆年间四库编书工程引发的古学复苏,这似乎是一个相对较好的解释。尽管(骈文复兴)最著名的早期践行者中有众人皆知的反"考据"文人袁枚,这一事实或许又会使章学诚的假设稍稍丧失一点说服力。另一个可能的因素是,18 世纪 50 年代末科举功令恢复试律,有可能引起人们对写作格律的更多关注。[①] 当然,骈体文具有明确的"非唐宋性"(non-Tang-Songness),对于苦心孤诣证明宋学空疏的人来说,也一定具有很大吸引力。不管是什么原因,"骈体"文家与"考证"学派的隶属关系是明确无误的:其主要人物,如汪中、洪亮吉、孔广森、孙星衍以及阮元,无论其研究的是书籍版本还是舆地、史学,都被认定为属于"朴学"或"实学"的广泛取向,而且往往都是通过才子藏书家毕沅(1730—1797)的赞助而互相认识的。

说起捍卫骈体文,袁枚尚在阮元之先。他为刘大櫆同时代一位相对较少为人知的作家胡天游(1696—1758)的文集作序,不无防备地提出"骈体"有权与更为正统的平实文体"散文"并存。尽管如此主张,袁枚还是指出了近几个世纪以来骈偶之文令人感伤的衰落,而胡天游正是自唐代诗人李商隐(约 813—约 858)以来最为娴熟的骈体文家。[②] 至于 18 世纪骈文复兴所取得的进展,则以李兆洛(1769—1841)大约在 19 世纪 20 年代最终编成的《骈体文钞》为代表。该书显然有意取代姚鼐的《古文辞类纂》。[③] 李兆洛

---

① 邓嗣禹:《中国考试制度史》,台北:学生书局 1967 年版,第 258 页。(乾隆二十二年,即 1757 年,诏试五言八韵诗;但直到五十二年,即 1787 年,才将诗题升至乡、会试首场,确立其在科举考试中的地位。——译者)

② 袁枚:《胡稚威骈体文序》,载《小仓山房文集》卷一一,第 6a 页。"散文"是比"古文"更具包容性的一个概念,指一切缺少格律模式的文章。

③ 郭绍虞主编,王文生副主编:《中国历代文论选》,第 3 册,第 589 页。

将骈体文正当化的理由略同袁枚,二者都回溯了"骈"与'散"的共同源头,以此证明骈文同样有存在的权利。二人也都暗示可能有一些特定主题更适合用骈体来表达,却又都没有说明具体是哪些主题。

留给阮元的任务有二:既要为这种复兴加固理论基础,又要将它变成一种公认的运动。基于袁枚和李兆洛的暗示——有一些特定事物最利于用骈偶来表达。阮元发展出一套相当夸张的理论,即认为**所有**配得上"文"这一称呼的文章无不由骈对构成,或押脚韵,或协句中之"音韵"。[①] 他在传统上视为孔子所撰的《易传·文言》中找到字面上的论据,认定句中音韵和宫羽声调为"文"的关键特征,这使他能够将5世纪沈约"发现"汉语声调之前的所有书写文辞都纳入其定义所观照的范围之中。沈约之前的文辞往往不自觉地合于声调规则,阮元认为这一点确保了(其定义的)高度可靠性。[②]

此前的桐城文家已援引过萧统的《文选序》,阮元更是遵从萧统的指引,将古典文辞中的经书、史书、子书选段都排除在经他修正的"文"这一概念之外。但阮元排除这些特定类型的理由却与方苞《古文约选序》所论截然不同:除非教学上有必要,方苞尽力不在类型之间作区分;阮元则一意要建立不同类型文章之间的本质区别。尽管萧统将经、史、子三类文辞排除在外,这一处理本身并没有厚此薄彼的意图。[③] 阮元对同一问题的看法却微妙地包含了更多暧昧之处:

> 《选序》之法,于经、子、史三家,不加甄录,为其以立意纪事为本,非沉思翰藻之比也。今之为古文者,以彼所弃,为我

---

① 阮元:《文韵说》,载《揅经室续集》卷三,《四部丛刊》本,第7b—10a页。

② 同上书,第9a页。

③ 参见 David R. Knechtges, "Introduction" to Xiao Tong, *Wen xuan or Selections of Refined Literature*, 18。

所取，立意之外，惟有纪事，是乃子史正流，终与文章有别。①

看起来，阮元好像是在这里质疑经典中那些并未如他所谓的“文”那样采用繁缛骈体风格的部分，但很难想象这是他的真实意图。毋宁说，他似乎是在指控那些模仿经典著作的文章所固有的低劣感；阮元认为这种模仿是劣化的复制，使其作者“动辄千言万字”，却不（像经典那样）关心是否容易被人接受或记诵。通过召回宋以前在“文”（修饰过的文章）与“笔”（平实的文章）之间的区分，他断定所有非骈体的文章都是“笔”——“直言之言”甚至“论难之语”，缺乏“文”的本质品位。将“文”当作一种可以规避争辩和教条主义的形式来强调，这一点尤有意味。阮元似乎是在走向一种理念，即词章化的文（literary prose）应该高于这一切，它属于另一种秩序，“文”本身就拥有如此的深度和精致，甚至使得辩难和教条变得多余。

虽然清末学者章炳麟（1869—1936）早就驳斥了阮元对于萧统“文”观与骈体文之间历史统一性的声张，②但导致阮元创造这一理论的各种动因却值得深思，因为它们揭示了“汉学”进入19世纪动荡时代之际的状况。首先，阮元对其创作理论的信奉，显然可以视作针对京中新兴经世派活动家日益增长影响力的一种有计划的回应，这些活动家正是以宋学性理和桐城文论的外衣来包装自己。从阮元的理念中，也可以明显看到其与考证学派的连续性：他直接越过唐代，回到一个更接近经学时代的时期，没有感染唐人的争鸣风气和宋人不安定的形而上学，正是这一切促成了18世纪学术转向对汉代经注更为贴近的观照。对于

① 阮元：《与友人论文书》，载《揅经室三集》卷二，第6b页。阮元在这段话里正确地反映了方苞关于“古文”的观点：“学者以先秦、盛汉辩理论事、质而不芜者为古文”。见方苞：《古文约选序》，载《方望溪集外文》卷四，第13a页。

② 章炳麟：《文学总略》，载《国故论衡》卷二，1917—1919年浙江图书馆《章氏丛书》刻本，第56b—59a页。

阮元的这一理论,严格意义上我们只能说它代表了“考据”式历史主义在纯文学(belles-lettres)领域的嫁接。尽管如此,在采用“《选》体”创作的大多数学者那里,纯学术写作与更具创意的“骈体”文之间有着明确的界线,使他们与桐城派群体截然有别。桐城派强调自身与官方所认可“宋学”的知识连续性,以及文章、考据、性理的同一性。

然而,阮元的回应形式才是最引人瞩目的:他这一代考证研究的倡导者对文章体式的兴趣,不再是将其视为表达从经典中所获见解的透明媒介(transparent conveyor);阮元发展出了一套在清代学术史上前所未有的关于文章密度和特殊性的理论。在他的理论当中,我们或许可以看到维系“义理”“考证”“文章”之间自由转换这一理想的最后尝试;即便在最为强硬的考据学正当化论证中,这种理想也处于核心位置。在考证学者与桐城派群体对立公开化的情势下,阮元的意图之一,可能是既要通过文章写作来回应桐城派刷新道德的呼吁,同时又发展出一套文论以超越这种尖锐的争执。虽然这是其意图所在,最终结果却是他的努力反而扩大了文章和其他学问分支之间的裂痕。

阮元力图确保骈体文的优越地位,这一努力一下将他引向了好几个方向,其中有些方向甚至是相互冲突的:如果说袁枚为文章提出了“古文道也,考据器也”[①]的宏观主张,那么阮元则通过断绝“文”与其他类型文辞的联系,开启了这样的视点——某些类型的文章从属于跟其他类型写作截然不同的秩序。他颇为含糊地评论“文”显而易见的超越性气质,却相当于公开表明,较之古文倡导者乏味地主张实践道德,“文”有着更高的追求。此外,骈偶(parison)的形式格律要求密切关注句法构思等技术特征,其中所蕴含的文学自足性(self-referentiality)将骈体文推向了诗赋而非普通文章的传统领域。因此,在阮元的框架中,其实很难找到真正意义上

① 袁枚:《复家实堂》,载《小仓山房尺牍》卷三,第12a页。

(文章通向)实用的空间。

另一方面,阮元在"骈体"与"散文"之间作出的明晰区分,却和他对(文学)自主性的呼吁不尽一致。他将"文"的特殊地位正当化的理由,在于"文言"更接近真正古圣人的论证模式。这一论点建立在本质上高度实用化的(书写)材料问题之上:

> 古人无笔砚纸墨之便,往往铸金刻石,始传久远;其著之简策者,亦有漆书刀削之劳;非如今人下笔千言,言事甚易也。许氏《说文》:"直言曰言,论难曰语。"①《左传》曰:"言之无文,行之不远。"②此何也?古人以简策传事者少,以口舌传事者多……故同为一言,转相告语,必有愆误。(原注略)是必寡其词,协其音,以文其言,使人易于记诵,无能增改,且无方言俗语杂于其间,始能达意,始能行远。③

这段话明确赋予了骈文几乎形而上学的地位:既有极为日常的源头,最终又具备同样日常的重要性。传承圣人理念的理想状态是尽量清楚并排除歧义,骈体文本质上只是一条捷径,但却是被古代圣贤光环包围的捷径。显而易见,阮元的理论有必要将以下二者结合在一起:一边是应对不断退缩的知识视野而日益形而上学化的文章观念,另一边则是同样迫切的实际应用诉求。随着新世纪的展开,二者之间的张力将越来越明显。

嘉庆二十五年(1820)前后,桐城文人刘开向阮元寄出了一份引人注目的呼吁信函。刘开自己也曾粗涉骈文,虽然没有直接触及结合本质与实践的核心问题,但他的来信却生动地投射出古文家与骈文家文章实践的区别。其开篇就展开犀利的议论,鲜明地

① 许慎:《说文解字》卷三上,《四部丛刊》本,第2b页。

② 这句古语出自《左传·襄公二十五年》,在当时被各种认真关注词章(letters)的流派广泛援引,几乎无处不在。见孔颖达:《春秋左传正义》卷三六,《十三经注疏》本,北京:中华书局1980年版,第283页。

③ 阮元:《文言说》,载《揅经室三集》卷二,第1a页。

表现出 18 世纪 90 年代以来知识环境的变化：

> 本朝论文，多宗望溪，数十年来，未有异议。先生独不取其宗派，非故为立异也，亦非有意薄望溪也，必有以信其未然而奋其独见也。①

刘开生于桐城，且为姚鼐弟子，乾隆四十六年（1781）出生的他即便再早生二三十年，大概也会在很小时候就被灌输这种观念。但即便出于更早的世代，我们还是很难想象一个年届中年且以文章学术自名的人，对于嘉庆五年（1800）以前桐城文家影响的相对衰落竟一无所知（只要比较一下同时代且立场相近的管同、方东树等人议论便可得知）。因此，刘开关于桐城文章支配地位的贸然断言，或许未必出自地域自豪感的简单反映，而更应该从桐城派影响增强的另一个维度来看待，即他们成功地将文章创作推向了知识议程的醒目位置。

显然，刘开对阮元有所妥协。他在信中承认，除了韩愈以外，唐宋八大家（的其他七人）都未能充分把握古文的伟大传统，至于归有光、方苞这些后继者自然就更加逊色了，即便他们是如此令人尊敬的思想先驱。② 然而，之所以仍然要研习他们的文章，乃是因为经书和汉文对于新手来说相当难以进入：

> 故文之义法，至《史》《汉》而已备；文之体制，至八家而乃全，彼固予人以有定之程式也。学者必先从事于此，而后有成法之可循；否则，虽锐意欲学秦、汉，亦茫无津涯。③

刘开在信末不无迎合地指出，非常绝特的人才完全可以自出

---

① 刘开：《与阮芸台宫保论文书》，载郭绍虞主编，王文生副主编：《中国历代文论选》，第 3 册，第 594 页。

② 这种态度在 20 世纪的延续，参见林纾：《桐城派古文说》，《民权素》1915 年第 13 期，“名著”第 1 页。

③ 刘开：《与阮芸台宫保论文书》，载郭绍虞主编，王文生副主编：《中国历代文论选》，第 3 册，第 595 页。

机杼,不必受制于这种艰苦的研习过程,并暗示:“先生(阮元)殆有意乎? 其不安于同然之嗜好,宜也。”[①]刘开对桐城信念的捍卫,最终是基于人们非常熟悉的教学考量:从较为浅近更容易掌握的后世著作入门,逐步接近至高无上的经典,这种循序渐进的次第,对大多数人来说仍是必要的。[②]

说到底,姚鼐追随者与“《选》学”派之间的基本区分可以归结为:在“古文”传统中从事创作,意味着比骈文研习者所设想的(途径)更容易进入(easier accessibility)。然而,在实质的教学法争论背后却隐藏着一个更为根本的认识论问题。随着19世纪后期传统中国体系日益不稳,这一问题也将变得越来越严重。更抽象地考虑的话,关于可即性(accessibility)的辩论,也可以视作是关乎文化集群(cultural constellation)内在性的争议。尽管现代学者谴责桐城派趋于精英主义,[③]且太容易陷入过分的道德说教,但桐城派对文章作为学问主要途径的持续关注,却显示了一种让每个受教育者都有机会参与文化话语的意向。毕竟每个人都得写作,而桐城派关于习作和记诵的反复叮咛,[④]作为一种掌握极少量文本精髓的手段,既承诺保存连接古今的共同理解,又允许相对广泛而简易的参与。当然,这种强行统合也会付出高昂的代价:对于文章当

---

① 刘开:《与阮芸台宫保论文书》,载郭绍虞主编,王文生副主编:《中国历代文论选》,第3册,第596页。

② 认为学诗文必须从较晚近(同时也较逊色)的文本入门,因为这些文本创作的章法原理更为显豁,类似观点可以回溯到严羽的《沧浪诗话》。参见 Richard J. Lynn, “Orthodoxy and Enlightenment”, 223-225。郭绍虞曾将桐城派这种态度的根源追溯到晚明文家艾南英(1583—1646),参见郭绍虞:《中国文学批评史》,下册,第303页。

③ 相关例证,可参见蒋逸雪:《谈有关桐城文派的几个问题》,载《桐城派研究论文集》,合肥:安徽人民出版社1963年版,第72—73页。

④ 相关例证,参见方东树:《书惜抱先生墓志后》,载《仪卫轩集》卷六,第23a页;张裕钊(1823—1894):《答吴至甫书》,载《张濂亭文》,上海:中华书局1937年版,第27—28页。亦可参考王气中:《桐城派在中国文学史上的地位和作用》,载《桐城派研究论文集》,第13页。

中道德唯一性的坚持,使其难以容纳新的应急措施。换言之,一旦出现任何新问题,作者必须高度紧张地在一种基于审核模式的道德说辞语境中加以处理。

另一方面,并非只有新兴桐城派中的少壮强硬者,才会看出"汉学"内涵的精英追求最终很可能沦为曲高和寡的杂碎,甚至连段玉裁在进入老境以后,据说也对自己早年的训诂小学生涯不无愧疚;[①]同样,曾经激烈反对袁枚把文章放在第一位的焦循,在嘉庆七年(1802)年届不惑以后竟也开始习作"古文",并暗示"古文"为学界所亟需。[②] 刘开的呼吁中提到很难完美地填补与汉代之间的时代沟壑,这一点连阮元自己也不得不承认。[③] "汉学"召唤的是一个遥远的、被公认很难接近的过往,但吊诡的是,正是在这种呼唤之中,考证研究播下了生命力顽强的种子,其思想遗产越过"汉学"开始黯淡的19世纪前中期,一直延续到遥远的将来。

在19世纪前所未有的种种考验重压之下,中国固有的政教秩序开始被打破。随之,桐城派思想所代表的那种刻意压制想象力的保守主义,亦逐渐不能回应一个又一个新危机所带来的问题。即便这种保守主义为嘉庆二十五年(1820)至道光三十年(1850)间的京城官场带来了道德热忱,但它既没有为这些眼前的新问题提供真正的答案,也无法提供任何关于如何有效解决以及从何处解决这些问题的愿景。它的力量在于召唤了一个长久以来延续不断的理论与实践相统一的整体,但这也正是其弱点所在:它跳不出以往在理论和实践两方面狭隘而具体的历史,更找不到通向未来行动的钥匙。19世纪20年代到30年代的京师清议派不得不回

---

① 参见 Judith Whitbeck, "Kung Tzu-chen and the Redirection of Literati Commitment in Early Nineteenth Century China", 9。

② 见本书第90页注①。(焦循本文中"四十"疑当为"十四"之误,前注已辨;此处作者仍是按照"年四十即习为古文"来理解并阐释的。——译者)

③ 阮元:《文韵说》,载《揅经室续集》卷三,第10b页。

溯晚明党争来获得灵感,这也许可以成为他们自觉困境的最为痛楚的写照。①

正如现代学者舒芜所提示的,桐城派对于义理、考证、文章统一性的坚持造成了很大的混乱——究竟桐城文章和文论代表的是学问分支的哪一路?② 桐城派作家对特定著作或写作类型中任何学术专业化倾向的持续声讨,正是这一连续体的势所必至。但另一方面,19世纪的经世家面临着同样迫切的需要,要将他们认知中的现实分解成可以处理的碎片。晚清桐城文家方宗诚(1818—1888)的议论,就颇为直白地证实了桐城派保持其概念世界统一性的困难:"桐城之文,自植之(方东树)先生后,学者多务为穷理之学;自石甫(姚莹)先生后,学者多务为经济之学。"③

与之对照,"汉学"作为一种修正论(revisionism),凭借其直接上及古圣遗迹的激进诉求,跨过了中间若干世纪儒学的理论和实践,这反而使它在实际上拥有了大得多的弹性。由于19世纪和汉代之间有着如此明显的不同,针对当代行为如何符合古典实践这一问题,直接诉诸更早时代(的学术方向)只能提供相当模糊的线索——这一点早已为刘开敏锐并带着批判的眼光发觉了。于是,不管"汉学"的终极正当化理由是多么传统,一个阐释学(hermeneutical)上的空白都得以造就,从而为实践上的创新开拓了更大空间。正如宇文所安(Stephen Owen)论及晚唐"复古"运动时所指

---

① 见姚莹:《朝议大夫刑部郎中加四品衔从祖惜抱先生行状》,载舒芜、陈迩冬、周绍良、王利器编选:《中国近代文论选》,第47页。更为平衡,但在整体上更引人瞩目地追怀明代士风的议论,参见管同:《拟言风俗书》,载《因寄轩初集》卷四,第1a—3a页。

② 舒芜:《曾国藩与桐城派》,《古代文学理论研究丛刊》,第1辑,上海:上海古籍出版社1979年版,第325—328页。又见 Judith Whitbeck, "Kung Tzu-chen and the Redirection of Literati Commitment in Early Nineteenth Century China", 15-17。

③ 方宗诚:《桐城文录序》,载《柏堂集次编》卷一,清光绪六年(1880)浙江《方柏堂遗书》刻本,第21a页。

出的:"'复古'这一理念恰恰暗示着文学的变革:有意识地排斥同时代的诗歌,以重建一个至少部分出自想象的古代……于是产生一种特别中国式的现象:'以复古为解放'——从复古的尝试中产出新生。"①

阮元"文"论中潜藏的通贯理论与实践关怀之间的断裂,只有到下一个世代,才和桐城派面临的问题——如何既涵盖知识于统一体中,同时又对历史性偶发事件作出恰如其分的应对——一起暴露了出来。反讽的是,正是在曾国藩(1811—1872)的文章中,其全部内涵才得以显豁。即便曾国藩的舞台主要在经世致用的政治方面,人们还是普遍倾向于把桐城派在那个时代活力的维持归功于这位学者。比如,曾国藩在传统的"义理""考证""文章"三分之上添加了"经济",表征着他对于国务实政和维系传统学问统一体的双重关切。然而,不管其对桐城派精神有多少自我认同,曾国藩关于"文"的声言却完全偏离了桐城派的主流,并且充分说明了整合各种学术话语所带来的问题。

咸丰七年(1857),曾国藩在致友人的一封书信中评论其刚寄来的游记二首,典型地透露出他已背离此前桐城派的正统:

> 大箸游记二首,以义理言则多精当,以文字言终少强劲之气。自孔、孟以后,惟濂溪(周敦颐,1017—1073)《通书》、横渠(张载)《正蒙》②,道与文可谓兼至交尽。其次如昌黎(韩愈)《原道》、子固(曾巩)《学记》、朱子(朱熹)《大学序》,寥寥

---

① Stephen Owen, *The Poetry of Meng Chiao and Han Yu* (New Haven: Yale University Press, 1975), 9.(中译本见[美]斯蒂芬·欧文:《韩愈和孟郊的诗歌》,田欣欣译,天津:天津教育出版社 2004 年版。——译者)又参见王气中:《桐城派在中国文学史上的地位和作用》,载《桐城派研究论文集》,第 8 页。

② 关于《通书》,见 Yves Hervouet, ed., *A Sung Bibliography* (Hong Kong: The Chinese University Press, 1978), 216-217;关于《正蒙》,见 Yves Hervouet, *A Sung Bibliography*, 218-219。

> 数篇而已。① 此外则道与文竟不能不离而为二。鄙意欲发明义理，则当法《经说（学）理窟》及各语录、札记，如《读书录》《居业录》《困知记》《思辨录》之属；②欲学为文，则当扫荡一副旧习，赤地新立，将前此所业，荡然若丧其所有，乃始别有一番文境。望溪所以不得入古人之阃奥者，正为两下兼顾。③

现代学者段熙仲注意到曾国藩这一态度的反讽之处，他议论道：如果真把“说理”之文从人们公认的桐城文主体中移除，将有可能带来对方苞和姚鼐文章的批量淘汰。④

桐城派作家与《选》体文家之间的区别固然重要，然而，他们却在提升文章地位并使人们更加关注文章的过程中扮演着共通的角色。两方面都没有像钱大昕那样，仅仅把文章视为完全受制于所承载内容性质的透明载体；双方也都坚持对文章进行严格的文

---

① 韩愈：《原道》，载《昌黎先生集》卷一一，《四部丛刊》本，第 1a—3b 页。曾巩有三篇“学记”，见《元丰类稿》卷一七，《四部丛刊》本，第 8a—10b 页；卷一八，第 12b—14b 页。朱熹：《大学章句序》，载《晦庵先生朱文公文集》卷七六，《四部丛刊》本，第 21a—23b 页。

② 关于薛瑄（1389—1464）《读书录》，参见 L. Carrington Goodrich and Chaoying Fang, eds., *Dictionary of Ming Biography* (*1368-1644*) (New York: Columbia University Press, 1976), vol. 1, 616-619。（中译本见［美］富路特、房兆楹原主编，李小林、冯金鹏主编：《明代名人传》，北京：北京时代文华书局 2015 年版。——译者）关于胡居仁（1434—1484）《居业录》，参见 L. Carrington Goodrich and Chaoying Fang, *Dictionary of Ming Biography* (*1368-1644*), 626-627；关于罗钦顺（1465—1547）《困知记》，参见 L. Carrington Goodrich and Chaoying Fang, *Dictionary of Ming Biography* (*1368-1644*), 972-974；关于陆世仪（1611—1672）《思辨录》，参见 Arthur W. Hummel, *Eminent Chinese of the Ch'ing Period* (*1644-1912*), 548-549。（句中“经说理窟”应即张载所著《经学理窟》之误，原论文沿袭曾国藩之讹，分别将“经说”与“理窟”译为“Classical commentaries”和“writings on moral reason”。——译者）

③ 曾国藩：《与刘霞仙》，载《曾文正公书牍》，《曾文正公全集》，第 7 册，第 31—32 页。（此信作于咸丰八年正月初三日，即 1858 年；前文系之于咸丰七年，即 1857 年，不确。——译者）

④ 段熙仲：《再论桐城派——兼与（王）竹楼、（乔）国章、（钱）仲联三同志商榷》，载《桐城派研究论文集》，第 180 页。

体风格调试。不仅如此，嘉庆二十五年(1820)以后这两股运动沿着平行的路线发展，同时也回应着同样的问题；二者都决意要在过去寻找真正的答案，他们仅在方式上有所不同。甚至二者在形成关键性意识形态立场上发挥的作用也是相辅相成的：桐城派奠定了基础，而阮元回应桐城派的时机，则表明正是桐城古文运动在约嘉庆十五年(1810)以后获得的普遍承认，使得阮元有必要为"汉学"寻求一种写作上的理论立场。某种意义上，阮元让桐城派理论走得更远：通过把"文"打造成一个超越当下实践关怀的实体，为"文"充当知识探求中一股强大的(即便是抽象的)势力扫清了道路。于是，正是在词章(letters)领域，最为清楚明白地突显了理学同时保持知识场域连续性和可控性的困难。桐城派选择强调既有传统，而《选》体文家则转向对高度强化的词章理念施加一种几乎形而上的杠杆，为此不惜牺牲连续性。

结果，或是力争保留书写媒介(medium)作为知识统一领域的核心部分，或是通过使之与日常知识剥离来寻求词章的提升，在二者之间开始出现一场关于文章的争执。然而，归根到底，这些不同的运动方向代表了一个硬币的两面：双方都谋求凭借高度强化的作文意识来打开受到威胁的文化自我意识。"文"成为其他一切事物围绕的绾毂，从而为光绪二十一年(1895)以后从西方经由日本导入一种全新的更强有力的文章书写理论铺平了道路。[①] "文学"这一新概念，前所未有地明确了文章书写不可或缺的作用；在光绪二十六年(1900)以后的数年中，中国评论家们竞相称颂"文学"的神奇特质。但是，赋予"Literature"这一西方概念无限多样性的因素——其独立于强制性道德说教和家国关怀的纯然自主性——对于19世纪的中国词章世界而言，却正是相当异质性的东

① 传统上泛指文献教养的"文学"概念，作为孔门四科之一(见《论语·先进》)，直到19世纪后期仍在延续。比如晚期桐城学者吴汝纶(1840—1903)，至少迟至光绪二十四年(1898)，他还在传统意义上使用"文学"一语。

西。如果说西方文学理念最初被引入中国时许诺了一个关于想象力的美丽新世界，那么，作为后乾隆时代的遗产，注定要与之混合在一起的道德和知识关怀，将使“文学”成为一个困难重重甚至难以把握的学问范畴。

陆胤　译

钱谦益的黄山诗：作为游记的诗歌*

[美]齐皎瀚(Jonathan Chaves)

几年前，张春树在其所撰写的徐霞客(1587—1641)研究评注书目中，即注意到首位替徐霞客作传记之人为钱谦益，但是，"钱谦益当时并未读过徐霞客的游记，因此，传记中出现了一些错误"②。然而，钱谦益所写传记③，仍提及大量关于徐霞客的资料。当钱谦益最终读到徐霞客游记手稿时，他成为"第一位指出其重要性的人"④。他试图说服其好友，著名的藏书家、出版家毛晋(1599—1659)梓行徐霞客的游记手稿，并在寄给毛晋的信中表达了简短却很真诚的对徐霞客之钦佩和喜爱：

---

* 英文原文见"The Yellow Mountain Poems of Ch'ien Ch'ien-i (1582-1664): Poetry as *Yu-chi*", *Harvard Journal of Asiatic Studies*, vol. 48, no. 2 (1988): 465-492。《牧斋初学集》收录钱谦益作于明朝的作品，崇祯十六年(1643)第一次刊刻。

② Chang Chun-shu, "An Annotated Bibliography on Hsü Hsia-k'o", appended to Li Chi, "Hsü Hsia-k'o's Huang Shan Travel Diaries", in Li Chi and Dale Johnson, *Two Studies in Chinese Literature* (Ann Arbor: Michigan Papers in Chinese Studies, no. 3, 1968), 40.

③ 钱谦益：《牧斋初学集》，钱曾笺注，钱仲联标校，下册，上海：上海古籍出版社1985年版，第1593—1596页。

④ 参见富路特(L. Carrington Goodrich)和J. C. Yang为钱谦益所作传记，见Arthur W. Hummel, ed., *Eminent Chinese of the Ch'ing Period (1644-1912)* (Taipei: Ch'eng Wen Publishing Company, 1975), 149。(中译本见[美]恒慕义编著，中国人民大学清史研究所《清代名人传略》翻译组译：《清代名人传略》，西宁：青海人民出版社1990年版。——译者)

> 徐霞客千古奇人，游记乃千古奇书，惜其残缺，仅存数本。仲老携来，思欲传之不朽。幸为鉴定流通，使此等奇人奇书，不没于后世，则汲古之功伟矣。[①]

尽管钱谦益如此热心推动，但这部游记直至乾隆年间才付梓。[②]虽然直到徐霞客去世，钱谦益可能都未获睹其游记，但在所写的传记中仍述及徐霞客之行程和他曾造访黄山的事实。徐霞客曾两度赴黄山，一于万历四十四年（1616），一于万历四十六年（1618），均有游记传世。[③] 第二次重游时，徐霞客为其时攀登过天都峰的极少数之一员，[④]这或许激发了钱谦益在崇祯十四年（1641）徐霞客谢世后不久便决定攀登黄山。钱谦益在为徐霞客族兄徐仲昭之诗集所作的序中写道："余尝叹霞客死，天下无奇士矣。"[⑤]或许他也在旅途中试图证明自己延续了徐霞客的传统，甚至还攀登了徐霞客曾抵达的险峻的天都峰。钱谦益撰写了九篇游记，[⑥]序言记载其想法：

> 辛巳春，余与程孟阳订黄山之游，约以梅花时相寻于武林之西溪。逾月而不至，余遂有事于白岳，黄山之兴少阑矣。徐维翰书来劝驾，读之两腋欲举，遂挟吴去尘以行。吴长孺为戒车马，庀糗脯。子含、去非群从，相向怂恿，而皆不能从也。[⑦]

---

① 徐弘祖：《徐霞客游记》，褚绍唐、吴应寿整理，中册，上海：上海古籍出版社1980年版，第1179—1180页。

② 关于徐霞客游记的印刷史，参见徐弘祖：《徐霞客游记》，上册，序言第18页。

③ 钱谦益：《牧斋初学集》，下册，第1594页。徐霞客的黄山游记，参见徐弘祖：《徐霞客游记》，上册，第13—18、30—33页。

④ Li Chi, *The Travel Diaries of Hsü Hsia-k'o* (Hong Kong: The Chinese University of Hong Kong Press, 1974), 69 and 71.

⑤ 钱谦益：《牧斋初学集》，中册，第948页。

⑥ 同上书，第1147—1159页。这九篇游记均收入卷四六。其中的两篇游记在贝远辰和叶幼明选注的《历代游记选》（长沙：湖南人民出版社1980年版，第289—297页）中有完整注释。

⑦ 同上书，第1147页。

程嘉燧最终未参与此行,同游者只有钱谦益的少数朋友,而攀爬过程中亦有几位僧人担任向导。柳是(1618—1664)可能参与了部分旅程,她是一位歌妓,于崇祯十三年(1640)和钱谦益相识,又于崇祯十四年(1641)六月七日嫁与钱谦益,成为其妾室。柳是本即诗人,她奉和钱谦益的汤池诗四绝句[①]即印证其参与旅行的事实,并且,钱谦益《初学集》中《东山集》三卷收录了他与柳是唱和的全部诗歌,钱谦益的黄山诗便收在《东山集》内。实际上,柳是乃当时最优秀的女性诗人之一,她协助钱谦益编选了权威的明诗选集《列朝诗集》中女性作品的部分。[②]

钱谦益黄山游记的序作于游黄山数月之后——时值壬午年农历一月,即崇祯十五年(1642)。正如序文中稍后的一段所说:"得诗二十余首,寒窗无事,补作记九篇。"[③]换言之,钱谦益并未在游览时写游记,他只在旅途中作诗,游记则写于行程结束之后。李济注意到这些诗("钱谦益是一位明清之际伟大的诗人,他造访黄山时曾作二十五首诗"[④]),艺术史家杜柏贞(Jane de Bevoise)和张珠玉(Scarlett Jang)也谈及这些作品("几个世纪以来,诸如李白、钱谦益等诗人均赞叹过黄山奇崛之美"[⑤]),然迄今为止,以上观点并

---

① 钱谦益原诗题为《禊后五日浴汤池留题四绝句》。——译者

② 关于柳是,参见 Arthur W. Hummel, *Eminent Chinese of the Ch'ing Period (1644-1912)*, 529-530; Irving Yucheng Lo and William Schultz, eds., *Waiting for the Unicorn-Poems and Lyrics of China's Last Dynasty* (Bloomington: Indiana University Press, 1986), 83-86。(柳是应未参与旅行。据钱谦益《禊后五日浴汤池留题四绝句》及柳是和诗,可知当时二人不在一处;钱谦益还未真正攀登黄山,而柳是则身在茸城,即松江。——译者)

③ 钱谦益:《牧斋初学集》,中册,第1147—1148页。

④ Li Chi, *The Travel Diaries of Hsü Hsia-k'o*, 71.

⑤ Jane de Bevoise and Scarlett Jang, "Topography and the Anhui School", in *Shadows of Mt. Huang: Chinese Painting and Printing of the Anhui School*, edited by James Cahill (Berkeley: University Art Museum, 1981), 44.

未吸引足够的关注。钱谦益的黄山诗收入《牧斋初学集》卷一九,[①]从诗歌形式上说,既有四行绝句,又有很长的七言古诗。

仔细检视这些诗歌,其排列顺序透出些许端倪。除了个别例外,它们应分为两组。第一组为第一首至第十八首(《十二日发桃源庵出汤口径芳村抵潜口》),围绕第一、六、十一、十二、十四、十五、十六、十七、十八首为中心,始于崇祯十四年三月七日(1641 年 4 月 16 日),结束于五天后的崇祯十四年三月十二日(1641 年 4 月 21 日),记录了细节丰富、连续而真实的旅行,第一组诗中的其余诗作(第二至五、七至十、十三首)则展示钱谦益旅途中的其他不同经历。第十九首(《汤池》)下逮第二十四首(《慈光寺》)为第二组诗,则重现了他所参观的某些重要景点(钱谦益下黄山时,作七律一首,以之为二十五首诗的总结,正如李济所数计)。第二组诗(除内容相对独立的第二十五首外)与第一组中最重要的那些作品均使用古诗的形式,然两组诗却因不同的格律而在形式上大相径庭:第一组诗为七言,第二组诗为五言。

毫无疑问,由于这两组诗在格律上的区别,其声音(voice)或谓写诗的口吻,也就有了极明显的差异。第二组诗和以往无数山水、风景诗相似:着重于面对自然的抒情,倾向淡化诗人的"自我",其目的是唤起该地超越时间的美感,并描述它的不朽与永恒。相反地,第一组诗很接近自传体,我们总能意识到诗人置身于风景之中,且风景常随着诗人的脚步,依时间顺序和或许可被称为"叙述"的方式在我们面前展开。为了论述简便,我们称这种诗为"叙述类型"(narrative type),将另一种诗称为"抒情类型"(lyric type),尽管从更广大的视角看,此二类均属抒情诗的不同侧面。在某种程度上,这一差别与何瞻(James M. Hargett)提出的"静态"及"动态"的观点一致。他将"静态"定义为作者"从单一、固定的

---

① 钱谦益:《牧斋初学集》,上册,第 641—661 页。最后三首诗(第 661—662 页)应当作于旅途结束后,因此不将其纳入讨论范围中。

视角去观看景色。且当作者描述时,较少使用表示移动的动词";而于"动态"视角下,"作者在移动与变换的位置中观看景色……旅途的记录通常激起更多动态描述,盖因作者的视角一再移动"。[①] 但何瞻之目的乃欲辨析游记的两种倾向。钱谦益游黄山诗的第一组可被称为"动态"型,诗中充满描述诗人在风景中行进的动词,这一事实揭示出的问题是:钱谦益究竟将"诗"这种文类朝着"游记"文类移动了多远?事实上,若我们循何瞻定义游记[②]的三个标准来检视这些诗歌——必须"描述旅行",必须"拥有对风景非个人化(或客观)的描述",必须"反应作者个人(或主体)的主观感受"——在此范围内,我们可以认为这些诗是一种游记,属于韵文,而非散文。

缘此,让我们重审钱谦益第一组诗歌中具有代表性的第十四首。这首诗的题目很长:

> 初十日从文殊院过喝石庵到一线天下百步云梯径莲华峰憩天海

此诗题的特征为,简明地点出诗中所描述的部分行程。正如诗歌本身一样,作者以大量动词描绘诗人在风景中行进(或休息)的过程——我用着重号标明了这些动词。在诗题的二十七个字中,动词不少于六个字。

诗作以五言始,接着扩展为七言并持续至诗歌结束。此诗如下:

> 昔与照上人,共订黄山约。
> 执手文殊院,披云一长啸。
> 莲花沟畔少人迹,蛾度蛇行限削壁。

---

① James M. Hargett, *On the Road in Twelfth-Century China: The Travel Diaries of Fan Chengda (1126-1193)*, forthcoming book, 58-59.非常感谢何瞻教授慷慨地将其未刊稿分享给笔者参考。(此书已于1989年正式出版。——译者)

② Ibid., 5.

照公前挽幻公推,如上天门生四翼。
碛沙披历见幽居,白石错落为周陆。
背屋厜㕒叠云浪,下方轩豁呈日车。
亭午斋钟赴天海,接翅神鸦已先在。
盘回折下百步梯,行人项领与踵齐。
九步喘汗十步息,度樾穿林又枳棘。
青柯坪前缒韩愈,苍耳林中失李白。
须臾复出海子巅,意行县度两茫然。
谁知绝顶千寻地,只倚孤悬一线天。
莲峰未上日已晚,放杖松窗聊自忖。
莫愁山中石路滑,终羡老僧脚头稳。[①]

诗中所涵盖的钱谦益的这部分旅程同样在其第五篇游记[②]中被提及,这两个文本可以相互阐发。举例而言,从游记中可知有二僧人担任钱谦益的向导:照微(诗的第一句)和幻空(诗的第七句)。自文殊院出发,钱谦益和同伴们长啸。正如柯睿(Paul W. Kroll)将其翻译成"long whistling"那般,根据其研究,这一技艺是一种可"唤起期盼中的宇宙与精神合一的景象"[③]的能力。在本文例子中,钱谦益的长啸能够分开黄山著名的风物——广阔的云海。

出发后,正如游记中所记载:"避莲华沟险,从支径右折,险益甚。照微肘掖余臂,幻空踵受余趾,三人者,蹷与駏蛩若也。"

当他们三人(显然这段旅途中没有其他人)抵达"幽居",钱谦益描述屋后有"厜㕒"隐约出现。诗中"厜㕒"一词,适为观察钱谦益喜驱遣艰涩词语以达到隐微行文的极佳示例。很明显,他认为

---

① 钱谦益:《牧斋初学集》,上册,第 648 页。

② 钱谦益:《牧斋初学集》,中册,第 1152—1154 页。

③ Paul W. Kroll, "Verses on High: The Ascent of T'ai Shan", in *The Vitality of the Lyric Voice: Shih Poetry from the Late Han to the T'ang*, edited by Shuen-fu Lin and Stephen Owen (Princeton: Princeton University Press, 1986), 201;柯睿引用的参考文献参见该文注 96,第 201—202 页。

“巘巘”乃形容此处最恰当的说法,于是在游记中也同样使用了这个词。① 他更将之用在《天都峰》一诗,当从慈光寺望向山顶时,“巘巘正北望”②,它崎岖的尖峰看起来正指向北方。

钱谦益一行人抵达天海后,有一群神圣的乌鸦(神鸦)迎接他们;神鸦第一次出现在第四篇游记的结尾:“生台有二鸦翔集,僧言此神鸦也,明日当为公先导。与之食,祝而遣之。”③第五篇游记的起首则对应诗歌开头,钱谦益继续其叙述线索:“清晓,出文殊院,神鸦背行而先。”④当他们抵达天海时,“神鸦却而迎焉。次第游历,如二僧之云。日夕鸦去,回翔如顾别”。⑤

第十九、二十句的一联提及两位唐代重要诗人韩愈(768—824)和李白(701—762)。据著名藏书家、钱谦益族曾孙钱曾(1629—1701)对此所作的注释,青柯坪是西岳华山的一个旅游胜地,钱曾注引述唐代学者李肇记录的轶事:“韩愈好奇,与客登华山绝峰,度不可返,乃作遗书,发狂恸哭。华阴令百计取之,乃得下焉。”⑥

钱曾留意到李白的诗作标题:《寻鲁城北范居士失道落苍耳中见范置酒摘苍耳作》⑦。除了钱曾注释中所提及的人物风流外,诗人与李白之间隐含的联系也十分重要。正如我们所知,在钱谦益之前,李白是唯一一位正式于作品中描绘黄山的著名诗人,他至少有七首诗作以不同的方式提到黄山,⑧并且非常清楚的是,李白

① 钱谦益:《牧斋初学集》,中册,第1152页,游记第五篇第三列。

② 钱谦益:《牧斋初学集》,上册,第655页,全诗第四句。

③ 钱谦益:《牧斋初学集》,中册,第1152页。

④ 同上。

⑤ 同上书,第1152—1153页。

⑥ 钱谦益:《牧斋初学集》,上册,第649页。

⑦ 李白著,瞿蜕园、朱金城校注:《李白集校注》卷二〇,第2册,上海:上海古籍出版社1980年版,第1150—1151页。

⑧ 李白著,瞿蜕园、朱金城校注:《李白集校注》卷一二,第1册,第791、808、818页;卷一六,第2册,第977页;卷一八,第2册,第1086页;卷一九,第2册,第1140页;卷二二,第2册,第1286页。

本人曾造访黄山。

钱谦益是有意识地力图草创一种类似游记体的诗歌吗？在本次黄山之游结束后的那年，他写了一篇简短的序文《越东游草引》，强烈暗示了这样的可能性。这篇重要的文本如下：

> 梁溪黄心甫，渡娥江，薄游东嘉，登池上楼，出西射堂，访南北白岸亭，游华盖山。已而越楢溪，上天台，践滑石，临石梁而后返。出其记游诗文以示余。余尝闻吴中名士语曰：至某地某山，不可少一游。游某山，不可少一记。冯元成每游名山，具驺从，盛服危坐僧院，声智如放衙，属其门客傔从曰：为我探某石某泉，供我作记。今杭城刻名山记累积充几案，皆元成之流耳。心甫之游，以青鞋布袜军持漉囊为供亿，以高人逸老山僧樵客为伴侣，以孤情绝照苦吟小饮为资粮，与山水之性情气韵，自相映发。盖必如心甫而后可以言游，必如心甫之记游而后可以言诗文也。尝读杜诗《再游何将军园林》，皆与郑广文俱。杜吟咏累日，而广文无一言酬和。向平婚嫁既毕，因游五岳，迄今五岳无向平只字。古之通人，其志意高远，岂今世可几及哉？余去年游黄山，不自量度，作纪游一卷。既而大悔之。读心甫之诗文，书之以志吾悔，且以谂世之好游者。①

钱谦益显然鄙夷只为了完成任务或为了名声而写纪游诗文的人，更遑论那些并非亲身（或者尤为糟糕的是，命令下属前去）游历景点却作诗文之人。他犀利、机智地讽刺冯时可（字元成）因为错误的动机而大量写作平庸的作品，就此而言，钱谦益比吴敬梓（1701—1754）还提早一个世纪写作讽刺文学。另外两点与现在的话题更为相关：其一，钱谦益谈旅游写作时将诗与散文同时提及；其二，钱谦益主张，这类书写必须源自写作者对一个地方真实的经历，同时，必得真正觉得有重要内容需要传达方可下笔。（钱

---

① 钱谦益：《牧斋初学集》，中册，第927—928页。

谦益表达了他对写黄山游记的懊悔,然而,对于诗作他却保持沉默。这代表较之于散文他对诗更有信心吗?)在另一篇为袁枢(字伯应)的一组行旅诗所作的小引中,钱谦益赞美他"所至必有诗。……亦与境而俱变"①,意味着好的纪游诗应反映地点的真实情况,这也与我之前讨论过的晚明公安派一个重要概念相互呼应:一个伟大诗人的风格需要随着他所处的环境而改变。正如江盈科(1553—1605)所言:"杜少陵夔州之后诗,突兀宏肆,迥异昔作,非有意换格。蜀中山水,自是挺特奇崛,少陵能象境传神。"②(江盈科使用了同样的关键词"境",这是值得注意的。)在钱谦益为袁伯应所写序文的后半部分,钱谦益也提及了杜甫旅居蜀地的经历及其诗作。

钱谦益为黄传祖(字心甫)写的序,还以另一种方式提到了杜甫——不过是作为衬托郑虔在文学上能谨慎写作的反面例子而出现。钱谦益并非认为杜甫不应写下这十首著名的五律《陪郑广文游何将军山林》③(随后又有《重过何氏五首》④)。他的想法是这样:当诗思来临的时候,诗人自然下笔成章如行云流水,反之,亦不必在当下苦心推敲,为吟成珠玉的观念误导而强行写作。后汉的向长(字子平)于子女娶嫁既毕后遍游五岳,却对此经历未着一字!

很巧的是,钱谦益所指出的诗可以是游记的一种形式之观点在其挚友卢世潅(1588—1653)崇祯七年(1634)评点杜诗的文章中出现,卢世潅甚至使用"游记"一词去描述杜甫的纪行诗歌:

---

① 钱谦益:《牧斋初学集》,中册,第1084页。

② 江盈科:《雪涛小书》,上海:中央书店1948年版,第7页。更完整的翻译及讨论,参见 Jonathan Chaves, "The Panoply of Images: A Reconsideration of the Literary Theory of the Kung-an School", in *Theories of the Arts in China*, edited by Susan Bush and Christian Murck (Princeton: Princeton University Press, 1983), 365。

③ 杜甫著,仇兆鳌注:《杜少陵集详注》卷二,上册,香港:太平书局1966年版,第81—87页。

④ 同上书,第92—95页。

从发秦州至万丈潭,从发同谷县至成都府,①入天穿水,万壑千崖,雨雪烟虹,朝朝暮暮,一切可怪、可吁、可娱、可忆之状,触目经心,直取其髓,而犁然次诸掌上,嗣是金华山观,去通泉十五里山水,清溪驿、凿石浦、津口、空灵岸、花石戍、晚洲、衡州,②莫不随处点缀,尽妙领佳,统成少陵一部游记,留谱与人。③

崇祯六年(1633),钱谦益自己为杜诗作注,他在序言中自称受到卢世㴶论杜诗的启发,应卢世㴶之邀请,他也为其作序。④ 钱谦益将己注杜诗之书命名为《读杜小笺》,崇祯七年(1634)又作《读杜二笺》。⑤ 钱谦益吸收了卢世㴶将诗歌视作游记的观点,又将其运用于崇祯十五年(1642)为黄传祖所作的序文中吗?钱谦益和卢世㴶是在交谈中逐步形塑这一概念的吗?在卢世㴶和钱谦益对杜诗加以评注的十年后,作为明清之际重要的三位杜诗评论家之一的王嗣奭(1566—1648)撰写出关于杜诗极为重要的著作《杜臆》。事实上,王嗣奭比钱谦益、卢世㴶二人的年龄还大。尽

① 以上诗歌参见《杜少陵集详注》卷八至卷九,上册,第77—103页。

② 以上诗歌(以及卢世㴶文中这些诗歌的诗题全称)分别参见《杜少陵集详注》卷一一,上册,第79、84页;卷一四,下册,第75—76页;卷二二,下册,第25—26、26、27、27—28页;卷二三,下册,第81—83页。

③ 卢世㴶:《杜诗胥钞余论》,附于卢世㴶所辑《杜诗胥钞》后,明崇祯七年卢氏尊水园刻本,第4b—5a页。关于钱谦益和卢世㴶之间的友情,参见山东大学主编的杜甫诗歌版本的书目解题中的《杜诗胥钞》部分,见郑庆笃、焦裕银、张忠纲等编著:《杜集书目提要》,济南:齐鲁书社1986年版,第108页。非常感谢车淑珊(Susan Cherniack)提醒我参考这部书,关注卢世㴶对杜诗的评点和杜甫纪游诗的重要性。要指出的是,*Eminent Chinese of the Ch'ing Period* 这部书将卢世㴶的名字写成"卢世灌",这个问题在第542页。非常感谢张春树告诉我"㴶"的正确读音。邓之诚在《清诗纪事初编》一书中有对卢世㴶的详细介绍,并举了一首他的诗歌作为例子。参见邓之诚:《清诗纪事初编》,下册,上海:上海古籍出版社1965年版,第697—698页。

④ 指《读杜诗寄卢小笺》。——译者

⑤ 钱谦益:《牧斋初学集》,下册,第2153—2154、2187页。

管这部书写于崇祯十七年(1644)至顺治二年(1645)[①],但王嗣奭极可能已构思书中的观点很长一段时间了。正如钱谦益崇祯十五年(1642)序中所言,王嗣奭同样用"游记"这一概念描述杜甫《陪郑广文游何将军山林》这组诗歌。他写道:"此十诗明是一篇游记,有首有尾,中间或赋景,或写情,经纬错综,曲折变幻,用正出奇,不可方物。"[②]王嗣奭评论十首其一"为游记之发端"。正如笔者前所提及,王嗣奭痴迷于杜诗,他本人亦是一位诗人,其两首诗被收入朱彝尊(1629—1709)编选并梓行于康熙四十四年(1705)的重要诗选《明诗综》[③]中。王嗣奭曾于梦境中遇见杜甫,二人饮酒谈诗,直到其造访在杜甫草堂故址上为杜甫所立的祠堂,见到雕像他才察觉是在梦中与杜甫交谈。[④]

杜甫或许会认同其被卢世漼挑出的前两组诗为"纪行诗"。杜甫于两组诗开头的《发秦州》和《发同谷县》诗下均有自注,第一首注为"乾元二年(759),自秦州赴同谷县纪行",第二首注为"乾元二年(759)十二月一日,自陇右赴成都纪行"。[⑤] 宋朝诗人、学者崔鹏(字德符,1057—1126)发现了一个有趣的现象:"诗题两纪行,《发秦州》至《凤凰台》,《发同谷县》至《成都》,二十四首皆以纪行为先后,无复差舛。""昔韩子苍(韩驹,卒于1135年)尝论此诗笔力变化,当与太史公诸赞方驾,学者宜常讽诵之。"[⑥]

---

① 《杜臆》的成书年代,参见影印本中顾廷龙的前言,见王嗣爽:《杜臆》,第1册,上海:中华书局1962年版。

② 同上书,第26b—27a页。

③ 朱彝尊编:《明诗综》卷五八,下册,台北:世界书局1962年版,第29a页。

④ 杜甫著,仇兆鳌注:《杜少陵集详注》附录,下册,第84—85页。

⑤ 杜甫著,仇兆鳌注:《杜少陵集详注》卷八,上册,第76页;卷九,上册,第93页。

⑥ 这段文字来自以下三个文本:(1)杜甫著,仇兆鳌注:《杜少陵集详注》卷八,上册,第76页;(2)魏庆之(13世纪初):《诗人玉屑》,第2册,台北:佩文书社1960年版,第312页;(3)何汶(庆元二年进士,1196):《竹庄诗话》,北京:中华书局1984年版,第94—95页。(2)与(3)的文字下方均注明引自《少陵诗总目》这部书。崔鹏的传记见脱脱等:《宋史》卷三五六《崔鹏传》,北京:中华书局1977年版,第11213—11217页。

崔鷗与韩驹并非仅有的认为这些诗应视作一组或数组的宋代学者。《集千家注分类杜工部诗》按照主题将杜诗分类,这一做法在宋代极为盛行。作者将"纪行"作为书中的第一类别,《发秦州》是其中第四首诗,其他依次排列(诗歌顺序有变动,也有一些疏漏)。[①] 卢世漼所划分的第二组诗(从《金华山观》始)中也大部分被列入"纪行"类。[②] 钱谦益和周遭朋友多熟悉各种"千家"注杜(有些按时间顺序排列,而非依主题结构),在《读杜小笺》序中,即可见到钱谦益友人对千家注杜的批评:"孟阳(程嘉燧)曰:'杜千家注缪伪可恨,子何不是正之以遗学者?'"[③]南宋学者何汶也将自《发秦州》至《成都府》的这些纪行诗摘出,列于其《竹庄诗话》中。元代学者方回考得此书成于开禧二年(1206),形式上偏于汇集诸家诗话议论的诗选,而非传统诗话。[④]

"纪行"这一关键概念并非杜甫首先运用于诗中。初唐诗人王勃(650—676)曾作《入蜀纪行诗序》[⑤],记载旅行始于总章二年(669)五月二十六日,将途中所作三十首诗编为一组。这些诗已散佚,但根据王勃留下的诗作及随后的讨论,它们在形式上可能更近似钱谦益的黄山五言诗,而非七言作品。宇文所安(Stephen Owen)认为王勃的一些诗中"已经看到新山水诗的萌芽"[⑥];但这一强调当更适用于王勃描写山水而非记录旅程的诗作。王勃在序

---

① 杜甫撰,徐居仁编:《集千家注分类杜工部诗》卷一,美国国会图书馆藏元广勤堂刻本,第7a页及之后各页。

② 同上书,第21a页及之后各页。

③ 钱谦益:《牧斋初学集》,下册,第2153页。

④ 何汶:《竹庄诗话》,第94—103页;方回:《桐江集》,明弘治十四年(1501)范文恭抄本,"元代珍本文集汇刊"本,台北,1970年影印版,第587页。

⑤ 王勃:《入蜀纪行诗序》,载董诰等编:《全唐文》卷一八〇,清嘉庆二十三年(1818)武英殿刻本,第7a—7b页。

⑥ Stephen Owen, *Poetry of the Early T'ang* (New Haven: Yale University Press, 1977), 333.(中译本见[美]斯蒂芬·欧文:《初唐诗》,贾晋华译,南宁:广西人民出版社1987年版。——译者)

中使用“躬览胜事”这个词,恰印证了主题类别中的“游览”类,《文选》中赋与诗皆有此分类。《文选》也确实提出“纪行”的概念,但仅在“赋”中才有此类名,而“行旅”却只见于“诗”的分类中。且不去辨析《文选》这些繁多的类别间令人困惑的分野,我们先须留意,笼统意义上的“纪行诗”可追溯至唐代以前。

王勃的诗题于《宋史·艺文志》著录的三部宋代作品的书名中得到了回响。其一,袁陟(庆历六年进士,1046)的《庐山四游诗》一卷;其二,吴栻(熙宁六年进士,1073)的《蜀道纪行诗》三卷;其三,吴姓诗人的《吴楚纪行》一卷。[①] 高启(1336—1374)在明初仍沿用此做法,将其十五首五古命名为《吴越纪游》,[②]随后,钱谦益于崇祯十五年(1642)所作的《越东游草引》便直接以“纪游”这个词取代“纪行”了。显而易见,当明清之际,诗歌可用来记录旅行的这一观念实已经过悠久的历史,虽然真正以“游记”来描述诗歌可能发端于钱谦益及其周围友人。

钱谦益也许有“诗”更接近“游记”的想法,但当实际书写黄山旅行时,他仍不免受到诗歌体裁的制约。全面考察此问题可扩展到对自然诗传统的重新思索,但有些进一步研究的原则需要厘清。首先,这些被归类为“抒情”的诗歌显然更接近我们熟悉的自然诗传统,它们强调描绘风景,同时也巧妙地融入了诗人的情感。这一传统之顶峰可能是韩愈伟大的诗作《南山诗》[③]。其叙述框架常常建立在穿行于风景间描述移动的动词上,如“尝升崇丘望”“前寻

---

① 脱脱等:《宋史》卷二〇八《艺文志》,第5363、5371、5375页。

② 高启:《高青丘集》,上海:上海古籍出版社1985年版,第124—133页。关于高启在何种情况下开启这场旅行,参见陈沚斋选注:《高启诗选》,香港:三联书店1983年版,第17页。纪游这一形式在更早的写作者笔下已经出现,例如宋末诗人方凤(1240—1321),参见厉鹗(1692—1752)辑撰:《宋诗纪事》,下册,上海:上海古籍出版社1983年版,第1901页,第一首诗的诗题。

③ 韩愈:《韩昌黎全集》卷一,上册,香港:广智书局,第15—18页。

径杜墅"[①]。诚如宇文所安所说，"《南山诗》是韩愈创作的最客观的描述性诗歌……它也是韩愈贬谪生活中明显体现出描述倾向的高峰。"[②]唯须留意，最大的分歧并不在于"客观"和"主观"（宇文所安关注韩愈对景色的控制与修改，他"在想象中把它们变形"[③]），而是一方面强调对山水的描绘，另一方面则强调对诗人在山水中的经历展开叙述。前者于抒情类型中可能暗藏叙述的意味，后者在叙述类型中可能包含更多的描写，但两者间是有一清晰之侧重区别的。依上述分析，《南山诗》开启了钱谦益描写黄山独特景色的五言抒情诗的先声，由是，钱谦益在用词上自然呼应了《南山诗》，如在《石笋矼》[④]中连续几联使用"如""或"开头的这一结构。

近来，孙康宜指出，第一位将描写模式应用到游览山水时所作诗歌中（这是一种"诗""赋"的会合）的是谢灵运（385—433），她将这种风格称为"描写的现实主义"（descriptive realism）[⑤]，并将之与孙绰（320—377）的《游天台山赋》对比，[⑥]"孙赋看起来像是描写一次真实的游览，而实际上它是因一幅图画或

① Stephen Owen, *The Poetry of Meng Chiao and Han Yü* (New Haven: Yale University Press, 1975), 198-205.（中译本见[美]斯蒂芬·欧文：《韩愈和孟郊的诗歌》，田欣欣译，天津：天津教育出版社 2004 年版。——译者）

② Stephen Owen, *The Poetry of Meng Chiao and Han Yü*, 198.

③ Ibid.

④ 钱谦益：《牧斋初学集》，上册，第 657 页。

⑤ Kang-i Sun Chang, "Description of Landscape in Early Six Dynasties Poetry", in *The Vitality of the Lyric Voice*, 105-129, esp. 120-121 and 129; Kang-i Sun Chang, *Six Dynasties Poetry* (Princeton: Princeton University Press, 1986), 47-78, esp. 70-71.（中译本见[美]孙康宜：《抒情与描写：六朝诗歌概论》，钟振振译，台北：允晨实业股份有限公司 2001 年版；上海：上海三联书店 2006 年版。——译者）

⑥ 孙绰：《游天台山赋》，载萧统选，李善注：《文选》卷一一，上册，香港：商务印书馆 1936 年版，第 223—227 页。参见马瑞志（Richard B. Mather）对此的研究：Richard B. Mather, "The Mystical Ascent of the T'ien t'ai Mountains: Sun Ch'o's *Yu T'ian-t'ai shan fu*", *Monumenta Serica* 20 (1961): 226-245。华兹生（Burton Watson）也在他的书中翻译了这篇赋，见 Burton Watson, *Chinese Rhyme-prose* (New York: Columbia University Press, 1971), 80-85。请注意《文选》中将《游天台山赋》放在赋的"游览"（转下页）

类似的构想而作”①。在这篇文章中,我们并非要将注意力放在“现实”与“想象”或“虚构”这样二分的概念中,而是关注“根本上要描述一个地点”还是“首要叙述一段旅行”。无论孙绰是否真正去了天台,他在文本中用一系列动词,如“披”“陟”“济”“落”“跨”“临”“践”“搏”“揽”“援”等,在我们面前呈现了诗人如何穿行于风景中以及他与风景的互动。

孙绰的赋当然可追溯到《楚辞》的精神旅程传统,尤其是如《远游》一类的作品。②谢灵运与孙绰的区别(“静态的”抒情与“动

(接上页)类下,而与之相关的谢灵运的诗则分别位于诗的“游览”和“行旅”类下。更要注意的是,赋的“纪行”类下包括这三篇作品:(1)班彪(3—54)的《北征赋》;(2)班彪的女儿班昭(约49—约120)的《东征赋》;(3)潘岳(247—300)的《西征赋》。见《文选》卷九至卷一〇,上册,第189—220页。《文选》注引挚虞(卒于311年)对第二篇的评论:“发洛至陈留,述所经历也。”(《文选》,上册,第192页,着重号是笔者所加。)学者臧荣绪(415—488)评论第三篇赋:“述行历,论所经人物山水也。”(《文选》,上册,第197页。)尽管有以上评论的提示,三篇赋仍然在历史和政治状况,以及哲学思考方面吸引了他们的注意。原因很可能是康达维(David R. Knechtges)所形容的那样,这些是“游历历史古迹的旅途”,参见 David R. Knechtges, *Wen Xuan or Selections of Refined Literature, Vol. 1: Rhapsodies on Metropolises and Capitals* (Princeton: Princeton University Press, 1982), 30。同时参见康达维对这三篇赋及孙绰作品的翻译:David R. Knechtges, *Wen Xuan or Selections of Refined Literature, Vol. 2: Rhapsodies on Sacrifices, Hunting, Travel, Sightseeing, Palaces and Halls, Rivers and Seas* (Princeton: Princeton University Press, 1987), 165-235, 243-253;他在第2页更进一步讨论了行旅诗。同时,挚虞和臧荣绪的评注展示了早期诗人使用诗的一种类型——赋——来记述旅行的情况。讽刺的是,虽然三篇纪行赋很明显是根据现实中真实事件而作,在它们的表现手法上,却没有任何一篇像孙绰的那篇很可能是根据想象而作的赋一样,激发如此真实的身临其境的感受。

① Kang-i Sun Chang, *Six Dynasties Poetry*, 70.

② 对《远游》及《楚辞》其他精神行旅诗作的研究,参见 David Hawkes, “The Quest of the Goddess”, in *Chinese Literary Genres*, edited by Cyril Birch (Berkeley: University of California Press, 1974), 42-68。我非常同意霍克斯(David Hawkes)在讨论《楚辞》时拒绝使用“叙述”(narrative)这个词(参见第62—64页)。我认为,孙绰确实将赋移向真实的叙述的方向,然而并非从叙述一个真实的旅程方面而言(转下页)

态的"叙述)可能反映了钟嵘《诗品》所提出的两种诗歌渊源谱系——《诗经》传统与《楚辞》传统,这在白牧之(E. Bruce Brooks)的书中也曾提及。[①]钟嵘认为,谢灵运接续了正统的《诗经》路线,虽然也部分受到《楚辞》的影响;他并未在书中谈到孙绰,但可以想见的是,孙绰应被归类为《楚辞》传统。

钟嵘将谢灵运看作同时承继两种传统的事实提醒我们,两个传统的分界并不十分清晰。当我们看到李白最杰出的诗作之一《梦游天姥吟留别》[②]时,将留意到这首诗分别从两种写法中获得滋养,即谢灵运以相对现实的手法描绘自然(李白甚至将谢灵运的木屐写入诗中)和孙绰借游览想象中的山水记录精神旅程。这两种传统的融合,或多或少为李白提供了些许便利。毕竟,尽管谢灵运可能将描写山水朝向更现实主义的方向发展,但是从另一个角度看,对谢灵运与孙绰而言(用孙康宜的话来说),"登山是精神上的最终救赎"[③]。马瑞志在其1958年的重要论文中已完整地阐述了谢灵运风景想象的精神层面意义。[④]18世纪,沈德潜(1673—1769)也同样注意到这一现象。当他评论与其一起编《明诗别裁集》《清诗别裁集》的周准(卒于1756年)的优秀纪游诗时,该诗的末句为"欲诣仙人宅",沈德潜写道:"即游山可悟求道,康乐引其

(接上页)的,而是从文本的世界中创造出一个令人感觉仿佛真正穿行在旅途中一样的意义上来谈的。同时,根据现在的分析,霍克斯对于赋中"静止景色"夸张表达的观察应当被重视(参见第63页,注41)。

① E. Bruce Brooks, "A Geometry of the *Shī Pǐn*", in *Wen-lin: Studies in the Chinese Humanities*, edited by Chow Tse-tsung (Madison: University of Wisconsin Press, 1968), 121-150, esp. Chart 2 on 140.

② 李白著,瞿蜕园、朱金城校注:《李白集校注》,第1册,第898—899页。

③ Kang-i Sun Chang, "Description of Landscape", 120.

④ Richard B. Mather, "The Landscape Buddhism of the Fifth Century Poet Hsieh Ling-yun", *Journal of Asian Studies* 18, no. 1 (1958): 67-79.

绪,此更显言。”[①]由是,谢灵运和孙绰的区别并不在于能否认识到风景的精神意义,因这两位诗人都意识到了;而在于表现形式究竟是通过静态(谢灵运)抑或动态(孙绰)的视角,以及在另一层面对风景的描写是倾向于更加现实(正如孙康宜对谢灵运的评价)还是更富想象力或虚幻性(孙绰)?李白于《梦游天姥吟留别》中成功融合了两种模式,他将谢灵运相对现实主义的写法微调至孙绰崇尚想象的模式,这对李白诗的表达极为重要。(在这种情况下,李白的黄山诗无一首以叙述模式展开。因此,它们只是为钱谦益创作游记类型的黄山诗主题铺下先声,而非对钱谦益的书写模式造成影响。)

人们可能会疑惑杜甫的纪行诗是否符合这种模式。邓之诚在研究卢世潅时即注意到卢世潅和钱谦益均从杜诗中汲取养分,并依此判断:“然谦益诗不似杜,而世潅则悲感凄怆,无一字非杜也。”[②]对钱谦益诗歌体裁的全面分析非本研究所能负担,但即使只是粗略地浏览杜甫的纪行诗,也将发现,邓之诚的评论至少反映了钱谦益黄山七言组诗的情况。钟树梁最近对杜甫“后纪行诗”的研究分析了诗作的现实主义特征,但是也强调了诗作对现实的“描写”,而非本文所定义的“叙述”。[③] 首先,尽管杜甫的确让读者清楚了解确切的山水地点,且这些地点在诗与诗之间以合理的地理位置顺序展开,但诗歌缺少相对清晰的能表明诗人移动的关键动词。在任何一首单独的诗中,诗人最初的兴趣乃是描写景色,点缀以他对历史及社会现状之沉思的叙述。因此,杜甫诗可视为

---

① 沈德潜等编:《清诗别裁集》,下册,上海:上海古籍出版社 1984 年版,第 1284 页。

② 邓之诚:《清诗纪事初编》,下册,第 697 页。

③ 钟树梁:《读杜甫自陇右赴成都纪行诗》,《成都大学学报(社会科学版)》1984 年第 2 期,第 38—49 页。与谢灵运的比较,参见第 41 页。最近还有一部关于杜甫诗的很有价值的研究,见朱东润:《杜甫叙论》,北京:人民文学出版社 1981 年版,第 89 页前后。

谢灵运路线的最佳进展（钟树梁发现了这一联系），随即触发了韩愈，也许最终影响了钱谦益的五言诗。但钱谦益七言诗的源流则必须从他处寻找了。

我们要移步到宋代去找寻以钱谦益黄山七言诗为代表的文学发展的源头。作为游记的诗歌首要强调的是对旅行之记述，它本身须是写实的，须令读者相信是基于真实的旅途而写下的。这一演变之先声或可追溯到唐代柳宗元（773—819）的纪行诗。柳宗元的确早于钱谦益，尝试兼用"诗"与"游记"文体书写同一场旅行。比如《游石角过小岭至长乌村》[①]，诗题昭示着韵文中游记形式的出现，其中有三个表示移动的动词（"游""过""至"）。同时，因诗人花费大篇幅书写对自身命运的感慨及对辞官归乡的渴望，故仍旧较倾向于谢灵运而非钱谦益。诗歌直到第十三句才开始记述这段旅行（诗共二十八句，前文钱诗也是同样的句数），至第二十一句便结束。即使在此段落中，重点依然集中在诗人的视角而非其在景色间的移动和行进，这是谢灵运模式的特点。

与柳宗元同时代的白居易（772—846）在很多方面是宋诗的先驱，且很可能是唐代最接近本文所提到的现实纪行诗的叙述模式的诗人。他与此相关的最重要的作品是《游悟真寺诗》，多年前韦利（Arthur Waley）译为"The Temple"。[②] 跟随诗人，我们沿着小路登山，回望来时的蜿蜒山路。此诗中持续、逐步地"叙述"现实，创造出貌似可信的在时间与空间上的经验性文本，如此现实主义的作品在杜甫的纪行诗中是找不到的。这一模式出现在拜访寺庙这一传统的诗歌主题中，从而带出了有关如何区分"诗"与"游记"这一深远的问题，何瞻将此描述为"当日的旅行记录"及

---

① 柳宗元：《柳河东集》，下册，上海：上海人民出版社 1974 年版，第 713—714 页。

② 白居易：《长庆集》卷六，载《白香山诗集》，《四部备要》本，第 7a—9a 页；Arthur Waley, *The Temple and Other Poems* (London: Unwin, 1923), 103-112.

“延伸的旅行见闻录”。① 但本文目前要讨论的关键点，乃是诗人记叙旅行时的真实足迹，当然这在两种旅行类型的诗歌或散文中都能看到。

就很多方面而言，白居易是宋代诗人的先行者。而只有在宋代，我们才能见到如此大量既具备强而有力的叙述性（如孙绰的赋），又真正现场地、真实地描写旅行的诗作。1962 年，吉川幸次郎指出“宋诗中有叙述性很强的诗”，且注意到其“与生活的紧密联系”。② 这两种倾向共同作用，使苏轼《游金山寺》《游道场山何山》的出现成为可能。③ 正是这类现实且身临其境创作的诗歌为钱谦益打下了基础。

南宋时，陆游（1125—1210）和范成大（1126—1193）拓展了柳宗元兼用“诗”与“游记”书写同一次旅行的创作实践。④ 与苏轼之例相较，范成大的《黄罴岭》⑤一诗便愈发向钱谦益的诗作靠近了，它包含更多诗人行进间动作的动词，甚至看似有更切实的情景体验。广义而言，范成大的纪行诗应属于单独的宋代传统中的现实主义叙事，而非杜甫模式的纪行诗，这促使西叙利奥科拉-斯蒂凡劳斯卡（A. D. Syrokomla-Stefanowska）觉察到，“范成大旅行出发（淳熙四年出蜀，1177）的第一首诗确实令人想起苏轼而非杜甫”。⑥ 在历史上同一时期，楼钥（1137—1213）写下了南宋最雄心

---

① James M. Hargett, “A Famous Trip to Szechwan”, *Bulletin of Sung and Yüan Studies*, no. 18 (1986): 78-79.

② Kojiro Yoshikawa, *An Introduction to Sung Poetry*, translated by Burton Watson (Cambridge: Harvard University Press, 1967), 10, 14-19.（中译本见［日］吉川幸次郎：《宋元明诗概说》，李庆等译，郑州：中州古籍出版社 1987 年版。——译者）

③ 苏轼：《东坡七集》，第 1 册，《四部备要》本，卷三，第 2a 页；卷四，第 4b 页。

④ James M. Hargett, “A Famous Trip to Szechwan”, 87; *On the Road in Twelfth-Century China*.

⑤ 周汝昌选注：《范成大诗选》，香港：中流出版社 1974 年版，第 127—128 页。

⑥ A. D. Syrokomla-Stefanowska, “Fan Ch'eng-ta's Wu-Boat Journey of 1177”, *Journal of the Oriental Society of Australia* 10, no. 1-2 (1975): 68.

勃勃的山水纪行诗之一《游四明山》,[①]却也暴露了一位同时继承叙事和抒情描写传统的名气较小的诗人是如何失手的。他不像李白能妥帖融合二者而达到审美的要求,在自传性的开场后,楼钥透过字里行间充满的具体表示移动的动词,转向了看似真实、诗性的游记。然而,他随即由动态的动作改为静态的对景色的观看,仿佛收到了什么提示一般,书写一连串纯粹描写性的诗句,其结构如下:或+静态动词+若+两个名词。这一结构直承韩愈的《南山诗》。楼钥以此向韩愈致敬,不过,却在诗歌结尾高呼"聊追兴公赋",换句话说,孙绰又映入读者眼帘!尽管如此,楼钥的诗例仍大有帮助,它让我们知道,当面对两个截然不同的传统时,钱谦益可能也需为之重新区分,且体现为:描写具体地点的五言诗继承"描写—抒情"传统(基于谢灵运,经由杜甫和韩愈抵达钱谦益),以及七言游记型诗歌继承叙述传统(基于《远游》精神旅途主题,经由孙绰、李白,再由白居易导夫先路,宋代诗人将诗歌主题落到实处)。

另有一说,钱谦益这组特别的诗作可能根源于宋诗。缘此,便引出如何看待宋诗的诗学理论问题。众所周知,宋诗在明代饱受前后七子强烈攻击,欲详考此事需另辟专文研究。目前只能推测,钱谦益不喜欢传统的学者,虽然他与他们持论相同,均视杜甫为最伟大的诗人。他也怀疑公安派,尽管公安派主张恢复宋诗的地位,而他和公安派中人同样欣赏宋代伟大的诗人们,尤其是苏轼。[②]钱谦益对诗人价值的衡量反应于其《读杜小笺》的序言中,"放翁尚不敢注苏,予敢注杜哉?"[③]换言之,苏轼是一位伟大的诗人,其见识在陆游(钱谦益也十分欣赏他的诗歌)之上,然而,通常他难

---

① 黄宗羲(1610—1695):《四明山志》卷七,台北:中华丛书委员会 1956 年版,据 1936 年张氏《四明丛书》本影印,第 6—11 页。

② 关于钱谦益对苏轼的正面评价,参见钱谦益:《牧斋初学集》,中册,第 926—927 页;下册,第 1781—1782、1783 页。

③ 钱谦益:《牧斋初学集》,下册,第 2153 页。

以和杜甫相提并论。不过,钱谦益确实效法王禹偁(954—1001)、苏轼、陆游及范成大等宋代诗人,或受到他们的启发。① 理论上,无论钱谦益声称其对公安派的看法如何,他塑造自我风格时确实效仿了公安派的理论,甚至使用其“性灵”一语。② 钱谦益对公安派的厌恶较少地指向他们的文学旨趣或文学理论,更多的是认为公安三袁(公安派的核心人物)窃取了李贽的思想。在钱谦益看来,李贽才是他们思想的启蒙者。③

当闵麟嗣(1628—1704)在康熙十八年(1679)编选权威方志《黄山志定本》时,书中包含了综合的黄山诗选集。④ 这部分开头写道:“唐以前无诗。”随后列举李白这一主题的四首诗,更选入钱谦益的二十首诗,这几乎是钱谦益关于此的全部诗作数量了。闵麟嗣也将钱谦益的完整游记列入该书的另一章节中。闵麟嗣既是一位伟大的旅行家,也是一位出色的诗人,他是安徽歙县人,该地就在黄山附近。沈德潜《清诗别裁集》中收录了其两首优秀的纪游诗,且于小序中如此评价:“宾连(闵麟嗣)喜游,踪迹几遍天下,所游皆有诗,而《庐山》一集,尤脍炙人口,缘未见全集,止录二篇”,⑤“读此诗‘石不受水’数言,恍置身石梁间也”。⑥ 对沈德潜来说,此类诗歌的力量在于,它们能够让读者身临其境,这也是截至18世纪中国文学批评中已有谈及现实主义重要性内容的证据。

倘若继续阅读《黄山志定本》中的诗歌,以及汪士鋐编选的

---

① 例如,钱谦益:《牧斋初学集》,上册,第26页(范成大),第227—228页(王禹偁),第290页(诗的第一句是对陆游诗的化用),第683—684页(苏轼)等。

② 钱谦益:《牧斋初学集》,中册,第910—911页。刘若愚(James J. Y. Liu)将“性灵”一词翻译为“native sensibility”。

③ 钱谦益:《牧斋初学集》,中册,第918—919页。

④ 闵麟嗣:《黄山志定本》卷六至卷七,《安徽丛书》1935年第5期。

⑤ 沈德潜等编:《清诗别裁集》,上册,第248—249页。

⑥ 同上书,第249页。

《黄山志续集》，[①]当察觉到一令人震惊的现象：在将山水纪游诗往游记方向推动的道路上，那些追随钱谦益的诗人，甚至比钱谦益做得还多。最佳例证可能是梅清（1623—1697）所作的《黄山纪游诗一百韵》。[②] 楼钥书写《游四明山》时的每一丝野心，梅清都想在维持叙述的连续性上有所超越。他使用钱谦益七言组诗的方式，但比钱谦益组诗中任何一首单独的诗作规模都要大得多。梅清这类诗强烈彰显了清代诗歌不断前进的创作活力。

梅清非常知名，但并非因为他的诗歌，而是以作为安徽画派中重要的画家而声名显扬。他不仅在诗中记录其黄山之行，且于大量画作中描绘黄山，包括康熙三十二年（1693）的《黄山十九景图册》。[③] 高居翰（James Cahill）和其同事在《黄山之影》（*Shadows of Mt. Huang*）这部优秀作品中已深入研究过这幅杰出的画作，故无需赘言，但那些和我们最为相关的问题需要被提出讨论。

《黄山志定本》中的诗选显示出书写黄山旅行的诗歌于17世纪呈现爆炸式增长，同时，在图像展现方面，绘画和版画（《黄山志定本》中可见到极多版画）也迅速发展。梅清正身处于这两种发展之中。将景色名称题写于画作上的趋势唤起了逐渐滋长的现实主义以及钱诗中含蓄的对风景感受之关注，正如弘仁便曾图绘过不少于黄山六十景的册页（和闵麟嗣一样，弘仁也是安徽歙县人）。[④] 梅清的兴趣并不仅止于刻画黄山风景，康熙十九年

---

① 《黄山志续集》也收入《安徽丛书》1935年第5期，沈德潜将汪士鋐的两首诗作列入《清诗别裁集》中，见沈德潜等编：《清诗别裁集》，下册，第726—728页。（沈德潜《清诗别裁集》中所录为长洲汪士鋐［1658—1723，字文升，号退谷、秋泉］，非编纂《黄山志续集》的歙县汪士鋐［1632—1706，字扶晨，号栗亭］。——译者）

② 汪士鋐编：《黄山志续集》卷七，第28a—30b页。

③ James Cahill, *Shadows of Mt. Huang*, 127.关于梅清的黄山画作，见汪士鋐编：《黄山志续集》卷七，第127—133页（附有画作复制品）。

④ 关于弘仁及他的册页（藏于故宫博物院），参见河井荃廬等監修：『南画大成』，第12卷，東京：興文社1935—1937年版，第1—28頁；James Cahill, *Shadows of Mt. Huang*, 52-53, 76-88.

(1680)，他创作了两幅廿四开的册页，题为《宣城胜览图》，画中描绘山水风景及历史古迹。[①] 从诗歌中可以看出，17世纪发生了一些变化，人们不限于描绘某个特定地点。且试着回想闵麟嗣，他是安徽本地人，对黄山有特殊的感情，但却因描写庐山诗作而闻名。杜柏贞和张珠玉在"Topography and the Anhui School"一文中写道："这一现象（明末清初所流行的地理绘画）伴随着对物理世界系统探索的更大的关怀：被来华耶稣会士、科学家……带来的西方科学理论所影响，开始扩展对中国地理学的研究。"[②] 他们将徐霞客看作其中之一，并参考李济的论述，认为西方学说的引入可能是一个影响因素。[③] 李济的论述建立在方豪[④]一篇关于传教士对徐霞客之影响的重要论文上。最新的艺术史研究成果也指出，现实风格的西方艺术（传教士所带进来的复制品）影响了中国画。[⑤]

然而，无论西方艺术对17世纪的中国产生何等重大的影响，对钱谦益七言游记型黄山诗的考察却传递出这样一种可能性，即通过亲身涉足山水、捕捉旅行的体验来体现中国"诗"这一文类的本土现实主义描写及叙述手法。这一手法直接根源于宋诗，甚至越过宋代，追溯向更早的源头。这一传统在钱谦益等明末清初的

---

① 梅清的这些册页（现为苏黎世里特堡博物馆收藏），参见 Chu-tsing Li, *A Thousand Peaks and Myriad Ravines: Chinese Paintings in the Charles A. Drenowatz Collection* (Ascona: Artibus Asiae, 1974), vol. 1, 186-199; the reproductions in vol. 2, fig. 46A-Y on plates LXII-LXX。

② Jane de Bevoise and Scarlett Jang, "Topography and the Anhui School", 48.

③ Li Chi, *The Travel Diaries of Hsü Hsia-k'o*, 26-28.

④ 方豪：《徐霞客与西洋教士关系之初步研究》，载竺可桢：《地理学家徐霞客》，上海：商务印书馆1948年版，第11—24页；转引自 Li Chi, *The Travel Diaries of Hsü Hsia-k'o*, 239。

⑤ 例如 Michael Sullivan, "Some Possible Sources of European Influence on Late Ming and Early Ch'ing Painting", in *Proceedings of the International Symposium on Chinese Painting* (Taipei, 1970), 595-635。

诗人手中凝结出更丰硕的果实,与此同时,类似的现象也出现在画家以及如徐霞客这样努力扩展中国地理知识范围的探险家中。这表明至少在那个特定的历史时间段,这一时代思潮在不同的文化领域里蓬勃发展。

李欣锡、侯宇丹　译

旧都南京的句法、音韵与情绪：王士禛的《秦淮杂诗》*

［加拿大］白润德（Daniel Bryant）

王士禛（1634—1711）自他的时代起，就被公认为清代最有成就的诗人和重要的批评家之一。① 然而近年来，学者们往往轻视他的诗歌，因为他的诗歌似乎太过"非个性化"并且用典太多，不

---

* 英文原文见"Syntax, Sound, and Sentiment in Old Nanking: Wang Shih-chen's Miscellaneous Poems on the Ch'in-huai", *Chinese Literature: Essays, Articles, Reviews* (*CLEAR*), vol. 14 (1992): 25-50。

① 这项研究最初是在舒威霖（William Schultz）的建议下进行的，我对他的善意和鼓励深表感谢。早先的版本是在 1978 年加拿大亚洲研究学会的会议上发表的。在那次会议上，我要感谢叶嘉莹（Chia-ying Yeh）、施吉瑞（Jerry Schmidt）、涂经诒（Ching-i Tu）和王健（Jan W. Walls）提出的宝贵意见。特别感谢王健和林理彰（Richard J. Lynn），他们两位都非常细心地阅读了我的整篇论文的草稿，也感谢两位审稿人在发表前对论文进行了审核。他们详尽的评论使我免于在更公开的会议上犯太多错，也不时提出了新的研究方向。当然，对于仍然存在的错误，或者我在进一步的修正中引入的错误，责任在我。衷心感谢维多利亚大学的财政及机构支援，以及斯黛拉·陈（Stella Chan）女士在中文文字处理方面提供的高效又慷慨的帮助。

专题论著可参见田岡嶺雲：『王漁洋』，東京：大日本図書 1900 年版；胡去非、庄适选注，王云五主编：《王士祯诗》，台北：台湾商务印书馆 1927 年版；高橋和巳注：『王士禛』，載吉川幸次郎、小川環樹編集，ならびに校閲：『中国詩人選集』二集第 13 卷，東京：岩波書店 1962 年版；橋本循：『王漁洋』，載青木正児等編：『漢詩大系』第 23 卷，東京：集英社 1965 年版；黄景进：《王渔洋诗论之研究》，台北：文史哲出版社 1980 年版；李毓夫选注：《王渔洋诗文选注》，济南：齐鲁书社 1982 年版。

能给普通读者提供很多东西,学者们往往只认可他的诗歌批评。[①]有鉴于此,我们必须事先说明,本研究关注的是王士禛作为诗人的实践,而不是他作为理论家和批评家的活动。尽管按道理说,他的诗歌创作和批评方法应该有联系,但我们探讨的主题仍将主要围绕王士禛对自己诗歌中各种元素的处理,比如句法关系、音韵模式、典故以及形式和体裁的惯例。要探讨的诗作包括二十首绝句——王士禛的《秦淮杂诗》被收录进各种诗选中,成了他的诗歌代表作。细读这些诗就会发现,王士禛的诗歌批评并不能准确反映他的创作实践。因此,我们对中国晚期诗歌传统的研究重点,应该从诗歌批评,包括王士禛本人的批评文字在内,转向诗歌本身。

王士禛在顺治十八年(1661)春抵达金陵(今南京)。他二十六岁时(在西方的观念里还是个年轻人),曾在九十公里以外的扬州有过一次旅宦经历。在那里,他作为一位优秀的青年诗人已经

---

① 最近,高友工(Yu-kung Kao)和梅祖麟(Tsu-lin Mei)的一篇简短但非常有趣的文章是一个例外,参见 Yu-kung Kao and Tsu-lin Mei, "Ending Lines in Wang Shih-chen's 'Ch'i-chueh': Convention and Creativity in the Ch'ing", in *Artists and Traditions: Uses of the Past in Chinese Culture*, edited by Christian F. Murck (Princeton: The Art Museum, Princeton University, 1976), 131-144。(中译文见[美]高友工、[美]梅祖麟:《王士祯七绝结句:清诗之通变》,周昭明译,载[美]高友工:《美典:中国文学研究论集》,北京:生活·读书·新知三联书店 2008 年版,第 382—398 页。——译者)高友工、梅祖麟对这组诗中以下几首的最后一联作了翻译和评论:第一至五首、第七首、第九至十首、第十二至十三首和第十九首(其编号有所不同)。李建福的《渔洋论诗绝句证析》是对王士禛诗歌进行注释的又一尝试,见李建福:《渔洋论诗绝句证析》,第一部分载《文史学报》1987 年第 17 期,第 7—52 页;第二部分载《文史学报》1988 年第 18 期,第 23—32 页。当然其目的是解释诗歌的含义,而不是分析外部的文学手法。这涉及王士禛的一组《戏仿元遗山论诗绝句三十二首》,其第一部分讨论第一至十一首诗,第二部分讨论第十二至十四首诗。李建福对其中一联的解释,受到简恩定的质疑,参见简恩定:《渔洋论诗绝句"苦为南华寻向郭,前惟山谷后钱卢"正解》,《文史学报》1988 年第 18 期,第 13—21 页。李建福对简恩定进行了回应,见李建福:《再论渔洋论诗绝句"苦为南华寻向郭,前惟山谷后钱卢"——兼答简恩定先生》,《文史学报》1989 年第 19 期,第 73—92 页。

小有名气。[①] 这是他的第二次旅行，前一年早秋的一次远足因为他生病而提前结束，他不得不返回扬州。在这一次的旅途中，他有幸结识了两位耆老，他们对他在金陵期间的诗作产生了很大影响。一位是丁继之[②]，王士禛客寓于他的家中。丁继之年轻时曾是著名的昆曲清客和串客，住在南京南部秦淮河畔古老的歌楼里。就像一般的长者那样，他有许多故事可讲，王士禛显然怀着很大的同情心和兴趣听他讲这些故事。

另一位则截然不同，他就是著名的诗人和学者钱谦益（1582—1664）。在当时，钱谦益已堪称文坛耆宿。他很赏识王士禛的才华并为其诗歌作序，这对王士禛的写作生涯意义重大。[③] 王士禛对这位年长的诗人始终怀着极大的敬意和爱戴，尽管他们的文学观

---

① 桥本循概述了王士禛的南京行，见橋本循：『揚州に於ける王漁洋』，立命館大学人文学会编『立命館文學』1965 年第 245 号，第 45—65 頁，尤其是第 51—56 頁；田冈岭云对此有更早、更简要的讨论，见田岡嶺雲：『王漁洋』，第 31—34 頁。桥本循的文章当然主要是关于王士禛在扬州的生活。大平桂一提供了对王士禛生涯中这一关键时期的最新研究，参见大平桂一：『揚州時代の王漁洋——汪懋麟の作品を手がかりとして』，日本中国学会编『日本中国学会報』1986 年第 38 号，第 202—216 頁。同样值得参考的是吴宏一关于王士禛在扬州第一次遇到“南方”文学的情况，参见吴宏一：《清初诗学中的形式批评》，《编译馆馆刊》1982 年第 11 卷第 1 期，第 1—36 页。王士禛早年成名是基于他的四首《秋柳》诗，关于这些诗有许多不同的讨论。参见吉川幸次郎：『漁洋山人の秋柳詩について』，載『吉川幸次郎全集』第 16 卷（原載『東亜論叢』1939 年第 2 輯），東京：筑摩書房 1970 年版，第 153—165 頁；苑谭：《王渔洋〈秋柳〉诗注》，《山东师院学报（哲学社会科学版）》1980 年第 3 期，第 55—58 页；苏仲翔：《论王渔洋的诗说及其风格兼评代表作——〈秋柳〉四章》，《文学遗产》1984 年第 2 期，第 59—64 页。

② 丁胤。——译者

③ 有关钱谦益的序言，参见钱谦益：《牧斋有学集》卷一七《王贻上诗集序》，《四部丛刊》本，第 9b—11a 页。桥本循提供了有关丁继之的一些背景知识，但没有提到钱谦益。王士禛提到他早已得到钱谦益的认可，并在《渔洋诗话》引用了一首钱谦益给他的赠诗，参见王夫之等：《清诗话》，上海：中华书局上海编辑所 1963 年版，第 169—170 页。对于《渔洋诗话》，可参见船津富彦：『漁洋詩話雜考』，東洋大学文学部编『東洋学論叢』1980 年第 5 号，第 1—25 頁。

念在某些方面有些对立。① 今天人们普遍认为,王士禛是一位“唐诗家”,他的诗学是建立在初唐和盛唐风格基础上的,尤其以王维含蓄的田园诗为基础;而他的诗歌批评方法则始于南宋晚期的批评家严羽,并延续了明代中期李梦阳、何景明等复古作家的观点。②

---

① 柳作梅:《王士禛与钱谦益之诗论》,《书目季刊》1968 年第 2 卷第 3 期,第 41—49 页。关于钱谦益文学思想的更近期的论述,见横田輝俊:『銭謙益の文学理論』,広島大学文学部編『広島大学文学部紀要』1979 年第 39 号,第 25—38 頁;李丙镐:《钱谦益文学评论研究》,台湾大学硕士学位论文,1981 年。

② 关于王士禛的文学理念的文献很多。最好的介绍是 Richard J. Lynn, “Orthodoxy and Enlightenment: Wang Shih-chen's Theory of Poetry and Its Antecedants”, in *The Unfolding of Neo-Confucianism*, edited by Wm. Theodore de Bary (New York: Columbia University Press, 1975), 217-269。另见田岡嶺雲:『王漁洋』,第 142—162 頁;[日]铃木虎雄:《中国诗论史》,洪顺隆译,台北:台湾商务印书馆 1979 年版(又见[日]铃木虎雄:《中国诗论史》,许总译,南宁:广西人民出版社 1989 年版。——译者);郭绍虞:《神韵与格调》,《燕京学报》1937 年第 22 期,第 53—117 页,亦载郭绍虞:《照隅室古典文学论集》,上册,上海:上海古籍出版社 1983 年版,第 344—412 页,尤其是第 388—412 页;余焕栋:《王渔洋神韵说之分析》,《文学年报》1938 年第 4 期,第 147—158 页;青木正児:『清代文学評論史』,載『青木正児全集』第 1 卷,東京:春秋社 1949 年版,第 430—446 頁(中译本见[日]青木正儿:《清代文学评论史》,杨铁婴译,北京:中国社会科学出版社 1988 年版。——译者);吴宏一:《清代诗学初探》,《牧童文史丛书》第 18 册,台北:牧童出版社 1977 年版,第 177—188 页;松下忠:『明・清の三詩説』,東京:明治書院 1978 年版,第 188—214 頁;易新宙:《神韵派诗论之研究》,台湾成功大学硕士学位论文,1983 年。日本最近还有两篇杰作:竹村則行:『論詩絶句における王士〔シン〕の神韻説と袁枚の性霊説』,徳島大学教養部編『徳島大学教養部紀要(人文・社会科学)』1983 年第 18 号,第 43—82 頁;品川理惠子:『王漁洋の作詩における神韻への意識:蜀道集と雍益集を対比して』,お茶の水女子大学中国文学会編『お茶の水女子大学中国文学会報』1983 年第 2 号,第 31—47 頁。两者更精确、详细地展示了王士禛的观点在他的生涯中是如何演变的。宫晓卫也以类似的方式在他的著作《王渔洋选唐诗与其诗论的关系——兼论王渔洋的诗歌崇尚》(《文史哲》1988 年第 2 期,第 85—88 页)中指出,唐诗始终是王士禛诗学的核心。总得来说,最近最全面、有效的研究是乔维德:《论神韵》,《古代文学理论研究》1983 年第 8 期,第 252—272 页;亦可参见皮朝纲:《王士祯审美理论琐议》,《四川师院学报》1982 年第 3 期,第 55—59 页;吴调公:《论王渔洋的神韵说与创作个性》,《文学遗产》1984 年第 2 期,第 47—48 页;以及王小舒:《王士禛的诗歌(转下页)

另一方面，钱谦益则属于“宋”派，尊崇梅尧臣和苏轼等北宋诗人。就明代诗歌而言，钱谦益与晚明的“个性主义”一派友善，强烈反对复古作家。虽然作为一个成熟的评论家，王士禛比大多数清代作家更愿意接受各种不同的诗歌方法，不过他还是忍不住批评了钱谦益的理论立场。当然，他还是继续尊崇这位大师，因为钱谦益曾宽宏大量地赞美了年轻时的他。

丁继之、钱谦益第一次在王士禛的作品中出现是在一首七律中，王士禛在丁继之俯瞰秦淮的水阁上题写了这首和韵钱谦益的诗作。①诗中提到了金陵历史上的一则典故，即桓伊为王徽之吹笛（亦见下文组诗其六）。这个典故之所以被选中，可能是因为丁继之的家坐落在“邀笛步”，应该就是这个故事发生的地方。这首诗后面紧跟着一首和韵之作，和韵钱谦益的一首题画诗。②之后的第二首诗是题献给丁继之的。③诗集中的再下一首诗④是与丁继之一道泛舟秦淮时所作。⑤王士禛后来记述了这些诗歌的创作过程：

（接上页）创作与理论》，《文史哲》1982 年第 2 期，第 80—84 页。赵蔚芝的《赵执信和王渔洋在诗坛上的分歧》（《文史哲》1982 年第 5 期，第 71—76 页）帮助不大，因为主要围绕赵执信，它对王士禛的否定评价与刘世南的评价吻合。刘世南的《论王士禛的创作与诗论》（《文学评论》1982 年第 1 期，第 108—113、81 页）是一篇毫无意义的文学史分析文章。

① 指《题丁翁秦淮水阁和牧翁先生韵》。诗中有“流觞往事经寒食，邀笛风流忆晋人”之句，其注云：“丁所居在邀笛步上。”此诗及以下三首诗依次见于《渔洋诗集》卷一〇。——译者

② 指《和牧翁题沈朗倩石厓秋柳小景》。——译者

③ 指《再题丁翁水阁》。——译者

④ 指《同丁继之泛秦淮》。——译者

⑤ 王士禛：《渔洋诗集》卷一〇，《渔洋全集》版，第 5b—7b 页。除本篇外，王士禛全集中的部分作品，亦见于他自己选编的诗集《渔洋山人精华录》。两个集子都按时间顺序编次，但是它们之间偶尔会有细小的差别，参见本书第 141 页注②。王士禛几十部作品的简要叙述，见薛顺雄：《王士祯著作考》，《东海学报》1969 年第 10 卷第 1 期，第 89—108 页。同样有用的是一篇较早的比薛顺雄之作更全面的（转下页）

> 余客金陵,居秦淮邀笛步上,与主人丁翁谈秦淮盛时旧事,作绝句二十首,人竞传写。虞山钱宗伯亦常居此,有《题石厓秋柳小景诗》云:"刻露巉岩石骨愁,两株风柳曳残秋。分明一段荒寒景,今日钟山古石头。"余继和云:"宫柳烟含六代愁,丝丝畏见冶城秋。无情画里逢摇落,一夜西风满石头。"袁萚庵(于令)见之,笑曰:"忍俊不禁矣。"①

王士禛在这些诗中,被南京的两段特殊历史时期吸引。一段是东晋至南朝(317—589),中国北方被胡人建立的国家统治,而南方则成为一连串汉族朝廷的驻地,它们都是避难者建立的。南方宫廷自始以来便以其文化生活的贵族式优雅而著称。而优雅往往更进一步就会堕入颓废,但这只会让后世更感兴趣。后来的作家虽然也会嗤笑他们,但还是被这个由盛转衰的美妙世界吸引,它一直散放着魅力。另一段吸引王士禛注意的时期是刚刚结束的前

(接上页)书目论文,参见伦明:《渔洋山人著书考》,《燕京学报》1929 年第 5 期,第 913—964 页。依据伦明(第 922 页)和薛顺雄(第 93 页),可以得出的结论是,这部选集是王士禛亲自选的,尽管书中提到过他的两名追随者是编者。注本《精华录》第二版中的《秦淮诗》,见金荣笺注:《渔洋山人精华录笺注》卷二,台北:广文书局 1968 年版,第 13b—16a 页;惠栋编:《渔洋山人精华录训纂》卷五上,《四部备要》本,第 29a—32a 页。《渔洋山人精华录》的一部分诗被翻译并注释,参见田岡嶺雲:『王漁洋』,第 31—34 頁(第一、五、十、十一、十二、十三、十六、十七、十九首);胡去非、庄适选注,王云五主编:《王士祯诗》,第 34—36 页(第二、四、七、十、十一首);高橋和巳注:『王士禛』,第 54—59 頁(第一、十九、二、十首);橋本循:『王漁洋』,第 108—116 頁(第一、二、三、四、七、十、十一、十二、十九首);李毓夫选注:《王渔洋诗文选注》,第 67—70 页(第一、二、三、四、五、九、十、十一、十七、十九首)。

① 王士禛:《渔洋诗话》,载王夫之等:《清诗话》,第 169 页。关于钱谦益在顺治二年(1645)至八年(1651)的诗,参见钱谦益:《牧斋有学集》卷一,第 10a 页;以及周法高编:《足本钱曾牧斋诗注》,台北:三民书局 1973 年版,第 1627 页(对应钱谦益撰,钱曾注:《有学集诗注》卷一,第 22a 页)。关于王士禛的诗,另见胡去非、庄适选注,王云五主编:《王士祯诗》,第 34 页;高橋和巳注:『王士禛』,第 52—53 頁;橋本循:『王漁洋』,第 107—108 頁;李毓夫选注:《王渔洋诗文选注》,第 66 页。

朝,有两首诗提及了明朝初年,当时南京是首都。其他的诗大概都是根据丁继之的回忆围绕着明末创作的,当时物质富足,然而道德废弛,加之政治腐败而政府职能散乱,这些共同铸就了一个萦绕着秦淮歌声的优雅世界。

当然,王士禛并不是第一个为南京创作"咏史诗"(historical poems)的人。《文选》《玉台新咏》等早期选集虽尚未提及"秦淮",但唐代已经有了一组典型的组诗——刘禹锡的《金陵五题》,包括序言和五首诗。[①] 刘禹锡的组诗和其他类似诗作的存在和流行,意味着王士禛可以期待他的读者在对待自己的诗作时,对其中可能遇到的主题和情感有一套成熟的预期。

而且,在王士禛着手这组诗时,他眼前有一个现成的模板。他的朋友余怀后来编了一部关于秦淮历史的重要书籍《板桥杂记》,他曾寄给王士禛一组关于南京历史遗迹的诗歌,而王士禛也回赠了两首诗。[②] 钱谦益也曾写过关于金陵的组诗,他的《金陵

① 刘禹锡:《刘宾客集》卷二四,《四部备要》本,第 3b—4a 页。见平岡武夫、市原亨吉、今井清編:『唐代の詩篇』,第 19273—19277 首,『唐代研究のしおり』第 11 冊,京都:京都大学人文科学研究所 1964 年版(中译本见[日]平冈武夫、[日]市原亨吉、[日]今井清编:《唐代的诗篇》,《唐代研究指南》,第 11、12 册,上海:上海古籍出版社 1991 年版——译者);彭定求等编:《全唐诗》卷三六五,北京:中华书局 1960 年版,第 4117—4118 页。

② 余怀的四首诗及王士禛的两首回赠诗,一并被引用在《渔洋诗话》中(参见王夫之等:《清诗话》,第 207 页;亦可参见王士禛撰,张宗柟纂集,戴鸿森校点:《带经堂诗话》,北京:人民文学出版社 1963 年版,第 258 页)。此次诗歌赠答的时间犹有存疑,王士禛的诗在《渔洋山人精华录》中位于《秦淮》组诗之前,但在《渔洋诗集》中位于其后。(此处作者误。在《渔洋诗集》中,王士禛赠与余怀的《余澹心寄金陵咏怀古迹诗却寄二首》系于庚子年,在《秦淮》组诗之前;但在《渔洋诗话》中,此诗系于辛丑年。——译者)关于《板桥杂记》,有《龙威秘书》版,见《百部丛书集成》第七函(下文提供了有关这一重印系列的参考资料);另有李豪伟(Howard Levy)注解翻译的完整版,见 Howard Levy, transl., *A Feast of Mist and Flowers: The Gay Quarters of Nanking at the End of the Ming* (Yokohama, 1966)。

杂题绝句二十五首》与王士禛的组诗一样是七绝。[①] 它们与王诗最显著的区别在于，它们都是关于近期重要人物和地点的，也就是说它们根本没有提及六朝人物。有余怀和钱谦益为先例，王士禛很可能动心效法，但实际上他并没有以自己的作品唱和他们的诗作。

关于这组诗，首要问题是它的整体结构，也就是说，它到底有没有结构？这个标题不能保证内在统一，一组"杂诗"似乎就应该是杂乱的诗。实际上，人们能发现的有意识的诗歌安排，似乎都是后设的。第一首似乎是组诗的序曲，但剩下的十九首诗只是粗略地组合在一起。第二至第八首诗提到了南朝故事。然而，这组诗并没有按照它们所涉及的历史事件的时间顺序进行编排。其余的诗涉及明代的人和事，第九和十一首涉及明代早期，剩下的则是关于近期的。[②] 进一步证明王士禛并不认为这组诗是统一整体的证据是，他在编纂自己的选集《渔洋山人精华录》时，剔除了其中六首（第六、八、十四、十五、十八和二十首）。或许可以假设，当王士禛写下了一些诗歌后（不一定是目前序列中最前面的作品），他为了追求一个整数，就又用简单粗糙的方式重新编排了这些诗，但没有试图构建一个具有审美统一性的整体。也有可能他开始想写两组组诗，一组是严格的咏史诗，另一组则更像钱谦益的诗，后来他才决定把这两组诗合并成一组真正的"杂诗"。

由于这组诗没有任何总体统一的原则，所以最简单的办法是逐一讨论这些诗。在每首诗下面，我都先给出诗歌文本，包括汉字

---

① 钱谦益：《牧斋有学集》卷八，第 17a—20b 页；周法高编：《足本钱曾牧斋诗注》，第 2242—2252 页（对应钱谦益撰，钱曾注：《有学集诗注》卷八，第 39b—44b 页），第 2282—2286 页。

② 可以根据是平起还是仄起，从纯形式上对诗歌进行完全不同的分组。平起诗是第一、六至十、十四和十六首，仄起诗为第二至五、十一至十三、十五、十七至二十首。我怀疑这样做的目的是在组诗整体结构中制造一种张力。

和注音，再给出英文译文。[①]

其 一

年来肠断秣陵舟，梦绕秦淮水上楼。[②]
十日雨丝风片里，浓春烟景似残秋。

组诗的开篇一首起到了引出全篇的作用。诗中没有任何历史或文学典故，但从第一句开始，字里行间就满溢着往昔的悲愁，其中甚至使用了古称"秣陵"，突显出王士禛对往昔岁月的关注。第二句中的"楼"是那些年老的歌女们居住的地方，王士禛来到这里后，天气恶劣时都待在室内，丁继之就在那里跟他讲了她们的故事。外面阴冷潮湿的天气很可能让王士禛想起了他早前的来访，然而，一片春景却透露出秋诗的寥落之感。

作为一首引言诗，其结构清晰明了：第一联的两句各自独立，第二联则是流水对。这种结构在诗歌中很常见，尤其适合绝句。在谓语出现之前，诗句总会存在悬念，因而诗人可以通过尽量缩短

① 收录诗歌注音，是考虑到中国诗歌的这一方面并未得到应有的重视。此类分析的早期例子，可参阅 Daniel Bryant, "The 'Hsieh Hsin En' Fragments by Li Yü and his Lyric to the Melody 'Lin Chiang Hsien'", *Chinese Literature: Essays, Articles, Reviews* 7 (1985): 37-66。这些注音是依据现代北京音。这当然与王士禛使用的 17 世纪山东话在某些方面存在差异，但音节在类别基本上没有改变，所以我们在这里使用现代汉语也不会有太大差错。现代山东济南音与北京音的比较，见北京大学中国语言文学系语言学教研室编：《汉语方音字汇》，北京：文字改革出版社 1962 年版。最显著的区别是用带鼻音的元音代替了末尾的 n。这里的注音采用国语罗马字(GR)，除了声母为舌面音和舌尖后音时会用拼音替换。这种混合形式的运用，并不是想把另一套罗马化方案强加给无助的汉学界，而只是因为该研究中必须独立指称某些音节。没有一个现存的罗马化系统能够满足这个简单的任务。我们这个专业一直这么将就，我只能表示很无奈。(以下注音和英译从略。——译者)

② 这首诗的首联指称的时间有点模糊。林理彰在其未发表的论文中，按照桥本循的解读，认为这句话指的是王士禛前一年秋天短暂寻访后的感受，见 Richard J. Lynn, *Tradition and Synthesis: Wang Shih-chen as Poet and Critic* (PhD dissertation, Stanford University, 1971), 178-179。林理彰教授最近提议(1978 年 9 月 9 日给笔者的信)，最好把它称为"近年来"，即从明朝灭亡到王士禛的时代。

这种悬念的时间来引出一首诗。但一首诗如果能化解这种长时间的紧张感，就有可能更有力地收束全篇。因此，把“肠断”作为诗歌的第三、四个字的效果之一，就是让读者放心，诗人会在合理范围内进行理性的表达。相反，第二联的主语和谓语（“景”“似”）直到第二句才出现，它们与诗的最后一个韵脚相衔接，这样做的效果就是营造紧张的气氛，而一旦紧张得到解决，全诗也就结束了。当然，这只是组织绝句的方式之一，就像常见的在反问句后面巧妙转折地回答只是处理格律诗尾联的一种可能的方式。但它在这组诗中很常见，部分是因为它是最简单的一种韵律模式，因而可以把它当成是一种范本，而偏离它的地方就可能会有有趣的事情发生。这样思考或许会有所裨益。

其　二

结绮临春尽已墟，琼枝璧月怨何如。
惟余一片青溪水，犹傍南朝江令居。[①]

第一首诗具有序曲的性质，它的主题其实是王士禛本人，他在如今凄风冷雨的旧都做着梦，梦见昔日的辉煌。第二首诗则突然转向过去。场景是南朝末年，即公元6世纪，陈后主建造的结绮、临春二阁。陈后主住在结绮阁，临春阁里则住着他最宠爱的妃子。[②] 在诗中，她的美貌被比作夜晚的璧月和白天的琼枝。亡国时她被斩杀，地点就在青溪边的江令居旁。

诗的第一句以两个专有名词开头。第二句类似，因为“琼枝”和“璧月”即便不算专有名词，也一定是专门的典故，因此首联具

---

① 高友工、梅祖麟的文中“傍”字作“伤”，可译为“仍为……悲伤”，我尚未找到这一异文的来源。见 Yu-kung Kao and Tsu-lin Mei, “Ending Lines in Wang Shih-chen's ‘Ch'i-chueh’”, 140。

② 此处作者误记。据《陈书》卷七《张贵妃传》：“至德二年（584），乃于光照殿前起临春、结绮、望仙三阁……后主自居临春阁，张贵妃居结绮阁，龚、孔二贵嫔居望仙阁。”——译者

有半对仗的性质以及些许静态的特征。首联的首字和中间字多为舌面音，比组诗中的其他首要多，这加强了对句的统一性和静态感。第二联的结构有很大不同，但其效果与第一联差不多。至少在分句中，构成第二联的两句也是对仗的：动词前面有一个副词修饰，后面接一个五字宾语，主要成分都放在句末。这两句的第一个词“惟余”与两联的韵字“水”“居”的声韵近似，加强了句与句之间的联系。

因此，整首诗是一种“布景”。这其实并不是一首关于历史的诗，即关于曾经发生的事件的诗，它的主题是对某个地点的当下反思，这个地点的“历史”早已灰飞烟灭，但却被王士禛多愁善感的双眼捕捉到。传统上认为人类及其作品将不可避免地消失，而自然却永恒存在，但这里却反其道而行之。当然，王士禛并没有直接说他个人对过去的辉煌感到遗憾。尽管如此，被砍头的后妃所表现出的怨，“感染”了随后对现实场景的无害描写。但正是这一幕——为陈朝征服者所用而幸存下来的江令居——引发了人们的怨。因此，“怨”这个词本身有两重含义：第一联中提及的后妃在第二联的场景中发生了一件未被提及的事情，而“怨”这个词被想象成后妃对这件事的感受。然后，诗人感知到“怨”但没有直接表达出来，他去探访现场并思考过往历史的意义。整首诗因此呈现了一种表面上的矛盾，而一个诗人的声誉在相当大的程度上也正建立于此：人们钦佩他有能力把自己的存在从诗中抽离。欲臻此境，他需要敢于背弃下笔的每一个字，甚至是整体的结构，即他在感觉和表达上的个人风格。

其　三

桃叶桃根最有情，琅琊风调旧知名。
即看渡口花空发，更有何人打桨迎？

第三首在很多方面都跟第二首类似。第一联也大致对仗，两个句子之间的主要区别是，一个对称结构（“桃叶桃根”）对应着一个修饰结构("琅琊风调")。① 与此同时,这两句在语音方面也有惊人的对仗关系。"叶""琊"可能是最明显的例子,而"琅"和"风"也比较相似,它们与"桃"字的重复形成有效的呼应。而这两句的其余部分,尤其是在开口音和不送气塞擦音的使用上,也表现出相似性。第三句本身就很引人注目,它有三个重读的 k 音节字("看""口""空"),"渡"和"花"有相似之处,后者又与"发"同韵。送气的 k 音节字与诗的第一句构成联系,该句囊括了诗中仅有的其他几个声母送气的字("桃""桃""情")。一个更直接的联系是,这一句的第一个字"即"恢复了对韵母中 i 音素的强调,并且在前一句结束("调旧知名")之后再次强调了不送气的声母。又一次,如同第二首诗中那样,这首诗第二联中的两句采用了每句以一个修饰性动词("即看""更有")开头、后面跟一个五音节短语作宾语的形式。不过,在第二首诗中,宾语只是名义上的,而这里的首要主题则是一种因果关系:因为没有人打桨相迎,所以才会出现"空发"的花朵,也正是因为王士禛自己看到了花朵,所以才会意识到这个事实。这种"语法外"的关系是由一系列相互交错的语音联系("空""更""何";"花""发""何""打";"即""桨";"口""有")来强调的。

如果我们回过头来比较一下这两联,就会发现它们的结构是完全不同的。第一联强调的是音韵和句法上的对仗,上下句之间的静态关系非常稳固,无需实质上的连续性。而第二联则不同,上

---

① 琅琊王献之有两个最喜欢的爱妾,桃叶和她的妹妹桃根。有一次,他谱诗一曲道:"桃叶复桃叶,渡江不用楫。但渡无所苦,我自迎接汝。"参见逯钦立辑校:《先秦汉魏晋南北朝诗》,北京:中华书局 1983 年版,第 903 页。逯钦立记录了许多不同的异文,除了最后一句,其余都有异文。想要了解这首诗的另一种解读方式,可参阅 Anne Birrell, *New Songs from a Jade Terrace: An Anthology of Early Chinese Love Poetry* (Harmondsworth: Penguin, 1986), 266。类似的诗歌也出现在无名歌谣的传统中,参见逯钦立辑校:《先秦汉魏晋南北朝诗》,第 1055 页。由于这一事件,这个位于青溪与秦淮交汇处的渡口被命名为"桃叶渡"。

下句之间的因果关系更为突出，音韵联系虽然和第一联同样多，但却被用来确保从头到尾连续不断。两联之间的这种对比，反映了过去（固着于离散的单元）与现在（连续不断的经历）之间的差异，这一差异是整个“咏史诗”的理念基石，尽管它并不总是像这里这样清晰地表现出来。

其　四

三月秦淮新涨迟，千株杨柳尽垂丝。
可怜一样西川种，不似灵和殿里时。

第四首暗指了一个历史事件，尽管这一点直到诗的结尾才逐渐清晰。齐武帝时期，柳树从四川西迁到皇帝的灵和殿。[①] 第一联一开始似乎是对仗的，但两句间的对仗关系逐渐松动，到了每句的最后两个字则完全中断。音律上的对仗也仅限于诗行的前面部分（每句的第一、第三和第五个字）：“三”“秦”“新”；“千”“杨”“尽”。第二联的对仗仅限于每句前两个字，但又是只在开头的词语中“行动”起来（“可怜……”“不似……”），因为每一句的主体都是一个静态的图像。在这首诗中，描述当前动态情景的首联得到了回应，后一联中谓语的叹息引出了无可挽回的过去。

其　五

潮落秦淮春复秋，莫愁好作石城游。
年来愁与春潮满，不信湖名尚莫愁。

第五首是组诗中最具特色的一首。它是围绕着卢莫愁的名字构建的，卢莫愁是一个半传奇的歌女，她的名字与金陵附近的一汪湖泊有关。各式各样的文字游戏通常被看作是聪明过头，而用“过头”这个词来评判这首诗可能还很合适，因为这首诗在语音方面过度考究。“莫愁”（一个由相对不常见的声母开头组成的词

---

① 李延寿：《南史》卷三一《张绪传》，北京：中华书局 1975 年版，第 810 页。

语)的重复已颇不寻常,而作者甚至还强调了一些相关音韵的重复。舌尖后送气塞擦音 ch 出现了八次(几乎占组诗二十首诗中 ch 出现总数三十八次的四分之一):三次在“愁”,两次在发音相似的“潮”,两次在“春”,一次在“城”。这首诗中出现的另一个送气的声母是舌面音 q,在第一句出现了两次(“秦”“秋”)。而另一个舌尖后音声母 sh 也出现了两次,分别出现在“石”和“尚”。与 ou 相关的韵母也异常引人注目;au 出现三次,“潮”两次以及“好”一次;uo 出现了四次,两次在“莫”,也出现在了“落”和“作”中。ou 也是诗的韵脚,在前两次出现的“秋”和“游”中都承接在舌面音 i 后;声母 m 出现在两次“莫”中,也出现在“满”和“名”中。当你把所有这些结合起来,一个缜密的结构就出现了:

chaur	uoh	q		ch		qiou
moh	chour	aw	uoh	sh	ch	you
		chour		ch	chaur	m
			m	sh	moh	chour

我们可以看到,整首诗的二十八个音节中有二十个在语音上与“莫愁”有关,这确实是一种“过头”的智慧。也许正是因为这首诗的音韵世界如此狭窄,所以它的句法才在句与句之间变化多端,毫无杂念。首联的两句之间没有明显的时间或因果关系,但从它们的结构对比来看却隐含着一种关系。虽然在首句中可以找出一个可能的主动词“落”,但这一句实际上是一个弱起主题加上一个评论句(“我有一些关于秦淮退潮的事情要说,我要说的是它在春天而后又在秋天不断地发生着”)。当这样的句子在对仗中被一个结构清晰的主语加动词加宾语的句子所“回答”时,第一句自然被解释为一种“情境主题”,第二句则是评论句。最后两句中每一句的头两个字又一次与其他字词略有不同——它们也被排除在音韵网络之外——但在这种情况下,每一句的其余部分作为独立的句子是有意义的。当然,它们在诗中的意义仍取决于头两个字。

其　六

清淮微月映胡床①，玉笛悠悠春漏长。
下渚偶然三弄罢，步名终古属桓郎。

第六首也是基于一桩史实写成的。桓伊乘着他的马车沿着青溪盘桓，被泊船于附近的王徽之的几个侍从认出。应王徽之的请求，他吹起了笛子——他演奏该乐器的技艺广为人知。他下了马车，跪在一个折叠的凳子上，吹了三段曲子，结束，起身，登上马车，不留一句话。② 此事发生处被称作“邀笛步”，丁继之的家就在此处。

这首诗可能有些无关痛痒。出现在第五首后面，它的结构安排似乎很克制。有一些音韵（声母为卷舌音，结尾音为 u）很显眼，双声叠韵的重叠链（“清”“床”；“淮微”“胡”；“床”“春”“长”“悠悠”“漏”；“下”“罢”；“渚”“然”；“然三弄”；“罢步”；“步”“古属”；“弄”“名终”）缘于吟唱的惯例，但这两联之间的间隔特别短，没有相应的语义或语气上的停顿。与第二、三、四首不同的是，这首诗结尾两句的句法并没有采取 2+5（动词+宾语）的形式。相反，诗中动词的位置形成了一个镜像：第一句和最后一句的第五个字，中间两句中的最后一个字。在这首悠缓的诗中，充满活力的“春”被专横的“罢”结束于第三句，并如人所料的那样，在绝句第三句的词尾“开启”了结尾句。

其　七

青溪水木最清华，王谢乌衣六代夸。
不奈更寻江总宅，寒烟已失段侯家。

---

① “胡”亦作“湖”。“胡床”的翻译来自马瑞志（Richard B. Mather），见下注。

② 参见徐震堮：《世说新语校笺》，北京：中华书局 1974 年版，第 408 页；以及 Richard B. Mather, transl., *Shih-shuo Hsin-yu: A New Account of Tales of the World* (Minneapolis: University of Minnesota Press, 1976), 389。这则轶事的重点在于，当时的权贵人物是桓伊，而王徽之只是一个在社会上很有名望的风流才子。

青溪,在第二首诗中已经提到过,是一条流经南京城东南角的水道,毗邻秦淮。旧都南京的南大门靠近南朝王氏和谢氏家族的府邸——乌衣巷,在同一个地方还坐落着江总(也在第二首诗中提到过)和段灼的宅子,后者曾在晋代受封关内侯。

这首诗首联的音律,建立在声母舌面音和韵母圆唇音的平衡上,一气呵成:

qing qi qing xieh i liow [day]
shoei muh tzuey hwa; wang u kua

这种特殊的对仗几乎完全没有出现在第二联,虽然也有一些地方很明显,那就是姓氏的对仗:"江"和"段"。但从某种意义上说,第二联和首联一样严谨,甚至更为严格。与此前的诗歌相反,它的每一句只有前两个字在句法上不对仗。但即便如此,它们在音韵上还是对仗的(第三句有两个开口音加两个后鼻韵母,第四句则相反),将这一联打造成了一个至少与第一联一样整齐平衡的单元,从而获得了一定的独立性。这首诗整体上保留了很多咏史诗(和其他诗)中"情境对仗"+"诗人的反应"的常见套路,但其精妙的稳定性与后面那些诗歌的模棱两可形成了鲜明对比。

其　八

御沟碧水鸭头新,流入秦淮更几春?
旧苑只今零蔓草,枉将遗事吊隋陈。

读到这组关于河的一系列诗的最后一篇时,首先让人惊叹的是,两联之间虽然缺乏联系,但诗的句法却异常奔放,近乎流畅。尤其是第一联,人们可以发现,谓语既是无处不在的,又不断被颠覆,与此同时,作为这一过程的结果,主语也在变化。

让我们通过这首诗来探询这一过程。前两个字"御沟"是一个名词性短语,很容易想象出各种各样的五音节谓语来承接主语。当然,下一个词"碧水"清楚地表明,它是"御沟"修饰的对象。同样的过程在“鸭头”一词重复出现，因为它被当作御沟呈现出的颜色。这一句的最后一个字是“新”，我们似乎已经走到了尽头，但事实上，一个新的潜在的歧义反映在“鸭头”上。真的像我们想的那样是“鸭头色的……”吗？或者是“……鸭头色的水（变成）新（绿色）”？当然有可能两种意思都有；它也可以简单地指‘像鸭头的（颜色）一样新鲜”。无论如何，只要我们继续读第二句就能确认，整个第一句都是谓语的主语。乍一看，这似乎是由“流”提供的，而“流”又引出了一个补语“入”。有了接下来的补语“秦淮”，这一过程似乎终于要结束了，但实际上王士禛还有另一个惊喜在等着我们，因为在这一句的结尾，他把到此为止的一切都变成了一个束结于“更几春”的话题。

第二联也是润物细无声，两个谓语都以“旧苑”为主语。虽然这一联的结构比较复杂，但却很连贯，读者没有必要重新回顾前面的内容。人们可能倾向于把这两联间的强烈对比作为整首诗的一个缺点，但事实上两者之间的差异——永恒自然的流逝与确定的人性最终宿命及其规律之间的对比——正是诗歌的主旨。这不仅是这首诗的主旨，甚至是整个组诗中相当一部分诗作的主旨。

其　九

当年赐第有辉光，开国中山异姓王。
莫问万春园旧事，朱门草没大功坊。

徐达将军是明代建国的有功之臣，死后获封中山王。他曾得到一处明代开国元勋宅第，这座位于聚宝门（面对着秦淮河）外的大庄园被称为“大功”。① 第九首诗是第一首从六朝回到明代的

---

① 关于徐达，可参阅范德（Edward L. Farmer）所作传记，见 L. Carrington Goodrich and Chaoying Fang, eds., *Dictionary of Ming Biography (1368-1644)* (New York: Columbia University Press, 1976), 602-608。（中译本见［美］富路特、房兆楹原主编，李小林、冯金朋主编：《明代名人传》，北京：北京时代华文书局 2015 年版。——译者）

诗。这一点开始时并不明确,第一次读到这组组诗的读者一定会认为这首诗第一句的“第”与第八首诗的“旧苑”是同一时代的。的确,即使单独阅读这首诗,也有必要再回过头来重新理解第一句。就这一句本身来说,读起来就像是这座很久以前就被恩赏的宅第,要么曾煊赫一时,要么至今风貌依旧。只有到了第二句结尾,我们才能清楚地看到,这是在谈徐达的荣耀,而荣耀必然会如其所来,成为过往。这种延宕,按照庄子的术语,可以说是“至细之倪”(仅用了七个字),也可以说是“至大之域”(全诗的四分之一)。[①] 而这一联在音韵上的庄严节奏,使它更加引人注目。在第二和第四个字后面的停顿不仅标志着意义的单位,也标志着声音的单位。每一句开头的两组词的声母拥有同样的联系:d/n,ts/d;k/g,zh/sh。第一句中两对之间的联系,即“当”和“第”的相同首字母 d,由联结第二句中的两对不那么突出的舌根音(k/g/ng)呼应。两句诗的第五个字都是开口音和舌面音;第六、七个字有共同之处,第一句中韵母的韵头均为圆唇元音,第二句中韵母均为舌根后鼻音。此外,第一句中的最后两个字引出了第二句中的头两个字:“辉光”/“开国”。

不出所料,第二联以一种完全不同的方式处理。首联停顿的规律在这里受到第三句罕见的2+3+2句式的冲击,而首联中漫长的延宕句法也被明确的清晰感取代。“莫问”句式以一个明确的动词开启了第三句,并通过暗示“我会在末句告知一切真相”而提前统合了这一联。最后一句也避免了句法上的歧义,其中心主语和动词(“草没”)整齐地包装在第二组词里。这种连续性也因为第二联持续的双唇音和鼻音串(“莫问万春园”“朱门”“没”“功坊”)而得到加强,这使得“草”更加突出,因为它和大门一样被“没”在了杂草之中。甚至戍守的“大”字也被埋没了,而王士禛自己似乎也急于在下一首诗中进入下一世纪和“新的”主题。

---

① 语出《庄子》外篇《秋水》。——译者

其 十

新歌细字写①冰纨，小部君王带笑看。
千载秦淮呜咽水，不应仍恨孔都官。

在第十首诗中，我们离开了古代史，进入了鲜活的记忆世界，即丁继之和钱谦益的回忆。王士禛为这首诗作了一个注，解释了其中的时事典故。② 随着北京的沦陷和明朝末代皇帝的自杀，另一位皇室成员福王召集了一批明朝的拥护者，在南京建立了一个新的朝廷。不久，这一抵抗运动就失败了，而福王倚重的阁臣阮大铖则被认为是运动失败的罪魁祸首。据说，阮大铖没打算在战场上与清兵正面对峙，而是把时间都花在了撰写浪漫的剧本上，并把它们誊写在珍贵的冰纨上。③ 与之相似，都官尚书孔范也是亡国之君陈后主（第二首诗中提到）的一位不切实际又贪图享乐的重臣。

王士禛以一种令人联想到蒲柏（Alexander Pope）或杜甫的方式，讽刺地评价了福王及其拥趸。在第一句，我们看到的是新歌和精致的书法，而不是昭显帝国荣耀的古乐和碑铭。在第二句，“小部”和“君王”之间的关系没有界定，允许有各种解释，但都不太讨喜。福王只是一个小戏班的君王吗？还是说，我们看到的是一个小戏班的演员，身着戏服扮演君王？读者很可能综合各种可能性，想象福王不仅仅是个演员，他也是另一重意义上的“伪冒者”。

第一联的音韵突兀而引人注目，这是一对音节的重复组合，其中第一个字以舌面擦音 x 开始，而第二个字的首音除了一个个案之外，全部都不送气（g/tz/b/b/k）。这种模式虽然存在，但在诗

① 涂经诒教授曾善意地指出，王诗有些本子中“写”作“寄”。

② 诗注云：“弘光时，阮司马常以吴绫作朱丝栏，书《燕子笺》诸剧进宫中。”——译者

③ 阮大铖和丁继之都是晚于王诗几十年的伟大的历史戏曲《桃花扇》中的人物。要了解该剧对历史材料的有趣运用，请参见 Lynn A. Struve, “*The Peach Blossom Fan* as Historical Drama”, *Renditions* 8 (1977): 99-114。

中似乎并没有“作用”，这或许是对福王及其政权的又一重讽刺。相反，第二联除了其近乎唱歌性的开场（“千载秦淮”），似乎连音律结构上的特点都没有。

但无论如何，这首诗从第一联到第二联有一个惊人的飞跃，福王溺于声色的软弱的消极应对，都消逝在千载泣血的长河中。事实上，这首诗作为一个整体，展示了一个更具普遍性的过程，它以几乎是电影的方式处理视觉形象，虽然这在组诗中并不是唯一的。这里的第一句，我们只看到了冰纨及上面的细字。视野在第二句一度扩大，展现了福王和他的小部；然后再一次，到最后一联，涵盖了整个秦淮的历史。这种视野的扩展不仅仅是视觉上的。通过援引长达千年的历史，王士禛能够平复明代灭亡的伤感。第二联词义连贯，毕竟是秦淮水促使他们放弃了怨恨。但该联有两种解释。可以理解为，既然最近一次惨痛的失败是由阮大铖的轻浮造成的，那么，秦淮也许就不会再为孔范的失败而哀叹了。但更广义的理解也是可以的，即最后一句是针对读者的，也许特别是针对丁继之的。那就是说，我们应该放弃对过往的怅恨，对过往抱持一种冷淡的远眺态度。

其十一

旧院风流数顿杨，梨园往事泪沾裳。
樽前白发谈天宝，零落人间脱十娘。

第十一首诗更具体地把我们带入了丁继之所熟悉的歌女世界。但同时，它也进一步发展了第十首诗的双重视角。被称作“旧院”的歌女的处所是十分具体的，而顿文、杨玉香和脱十娘也都是非常真实的人物，她们是活跃在明末的歌妓。① 脱十娘活到

① 顿文的事迹参见《板桥杂记》，Howard Levy, *A Feast of Mist and Flowers*, 69-70。杨玉香的事迹参见潘之恒：《曲中志》，载《续说郛》卷四四；钱谦益：《列朝诗集小传》，上海：古典文学出版社 1957 年版，第 769—770 页。脱十娘的事迹参见王士禛：《池北偶谈》，勒斯仁点校，北京：中华书局 1982 年版，第 287—288 页。

了耄耋之年,王士禛寻访金陵时,她已经八十多岁了。但明代鲜活艳丽的歌女实际上只出现在诗的首末两句。诗的中间两句与唐代中期诗人元稹的一首诗遥相呼应,此诗描绘满头白发的昔日美人追忆玄宗的黄金时代,而玄宗的天宝之治被安史之乱打破。[①] 唐、明两个时代的结合,处理的方式很有意思,它把对仗——任何一首诗的基本单位——打散了,而且每一联的断句都不一样。也就是说,我们这里不是一联写唐代女子,一联写明代女子,或者每一联的出句在一个朝代,对句又在另一个朝代,而是采用了比较特别的ABBA 形式,不过是叠加在正常的对仗结构上。正常的对仗结构仍在,这不仅体现在对音律对仗规则的遵守上,[②]也体现在第一联音律惊人的对仗上:

(iow)	yuan	eng	(iou)	(uu)	uenn	ang
(i)	yuan	ang	(yh)	(ey)	an	ang

---

① 见元稹:《行宫》,载彭定求等编:《全唐诗》卷四一〇,第 4552 页;平岡武夫、市原亨吉、今井清編:『唐代の詩篇』,第 21269 首。在元诗中,女性是"宫女",而不是梨园戏子。

② 正如人们对一位理论家的作品所期待的那样,他们对苛刻的诗歌声律规则进行了研究,而王士禛组诗中的作品在声律上非常正统。所有的诗都是由七个字组成的绝句,每一首都在第一、第二和第四句押韵,所有的诗句都符合近体诗声律的基本要求。尽管在许多对句的语法中存在对仗元素,但是没有对句严格对仗。押韵也与规定的韵部保持一致:没有使用险韵,但是第十三和十七首诗属于"文"部中的"窄韵",而第十九首诗属于"覃"部中的"窄韵"。在各种类型的拗体(诗句的奇数字使用意想不到的声韵)中,没有出现诗句第三个字出律的情况。第五个字出律也很罕见(仅在第二首第四句,第四首第一句,第五首第一句,第六首第二句,第八首第一句,第十二首第一句,第十二首第四句和第十四首第三句),并且从未被"救"——由同一诗句中的相应的出律的字或另一联的相同位置匹配。第一个字出律是很常见的。它们有时救于同一句(第六首第四句,第八首第四句,第十四首第一句,第十四首第四句,第十六首第四句,第十七首第二句,第十八首第二句,第十九首第二句),有时救在后一句(第四首第一、二句,第五首第一、二句,第八首第一、二句,第十首第三、四句,第十三首第一、二句),有时根本没有救(第二首第四句,第三首第一句,第三首第三句,第四首第四句,第七首第二句,第九首第二句,第十三首第三句,第十五首第三句,第十七首第四句,第二十首第一句)。

起始的 n 和结尾的 ng 有明显的对仗关系，于是，通过对仗的音律，结合对朝代的错落处理，创造了一种“双重幻影”的印象，就像看着池子里的鱼儿在水面下游动，同时又看到天空的倒影。这样做的一个结果是，唐诗的影像比近期的形象更直接。王士禛直到最后三个字才给出诗中描写的女子的名字，这自然加剧了所指的不确定性。而丁继之经历的往事就这样被揭示出来，甚至比八百多年前的唐代更加难以复原。

其十二

傅寿清歌沙嫩箫，红牙紫玉夜相邀。
而今明月空如水①，不见青溪长板桥。

傅寿和沙嫩儿是旧院的乐师。② 横跨秦淮的木桥（“板桥”）就在歌女住所的附近，余怀的回忆录正是得名于此桥。第十二首诗回归到更常见的对仗模式，第一联是对过去的展望，第二联是对现在的反应（字面意思）。第一联的力量源自一种悬念，因为直到第二句最后一个字才是动词。暂缓研究对仗可以推进我们的大部分工作，因为音韵链很少（“寿”“沙”；“牙”“夜”；“箫”“相邀”）。这一联几乎不同步的性质突然被一个平凡的“而”字打破，它开启了下一联，将我们带回现在。第二联又回到了我们前面遇到过的形式；尤其是最后一句“不见（+5）”，但即使在第三句中，前两个字也与其他字分开，对仗结构被每一句第二个字之间的音韵相似性（“今”“见”）强调。特别是最后一句，提供了一个密集的双声序列，（“见青溪长”“桥”）声母为舌面音、送气，或两者兼有。因此，

---

① 高友工、梅祖麟把最后一个短语翻译成“empty like water”（如水一般空），见 Yu-kung Kao and Tsu-lin Mei, “Ending Lines in Wang Shih-chen’s ‘Ch’i-chueh’”, 143。桥本循把“空”翻译成名词“the sky”（天空）。

② 关于沙宛在（字嫩儿），在钱谦益的《列朝诗集》（闰集卷四，第 74b 页）中有一个简要注释，提及她有一百首闺情绝句，《列朝诗集》中选了五首。“红牙紫玉”指的是制作乐器的材料。

这首诗的处理重点似乎都集中在两个短语“而今”和“不见”上。

其十三

新月高高夜漏分，枣花帘子水沉薰。
石桥巷口诸年少，解唱当年白练裙。

《白练裙》是一出脍炙人口的戏，讲述明代剧作家屠隆和一个叫寇文华的秦淮歌女之间的爱情故事。这首诗的第一联似乎很散漫，与第二联毫无关联，至少我是这样理解的。它可能是在呼应剧中的段落，也就是第二联中的年轻人演唱的段落。[①] 第二联的句法（相较于它的节奏）有一个极度对称的结构，几乎是一个镜像：

5+2 / 2+5 = 名词短语+主语 / 动词+名词

这种结构由对仗中的各种音韵链更加紧密地组合在一起：“石”“巷”“诸”“少”；“桥巷”“年”“解”“年”“练裙”；“桥”“口”“唱”；“桥”“少”；“唱”“当”；“当”“白”。事实上，组诗中几乎没有其他对仗的结构如此紧凑和确切，人们回过头来也就会接受比较散漫的首联，认为它只是这个最后清晰陈述的前奏。这个前奏不是为了告诉我们什么，而是为了提示我们感受下面的内容。从整体上看，第十三首诗显示了我们以前遇到的常见的1+1+2的四句结构，已被带到了近乎难行的极端。

其十四

小姑居处本无郎，白石青松可断肠。
便使仙人降[②]玉斧，已无西浦杜兰香。

这首诗是围绕着六朝志怪小说和道教传说的一组典故写成的。首句是逐字引用李商隐《无题》中的一句，该句又出自一首古

① 据傅惜华的说法，该戏已不存。见傅惜华：《明代传奇全目》，北京：人民文学出版社1959年版，第124页。

② “降”亦作“逢”。

乐府,名为《青溪小姑曲》,属于一组无名氏的《神弦歌》。这首诗的前一首——实际上是同一标题下的两首诗——《白石郎曲》:

白石郎,临江居。
前导江伯后从鱼。
积石如玉,列松如翠。
郎艳独绝,世无其二。

“积石如玉,列松如翠”——这个少年郎的美貌遗世独立,世上罕有其匹。青溪的少女被认为是蒋子文的妹妹,蒋子文是汉末军事人物,后来被公认为南京地区重要的地方神灵。他的妹妹在桥边有自己的祠堂,大概临于青溪之上。正如前引诗所言,白石和青松是中国墓地的独特景观。许翙,或名许玉斧,是许氏家族的成员,其父许穆对茅山道教的建立起了至关重要的作用。玉斧本人退居茅山,西王母的女儿云林君到茅山来拜访他,教他道家的长生不老术。据六朝时杜兰香的故事称,当她还是个婴儿的时候,一个渔父在洞庭湖附近发现了她。长大后她成为美若天仙的女子,最终飞升天界。后来,她与一个叫张硕的凡人有染。①

① 李商隐的诗载彭定求等编:《全唐诗》卷五四〇,第6203页;平岡武夫、市原亨吉、今井清编:《唐代の詩篇》,第29458首。其典故源头即《青溪小姑曲》,见逯钦立辑校:《先秦汉魏晋南北朝诗》,第1059页。如今关于整套《神弦歌》以及试图将其置于民间宗教信仰中的记录,仅有部分保留,参见 Donald Holzman, “Songs for the Gods: The Poetry of Popular Religion in Fifth-Century China”, *Asia Major* 3, no. 1 (1990): 1-19。在至少两个六朝故事中,与青溪有关的女人魂魄给凡人带来了死亡。在陶潜的《搜神后记》(卷五,《学津讨原》本,第2a—2b页)中,青溪女的魂魄来到一个和尚的梦中,宣布他即将死去。刘敬叔《异苑》(卷五,《学津讨原》本,第3b页)中,是蒋子文妹妹的魂魄,故事讲述了她杀死诗人谢灵运的父亲,因为他颇不敬地射杀了在她庙宇中筑巢的鸟儿。许穆(一名许谧)及其子许翙是早期茅山道教的重要人物,许穆在稍后由陶弘景编成的道教启示录《真诰》中亦被提及(参见《道藏》及《学津讨原》本)。关于后一本书,以及许谧和许翙,参见 Michel Strickmann, “Mao Shan Revelations: Tao-ism and the Aristocracy”, *T'oung Pao* 63 (1977): 1-64。杜兰香的故事见载于杜光庭所编的收录记述女性仙人的《墉城集仙录》中(卷五,载《道藏》“洞神部·谱录类”,第21b—22b页)。值得注意的是,同样的资料也包括(转下页)

这是一首难解的诗。它与秦淮的联系相当薄弱，依据的是一些古老、遥远的文学典故。至少从我的阅读体验来看，它有点不连贯，因为除了对死亡和灵异的共同关注外，似乎没有什么能把两联结合起来。有可能是为影射某一时事而将两者联系在了一起，也可能是全诗暗指当前流行的一部以仙女和凡人的爱情为主题的戏曲。首联所引的李商隐的诗缺乏表面的连贯性，或许是对他的致敬。本诗除难度大之外，在句法和音韵安排上，除了首句和尾句韵母的圆唇音集中之外，也没有引人入胜之处。整体的句法模式我们已经很熟悉了：两句独立的句子，继之以一个流水对。

其十五

缓鬓愁妆别样新，文殊眉映午痕匀。
落成[①]不用轻梳掠，自有文犀号辟尘。

这首诗与前面的一首相比，似乎完全不靠历史或文学典故，但却唤起了一个典型的年迈秦淮歌女的形象。[②]犀角雕成的簪子，确实应该是为了保持头发的清洁。这首诗在语音上的显著特点是唇音和唇化音比例高，在句法上的显著特点是动词比较多，包括形容词和动词。诗中没有流水对，但它遵循了普遍的模式，即尾联的两

(接上页)了云林君的一大段记述，据说这位精神导师曾教导了许穆(卷五，第1a—14b)。干宝的《搜神记》(卷一，《学津讨原》本，第11a—11b页)中对杜兰香的描述则完全不同。这两个版本的故事都没有提到"西塘"，尽管它的背景是"东塘"，这种地名很容易被引用。要了解杜兰香的现代研究，可参阅竹田晃：『「杜蘭香説話」について』，載『東方学論集』，東京：東方学会1972年，第463—473頁。

① 《渔洋诗集》中作"洛成"，作者原文中引用时作"落成"(Her makeup down)。按，"洛成"为古时梳篦的别称。——译者

② "文殊"当然是文殊菩萨的中译名，在可供参阅的著作中，作为佛教用语是其唯一可被证实的方法。在这里，它可能是歌女的名字，也许是一个"艺名"。它也可以是"文珠"的讹写，是一个南京歌女的名字。请参阅钱谦益：《列朝诗集小传》，第769页。如果这是一个名字，则诗句将变得更加简单明了："文殊眉头的线条渐趋平滑"("午痕"是一种诗意的委婉说法)。对于此句的理解，我们的选择是不去轻信任何一种"解读"(lectio facilior)。

句比首联的两句连接得更紧密。在中国文学中,描绘美人梳妆打扮是比较老套的,尽管王士禛在诗的最后一行增加了一些曲折,但这首诗似乎并没有因此超越平庸。

其十六

玉窗清晓拂多罗,处处凭栏更踏歌。
尽日凝妆明镜里,水晶帘影映横波。

第十六首延续了第十五首的主题。诗中的意象链通过音韵结构得到了加强,也就是把"凭/凝"的对仗韵字放在一边,强调连续的小单元,而不是将诗中广泛分离的部分结合在一起形成张力和纽带。第一句就是一个很好的例子:yuh 到 ua,ch 到 q,q 到 x,eau 到 wu,wu 到 uo,duo 到 luo。第二联中舌面元音 i 的优势更明显,但作用是一样的,就是不露声色地串起一连串鲜艳诱人的珠宝。的确,这首诗比前一首更光辉耀眼,到了最后两个字,一系列光华烨烨的意象臻至高潮——美人的斜睨宛若澄澈的秋波。

其十七

北里新词那易闻,欲乘秋水问湘君。
传来好句红鹦鹉,今日青溪有范云。

第十七首诗是对青溪的另一位旧日遗民——歌女范云的称颂。就像王士禛在他自注中说的那样,他发现她写的一首描写红鹦鹉的诗特别出色。[①] 王诗的前两句,每一句都唤起了一个美人形象:在"北里"训练和工作的唐代歌妓,以及《九歌》颂扬的湘夫人,即舜帝的遗妇。她们松散的组合带来了悲情的南方女子的魅惑形象。这两个形象是各自独立的,她们出现的诗句也是分开的。第一句是 4+3,话题+评论,句子强调开头以单元音为中心的音节。第二句也可以分解为 4+3,但这里的单位是一对串联的动词短语。

① 诗注云:"云字双玉,有《红鹦鹉》诗最佳。"——译者

这一句依赖舌面音和圆唇音，与第一句在音韵上有所不同。该诗的第二联比第一联更像是个整体。它以一个长名词短语开头，作为下一句的主题，在音韵的处理上也有相应的对照。虽然第一联的诗句没有语音或句法上的联系，但第二联则形成了一个序列。这里以从一个局部重音到另一个重音的平稳发展，代替了之前两个不同音域的对立：an ai ao；hao horng；jiuh，ing，jin；jiuh，wuu；horng ing，jin，qing；ing wuu；jin，qing qi；qi yeou；yeou，yun；fann yun。第二句和第三句之间也有一些音韵联系："乘秋""君传""句"。这些都是为了支撑对仗之间的逻辑联系。王士禛是为了寻找新词而来，而范云的诗则表明他的方向是对的，他寻到了"湘夫人"。

其十八

旧事南朝剧可怜，至今风俗斗婵娟。
秦淮丝肉中宵发，玉律抛残作笛钿。

第十八首诗是整组诗中最无趣的一首。虽然它确指现在，但它也与南朝一段旧事相对照。此诗没有连续的诗句，最后一联不是用前面那些诗的句法联系在一起的，而是靠两句所指的时期之间的对比来支撑的。每一句都有一个明确的动词："可怜""斗""发""作"。这些动词的位置有些机械：第一和第三句在末尾，第二和第四句在第五个字。语法在每一句都有变化，但没有特别的效果。同样，音韵处理似乎只有单纯的局部效果，而且也只有最后一句比较明显。

其十九

十里清淮水蔚蓝，板桥斜日柳毵毵。
栖鸦流水空萧瑟，不见题诗蹔阿男。

纪阿男，又名纪映淮，是一个小诗人纪映钟的妹妹。王士禛曾提到过她写的一首诗中的一联：

栖鸦流水点秋光,爱此萧疏树几行。①

此诗的整体形式还是我们熟悉的模式,两个独立场景的诗句,其后紧承着一行对句,上下联通过语法或逻辑关系紧密地联系在一起。然而,这首诗最引人注目之处是前三句的相似性。这三句都有形容词谓语,而且每一句的谓语都是该句的最后两个字。此外,在前两句中,主语("水""柳")处于第五字,由前四个字修饰。第三句只稍稍改变了这一格局,第五个字用一个副词("空")代替主语,并以纪阿男诗中的一个并列名词短语作为主题。这种重复形式与一连串的音韵链相结合:"淮水蔚";"蓝板""毵毵";"桥斜""柳";"栖鸦流";"萧瑟";"见""暨";"题""暨"。该音韵链有助于增强连续性,但没有构筑更大规模的结构。

其二十

西曲吴歌子夜声,齐梁旧部可怜生。
如何北地燉煌乐,一夜流传满石城。

这首诗乍看之下,似乎主要是由专有名词串联起来的,几乎没有什么动作或评论将它们连结在一起:第一句只是列出了南朝时期流行歌曲的类别,第三句似乎除了描述北方音乐的特征之外,也没什么用处——敦煌是中国偏远西部的驻军城镇,中亚的音乐在唐代时经由这里传到中国。但是,如果说名词似乎主导了这首诗,我们更应该好好看看能找到哪些动词,它们这么罕见,自然也就更重要。动词一共有三个,但它们的分布并不如人所期。第一联中实际上没有动词,尽管短语"可怜"在这一联中对其他词起了弱谓

① 对于纪映淮,参见施淑仪:《清代闺阁诗人征略》卷一,台北:明文书局1922年版,第6a—6b页。值得注意的是,映淮的哥哥责备王士禛将他的妹妹(历经三十余年的贫苦生活而始终保持着贞顺的名誉)与桃叶和莫愁并提。参见王士禛:《渔洋诗话》,第176页;王士禛撰,张宗柟纂集:《带经堂诗话》,戴鸿森校点,第570页。

语作用。[①] 第三句开头有一个短语（“如何”），它可以作为一个谓语，但在它在这里也只是介绍性的。而它介绍的内容乍看起来与之前很像，第一句是关于南方音乐的纯粹名词的诗句，而到这一句是关于北方音乐的。但这里有一个区别：引语之后，音韵的肌理（texture）逐渐厚重：“北地燉”“燉煌乐”“乐一夜”“一夜流”。在字符串的最后，我们看到了“流”，这是三个动词中的第一个，尽管已经到了整首诗的最后五个字。我们被句子裹挟着，宛如树叶漂向瀑布，经过一段稳定的加速，奔向名副其实的三个动词的叠加——“流”“传”“满”——这使我们就像它一样，最后一夜之间，被一个新的、不期而遇的声母为舌尖后音的字“占领”了。

不过，如果说在这首诗中，声音和感觉结合得如此流畅，效果如此突出，人们不禁要问，为什么这首诗是王士禛《渔洋山人精华录》中被淘汰的六首诗之一。其他被淘汰的诗歌往往没什么意思，但这首几乎不太可能因为枯燥而被删除。王士禛的疏忽是一个可能的解释，而一个细心的读者在阅读王士禛的诗歌甚至其英译本时，可能会想到的另一个解释是，它的最后一句非常像是重复王士禛唱和钱谦益的秋景题画诗（见前文）。为什么这首《秦淮诗》被删掉了呢？这个问题就更迫切了，那是因为本诗成功的关键因素被唱和钱谦益的诗的最后一句击败了：

一夜西风满石头

这一句没有了三个动词中的两个，也没有《秦淮杂诗》组诗中出现的三个声母为舌尖后音的字中的两个。可以想象，后者的最后一句可能表达了北方满族人对中国南方的征服占领，[②]而这种

① 感谢林理彰引起我对“可怜”在此行中的特殊用法的关注。类似用例参加张相：《诗词曲语辞汇释》，台北：华正书局 1981 年版，第 169 页。

② 当然，这里的“满”非双关语，尽管它有相当突出的音调，不仅是整个句法运行的高潮，而且还因为它是由鼻音和元音 a 组成的，因此在诗中相对少见，出现时便更引人注目。

解释在题画诗中不太可能。但很有可能是这首诗本身的模仿性质,而不是出于避免敏感话题的考虑,导致王士禛选择将其从《渔洋山人精华录》中剔除,而选择了组诗更早的版本。这个解释似乎符合一般人对王士禛的看法,王士禛是一位诗人,他的主要艺术信仰是不可捉摸的文学革新者王维在唐代创立的一种谦逊、低调的诗歌流派。从这一角度来看,第二十首似乎太过统一,在句法运行与整体意义的结合上太成功了。的确,如果说真有什么让人困惑的,那可能不是《渔洋山人精华录》淘汰这首诗,而是保留了第五首。

一些结论

也许没必要下结论。在所有语言学规则和文学专业解释的策略之下,大概都隐藏着这样的前提:阅读是人类能力中一项快乐的运动,我们读得越广泛、越深入就越好。读这些诗的最好的结果,可能只是继续认真地阅读王士禛的二十首乃至一百首诗,或者是钱谦益、杜甫、叶芝(William Butler Yeats)、卡图卢斯(Gaius Valerius Catullus)的二十首或一百首诗。另一方面,人类的思维着迷于智慧创造,而且似乎尤其厌恶学术期刊上那些毫无智慧可言的东西。那么,我们可以从刚刚进行的阅读练习中得到些什么呢?

我认为,至少有四个结论,其中三个是次要的,只有一个事关重大。次要的结论是:第一,王士禛是一位诗人,他的作品值得我们花大力气去读。他可能不是一个"友好"的诗人,作为一个已经过世的清朝官吏,他不太可能对流行的标准有什么贡献,但他是中国诗歌核心传统的最后的大师之一,如果不读他的作品,任何人都不能说自己完全理解了这一传统。第二,这里所尝试的分析模式,要么是,要么不是对待中国诗歌的有用方法。它似乎在一些诗歌中能发现不少东西,但在另一些诗歌中却收效甚微,不过这至少表明它具有完整性;我们会把任务交给未来,交给其他人,妥善"处理”分析和诗意之间的平衡。第三,也是最不重要的,当然它也会引出我们的主要结论,那就是我们还没有真正解释,哪怕是暗示,王士禛在编纂《渔洋山人精华录》时,是如何把个别诗汰除的。

最后一点肯定会让人感到意外。毕竟,王士禛在20世纪主要是作为一个批评家而不是一个诗人,才被人们更加频繁、认真地阅读。人们会认为,现在我们应该对自己的能力有相当程度的信心,能够预测或者至少理解他在选择自己的作品时到底采取了什么样的标准。然而事实并非如此,这就引出了我们的“主要”结论,即问题不在于我们对王士禛的批评的理解,而在于我们对他的诗歌的无知。

近代以来,对王士禛的关注主要集中在他批评语汇的中心术语“神韵”的定义上,至少是对它的理解上。在讨论王士禛的诗歌时,如果不提及这个词,就会有些奇怪,甚至有悖常理,尽管王士禛自己并没有在他的诗话中用任何他自己的评论话语去讨论我们一直在研究的《秦淮杂诗》。本研究之所以忽略“神韵”,一方面是因为现有的学术研究已经对这个术语进行了彻底探索,①另一方面也是因为我认为,文学作品比文学理论更有意义也更重要。而且,既往对“神韵”的研究工作已经说明,要得出一个有用的定义是多么困难,王士禛自己对它的理解在不同的场合也都有所不同。这种在基本术语使用上的明显的不精确性,很可能会让人对发现王士禛或其他传统中国批评家的批评标准的能力感到悲观。但这种悲观主义忽视了一个基本点。要坚持一个精确和一致的定义——或者更糟糕的是,如果找不到它就绝望或厌弃——那实际上是强迫王士禛按照我们的规则来玩他的游戏,就像我们把对他的诗的理解建立在他的批评术语上一样,那是我们没有更好的办法按照他的规则来玩游戏。未来的研究很可能会成功地完善我们对这些术语的定义,但必须清楚,没有在相当程度上改善对“神韵”的理

① 参见本书第138页注②。

解,就不足以使这个术语成为令人满意的分析王士禛的诗歌的指南。就像对《狂喜之诗》进行申克式分析[①]时,不可能仅靠“在宁静中回忆的情感”[②]就分析出前奏曲或斯克里亚宾(Scriabin)“神秘和弦”中的叙事方法。我们越了解“神韵”的意义,就越能理解王士禛对诗歌创作目的的看法。但是,我们对他和其他清朝诗人试图达到这些目的的手段的研究,不能仅仅局限于抽离和定义其关键词汇。我们需要深入详细地探索王士禛等人的独特的诗歌结构。本文的目的是呈现这一探索的结果,与其说是为了探索诗歌结构本身,不如说是希望它们有助于将更多的注意力集中于清诗的研究工作,而不是集中在当时批评家们晦涩难懂的发言上。可以预见,这种关注点的转移会对实现我们共同的目标——阅读的乐趣——有很大帮助,也会让我们对这一乐趣的来源有更深刻的理解。

杜欢　译

① 一种音乐分析方法,可参考尼古拉斯·库克(Nicholas Cook)在《音乐分析指南》第一部分第二章的介绍。见尼古拉斯·库克:《音乐分析指南》,陈鸿铎译,上海:上海音乐出版社 2016 年版。——译者

② 英国诗人华兹华斯(William Wordsworth)的著名诗学术语。——译者

“孰为是我孰为渠”*

——一位18世纪佛教善女人的诗作

[美] 管佩达(Beata Grant)

近年来,中国古代文学研究有了许多令人激动的进展,其一便是学界对明清女性文学的关注越来越多。① 这一时期女性诗作的选集和别集数量惊人,逾三千种作品的出现要归功于女性识字率的迅速攀升、印刷业的普及,以及在经历了数百年湮没无闻后女性诗作的保存问题渐渐受到重视。② 毋庸赘言,这些大部分迄今为止仍有待深挖的女性诗作,是我们了解和洞察中国明清时期知识女性的文学作品、情感世界和思想领域的丰富资源。本文将仔细考察和倾听一位名为陶善(1756—1780)的18世纪佛教善女人的诗作背后的声音。她的声音,尽管经过人为解读,依然可以传达给我们一些关于一位18世纪中国士绅阶层女性的讯息:她个人的精神之旅、她的宗教世界和她的文学世界。

首先,让我们对诗歌文本本身作简要梳理:就我们目前所知,陶善的一些早期诗作最早出现在乾隆三十八年(1773)刊刻的、汪

---

* 英文原文见“Who Is This I? Who Is That Other? The Poetry of An Eighteenth Century Buddhist Laywoman”, *Late Imperial China*, vol. 15, no. 1 (1994) 47-86。

① 费侠莉(Charlotte Furth)、高彦颐(Dorothy Ko)、孙康宜(Kang-i Sun Chang)、魏爱莲(Ellen Widmar)、曼素恩(Susan Mann)、雷迈伦(Maureen Robertson)等学者近期在耶鲁大学举办的“明清时期的女性和文学”学术会议上(1993年7月22日—26日)发表的多篇精彩论文,以及其他的例子,都证明了学界对这一领域的兴趣和研究水准。

② Kang-i Sun Chang, “Ming-Qing Anthologies of Women's Poetry”, *The Gest Library Journal* 5, no. 2 (1992): 119-160.

启淑所辑的女性诗集《撷芳集》中。[①] 然后,陶善的丈夫的叔父,即清代著名佛教居士彭绍升(1740—1796),于乾隆四十五年(1780)从陶善诗作中选录了九十多首诗付梓。[②] 这卷题为《琼楼吟稿》的诗集是按时间顺序排序的,并附有彭绍升的序以及陶善的丈夫彭希洛为她作的一篇简短的传记。在道光十一年(1831),陶善的部分诗作被女诗人完颜恽珠选入她所辑的女性诗人选集——著名的《国朝闺秀正始集》。[③] 其后的同治十年(1871),《琼楼吟稿》初刻近百年后又经重刻,并显然在江苏一带被广泛传阅。应该说,在这期间陶善的诗作也引起了净土信众的兴趣。比如,光绪三年(1877)思观的《修西闻见录》[④],主要记录了佛教高僧玉尺在同治三年(1864)至光绪三年(1877)期间行脚江南时和他的弟子及信徒的故事,书中提到了玉尺收录编辑的佛教诗集《吴门四众弟子净土诗》。这个集子选录了19世纪中期苏州地区两位僧人的诗作:比丘乘戒和比丘尼量海,以及18世纪中期两位居士的诗作:优婆塞彭绍升和优婆夷陶善。[⑤] 最后,还有一部只有六十来首诗的删

---

① 胡文楷:《历代妇女著作考》,上海:上海古籍出版社1957年版,第610页。日本国立国会图书馆藏有《历代妇女著作考》的不完整版,该集第913页有对《撷芳集》的描述(在此我要感谢一位本文的匿名评审,提供了该书的具体馆藏地点)。

② 原文作"乾隆四十八年",误。陶善《琼楼吟稿》在乾隆四十八年刻本之前,尚有一乾隆四十五年刻本,美国国会图书馆、上海图书馆均有藏。据《彭绍升年谱》,乾隆四十五年正月二十三日,陶善病故;二月望日,彭绍升作《祭从子妇陶氏文》;同年,彭绍升整理陶善诗集《琼楼吟稿》成书。其《琼楼吟稿序》云:"岁在庚子(1780)仲春月既望……问琼楼陶氏之疾,则已先二旬而逝矣……乃尽发其生平所为诗凡数帙,删而存之,得九十余首,仍其旧题曰《琼楼吟稿》。"——译者

③ 完颜恽珠辑:《国朝闺秀正始集》卷一三,第11a—12b页。

④ 思观辑:《修西闻见录》,载《续藏经》,第135册,香港:香港佛教杂志社1977年版,第270—297页。

⑤ 参见思观辑:《修西闻见录》,第273a—273b页。不知《吴门》这个集子有没有保存下来,我尚未发现其他提到这个集子的文献。除了本文上面的介绍,《修西闻见录》还简单提到了玉尺禅师与彭绍升的曾孙女彭定生的会面,后者一直努力重修并重印其曾祖的著作,因为其中很多在此前十数年的太平天国之乱中已经(转下页)

减版的《琼楼吟稿节钞》，编者署名"海天精舍弟子"。这个文本（接下来我将直接以《琼楼吟稿》指代）在中国净土宗相关的文献，诸如 20 世纪初编辑完成的《续藏经》中，也有收录。该集中的具体诗作是本文所本的基础。① 至于陶善的生平，我们主要的信息来源是附于《琼楼吟稿》集中她丈夫和其叔父执笔的两篇传略，以及在彭绍升所辑《善女人传》中的一篇陶善的传记。广泛传阅的《善女人传》共含一百四十七篇，是一部综括 5 世纪到清初的佛教善女人的传记合集，刊印于乾隆四十六年（1781），即陶善逝世后一年。②

被公认为清代最重要的佛门居士之一的彭绍升最为人所知的，大概是他所编的成书于乾隆四十年（1775）的《居士传》，一部上起东汉、下迄彭绍升自身所处时代，囊括近三百篇佛教居士传记的合集。和陶善一样，彭绍升家在长洲，在考据学主宰着中国学界的 18 世纪，那里是文献学和文本研究的重镇。不过，除了与考证派巨擘戴震（1724—1777）有学术上的过从以外，彭绍升尽可能地抽身于那些圈子。事实上，如石汉椿（Richard Shek）所言，"彭绍升和他所处的时代格格不入"。在一个日趋学术化、专门化、党派化的时代，他坚持着形而上学的、非专业的、兼容并蓄的立场。我们将会看到，同样的立场在陶善的作品中也有所体现。③ 彭绍升来

（接上页）经毁坏遗失。根据这条文献，彭定生是一位证量很高的女性并且以传承修行为己任，她认为自己不仅传承了彭绍升，还有他的妻子、两位女儿以及陶善的信愿。参见《修西闻见录》，第 285a—286b 页。

① 陶善著，弟子节钞：《琼楼吟稿节钞》，载《续藏经》，第 110 册，第 359—363 页。

② 彭绍升述：《善女人传》，载《续藏经》，第 150 册，第 125—126 页。

③ Richard Shek, "Testimony to the Resilience of the Mind: The Life and Thought of P'eng Shao-sheng (1740-1796)", in *Cosmology, Ontology, and Human Efficacy: Essays in Chinese Thought*, edited by Richard J. Smith and S. W. Y. Kwok (Honolulu: University of Hawai'i Press, 1993), 107.另一篇有关彭绍升的研究，请参阅牧田諦亮：『居士佛教における彭際清の地位』，載『中国近世仏教史研究』，東京：平楽寺書店 1957 年版，第 231—252 頁。

自一个显赫的儒家士大夫家庭,乾隆三十四年(1769)进士登第。在求学的早期,他不仅熟稔儒家经典,同时也如饥似渴地拜读理学巨擘陆象山(1139—1193)和受禅宗思想影响而相对反智并强调"心"之核心地位的王阳明(1472—1529)的著作。考取功名之后,彭绍升谢绝出仕而专心修行,最初游心道教三年,后终归净土。因此,虽然彭绍升修行的主要是净土法门,他的作品则体现出一种儒、道、禅、净的并包甚至是不合时宜的杂糅。

作为《善女人传》的作者,他显然关心在家女性的宗教信仰。据他自述,他的妻子费氏在他十八岁娶她的时候,即是一位虔诚的佛门弟子,而且对他最终归心净土有很大影响。彭氏夫妇育有两个女儿(她们都以学佛热忱而广为人知),之后夫妻俩就持独身之净戒。不过,彭绍升《善女人传》里的佛教女性和传统的儒家列女或德妇等女性传记相比,几乎没什么区别:温柔、敦厚、孝顺、不计一切地维护妇德。事实上,她们身上唯一的可识别为佛教徒的元素常常只在她们生命尽头时才显现,那一刻她们放下丈夫、孩子和双亲,转而用尽她们残存的精力去念诵佛号。如果她们的诚心足够专精,她们还能得到由观音或者阿弥陀佛亲自接引去净土的殊荣。① 尽管彭绍升熟悉陶善,在撰写她的生平时,他依然紧紧循守当时流行的儒佛圣人传记的书写惯例。因此,在把他的传记作为历史记载的同时,我们也应以宗教文学目之。

无须赘言,本文对重写陶善的修行人生的尝试也是一种建构。然而,本文尽可能多地基于研读(并倾听)陶善本人的语句(有时是传记和诗作之间的一些不言而喻的空白),而非那些对女性修行的固有叙事模式。当然,问题也是存在的:乾隆四十五年(1780)彭绍升所编辑的《琼楼吟稿》中的九十多首诗应该是选自一个数量更多、内容也更多样的陶善原稿,而且以此推论,这个版

① 格林内尔学院(Grinnell College)的劳悦强(Yuet Keung Lo)教授肯定了我的这一观点。他最近完成了《善女人传》的英文翻译及注释。

本至少在某一程度上反映了彭绍升个人的标准;①另外,本文所本的《续藏经》中陶善的六十多首诗,应该是基于其本身内容的宗教性而从原稿中被选出的。不过尽管文本材料有着上述局限,我依然相信这些诗是具有代表性的。不管怎样,这些诗传达出一个坚定的声音,这个声音虽然大体上应和着彭绍升,但也有着异常深切和重要的自身诉求。

乾隆二十一年(1756)二月廿二,陶善(字庆余,号月溪)生于江苏长洲(属苏州府)。据传记,陶善最初是通过父母接触佛教的,尤其是她那非常虔诚的母亲。陶善自幼就展现出甚深的信愿和上等的根基,九岁便喜茹素。诚然,诸如此类的关于灵性和智性上的早慧在佛门传记中是老生常谈,但是从陶善年仅十四岁就开始作诗以及其诗作水平来看,她的确证明自己非常出色。

当然,在18世纪中期的时候,已有数量相当可观的士绅家庭的女性接受教育,而且她们也凭借自己的诗、画、书法而声名远播。② 她们大部分来自江苏、浙江及安徽,即18世纪中国学术、艺术、宗教文化,尤其是妇学的中心区域。因此,陶善八岁即和妹妹陶仁同蒙师训一事也就不足为奇了。两姐妹诵读儒家经典,也掌握了相当可观的作诗技巧上的细节功夫,不久后陶善就开始自己写诗了。她在短暂的人生里写下的诗篇可以被清晰地归纳为三个范畴,这和我眼中她一生宗教信仰深化的三大阶段大致吻合:早年

---

① 本文的一位匿名评审不仅提醒了我这一点,还提出了很多其他很有见地的引人深思的建议,令我在整体上更完善了这篇文章。我对那位评审致以诚挚的感谢。

② 关于这个课题的研究正在不断增多,举例而言,有 Joanna F. Handlin, “Lu K'un's New Audience: The Influence of Women's Literacy on Sixteenth Century Thought”, in *Women in Chinese Society*, edited by Margery Wolf and Roxane Witke (Stanford: Stanford University Press, 1975), 13-38; Ellen Widmer, “The Epistolary World of Female Talent in Seventeenth-Century China”, *Late Imperial China* 10, no. 2 (1989): 1-43; Dorothy Ko, “Pursuing Talent and Virture: Education and Women's Culture in Seventeenth and Eighteenth Century China”, *Late Imperial China* 13, no. 1 (1992), 9-23。

青春期、十六岁订婚至完婚中间那八年,以及短暂的两年婚后生活。

早年青春期

下面第一首诗出自删节版《琼楼吟稿》,是陶善年仅十四岁时写下的一首五言律诗。

松

寒风鸣万壑,片月挂东峰。
烈烈撑天干,森森拔地容。
宁高君子节,肯受大夫封。
群木都消瘦,虬枝绿转浓。[1]

松树自古象征坚韧不拔的品质,常和儒家的"君子"即道德高尚的人联系在一起。[2] 陶善的这首诗说明,她当时尽管年幼,但已在很大程度上吸收了正直的儒家理想和无瑕的道德品行。然而,这首诗也轻易地让人联想到陶潜的组诗《饮酒二十首》之八,其中写道,青松的高洁是直到寒冬严霜摧折了其余的树木之后才显现的,该诗最后以"提壶抚寒柯,远望时复为。吾生梦幻间,何事绁尘羁"收尾。陶潜(虽然他主要以辞官和归隐田园而为人所知,但他从未背弃儒家理念)受到陶善的敬仰并不奇怪,这位生活在晋宋之际一生悠然与世无争的诗人,在士绅阶层的很多知识女性中都引起过共鸣,她们作品中的大量典故都出自陶诗。这份对隐逸诗人之典范的认同,在陶善十五岁写下的这首诗里更加彰显无遗:

---

① 《松》,载陶善:《琼楼吟稿》,第359b页。

② 见《论语·子罕》。另见司马迁:《史记》卷六一《伯夷叔齐列传》,北京:中华书局1959年版,第2121—2129页。他引用是为了说明"举世混浊,清士乃见"。

春日幽居

小院饶幽致，凭阑芳草斋。
春风数归燕，落日一声鸡。
竹色竹窗北，花香花坞西。
有谁闲似我，渔父钓前溪。[1]

在陶善早期的诗作中，我们也看到，很多用典出自唐代佛教诗人王维（701—761）。接下来的这首诗表达了她在秋天这个通常意味着忧愁和悼亡的季节里所感受到的深深喜悦。这种对朴素的乃至苦行般的寂寞的偏爱，令人想起经常运用空山、白云等意象的王维：

秋　暮

苏台霜冷雁南归，漠漠黄花弄晚晖。
暮雨玉楼闲听笛，秋风金剪懒裁衣。
庭槐落翠萧萧响，蝶翅舒黄款款飞。
最是一年清爽意，水深山瘦白云稀。[2]

如前所述，陶善有几首诗被完颜恽珠收录在她道光十一年（1831）刊刻的清朝女诗人选集里。完颜恽珠是一位嫁给满族的汉人女性，以“女中之儒”为人所知。她以儒家女德“温柔敦厚”为基准，挑选了一千七百多首诗入集。“温柔敦厚”是指一种情感上的节制，《诗经》及其后来的儒家经论都将品行端正和学识博雅的女性与之关联在一起。在《国朝闺秀正始集》自传体式的序言中，完颜恽珠声明，自己在选诗时摒除了那些尽管文辞华丽却很可能有辱“女史之箴”的诗作，以及“凡篆刻云霞，寄怀风月，而义不合于雅教者，虽美弗录”。[3] 事实上，她的立场正与某些著名的儒学

① 《春日幽居》，载陶善：《琼楼吟稿》，第360a页。
② 《秋暮》，载陶善：《琼楼吟稿》，第360a页。
③ 胡文楷：《历代妇女著作考》，第631页。

家吻合,比如写下长篇论文《妇学》的章学诚(1738—1801)。但如曼素恩所指出的,虽然该文准确细致地勾勒出了妇学的历史,其主要写作动机却是针对袁枚及其所推崇的个性表达。[①] 章学诚尤其批判袁枚的众多女弟子,非因她们作诗,而因她们偏离了他所认准的由汉代班昭等典范女性所代表的古代传统女性文化。章学诚将女性诗歌传统的式微归咎于唐代教坊乐曲的引入以及词的兴起,因为那意味着"女性由文学创作的主体转变成了男性欲望的客体",且"完全以此去取悦和引逗男性"。[②] 章学诚和恽珠用以描述端庄女性(及其作品)的一些形容词是"冰清""如玉""静默"等。章学诚的观点被曼素恩转述为:"真正的女性文化应该是一个在充满变动和喧嚣的轮转世界中静止的支点。"[③]

陶善在最初写作时就明显侧重清和静,由此她被完颜恽珠选入选集也不难理解了。不过,陶善其他许多诗的重心并非总放在温柔敦厚和妇德上,而更多在于超脱感性——一种不太容易与儒家传统妇德联系起来却更近佛道思想的特质:

冬日即事

入冬罢刺绣,闲座拥炉吟。
松子落寒砚,梅花对古琴。
尘埃消世事,冰雪淡予心。
借问逃禅者,真禅何处寻。[④]

"对感性的超脱"这一特征在陶善的早期诗作中很明显,比如下面这组诗,是她年仅十七岁时写下的:

---

① Susan Mann, "'Fuxue' (Women's Learning) by Zhang Xuecheng (1738-1801): China's First History of Women's Culture", *Late Imperial China* 13, no. 1 (1992): 40-62.

② Ibid., 53.

③ Ibid.

④ 《冬日即事》,载陶善:《琼楼吟稿》,第360b页。

秋闺即景

其 一

帘幕动微风，新凉入座中。
一阶秋色好，明月在梧桐。

其 二

暑退深闺净，凉生团扇秋。
心清了无事，不用说闲愁。

其 三

昼永帘垂地，香消日影回。
当阶桐子落，知是鸟衔来。①

在上面这个诗意的世界里，没有传统意义上常随秋而至的动情抑或善感的忧愁语调。事实上，第二首的最后两句“心清了无事，不用说闲愁”恰恰说明她在刻意回避那种传统诗中的定势。这两句也暗示了她这份静定的修行基础：它们照应了那首相传为禅宗六祖慧能（638—713）所写的偈子，即“菩提本无树，明镜亦非台。本来无一物，何处惹尘埃”。陶善的其他诗中均未见彭绍升的评价，唯独此诗他按捺不住地写道：“闺中诗难得如此无病”。尽管他没有详细论述这两句为什么如此特别，我认为彭绍升指的可能就是这两句诗所体现的“对感性的超脱”（相对于诗歌写作中的“感情的节制”而言）。②

陶善早期的诗作绝非仅限于描述女性闺阁生活。每年的春秋季末，她都会和家人到祖坟所在地——苏州灵岩山——去小住两周。她的很多诗都是一些欢欣的记录，记录那些在山间的散步还

① 《秋闺即景》，载陶善：《琼楼吟稿》，第360b页。

② 我要对那位力劝我深入思考“对感性的超脱”和“感情的节制”间区别的匿名评审表示感谢。

有随之产生的时空无限感:①

野　步

风光眨眼岂长留,野外扶筇步步幽。
晓屿梅和残雪落,春江云带断冰流。
数家林壑樵人斧,一幅丹青卖酒楼。
别有闲情何处着,非今非古任优游。②

下面这首诗的开头两句绝似王维那首著名的绝句,它描述了又一个类似的消磨在山林中的日子:

读　书

空山落叶深,返照入松树。
扫石欲何为,读书聊自娱。
此中味亦殊,日日换佳趣。
回顾一泠然,新月峰尖吐。③

在陶善删节版诗集的六十多首诗中,大约三分之一都是她在十四岁至十七岁期间写下的,那些诗大部分是对生活的一种欣赏:在四季美好更迭中娴静地优游其间,几乎不受外界影响。在她后期的诗篇中,这些主题仍不时出现,不过我们也发现了一些新的主题。

订婚至完婚期间

幸有像高彦颐这些学者的研究,我们现在对明清时期江南地

---

① 雷迈伦认为女性倾向于积极地描述她们的出游经历,她们认为那的确令人解放。见 Maureen Robertson, "Voicing the Feminine: Constructions of the Gendered Subject in Lyric Poetry of Women of Medieval and Late Imperial China", *Late Imperial China* 13, no. 1 (1992): 87。

② 《野步》,载陶善:《琼楼吟稿》,第 360b 页。

③ 《读书》,载陶善:《琼楼吟稿》,第 360b 页。

区的女性文化有了更清晰的了解。[①] 这一文化的重要特征就是女性之间——母女、姐妹、金兰之交——共同构筑的知识上的、精神上的、感情上的亲密纽带。显而易见,陶善的母亲是一位受过良好教育并虔诚的女性,虽然陶善很可能与她很亲近,但她最深的情感寄托似乎是在她妹妹陶仁身上。据彭绍升说,她们两姐妹几乎形影不离,经常互相酬唱。遗憾的是,陶仁的诗篇没有流传下来。不过下面我们可以看到一首陶善写给她的诗:

同妹静山夜话

幽居共春寒,挑灯为君说。
人生天地间,何分巧与拙。
拙者日熙熙,巧者百忧结。
大道本无私,白云自怡悦。
默然两忘言,人境迥清绝。
一犬吠深更,柴门闭风雪。[②]

这首诗呼应了隐逸诗人传统:事实上,将庄子的“忘言”思想入诗,最有名的莫过于陶潜的《饮酒二十首》之五,该诗最后几句是“山气日夕佳,飞鸟相与还。此中有真意,欲辩已忘言”。虽然陶善应该知道陶潜的这首诗,不过这里她的“忘言”应该是指两个亲密无间的人在一夜倾心交谈之后安于彼此静默的相伴。孤单的犬吠声衬托出雪夜深深的寂静,同时也表明了两姐妹安然富足的内心世界,如《道德经》第八十章在谈论小国寡民的知足时道:即使听得到邻村的鸡犬之声,“民至老死,不相往来”。和其他许多男

① 见 Dorothy Ko, *Toward a Social History of Women in Seventeenth Century China* (PhD dissertation, Stanford University, 1989), 以及她即将出版的专著 *Teachers of the Inner Chambers: Women and Culture in China, 1573-1722* (Stanford: Stanford University Press)。(中译本见[美]高彦颐:《闺塾师:明末清初江南的才女文化》,李志生译,南京:江苏人民出版社 2005 年版。——译者)

② 《同妹静山夜话》,载陶善:《琼楼吟稿》,第 360b 页。

性笔下的类似题材相比,陶善这首诗几乎没有什么不同,但值得注意的是,陶善深知她所讴歌的这样单纯美好的生活注定难以为继。

就在两年前,陶善已被许配给彭希洛,即彭绍升十四岁的侄儿。陶仁也被许配给来自附近无锡的一位年轻的大家之子,不过那位年轻人在婚礼还没举行之前就去世了,陶仁于是又被许配给另外一个人。当时,士绅阶层寡妇被迫再嫁很平常,陈宏谋(1696—1771)等人对此经常直言不讳地挞伐,[①]清政府同样积极甚至狂热地鼓励寡妇守节。正如罗威廉(William T. Rowe)所指出的,"鼓吹寡妇守节在18世纪中期的精英阶层已成风气,乃至仅乾隆十四年(1749)一年,在富裕的江苏省居然有两百多个受到朝廷旌表的案例"。[②] 尽管彭绍升未对此事展开详论,当时陶善的妹妹应该是处在一个绝境:她陷入了深度抑郁,生了场重病后就去世了。毋庸置疑,她的去世对陶善来说是一个巨大的打击,也成了她人生中的一个转折点。

春 尽

一夜狂风春已尽,林花飘泊满柴关。
坐临流水心无住,门对青山梦亦闲。
学道未须参世务,修真何必远人寰。
卷帘指点峰头路,历落孤云手可攀。[③]

上面这首诗是陶善所作的最后一首"世间"诗;她妹妹死后,

---

① William T. Rowe, "Women and the Family in Mid-Qing Social Thought", *Late Imperial China* 13, no. 2 (1992): 19.

② William T. Rowe, "Women and the Family in Mid-Qing Social Thought," 19.另见 Susan Mann, "Widows in the Kinship, Class, and Community Structures of Late Qing Dynasty China", *Journal of Asian Studies* 45 (1987): 37-56; "Grooming a Daughter for Marriage: Brides and Wives in the Mid-Ch'ing Period", in *Marriage and Inequality in Chinese Society*, edited by Rubie S. Watson and Patricia B. Ebrey (Stanford: Stanford University Press, 1991), 204-230。

③ 《春尽》,载陶善:《琼楼吟稿》,第360a—361b页。

除了修行方面的诗偈外，她就再也没有写过其他的了。

因此，那在狂风中一夜摧折的春天，完全可以理解为是在影射她妹妹的生命，以及姐妹二人曾共享的那份与世无争、自足平和的生活的不幸结束。她此前所推崇的超然物外的喜悦，在真正失去至亲手足的这一刻，毫无疑问地遭到了考验。于是此诗中，陶善更加迫切地抗拒伤春的诗歌传统，而且又一次援引佛教思想：既然心如逝水而非恒常的实体，是一种不断变化和无住的相续，那就没有必要哀叹四季的轮回。更进一步说，人生的种种境遇，不论愉悦或悲伤，本身就处在一个时时刻刻变迁的过程中，也因此无法被执取。不过，在这些关于放下的书写背后，还是有一丝明白无误的辛酸和失落的叹息。陶善虽然理解“欲出世者先入世”，她自己也曾写过这样的话，但低吟着这首诗的这个人，其心驰神往的终究是绿窗外高耸入云的远山。

在十六岁时就已被许婚的陶善，直到八年后才嫁入夫家。订婚后延长婚期这一做法在当时很平常，虽然陈宏谋等人对这一做法强烈反对。至于陶善父母为何催促陶仁再嫁而允许陶善延迟婚期达八年之久，彭绍升在传记中没有提供丝毫线索。不过，我们很容易就能猜测到，即使陶善父母不愿她一直待嫁，暂停她的婚事也应该是处于悲痛中的双亲的一种折中之举。不管怎样，陶善在这段时期内似乎是全身心地投入研读佛经和修行功课中去了。这并不能说她“转而学佛”，因为陶善父母本就是佛教徒，而且我们在她早期的诗作中就已看到一些佛教思想和意象了。佛教高僧传记中充斥着各种人生故事，但就像悉达多王子一样，那些人只有在自身经历过失去和所爱的死亡后才开始真正了解苦谛。于陶善而言，契机是其妹的夭亡，加之自身出嫁在即，才激励了她开始精研佛教文献，她还以隽秀的书法誊抄经文。

这一时期陶善读了很多不同的佛经，包括一些重要的经文，如《金刚经》和《法华经》。但一开始给她最深印象的似乎是广为流传的《大方便佛报恩经》，常被简称为《报恩经》。这部经文编成于公元5世纪的中国，是一个关于孝道的故事，主体是佛陀如何在过去世为了救父母而牺牲自己的肉身[①]（非常类似妙善公主在成为观音后为病重的父亲而剜目断臂）。该故事的流行说明，以割股——从自己身体上割下一片肉作药以进父母——为践行方式的孝道在明清时期达到了新的高度。及至清朝，割股被认为主要是一种女性的实践，与节烈一起共同反映了那一时期女性宗教性的家庭化。[②] 不同于极个别士绅阶层的女性，陶善应该从未被要求割股，但是在她的诗作中，孝道观念和佛教观念的独特共存（有时是冲突）清楚地折射出在她那个时期居士佛教的家庭化特征。

《惭愧吟》

当这段修学时期进入尾声，在即将离开父母家而进入彭家之际，陶善写下了一组六十首（集中仅收录三十首）题为《惭愧吟》的七言绝句，或者说偈子。[③] 对那些想要在佛教修行路上更加精进

---

① 高楠順次郎編：『大正新脩大藏経』一五六『大方便佛報恩經』，第3卷，東京：大正一切経刊行会1924年版，第124—166页。另见 Hajime Nakamura, *Indian Buddhism: A Survey with Bibliographical Notes* (Delhi: Motilal Bernarsidass, 1987), 234。

② 关于割股和女性孝道的关系的讨论，参见 Chun-fang Yü, "Images of Kuan-yin in Ming-Ch'ing Popular Literature", Women and Literature in Ming-Qing China, June 22-26, 1993 (Yale University, 1993), 8-17。关于妙善的故事，参见 Glen Dudbridge, *The Legend of Miao Shan* (London: Ithaca Press, 1978)。

③ "惭愧"一词可以理解为，既有对自己过错的羞惭之心，也有对他人的愧对之心。见高楠順次郎編：『大正新脩大藏経』一五五八『阿毘達磨俱舍論』，第29卷，東京：大正一切経刊行会1926年版，第21页。《大正新修大藏经》："自省所造之罪恶而感羞耻之心为'惭'，以自己所造之罪面对他人时为'愧'。"南齐（5世纪）宗室萧子良将"惭"理解为"自己内心感到惭愧和羞耻"所以不作恶，而"愧"是"惧怕被人所知"所以不去做任何会引起他人批评的事。这就是为什么马瑞志（Richard B. Mather）把"惭愧"翻译成"shame and embarrassment"。见 Richard B. Mather, "Wang Jung's 'Hymns of the Devotee's Entrance into the Pure Life' ", *Journal of the American Oriental Society* 106, no. 1 (1986): 88。

的人,尤其是修净土法门的人而言,忏悔是重要的第一步。现流传下来的有不少男性写下的近似忏悔体的佛教诗,但可以想见,女性忏悔的原因和男性并不尽然相同。在这首组诗的序言里(笔者已全文引用)我们可以看到那些不同:

> 长夏闲居,俯仰身世,扪心自问,欲作何等人耶?今为女流,无以振拔身心,仍流浪于生死。其为后身,将不可问矣!危乎!危乎!幸而真心未泯,稍知惭愧。意有所触,情见乎词,得七绝若干首。释经云:“人无惭者,与诸禽兽无相异也。”[①]道经云:“为此惭愧,不离心中。”[②]孔子云:“行己有耻。”[③]亦惭愧义耳。夫三教圣贤,度人度己,皆不外乎惭愧以为基。庶民去之,君子存之,在此几微之间而已。篇章有尽,惭愧无穷,因命曰《惭愧吟》。[④]

这一段尤其令人动容的是,身为“无以振拔身心”的女人,陶善认识到,“欲作何等人”和“现实中自己能做的”这两者之间是有区别的。

这份认为自己修行上有缺陷的自我意识延续到这组诗的第一首诗中,她写道:

---

① 我尚未找到这句话的出处。不过,萧子良引用的和马瑞志文章里转述的,似乎是同一部匿名佛经。原文意为:被铁索束缚的禽兽依然可能被驯服,人如果不依礼行事且不知惭愧,那就和未经驯服的禽兽无异了。见 Richard B. Mather, “Wang Jung's ‘Hymns of the Devotee's Entrance into the Pure Life’”, 88。(经文出自姚秦三藏法师鸠摩罗什译《佛遗教经》,原文作:“惭如铁钩,能制人非法。是故常当惭耻,无得暂替。若离惭耻,则失诸功德。有愧之人,则有善法;若无愧者,与诸禽兽无相异也。”萧子良《净住子·十种惭愧门》中引用称:“经云:‘惭愧得其足,能灭暗障故。’又云:‘惭愧如铁钩,能制人非法。若无惭愧,与诸禽兽无相异也。’”——译者)

② 无法找到出处。(经文出自《太上上皇民籍定真玉箓》,原文作:“青童君曰:‘何所惭愧而得入道?’太上曰:‘……力进苦迟,负累稍至。为此惭愧,不离心中。’”可参见张君房所编《云笈七签》卷九《三洞经教部·经释》。——译者)

③ 子曰:“行己有耻,使于四方,不辱君命,可谓士矣。”(《论语·泰伯》)

④ 陶善:《琼楼吟稿》,第 361a 页。

惭愧前生德未修,报身五障有因由。
然而幸得人身在,岂可还嫌是女流。

“五障”指的是女人身不能修得的五种果位:梵天王、帝释、魔王、转轮圣王、佛。虽然根据大乘佛法,证悟无二无别,理论上五障这个观念无法成立,但它仍存在于众多佛教书籍中,并和“三从”——从于父亲、丈夫、长子——一起在中国被广泛接受。[①] 可以看出,陶善并未质疑这种视女身为超脱之障碍的流俗思想。

但令人玩味的是,尽管她明确相信自身受制于一些真实的障碍、作为女儿她无法像儿子一样堂皇地祭祖,但在第二首诗中她又坚持,生而为人完全可以尽孝:

三牲五鼎亦非奇,惭愧如何说孝思。
幸得人身在天地,报恩何必尽男儿。

在第二首诗里,我们看到陶善回归到了“不二”的观点。“不二”体现在孝道上,既导致也超越了(两性尽孝的)不同的外在表现形式。彭绍升也持类似的观点,作为一位只有两个女儿而没有儿子的父亲,彭绍升批判了儒士群体对男嗣的变态的执着心理,他写道:

凡夫以子为子,圣贤以圣贤为子,佛以一切众生为子……以圣贤为子者,子其心者也;以一切众生为子者,众生之身即吾身,众生之心即吾心也。[②]

这里彭绍升说,因为一切众生都可以被视作自己的儿子,所以

---

① 见 Leon Hurvitz, transl., *Scripture of the Lotus Blossom of the Fine Dharma* (New York: Columbia University Press, 1976), 201。关于这个问题有许多讨论,比如 Kajiyama Yuichi, “Women in Buddhism”, *Eastern Buddhist* 15, no. 2 (1982): 53-70; 以及释永明法师:《佛教的女性观》,台北:佛光出版社 1990 年版,第 93—96 页。

② Richard Shek, “Testimony to the Resilience of the Mind”, 100.(原文见彭绍升:《一行居集》卷二《悯客》。——译者)

不必要亲生。不过陶善拓宽了这个观念，将女性也囊括其中：同具“众生之心”的女儿，本质上和儿子并无区别。同样值得注意的是，陶善从三教典籍中援引论据，将“惭愧心”转写成是一种善根，不是用以区分人和禽兽的善根，而是用以区分“行己有耻”的士和庶人小人。笔者认为，陶善此处是在强调有些内在品质跟性别无关，比如孝；而不是在强调这种品质被表达出来的方式可能是男女有别的。陶善在诗中经常提到的“真心”增强了这一推测的可能性。在陶善短暂的后半生，“真心”是她的宗教理念的核心。

陶善所指的“真心”非常类似心学大家王阳明及其继起者焦竑（约 1540—1620）的用法。他们将真心（也被称作本心、正心、净心、明心、妙心）与妄心区分开来，真心“既知道自己能知能觉，也知道所觉知的事物空无自性”①；相反地，妄心则无法意识到自己本来就能知能觉且理事具足，因此它缺乏自信，为狐疑所困扰，并放任自己通过感官去求取知觉。② 以上这一逻辑虽然主要受禅宗影响，不过“妄心”的观念孟子也曾提出过：

> 仁，人心也；义，人路也。舍其路而弗由，放其心而不知求，哀哉！人有鸡犬放，则知求之；有放心而不知求。学问之道无他，求其放心而已矣。③

不同于他的大部分同侪，彭绍升我行我素地继续推崇理学中陆王学派的形而上学和主观唯心主义，甚至声称这些文字（“仁，人心也”等）代表着修行的“真正着力处是通向学儒学佛最关键也最核心的路径”。④

在《惭愧吟》组诗的第十三首诗里，陶善也直接提到了《孟子》

---

① Edward T. Ch'ien, *Chiao Hung and the Restructuring of Neo-Confucicnism in the Late Ming* (New York: Columbia University Press, 1986), 217.

② Ibid., 218.

③ 《孟子·告子上》。

④ Richard Shek, “Testimony to the Resilience of the Mind”, 93.

中的这一段：

> 仁是人心语意深，时夸辞艺失真心。
> 觅心惭愧无从觅，拟向颜回问处寻。

颜回是因好学而最常被人提起的孔子门人，他是修心之人的楷模，知道真心在何处并如何找回。而且颜回既完全掌握了孔子的关于仁、礼、仪等方方面面的教导，同时他也能集中在某一件事上绵密不断地用功："回也，其心三月不违仁，其余则日月至焉而已矣。"①因此，即使焦竑评论颜回只知道"有若无"而非"有即无"因而"未至于圣人"，但颜回能做到专精不懈这一点就足以令一些佛教高僧感慨，比如憨山德清曾道："颜回之于儒教正如迦叶之于禅宗，传孔子心印也。"②

彭绍升也认为颜回是一个出色的榜样。他在修行自述中写道，自己对净土的兴趣很大程度上是在和友人汪缙（1725—1792，一位好佛的儒士）的谈话中得到启发的。据他所说，汪缙尤其擅长以儒家语言来阐述净宗奥义，经常说的是"修净土者，当学颜子，非净土勿视，非净土勿听，非净土勿言，非净土勿动，到得天下归仁，便是弥陀境界"③。简而言之，这份对"本心"——用宗下的术语即"佛性"或"本来面目"——的强调，在禅宗和相对反智的陆王心学里都是贯穿始终的。

与此相近的一个概念是"为学日损"。举例而言，在下面这首诗中，陶善直接以《道德经》第四十八章入诗，《道德经》原文是这样的：

---

① 《论语·雍也》。

② Edward T. Ch'ien, *Chiao Hung and the Restructuring of Neo-Confucianism in the Late Ming*, 203.值得注意的是宝唱在他的《比丘尼传》序言中所写的："原夫贞心亢志奇操异节。岂惟体率由于天真。抑亦励景行于仰止。故曰希颜之士亦颜之俦。慕骥之马亦骥之乘。"

③ Richard Shek, "Testimony to the Resilience of the Mind", 84.（原文见彭绍升：《一行居集》卷五《重修慕栖庵记》。——译者）

为学日益,为道日损。损之又损,以至于无为。

陶善的诗是这样的:

世态偏忧无事时,损之又损绝人知。
近来识得损之妙,惭愧亡羊叹路歧。

诗中最后两句出自《列子》中的一个故事。故事是有人丢了一只羊,他发动所有的佃户和邻居去找那只羊。然而最后众人无获而返,称岔路太多不知从哪去找。当被问及这则寓言的寓意时,杨朱解释道:“学非本不同,非本不一,而末异若是。”或者,一如这组诗中另一首诗所写的:“三教经书满天地,阿谁认得路头真?”同样,陶善诸如此类的观点可以直接追溯到彭绍升。在一封致友人的信中,彭绍升写道:“教有三,而道之本不可得而三也。学者由教而入,莫先于知本。”①我们在此也可以看出,彭绍升对强调文献学和文本分析的考证派颇有微词,甚至是谴责的。他在《善女人传》的发凡中这样写道:“宗门言句,俱从自性中流出,非思量分别之所能解。阅者于此有疑,但当深参力究,自有契入。”②

问题在于,陶善是否真的在担忧自己“夸辞艺”而“失真心”,还是只是随声附和彭绍升?毫无疑问,在我们眼前的又是一个亘古的悖论:尽管实相超越语言文字,但“如手指月”,我们不得不依靠语言文字去表达和转述实相。很显然,一位女性,只有在她有幸精通文艺的基础上才有资格烦恼“时夸辞艺失真心”的问题;也只有一个能获得教育的女性才可能想到要“去知识化”。和种迹象表明,陶善的确将她早期专注辞藻的诗作和后期侧重表运宗教真理及修行经验的佛教诗篇进行了区分。所以她在《惭愧吟》的前言里说“篇章有尽,惭愧无穷”,暗示前者终不究竟。在一首题为

① Richard Shek, “Testimony to the Resilience of the Mind”, 107.(原文见彭绍升:《一行居集》卷四《答沈立方》。——译者)

② 彭绍升述:《善女人传》,第106b页。

《早春闲居偶述》的诗中，她写道：

早春闲居偶述

去年吟兴懒，未有十首诗。
今年复何事，更不题一词。
所因近日心，不以文为奇。
非以文不奇，恐为智者嗤。
智者静而默，悠然心自知。①

这首诗（尽管没有日期落款，但应该是在她妹妹去世之后写的）教人费解之处在于：令她搁笔的，固然是她意识到诗文对修行无益；但更主要的是，她担心被那些比自己更开悟的人（可能是她的导师彭绍升？）所嗤笑。不过这首诗确实挑明了以下两者间的微妙的张力：通过写作表达自我的渴望，以及真正的见地不在语言文字而在"损之妙"中的主张。这是她未曾阐明的一点，甚至她自己可能也没有细想过，这种修行上的归于静默，对当时连语言表达权都受到非难的女性而言，有着全然不同的意味。

虽然这组诗的很多诗句带着强烈的密法的气息，其他很多诗还是表达了对具体世间法和他人苦难的关心，而这在她早期的诗作中是很少见的。比较组诗中的诗作和下面这首陶善写于乾隆三十五年（1770，时年十五岁）的诗作，就可以展现出这个渐变的过程：

秋日即事

偶步池塘草尽黄，一天爽气午风凉。
病余犹厌绵衣薄，睡起方知秋日长。
流水小桥杨柳老，白云深院桂花香。

---

① 《早春闲居偶述》这首诗见于完颜恽珠辑：《国朝闺秀正始集》卷一三，第11a—11b页。《续藏经》中的《琼楼吟稿》未收录。

隔邻机杼谁家女，辛苦寒窗伴夕阳。①

虽然最后几句表达了对日暮时分仍坐在窗边织布的“谁家女”的怜悯，但这份怜悯之情几乎被诗意和（罕见的）幽怨伤秋的情绪所湮没。让我们将此诗与《惭愧吟》组诗中的一首作个对比。那首诗依旧是写纺织女，但陶善敏锐地意识到了她和自己之间的社会阶级界限：

当暑轻绡又薄罗，冬来翠被暖如何。
自然供养难消受，惭愧何曾学一梭。

虽说陶善应该不至于用绫罗绸缎盛装打扮，但她确实意识到，自己的阶层所拥有的特权和享受对她的修行来说始终是一个很大的障碍。《惭愧吟》中有几首诗指出了贪执的危害，贪执不仅指对财富、声名、官阶的贪执，也包括贪执赏花、作诗、临河雅集、听古筝。而且，尽管她声称自己并不执着于这些（作为女人很多活动也无权参加），而是知足于“清风、明月、独坐空山”，但她确实不安于自己过于安逸而没有什么挫折的生活：

真修人自要安贫，人不安贫便乱真。
惭愧在心无所苦，由来学道本艰辛。

事实上，陶善的阶级意识在《惭愧吟》组诗里的好几首诗中都有痕迹。其中一首写道，她在一桌精美的食物前坐享其成，想到多亏农民艰苦劳作才有这些而心生惭愧。另一首写道，她在听到路边饥饿的乞民的哭声时心生惭愧：

贫家升合犹艰办，惭愧呼庚泣路隅。
安得摩尼如意宝，空中遍雨米如珠。

下面这首诗，陶善用前三句勾勒出一幅美人晚起对镜梳妆的

① 《秋日即事》，载陶善：《琼楼吟稿》，第360a页。

场景。六朝宫廷诗以及唐宋词曲的读者们对此应不陌生。看惯了传统男性笔下那叫人心旌摇荡的香闺慵懒,当我们在看到她那别出机杼的最后一句时,完全措手不及,甚至震惊:

> 晨兴每过日高时,拂镜开帘倩侍儿。
> 汤水殷勤代梳沐,此身惭愧坐如尸。

在这组诗的其他诗里,陶善也提到了传统所认为的一些女性固有的"问题"和"弱点"。如我们所见,整组诗从一开始就在表达惭愧之情:因没有在前世修福报以致这一世投胎为女身。在其他地方,陶善也叹息自己在日常生活中总是萎靡懒惰或者生性软弱多情。在一些类似上面那首诗的其他作品里,她也对自己穿着由衣不蔽体的贫苦女性缝制的衣服而深感惭愧,乃至谴责自己"虚荣肤浅"——这个被很多文化所诟病的典型的"女性缺点":

> 闺阁风流脂粉妆,绮罗染得麝兰香。
> 吾心惭愧难从众,椎髻青衫学孟光。

如前所述,陶善真的花时间涂脂抹粉或者用麝香熏衣的可能性很小,她只是在用文学修辞来呈现女性书写的两种极端:青楼教坊里那些生活作风放荡的女性,以及以孟光为典型的克己忘我的有德妇女。东汉年间的孟光是一位不幸生得肤色黝黑、又肥又丑、气力过人的女性,直到三十岁也没有婚配,倒不是因为无人问字,而是因为她选择非梁鸿(当时最著名的隐士)那样的高士不嫁。最终梁鸿听说了此事并迅速向她提了亲。尽管孟光以德取人,还是不免担心,所以在婚礼上盛装打扮自己。令她惊喜的是,梁鸿直接无视了盛装的她。最后她脱下了华服更换上粗布衣衫,将头发挽成一个简单的椎髻。于是梁鸿说:"此真梁鸿妻也!"两人后来退隐山林,耕地为生。[①] 显然,陶善不仅仰慕孟光能勇敢、心甘情

---

① 见范晔撰,李贤等注:《后汉书》卷八三《梁鸿传》,北京:中华书局1965年版,第2766页。

愿地褪去华衣,也敬仰梁鸿慧眼识珠。事实上,在她看来,他们是理想的夫妻,以坚定的德行高标,过着退隐的生活。不过,诗中同样明白无误地带着一丝怆然:虽然叙述者向往那种生活,但她觉得自己无力效仿孟光。

这一丝低落的转折,其实隐含在《惭愧吟》的很多诗中,包括收尾的那首诗。陶善在诗中将自己置于一个佛教善女人的传统里:

> 憍昙弥愿广无边,度尽阎浮妇女缘。
> 惭愧夙生多障业,输他灵照悟机先。

憍昙弥是佛陀的姨母,她和五位同样发心的女居士最终说服佛陀允许比丘尼建立僧团。这里陶善表达了她没有机会(或者说无缘)像憍昙弥一样出家的叹惋。至于灵照,不难看出陶善为什么会将她当成修行的榜样:作为禅宗居士庞蕴(740—808)的女儿,庞灵照以上根利智为人所知。[①] 不过,尽管她和陶善一样也是在家人,她却能够保持独身和父母一起在修行中度过一生。毫无疑问,正是当陶善在准备着要去践行为人妻、为人媳、为人母的职责时(那些令她感慨自己修行路上多业障的职责),她写下了这些诗。事实上,笔者甚至猜测,她字里行间其实在叹息,叹息那些自己无法抗拒的关于在家修行的种种束缚,而束缚她的不仅仅是她自己内化吸收的儒家观念,还有彭绍升所代表的儒化了的佛教。简言之,陶善人生中第二阶段的诗作反映了一种不断增强的,特别是对深闺之外的世界以及那些不如她幸运的人的苦难的关注。而且,哪怕只是从侧面的角度,这些诗也揭示了她对女性在家修行更深的认识:种种矛盾、冲突、不确定性,被夹在家庭妇职和追求超脱的两难之间。

---

① 关于庞灵照和她父亲的轶事,可以参阅 Ruth Fuller Sasaki, Yoshitaka Iriya and Dana R. Fraser, transl., *The Recorded Sayings of Layman P'ang: A Ninth-Century Zen Classic* (New York and Tokyo: Weatherhill, 1971)。

婚姻生活和身为人母

乾隆四十三年(1778)，二十三岁的陶善嫁入彭希洛家。她很可能宁愿不嫁，也许正是她自己才说服了父母把婚期延长了那么多年。事实上，从彭绍升的传记里我们得知，新婚后那几周，她不仅常常对她的夫家人演说"无常之法"，甚至欲以"童贞之身"自全。这种请求被当成不经之谈，只引来了嘲笑。当陶善明白独身毫无可能后，她认命地转而"修妇道"，这一举动生动地诠释了前文所述的女性灵修生活的家庭化。

彭绍升和彭希洛一致认为陶善是一位完美的妻子。她很快地赢得了婆婆对她的敬重和喜爱，当彭希洛备考科场的时候她也在情感上给予了他不懈的支持。虽然我们忍不住揣测陶善内心的感受，但是彭绍升无疑将她视为可敬的佛教善女人和儒家列女。除了描写她在孝顺公婆和尽家庭责任方面的完美表现，彭绍升还描述了她每天破晓时分就起来做早课，具体包括：阶段性斋戒、焚香、念佛、读经书和其他修行方面的书，那些经书很多还是她自己发心付梓流通的。她也抽时间写修行方面的诗。乾隆四十四年(1779)，她写下了十首偈子，步韵彭绍升在前一年闭关期间所写下的一组佛偈。[1] 陶善的这些偈子反映了彭绍升所取的禅净双修法门。

早在宋朝，佛教禅师如永明延寿(904—975)就开示：净土的虔诚和禅宗法门其实只是"一心"的不同方面和显现罢了，因此两者之间也并无本质上的矛盾。明代四大高僧紫柏真可(1546—1623)、云栖袾宏(1535—1615)、蕅益智旭(1599—1655)、憨山德清(1546—1623)更进一步地阐发了这一观点，他们四位都提倡"参禅修净"。念佛是禅净融合非常重要的一部分，比如憨山德清

---

① 《和二林主人戊戌春日闭关作十首即次原韵》，载陶善：《琼楼吟稿》，第362a页。

的法门是将念佛当作参“公案”。他解释道:“参禅,贵一念不生,是已。若言念佛,贵净念相继者。此将四字佛号放在心中,为净念耳。”接着他将“四字佛号相继不断”和“参究念佛”区分开来,说前者专为中下根人“专以念佛求生西方,正属方便净土一门”;而后者是专为上根人“意在妙悟”。① 据彭绍升自己说,他对净土的信奉是因为读了四大高僧的著作才真正确立,他毫无保留地拥护他们的观点:②

> 日来读莲池先生《阿弥陀经疏钞》,及劝修净土诸文字,瞿然警发。誓于此生归于净土,以“南无阿弥陀佛”六字,作日用拄杖子。从今以后,不须复道致良知,即“南无阿弥陀佛”六字,便是致良知。③

彭绍升的评论也含有另一层意思,即往生净土在这一世就可能发生:我们不是要等到去世后才能往生唯心的净土,而是一念不生时就可以。④ 或者,引用彭绍升最敬仰的净宗十一祖省庵大师(1686—1734)的话说即是:“一句阿弥陀,打教成一片。现在即西方,何必临终见?”⑤

陶善在诗作中谈到通过“一心不乱”而超凡入圣的时候,我们也看到了同样的观点。或者又比如她在下面这首诗里所写的,尘世中也自有净土的七宝行树和迦陵频伽:

---

① Hsu Sung-peng, *A Buddhist Leader in Ming China: The Life and Thought of Han-Shan Te-Ch'ing* (University Park: Pennsylvania State University Press, 1979), 136.

② 彭绍升自己的皈依师,苏州灵岩山下华藏庵的闻学实定禅师(1712—1778),是一位非常勇猛精进的净土法门修行人,著有《净土诗》,内含一百零八首诗。

③ Richard Shek, "Testimony to the Resilience of the Mind", 94.(原文见彭绍升:《一行居集》卷四《与诸同学》。——译者)

④ Leon Hurvitz, "Chu-hung's One Mind of Pure Land and Ch'an Buddhism", in *Self and Society in Ming Thought*, edited by Wm. Theodore de Bary (New York: Columbia University Press, 1970), 451-479.

⑤ 彭绍升编:《省庵法师语录》,载《续藏经》,第109册,第302a页。

行树何殊七宝林，枝头也得听灵禽。
自然说法东风里，演出百千微妙音。

云栖祩宏说："既得一心不乱。始知莲华行树……并非心外……故曰西方在目前也。"①在陶善的诗中我们最常读到的，也正是这个心净则国土净的净土：

勘破重关触处真，从今不入旧迷津。
轮回六字无始终，流水行云总是春。

虽然这些诗看起来像是她读彭绍升作品后的感想，但还是有些许不同的。以下这个推测可能不无道理：我们能隐约感觉到，最后这首诗是对那首写于陶仁去世不久后的《春尽》诗的呼应。换言之，在现实中，"总是春"的人生在陶仁去世和她自己出嫁时就逝去了，陶善一直在修行中寻找的（也许她最终找到了，哪怕只是一瞬），即是那永恒的"春"。同样地，她也可能窥见了不二实相，在实相中她的女性身份变得毫无意义：

原来无实亦无虚，论道谈禅事也余。
一句弥陀空自性，孰为是我孰为渠。

往生与后世

结婚满一年后不久，陶善生下一个儿子。虽然生产过程很顺利，但她在产后却大病了一个月。② 从她丈夫口中我们得知，自知

---

① Leon Hurvitz, "Chu-hung's One Mind of Pure Land and Ch'an Buddhism", 461.

② Dorothy Ko, *Towards a Social History of Women in Seventeenth Century China*, 58.女性早逝在这一历史时期很平常；有学者做过推算，康熙十九年（1680）至道光九年（1829）间，苏州女性的平均寿命为三十六岁多一点，比男性少三年。见 Michael Marme, "Population and Possibility in Ming (1368-1644) Suzhou: A Quantified Model", *Ming Studies* 12 (1981): 43。

命不久矣的她还试图安抚他,说他们之间本就只有一世的夫妻之缘,并且请他在她死后不要哀痛。作为一个孝顺的人,陶善直到去世前还表达了自己不能做一个终养公婆的合格儿媳的遗憾,并恳求彭希洛也照顾她的父母。[1] 乾隆四十五年(1780)正月的一天,还差一个月她就要满二十五周岁了,陶善差人去请母亲来道别。可在母亲赶到前,她说着“大和尚自西而来,吾去矣”就溘然长逝了。

不过,陶善的人生故事并未随着她的离世而结束。乾隆四十九年(1784)的春天,一群净宗学人在苏州玉坛举行首次(共十一次)扶乩集会(亦称“飞鸾”),据彭绍升说,玉坛是吴门士子奉道修真之地。[2] 最初涉猎道教期间,彭绍升自己也在玉坛度过一段时间,他也从不真正否认扶乩的灵验性。所以,虽然他告诫别人扶乩有时可能完全流于胡编乱造,但他也写道,有时不管多么“事近神异”,终究是“其理至常,无可疑者”。[3] 事实上,他自己正是因为在那样一次扶乩集会期间受人指点而开始了解佛教的。因

---

① 如前所述,彭希洛为陶善作的简短的传记附在《琼楼吟稿》后,第 362b—363a 页。

② Richard Shek, “Testimony to the Resilience of the Mind”, 86.一如焦大卫(David K. Jordan)和欧大年(Daniel L. Overmeyer)所指出的那样,扶乩的传统源自古代意在祈求神灵下凡的仪式。不过,直到宋代(960—1279)才真正普及。两位学者也注意到,尽管这种仪式最初很可能是“一种民间的非语言的占卜形式”,至 11 世纪,神、灵以及中华文化里的英雄都开始以非常文雅的语言显灵,所以,各读写能力层次的人都开始扶乩,甚至文盲也会用扶乩去寻求治疗或者有关亡灵的信息。详见 David K. Jordan and Daniel L. Overmyer, *The Flying Phoenix: Aspects of Chinese Sectarianism in Taiwan* (Princeton: Princeton University Press, 1986), 36。司马富(Richard J. Smith)也提到清朝扶乩的盛行,并且,基于许地山的作品,他说“几乎每一个州县级别的城市都设有乩坛”。江苏和浙江一带,扶乩尤其盛行且服众,儒生们的态度是“如果不信扶乩之神,科考就不能中功名”。参阅 Richard J. Smith, “Divination in Ch'ing Dynasty China”, in *Cosmology, Ontology, and Human Efficacy: Essays in Chinese Thought*, 154。

③ 彭绍升述:《善女人传》,第 121b—122a 页。

此,毫不意外,彭绍升利用这次集会询问了包括陶善在内的他的一些亡故亲友的下落。[①] 一位西方极乐世界的菩萨告诉他陶善在懈慢国,[②]一个去净土途中的天宫般的地方。既然这位菩萨刚好就在懈慢国,陶善还得以亲自写诗给彭绍升:

> 雨歇闲阶芳草多,五年消息等流梭。
> 洞中深闭烟霞迹,一任熏风送客过。[③]

这首诗的抒情性让人隐约想起(仅仅是隐约地)陶善早期比较活泼的诗词风格。紧接着是一段类似警世的长篇说法——陶善此刻完全褪去了"温柔敦厚"的儒家形象,而以一种绝对权威的口吻鞭策与会大众精进修行:"子等归向极乐,全须打得一副金铁心肠。外不为六尘所染,内不为七情所锢,污泥中便有莲华出现也。"[④]不久后彭绍升试图再一次与陶善对话,不过这一次他被告知:陶善"身变男子",已到西方。

净土宗的终极目标是往生西方;禅宗的终极目标是在这一世开悟。大部分禅净双修的人不认为这两者之间存在矛盾:在这一世开悟有助于确保往生,到了净土继续修行直至解脱。或者,如铃木大拙所说,前者代表"个人主体和心理方面",后者是"客观世界

---

① 彭绍升认为:净土的真实性是通过梦境和入定来证明的,在这种时候,恰恰是"飞鸾"起到了同样的作用。没有什么理由要去怀疑"飞鸾"的真实性,"信其言如水之寒,火之热"。彭绍升对扶乩的记录,可参见《西方公据》,一部最早由"吴门诸信士"于乾隆十五年(1750)左右修订的关于净土修行的合集,彭绍升于乾隆五十七年(1792)将其增改修订。参见《续藏经》,第109册,第349a—351a页。这一记录被完整收录于胡珽:《净土圣贤录续编》,载《续藏经》,第135册,第222a—223a、348b—350b页。关于扶乩这段,部分见于瑞璋辑:《西舫汇征》,载《续藏经》,第1—9册,第267b页。

② 对懈慢国的具体描述可以参见袁中道(1570—1626)的一次梦游经历,见彭绍升纂:《念佛警策》,载《续藏经》,第109册,第366b页。

③ 彭绍升集:《西方公据》,第349a页。

④ 同上。

和存在方面"。[①] 然而,对女性修行人而言,其中有一个内在悖论需要解决。禅宗至少在理论上不以性别为开悟的障碍,而净土宗在所有汉传佛教流派中是最义正词严地强调"女人身不能往生西方极乐世界"的。事实上,阿弥陀佛还在菩萨位的时候,那著名的四十八愿的第三十五愿就毫不含糊地说道:

> 设我得佛,十方无量不可思议诸佛世界,其有女人,闻我名字,欢喜信乐,发菩提心,厌恶女身,寿终之后,复为女像者,不取正觉。[②]

值得注意的是,虽然彭绍升从未公开声称在往生净土时女人不必转身成男,但他依然清楚地意识到这一点有问题。所以,在他编纂的关于净土修行的《西方公据》"叙"中,他固然提醒读者净土是一个没有地狱、饿鬼、畜生——也没有女人的所在,[③]但在其他文章中,他又解释道,尽管按理说净土没有女人,可《法华经》里有许多女人成佛的记载。这里他指的不仅是《法华经》里著名的龙女的故事,还有第十三品世尊对憍昙弥成佛的授记。他还提到了《观无量寿经》的开篇故事:王后韦提希夫人是摩揭陀国国王频婆娑罗的王后,国王被太子阿阇世(众所周知他在皈依前一直是佛陀的对头)幽闭在禁宫之内。韦提希夫人为自己儿子的恶行感到羞愧,无复尘世想。然后世尊用神通示她以西方极乐世界及阿弥陀佛。彭绍升甚至写道:"自莲宗盛行,闺阁诸贤,往往能专志勤业,一生取办。彼具丈夫之形者,视此能无愧乎?"[④]

---

① D. T. Suzuki, *Essays in Zen Buddhism*, *Second Series* (London: Ricer and Company, 1953), 181.

② Diana Paul, *Women in Buddhism: Images of the Feminine in the Mahāyāna Tradition* (Berkeley: University of California Press, 1985), 169-170.另见 Kajiyama Yuichi, "Women in Buddhism", 67-69。

③ 彭绍升集:《西方公据》,第 351a 页。

④ 彭希涑述:《净土圣贤录》,第 135 册,第 192b 页。这部文集是彭希涑,即陶善丈夫之兄,在彭绍升的帮助下完成的。

我们在净土宗的很多其他经文和经注中也能看到这种思想矛盾,这不足为奇。下面这段不凡的论述,据说出自云栖大师本人:

男女之体虽殊,灵明之性不二。何言五漏,唯贵一心。① 一心称念阿弥陀,决定往生安乐国。②

不过,更多的净土文献是说一些警世故事,如地位很高的比丘和居士因未曾专精念佛而不幸堕落为女身(其他诸如堕为老百姓或者罪犯)。③ 还有一些文献则强调,正因为女人身有别于男人身,所以她们更加应该精勤念佛:"妇女们,正好念佛。因妇女本是五漏堕落之身,正愁不得脱离,好容易得这念佛法门,还不急急修行,离了苦趣。"④

还有一点,也揭示了这种根深蒂固的视女性为第二性的偏见:彭绍升在对陶善的修行和文学成就的描述中,经常使用一种——用罗梅如(Miriam Levering)的话说就是——"英雄主义修辞"。在他的《善女人传》开篇偈中,他写道"惟彼女中豪"才能如"大丈夫"般拔除诸贪爱。⑤ 而且在他为陶善的诗集所作的序中(部分引用见

① 具体有多少文献我们不确定,不过巴利文和汉语的佛教经论都提到女人的独有的罪业:瞋恚、虚荣、欺骗、嫉妒以及过多的淫欲。关于这类文献的讨论,请参考 Kajiyama Yuichi, "Women in Buddhism", 61-62。梶山雄一(Kajiyama Yuichi)不曾提到的一条文献是汉传佛教南山律宗开山祖师道宣(596—667)的一部作品《净心戒观法》,第 29 册,1558 经,第 21 页。可以确定上文袾宏说"女人五漏"到底指什么了。

② 虞执西、严培西编:《云栖净土汇语》,载《续藏经》,第 109 册,第 68b 页。

③ 可参考周克复编:《净土晨钟》,载《续藏经》,第 109 册,第 113b 页。

④ 真益愿编:《劝修净土切要》,咸丰五年(1855)序、咸丰十一年(1861)序,载《续藏经》,第 109 册,第 458a 页。

⑤ 彭绍升述:《善女人传》,第 186a 页。用充满男子气概的修辞描写令人钦佩的女性,也即罗梅如所说的"英雄主义修辞"至少可以追溯到宋朝。参见 Miriam Levering, "Lin-chi (Rinzai) Ch'an and Gender: The Rhetoric of Equality and the Rhetoric of Heroism", in *Buddhism, Sexuality, and Gender*, edited by Jose Ignacio Cabezón (Albany: SUNY Press, 1992), 137-156。韩德玲(Joanna F. Handlin)也指出吕坤常用"贤如真君子"去描述他的女主人公们,并且常常以"丈夫"指代,令她们和男性平等。见 Joanna F. Handlin, "Lu K'un's New Audience", 30。

前文),他称她的诗作为“才子”之诗、“高士”之诗、“道人”之诗。

彭绍升的矛盾是很多与他同时代的人所经历的,同样矛盾的还见之于西方的男性神学家和宗教领袖。比如基督教神学理论一开始持革命性的态度(和大乘佛教一样),认为“尽管在被上帝创造的时候女性处于依附地位,救世的教会还是给予两性以平等”。[①] 只不过基督教理论上的平等很快就被男性本位思想所颠覆,认为女性的理性思维能力劣于男性:“因为理智被认为是男性的精髓,天堂也就变成一个没有女性的地方……纯男性空间的天堂才是天堂。”[②]这导致了基督教对童贞女性的另眼相待,因为这类女性抵制了社会对她们的定义而去追求修道生活,在“对巾帼骁将这一典范进行神父式的改编后,巾帼骁将转变成一个男性而不是一个伟大的女性,以此来争得平等甚至出类拔萃的地位”。[③]

我认为,彭绍升着手这个问题的一个方式,是将陶善的一生(及其《善女人传》中的其他很多女性)置于一个儒家女性典范的框架内,以便在她死亡的时刻给予她所应得的修行成就(并由之而转成男身)。下述片段尤其生动地体现了这一点:在一次扶乩集会时,彭绍升得知密友罗有高(1734—1779),一个虔诚的佛教徒,并没有投生净土,原因是他在临终时惊恐迷乱。而另一方面,扶乩中显灵的菩萨说,虽然和罗有高求学问道的一生相比,陶善的一生朴实无华,但她却能在临终时保持正念、出离和清明的心,因此得以转身成男,往生净土。耐人寻味的是,彭绍升得知后并没有赞颂陶善,而只是惋惜罗有高最后一刻的懈慢,“此以知爱根难

① Eleanor Commo McLaughlin, “Equality of Souls, Inequality of Sexes: Woman in Medieval Theology”, in *Religion and Sexism: Images of Woman in the Jewish and Christian Traditions*, edited by Rosemary Radford Ruether (New York: Simon and Schuster, 1974), 234.

② Sidonie Smith, *A Poetics of Women's Autobiography: Marginality and the Fictions of Self Representations* (Bloomington: Indiana University Press, 1987), 33.

③ Eleanor Commo McLaughlin, “Equality of Souls, Inequality of Sexes”, 234.

拔,而佛念不易纯也”。①

结 论

西多妮·史密斯(Sidonie Smith)对中世纪以及文艺复兴时期女性修行经历的评价有助于我们思考对陶善的修行人生的重构。那时的很多女性就像陶善一样,识文断字、受过教育。这样一位女性会发现自己被夹在两个世界中:

> 她会受到宗教、哲学、科学、社会经济学、政治学、文学的各种潮流的影响,受到启发而提起笔……她也会受制于她的文化语境对女性“合理身份”的狭隘定义,被迫沦为沉默的大多数中的一个。②

我认为陶善诗中的那些张力和矛盾,源自与上述西方女性类似的经历,即两个互相对立的人格范畴之间的对峙:文化赋予她的男性人格,如道家隐士,安于放弃其世俗权力而去过一种远离红尘情爱和名利的生活;或者如儒家儒生,以一心致力于学问和为己之学的颜回为典范;又或者如佛教的男性居士,以彭绍升为代表,他们可以自由地追求自己在修行方面的兴趣,甚至不时地短期闭关,把家事全权交给妻女。如我们之前所看到的,陶善在很多诗中,以相当权威和自信的口吻描述着这些人格世界。然而,她也绝没有对自己女性人格的问题茫然无觉,她的这份觉察主要体现在《惭愧吟》组诗中。正是在这些诗中,我们感觉到了女性和男性在修行上的特殊的不同:一方面,是她对以憍昙弥、庞灵照等圣贤为代表的女性修行人传统的身份认同;另一方面,她又叹息自己无力步武女性前贤。同样地,虽然她最终寻求突破那些认为女性在社会

① 彭绍升集:《西方公据》,第349a—349b页。

② Sidonie Smith, *A Poetics of Women's Autobiography*, 41.

地位、生理、修行根器上都属于劣等的传统偏见(通过不二的"真心"这一观念),但她也很大程度上内化了那些偏见。

洁乐宁(Estelle Jelinek)认为,"女性变成自信和一丝'自卑、疏离'的矛盾结合体,是她们不得不'争取得到父权母权话语体系的双重认同'的必然结果"。[①] 简而言之,我们在这里看到的陶善就是这样一个例子。在陶善诗集序言的结尾处,彭绍升写道:"(陶善)如空中花,如水中月,不一不异,非我非渠。"[②]彭绍升无疑旨在描述陶善对所有二元对立的超越,包括性别。反讽的是,他道出的其实是陶善崇高的宗教追求令她两头无着的双重困境。

沈梅洁 译

---

① Estelle Jelinek, *The Tradition of Women's Autobiography: From Antiquity to the Present* (Boston: Twayne Publishers, 1986).雷迈伦的一篇很有启发性的文章,关于中国儒家女性如何"争取"文学创作,见 Maureen Robertson, "Voicing the Feminine", 65。(雷迈伦提出的"Negotiation"是一个富有深意的概念,具体是指女性诗人如何在一个男性文学传统中书写,即她们如何将一个以女性作为客体描写的语言体系为我所用。——译者)

② 陶善:《琼楼吟稿》,第 359b 页。

晚明文学中率真的修辞*

[美]李惠仪(Wai-Yee Li)

> 最无可否认的是,*stylus virum arguit*(拉丁文:人以文见),我们的风格暴露了我们自己。如同猎人可追踪痕迹,发现猎物,一个人的真精神也可从其作品展现出来。
>
> ——罗伯特·伯顿(Robert Burton)
>
> 《忧郁的解剖》(*The Anatomy of Melancholy*)

"率真的修辞"或许是一种自相矛盾的说法,因为率真与修辞往往会被视为对立的概念。率真有直截了当的意味,它定位于自我的经验与表述之间密合无间,而这表述又可无视周边的环境与语言的效果。另一方面,修辞则有角色扮演的含义,它指向传统的手法和技巧,也有控制或操纵读者和听众反应的意思。只有当率真成为一种文化理想时,人们才有求真或追求自己显得率真的可能。这样一来,为了塑造直截了当的形象,人们利用各种独特的语言风格来夸大感知与经验中的细节,率真的修辞也就应运而生。晚明正是文人自觉地经营这种修辞的一个时刻。从晚明文人的作品,尤其是所谓"小品"的文类中,我们可清楚地看到这种倾向。

---

* 英文原文见"The Rhetoric of Spontaneity in Late-Ming Literature", *Ming Studies*, vol. 35 (1995): 32-52。

一般来说,晚明指的是16世纪中期到崇祯十七年(1644)明代覆亡为止。但是,晚明的文化风气——包括对创新和复古的重新审视,对“情”(情感、情爱、感性)和想象可以强烈得逾越生死的赞颂,对感官、经验、表述之中的幽微之处有一种精致的把握——却一直延续到17世纪末。在各种晚明文化的特征里,率真具有特殊的地位。率真关系到情感的真假和强弱,而这些考虑都在再现的经验中成为焦点。我们也可从文学创作与批评中看到这些因素。到了晚明,各种人物性格的描写都已形成自身的范式。即使理论上率真要摒除任何角色、典范、文学习惯的约束,但在这个时代率真本身也秉承了自己的传统。因此,我们也就有必要先从历史与文化的脉络来检视明代崇尚率真的风气。

背　景

假如要从历史中为率真的观念追本溯源,我们也许会直觉地把视线指向道家或佛教禅宗的经籍。《庄子》中的率真有坦诚、直率、逍遥的意味,也指向对社会和道德规范的蔑视。至于无数禅宗的“语录”则把率真联系到直观的认知和觉悟。《论语》似乎不是当下能联想到的率真源头,但这里我却想转而利用这部儒家经典来讨论率真的意义。在下面的引文里,孔子请他的四位弟子子路、曾皙、冉有、公西华各言其志。子路抢先回答孔子的问题,大谈自己的政治抱负。冉有和公西华看到孔子微哂不语,知道孔子不以为然,于是都以较谦逊的方式表明了自己的志向。孔子最后转向曾皙,问道:

> “点(按:即曾皙),尔何如?”
>
> 鼓瑟希,铿尔,舍瑟而作。对曰:“异乎三子者之撰。”
>
> 子曰:“何伤乎?亦各言其志也。”
>
> 曰:“莫春者,春服既成。冠者五六人,童子六七人,浴乎沂,风乎舞雩,咏而归。”

> 夫子喟然叹曰:"吾与点也!"
> 三子者出,曾皙后。曾皙曰:"夫三子者之言何如?"
> 子曰:"亦各言其志也已矣。"
> 曰:"夫子何哂由(按:即子路)也?"
> 曰:"为国以礼,其言不让,是故哂之。"
> "唯求(按:即冉有)则非邦也与?"
> "安见方六七十如五六十而非邦也者?"
> "唯赤(按:即公西华)则非邦也与?"
> "宗庙会同,非诸侯而何?赤也为之小,孰能为之大?"①

孔子对曾皙的称许可从两个层面剖析:先是认同曾皙的心之向往,也就是他的志向;其次是赞许他的表达方式。曾皙一心专注鼓瑟,并没有留意他的听众。当孔子向他发问时,他也没有像冉有和公西华一般按照对老师的猜度而修饰自己的答案。曾皙的答案与众不同。其他三位弟子直接论述了自己的抱负,他却把一个场景描绘出来,并以想象力为这个叙述添入了一种如在目前的真实感。这段文字阐明了曾皙的志向与其表述之间有种紧密的联系。他以率直和坦诚的态度自我剖白,响应了孔子的提问。在这里,率真站在实践政治理想这种文化规范的对立面:曾皙描述了他如何在一个似乎远离政治的理想群体中找到自由和快乐。因此,率真也就有了一种"反文化"或"反传统"的暗示,意味着一个人从公共领域中抽身隐退。

假如率真是基于对某些文化规范的否定,这种否定很快就会受到质疑。因为这种否定本来即是一种表态的过程,带有深思熟虑的涵义,也就违背了率真之中写意自足的前提。晚明文人张岱(1597—1689)即认为,曾皙最后的疑问揭示了他的不安:"曾点四子言志,当自四子只各就本色信口说出。圣门别无妆点伎俩,只曾

---

① 《论语·先进》。

点气象在当下日用平常自好。然他却信不过,后来再一问,便觉他胸中走作。若是颜子曾子,自然直下承当,决不再问三子,讨个高下矣。夫子到后应它,亦只说三子为国为邦,绝不把曾点再与较量,此意极微。曾点念念要与三子比量,所以不能信受喟然之意。”[①]张岱认为孔子并非毫无保留地赞许曾皙,而曾皙最多不过可得到“狂”的称誉。同时,孔子四个弟子的志向内容各不相同,张岱并不认为这些差别本身有何高下可分:“三子若信得,只‘有勇’‘知方’‘足民’‘为相’,却都是春风沂水,夫子何曾不许他?”换句话说,张岱认为关键在于形式而不是内容。如同其他晚明文人一贯的作风,张岱特别着重表述的态度:“大凡学问,要当下自己信得。”[②]所谓“当下自己信得”,也就是孔子所称赏的特质。在张岱笔下,孔子本人体现了“当下即是”,所以他论人也是以此为鹄的。

《论语》这一章与其晚明的评注说明了率真如何引发有关真诚与表述的问题。张岱的解说正好代表了晚明的风尚:他们喜欢揭穿表面看来真率自然的情态,并进一步走向场景的最外围,以居高临下的姿态剖析真伪分际。他们有意展示率直与真诚的定义缘于外在的风格,而非内在的本质。这带领我们回到魏晋时期(约3至5世纪)。这个时代对于人格的品评有浓厚的兴趣,桀骜不驯的奇人异士也多不胜数。我会先从刘义庆(403—444)及其门客所编撰的《世说新语》选录一些著名的例子,借此探讨与率真相关的各个议题。

第一,率真教我们留意到经验与表述之间的关系。我们或许会想到桓伊无法言明的呼喊:“桓子野每闻清歌,辄唤‘奈何!’谢公闻之曰:‘子野可谓一往有深情。’”[③]尽管率真追求经验与表述

---

① 张岱:《四书遇》,朱宏达点校,杭州:浙江古籍出版社1985年版,第252页。
② 同上。
③ 《世说新语·任诞》。

之间毫无缝隙，但我们经常会遇到这类以欲语还休或言无从尽意的主题来表示情感过于浓烈的情况，或说明言辞不足以直截了当地表达思想感情。①

第二，对于率真的推崇本来旨在深入个人情感的千回百转，但这种推崇只能透过实在的观众或文章隐含的评论者来体现。有时，呈现率真的人本身甚至会自我品评，充当这个评论者的角色。谢安在上文中叹赏桓伊一往情深，便是一个以局外人或对话者身份肯定和解释当事人之真率的例子。我们还可举出另外一个例证：王徽之有感于雪景皎然，触动他对友人戴安道的思念。他连夜造访戴家，却在没有看到戴安道的情况下回去了。当别人问他为什么这样做，他回答说："吾本乘兴而行，兴尽而返，何必见戴？"②王徽之的行为，似乎基于刹那的冲动，但他对自己兴致的起伏却异常自觉。这里他不仅感受到自己的冲动，而且还自觉地赏玩那份情感，甚至对他原来思念的对象不太关心。那位对话人特别重要，因为他的提问让王徽之有机会解释自己怎样率意而行。这则故事否定了刻意的行事方式，标举不必左顾右盼的兴之所至，同时又点明他人视角可以成就自我审视，并标举这种自我观察的价值。这种题目出现于魏晋时期不足为奇，毕竟那是热衷品鉴人物的时代。品人本来有政治目的，原意与用人之道有关。但当参与政事的理想逐渐消退，品人也就成为一种纯粹的美学鉴赏。

---

① 同样的示例还有阮籍著名的"长啸"。按《世说新语》所载，阮籍曾登山去寻访一个道家真人。阮籍在这真人面前侃侃而谈，却无法得到任何反应。最后，阮籍对真人长啸，方才勾起了他的兴趣。他要求阮籍再次表演。后来阮籍下山，当他走到山腰之际，山上传来一声长啸。啸声在山谷中回荡，"如数部鼓吹，林谷传响。顾看，乃向人啸也。"（《世说新语·栖逸》）由此可见，这啸声是一种最根本的直接的交流方式，有能力超越人类语言和哲学的中介。我们或许也会想到宋代诗人苏轼的《后赤壁赋》。苏轼在萧瑟的山水中听到"划然长啸"，因此悄然而悲。这啸声与《前赤壁赋》中苏轼的豪情壮语形成了鲜明的对比。在《前赤壁赋》中，苏轼阐述了一种通达的人生观，以回应友人对死亡和无常的恐惧。

② 《世说新语·任诞》。

第三,由于自我观察是率真的修辞的前设,这引发了真诚与伪装等问题。率性的行为常常会揭露出社会规范的武断与虚伪,有时候这种抗衡的功能本身会转化为一种原动力,使得惊世骇俗的意愿超越其他考虑(包括如何忠于自己的感情)。一个有名的例子是阮籍丧母:"阮籍当葬母,蒸一肥豚,饮酒二斗,然后临诀,直言'穷矣'！都得一号,因吐血,废顿良久。"[①]阮籍在服丧期间醉酒,"散发坐床,箕踞不哭",反而他的友人裴楷却在吊唁时痛哭尽礼。有人问裴楷为什么他跟阮籍的主客身份似乎刚好颠倒过来,裴楷这样回答:"阮方外之人,故不崇礼制;我辈俗中人,故以仪轨自居。"时人叹为两得其中。[②] 阮籍看似满不在乎的态度不免矛盾和模棱。一方面,阮籍在表明他要以不同流俗、特立独行的方式表达哀悼之情,亦即纯粹的自我呈现;但同时,他又在刻意压抑自己的伤痛(虽饮酒食肉而终于吐血),亦即自我呈现的扭曲——他不满俗世夸饰尽孝的方式,而这种不屑比他悼亡的需要更强烈。即使阮籍离经叛道的行为触怒了一些人——有人向曹魏权臣司马昭提议把阮籍"流之海外",以惩罚他这种漠视孝道的表现。但他的特异行为也被认可,被肯定为"方外之人"的代表。司马昭也回护他,说他因为疾病才饮酒食肉,而他的"毁顿"有目共睹,应予同情。别人谈论他时,阮籍无动于衷:"籍饮啖不辍,神色自若。"[③]阮籍似乎无视别人的臧否,但他的行为又像是被这种"无视"的生命情调所界定。当一个人的关怀集中在表现自己如何不墨守成规时,率真就很容易会与任诞的行为及其效果混为一谈。这也是为何一些率真的行为会被批评为"矫情"。

第四,率真的表现往往游移在超凡脱俗与怪诞不经之间。我

---

① 《世说新语·任诞》。

② 同上。

③ 同上。

想到的是《世说新语》中两个结合驴鸣[1]与悼亡仪式的故事。[2] 为了纪念好友王济，孙楚先是“临尸恸哭，宾客莫不垂涕。哭毕，向灵床曰：‘卿常好我作驴鸣，今我为卿作。’体似真声，宾客皆笑。孙举头曰：‘使君辈存，令此人死！’”[3]孙楚仿驴鸣，显示出他对世俗的繁文缛节采取了一种超然的姿态。但是，他被其他宾客的笑声惹怒。这一反应恰恰暴露了他那看似率真的违抗礼节的举措，终究还是考虑到其他人的目光的。因此，他那奇特的叫喊其实是种刻意的姿态，旨在点明自己与亡友拥有一种不足为外人道的默契。这便把他和其他宾客区分开来，也暗示了这些来宾不过是一些无法同情共感的庸俗之人。超凡脱俗与怪诞不经之间微妙而不稳定的平衡，彰显了公共与私人领域之间的对立。

这些出现于魏晋时期围绕率真的议题，到了晚明又有了新的回响。何良俊（1506—1573）按照原来《世说新语》的二十四个门类，补充了其他重要的例子，编纂了《世说新语补》一书。《世说新语》在晚明流传甚广，并衍生多种仿作和评点，显示出其中的意趣在当时有特殊的吸引力。[4] 两个时代的传承关系惹人深思。晚明诗文所记录的士人的言行，教我们回想起魏晋六朝时提出的一些问题：言与意、经验与表述之间的关系，对当下感觉与观察的兴趣，

---

① 马良怀认为驴鸣须先深呼吸，然后将胸中之气大量排放出去，因此当人仿效这种呼吸的方法时，自然会感到轻松舒展。见马良怀：《崩溃与重建中的困惑——魏晋风度研究》，北京：中国社会科学出版社 1993 年版，第 119 页，注 3。《后汉书·逸民传》中记录了有史以来第一则有关人类模仿驴鸣的故事。根据这则记载，东汉隐士戴良（约 1 世纪）常学驴鸣来取悦自己的母亲。见范晔撰，李贤等注：《后汉书》，北京：中华书局 1973 年版，第 2773 页。戴良的母亲死后，他并没有遵守任何守丧的礼节，反而如常食肉饮酒。戴良这样解释自己的行为：“礼所以制情佚也，情苟不佚，何礼之论！夫食旨不甘，故致毁容之实。若味不存口，食之可也。”这则故事与《世说新语》中阮籍为母亲守丧的记载相映成趣。

② 《世说新语·伤逝》。

③ 同上。

④ 参看 Nanxiu Qian, *Spirit and Self in Medieval China: The Shih-shuo hsin-yü and Its Legacy* (Honolulu: University of Hawai'i Press, 2001), 247-282。

以及突显公私领域之间的冲突。不过,魏晋与晚明也有显著的区别。我们可以感受到,文化规范在晚明一代有更强的约束力。因此,当时的人对于违抗礼俗或与之妥协的行为有更深刻的自觉。由于时人更清楚地意识到率真本身自有其传统,因而他们大多会把率真放入哲学与宗教的讨论中,视之为觉悟的方法。同时,晚明文人有时候背负“吾生也晚”的包袱——作为一种文化模式,率真已成为具有各种历史面向的传统。果真如此,那么脱离模式、不假传统的真我如何表达?于是,文人从戏谑、反讽、自嘲之中寻找答案。他们还经常利用与剧场、表演、编剧相关的指涉。毕竟与魏晋不同的是,到了晚明戏曲的发展已提供了许多意象,容许晚明文人借此讨论率直、真诚和伪装的问题。

理 论

这里我打算先从晚明文人如何反思率真的问题谈起,尤其是他们如何在文学和诠释的理论中处理率真的议题。李贽(1527—1602)的《童心说》大概是其中最常被引用的篇章。[①] 李贽把“童心”定义为“绝假纯真”和“最初一念之本心”,并认为这与道理闻见所构筑的身份相对。他认为当道理闻见入侵,人就会变得虚伪造作。那些“童心”被蒙蔽的人“发而为言语,则言语不由衷;见而为政事,则政事无根柢;著而为文辞,则文辞不能达”[②]。“童心”标举创作根源的“本心”,其初始原动力与文体高低无涉。新兴起的文体(包括小说和戏曲)可借由“童心说”来确

① 李贽:《焚书》卷三,载张建业主编,张建业、张岱注:《李贽全集注》,第1册,北京:社会科学文献出版社2010年版,第276—277页。

② 《论语·卫灵公》:“子曰:‘辞达而已矣。’”

立自身的地位，[①]这或可解释这篇文章为什么在现当代白话文学兴起的论述中变得如此关键。李贽以童心的“自文”界定“文”。依此“文”应是不期然而然的纯真与自由。但他标榜之文包括“为今之举子业”，即极为形式化、深为后人诟病的八股文。虽然“童心”乍看与儒家的赤子之心如出一辙，也似乎继承了道家返本归真的主张，但文章的重心毕竟有所不同。李贽更偏重率真的表述，更重视这种率真不要被传统的权威所吞噬。他把自己的主张推向极致。如果率真正是价值所在，那么“‘六经’《语》《孟》，乃道学之口实、假人之渊薮也，断断乎其不可以语于童心之言明矣”。李贽提出，既然传统典籍和圣人语录都不过是弟子的记述，那么这些经典也不是直接出自圣人之口。他刻意把当时作者的观念套用于前代的经籍，表明这些著述都缺乏率真的声音。《童心说》有极强的“观众”意识，所以特别关心“童心”如何被误解。虽然《童心说》有明显的反传统姿态，但李贽同时又渴望追踪真正的大圣人：“吾又安得真正大圣人童心未曾失者而与之一言文哉。”此结语脱胎《庄子·外物》：“吾安得夫忘言之人而与之言哉。”正如庄子一样，李贽对“圣人”权威的态度交织渴慕与怀疑。所不同者，庄子的吊诡是超越的游戏，李贽的吊诡是焦虑的嘲讽。李贽在《童心说》中扬言，道理闻见、著书立名只足以障蔽“童心”，然而他又好为人师，好辩求名。在寄焦竑（1540—1620）的信里，他摘去欺世盗名的所谓“山人”“圣人”的面具，但又在结语自嘲：“虽然，我宁无有是乎？然安知我无商贾之行之心，而释迦其衣以欺世而盗名也耶？”[②]在《题孔子像于芝佛院》一文里，他批评世人臆度沿袭，人云亦云，对所谓“圣人”“异端”茫无真解，“虽有目，无所用矣”。

---

① 李贽也曾在其他篇章中为通俗文学辩护，申明这些文类的价值；见李贽：《焚书》卷三《〈忠义水浒传〉序》，载《李贽全集注》，第 1 册，第 301—305 页；以及他在《杂说》中对《西厢记》和《拜月亭》的称许，见《焚书》卷三，载《李贽全集注》，第 1 册，第 272—275 页。

② 见李贽：《焚书》卷二《又与焦弱侯》，载《李贽全集注》，第 1 册，第 120 页。

但文章归结他本人“从众”的选择：“余何人也，敢谓有目？亦从众耳。既从众而圣之，亦从众而事之，是故吾从众事孔子于芝佛之院。”于此恳切与自嘲、放恣与收敛间纠缠不清。既谓“从众”，似是低眉信目，不敢自持异议。但“从众”亦是以圣人为楷模，甚或自命圣人——孔子曾解释他对种种仪节依违的抉择，有“从众”者，有“违众”者。[①] “从众”经过深思熟虑，并非盲从附和。在正统与异端、谦抑与狂傲的辩证关系背后，我们可以察觉李贽的自疑与悲凉。

明代其他“贵真”的文学理论，比起李贽诸文，相对直截。冯梦龙（1574—1646）在编纂《山歌》时，即在序中提到：“且今虽季世，而但有假诗文，无假山歌。则以山歌不与诗文争名，故不屑假。苟其不屑假，而吾借以存真，不亦可乎？”[②]冯梦龙为当时的山歌勾勒出一个谱系，并把源头上溯到《诗经》，借此颠倒文类的高低，使本来置于边缘的文体可一跃而成为中心。早在嘉靖年间，李开先（1502—1568）已在《市井艳词序》援引《诗经》来说明“风出谣口，真诗只在民间”：“《三百篇》太半采风者归奏，予谓今古同情者此也。”[③]同样地，李贽也把《水浒传》联系到司马迁的《史记》之上，认为两者都体现了“发愤著书”的精神。[④] 事实上，认为山歌俗曲代表真情，是明代不同流派文人的共识。[⑤] 前七子之一的李梦阳（1473—1530）在《诗集自序》说：

> 李子曰：曹县盖有王叔武云。其言曰：“夫诗者，天地自

---

① 《论语·子罕》。

② 冯梦龙：《序山歌》，载郭绍虞主编：《中国历代文论选》，中册，上海：中华书局上海编辑所1962年版，第425页。

③ 李开先：《市井艳词序》，载郭绍虞主编：《中国历代文论选》，中册，第427页。

④ 李贽：《焚书》卷三《〈忠义水浒传〉序》，载《李贽全集注》，第1册，第301—305页。

⑤ 此说详见［日］大木康：《冯梦龙〈山歌〉研究》，上海：复旦大学出版社2017年版，第220—233页。

然之音也。今途咢而巷讴,劳呻而康吟,一唱而群和者,其真也,斯之谓风也。孔子曰:'礼失而求之野。'今真诗乃在民间,而文人学子,顾往往为韵言,谓之诗。夫孟子谓《诗》亡然后《春秋》作者,雅也。而风者亦遂弃而不采,不列之乐官。悲夫!"李子曰:"嗟!异哉!有是乎?予尝聆民间音矣,其曲胡,其思淫,其声哀,其调靡靡,是金、元之乐也,奚其真?"王子曰:"真者,音之发而情之原也。古者国异风,即其俗成声。今之俗既历胡,乃其曲乌得而不胡也?故真者,音之发而情之原也,非雅俗之辩也。且子之聆之也,亦其谱,而声者也,不有卒然而谣、勃然而讹者乎!莫之所从来,而长短疾徐无弗谐焉,斯谁使之也?"……自录其诗,藏箧笥中,今二十年矣,乃有刻而布者,李子闻之惧且惭。曰:"予之诗,非真也。王子所谓文人学子韵言耳,出之情寡而工之词多者也……每自欲改之以求其真,然今老矣!曾子曰'时有所弗及',学之谓哉。"①

李梦阳在序文中通过他自己(李子)与王崇文(叔武)(1468—1520)的对话,肯定了"民间音"之真。王崇文推尊民间真诗,李梦阳的反应始而驳斥,继而怃然,终焉自愧。李梦阳的"悔悟",不必表示否定其诗作(不然他不会整理其诗付梓)。可以断言的是,所谓"复古派"如李梦阳者,并非如现代批评中所谓的只是注重形式复古,他们也一样"求真"。当然这"求真"还是有别于晚明的言论。到了晚明,论者重新定义了各种文体之间的高下等第,并坚称通俗的白话文学保留了遗失已久的文化价值(特别是诚挚与率真)。通过这种做法,论者提高了地位较低的文类,同时也肯定了他们作为文化精英论定何者为"至文"的权威:这些作品所隐含的特质和价值,很多时候并非作者刻意为之,必待文人提倡才彰明于世。当评论者自觉地跨越文类的界限时,他证明了自己的审美可

① 李梦阳:《诗集自序》,载郭绍虞主编:《中国历代文论选》,中册,第283—284页。

以雅俗兼容。通过申明自己反对正统的立场,评论者在士人文化中展现了自己独特的面向。

公安派也提倡"返本归真"的概念,但他们无意借此探讨其道德和哲学意涵,只是期望倡导直率的表述,借此分辨自己与他人的优劣。其中,袁宏道(1568—1610)提出了与李贽相类的说法。他也把童真浪漫化,并认为童子的行为总带有一种"趣"①:

> 世人所难得者唯趣。趣如山上之色、水中之味、花中之光、女中之态,虽善说者不能下一语,唯会心者知之。今之人慕趣之名,求趣之似,于是有辨说书画、涉猎古董以为清;寄意玄虚、脱迹尘纷以为远;又其下则有如苏州之烧香煮茶者。此等皆趣之皮毛,何关神情?夫趣得之自然者深,得之学问者浅。当其为童子也,不知有趣,然无往而非趣也。……《孟子》所谓"不失赤子",《老子》所谓"能婴儿",盖指此也。趣之正等正觉最上乘也。山林之人,无拘无缚,得自在度日,故虽不求趣而趣近之。愚不肖之近趣也,以无品也,品愈卑,故所求愈下,或为酒肉,或为声伎,率心而行,无所忌惮,自以为绝望于世,故举世非笑之不顾也,此又一趣也。迨夫年渐长,官渐高,品渐大,有身如梏,有心如棘,毛孔骨节俱为闻见知识所缚,入理愈深,然其去趣愈远矣。②

尽管上文援引了《孟子》与《老子》,但袁宏道却无意从哲学超然的角度去理解童心。他把童真化为理想,考虑的仅仅是孩童能落实人间真趣。袁宏道也列举了其他例子:隐士无欲无求的审美活动,以及他们与山水在精神上的契合,还有骚人墨客对于声色的追寻,那都是真趣的体现。传统中一般会把这些例子视为对立的

---

① 这个词有各种不同的英译,刘若愚(James J. Y. Liu)翻译为"zest",林语堂翻译为"gusto",卜立德(David Pollard)翻译为"flair"。我这里选择译为"ineffable aura"。

② 袁宏道:《叙陈正甫〈会心集〉》,载袁宏道著,钱伯城笺校:《袁宏道集笺校》卷一〇,上册,上海:上海古籍出版社2008年版,第463—464页。

类型,但袁宏道却故意把它们统合到率性自然的范畴之中。于是,他超越了道德价值的判断,所有情感——即使是再不堪的情感——作为情感本身即自有趣味。究竟是什么诱发了人的情感?这无关紧要。率真的本质(包括直接的反应与强烈的情感)才是袁宏道所认可的真理。于是,他批判附庸风雅,并重新划定了雅俗之间的界限。玩赏古董、避迹尘嚣、焚香品茗,如或刻意为之、沾沾自喜,则仍然是俗。肆无忌惮地追求声色者,要是能率性而行,睥睨一世,体悟其中真趣,未必不是一种新的"雅人深致"。

一种以率真为本的文学理论应运而生。在一这理论框架下,模仿再没有任何意义。袁宏道之兄袁宗道(1560—1600)即从写作的迅捷来讨论率真的表达方式:"若使胸中的有所见,苞塞于中,将墨不暇研,笔不暇挥,兔起鹘落,犹恐或逸;况有闲力暇晷,引用古人词句耶?"[①]袁氏兄弟针对的当然是明中期以来的复古思潮,希望借由强调文学创作背后不由自主、不得不然的力量,抨击复古派"文必秦汉,诗必盛唐"的主张。前文提到晚明文人对通俗文学趋之若鹜,他们恰恰也从其不由自主的面向,来辨明通俗文学的地位。因此,李贽认为《水浒传》与《史记》同样是著者"发愤"的结果。"发"字在这里正好揭示了一种内心深处无从控制的心理需要。

上述文人把创作视为激烈的情感的爆发。这种"浪漫"的想法引申出一种畅所欲言,甚或一泄无余、激越张扬的美学取向。这显然已背离了传统诗教中"含蓄蕴藉""温柔敦厚"的风尚。[②] 公

---

① 袁宗道:《论文下》,载袁宗道:《白苏斋类集》卷二〇,钱伯城标点,上海:上海古籍出版社1989年版,第286页。

② 中国文论其实一直也有文思发于胸臆的说法。尽管《诗经》所标举的"诗教"是"温柔敦厚",但汉人在《毛诗序》中却也强调了文学创作中情感生发时不由自主的面向:"情动于中而形于言,言之不足,故嗟叹之;嗟叹之不足,故永歌之;永歌之不足,不知手之舞之,足之蹈之也。"可参《毛诗序》,载郭绍虞主编:《中国历代文论选》,上册,第44页。

安三袁中的幺弟袁中道(1570—1626)曾为友人辑录的楚地文选集撰序,谓:“天下之文,莫妙于言有尽而意无穷,其次则能言其意之所欲言。”他又认为从“一唱三叹,言外之旨蔼如”发展到“披露渐甚”“发泄太尽”是文学史的正变关系:“由含裹而披敷,时也,势也。”

袁中道把这种直抒胸臆的写作手法联系地域文化,称之为“楚风”:

> 楚人之文,发挥有余,蕴藉不足。然直摅胸臆处,奇奇怪怪,几与潇湘九派同其吞吐。……不为中行,则为狂狷。[1] 效颦学步,是为乡愿耳。
>
> 李宗文氏,楚之名士也,采楚名士之文,裒为一集。予得而阅之,大都能言其意之所欲言,皆楚人本色也。近日楚人之诗,不字字效盛唐;楚人之文,不言言法秦汉,而颇能言其意之所欲言。以为拣择太过,迫胁情景,而使之不得舒真,不如倒囷倾囊之为快也。本无言外之意,而又不能达意中之言,又何贵于言。楚人之文,不能为文中之中行,而亦不必为文中之乡愿,以真人而为真文。观于宗文氏之所集,可以知楚风矣。[2]

在推扬“楚风”的过程中,袁中道并未挑战典籍蕴含的雅正标准。他只是说,古人已矣,与其拘牵法度,不如一吐为快。虽或不能取法乎上,仍不失“以真人而为真文”。

公安在湖北,古属楚地,袁宏道为弟弟的诗集作序时,恰恰也用了“楚风”一词来形容袁中道的创作风格。袁宏道把“楚风”追溯到《离骚》,借此为徜徉恣肆、不拘格套、直抒胸中怨怼与郁结的文风提供了历史根据:“大概情至之语,自能感人,是谓真诗,可传

---

① 此处引用了《论语·子路》:“子曰:‘不得中行而与之,必也狂狷乎!狂者进取,狷者有所不为也。’”

② 袁中道:《〈淡成集〉序》,载袁中道:《珂雪斋集》卷一〇,钱伯城点校,上海:上海古籍出版社1989年版,第486页。

也。而或者犹以太露病之，曾不知情随境变，字逐情生，但恐不达，何露之有？且《离骚》一经，忿怼之极。党人偷乐，众女谣诼，不揆中情，信谗赍怒，皆明示唾骂，安在所谓怨而不伤者乎？穷愁之时，痛哭流涕，颠倒反复，不暇择音，怨矣，宁有不伤者？且燥湿异地，刚柔异性，若夫劲质而多怼，峭急而多露，是之谓楚风，又何疑焉。"①司马迁在《史记》中论定《离骚》的创作原动力是"怨"，但同时他又引进淮南王刘安叙《离骚》比较冲和的观点："《国风》好色而不淫，《小雅》怨诽而不乱，若《离骚》者，可谓兼之矣。"袁宏道驳斥这一经典的论断，认定《离骚》的怨怼不能纳入"怨而不怒""哀而不伤"的范畴。假如"多露"和"多怼"是一种缺陷，袁宏道更加珍惜这种瑕疵。因为这些瑕疵正可彰显他弟弟的真性情，洗尽粉饰蹈袭，恰好成就了中道的"本色独造语"。

率真使片刻的感遇变得别具价值。公安三袁把文学创作形容为瞬间倾注所有思绪的行为。在这一急切的情况下，文人并不会考虑任何传统与礼俗的规范。袁氏兄弟在提到写作的动机时，也认为这与霎时的感遇有关。这里我再次援引《叙小修诗》中的一句："有时情与境会，顷刻千言，如水东注，令人夺魄。"晚明文学作品中经常出现"遇"这个字。"遇"的对象可以是人，也可以是山水风光或各种事物。相遇的一瞬经常会带有一种相知相识和愕然顿悟的感觉。

"遇"这个字或有偶然的意味，但它也有可能要求一个人培养自己的精神素质，作为"神遇"的准备。张岱在《四书遇》的序中提到自己如何把《四书》的各家传注和朱熹的章句搁下，正襟危坐，并反复诵读经文，直到他忽然省悟其中的意义：

> 间有不能强解者，无意无义，贮之胸中。或一年，或二年，或读他书，或听人议论，或见山川、云物、鸟兽、虫鱼，触目惊

---

① 袁宏道：《叙小修诗》，载《袁宏道集笺校》卷四，上册，第188—189页。

心，忽于此书有悟，取而出之，名曰《四书遇》。盖“遇”之云者，谓不于其家，不于其寓，直于途次之中邂逅遇之也。古人见道旁蛇斗而悟草书，见公孙大娘舞剑器而笔法大进，盖真有以遇之也。①

没有渊博的知识和良好的修养，这种“触目惊心”的相遇根本不会出现。这种经过深思才出现的率真，也就等同于一个人通过内化传统，从而获得一种新的率性和自由。张岱的立场与严羽的《沧浪诗话》等中国文学理论遥相呼应，因为两者都试图调解知识与直觉之间的张力。率真的价值或有反抗传统的意味，但晚明文人一般都对这种颠覆的潜力抱有比较谨慎的态度。

矛　盾

晚明文人热衷于率直与真诚。这种风尚以吊诡的方式联结了偶发的感遇与精心的设计、忘我无己与自我审视、驰骋想象与深思熟虑、消解差异与辨明界限。一个人发现真我，本来应该是偶然发生的独一无二的体验，但这里却反而指向品位的建构，展示了晚明文人对体制和秩序的普遍关注。这种对立特质的结合可以从晚明一代各类诗文中体现出来。以晚明的游记为例，当时描画山水的文人出游一般都是刻意经营的，即使他们总喜欢强调自己的游览是心血来潮、兴致勃发的结果。他们把诗文的形式规范套用在山水之上，为自然景观赋予意义，却又期待自己被风景所震慑。袁宏道的短文《莲花洞》正是这种形塑的想象的最佳示例。袁宏道被洞里的奇岩怪石所吸引，于是他想：“吴山、南屏一派，皆石骨土肤，中空四达，愈搜愈出……噫！安得五丁神将，挽钱塘江水，将尘

① 张岱：《〈四书遇〉序》，载张岱：《琅嬛文集》卷一，云告点校，长沙：岳麓书社1985年版，第25页。

泥洗尽，山骨尽出，其奇奥当何如哉？”①

晚明游记很喜欢把相遇的瞬间描写成一种庄严神圣的凝心冥合和命中注定的邂逅，它们经常把山水风光比拟为女性的妩媚。例如，袁宗道在《极乐寺纪游》中便把他与山川之美的纠缠比喻为一段“情障”②。同样地，袁宏道也说自己在看到西湖的景致时“目酣神醉”，经历相当于建安时期曹植与洛神的相遇。③ 这样一往情深与同情共感都在召唤一些自觉的戏剧性的反应。惊愕和狂叫的描述俯拾皆是。袁宏道描述自己登上莲花峰，即提到他“每遇一石，无不发狂大叫”④。这也让我们回想起桓伊无法言喻的叹喟。如同《世说新语》一般，晚明游记里的“狂叫”同样表现了欲语无从的主题。两者的分别在于：晚明文人往往花更长的篇幅来夸饰自己被震慑的场面，也利用更多的文字来说明自己的无言。

上文提到率真的风尚与文章叙事者或旁观者的关系，张岱的《陶庵梦忆》中《湖心亭看雪》一节最能体现晚明文人如何处理这一主题。在这篇隽永的短章里，张岱描述了他如何独自乘船到湖心亭去观赏雪景。当时大雪连续下了三天，“雾凇沆砀，天与云、与山、与水，上下一白。湖上影子，惟长堤一痕、湖心亭一点、与余舟一芥、舟中人两三粒而已”。张岱到达亭子时，发现亭里已有两个人对坐饮酒。“见余大喜曰：‘湖中焉得更有此人！’拉余同饮。余强饮三大白而别。……及下船，舟子喃喃曰：‘莫说相公痴，更有痴似相公者。’”⑤张岱巧妙地交代了船夫的视角，借此阐明凡夫俗子的目光与数个真正能够享受山水之美的人的区别。张岱和他遇到的知音拥有画家一样的审美能力（这里山水描摹画意盎然）。

---

① 袁宏道：《莲花洞》，载《袁宏道集笺校》卷一〇，上册，第 434 页。

② 袁宗道：《极乐寺纪游》，载《白苏斋类集》卷一四，第 193 页。

③ 袁宏道：《西湖一》，载《袁宏道集笺校》卷一〇，上册，第 422 页。

④ 袁宏道：《飞来峰》，载《袁宏道集笺校》卷一〇，上册，第 428 页。

⑤ 张岱：《陶庵梦忆》卷三《湖心亭看雪》，载张岱：《陶庵梦忆 西湖梦寻》，马兴荣点校，上海：上海古籍出版社 1982 年版，第 28—29 页。

他们在共同观赏雪景的瞬间建立了一种短暂而会心的情谊。孤寂突显了这次相遇只是偶然,因为被看者(张岱)我行我素,对自己是否被旁人观察似乎漠不关心。张岱强调自己孤身一人出发(显然那"舟中人两三粒"无足轻重,并没有被算进去)。但张岱在描述赏雪的情境时,同时拟想出一个他者,并亲自担当这个角色,品赏自己的行为。船夫成为一个懵懂的旁观者,张岱必须利用他来衬托出自己和其他赏雪的友人的独特地位。

美学的触感也就成为举止奇异的依据,这指向一种隐藏的精英主义。这种想法经常在晚明文人称许率真的行为时表现出来,尽管率真在倡导自由不羁的名义上,似乎也有消弭对立(譬如雅俗的界限)的能力。例如在上文引述袁宏道对"趣"的讨论时,我们就可留意到这种逾越界限的意味。但当晚明文人刻意强调不同的视点时,他们自觉地超越了惯常的观看方式,也特别着重观看自己和他人的意义,从而也就引申出一种品味的高下之分。《陶庵梦忆》中的另一名篇《西湖七月半》正可说明这一点。张岱坚称那夜"一无可看,止可看看七月半之人"。他身处这"观看层级"的最外围,自然也就拥有了优越的地位。在这篇游记所区分的五类观者里,他把其中四类人看作庸俗的化身——"名为看月而实不见月者";"身在月下而实不看月者";"亦在月下,亦看月而欲人看其看月者";以及"月亦看,看月者亦看,不看月者亦看,而实无一看者"。只有能"邀月同坐,或匿影树下,或逃嚣里湖,看月而人不见其看月之态,亦不作意看月者"才是真正的知音。①

即使就第五类的雅人而言,张岱仍是"看之"。文章反复出现"看之"一词,于此已是第五次使用,我们隐约可以感受到其高自标置的姿态。在这个中心和边缘的空间布局里,真正能够赏月的人隐没其中。没有人(除张岱以外)能够观察他们。杭州的游人

① 张岱:《陶庵梦忆》卷七《西湖七月半》,载《陶庵梦忆 西湖梦寻》,第62—63页。

"避月如仇"，通常傍晚即归。"是夕好名，逐队争出"，即便如此，二更过后亦已散尽。只有"吾辈"才会纵舟湖上，"此时月如镜新磨，山复整妆，湖复頮面，向之浅斟低唱者出，匿影树下者亦出，吾辈往通声气，拉与同坐"。只有这些个中人才真正了解月色。张岱发现了那些位于边缘且容易被忽视的要素（赏月的最佳时间和地点），借此说明了什么才是真正重要的价值。因此他也就进一步把真正有品味的鉴赏家分辨出来。

无独有偶，袁宏道也对那些在中午即聚集在西湖的杭州人群嗤之以鼻。他们并不知道湖上景物在月色下的美态："此乐留与山僧游客受用，安可为俗士道哉！"[①]在另一篇作品里，袁宏道讲述了一个书生同仆人登上太行山的故事。那名仆人把山名读成"太形"，书生纠正他说山名应读为"太杭"，于是两人开始争执。一名学究刚好走过，于是二人打赌，向学究请教答案。学究说书生的读音错了，因此仆人便要求书生愿赌服输。书生大惑不解，因此在离开以后又再折返，追问学究为什么自己有错。终于，学究回答说："宁可负使公失一贯钱，教他俗子终身不识太行山。"[②]自命不凡和精英主义背后都强调差异。一个人游山玩水是一种独一无二的体验，前提是那个人能够直接地感受和经历自然之美，但这里所说的独特的当下感知却体现在（有时只是自己定义的）文士阶层所界定的观看和感知方式。这个过程界定了谁是有品味的人，同时也把所谓的俗子排除出去，申明了雅俗的界限。

率真与自觉两者吊诡地融为一体，让人对真诚和伪装有了更多的反思。自我审视必然假设一个人要分饰两角：参与行为的人和他的观众。假如率真本身要求一个人展示出自己最真实的内心（亦即是李贽所谓"童心"或袁宏道所提出的"趣"的概念），那么

---

① 袁宏道：《西湖二》，载《袁宏道集笺校》卷一〇，上册，第423—424页。

② 袁宏道：《题陈山人山水卷》，载《袁宏道集笺校》卷五四，下册，第1581—1582页。

它如何容许这种自我分裂的状态？晚明文人对于这种矛盾有很强的焦虑感，因此他们经常讥讽别人的行为过分好新务奇，认为这些人不过借由狂妄的行为来伪装出一副率真的模样。[①]

强调瞬间的感发或可解答这个问题，因为这等同于阐明，一些重要时刻与日常生活不能相提并论。“山人”就是很好的例子。晚明文人非常喜欢取“山人”（或相关的“道人”和“处士”）作自己的字、号。但与这一名字的指涉不同，很多山人其实活跃于长江下游的城市。因此，“遁迹”与“遁心”、“隐迹”与“隐心”也就有了区别，中国传统向来有“大隐隐朝市，小隐隐山林”的说法，而隐与显、心与迹之间的张力在晚明有广泛的回响。袁宏道预计会有人批评他的朋友陈山人并不能真正与山水契合，因为他并非一个真正的隐者。于是袁宏道这样捍卫他：

> 善琴者不弦，善饮者不醉，善知山水者不岩栖而谷饮。孔子曰：“知者乐水。”必溪涧而后知，是鱼鳖皆哲士也。又曰：“仁者乐山。”必峦壑而后仁，是猿猱皆至德也。唯于胸中之浩浩，与其至气之突兀，足与山水敌，故相遇则深相得。纵终身不遇，而精神未尝不往来也。是之谓真嗜也，若山人是已。[②]

由此可见，率真或狂放的行为并不会影响现行的礼乐制度和

---

① 袁中道提到自己有一友人曾故作豪爽，在初春时赤脚走进玉泉山裂帛湖中。他的行为使人惊讶不已。虽然这朋友沾沾自喜，但他却也坦白地跟袁中道承认自己因冷气入骨而一直有脚痛之疾。袁中道因此以讽刺的口吻拆穿那些刻意做出狂狷行为的人，并说明世上所谓豪爽事有时其实会带来苦果，甚至危害人身。这些人只希望哗众取宠，使人觉得自己是有趣的。可参见袁中道：《书游山豪爽语》，载《珂雪斋集》卷二一，中册，第903—904页。

② 袁宏道：《题陈山人山水卷》，载《袁宏道集笺校》卷五四，下册，第1582页。袁宏道在另一处说道：“若个中果能挥尘扫积，山林即在几席下矣。”又认为：“世网弥天，跳一网旋入一网，甚而跳之不得，入网更深。反不如安意网中作跳法，最便宜也。”详参袁宏道：《世网》，载徐渭纂辑，张嘉和参订：《古今振雅云笺》卷五，哈佛大学燕京图书馆藏明末刊本，第5a页。

社会秩序。山人以鉴赏家的姿态品味自然、赏玩万物，这大可与本来的体系结合在一起。这种边缘的性质虽有颠覆的可能，却不会造成什么实际的威胁。[1] 不过，当晚明文人强调率真只能在刹那间“相遇”，只能是独一无二、转瞬即逝甚至是难以预料的，我们必须同时留意他们对秩序的关怀，考虑他们对于建立层级分野以及区分“人”“我”的重视。袁宏道提到与山水相遇之乐，但他的文章也同时触及真正的山人与附庸风雅的凡夫俗子的区别，并进一步分辨了睥睨世俗的自由与出于妥协的栖隐。同样地，张岱区分各类看月者，我们可以从中看到分类和层级秩序悄悄地回到了率真的论述之中。

另一种解决意识分裂与率真的矛盾的方法恰恰在于自我审视的过程本身。我想到的是一个演员被自己的表演所感动。这是真正透过媒介而折射出的率真，因为演出的经验让演员既可亲历其境，又同时可以变成自己的观众，玩味自己戏剧式的行为。晚明文人经常被批评为装模作样和虚妄浮夸，但这并非单纯的虚伪，因为他们的确相信人可以通过自赏而展现出真情实感。在这一情况下，戏剧的比喻的确最有启发。有时候，表演会成为虚伪的同义词。袁宗道就曾把演出比拟为诗学中的引用和模仿：“惟戏场中人，心中本无可喜事，而欲强笑；亦无可哀事，而欲强哭。其势不得不假借模拟耳。”[2]但在其他情况下，梨园里的幻象却也有真实的面向。张岱就曾提过戏台上如何消泯真假虚实的界限。例如《唐明皇游月宫》场上的装设即能使人“忘其为戏也”[3]。在另一章节，他提到“如扮胡椮者，直呼为胡椮，遂无不胡椮之，而此人反失其姓”[4]，可见演员的身份已与他的角色融为一体。如此一来，我们

---

① 这解释了为什么“山人”经常被批评为欺世获利、心口不一，详见李贽：《焚书》卷二《又与焦弱侯》，载《李贽全集注》，第1册，第118—120页。

② 袁宗道：《论文下》，载《白苏斋类集》卷二〇，第285页。

③ 张岱：《陶庵梦忆》卷五《刘晖吉女戏》，载《陶庵梦忆 西湖梦寻》，第49页。

④ 张岱：《陶庵梦忆》卷四《杨神庙台阁》，载《陶庵梦忆 西湖梦寻》，第32页。

可以从掩饰和装扮中体味出一种真实。

伪装能吊诡地呈现出另一种真实。这种考虑也反映在晚明有关道德修养的论述之中。帝舜钟爱自己恶毒的弟弟象，孟子认为这不是一种虚伪的喜爱。李贽在写信给朋友时，特别反驳了孟子的这种看法。他认为，按照孟子的理解，帝舜只可能是愚昧无知（因为他不知道象设计谋害自己）或是矫言伪行（即明知自己的弟弟图谋不轨，却仍纵容他杀害自己，假装不以为忤）。李贽总结道："故其（按：即舜）喜象是伪也。其主意必欲喜象以得象之喜，是真也，非伪也。"①也就是说，虚伪可以成为养真的方法。不过，这种主张非常危险。假如真诚可以是一种策略、一种手段，假如我们无须考虑真诚的内涵，无须以举措判断什么是真诚，那么真伪之间的对立就很容易被瓦解。如此一来，奢言复古终陷模拟的文人、粗鄙庸俗的妄人、愚昧鲁钝的群众、墨守传统的士人、故作狂态的矫情人——这些经常被晚明文人批评的对象——全都可以提出自己拥有"真"的动机。假如我们不再把真诚定义为意图与行为之间的紧密联系，仅仅从动机出发，那么所谓真伪其实无从谈起。

率真是一个纯粹的概念，自觉地率真便衍生了变数。当一个人考虑到群众的观感，率真就有了第三层转折。这里我打算以颜山农打滚的故事作结。这个著名的示例正好阐明了前文提到的超凡脱俗与怪诞不经之间微妙的平衡。耿定向在一封信中抨击李贽，把他和颜山农相提并论："昔颜山农于讲学会中忽起就地打滚，曰：'试看我良知！'士友至今传为笑柄。卓吾种种作用，无非打滚意也。第惜其发之无当，机锋不妙耳。"耿定向以反讽的笔调为李贽的行为"解嘲"，把他狂妄的举措描写成一种特殊的悟道方法。李贽不以为然。他否认自己的狂放不羁与参悟禅机有关："况我则皆真正行事，非禅也；自取快乐，非机也。……所云山农打滚事，则浅学未曾闻之；若果有之，则山农自得良知真趣，自打而

① 李贽：《焚书》卷二《与友人书》，载《李贽全集注》，第1册，第181—182页。

自滚之,何与诸人事,而又以为禅机也?”[①]李贽从字面上翻转了“打滚”的意涵。他看到谄媚的小人与奴仆都真的要在地上“打滚”,于是他提出了疑问:世间是否真的有人能够避过这动作?接着,李贽回到了“打滚”的原意,阐明自己对山农悟道的理解:“吾独憾山农不能终身滚滚也。”李贽信中反抗与自嘲的语气,正好显示了求真与自现背后的愤懑与无可奈何。袁宏道自喻为“深山古树根”,张岱自称“败子”和“废物”,也都展示了类似的精神。波德莱尔曾经分辨了嘲笑一个摔倒的人和这个跌倒的人自嘲的区别,他说:“摔倒的人并不对自己的倒霉发笑,除非他碰巧是位哲学家,碰巧从他的习惯里获得了一种力量,能够让他迅速地变成两个人,并且从旁观者无关痛痒的角度审视自己身上所发生的事情。”[②]为了在最后得到一种“精神胜利”,晚明文人经常会采取自嘲的姿态。

许明德　译

---

① 李贽:《焚书》卷二《答周柳塘》,载《李贽全集注》,第1册,第218—226页。

② Baudelaire, *The Painter of Modern Life and Other Essays* (London: Phaidon Press, 1995), 154.(中译本见[法]波德莱尔:《笑的本质》,载肖聿译:《我心赤裸:波德莱尔散文随笔集》,北京:中国广播电视出版社2000年版,第152页。此处译文稍有更动。——译者)

超越复古：王世贞与北宋的遗产*

［美］韩慕肯（Kenneth J. Hammond）

吉川幸次郎在《宋元明诗概说》中说：

> 强大的古典主义文学运动，支配了整个16世纪的中国，这就是被称作“古文辞”的运动。它以再现古代感情强烈的文学为目标，主张文学创作必须以古典为榜样……具体地说，散文应该学习以《史记》为中心的公元前秦汉的文章，诗歌应该学习以杜甫为中心的8世纪盛唐的诗歌，或次一等的公元初汉魏的诗……
>
> 运动如疾风怒涛般地席卷了整个16世纪，受到各阶层人物的支持、欢迎和参加。它似乎不仅是16世纪文学的信条，而且也支配了16世纪的整个生活，成了人们生活的信条。①

吉川幸次郎的观点，部分源于《明史·文苑传》对明代文学史的概述：

> 弘、正之间，李东阳出入宋、元，溯流唐代，擅声馆阁。而李梦阳、何景明倡言复古，文自西京，诗自中唐而下，一切吐

---

* 英文原文见“Beyond Archaism: Wang Shizhen and the Legacy of the Northern Song”, *Ming Studies*, vol. 36 (1996): 6-28。

① Kojiro Yoshikawa, *Five Hundred Years of Chinese Poetry, 1150-1650* (Princeton: Princeton University Press, 1989), 137-138.（中译本见［日］吉川幸次郎：《宋元明诗概说》，李庆等译，郑州：中州古籍出版社1987年版。——译者）

> 弃，操觚谈艺之士翕然宗之。明之诗文，于斯一变。迨嘉靖时，王慎中、唐顺之辈，文宗欧、曾，诗仿初唐。李攀龙、王世贞辈，文主秦、汉，诗规盛唐。王、李之持论，大率与梦阳、景明相倡和也。归有光颇后出，以司马、欧阳自命，力排李、何、王、李，而徐渭、汤显祖、袁宏道、钟惺之属，亦各争鸣一时，于是宗李、何、王、李者稍衰。①

在吉川幸次郎关于古文辞的看法及《明史》对于这场16世纪文学运动的阐述中，这一以“复古”著称的文学观念，无论诗、文，都被视为完全排斥盛唐以后包括整个宋代的文学。王世贞（1526—1590）作为这次古文辞运动中最重要的领袖，既为16世纪中晚期的同时代人所瞩目，又被后世的中西历史学家所关注。在本文中，我将考察王世贞的文学思想，依据其书信、序文及其他作品，思考其文学观点与上述复古思想之间的关系；然后根据他对典范的使用，以及对因复古而造成的拟袭局限的超越，阐明其文学创作观；最后，指出王世贞与北宋士大夫文化之间的关系，特别关注兼诗人、官员、学者于一身的苏轼的生平与作品，以及与苏轼同时代的司马光的历史写作。这指向了一条对文学价值兼容并包的路径，而这种兼容性的形成，基于一些普世认同的积极品质。我认为，王世贞的文学思想超越了狭隘复古主义的限制，事实上与北宋特有的知性活力有关。

太仓城位于苏州府的东北角，王世贞的家族在地方精英中久负盛名。② 在16世纪的中国，得益于粮食贸易以及因纺织业而日益增长的棉花生产，苏州府是当时商业最发达的地区之一，手工业

---

① 张廷玉等：《明史》卷二八五，北京：中华书局1974年版，第7307页。

② L. Carrington Goodrich and Chaoying Fang, eds., *Dictionary of Ming Biography (1368-1644)* (New York: Columbia University Press, 1976), 1399-1405.（中译本见［美］富路特、房兆楹原主编，李小林、冯金朋主编：《明代名人传》，北京：北京时代华文书局2015年版。——译者）

也是这一区域经济体的一大要素。①

苏州所在的这一广阔的江南地区，既是传统士大夫文化②的核心区，又是新兴的社会与文化力量的滋生地。崛起的城市精英与更传统的地主乡绅之间的社会矛盾，还有手工艺者及其他更低社会阶层中的不安情绪，在16世纪后半叶的苏州、南京与杭州，引发了骚乱与民变。③

---

① Michael Marme, "Heaven on Earth: The Rise of Suzhou", in *Cities of Jiangnan in Late Imperial China*, edited by Linda Cooke Johnson (Albany: State University of New York Press, 1993), 17-45.（中译文见［美］迈克尔·马默：《人间天堂：苏州的崛起，1127—1550》，载［美］林达·约翰逊主编：《帝国晚期的江南城市》，成一农译，上海：上海人民出版社2005年版，第21—59页。——译者）

② 对传统士大夫（简称"士"）及社会精英的概念辨析，占据了近期学术成果的相当部分。包弼德（Peter K. Bol）、韩明士（Robert P. Hymes）、贾志扬（John Chafee）等人从不同方面描绘了北宋时期"士"的涌现。自北宋以降，"士"在中国作为社会的主导形态而持续存在，直到清朝结束。士大夫根据他们的道德与文化品质来界定自己的身份，而这些品质在帝国晚期的"科举文化"（贾志扬语）中得到体现。通过科举考试，他们掌握着由此产生的文化资本，标志着士大夫成为英才。其中最好的形式是在帝国政府的官僚体制中任职。不过考虑到有精英背景的人数远远超过了可提供的正式职位，更宽泛的判断标准是，掌握一套足以体现身份认同的士大夫话语并融入其中。"士"阶层通常拥有大量的物质财富，这建立在对农业土地及相关农产品的所有与控制上。在南宋以及晚明，士大夫的财富和社会地位面临着来自繁荣的城市商人阶层的竞争，江南地区尤甚。穆四基（John Meskill）研究了江南地区的社会动荡与人身不安对16世纪士大夫的意识影响。他的著作显示，11世纪士大夫形成时的根本特征，到16世纪基本没有变化。参见 Peter K. Bol, *This Culture of Ours: Intellectual Transitions in Tang and Sung China* (Stanford: Stanford University Press, 1992)（中译本见［美］包弼德：《斯文：唐宋思想的转型》，刘宁译，南京：江苏人民出版社2001年版。——译者）; John Chaffee, *The Thorny Gates of Learning in Sung China: A Social History of Examinations* (Albany: State University of New York Press, 1995)（中译本见［美］贾志扬：《宋代科举》，台北：东大图书股份有限公司1995年版。——译者）; Robert P. Hymes, *Statesmen and Gentlemen: The Elite of Fu-Chou, Chiang-hsi, in Northern and Southern Sung* (Cambridge: Cambridge University Press, 1986); John Meskill, *Gentlemanly Interests and Wealth on the Yangtze Delta* (Ann Arbor: Association for Asian Studies, 1994)。

③ Richard Von Glahn, "Municipal Reform and Urban Social Conflict in （转下页）

日益扩展的商业经济及印刷业,也为文学及其他文化产品创造了更广大的受众群体。如商人和其他新兴的财富群体,他们通过对书籍、绘画、陶瓷及其他艺术品的消费(至少是购买),将这一昔日局限于士阶层的审美活动合理化。①

处于这样的社会氛围下的王世贞家族,是世代拥有土地与文化资产的传统精英之代表。王氏家族宣称是中国最尊荣的世族之一——晋琅琊王氏的后裔。至少在五代,王仁镐任职吴越国镇海节度衙推时,他们已进入官僚生活之中。元朝时,王梦声任昆山州学正,举家迁往了辖属的太仓。入明以后,王氏家族保持了它的显赫。王世贞的曾祖父王辂,死后赠兵部侍郎衔;祖父王倬是成化十四年(1478)进士,官至南京兵部侍郎;父亲王忬是嘉靖二十年(1541)进士,一生仕宦,直到嘉靖三十九年(1560)因军事失利被劾并处死。在王世贞的时代,王氏家族在太仓城内外拥有大量的地产,其祖父为子孙置办了一千亩义田,此后王世贞又将义田的数量翻倍,皆可视作王氏家族延绵繁荣的力证。②

王世贞生于嘉靖五年(1526)十一月初五日,嘉靖二十六年(1547)进士登第,开始其仕宦生涯。初观政大理寺,后授刑部主事。嘉靖三十年(1551),任本部员外郎。自16世纪50年代中期开始,因反对内阁首辅严嵩,他的仕途遭受了一系列严峻的挫折。

(接上页)Late Ming Jiangnan", *Journal of Asian Studies* 50, no. 2 (1991): 280-307. Susumu Fuma, "Late Ming Urban Reform and the Popular Uprising in Hangzhou", in *Cities of Jiangnan in Late Imperial China*, 47-79.(中译文见[日]夫马进:《晚明杭州的城市改革和民变》,载[美]林达·约翰逊编:《帝国晚期的江南城市》,成一农译,第60—96页。——译者)

① Craig Clunas, *Superfluous Things: Material Culture and Social Status in Early Modern China* (Urbana: University of Illinois Press, 1991).(中译本见[英]柯律格:《长物:早期现代中国的物质文化与社会状况》,高昕丹、陈恒译,洪再新校,北京:生活·读书·新知三联书店2015年版。——译者)

② 钱大昕:《王弇州年谱》,载《潜研堂全书》卷三五,第1a—14b页;李贽:《续藏书》,北京:中华书局1974年版,第512—514页。

王世贞与两位年轻的官员杨继盛和沈炼交好,三人是进士同年。嘉靖三十年(1551),杨继盛、沈炼二人各自向皇帝上书,批评严嵩当政期间的严重不端行为,因此被贬为低级的地方官员。杨继盛不久后回到京城,再次公开弹劾严嵩。这一次等待他的是残酷的命运。杨继盛于嘉靖三十四年(1555)十月弃市,沈炼亦于嘉靖三十六年(1557)被害。王世贞支持杨继盛与沈炼,他上书申诉,并操办杨继盛的丧葬之事,还协助杨继盛的遗孀恢复其丈夫的名誉。这些举动进一步激怒了严嵩,嘉靖三十八年(1559),王忬因北方边境的军事渎职行为被劾,于次年被处决。

至万历初年,王世贞又得罪了他的同年、当时强权在握的内阁首辅张居正。王世贞不仅拒绝了他的示好,而且在书面文字与私下谈话中都对他有过批评。在张居正的示意下,王世贞回籍听用,自万历四年(1576)至十六年(1588),有约十二年的家居经历。

尽管经历了这些挫折,王世贞的仕宦生涯仍是相当成功的。他逐级晋升,多在省一级的职位上就任,最终在南京刑部尚书任上归田。他在太仓度过了几段漫长的家居期。第一次是在父亲被害后,自嘉靖三十九年(1560)至隆庆元年(1567);第二次是在为母丁忧期间,自隆庆四年(1570)至万历元年(1573);第三次是万历四年(1576)至十六年(1588)间,因与张居正的冲突而回籍听用。在出仕与家居之间的多次转换,让他同时与京城官场、江南文化圈保持了联系。

嘉靖二十六年(1547),在北京进士登第不久的王世贞被邀请加入一个诗社,其成员包括多位诗人与文学批评家,李攀龙[①]亦在其中;与此同时,他与同授刑部职的其他新科进士们也建立了联系,这些人将组成其文学圈的核心。此时,李攀龙作为古文辞的激

---

① 李攀龙(1514—1570),山东历城人。嘉靖二十三年(1544)进士,随即进入京城文坛,成为复古群体的核心,王世贞稍后加入该群体。L. Carrington Goodrich and Chaoying Fang, *Dictionary of Ming Biography* (*1368-1644*), 845-847.

烈倡导者已在文坛扬名,王世贞受其巨大的影响。在此后约二十年间,两人一直是密友,经常给对方写信,并尽可能地拜访彼此。王世贞保持着对这位前辈的一贯敬重,极少写下任何可能被视为批评李攀龙的文字。隆庆四年(1570),李攀龙逝世,王世贞接任了复古运动的领袖。

王世贞在16世纪40年代晚期成为古文辞的倡导者,并持续至60年代。对这一过程最清晰的叙述,是《艺苑卮言》中的一段文字。这本书自嘉靖三十六年(1557)开始编写,历经数次修订与增补,于隆庆六年(1572)最终完成。在卷一的最后,王世贞反思了其文学思想的发展历程:

> 李献吉劝人勿读唐以后文,吾始甚狭之,今乃信其然耳。[1]

在其晚年的另一篇回忆文章中,他再次表达了对第一代复古代表人物、"前七子"之一的李梦阳[2]的疑虑。同样,也表达了对唐宋派代表作家唐顺之与王慎中[3]观点的不满。唐、王的观点源于

---

① 王世贞:《弇州四部稿》卷一四四,《景印文渊阁四库全书》本,第1281册,台北:台湾商务印书馆1983—1988年版,第351页。

② 李梦阳(1473—1529),出生于陕西的一个军户家庭。弘治六年(1493)进士,有过一段下级官员的职官经历。随后他开始涉足京城文坛,与何景明、徐祯卿、康海、边贡、王九思、王廷相一并被后人称为"前七子"。他也是身为官员与哲学家的王守仁的朋友。L. Carrington Goodrich and Chaoying Fang, *Dictionary of Ming Biography (1368-1644)*, 841-845.

③ 唐顺之(1507—1560),嘉靖八年(1529)进士,南直隶武进人。他是王守仁弟子王畿的追随者。在仕途生涯中与严嵩有所交往。唐顺之在16世纪50年代早期参与了打击沿海倭寇的运动,在此时段的末期,他也视察了北方边防,这两件事使他与王忬有了联系。嘉靖三十八年(1559),唐顺之对王忬的整备提出了批评,这导致王忬被劾,随后被处决。L. Carrington Goodrich and Chaoying Fang, *Dictionary of Ming Biography (1368-1644)*, 1252-1256. 王慎中(1509—1559),福建晋江人。嘉靖五年(1526)进士,有过一段时间的低级官员经历,嘉靖二十年(1541)被罢黜后,专心于文学生活。他曾是"前七子"的追随者,但后来形成了自己的文学观点,成为唐宋文学的坚定拥护者。他是唐顺之的好友,对唐顺之的文学发展有一定影响。L. Carrington Goodrich and Chaoying Fang, *Dictionary of Ming Biography (1368-1644)*, 1398-1399.

宋代道学运动中的周敦颐、程颐、朱熹等人，[①]他们强调写作的道德说教甚于美感特质，视诗文为传播道学之道德观、哲学观的媒介工具。与强调汉唐文学的复古作家不同，这一流派视唐宋文学为理想。王世贞指出唐宋派在16世纪中期相当强盛：

> 记吾守尚书郎时，稍一搦管得致语，沾沾与吴下昌谷差肩足矣。何敢望献吉！然至读献吉文，心则已疑之。又一时驰好，若晋江、毗陵二三君子有作，每读竟，辄不快者浃日。以是尽出世嗜，刿心古则。词坛之盟，历下牛耳，当时亦未敢以齐楚之赋而歌代兴也。[②]

在嘉靖四十二年（1563）给王贡士[③]的一封回信中，王世贞阐说了他对明代文学史的概观：

> 国初诸公承元习，一变也，其才雄，其学博，其失冗而易。东里[④]再变之，稍有则矣，旨则浅，质则薄。献吉三变之，复古

---

① 周敦颐（1017—1073），北宋哲学家，他主张在宇宙固有的模式中而非人类历史的偶然经验中寻求道德秩序的基础，这是儒家思想中“形而上”学说的一种发展。周敦颐明确地阐释了“文以载道”的原则。程颐（1033—1107），北宋思想家，与弟程颢（1032—1085）一起，为“道学”概念的产生作出了贡献。朱熹（1130—1200），南宋思想家，他把北宋各家思想融汇在一起，赋予“道学”更加连贯、系统的形式。有关道学运动之发展的讨论，参见 Peter K. Bol, *This Culture of Ours*; Wing-tsit Chan, transl., *Reflections on Things at Hand: The Neo-Confucian Anthology* (New York: Columbia University Press, 1967)。

② 王世贞：《弇州续稿》卷一八八，《景印文渊阁四库全书》本，第1284册，第687页。

③ 我尚未考证出王贡士其人。（此信题为《答王贡士文禄》，当指《文脉》三卷的作者、海盐人王文禄，王世贞另有《长短句奉赠沂阳王子》，见《弇州四部稿》卷一九。——译者）

④ 杨士奇（1365—1444），永乐十九年（1421）至正统九年（1444）任内阁大学士，是15世纪早期在政治与文学领域最具影响力的人物之一，且与明前期文学中的“台阁体”有关。L. Carrington Goodrich and Chaoying Fang, *Dictionary of Ming Biography (1368-1644)*, 1535-1538.

> 矣,其流弊蹈而使人厌。勉之[1]诸公四变而六朝,其情辞丽矣,其失靡而浮。晋江诸公又变之为欧、曾[2],近实矣,其失衍而卑。[3]

这段话也表达了王世贞对当代文坛的态度。他对李梦阳的看法相当正面,而对唐顺之、王慎中的唐宋派则持批评态度。但这仍不算对复古的清晰论述。

王世贞对唐顺之、王慎中思想的批评及其中呈现出的积极的文学创作观,到底是什么呢?他在嘉靖二十七年(1548)写给陆粲[4]的一封信中说:

> 海内王参政、唐太史二君子号称巨擘,觉挥霍有余,裁割不足。[5]

这段话的重点在"裁割"二字,此意味着文学上的修剪或中和。王慎中、唐顺之创作中的这种特质,或者说"裁割"特质的匮乏,正是王世贞所批评的。这一观点在嘉靖三十一年(1552)王世贞给李攀龙的一封书信中,得到了进一步地发展:

> 足下所讥弹晋江、毗陵二公及其徒,师称而人播,此盖逐影响、寻名迹,非能心睹其是也……吴下诸生则人人好褒扬其前辈,燥发所见,此等便足衣食,志满矣,亡与语汉以上者。其人与晋江、毗陵固殊趣,然均之能大骂献吉,云:"献吉何能为?太史公、少陵氏为渠剽掠尽,一盗侠耳。"仆恚甚,乃又笑

---

① 黄省曾,字勉之,乡试举人,从王阳明游,学诗于李梦阳。见张廷玉等:《明史》卷二八七《黄省曾传》,第7363页。

② 欧阳修(1007—1072)与曾巩(1019—1083)是北宋时期的文学和政治人物,有关他们及其同时代人的讨论,见 Peter K. Bol, *This Culture of Ours*, 176-201。

③ 王世贞:《弇州四部稿》卷一二七,《景印文渊阁四库全书》本,第1281册,第139页。

④ 陆粲,嘉靖五年(1526)进士,南直隶长洲人,见张廷玉等:《明史》卷二〇六《陆粲传》,第5448—5550页。

⑤ 王世贞:《弇州四部稿》卷一二五,《景印文渊阁四库全书》本,第1281册,第105页。

之,不与辨。①

在这里,王世贞批评了其苏州同乡华而不实的文风,并反对因李梦阳摹写汉唐大家作品而对他进行攻击。可见王世贞与早期典范之间的关系颇为复杂,并不是直接模拟或据为己有那么简单。这在嘉靖三十七年(1558)王世贞为何景明②集所撰的序中,可以清楚地看到:

是二君子抉草莽,倡微言,非有父兄师友之素,而夺天下已向之利,而自为德,於乎难哉!③

对典范的模拟,其重点不在直接袭用或模仿其用词、成句,而是重在领悟文章所蕴含的价值,并将它们融入自己的文学作品中。

这一关于"模拟"的概念,代表了王世贞文学思想的核心。为了发展这一思想,他到处寻找有价值的典范,不再局限于复古主义所固守的汉唐时期。在这些被王世贞包容进来的典范中,就有苏轼与司马光。而王世贞对这两人的看法,正是我接下来要重点论述的。④

---

① 王世贞:《弇州四部稿》卷一一七,《景印文渊阁四库全书》本,第1281册,第2页。

② 何景明(1483—1521),河南信阳人,弘治十五年(1502)进士。他是"前七子"之一,但在文学思想的几个重要观点上,与李梦阳持不同意见。他强调模拟古代作家的精神,而不仅仅是他们的风格。在这一点上,他比李梦阳更接近王世贞的观点。L. Carrington Goodrich and Chaoying Fang, *Dictionary of Ming Biography (1368-1644)*, 510-513.(原文将王世贞撰序的时间记作"嘉靖三十一年",误。据王世贞《何大复集序》落款"嘉靖戊午",即序撰于嘉靖三十七年。——译者)

③ 王世贞:《弇州四部稿》卷六四,《景印文渊阁四库全书》本,第1280册,第126页。

④ 苏轼(1037—1101)是北宋知识界中最有影响力的人物之一。他是一位诗人、书法家及文学理论家,参与了11世纪后期的几次重大政治论争。近期关于苏轼生活及思想的研究,见 Ronald C. Egan, *Word, Image, and Deed in the Life of Su Shi* (Cambridge: Harvard University Asia Center, 1994); Beata Grant, *Mount Lu Revisited: Buddhism in the Life and Writings of Su Shi* (Honolulu: University of Hawai'i Press, 1994)。司马光(1019—1086)同样是北宋政治、知识界的重要人物,在历史写作领域具有特殊的地位。其主要著作《资治通鉴》是一部编年体通史,也是一部有关时事与政策问题的鉴戒指南。关于司马光,见 Peter K. Bol, *This Culture of Ours*, 212-253。

《明史·王世贞传》中记载了以下逸闻:

病亟时,刘凤[①]往视,见其手苏子瞻集,讽玩不置也。[②]

和此前提到的"文必秦汉,诗必盛唐,大历以后书勿读"的古文辞主张相比,这一插曲被视为王世贞在弥留之际修正了他的文学观念,尤其是对苏轼的看法。

王世贞的观点发生变化的判断,来自松下忠与桥本循。他们主要关注15世纪70年代中期以后,即王世贞五十五岁时的观念转变。[③] 我认为,就王世贞对苏轼的态度而言,这样的描述仍不够到位,事实上,他对苏轼保持了终生的兴趣与钦佩。如果我们接受王世贞自己的说法,那么他对苏轼的兴趣或许源自他的父亲王忬。[④] 王世贞十二岁时,对王阳明[⑤]有过一段短暂的热情,他给予的最高评价,就是他喜欢阳明的作品胜过"三苏"。[⑥] 16世纪五六十年代,王世贞在《艺苑卮言》中树立了很多优秀的典范作品,苏

① 刘凤,嘉靖二十三年(1544)进士,擅长文学与历史写作,家居太仓,与王世贞为邻。L. Carrington Goodrich and Chaoying Fang, *Dictionary of Ming Biography (1368-1644)*, 1403.

② 张廷玉等:《明史》卷二八七《王世贞传》,第7381页。

③ 松下忠1956年在《中国文学报》上发表的『王世貞の古文辭説よりの脱化について』,参考了1921年桥本循的论文『王弇州の文章觀と其文學』。文章认为,王世贞对苏轼的看法在15世纪70年代末有所转变,当时正是他家居的第二个时期。这是基于对若干序文及其他作品的阅读,其中包括万历九年(1581)时编写的一部苏轼传记简编,后文有论。然而,无论松下忠还是桥本循,似乎都没有读过《读书后》,其中一些有关王世贞对苏轼看法的早期重要资料,后文将有所引用。

④ 郑利华:《王世贞年谱》,载章培恒主编:《明代文学研究》,第1辑,南昌:江西人民出版社1990年版,第98页。

⑤ 王阳明(1472—1529),名守仁,浙江人。弘治十二年(1499)进士,他既是一名杰出的官员,更是一位哲学家。他发展出了"致良知"的思想,意味着传统的圣人理想是每个人都能接近的,而不限于极少数的精英。在16世纪及17世纪的早期,他的学说在哲学领域及整个社会掀起了新的运动,经常被视为形而上学或个人主义。他被视为继朱熹之后最重要的儒学思想家。L. Carrington Goodrich and Chaoying Fang, *Dictionary of Ming Biography (1368-1644)*, 1408-1416.

⑥ 王世贞:《读书后》卷四,《景印文渊阁四库全书》本,第1285册,第15页。

轼在其中亦有重要的位置。[1]

王世贞对苏轼的钦佩,并不只是欣赏他作为诗人或文章家的风格技巧而已。嘉靖四十三年(1564),他在一首诗的诗题中说:

> 案头苏诗一编,偶展读之,有云:"龙钟三十九,劳生已强半。岁暮日斜时,还为昔人叹。"公倅余杭日作,盖取白乐天[2]语兴感也。此公尚为摇落语,吾辈宁无穷途之恸?因成一章,兼示舍弟。虽然公兄弟名位穹显,晚节各天。而吾以早废弃故,相守田亩间,差为优耳,他固不敢较也。[3]

这里产生的是一种超越于纯粹文学性的精神认同。尽管最后一句自谦曰"不敢较",但王世贞明显在以苏轼自况,且不是依据自己的文学成就,而是由于他们相似的生命经历。由于在作品中批评了政府官员的无能、渎职及贪墨行为,苏轼两次被罢职并流放。第一次他被指控讪谤帝王,为了找到其作品中忤逆犯上的蛛丝马迹,政敌们甚至发动了一次文字狱,所幸他通过朋友的影响活了下来。这桩"诗案"发生在苏轼四十二岁的时候,在年纪相仿的王世贞这里,相近的仕途遭遇让他对苏轼产生了强烈的共鸣。这一诗题及其后的诗歌,表达了王世贞在其父亲于嘉靖三十九年(1560)被害后家居太仓时的忧郁、沮丧之情。这固然归因于他与严嵩的对立,以及由此造成王忬的被劾与处决,但也有感于他与苏轼在人生逆旅中的相似经历。通过援引苏轼及其对白居易的回应,王世贞达成了傅君劢(Michael A. Fuller)在讨论苏轼诗歌时所

---

① 王世贞:《弇州四部稿》卷一四四,《景印文渊阁四库全书》本,第1279册,第12页。

② 白居易(772—846),字乐天,唐代最杰出的诗人之一。他最著名的是讽喻诗,以及对佛教主题的关注。见 Burton Watson, *The Columbia Book of Chinese Poetry: From Early Times to the Thirteenth Century* (New York: Columbia University Press, 1984), 242-258。

③ 王世贞:《弇州四部稿》卷一五,《景印文渊阁四库全书》本,第1279册,第189页。(原文误作诗序。——译者)

说的“共同体的自觉主张”。[1] 正如傅君劢在另一篇文章中所说：

> 当通过阅读诗歌来了解前代诗人被具化的人格，这一人格本身也会成为后代诗人内在重构宇宙的组成部分……后代诗作中被赋予的道德信念，找到了其借用前代诗人声音的具体寄托。[2]

王世贞将自己与文化往昔相连，通过对二人共同命运的感知，以寻求慰藉。尽管并未承认，但他希望自己将来的人生能与苏轼相媲美，这样就能同这位文学前辈一样，对文学及社会产生各方面的影响。

这一跨越时空的共同体主张，是这篇写于嘉靖四十三年(1564)的诗作最引人注目之处。在这一年，王世贞正忙于与李攀龙的合作，倡导文不读西京以下所作，诗不读中唐人集的复古主张。但王世贞自己的人生阅历，令他对苏轼的钦佩越来越强烈，这一宋代文学巨匠成为他生命中至关重要的人物。

万历十八年(1590)王世贞去世后，他的儿子王士骐得到了父亲保留的一系列读书笔记的抄本，其中一部分已被之前的《弇州四部稿》和《弇州续稿》收录，但也有先前未曾刊印的一些材料。王士骐将其编校刊刻，名曰《读书后》。[3] 大多数文章未写日期，无法用于对王世贞思想历程的编年，但从中可以看到，他一直在广泛地阅读苏轼的作品。这些读书笔记对苏轼的“论”给予了很高的评价，如论说汉代士大夫忠君被贬之典型的《贾谊论》，为三国天

---

① Michael A. Fuller, *The Road to East Slope: The Development of Su Shi's Poetic Voice* (Stanford: Stanford University Press, 1990), 202.

② Michael A. Fuller, "Pursuing the Complete Bamboo in the Breast: Reflections on a Classical Chinese Image for Immediacy," *Harvard Journal of Asiatic Studies* 53, no. 1 (1993): 18-19.

③ 王士骐刻本名曰《附集》，《读书后》乃原抄本名，其中并无收录于《弇州四部稿》《弇州四部续稿》的文章。编校之事在刊刻以后，校正者为王世懋次子王士騄，由许仲谦、陈继儒补入《弇州四部(续)稿》中的文章，并参校再刊。——译者

才战略家诸葛亮撰写的《诸葛亮论》等。更重要的是，为了明确对苏轼的总体看法，王世贞创作了一篇专门讨论苏轼及其父苏洵、其弟苏辙的文章。他赞美苏氏父子的同时，将苏轼列为三人之首：

子瞻殊爽朗，其论策沾溉后人甚多。记叙之类，顺流而易竟，不若欧阳之舒婉，然中多警俊语。骚赋非古，而超然玄著，所以收名甚易。吾尝谓子瞻非浅于经术者，其少之所以不典，则明允之余习。①

在这篇《书三苏文后》的结尾，王世贞对唐宋文章“四家”作了排名：

四家之文无论已，其学则子瞻最博，子厚次之，退之又次之，永叔狭矣。②

在为陶懋中③《镜心堂草》所撰序中，他对苏轼作了进一步的评价：

善乎苏子瞻先生之自名其文如万斛之泉，取之不竭，唯行乎其所当行，止乎其所不得不止。斯言也，庄生、司马子长故饶之，于诗则李白氏庶几焉。苏先生盖侥得之，而犹未尽者也。④

在这里，王世贞提到了庄子、司马迁的古文，以及李白的诗歌。前者以直率、朴素、优美著称，后者则因率真地表现个人情感而为人称誉。它们与提倡秦汉文、盛唐诗的古文辞标准典范保持了一致。然而，王世贞将苏轼标举为近似于以上三人的存在，这在一定程度上削弱了他与所谓的复古标准之间的联系。

---

① 王世贞：《读书后》卷四，《景印文渊阁四库全书》本，第1285册，第47页。

② 同上。

③ 懋中是陶允宜的字，此人与王世贞相熟，作为文学家不甚知名。其父陶大临对严嵩多有批评。见张廷玉等：《明史》卷二〇三《陶大临传》，第5366页。

④ 王世贞：《弇州续稿》卷四五，《景印文渊阁四库全书》本，第1282册，第597页。

这些各不相同的例证，反映了王世贞对苏轼的兴趣及钦佩，在此之外，还有一部很重要的书籍有待关注，那就是《苏长公外纪》十卷。这本书由王世贞编纂多年，成书于万历九年(1581)，直到万历二十四年(1596)才由汪廷讷[1]首次刊印，可谓全方位地展示了王世贞对苏轼的喜爱。卷一包括一部苏轼年谱，并附录了其他生平遗事；卷二是赞誉苏轼的各种文字，以宋孝宗在淳熙五年(1178)为苏轼文集所撰之序开卷，包括苏轼生前、身后受帝王恩遇的各种记录，以及来自其士大夫同僚的赏誉之辞；卷三记载了苏轼任职期间的政绩；卷四、卷五是诗话与文谈；卷六是对前人著述的考误，兼论玄理；卷七为禅那、调谑、风流三类；卷八为书画；卷九为杂记；卷十是对苏轼的讥评及相关诗案；附加的两卷逸编，是对王世贞所编内容的增补，包括很多汪廷讷发现的有趣材料。全书由王世贞收集的材料约有六百九十篇，尚不计他个人的评论，这显然不是偶然兴致的产物。[2]

王世贞的《苏长公外纪序》，亦被收入《弇州续稿》中。此文表达了作者对苏轼最为详尽的看法，开篇就把苏轼置于时人公认的文章大家之中：

> 今天下以四姓目文章大家，独苏公之作最为便爽，而其所撰论策之类，于时为最近，故操觚之士鲜不习苏公文者。而雌黄之颊，于公不能无少挫。然使天下而有能尽四氏集者，万不得一也。苏公才甚高，蓄甚博，而出之甚达，而又甚易；凡三氏

---

① 根据万历二十四年刻本《苏长公外纪》的序，汪廷讷是一位来自徽州府休宁县的富商。

② 据学界最新的研究成果，《苏长公外纪》的校订、补遗和刊刻均出自璩之璞。万历二十三年(1595)，璩之璞的燕石斋便已完整刊行《外纪》十卷及《逸编》二卷，今美国国会图书馆藏该集善本中，即有题署刊刻时间的牌记。而所谓万历二十四年(1596)的汪廷讷刻本，实是将卷首原有的璩之璞校订补遗之名攘为己有，原版书口的“燕石斋刊”及一些条目末尾的“燕石斋补”等字尚未及抹去。故该版仍应视为璩之璞刻本。——译者

之奇尽于集,而苏公之奇不尽于集。故夫天下而有能尽苏公奇者,亿且不得一也。①

随后他细数了苏轼作品的一些特质,以及在各种成就上略逊于苏轼的其他文艺大家。包括精于词韵的温庭筠、韦庄,工于书法的颜真卿、李邕、黄庭坚,还有擅画古木竹石的文同。王世贞指出,在苏轼的时代,他所取得的全面成就并非总能为他带来声誉:

当苏公之生存,虽荒州下邑、儿童妇女,莫不欲一识其面。而其言之传,盖北幽朔而东三韩,西达羌戎,南过鸡林马人之界。而其禁绝之者,乃在于广厦细旃之上。角而与之左者,谈说经术道理之士;亟窜而亟欲杀之者,亦一时材谞贵臣。噫!可怪也。及公殁且久,而广厦细旃之上,其恶渐移而为好,学士大夫至于今慕说之不衰。②

通过前文所论王世贞对苏轼的个人认同,不难看出,这些话进一步反映了王世贞对自己个人生涯的看法及期望。

在这篇序的另一段落中,王世贞提到虽然早年与李攀龙合作无间,且深受其嫌恶唐宋四大家之态度的影响,但他后来修正了这一观念。在文章的最后,他指出不仅苏轼的诗文可以作为模拟的典范,而且从苏轼的人生中,亦可吸取一些经验教训:

以故取公年谱及传志略存之,而复蕞公之小言,与诸家之评骘、纪述、琐屑,亦一一附录,约为十卷,名之曰《苏长公外纪》。而置之山房之几,暇日抽一卷佐一觞,其不贤于山腴海错者几希。③

王世贞对苏轼及其文章的持久的学习热情,可在他的不少作

① 王世贞:《弇州续稿》卷四二,《景印文渊阁四库全书》本,第1282册,第557—558页。

② 同上书,第558页。

③ 同上。

品中得到印证,它们共同揭示了过去未被重视的王世贞文学思想的另一面。对王世贞而言,苏轼体现的正是士大夫文化传统的理想:他拥有杰出的天赋,又深深地沉浸于过去的文学,并且用一种简洁晓畅的风格来表达内心的情感。王世贞从简畅的风格及为后人所用两个方面,赞扬了苏轼的政治才能与历史写作,并对苏轼在政治生涯中被迫害的经历产生了个体认同。事实上,在对苏轼佛、道文章的学习中,王世贞也找到了其与自己学说的相似之处,这成为他拜修道女子昙阳子①为师的正当理由。借苏轼的视角,王世贞统合了自己文学与文化思想中的诸多基本特质。

第二位对王世贞有重要意义的北宋士大夫文化的代表人物是司马光。他以历史撰述被世人认可,初看之下,是与苏轼完全不同类型的人物,和王世贞的文学思想也没什么关联。但正如王世贞对苏轼的关注那样,司马光作品中最为弇州所赞赏的特质,是形式与内容相统一带来的高效表达,在他看来,这很值得他那个时代的作家去模拟。

在被《皇明经世文编》收录的一篇范文中,王世贞评论了司马光的作品:

> 述左氏者②,宋涑水司马光氏。故好为史,而当熙丰之

---

① 昙阳子是王焘贞的法号,她是王世贞的密友、太仓著名学者王锡爵的女儿。王锡爵于万历十三年(1585)升任内阁大学士。王焘贞在16世纪70年代末是一个备受争议的人物,她宣称在仙人指点后,有神灵附体。包括王世贞兄弟及太仓地区诸多士大夫在内的一大群人,都拜她为仙师。据说昙阳子在万历八年(1580)羽化升仙。王世贞等人因公开信奉昙阳子的神秘学说而被弹劾为异端,但由于该地区其他高官的干涉,这些指控没有任何结果。L. Carrington Goodrich and Chaoying Fang, *Dictionary of Ming Biography (1368-1644)*, 1425-1427.王安讨论过昙阳子与王世贞之间的关系,见 Ann Waltner, "Tan Yang-tzu and Wang Shih-chen: Visionary and Bureaucrat in the Late Ming", *Late Imperial China* 8, no. 1 (1987): 105-133。

② 左丘明被认为是《左传》的作者。这部书的主旨在解释《春秋》中的微言大义。而《春秋》作为一部对鲁国的历史记录,一般认为是由孔子编辑的,其中包含了有关善政与乱政的道德训诫。

际,不胜其爱君之念,纂《资治通鉴》[1]以上之。起周威烈而迄后周世宗,于治体无所系,则宁削正史而不书;有所裨,则旁采异书而不废。虽其繁简不能超时,而自为法,然世主称良焉。[2]

随后,他在文中更详细地阐述了自己的观点:

其事体稍重大而有益于治道者,或起自赵宋。而至先朝,用左氏之体,而达涑水氏之忠,微益以文而严刈其杂,合所谓通鉴者而上之。虎观诸儒得进读于燕间,而黼座之表,回清瞩于乙夜,其为益非浅鲜也。或谓众力易就也,然见错而辞不驯;独为不易也,然志专而体不杂。故夫左氏也,司马、班氏也,寿与晔也,[3]非晋、唐与宋之可拟也。[4]

司马光的作品首先被誉为"益于治道"。这是通过提升《左传》的文学特质,以及减少《左传》中信息的交错混杂来达成的。在这里,我们再次看到王世贞对于形式与内容一致的重视,由此实现对读者的有力感染。司马光的文学成就并不完美,但即使再怎么轻描淡写,也绝非"浅鲜"。

对于王世贞来说,苏轼以及重要性稍次的司马光,都是值得赞

① 《资治通鉴》于元丰七年(1084)上呈朝廷,它记载了公元前5世纪至五代后周世宗显德六年(959)的中国历史。此书没有遵循涵盖历代王朝兴衰史的惯常模式,而是试图提供一种对中国历史之长时段趋势及发展模式的概述。司马光还试图呈现历史问题的复杂性,经常对历史事件给出不同的诠释,以突出史料来源与历史知识的可疑性质。

② 王世贞:《国史问答》,载陈子龙辑:《皇明经世文编》,第21册,台北:台联国风出版社1964年版,第107—108页。

③ 《左传》以注解者左丘明的名字命名;司马迁的《史记》是中国第一部通史,纪事至西汉中期;班固的《汉书》是一部西汉史,也是断代史写作的原型;陈寿的《三国志》、范晔的《后汉书》,都是早期很有影响力的历史著述。

④ 王世贞:《国史问答》,载陈子龙辑:《皇明经世文编》,第21册,第110—111页。

赏与模拟的对象。在他看来，两位作家深入人心，他们的文学作品触动世人去追寻并完善这个世界；他们表现出的对文化传统的广泛学习与专注，正是二人价值观的基石。这是令人心动的品质，具有超越其时代的价值。

王世贞对可资模拟的典范的寻求，并不限于被复古主义界定的时代。除了赞扬苏轼与司马光之外，王世贞在为慎蒙[①]撰写的《宋诗选序》中明确说过：

> 余何以从子正之请而序之？余所以抑宋者，为惜格也。然而代不能废人，人不能废篇，篇不能废句。[②]

由上可见，王世贞对合适的模拟对象的认识，与刻板的复古主义墨守秦汉散文、汉唐诗歌相当不同。他对苏轼的接受与对司马光的钦佩，可被理解为对优秀文学作品的一种追求，无论它们产生于哪个时代。

对古文辞预设的时代偏见，与王世贞文学批评实践之间的矛盾，可以引出一系列的结论。最简单地说，王世贞绝非一个狭隘复古主义的坚定拥护者。我认为在17世纪的时候，一种回溯性重构的要素在复古特征中产生，并逐渐成为日后中国、日本及西方书写明代文学史的基石。而这一基石，正起源于晚明清初士大夫的内在争论与视界冲突。

由王世贞对苏轼的热切模拟及对司马光的钦佩可知，较之《明史》《宋元明诗概说》中过于简单化的复古形象，王世贞的文学思想更细致与微妙。如果不是担心过度阐释，我还想指出，王世贞对宋明的理学前辈们，并没有表现出如对苏轼、司马光般的欣赏，

---

① 根据王世贞序可知，慎蒙是浙江吴兴人，曾任监察御史，他有两部著作被《明史·艺文志》著录，见张廷玉等：《明史》卷九七，第2417页；卷九九，第2495页。

② 王世贞：《弇州续稿》卷四一，《景印文渊阁四库全书》本，第1282册，第549页。

实际上他特别提到自己反感那些攻击苏轼的“道理”支持者们。①我认为这反映了体现价值及博学的文学传统与奉朱熹的经典阐释为正统的官方学说之间的一种张力，这涉及士人、商人等不同精英阶层的社会形态之间的复杂关系，还与帝国自身的君主制度有关。这种情况在其他领域同样存在，需要我们对16世纪中国的文学思想，以及文化生产领域的各种参与者及利益相关方，进行更全面的探索。我希望通过考察王世贞与某些非复古典范之间的关联，以及他沉浸并仿效文化往昔的态度，为解决这一问题做一点初步的贡献。

魏柔嘉　译
叶晔　校

① 宋代出现的“道学”，在朱熹的著作中已有成熟的表述。在元代中期，朱熹思想尤其是他对儒家经典的评注，成为官方对儒家学说的正统阐释，并成为科举考试的命题依据。在道学的思想体系中，道德价值源于宇宙秩序，而不是人类经验。王世贞持有另一种价值观，他主张将文学传统视为基于人类经验的智慧宝库的中心，我认为这种观点更接近苏轼，而不是朱熹。关于官方正统学说演变的复杂过程及同时存在的其他思想传统，见 Thomas Wilson, *Genealogy of the Way: The Construction and Uses of the Confucian Tradition in Late Imperial China* (Stanford: Stanford University Press, 1995)。

沉重的事务，轻淡的形式：政治与晚明小品作家[*]

[美]高化岚(Philip A. Kafalas)

对于小品这种通常与晚明时期有关的散文体裁，本文将其视为一种解读晚明文人划分生活世界方式的途径。[①] “小品”一词在这里指的是一种篇幅短小、非正式的、通常是轶事类的散文作品类型，其风格相对朴实无华，甚至口语化，可被视为始自唐代韩愈的古文运动的一个分支[②]——尽管在主题选择上，小品包含的功能大相径庭。小品是一个总在抗拒被准确正式定义的概念，但如果我们不是把文学体裁单纯地视为文学形式，而同时也把它看成是一种划定、描写不同社会存在的书写模式，按照这样的考虑，那么

---

* 英文原文见“Weighty Matters, Weightless Form: Politics and the Late Ming *Xiaopin* Writer”, *Ming Studies*, vol. 39 (1998): 50-85。

① 本文是一篇会议论文的修订版，同题参会论文曾发表于1996年4月亚洲研究协会年会由韩慕肯(Kenneth J. Hammond)教授组织并主持的分组会议“明代文人、文学与政治文化”上。感谢柯丽德(Katherine Carlitz)教授以讨论者身份在会上的评议。这个话题源起于斯坦福大学康无为(Harold L. Kahn)教授对我翻译的一些张岱散文中明显的“轻淡性”特征所作的简评。

② 古文运动肇始于韩愈(768—824)，韩愈，字退之，贞元八年(792)进士，唐代杰出的文学家。韩愈以一种非常有意识和有目的的方式，推动文章脱离主流的骈俪结构而转向以儒家经典散文为范型的文体样式和观念。关于韩愈散文风格的讨论，参见Hartman Charles, *Han Yü and the T'ang Search for Unity* (Princeton: Princeton University Press, 1986), 211-275。大部分明代文学史都涉及有关古文运动下一进程的讨论——明代文章家应该模仿经典和汉代文本，抑或迥然不同地以韩愈及其他唐宋古文家为他们的模拟对象。

小品所表现的动向则契合并且促成了晚明时期个人领域与政治领域之间的衔接。韩愈开创的古文传统根植于儒家经典的语言和公共道德目标,并以此对抗他所处时代的骈俪文风。正如韩愈在骈文之外寻求到了另一种选择,许多明代作家也越发认识到八股文规定结构的弊端,并开始倾向于用一种看似平淡随和的方式来描述受约制的个人语境的散文体。具有讽刺意味的是,其结果——也是有意而为之的——赋予了个人、非政治的存在以古文的分量与正统性。在这里,我们将通过以下两位明代作家的作品来考察这一过程,徐渭(字文长,1521—1593)和张岱(字宗子,1597—1689),二人虽有数代之隔,但通过地域、家族友谊和文学事业联系在一起。他们将让我们了解到在政治、商业和社会因素正重新调整声望格局之际,个体(相对于公众而言)身份如何在文学体裁中找到一个相似的结构。

这一讨论形式也能让我们掌握小品的概念,而无须诉诸两种似乎会带来问题(即使有据可循)的常见习惯。第一种习惯把小品看作是由于王阳明"良知"①和李贽"童心"②等思想学说的传播

① 王守仁(1472—1529),号阳明,弘治十二年(1499)进士。出生于浙江绍兴府的一个家庭。(本文主要的研究对象徐渭和张岱,是邻近的山阴县人。)王阳明是明代思想革新最重要的人物之一,他对以寻求外界事物之"理"为目标的宋代理学实践(当时被奉为官学)感到失望。相反他提出了一套与心灵完全一致、运用于个体良知的理念。"良知"是一种内在的道德标准,若保持其纯良,便可以引导个体正确的行为。王阳明也有过一段从军生涯,这或许促成了他在哲学领域自发主导(而非墨守成规)的思维习惯。L. Carrington Goodrich and Chaoying Fang, eds., *Dictionary of Ming Biography* (*1368-1644*) (New York: Columbia University Press, 1976), 1408-1416.(中译本见[美]富路特、房兆楹原主编,李小林、冯金朋主编:《明代名人传》,北京:北京时代华文书局2015年版。——译者)

② 李贽(1527—1602),原名载贽,号卓吾,嘉靖三十一年(1552)中举,历官数职二十五年,此后成为一位重要的宋代理学的思想批评家。受王阳明门人的影响,李贽提出了"童心"的概念,"童心"是人人所具备,并且可以在不因恪守道德准则而遭受后天抑制或污染的情况下,成为每个个体的精神核心。L. Carrington Goodrich and Chaoying Fang, *Dictionary of Ming Biography* (*1368-1644*), 807-817.

而产生的文学体裁。作为一种文学体裁,尤其是作为一种正在发展的思维习惯,小品当然与这些颇具影响力的思想有关,但文学体裁并非如此简单地从相对抽象的哲学概念中产生,也很难用这种方式来定义。第二种习惯是不假思索地将小品与晚明时期作过于紧密的联系。基于第一种习惯,如果我们倾向于认为小品"善于表现"一个人的本性并且不受对文学范型模拟的约束,那么或许在晚明前后各个朝代"具备表现力"的文学作品中,有一部分也有资格称之为小品?确实,我们从最近的一些选集如《历代小品大观》①中看到,小品有时也包括了曹操(155—220)和王羲之(约303—约379)②以来的作品。③

如果真要说晚明非虚构性的散文创作有何特别之处,那么或许可以说对这类创作最贴切的解释,不应从文学形式或者对哲学思潮作出回应的角度,而应理解为一系列类似模式中的一个要素,

---

① 汤高才主编:《历代小品大观》,上海:上海三联书店1991年版。

② 曹操,字孟德,汉校尉,后成为东汉末年的一大军阀,建安二十一年(216)获封魏王。曹操也是一位诗人(尤其是创作乐府诗)和散文作家。王羲之,字逸少,出身于东晋时期大士族,任右军将军、会稽内史。他是一位诗歌和散文作家,也是中国最著名的书法家。王羲之的名作《兰亭集序》被收入《历代小品大观》。

③ 吴小如为《历代小品大观》所作的序言是一个反映中国学者很难定义小品的典型例子。吴氏追溯至宋代,尺牍、随笔、题跋等原本不被视为真正意义上的文学,但伴随着欧阳修和苏轼的创作,这种局面得以改变。因此,吴氏认为晚明并非小品之源,而是流的一部分,并指出唐宋的古文家在他们的创作中并非总是在传道说教,也写出了"正宗"的小品文。至于进一步定义何为"正宗的小品",吴氏声称它们必须是发自肺腑的,如天真的赤子,不矫揉造作——不出所料,他把这种观念联系到李贽的"童心"——并补充说小品文必须具备袁宏道所说的"性灵"。但吴氏接着补充说,小品的主要作用是抒情,事实上任何表达作者情感甚至是对道的阐发,都符合小品的标准。当然称之为小品,它必须是篇幅短小的。到了最后,吴氏对小品的定义不涉及对功能的考虑,而似乎涵括了任何简短却情感丰沛的散文作品。(这可能是为了符合《历代小品大观》编辑的要求,该选集在吴氏视为扩大了小品正统性的欧阳修之前,尚收有二百五十页的作品。)本文的旨趣并不在于提供一个定义,而是专注于考察散文创作中出现的一种特定样式,我将有所保留地沿用约定俗成的用语"晚明小品"。

这些模式共同构成了晚明文人群体的文化面貌。在这种思路中，小品就不只是独特内在的新的表现形式（毕竟这种内在表现形式可以有很多种），在形式、主题、语气和措辞上，它勾勒并同时划定了一种特定社会存在方式的结构及界限。其中的一处界限标示出小品的世界衔接于独立的政治领域，而这一边界正是散文可以通过多种途径去探索而其他文体所无法企及的。晚明小品或许存在于一个由戏曲所贯穿的文学世界中（事实上有关小品是那个时期典型体裁的想法本应早就被排除），虽然戏曲可以运用所有的反传统思想和社会性探索，但在本质上散文比戏曲适合描述微观的个体存在。如果说帝国晚期的戏曲照搬了诗歌一直以来在文人群体中发挥的社会功能，那么散文——尤其是小品文——则承担了诗歌作为历史记录者进行观察的部分功能。不过，小品的不同之处在于它往往只隐含诗歌的第二个层面——心灵的回应。

论体裁

在考察小品体裁时，我们不应只是简单地把体裁视为作家用来编排材料的文学形式，同时应更广义地将其视为独特的观察模式，而文学形式是这类观察模式的一种表现。体裁中的变化（比如我们一般认为小品的繁盛发生在晚明）并不只是文学风尚的问题，而与我们对自身嵌入人类世界的感知方式之转变有关。此外，二者还以如下这种彼此影响的方式联系在一起：我们区别、分析并以此理解社会环境的方式会促进文学体裁的形成，反之，一位作家在写作过程中运用（以及不可避免地改变）的基本模式会影响作者和读者看待他们所处世界的习惯。甚至可以这么说：离开了体裁就不可能在总体上理解文学，尤其是创作文学。

我们经常运用这种体裁的概念来把“文学”话语历史化，与此同时避开一种很成问题的观点，认为历史语境会以某种直接而无可辩驳的方式告诉我们一篇文学作品的意义。不过本文尝试运用这种比较广义的体裁概念朝相反的方向探索。它将通过审视逐渐发展的小品体性,来考察晚明文人政治世界的边界。我们不是通过小品来讨论政治生活,而是把小品的现象看作是更庞大的新兴概念模式的一部分,这种模式使政治活动以外的个人存在领域获得了正当性。本文借助文学来探索文人的政治自我与文人生活其他方面之间的分界线。

本文标题提到的小品的"沉重",其意义在于小品所赋予的上述正当性——它肯定了小品中的个人身份事实上与公共领域的个人成就一样,值得在散文中予以展示和留存。① 结果在晚明发展出了一种考察自我的模式——认可某种自我的存在,而这种存在有别于沉重的古文中所表现出的政治自我,这种模式甚至也出现在散文中。接下来我们将考察这种模式如何通过三种文学现象来呈现。第一种是作者对自序的运用,不只是介绍自己的作品,而且

---

① 我这里所说的"公共"概念,并不是指正在进行的"公共领域"讨论中的概念,那场讨论是关于引发公共舆论现象的哈贝马斯公共政治领域存在与否的问题。Philip C. C. Huang, ed., "Symposium: 'Public Sphere'/'Civil Society' in China? Paradigmatic Issues in Chinese Studies, III", *Modern China* 19, no. 2 (1993): 108-240.宇文所安(Stephen Owen)讨论了中唐时期"私人领域"的出现,并努力把它和公共领域争论的框架及隐士的早期概念区分开来,见 Stephen Owen, *The End of the Chinese "Middle Ages"*, (Stanford: Stanford University Press, 1996), 87-89。(中译本见[美]宇文所安:《中国"中世纪"的终结:中唐文学文化论集》,陈引驰、陈磊译,田晓菲校,北京:生活·读书·新知三联书店 2006 年版;台北:联经出版事业公司 2007 年版。——译者)他把中唐的私人领域定义为"一系列目标、经验和活动,从属于一个区别于无论是国家还是家族的社会整体的主题",并将其与被消极地定义为反国家的隐居的早期概念区分开来。我在这里的观点还是不同的,因为在我看来,尽管小品的世界在一定程度上被消极地定义为一个远离公务和道德公开表达的世界,但是某些特定的忠于家族、国家和家庭的纽带关系仍居于中心地位。正因为如此,源于拉丁语"privatus"(公共生活之外)的"私人"一词,在那些作者参加皇陵祭祀或者燃放数千灯笼来装点盛大节日场景的语境中,似乎是有误导性的。因此,我决定把"个人"一词作为我对"公共"的反义词,因为小品通常确实是以个人经历为中心——比如我自己游访皇陵,并且(至少从我的阅读中看来)基本上专注于描述一种构成一个人的特定概念。我将在我的结论中对此作更多论述。

令人讶异的是作者以此保持自己与作品之间的距离。第二种是借用如墓志铭一类的形式，这些形式通常被用以铭记亡者的功绩，但在后文所举的作者自撰墓志铭的例子中，则被用来赋予作者的社会角色以正当性。第三种只是一类篇幅短小的、轶事类的散文回忆录。其中观念的转变，给以下四个方面添加了分量：非儒家的学问，行为规范之宽容度的扩展，作为公共空间基础的个人交游，以及在同侪中确立文人地位的癖好。文人地位并非那种为朝政、防洪、赈灾甚至抗倭作出贡献而获得的地位——尽管这些忠诚、积极的元素很可能是作者生命中的一部分。相反，这种地位来自一种由本质上是社会行为的参与所构筑的文化氛围，而这种行为一边不时地游戏着人生存在，一边又确认脆弱的人生存在。

我们已经知道，这样的社交消闲是存在的——各种文房用具带来的乐趣，对收藏和业余编曲的痴迷。没了这些，就不可能构想晚明的文人。我在这里想要做的，是揭示在文人身份观念里自我层面开始与政治世界相隔离的焦虑过程中，小品这种文学体裁扮演了必要的角色。这并不像在乱世中隐逸，因为隐逸模式在理论上允许一个人在参与政治的同时又远离实际公务。更确切地说，这更是一种确认，确认甚至褒奖作者可以把政治领域之外的个人的生命记忆作为流传后世的个人遗产。从古文传统中发端出一种散文和一种生活，它们借鉴了古文对“做人”之重要性的关怀，却又将其应用在那些为古文核心立场本身所不容的行为中。这表明小品之所以在晚明繁盛，是因为它在语言与形式上和古文传统相衔接，但就主题而言，它是一种越发自觉地反映晚明独特存在模式的艺术产物。小品发展为此种形式，并不只是由于文人要寻求新笔法来表达其新立场，事实上立场与文学体裁并无二致：都是生存与观察自我的模式。不过，我们必须记住，尽管这场运动趋向于赋予超政治的生活以正当性，但这种生活依然——至少部分地——是由它与政治领域的并行所定义的。

徐渭和张岱

出于如下原因，本文将集中讨论徐渭和张岱的作品。第一，当晚明小品成为一种更明显的趋势时，这两位作者分别处于这一时期的前后端。在标准的文学世系中，袁宏道曾在徐渭死后为其立传并推他为公安派创作传统的“奠基者”①，这种传统与作为体裁的小品之间的关系最为密切，也与张岱有间接的联系。② 除此之外，徐渭和张岱恰好又通过一系列纽带而关联在一起，这些纽带构成了概念世界中政治结构之外的大部分，而小品即孕育于此。作为同乡（浙江绍兴府山阴县），张岱对乡先辈徐渭的作品和生活非常熟悉。事实上，张岱年轻时曾整理过《徐文长逸稿》③，并在自编诗集的序言中指出自己曾模仿徐渭的创作风格。④ 徐渭曾是张岱高祖张天复、曾祖张元忭的密友，受他们雇佣并合作编书。⑤ 事实

---

① 袁宏道著，钱伯城笺校：《袁宏道集笺校》卷一九《徐文长传》，上海：上海古籍出版社1981年版，第715—717页。

② 袁宏道（1568—1610），字中郎，万历二十年（1592）进士，湖北公安县人。袁宗道（1560—1600），字伯修，万历十四年（1586）进士。袁中道（1570—1626），字小修，万历四十四年（1616）进士。万历二十六年（1598），袁宏道和兄弟袁宗道、袁中道在北京创立了葡萄社，并在社中和许多不同的重要文人探讨了文学理论，后来发展成为以袁氏故里为名的公安派。他们的主张包括强调文学样式的易懂性而反对拟古，认为文学形式和语言随世代而演进，并因此指出文学应自个人胸臆中自然流出而非出自程式格套。关于三袁兄弟的个人立场的讨论，参见 Chih-p'ing Chou, *Yüan Hung-tao and the Kung-an School* (Cambridge: Cambridge University Press, 1988); L. Carrington Goodrich and Chaoying Fang, *Dictionary of Ming Biography (1368-1644)*, 1635-1638。

③ 徐渭：《徐渭集》，北京：中华书局1983年版，第687—1074页。

④ 张岱：《琅嬛文集》补编《琅嬛诗集自序》，载张岱：《张岱诗文集》，夏咸淳校点，上海：上海古籍出版社1991年版，第406页。

⑤ 张天复，字复亨，号内山，卒于万历元年（1573），嘉靖二十六年（1547）进士，浙江山阴人，历任云南按察副使、甘肃行太仆寺卿。见 L. Carrington Goodrich and Chaoying Fang, *Dictionary of Ming Biography (1368-1644)*, 110。张元忭（转下页）

上,正是张元忭在徐渭因杀害第三任妻子而入狱后帮助他获释。[1]因此,张岱感觉到与狂人徐渭有着强烈的地缘、文学与家族的联系。即使在张岱技艺成熟并创造出独有的风格而停止尝试模仿徐渭后,他仍在许多层面有意识地成为与徐渭相同的传统的一部分。这一点很重要,因为如果我们同时从文学性和社会性去看待体裁,那么一位作家会同时在这两个领域有意识和无意识地参与这种体裁的发展。徐渭和张岱之间的关联,显然会让我们同时考虑到所有这些可能性。

我们将从徐渭的一些作品及其创作思想谈起——这些作品本身可能会被认为是小品,并且常被小品集所收编。此后我们将比较徐渭和张岱二人的《自为墓志铭》,最后将考察《陶庵梦忆》中的两篇作品。《陶庵梦忆》是张岱的短篇散文集,共一百二十三篇,撰写于明亡之后,但内容基本是他在清顺治三年(1646)之前的亲身经历。《陶庵梦忆》中的单篇作品从未被称为小品——事实上,这些作品也没有被冠以记、传或序这类常见的附属文体称谓。然而,经过作者的集结,这些作品得以通过一种徐渭文集所收作品无法企及的方式,完成对自己范围、特征以及特定创作背后愿景的定义。

徐渭对职业作品的矛盾心理

在徐渭的作品中,我们能看到小品风貌的独特元素——这些元素我们将在张岱的散文中看到更充分的展现。徐渭在很多方面

(接上页)(1538—1588),字子荩,号阳和,隆庆五年(1571)进士,浙江山阴人,晚年官翰林院侍读学士,兼左谕德。隆庆二年(1568),其父张天复在云南因官军战败而入狱,元忭辩白冤情,天复获释。五年后,张元忭曾为身处囹圄的徐渭作同样的努力。见 L. Carrington Goodrich and Chaoying Fang, *Dictionary of Ming Biography (1368-1644)*, 110-111。

① 张岱:《琅嬛文集》卷四《家传》,载《张岱诗文集》,第 249 页。

都处于两极之间。他多次参加乡试不第,也从未任官,但却曾是16世纪中叶平定东南沿海倭寇的军事指挥官胡宗宪(1512—1565)的军事幕僚和得力的笔杆子。① (徐渭也为其他人代笔撰文,包括张岱的族亲。)徐渭曾为自己的职业代笔文集撰过两篇自序,两篇序文都表现出一种明显的对代笔人身份的不适感,不过这种不适感也可能源自当下脱离了幕僚的职业角色却要在文中表达这种身份的任务。

徐渭在《抄代集小序》开篇谈到他的身份问题:

> 古人为文章,鲜有代人者,盖能文者非显则隐,显者贵,求之不得,况令其代,隐者高,得之无由,亦安能使之代。渭于文不幸若马耕耳,而处于不显不隐之间,故人得而代之。在渭亦不能避其代……②

此处徐渭把自己置于显与隐之间——介于那些入世为官者和出世归隐以求独善其身者之间。但徐渭的境况比这更复杂。如他上文寥寥数行的自述,他还身处这样一个特定的历史关头,越来越多的人和他一样在各阶段科考中屡试不第,进退维谷。即使不从

---

① 胡宗宪,字汝贞,号梅林,嘉靖十七年(1538)进士。嘉靖三十三年(1554),胡宗宪与多位在北京的御史一起提出了如何抗击倭寇的应对策略。最终,张经(卒于1555年)奉命总督东部和东南沿海各省诸军。同年晚些时候,胡宗宪调任浙江巡按监察御史,监督张经。嘉靖三十四年(1555),张经取得了抗击海寇的大捷。但大学士严嵩误导明世宗,让他认为这是包括胡宗宪在内(事实上他根本没有参与)的其他官员的作为。张经被判处死刑,而胡宗宪并未对这一错误情报作任何澄清。嘉靖三十五年(1556),胡宗宪升任南直隶、浙江及福建地区总督,统领抗倭军务,随后不久他任用徐渭为其辅佐。(他将象征吉兆的白鹿和徐渭所撰表文一起进献给世宗,显然是在胜负难料之际为确保得到朝廷支持的一种手段。)最终,胡宗宪平定了倭患,但一度支持他的严嵩在嘉靖四十一年(1562)被罢免,也让胡宗宪以含糊的贪污罪名遭到弹劾。胡宗宪处境岌岌可危(徐渭敏锐地意识到了这一点),不过最终世宗准许胡宗宪在保留官爵的情况下致仕。见 L. Carrington Goodrich and Chaoying Fang, *Dictionary of Ming Biography (1368-1644)*, 631-638。

② 徐渭:《徐文长三集》卷一九《抄代集小序》,载《徐渭集》,第536页。

学问的角度,至少就身份而言,徐渭真正所身处其间的,一边是那些颇善文辞而能通过正统的文章写作来博取功名、至少有资格登仕之人,而另一边则是那些完全不善写作之人。这一点,他一再用令人难忘的文笔表现了出来:一个自我贬低的、持尖酸笔法的短篇散文作者。文中他把语句叠错复合,而最终我们发现我们凝视的却是徐渭本人。

徐渭并非唯一一个未通过科举考试而终能担任幕僚之人,在帝国晚期,有越来越多像这样的人,和酒一样成为绍兴最知名的地方特产。[①] 在这里对我们而言重要的并非徐渭的身份(尽管这对他来说至关重要),而是他描写这种身份的方式。在徐渭的写作和生活过程中,有一种不耐烦的愤恨情绪,它通过独特的苦涩形式表现出来并成为他自我塑造的一部分。在《抄代集小序》中,徐渭试图在语调和内容上避开这些代笔文章的创作场所;读者因而也超离了他和上司的营地而得以通向作者的个性世界。

类似的写法在徐渭的《抄小集自序》中也可看到,尽管最初被一组比喻所掩盖:

> 山鸡自爱其羽,每临水照影,甚至眩溺死弗顾。孔雀亦自爱其尾,每栖必先择置尾处,人取其尾者,挟刃匿丛篁,伺其过急断之,少迟忽一回视,则金翠光色尽殒,此岂其靳惜之意专致通于神,故人不能夺其所爱,而必还之于既去耶?此其于麝抉脐,蛇剖珠,又稍殊异矣。余夙学为古文词,晚被少保胡公檄作鹿表,已乃百辞而百縻,往来幕中者五年。卒以此无聊,变起闺阁,遂下狱,诸所恋悉捐矣,而犹购录其余稿于散亡,并所尝代公若代人者,诗若文为篇者若干。[②]

至此我们尚不能完全厘清他关于鸟类的论述与文集汇编工作

① James H. Cole, *Shaoxing: Competition and Cooperation in Nineteenth-Century China* (Tucson: University of Arizona Press, 1986), 9-10.

② 徐渭:《徐文长三集》卷一九《抄代集小序》,载《徐渭集》,第536—537页。

之间的关系。我们可以看出的是，徐渭为了收编这些作品付出了大量心血，但同时他似乎再次对编辑这类特殊的作品感到不安，这些作品显然都是为别人写的，尤其是为胡宗宪。他感觉自己和作品之间的联系，如同孔雀和尾屏之绚丽光彩一般。（当有人取其尾时，则光色尽殒。）不过这一比喻表明，徐渭对于继续参与这类写作可能招致祸害而心存忧虑。

这种矛盾心理源自徐渭的写作环境。为向明世宗进献视为祥瑞的白鹿，胡宗宪委托徐渭撰写《进白鹿表》以作为进献的一部分。无论对这篇表文，还是对表达胡宗宪谢恩之意的异兽，皇帝都感到非常满意。因此《进白鹿表》成为徐渭写作生涯的基石，然而，被徐渭收进职场代笔文集中的文字，却被序文中的语言（“已乃百辞而百縻，往来幕中者五年”）以及鸟类的比喻削弱了。其中的原因是多方面的。首先，正如徐崙所指出的，徐渭从一开始就对入幕为胡宗宪效力的想法持矛盾态度。[①] 一方面，作为一个学过武术和兵法的绍兴人，徐渭最渴望通过某种有效的途径来参与镇压猖獗的倭寇。但另一方面，徐渭又厌恶与勾结严嵩而深陷政治泥潭的胡宗宪交往过密。严嵩自嘉靖二十一年（1542）至四十一年（1562）担任内阁大学士。[②] 在严嵩死后，胡宗宪就被捕入京受

① 徐崙：《徐文长》，上海：上海人民出版社1962年版，第83页。

② 严嵩（1480—1567），字惟中，号介溪、勉庵，弘治十八年（1505）进士，嘉靖年间担任内阁大学士。严嵩出任内阁大学士期间，政坛呈现出一幅复杂的图景，并且传统上被描绘为非常昏暗的光景。严嵩在一定程度上是通过满足世宗对道教的兴趣而得宠，但他也是一位能干和勤奋的管理者，尽管在情势不利时，为避免承担责任，他会把关键的决策推给他人。他也有手段能在数年内小心而间接地除掉几位要员，这也让他在朝中树敌无数，他在任职期间屡次以贪污罪名遭到弹劾，或许正是这些政敌、年迈及其子傲慢的违法行为等综合因素，迫使他倒台而被贬为平民。见 L. Carrington Goodrich and Chaoying Fang, *Dictionary of Ming Biography* (*1368-1644*), 631-638; James Geiss, "The Chia-ching Reign, 1522-1566", Chapter 8 in *The Cambridge History of China*, *Vol.7*, *The Ming Dynasty* (*1368-1644*), edited by Frederick W. Mote and Denis Twitchett (Cambridge: Cambridge University Press, 1988), 482-485, 505-507。

审，徐渭非常恐慌，担心自己会因此受到牵连。嘉靖四十四年（1565），胡宗宪死于狱中，此后不久，徐渭一时冲动杀害了第三任妻子，并因此在嘉靖四十五年（1566）入狱。[1] 显然他是在狱中写了这篇序文，而且他仍在担心与已故的胡宗宪的关系会影响自己的前途。徐渭的这篇序文是他为撇清和胡宗宪的关系所作的努力，尽管他还保留了那篇最著名的《进白鹿表》。在他接下来阐明上述比喻时，这一点变得更加清晰：

> 盖所谓死且勿顾，夺其所爱而还之于既去，于孔雀山鸡何异耶？昌黎为时宰作《贺白龟表》，词近谄附，及《谏佛骨》则直，[2]处地然耳，人其可以概视哉？故余不掩其所代二公于人者。虽然，自妄羽之而复自妄尾之，安能保人之必羽之而必尾之耶？诚如是，则吾之购之录之也，其不见笑于山鸡孔雀也几希矣。

徐渭其实在讨论作家与“文”（文字或是标记任何事物的外在纹路，如同鸟羽上的纹饰）之间的关系。就像山鸡和孔雀一样，徐渭沉迷于自己的装饰而以身犯险——不过这种装饰不仅仅是外在的，还“通于神”。徐渭似乎羞于临水照影去回看自己的成名作，但他显然更担心如果继续拖拽着《进白鹿表》这条尾巴，就有可能遭到那些欲斫杀任何与严嵩有直接、间接关系之人而“挟刃匿丛篁”的蒙面之徒的暗算。徐渭因此把韩愈这位古文巨擘放置于自己和那些潜在的袭击者之间。的确，徐渭承认，韩愈写过一篇《为宰相贺白龟状》（这无疑会在徐渭写《进白鹿表》时浮现在他的脑

---

① 曾幼荷（Tseng Yu-ho）的文章试图证明，这起事件以及徐渭一系列自残行为是精神分裂症的结果，见 Tseng Yu-ho，“A Study on Hsü Wei”，*Ars Orientalis* 5（1963）：243-254。

② 《贺白龟表》是指韩愈的《为宰相贺白龟状》，见韩愈撰，马其昶校注：《韩昌黎文集校注》，马茂元整理，上海：上海古籍出版社 1986 年版，第 602—603 页。韩愈写此文是为了庆贺宰相裴度（765—839）于唐元和十二年（817）成功收复淮西。徐渭所称《谏佛骨》，则是那篇著名的《论佛骨表》，见《韩昌黎文集》，第 612—617 页。

海中),但那并不意味着韩愈就只是一个佞臣。在有必要(也是被允许)的情况下,韩愈痛斥了唐宪宗纵容佛事。因此,《为宰相贺白龟状》并不能被视为代表了韩愈的总体观点,这只是他在当时“处地然耳”——是境地的问题。言外之意,徐渭的表文也应被同等视之,因此徐渭也不应被理解成是对胡宗宪不加批评的拥护者。

最后,徐渭又回到开篇的羽毛意象来为他的序文作结。他谦虚地说,通过收集和公开这些作品,他是“自妄”地让它们成为自己的羽毛和尾屏(尽管虚心和智慧告诉他不该这样做)。他将自己的心灵与文辞的光焰紧密相连,这种光焰一旦与他相离就会黯然失色。但如果他为这些羽毛的光色而沾沾自喜,并把它们作为自己名声的来源而显露出来,就无法确保其他人也这么认为。徐渭最终可能会因此丧命或者遭人追杀,如果真是这样,即便是山鸡和孔雀也会嘲笑他。有关禽鸟的知识与无声的政见相结合,或最接近于柳宗元,[①]但这篇文章也带有徐渭特有的一贯的暗淡和令人不安的黠慧,如同双面神雅努斯,徐渭通过它们来标记变化莫测的政治氛围的边界。那种心声,或许只有在他职业身份之外,才是他真正的孔雀尾巴。

张岱:最好的史家,功夫在史外

如果说徐渭在政治世界的边缘小心而紧张地蹒跚踱步与他独特的文章措辞相匹配的话,那么我们可以在数十年后张岱的作品中看到这种声音的变化。张岱也为其最属公共领域的作品——长

① 柳宗元(773—819),字子厚,贞元九年(793)进士,唐顺宗在位期间,柳宗元仕途顺利。随着顺宗的退位,柳宗元被贬为永州(今属湖南)任职,后又贬往柳州(今属广西)并卒于此。柳宗元的文集以其创作于永州期间的山水文和引人入胜且尖锐的政治寓言而著称,并往往以道为立场。后一类作品中最著名的是《捕蛇者说》和《种树郭橐驼传》。

篇明史《石匮书》——写了序言。[1]（我们必须记住，这两人都不仅仅是小品作家。他们也许并不希望自己会以小品作家的身份而被后人记起。）张岱的笔法呼应着前辈徐渭的错综笔触，并再现了对自己写作公共领域文体的矛盾心理。在明朝灭亡的前后数年间，张岱笔耕《石匮书》，并有意识地效仿司马迁，通过声明他必须完成史书的写作，[2]来为自己不光彩的行为作出辩解（对张岱而言，在明朝覆灭之时，他并没有如很多熟识的人一样自杀殉节）。不过，在《石匮书自序》中，张岱声称作为一名史家，他与近买的其他史家并不一样。他的羽毛有着与众不同的纹路：

> 能为史者，能不为史者也，东坡是也[3]。不能为史者，能为史者也，弇州是也[4]。弇州高抬眼，阔开口，饱蘸笔，眼前腕下，实实有"非我作史，更有谁作"之见，横据其胸中，史遂不能果作，而作不复能佳。是皆其能为史之一念有以误之也。

---

① 《石匮书》二百二十卷，涵盖了整个明朝直至天启七年（1627），尚未整理出通行版本，只有上海、南京、浙江图书馆所藏手稿本。见夏咸淳：《明末奇才——张岱论》，上海：上海社会科学出版社 1989 年版，第 27 页。张岱的增补之作《石匮书后集》六十三卷，已有多个当代出版本，特别是中华书局 1959 年版的《石匮书后集》。

② 司马迁（约前 145—约前 86），继任父亲太史令之职，同时继承了一项未完成的事业——撰写中国第一部通史。司马迁因在朝廷上为一位战败将领作辩护而获罪，他选择了以腐刑赎身死，以便让自己完成《史记》的撰写。

③ 苏轼（1037—1101），号东坡居士，嘉祐二年（1057）进士。在他复杂的政治生涯中年，苏轼曾参与著名的反对王安石新法事件（当时他才三十多岁），后任翰林学士、杭州知州、礼部尚书，也遭受了几段流亡的经历。苏轼的诗文创作同样博大精深，在明代，他的文章使他位列"唐宋八大家"之一。尽管他那些对政治统治积极而直率的论述本应成就一部非凡的史著，但他并没有写作出大篇幅的史学著作，这正是张岱在此处所述的论点。

④ 王世贞（1526—1590），字元美，号凤洲、弇州山人，嘉靖二十六年（1547）进士。在北京的早期仕官生涯中，王世贞成为提倡文必秦汉、诗必盛唐的古文辞运动的领袖。王世贞是一系列明朝史著的作者，包括有关明朝治国之术的《弇山堂别集》以及笔记《觚不觚录》，韩慕肯在同组参会论文中对《觚不觚录》作了讨论。L. Carrington Goodrich and Chaoying Fang, *Dictionary of Ming Biography (1368-1644)*, 1399-1405.

> 太史公其得意诸传，皆以无意得之，不苟袭一字，不轻下一笔，银钩铁勒，简炼之手，出以生涩。至其论赞，则淡淡数语，非颊上三毫，则睛中一画，墨汁斗许，亦将安所用之也？后世得此意者，惟东坡一人，而无奈其持之坚，拒之峻。……
>
> 余之作史，尚不能万一弇州，敢言东坡？第见有明一代，国史失诬，家史失谀，野史失臆，故以二百八十二年总成一诬妄之世界。……余故不能为史，而不得不为其所不能为，固无所辞罪。然能为史而能不为史者，世尚不乏其人，余其执简俟之矣。①

如同徐渭的序言，此序中也有一种浓重的谦卑，这在一定程度上是一种写作惯例（尽管徐渭和张岱都没有过分谦虚）。但是张岱和徐渭一样，也疏离了自己和他正为之撰序的那部著作之间的关系。他渴望成为上好的史家——像苏轼一样好到无须动笔创作这部史著（尽管史书已完稿）。实质上他把自己分成了两个自我。其中一个是史家，能为后人更准确地描述他所效忠的王朝。也正是这项事业和这份忠诚令他放弃自杀殉节。在序中提到司马迁名字的，是这一层面的张岱。但他还有另一个自我——这种自我把自己比拟为苏轼，这位最受明代小品作家（包括徐渭②）推崇的短篇、轶事类散文家，他的文章凸显了思想和个性看似非结构化的活动。③ 的确，当张岱撰写《陶庵梦忆》自序时，他把那部小品文集和明代的苏文选本《志林》并提。张岱说自己选集的不同之处只在

---

① 张岱：《琅嬛文集》卷一《石匮书自序》，载《张岱诗文集》，第99—100页。

② 徐渭《评朱子论东坡文》（《徐文长佚草》，载《徐渭集》，第1096页）是一次针对朱熹贬低苏轼而作的酣畅淋漓的口语式的抨击，徐渭说：“文公件件要中鹄，把定执板，只是要人说他是个圣人……世间事事不称他心，无过中必求有过，谷里拣米，米里拣虫……此不解东坡深。吹毛求疵，苛刻之吏，无过中求有过，暗昧之吏。”可以看出张岱相对更温和，至少常常是一种言不由衷，而这在徐渭的作品中很少见。

③ 有关苏轼对明代小品的影响，参见陈万益：《苏东坡与晚明小品》，载淡江大学中文系编：《晚明思潮与社会变动》，台北：弘化文化事业股份有限公司1987年版，第297—328页。

于不分门类。[1]

张岱的定位是戏谑模糊化的。一方面，如果某人自认为擅长撰史（如王世贞），其事实却并非如此。另一方面，如果某人拥有撰史的感知和理解能力，结果却是他不敢去承担这项使命任务。张岱位于何处？他觉得现行的历史充斥着谎言——然而，这岂不是很接近他归纳的王世贞的写史动机“有‘非我作史，更有谁作’之见”吗？如果你像张岱一样，自称不能为史——那岂非吹嘘自己其实和苏轼一样？张岱让我们在这一点上保持平衡，他不愿意把自己描述成一位史家，然而又无法解释他何以写出了二百八十三卷的史书。张岱本人也不稳地游走平衡于公共文体领域的边缘，这点告诉我们，公共领域之外还有其他可做的、应做的。

我在此处想表达的是：张岱从徐渭那里继承了这样一种写作倾向，以错综的笔法和前人（苏轼）的文章来转移读者对他公共领域作品的接受视角，让我们在阅读时，意识到有另一种超越政治的个性在俯视着我们。相比于徐渭，张岱更进了一步，他真正地把他的存在、身份、人格的一部分区隔起来，并在小品中创造了一个相对应的文学疆域。如果我们比较徐渭和张岱如何在各自的《自为墓志铭》中描述自己，就能再次看到这种差别。两篇墓志铭共同标示出个人散文的前进方向。

自为墓志铭：对个性的纪念

有关中国自撰墓志铭悠久却并不广泛流行的传统，吴百益（Pei-yi Wu）在他的研究[2]中指出，这些作品几乎都源于两种情绪：

---

① 《志林》（苏轼：《东坡志林》，王松龄点校，北京：中华书局1981年版）著录于陈振孙的《直斋书录解题》，并为明代汤云孙重辑。明代版本为五卷本，并按主题分类，包括人物（条目最多）、纪游、怀古、疾病、梦寐、送别、佛教、异事和贼盗等。

② Pei-yi Wu, *The Confucian's Progress: Autobiographical Writings in Traditional China* (Princeton: Princeton University Press, 1990), 24-32.

一是对他人能否恰如其分地描述自己一生的怀疑,二是对自己人生不被遗忘的期许。不管何种情况,一直到16世纪,这类写作延续着记录逝者重大公共业绩的惯例。就墓志铭而言,这是很自然的,至少在儒家语境中,这能够引发人们思考一种潜在良好行为模式对人类事业带来的影响。当然,墓志铭也能引发人们考虑逝者子嗣的家世传承,因此它必须在正当的自豪感和有风度的谦虚之间找到合理的平衡点。

徐渭和张岱在自撰墓志铭的格式中,仍很自然地采用了一种相当固化的通用形式,并将其改造以符合他们的观念,即考虑人生哪些方面值得传给子孙后代。徐渭以如下总体的表述开篇:

> 山阴徐渭者,少知慕古文词,及长益力。既而有慕于道,往从长沙公究王氏宗,谓道类禅,又去扣于禅,久之,人稍许之,然文与道终两无得也。贱而懒且直,故惮贵交似傲,与众处不浼袒裼似玩,人多病之,然傲与玩,亦终两不得其情也。
>
> 生九岁,已能习为干禄文字,旷弃者十余年,及悔学,又志迂阔,务博综,取经史诸家,虽琐至稗小,妄意穷极,每一思废寝食,览则图谱满席间。[①]

事实上,虽然这个开篇带有我们曾见过的那种特别急切的语气,但除此之外却相当墨守成规。对于像徐渭这样的明中叶文人而言,如果不探研佛教反而会很奇怪,并且所有这类文人的传记都会声称传主在幼时就能为诗文。他是肆力于自己所选的学问之道,以至于时而忘食,孔子也是如此,"闻《韶》,三月不知肉味"[②]。只有在评价徐渭的性格时,这种描述才会令人吃惊,即使在这里,每当他陈述自己的怪癖时能有所收敛。他是"贱而懒",这似乎并不特别值得称道,但他也"直"——这个词恰好也被他用来形容韩

---

① 徐渭:《徐文长三集》卷二六《自为墓志铭》,载《徐渭集》,第638—639页。

② 《论语·述而》。

愈的《论佛骨表》。当他说自己"惮贵交似傲,与众处不浼袒裼似玩",徐渭用了《孟子·公孙丑上》的典故,在那篇文中孟子对"恶"与"污"表示出两种相反的态度。第一个例子是伯夷,孟子评价他说:"是故诸侯虽有善其辞命而至者,不受也。不受也者,是亦不屑就已。"[①]第二个例子是"不羞污君"的柳下惠[②],他说:"尔为尔,我为我,虽袒裼裸裎于我侧,尔焉能浼我哉?"(徐渭关于"袒裼"的阐说指向的是柳下惠的事例,而他所说"惮贵交"似乎是在回应伯夷。)孟子的结论是:"伯夷隘,柳下惠不恭。隘与不恭,君子不由也。"显然,徐渭承认就外在表现而言,他的行为似乎(在两个方向上)都超出了《孟子》中二人所描述的界限,但随后徐渭向我们保证"终两不得其情也"——事实上他既非伯夷也非柳下惠。正如在上引序文中徐渭将自己置于公共古文领域的边界,他把自己定位在可接受的文人行为的边缘,又保持不越界。(此后,当袁宏道撰写著名的《徐文长传》时——一篇经常出现在小品选集并且被收入《古文观止》的作品——这种极端被扩大化了,甚至写成了徐渭"或自持斧击破其头,血流被面,头骨皆折,揉之有声"[③]。)

从这种自我塑造及上文讨论的序文中,我们最终看到一幅精心创作又稍显勉强的画面,画中是一个身处公共世界而心怀不满和局促不安之人。这正可以用文以诚描述陈洪绶[④](1598—1652,

---

① 伯夷,商代孤竹国君主长子。其父立伯夷之弟叔齐为继承人,叔齐不愿看到兄长受排挤,而伯夷不愿违背父亲遗命,兄弟二人都离国而去。见司马迁:《史记》卷六一《伯夷列传》,北京:中华书局 1959 年版,第 2121—2129 页。

② 柳下惠,展获之谥号,字禽,公元前 634 年在世。春秋时鲁国柳下人,任鲁国大夫。记载见于《论语》《孟子》《左传》《国语》。

③ 袁宏道著,钱伯城笺校:《袁宏道集笺校》卷一九《徐文长传》,第 716 页。

④ 陈洪绶,字章侯,号老莲,浙江绍兴诸暨人。画家、书法家,尤以人物画为闻名,包括历史与文学人物的肖像画、自画像以及叶子(当时流行于民间的酒令牌)插画。他是张岱的密友,并出现在多篇张岱的文章中。此外,高居翰(James Cahill)指出,陈洪绶的父亲曾是徐渭的好友,而陈洪绶本人也曾在徐渭的故居中住过(转下页)

张岱好友）所绘令人不安的人物的相同方式来作出表述：

> 他的人物经常表现出一种紧张的戏剧风格和自我意识，这凸显了公众角色和私人品格之间的紧张关系。他笔下的主人公特点鲜明，流露着心烦意乱，或逃避目光，或陷入沉思，暗示了被孤立的主体性。①

大多数徐渭的作品有着同样不安的自我意识，尤其是饱含忧虑和逃避的目光。

相比之下，张岱在协调公共与私人领域之间的衔接时，远没有那么吃力，他的目光也没有回避我们读者。张岱《自为墓志铭》②的开篇是一系列很直接的个性甚至是一种炫技：

> 蜀人张岱，陶庵其号也。少为纨绔子弟，极爱繁华，好精舍，好美婢，好娈童，好鲜衣，好美食，好骏马，好华灯，好烟火，好梨园，好鼓吹，好古董，好花鸟，兼以茶淫橘虐，书蠹诗魔。③

这是吴百益所提到的先发制人、不让他逝后的讣闻撰者替他盖棺定论，抑或是作者避免使自己湮没无闻的尝试，我们很难定论。当然并非任何人都能代表张岱写出开篇这样令人难忘的文字。该文首句之后，对传记体例的遵循就在行文中消失得无影无踪，而《孟子》中的那种修辞效果也无处可寻。

（接上页）一段时间。见 James Cahill, *The Distant Mountains: Chinese Painting of the Late Ming Dynasty, 1570-1644* (New York: Weatherhill, 1982)。（中译本见［美］高居翰：《山外山：晚明绘画（1570—1644）》，王嘉骥译，台北：石头出版股份有限公司 1997 年版；上海：上海书画出版社 2003 年版。——译者）

① Richard Vinograd, "Private Art and Public Knowledge in Later Chinese Painting", in *Images of Memory: On Remembering and Representation*, edited by Susanne Küchler and Walter Melion (Washington: Smithsonian Institution Press, 1991), 196-197.

② 张岱的《自为墓志铭》见于他的文集《琅嬛文集》，收录于夏咸淳 1991 年整理出版的《张岱诗文集》。

③ 张岱：《琅嬛文集》卷五《自为墓志铭》，载《张岱诗文集》，第 294 页。

接下来,就像徐渭引用《孟子》典故那样,张岱继续以下列文字来尝试建构他自己的人格边界:

> 回首二十年前,真如隔世。常自评之,有七不可解:向以韦布而上拟公侯,今以世家而下同乞丐,如此则贵贱紊矣,不可解一。① 产不及中人,而欲齐驱金谷,世颇多捷径,而独株守於陵,如此则贫富舛矣,不可解二。② 以书生而践戎马之场,以将军而翻文章之府,如此则文武错矣,不可解三。③ 上陪玉皇大帝而不谄,下陪悲田院乞儿而不骄,如此则尊卑溷矣,不可解四。弱则唾面而肯自干,强则单骑而能赴敌,如此则宽猛背矣,不可解五。夺利争名,甘居人后,观场游戏,肯让人先?④ 如此则缓急谬矣,不可解六。博弈摴蒲,则不知胜

---

① 在张岱所列的不可解之事中,前三条有些难以看出是在讲自己的境遇。张岱虽不曾穿着形同乞丐,但确实身着布衣(而非官服),尽管在他那群人当中如此衣着也并不罕见。(如果从更宽泛一些的角度去理解,张岱可能意在语涉明皇室发迹于草莽,而非强调明亡后自己的潦倒命运。)

② 张岱声称"产不及中人"令人惊讶,有可能他认为自己以往的财产对于一位受过教育的人来说不足为奇。由于其父无力掌管家财,维持家庭生活水平的担忧全落在了张岱身上。无论如何,他当然都会承认自己的意愿与从事精打细算的财产管理格格不入。洛阳北部的"金谷"是西晋石崇(字季伦,249—300)所建造的豪华花园。石崇传附录于其父石苞之后,见房玄龄等撰:《晋书》卷三三,北京:中华书局1974年版,第1004—1008页。

③ 这一点很难解释为张岱的自我描述,因为他并未从军。不过,他确实曾以文学的形式记录了观看军事训练的过程,并且他撰写(及保存)明朝历史的一系列筹划,也许足以令一位将军感到震惊。因此我认为张岱的意思是指"以书生的风格"及"以将军的风格",而非字面意义上所谓的书生和将军。黄卫总(Martin W. Huang)通过翻译这段文字表达了类似的理解:"作为书生我参与了一系列军事活动,而在从事的文学工作中我扮演着将军的角色。" Martin W. Huang, *Literati and Self Re/Presentation: Autobiographical Sensibility in the Eighteenth-Century Chinese Novel* (Stanford: Stanford University Press, 1995), 4.

④ 这里我有所保留地认同朱剑心的说法(朱剑心选注:《晚明小品选注》,台北:台湾商务印书馆1964年版,第265页)。朱剑心认为关于观场的这句话是一种修辞上的反诘语,因此"肯"变成"不肯"。为了形成对比,似乎确实应在否定意义上去理解这句话。

负，啜茶尝水，则能辨渑淄，如此则智愚杂矣，不可解七。

有此七不可解，自且不解，安望人解。故称之以富贵人可，称之以贫贱人亦可；称之以智慧人可，称之以愚蠢人亦可；称之以强项人可，称之以柔弱人亦可；称之以卞急人可，称之以懒散人亦可。

从来没有人说过徐渭懒散。徐渭似乎是伯夷之高傲和柳下惠之不恭的痛苦结合体，而张岱则坚持将这种模式夸大至超越了所有的自我意识：他是既贵又贱、既阔又贫、既文又武、既宽又猛、既缓又急、既粗又细。但正如徐渭让自己重拾尊严，张岱“七不可解”的每一条都有着明确的道理。历史环境迫使他从富家人生而过上乞丐般的生活；有理由可以无视小人的侮辱，与此同时又与权贵抗争；对观场、品茗的痴迷在其他时期可能是怪异的行为，但在他所处的时代，正是这些文化的标志赋予他一个身份。

这两人都把大部分生命奉献给了学问，他们的墓志铭对这方面成就的描述却大有不同。徐渭在上文已指出自己“文与道终两无得也”，但他又指出自己“务博综，取经史诸家”。此后，他继续以第三人称这种常用于一种代写文体的方式，自述道：

渭尝曰：余读旁书，自谓别有得于《首楞严》《庄周》《列御寇》。若黄帝《素问》诸编，傥假以岁月，更用绎䌷，当尽斥诸注者缪戾，摽其旨以示后人。

徐渭声称他只是对（儒家以外的）“旁书”颇有心得，而张岱（再次突破了徐渭的范型）则声称自己在任何领域都无有所得：

学书不成，学剑不成，学节义不成，学文章不成，学仙、学佛、学农、学圃俱不成。任世人呼之为败子，为废物，为顽民，为钝秀才，为瞌睡汉，为死老魅也已矣。

此处他已完全超出了传统意义上的谦逊——虽然我们必须同

时承认:通常一个人本就不该为自己撰写会使自己丧失谦逊风度的墓志铭。

在这两篇墓志铭中,我们看到了被夸大了的社会怪癖,以及一种从声称掌握非儒家领域的知识到宣称学无所成的转变——这些都是刻意做出的姿态,也构成了文章观念发展的一部分。不过我们本应该在这里讨论文人与政治之间的关系。在上引作品的语境中,二者之间的关系会如何?首先,政治的近距离是这类写作的一部分动力。墓志铭通常是由逝者的家人拜托生前好友或以文才著称的当地名人所撰写的。徐渭撰写了自己的墓志铭,正是在其资助者胡宗宪倒台后的那段恐慌岁月里。徐渭告诉我们:"至是,忽自觅死。人谓:'渭文士,且操洁,可无死。'不知古文士以入幕操洁而死者众矣。"(实际上他后来从这场危机中幸存并再活了数十年。)张岱晚年撰成其墓志铭,是在其晚明文人的绚烂生涯随着皇朝一起终结的约二十年之后。如他所言:

> 甲申以后,悠悠忽忽,既不能觅死,又不能聊生,白发婆娑,犹视息人世。恐一旦溘先朝露,与草木同腐,因思古人如王无功、陶靖节、徐文长皆自作墓铭①,余亦效颦为之。

张岱是在清廷入主中原的数十年后撰写此文的,而他的笔此时仍被明朝的灭亡所影响,而且他的文章和态度完全忠于对明朝

---

① 张岱指的是王绩的《自撰墓志》(王绩:《东皋子集》卷下,《四部丛刊续编》本,第13a—13b页)和陶渊明的《自祭文》(陶渊明:《笺注陶渊明集》卷八,《四部丛刊》本,第8b—10a页)。陶潜(约365—427),原名渊明,字元亮。有关诗人陶潜的生活、工作及自我表现的很多方面,都能引起像徐渭和张岱这类作家的兴趣(对于其中某些方面,徐渭和张岱二人的兴趣会有高低之别)。陶潜出生于一个没落的士族家庭,虽然他强烈地意识到从事政治事业的重要性,但就个性而言,他对此也抱有厌恶的情绪。他的诗文恰恰反映了这种矛盾心理,同时呈现了一副精心制作的自画像,描绘出一个居家自足、饮酒多醉、见其所欲见、悠然而自适之人的形象。王绩(585—644),字无功,号东皋子。王绩十分推崇陶潜,表现在措辞以及某些情况下对陶潜作品的直接模仿,其中包括此处提到的《自撰墓志》,以及模仿陶潜《五柳先生传》而撰写的《五斗先生传》。

的感情。在某种意义上,这两篇墓志铭都是个人对政治环境所作出的反应。它们是竭力的尝试,都试图将各自的作者保护在威胁要掩埋他们的政治领域之外。但是徐渭和张岱,至少在这里似乎完全不惧怕自己在公共、政治领域中无足轻重。相反,他们明显地是想在政治和公共领域以外保存他们的自我。正如徐渭在墓志铭中所说:

> 一旦为少保胡公罗致幕府,典文章,数赴而数辞,投笔出门。使折简以招,卧不起,人争愚而危之,而己深以为安。

在徐渭的墓志铭中,这是与《进白鹿表》最为关系密切的一段文字,那篇表文曾为他赢得文名,也是其他人为徐渭作传时经常提到的作品。显然在胡宗宪的幕府之外,还有一种徐渭下定决心去获取的存在方式。徐渭和张岱的墓志铭都有一部分文字对作者生平进行了相当古板而枯燥的描述,似乎是在提醒我们这是墓志铭,只有这样我们才能意识到,这里的例子与墓志铭的一般形式之间存在有多大的不同。不过即便如此,徐渭并未提到他的作品、政绩以及在东南沿海抗倭的事迹,只提及"又十年冬,客于幕,凡五年罢"。张岱照着做了,他只列出了一份如同在工具书中看到的现存作品的清单,而且并未说明这些作品对于他或者对于我们有何种意义。张岱提到《石匮书》,他曾为此书而放弃殉节,或许该书也因此得到了额外的分量而排在其作品清单的首位,但它并未被纳入有关张岱生命的叙述及讨论中。在徐渭和张岱这种类型的生命中,他们为明王朝所作的卓越的、忠诚的以及文学上的贡献,是被斥之于其生命叙述之外的。

我们或许可以将这两篇《自为墓志铭》称为"小品生平"。徐渭只在与政治或儒家学问毫无关系的文本中展示自己的博学;而张岱则通过在墓志铭中对自己学问成就的避而不谈来确认:在那些立于他墓碑之前的人的眼中,他的自我是以其文学声音和异癖为本的——这正是徐渭发挥到极致的。

现在我们了解到,这两篇墓志铭运用了一种表面上最具公共性的文学形式——这种形式被定为公共遗产的文学性表现——来对抗那个公共性的自我并否定它的传统地位。徐渭和张岱并非首创者。张岱提到他是在回想起陶潜和王绩的自撰墓志铭后,才写了自己的《自为墓志铭》。王绩的《自撰墓志》①也不是对公共生活的细致描述。事实上,文中几乎没有交代一份公共档案本应有的任何信息——没有籍贯,没有任官履历,没有提到祖先,没有关于学问成就的细节。王绩的陈述既不是对公共遗产的记录,也不是通过讲述细节来展示其个性。此文是一种对人物类型的系统构建:他是个社会怪人,默默无闻地担任各种不知名的官职,退归以后过着饮酒悠游的生活。徐渭和张岱没有以这种方式来刻画人物类型,他们二人的叙述已足够特殊,以至于不太可能运用在其他任何人身上。

如果说王绩以范式类型来呈现人生,那么在另一端,我们将看到以徐渭受托而为张岱高祖张天复所撰的墓志铭为代表的更传统类型的墓志铭。徐渭的《张太仆墓志铭》②包含了全部应有的甚至更多的内容:我们可以获知这个原籍四川的家族的详细世系,以及张天复科考与历官各地的详细履历。文中甚至讲述了张天复在其父逝后如何治理家业——另一种类型的公共事务和组织训练。这样的生平几乎是完全公共化的。徐渭和张岱在王绩提供的框架中书写了自己的生平,不包括任何徐渭代写的用来记录张天复一生的更传统意义上的内容。我们可以认为徐渭和张岱的《自为墓志铭》是一种宣言,宣告了非公共性"自我"的重大意义,同时也宣告了公共性在小品"自我"领域中毫无意义。

---

① 王绩:《东皋子集》卷下,《四部丛刊续编》本,第 13a—13b 页。

② 徐渭:《徐文长逸稿》,载《徐渭集》,第 1032 页。

张岱的《陶庵梦忆》:其小品自我的再现

为了了解这种看待文人自我的模式如何在墓志铭的限定形式之外起作用,我们最后来看张岱的《陶庵梦忆》,这部书的一切都是关于回忆、建构、认可与界定那种自我的存在。张岱在《自为墓志铭》中说:"甫构思,觉人与文俱不佳。辍笔者再,虽然,第言吾之癖错,则亦可传也已。"张岱知道,基于"癖错"来描写自我是对《陶庵梦忆》很好的形容。

此处并不旨在全面和细致地讨论一部冗长且话题广泛的散文集,我已在别处有所表述。[①] 不过简言之,这部文集涵盖了宽泛的话题,从煮食螃蟹,到他养护友人植物的不幸经历;从其家三世藏书在清兵控制江南后的悲惨命运,到熟悉之人的特殊园艺技巧。其中也有众多对绍兴社会各个层面的观察,以及对强烈甚至崇高体验的反复探寻,比如近距离观钱塘大潮或看烟火。但如果我们此间目的在于用小品这一文学体裁,来展示一种政治之外的、个人自我的观念性"体裁"是如何在明王朝最后三分之一的时期内自证的话,那么或许我们可以把视角限定在《陶庵梦忆》中两个展示自我界限所在的例子。

两篇短文中的第一篇——确实也是文集的首篇——表面上(张岱讲述的很多话题只是表面上的话题而已)是以坐落于明朝留都南京东部的钟山为题。[②] 文章开头关注了明太祖在钟山选择墓址的过程,并特别提到了在那里观察到的"王气":

---

① Philip A. Kafalas, *Nostalgia and the Reading of the Late Ming Essay: Zhang Dai's Tao'an mengyi* (PhD dissertation, Stanford University, 1995).

② 张岱:《陶庵梦忆》卷一《钟山》,张岱:《陶庵梦忆 西湖梦寻》,马兴荣点校,上海:上海古籍出版社 1982 年版,第 1 页。几乎所有当代整理本《陶庵梦忆》,都以伍崇曜咸丰二年(1852)刊《粤雅堂丛书》所收八卷本作为底本。《钟山》是第一卷的第一篇,我在后文讨论的《龙山放灯》是第八卷的第一篇。

> 钟山上有云气，浮浮冉冉，红紫间之，人言王气，龙蜕藏焉。高皇帝（洪武）与刘诚意、徐中山、汤东瓯①定寝穴。

由于写出了王气和明朝的开国皇帝，有关张岱忠于明王朝的问题就显而易见了——就好比清代《扬州画舫录》的开篇也记载了乾隆在一次南巡中停驻扬州的事情。② 但张岱很快就转到了更个人化的叙述，讲他走访孝陵观看皇家祭祀。在描述家具陈列和祭器性质时，张岱不太崇敬的语调里掺杂了自己的古怪风格：

> 席地以毡，走其上必去舄轻趾，稍咳，内侍辄叱曰："莫惊驾。"

接下来描述了作为祭品的牛羊如何被引导来完成祭祀：

> 导以鼓乐旗帜，牛羊自出，龙袱盖之。至宰割所，以四索缚牛蹄。太常官属至，牛正面立，太常官属朝牲揖，揖未起，而牛头已入燖所。燖已，舁至飨殿。次日五鼓，魏国至，主祀，太常官属不随班，侍立飨殿上。

魏国公是徐达的后代，上文提到的徐达曾帮助朱元璋选择墓址。③ 可见张岱提到的这些爵名有着庄严的仪式上的延续性。但是张岱在这些细致的个人观察之后又加了看似不必要的评论：

---

① 伴驾的这三人对明太祖的崛起与统治至关重要。刘基（1311—1375），字伯温，元统元年（1333）进士，是朱元璋在政治、军事与天象方面的智囊，筹划了扩建南京以兴建新宫殿的方案，被封为诚意伯。见 L. Carrington Goodrich and Chaoying Fang, *Dictionary of Ming Biography (1368-1644)*, 932-938。徐达（字天德，1332—1385）相比之下很可能是不通文辞的，但他却是朱元璋军队中官阶最高的将领，率军从蒙古人手中夺取了大都，封魏国公，死后追封为中山王。见 L. Carrington Goodrich and Chaoying Fang, *Dictionary of Ming Biography (1368-1644)*, 602-608。汤和（字鼎臣，1326—1395）是朱元璋的儿时好友，也是军中将领，常受徐达指挥，死后追封为东瓯王。见 L. Carrington Goodrich and Chaoying Fang, *Dictionary of Ming Biography (1368-1644)*, 1248-1251。

② 李斗：《扬州画舫录》卷一《草河录上》，台北：世界书局 1979 年版，第 1—2 页。

③ 張岱著，松枝茂夫訳：『陶庵夢憶』，東京：岩波書店 1981 年版，第 43 頁。

祀毕，牛羊已臭腐不堪闻矣。

这句话看上去并无必要，但这其实正是张岱使自己脱离于文章的最独特的方式之一。

事实上，这种不太恭敬、令人泄气的结尾是如此普遍，以至于让我们很快会意识到这非常有必要。这是张岱对小品体裁的理念使然，如此做法又反过来有助于定义小品。在所有的这些文章中，张岱在写那些寄托了他最为公共、庄重情感的对象时，却无法一直保持崇敬的语调。他保持着庄重的姿态直到我们感到了它标记的庄重界线，然而之后，他总是（不得不）会以这样或那样的方式使该庄重姿态瞬间瓦解，让我们最终看到“假作真时真亦假”的旁观者张岱。我们的视角便从“钟山”转换为“张岱访钟山”。张岱已把这种文体形式发展成一种远离朝政的绝佳工具，这样做之后，他必须尊重这种形式的本性。

不过，或许更重要的是这对于张岱如何构想自我有着何种意义。毕竟，《陶庵梦忆》中的张岱和那个决心要完成他的明史巨著以证明他对明皇朝儒家式忠心的张岱是同一人。公共道德的庄重性并未被张岱忽视。这种庄重性使得他即使在描述庄严事件加入失礼评语时，也无法扮演一个只注意烦琐现象的淡漠的旁观者。张岱选择写下一百二十三篇关于他身处明朝时的生活片段的文章，这些文章也确实成为自己记忆中的那段生平。每一篇文章都很简短，通过如《钟山》中所展示的技艺，他让这些作品在文章深厚度上保持着相对的轻淡。但在排除了有关朝廷、国政和征服异族的整体内容后，这些文章就像墓志铭一样宣告着，有一段人生存在于这些文字之中——存在于这些文字所包含的东西中——也宣告着那段人生拥有与最公共化的人生同等的分量和意义。由于小品的发展与这类生活保持同步乃至融入其中，我们可以说这种文学现象既参与到自我概念的形塑中，同时也是这一形塑的产物。作为一部广泛收录作家个人纯粹小品写作的文集，张岱《陶庵梦忆》独特地位的形成和塑造，很可能归因于明朝的衰亡，这或许能够解释该书划分了私人文章与公共文章之间特别明显的界限。当然,也可能是因为作为个人自我的基本社会类型在当时已被普遍认可。

如果说张岱的体裁并不比那头臭腐的牛更接近政治领域的话,那么或许我们最后要问,它在另一个方向能走多远?另一边是什么?下面这个例子会提示小品究竟在何处转化融入其他的存在形式。该文触及《陶庵梦忆》中与公共节日庆典有关的一系列文章的极限,这些文章通常都围绕张岱所说的“好华灯,好烟火”(显然都是承袭而来)的嗜好,或者有时也围绕重要的社会差别,这种差别存在于那些真正懂得以有教养的方式享受生活的人与迥然不同但仍被张岱接受的那些炫耀新富或俗气的有趣的人们之间。我们讨论的文章是《龙山放灯》,它展示出张岱对各种细节饶有兴味的关注:

> 万历辛丑年,父叔辈张灯龙山,剡木为架者百,涂以丹雘,帨以文锦,一灯三之。灯不专在架,亦不专在磴道,沿山袭谷,枝头树杪无不灯者,自城隍庙门至蓬莱冈上下,亦无不灯者。山下望如星河倒注,浴浴熊熊。又如隋炀帝夜游,倾数斛萤火于山谷间,团结方开,倚草附木迷迷不去者。
>
> 好事者卖酒,缘山席地坐。山无不灯,灯无不席,席无不人,人无不歌唱鼓吹。男女看灯者,一入庙门,头不得顾,踵不得旋,只可随势,潮上潮下,不知去落何所,有听之而已。庙门悬禁条,禁车马,禁烟火,禁喧哗,禁豪家奴不得行辟人。父叔辈台于大松树下,亦席亦声歌,每夜鼓吹笙簧与宴歌弦管,沉沉昧旦。
>
> 十六夜,张分守宴织造太监于山巅星宿阁,傍晚至山下,见禁条,太监忙出舆笑曰:“遵他!遵他!自咱们遵他起!”却随役,用二丱角扶掖上山。夜半,星宿阁火罢,宴亦遂罢。灯凡四夜,山上下糟丘肉林,日扫果核蔗滓及鱼肉骨蠡蜕,堆砌

成高阜，拾妇女鞋挂树上如秋叶。①

到这里为止，这种行文叙述相当符合《陶庵梦忆》典型的整体风格——以歉疚的口吻为尊者辩（这些人留下一片狼藉，其市井喧闹也把这次活动低俗化了），沉迷于对灯笼制作的描绘，倾向于滑稽戏谑。我们还看到了一幅异常生动的太监肖像，以及一条关于会有多少女的鞋子丢失在这场盛会的有趣记录。但在最后，张岱补叙了两则怪谈：

> 相传十五夜灯残人静，当垆者政收盘核，有美妇六七人买酒，酒尽，有未开瓮者。买大罍一，可四斗许，出袖中蓏果，顷刻罄罍而去。疑是女人星，或曰酒星。又一事，有无赖子于城隍庙左借空楼数楹，以姣童实之，为帘子胡同。是夜，有美少年来狎某童，剪烛殢酒，媟亵非理，解襦，乃女子也，未曙即去，不知其地，其人，或是妖狐所化。

最后一段中的具体特定场景之间出现了一个缝隙，非同寻常的行为在缝隙中得以发生，如此行为引发人们浮想到神话或超自然人物。这个缝隙是个怎样的世界？在那里女子可以进入酒肆喝光整坛酒而不被认出，又或者可以到行院去狎亵娈童。在这个社会分别明显的领域中，似乎出现了全新的可能性，这些可能性只可能来自于另一个平行存在的境界。但是，这种女子饮酒和狎娈童的超凡现象，最终只会加强更传统意义上的性别和社会角色。

这些异事显示了行为的界限所在——某些行为将不得不被划至另一个世界。但对我们目前的分析而言，更重要的是，这些异事也告诉我们张岱小品的界限所在。这个小品世界中只有数次顺带提到了政治动荡——作者并无跨过边界而进入公共话语的意愿——而却表现了一种去触碰、试探另外一端最远边界的意愿，在这一边界上，为人世所知的世界与其之外的另一个世界接壤了。

① 张岱：《陶庵梦忆》卷八《龙山放灯》，第71—72页。

小品于是就处于以下二者之间：一边是积极入世的古文文体，另一边可以说是小说，因为小说是一种可以包含自传元素的体裁，但它不会以呈现一个人所经验的真实世界为其核心的立场。在文学传统里，有一些体裁是游离于上述二者之间的，最明显的例子或许就是志怪，它呈现为对真实事件的如实描述，而这类事件似乎以某种方式超越了我们传统的本体论与分类学的边界。① 正如复杂的社会、经济和权力关系，消除了我们曾简单地称之为"高""低"或"大""小"文化之间的界限，志怪也是如此，它作为一种类型有助于消解文学中"大"与"小"的截然对立，这也正是张岱在《龙山放灯》中所尝试的。张岱所写的小品文体肯定了对人类本体论而言，视为"小"的与作为文本的如《大学》之"大"的一样重要，《大学》的主旨是一套在人类世界中建立秩序（并以此生存）的理论纲要。张岱书写了有关探访皇陵或孔子手植桧的小品，不过在另一方面，我们发现徐渭痴迷于梦想（这是很多宋朝以来作者所共有的），而张岱则热衷于灵异现象的写作和道术的心理学。在小品中，张岱找到了完美的体裁去捕捉和纪念自己的存在——那个曾经真实存在的关于灯景的梦幻记忆曾是张岱的世界，直到政权的衰落和清军的占领吹灭了他台上摇曳的火光。当然，只有在王朝破灭之后，在追忆往事时，这两个世界才会被区分得如此清晰，在我的观点里，这正是《陶庵梦忆》的价值之一。它最终清楚地表明，作为一种对公共话语的补充，小品同样天然地是一种对公共角色的补充。

我们已对两位作家简短的文学与社会传统有所了解——尽管可以讨论的还有很多。从徐渭的序文，到徐渭及其文学传人张岱

---

① 志怪是六朝时期的一种由记叙神异鬼怪的短文构成的体裁类型。其记叙介于历史叙述与虚构故事之间，表现为对一类事件的记录，这类事件看似超乎了该体裁自身对"正常"经验的建构方式。有关志怪的体裁类型超越了分类边界的详细讨论，参见 Robert F. Campany, *Strange Writing: Anomaly Accounts in Early Medieval China* (Albany: State University of New York Press, 1996), 1-15。

的自撰墓志铭，再到张岱的《陶庵梦忆》，这种写作借用了古文事业的力量，却将其转变为对个人存在之权重的认可与建构。它小心地界定了政治领域，面向政治领域时，两位作家扮演了置身于政治权谋、皇朝仪式甚至他们自己最典型的公共作品局外的旁观者；而掉转身后，他们又把自己置身于一个美学、社交以及癖好上都充满了创意的图景中。当我们从徐渭跨到张岱（也从 16 世纪跨到 17 世纪），我们看到了那个描绘的过程从书写方式扩展至生活方式。因此，我们对明代文人生活的认知，不仅源于这类散文作品中的描述，也来自不断发展的小品体裁特征与分割这些文人生活界限之间的相互影响。文学体裁与生存方式息息相关。徐渭重读自己的作品，以便重新定位自己与代笔作品世界之间的关系。已熟知这一过程的张岱，在徐渭的焦虑文字所勾勒的体裁内，重温了自己的人生。至少在《陶庵梦忆》的描述中，张岱不遗余力地让自己生活在一个生动而诱人的社会和美学存在的语言中，滤去了徐渭苦涩而不安的声音，他的写作坚持要让自己的人生在一种外表轻飘的文体里被后世纪念。正是在那个政治领域之外的人生以及相应的小品体裁中——张岱这位爱观华灯的纨绔子弟，最终得到了自己应得的纪念。

龚宗杰　译

江盈科在公安派的地位*

[美]白亚仁(Allan H. Barr)

进之才高识远,信腕信口,皆成律度,其言今人之所不能言,与其所不敢言者。

袁宏道,1600年①

十五年前老制科,乍开乍落槿花朵。

袁中道,1606年②

在晚明众多值得全面研究的作家之中,江盈科(字进之,号渌萝,1553—1605)肯定是最有趣且最具吸引力的文士之一。虽然数年前齐皎瀚(Jonathan Chaves)关注到江盈科在发扬公安派思想方面有着重要的地位,但时至今日,江盈科在文学史的位置始终被袁氏兄弟的身影所遮蔽。大家普遍认为,袁氏兄弟才是当时士人圈子的核心。举例来说,富路特(L. Carrington Goodrich)和房兆楹合

---

* 英文原文见"Jiang Yingke's Place in the Gongan School", *Ming Studies*, no. 1 (2001): 41-68。

① 袁宏道著,钱伯城笺校:《袁宏道集笺校》卷一八《〈雪涛阁集〉序》,上海:上海古籍出版社1981年版,第710页。

② 袁中道:《珂雪斋集》卷四《哭江督学进之》,钱伯城点校,上海:上海古籍出版社1989年版,第153页。

编的《明人名人传》[1]中就没有提到江盈科;而周质平(Chih-p'ing Chou)的专著《袁宏道与公安派》[2]也只是略略提到他。江盈科并不特别令人瞩目,大概因为他的仕途相对较短,而且他刊行的著作产量也不算太多:他在万历二十八年(1600)完成了一部篇幅较小的诗文集《雪涛阁集》;万历二十九年(1601)完成了记录人物轶事的《皇明十六种小传》;后来又把笔记、轶事、诗歌批评及笑话选辑为《雪涛四小书》[3]。在剧变的17世纪中期,江盈科很多尚未付梓的作品似乎佚亡了,我们只能从他出生地的志书中找到一些绝无仅有的片段。从整体考虑,江盈科现存的著述实际代表了其作品的重要部分,而这一部分还是值得进一步赏析的;那么,重新编印江盈科的著作,是尤其值得肯定的盛事。

可惜的是,我们尚不能将《江盈科集》视为江盈科作品的定本。编者黄仁生未能访问中国台湾地区的图书馆藏书,因此他只能重印不完整的《雪涛四小书》,同时也忽略了其他值得收录进去的江盈科的著作以及他人为江盈科撰写的作品。[4] 尽管如此,黄

---

① L. Carrington Goodrich and Chaoying Fang, eds., *Dictionary of Ming Biography (1368-1644)* (New York: Columbia University Press, 1976).(中译本见[美]富路特、房兆楹原主编,李小林、冯金朋主编:《明代名人传》,北京:北京时代华文书局2015年版。——译者)

② Chih-p'ing Chou, *Yüan Hung-tao and the Kung-an School* (Cambridge: Cambridge University Press, 1988).

③ 万历三十二年(1604)成书,万历四十年(1612)梓行。

④ 万历四十年(1612),潘之恒钞录的《雪涛四小书》首次刊行,收录于其《亘史钞》中。我这里参考的是中国台湾公藏的微缩胶卷。黄仁生最近也在辑校《雪涛小说(外四种)》(上海:上海古籍出版社2000年版),提到他编辑《江盈科集》时遗漏了的内容。黄仁生在《江盈科集》的附录中没有收入有关江盈科的两篇重要传记资料:一是钱希言在《讨桂篇》(卷一七,第18a—30b页)为江盈科撰写的墓志铭,收入钱希言的《松枢十九山》,日本内阁文库有其明刊本的微缩胶卷;二是王穉登在《南有堂集》为江盈科撰写的传记(台湾公藏明稿本,台北:中正书局1970年版,第111—120页)。其他与江盈科有关的著作还包括徐显卿:《天远楼集》卷一〇,台湾公藏明刊本微缩胶卷,第17b—30a页;缪国维:《缪西垣先生文集》卷二,台湾公藏清刊本微缩胶卷,第13b—16a页;卷六,第11a—12b页;俞琬纶:《自娱集》卷九,台湾公藏明刊本微缩胶卷,第22a—23b页。

仁生还是为学界提供了很好的研究基础：他把江盈科的绝大部分诗文作品囊括到一套两册的精美书籍之中，详尽的前言为江盈科的文学理论与实践提供了精彩的介绍。除了袁宏道外，黄仁生把江盈科视为公安派文学理论的第二个重要传扬者。他的说法极具说服力。

江盈科出生于湖广桃源县沅江边一个殷实的农村家庭。他的先祖江华在永乐年间出任曲周县丞，而天祖江汉则起家明经，入国学。他们两位是江盈科祖上仅有的获得学识认许的人。至于江盈科自己，则要到晚年才开始建立名声。万历二十年（1592），江盈科进士登第。直至万历三十三年（1605）他逝世，他现存的所有作品皆在这十三年间创作完成。

江盈科可谓当时文人的典型，其仕途充斥着挫折和失望，这一模式也是万历年间文士在官场上的共同体验。万历二十年秋，江盈科初授苏州府长洲县知县。因为人口众多、赋税繁重，长洲县久负难以管治之名。但江盈科证明自己能够应付各种挑战，很快赢得地方百姓和州府长官的认同。在六年任期内，他的实绩吸引了中央政府的关注，并于万历二十六年（1598）报迁吏部主事这份优渥的要职。可是江盈科甚至还未到北京就职，便因其他官员的妒忌而遭受弹劾，改官至职事相对闲散的大理寺寺正。在余下的仕途中，他也只是在中央担任次要的官职，或在较偏远的地方任职。万历二十八年（1600）冬，他奉命恤刑云贵。万历三十年（1602）秋回京后，又于次年被派往四川主乡试，万历三十二年（1604）七月升任四川提学副使，到了第二年夏天，他在任内病逝。

江盈科和袁宏道兄弟的交往集中在万历二十三年（1595）至二十八年（1600）间。万历二十三年，袁宏道到苏州出任吴县知县。苏州分为长洲和吴县两个附郭县，因此这标志着袁宏道开始与江盈科合作管理苏州府城。袁宏道、江盈科二人是同榜进士，又都出身湖广，因此他们自然而然地聚在一起，一同治理这两个重要的县，应付各种艰巨的挑战。苏州文人王穉登与袁宏道、江盈科二

人相熟,他在描述二人互相依赖的关系时,曾作这样大胆的比较:

> 江才闳肆,袁才峭特。江政清通,袁政精横。江应世故意广,袁耽禅故行高。盐梅异味而相和,丝竹殊音而协奏。《易》云:"同心之贤,其臭如兰。"《诗》云:"伯氏吹埙,仲氏吹篪。"二君足当之矣。①

江盈科、袁宏道二人紧密的交情,因他们对文学创作有共同的理念而有所加强。当时流行机械地模仿古代文学的典范,二人对此非常厌恶。他们更喜欢大胆而能表露个性的写作风格,认为这更能让作者表达自我。基于这一点共识,他们彼此鼓励,各自为公安派的文学理论写下了最重要的宣言:江盈科在万历二十四年、二十五年(1596—1597)为袁宏道的《敝箧集》《锦帆集》和《解脱集》题写序引,袁宏道在万历二十八年(1600)为江盈科的别集《雪涛阁集》撰写序言。

如同其他公安派文士一般,江盈科的诗歌经常取法白居易的作品。用他自己的话来说:"余诗在王右丞、白香山之间,然宦辙劳薪,往往欲借吟咏以自适,姑从其易就者,则宁为白不为王。"②江盈科如何描述白居易的成就,正可反映他自身的文学取向:

> 白香山诗,不求工,只是好做,然香山自有香山之工,前不照古人样,后不照来者议,意到笔随,景到意随,世间一切都着并包囊括入我诗内。诗之境界,到白公不知开扩多少。较诸秦皇汉武,开边启境,异事同功。名曰广大教化主,所自来矣。③

---

① 王穉登:《南有堂集》,第 120 页。("同心之贤"《周易》系辞作"同心之言"。——译者)

② 见江盈科为钱希言《二萧篇》所写的序言,载钱希言:《松枢十九山》,东京:日本内阁文库藏明刊本微缩胶卷。

③ 《雪涛诗评·评唐(七则)》第二则,载江盈科撰,黄仁生辑校:《江盈科集》,长沙:岳麓书社 1997 年版,第 802 页。

江盈科的诗作在万历年间引起了不少争议，有些人很仰慕他，但也有些人认为他的作品粗俗谑浪。[①] 从《懒》一篇中可见端倪，批评他的人心中想到的或许是以下诗句：

坐久嫌溲急。[②]

或其《享馈》诗：

白鱼带子三斤重，黄鼠除须五寸长。[③]

还有这些诗句：

泥涂滑似鲇鱼背，天色昏如鸭卵黄。[④]
鼠衔故纸封巢穴，虱处残裘长子孙。
围炭每愁伤指甲，嗽泉偏爱洗牙根。[⑤]

江盈科把这些看似没有诗意的观察放进自己的诗歌中，这一做法反映了他特别重视真实的个人经验的交流。他对于16世纪的复古风潮不以为然，宣称"故吾以为善作诗者，自汉魏盛唐之外，必遍究中晚，然后可以穷诗之变；必尽目前所见之物与事，皆能

---

① 时人对江氏诗歌的评价，参钱希言：《讨桂篇》卷一七，第28a页。袁宏道和袁中道有时也感叹江盈科的诗歌过于随意草率，见袁宏道著，钱伯城笺校：《袁宏道集笺校》卷一八《雪涛阁集序》，第710—711页；卷三四《哭江进之》序，第1092页；袁中道：《珂雪斋集》卷一七《江进之传》，第727页。钟惺在这层面上有更负面的贬斥，可参看钟惺著，李先耕、崔重庆标校：《隐秀轩集》卷二八，上海：上海古籍出版社1992年版，第463页。尽管钟惺对于"江令一派诗"有很尖酸的批评，但这也说明了江盈科的诗作在某些地方非常流行。崇祯年间，刘侗在《帝京景物略》这部描写北京的集子中重刊了江盈科的一些诗歌。到了清初，江盈科的诗作还是有一定的读者，朱彝尊和王士禛都在自己的诗评中提到了他。

② 江盈科：《雪涛阁集》卷一《懒》，载《江盈科集》，第72页。

③ 江盈科：《雪涛阁集》卷四《享馈》，载《江盈科集》，第250页。

④ 江盈科：《雪涛阁集》卷四《溧水雨中还句曲宿民家》，载《江盈科集》，第188页。

⑤ 江盈科：《雪涛阁集》卷四《有感》，载《江盈科集》，第238页。

收入篇章，然后可以极诗之妙”[①]。江盈科拒斥传统高雅的诗歌语言，这种做法得到袁宏道等友人的大力支持。他们预言江盈科的作品比当时流行的许多陈腐的诗歌更经得起时间的考验。袁宏道的这个判断是正确的，对于当代的读者来说，江盈科的诗歌经常拥有一种令人耳目一新的直接和率真。如在《早起见朝戏题》中：

清霜残月照檐阿，正好高眠奈唤何？
苦似生龟难脱壳，怯如雏鸟怕离窠。
咬牙拚与孤衾别，蓄气频将十指呵。
喜得并头无少妇，不因娇态误鸣珂。[②]

早朝是明代诗歌固定的主题，这篇作品却有意识地避开了这一主题中常用的语汇（如“旌旗”“宫阙”“玉阶”等等）。[③] 江盈科在另一首律诗中专注于描述宫廷上的仪式，进一步展示了他丰富的表达能力。他甚至在这首诗的最后两联提到皇帝失职的情况：

群臣虎拜循丹阙，圣主龙颜隔紫宸。
三十余年民望渴，凭轩何日沛丝纶？[④]

尽管江盈科的诗歌在晚明很受欢迎，但他的作品中最重要的及最受同时代文人所称道的，还是他的散文。袁宏道试图辨别江盈科散文的独特品质，他在万历二十五年（1597）的书信中写道：“近日作文如兄者绝少……大都以审单家书之笔，发以真切不浮之意，比今之抵掌秦、汉者，自然不同，所以可贵。”[⑤]在万历三十三年（1605）江盈科逝世后，袁宏道对好友的著作给予了更高的评

---

① 江盈科：《雪涛诗评·用今》，载《江盈科集》，第798页。

② 江盈科：《雪涛阁集》卷四《早起见朝戏题》，载《江盈科集》，第240页。

③ 江盈科曾在讨论这个主题时批评此类刻板的写作方式，见江盈科：《雪涛诗评·用今》，载《江盈科集》，第798页。

④ 江盈科：《雪涛诗文辑佚》卷一《元旦早朝上不临御》，载《江盈科集》，第732页。

⑤ 袁宏道著，钱伯城笺校：《袁宏道集笺校》卷一一《江进之》，第511页。

价："嘉、隆以来所称大家者，未见其比。"[1]

无论是诗歌还是散文，江盈科的作品都呈现出两个明显的特征。内容上，江盈科特别关心当前的政治问题。政府政策不负责任，尤其是万历皇帝失职的言行，成为江盈科笔下反复出现的主题。许多与江盈科同时代人的诗歌，常常会与明朝即将面临的危机保持一定的隔阂。江盈科的作品则与此不同，我们可看到他对当前问题的焦虑弥漫在其著作中。他写了几篇强而有力的奏疏，谴责太监干政的恶行。另外，在八篇古论中，他力陈自己在经济、税收、民法、用将以及国防等主要领域所拟订的新政策，其想法充满活力。[2]

江盈科作品的另一个特点，在于他经常使用多姿多彩的比喻。这一技巧使他的作品更千变万化、深刻刺激。有时，他会巧妙地在整篇文章中持续使用相同的类比，如以下简短的序言所揭示的一样：

> 士当未聘时，如绿窗闺秀，自妆束外，惟拈针刺绣，刻意求工，则制艺是也。及于通籍服官，如闺秀嫁为新妇，扫除井爨，搰搰称劳，向者所事针绣，抛掷香奁，任从蛛网，任从灰尔。余自壬辰成进士，出宰长洲，盖千指家新妇，其劳百倍他人，安问绣，并栉沐都废已。顷量移棘寺。棘寺，闲曹也，一无事事，时遇青衿生执艺请正，不觉喜生见猎，漫有撰次，再阅月，积十余首。友人见焉，笑曰："君老新妇也，绿叶成阴子满枝矣。犹复作女儿事耶？"余曰："涂脂傅粉，余实羞之。若夫刺绣，抑犹女红耳，永日无营，取以自娱，不犹愈明皇白发宫人弹琵琶说天宝遗事者耶？"[3]

---

① 袁宏道著，钱伯城笺校：《袁宏道集笺校》卷三四《哭江进之》序，第 1092 页。

② 他的奏疏后来收录在《雪涛诗文辑佚》卷二，载《江盈科集》，第 754—766 页；其八篇古论则收录在《雪涛阁集》卷六，载《江盈科集》，第 294—315 页。

③ 江盈科：《雪涛阁集》卷八《闲闲草引》，载《江盈科集》，第 442 页。

评论朝政与使用类比这两种特征,经常在江盈科的著作中同时出现。当两者真正结合起来,其效果非常显著。他的《蜀中兵起感赋》之中的有些诗句,即很能说明这一点:

宫中黄金高如斗,道傍死人如死狗。
民苦君乐不忍闻,分明借资与敌手。
譬如贪食人,张吻啖其肉。
肉尽而身亡,腹饱不越宿。①

江盈科在万历三十年(1602)巡视贵州和云南时,向王穉登写了一封书信。这篇尺牍对时政有更尖锐的批评:

不佞审谳两省,解主上之网,死而生之者,凡三百人。然两省元元,苦兵苦饥,苦贡金,苦凿矿,苦抽税,死者十三,徙者十四。譬诸黄冠代富翁设醮,放鱼放鸟,名曰放生,以为功德,而富翁屠戮羊豕以肥其口,诛求逋负以肥其室,较所生者于所杀者,才万一耳,奈何奈何?②

众所周知,公安派对于小说和故事持更开明的态度。我们常常提到袁宏道对《金瓶梅》的兴趣,他的弟弟袁中道也编过一部以唐传奇为主的古典小说选集③。他们的朋友陶望龄曾整理商濬于万历三十年(1602)所辑的《稗海》,并为这部笔记撰写序言。④ 江盈科对于幽默的轶事和奇异的见闻情有独钟,他为谭玉夫所编的《笑林》题写序言,承认书中十分之七的内容都是虚构的小说,又预言恪守礼法的儒士肯定会将这本书付之一炬。但是他认为其他

① 江盈科:《雪涛阁集》卷二《蜀中兵起感赋》,载《江盈科集》,第 115 页。

② 江盈科:《雪涛诗文辑佚》卷二《与王百谷书》,载《江盈科集》,第 780—781 页。

③ 此选集《霞房搜异》二卷,有晚明刻本,见藏于日本内阁文库。

④ 见叶昌炽撰,王欣夫补正,徐鹏辑:《藏书纪事诗》卷三《钮石溪》,上海:上海古籍出版社 1989 年版,第 290—292 页;袁中道:《珂雪斋·游居柿录》卷七,载《珂雪斋集》,第 1251—1252 页。

人根本没有理由效仿这些儒士,因为书中的故事必定会让迂散闲旷的读者或幽愤抑郁的士子开怀大笑。正如江盈科所说:“沙弥不栉,世不废夫梳掠;刖者不履,世不废夫鞋靸。”①

江盈科为《耳谭》作序,他预料到“拘挛者”必定会对王同轨(字行父)的逸闻丛编大加批评,因此他在序言中先作出了有力的辩护。他最后提到自己将会写出一部相关的著作:

> 余生平最喜听奇谭,然腕惰疏,管城君不与共事。故朝而入耳,夕而出耳,明旦忆记,辄忘其半。夫耳,等也,在余为邮舍,在行父为府藏。邮贫藏富,非耳异,用之异耳。余故读行父之书,赏行父之耳,又复自罪其腕,呼童子进棰将加焉。腕请饶曰:“幸赦往昔,今而后愿以三年报政。苟无完书,可悬国门,请受棰百余。”因释焉,且旌之曰:腕勉乎哉!三年而书成,当遂题曰《腕谭》,以配行父之耳。②

江盈科履行了自己的承诺。万历二十七年(1599)他移居北京,当他赋闲在家、志向受挫时,他编纂了两部收录笑话和异闻的小说集。《谐史》和《闻纪》于万历三十二年(1604)完成,在江盈科逝世后,于万历四十年(1612)刊行。江盈科的同代人特别欣赏《谐史》一书,因为他的著作与大多数收录奇闻轶事的丛书不同。那些丛书里的故事一般只有模糊不清的历史背景和刻板僵化的人物角色,而江盈科的故事却经常发生在当代,从侧面描绘了晚明文化的特征。以下是个非常典型的例子:

> 余同年朱进士号恕铭者,出宰金溪。适督学按郡,将发考案,召郡邑官长入见。及门,有两儒生持二卷,强纳朱公袖中,

---

① 江盈科:《雪涛阁集》卷八《笑林引》,载《江盈科集》,第 438 页。江氏原来为《笑林》写下引言,但现在这部《笑林》的原本似乎已经佚失。后人尝试辑出与这部书有相同书题的一些故事,参见王利器辑录:《历代笑话集》,上海:上海古籍出版社 1981 年版,第 204—222 页。

② 江盈科:《雪涛阁集》卷八《耳谭引》,载《江盈科集》,第 423—424 页。

公卒然纳之。及填案已毕,督学问朱曰:“可有佳卷见遗者乎? 幸教之。”朱无以应,遂出袖中二卷,皆得补弟子员。朱出,笑谓人曰:“看如许事,莫道钻刺都无用。”①

许多戏谑的故事内容都针对朝中宦官,他们在16世纪90年代受到士大夫们的愤恨。下面这则笑话即以太监缺乏教育为前提:

有中贵者,奉命差出,至住札地方,亦谒庙、行香、讲书。当讲时,青衿心厌薄之,乃讲“牵牛而过堂下”一节。中贵问曰:“牵牛人姓甚名谁?”青衿答曰:“就是那下面的王见之。”②中贵叹曰:“好生员,博雅乃尔。”③

程式化的情状也时有出现,但在江盈科笔下,它们成为充满趣味的短小精悍的文字:

有惧内者,见怒于妻,将拶其指。夫云:“家无拶具。”妻命从邻家借用。夫往借时,低声怨咨,妻唤回,问曰:“适口中作何语?”夫答曰:“我道这刑具,也须自家置一副。”④

尽管江盈科的笑话被明代读者津津乐道,但他可能更重视自己的小说。他把这些小说放到个人别集的最后一卷。他在这里采用传统的小说形式,将其改为一种表达自我的方式。通过这种方式,他针对一些道德问题、哲学困境和行政政策提出了自己的看法。这些短篇小说的语调引人入胜,似乎吸引了当时许多读者。潘之恒(1556—1622)相信江盈科的作品能引起广大读者的兴趣,于是他在万历三十八年(1610)把这五十二篇故事抽出,刊印了以《雪涛小说》为名的单行本。潘之恒在其序言中提到:“其末篇《小

① 江盈科:《谐史》第三九则,载《江盈科集》,第874页。

② 这是对《孟子》中众所周知的一则故事的可笑误读。参见刘殿爵的翻译:D. C. Lau, transl., *Mencius* (Harmondsworth: Penguin, 1970), 54。

③ 江盈科:《谐史》第一九则,载《江盈科集》,第868页。

④ 江盈科:《谐史》第九〇则,载《江盈科集》,第886页。

说》一帙，则君之生平尽瘁尽力敦厚道者，备具于此。”[①]《雪涛小说》的一些故事后来又被选入《说郛续》，这些故事大概是江盈科今天最著名的作品。[②]

江盈科的小说触及广泛的主题：上至皇帝在行政架构顶端的职责，以及文武大臣的言行，下至个人的修养。每篇小说的核心都由一些逸闻组成，这些逸闻采自各式各样的来源。《蜂丈人》参考了当时流行的轶事，讲述建国皇帝与一位老农之间的对答。[③]《催科》化用了一则古老的玩笑，来阐说一个新的目的。[④] 其他故事似乎基于作者的个人经历，或与他的朋友相关。江盈科还有数篇像《蛛蚕》这样的动物寓言，这些作品让人回想起苏轼的笔记。公安派尤其欣赏苏轼的这些短篇，而他的《螺蚌相语》正是最经典的模范。[⑤]《鼠技虎名》显然受到刘基（1311—1375）《卖柑者言》这篇

① 见潘之恒为《雪涛小说》撰写的序言，明万历四十年（1612）刊本附在潘之恒编的《亘史钞》之后，台湾公藏。仰慕江盈科和他的作品的人还有著名的编者与作家冯梦龙。冯梦龙曾在自己编选的民歌集《挂枝儿》中数次引用江盈科的作品，见冯梦龙：《挂枝儿》，载冯梦龙等编：《明清民歌时调集》，上海：上海古籍出版社 1987 年版，第 2a、90a 页。

② 1956 年，王利器出版了他编纂的《历代笑话集》，其中即收入了不少江盈科撰写的笑话和逸闻。到了 20 世纪 60 年代初，邓拓在《燕山夜话》的一篇文章中大量征引江盈科的《妄心》，江盈科的名声也就更大。后来，邓拓的文章被批判，被认为是对“大跃进”含沙射影。

③ 这则故事的另一版本，参见谢肇淛：《五杂俎》卷六，台北：新兴书局 1971 年版，第 3a 页（第 457 页）。

④ 有关“驼医”故事的先例，可参看托名于三国魏邯郸淳的《笑林》，载王利器辑录：《历代笑话集》，第 6 页。

⑤ 见苏轼撰，孔凡礼点校：《苏轼文集》卷七三《螺蚌相语》，北京：中华书局 1986 年版，第 2382 页。公安派对于苏轼的“小文小说”情有独钟，其评语可参袁中道：《珂雪斋集》卷二四《答蔡观察元履》，第 1045 页。另可见江盈科：《雪涛阁集》卷八《白苏斋册子引》，载《江盈科集》，第 419—421 页；袁宏道著，钱伯城笺校：《袁宏道集笺校》卷二一、卷二二，第 734—780 页；卷三五，第 1111 页。还有袁氏兄弟对苏轼文章的评点，见《合诸名家评注三苏文定》，牛津大学博德利图书馆藏明崇祯五年（1632）本。

常被收录于选集的作品的启发。也许最直接影响江盈科的是刘元卿(1544—1609)的作品。刘元卿于隆庆四年(1570)通过乡试，在决定投身写作之前，他曾两次参加会试，可惜未能登第。他的《山居草》于万历二十一年(1593)刊行，其中有寓言数十则，其内容与江盈科的道德故事有一定的相似之处。[①]

尽管江盈科没有留下任何序言来解释为什么他会采用小说的写法表达自己的思想，但显然他认为这种媒介正可以配合他追求真实和直率的审美理念。后来他在编撰历史小传时，即在序言中表明他的立场——异于传统的著作更能勾起读者的想象力：

> 要于挺拔突兀，不经闻见，使人读之，能有所耸动而感发焉。譬如燕会看演传奇，全本演完，又于别本中抽演杂剧，夫杂剧非全本也，而实全本中之艳丽新特者也，故更尽酒阑之后醒人睡眼者，必杂剧也。[②]

江盈科选择以逸闻的方式行文，似乎也源于他的疏离感，源于他对通过传统方法抗议有着较悲观的情绪。这种挫败感很明显地反映在他《雪涛四小书》的自序中：

> 夫子曰："吾少也贱，故多能鄙事。"夫以圣人之精神，积于无用，不免用于其所不当用，况众人乎！余性朴陋，于世间戏局一无所好。其官棘寺时，曹务简少，审谳既毕，佗无所营，乃裒辑旧日所谭说者与其所闻知者及论诗之言、戏谑之语为四种。

除了这些故事的内在价值外，我们还应留意江盈科的作品对17世纪下半叶的蒲松龄可能有一定的影响。蒲松龄是否对江盈

---

① 我采用了中国台湾公藏的《山居草》的微缩胶卷。刘元卿的《贤奕编》同样收录了一些相似的寓言，书前有万历二十一年(1593)的序。有关刘元卿的生平，参见邹元标：《邹子愿学集》卷六，台湾公藏明刊本微缩胶卷，第27a—30b页；刘元卿：《山居草》卷四，台湾公藏明刊本微缩胶卷，第9a页。

② 江盈科：《〈皇明十六种小传〉自叙》，载《江盈科集》，第904页。

科的作品那么熟悉?我们可以从《聊斋志异》故事的一则简短引文中看出一点端倪。① 蒲松龄或许从江盈科的故事中看到了一个新近成功的前驱。诚如许多《聊斋志异》故事一般,江盈科的作品也暴露了社会问题,反映了他个人对许多问题的看法。②

许建业 译

---

① 蒲松龄在他的故事《马介甫》中附载了一篇骈文,其中称引了江盈科《谈言》中的一则故事。《谈言》是一部小书,收入《说郛续》中。见张友鹤辑校:《聊斋志异会校会注会评本》卷六,上海:上海古籍出版社1978年版,第733页。

② 为了引介江盈科的作品,本文作者英译了其中最精彩的八篇。这八篇分别是:《雪涛阁集》卷一四《蜂丈人》,载《江盈科集》,第645—646页;《鼠支虎名》,载《江盈科集》,第646—647页;《任事》,载《江盈科集》,第649—650页;《催科》,载《江盈科集》,第651—652页;《甘利》,载《江盈科集》,第652—654页;《妄心》,载《江盈科集》,第654—655页;《天怒》,载《江盈科集》,第660—661页;《蛛蚕》,载《江盈科集》,第708—709页。作品原文从略。——译者

囊括时人：清代初期的文学总集、友谊网络与政治和解*

［美］梅尔清（Tobie Meyer-Fong）

17 世纪后期，汉族精英融入了清朝统治，历史学家们往往将其描述为一个由皇权发起、官方驱动的过程。为此他们特别引证了康熙十八年（1679）需要朝廷邀请才能参加的博学鸿词科，康熙二十三年（1684）、二十八年（1689）、三十八年（1699）、四十二年（1703）、四十四年（1705）和四十六年（1707）康熙帝的六次南巡，以及朝廷组织的一系列编纂工程。然而，深入探究 17 世纪下半叶的原始史料就会发现，这一融入过程至少在某种程度上是基于活跃在朝堂之外的城市精英发起的文化举措。融入清朝统治并非只是满族统治者通过朝廷支配和发起文化活动来吸引汉族士人加入

---

* 英文原文见“Packaging the Men of Our Times：Literary Anthologies, Friendship Networks, and Political Accommodation in the Early Qing”, *Harvard Journal of Asiatic Studies*, vol. 64, no. 1 (2004)：5-56。笔者感谢司徒琳（Lynn A. Struve）和 1999 年在伯明顿印第安纳大学召开的“在中国和世界时间中形成的清朝”会议的与会者。蔡九迪（Judith T. Zeitlin）、魏爱莲（Ellen Widmer）、白谦慎和高化岚（Philip A. Kafalas）慷慨地推荐并提供了核心材料。谢正光（Andrew Hsieh）以及约翰斯·霍普金斯大学历史系研讨会的参与者们也为本文的初稿提供了有益意见。2002 年夏天，蒋寅和汪世清在北京给笔者提供了关于清初诗歌的专业意见。同样非常感谢罗威廉（William T. Rowe）、戴真兰（Janet Theiss）、袁书菲（Sophie Volpp）和齐皎瀚（Jonathan Chaves）对本文最终成稿提出的建议。本课题的资料搜集是在南京图书馆、南京大学图书馆、中国社会科学院文学研究所资料室、中国科学院图书馆和美国国会图书馆亚洲部进行的。

新体制的垂直过程,它还有一个横向的组成部分,即汉族精英试图重建他们自己的社会群体,建立起彼此的联系,也建立起和新政治中心的联系。在精英社群内部,友谊网络得以重组,打破了所谓"遗民"和"出仕者"的政治离立。诗歌虽然并非唯一的媒介,却时常促使这一社会纽带得以形成。① 在某些情况下,新的具有广泛包容性的精英社群正是按照鼎革前的友谊网络得以(重新)建立,这先于甚至是促进了汉族精英和新的清朝统治者之间逐渐发生的政治和解。② 与此同时,江南文人的需求和愿望在一定程度上形塑了宫廷的文化规划,康熙朝的宫廷文化无疑带有江南精英的印记。③

---

① 例见谢正光:《顾炎武、曹溶论交始末——明遗民与清初大吏交游初探》,香港中文大学《中国文化研究所学报》1995 年第 4 期,第 205—222 页。"明遗民"是一个模糊的概念,很大程度上已经被 18 世纪对政治忠诚更严格的期待以及 20 世纪初的民族主义给复杂化了。"明遗民"的定义范围甚广,涵盖了严格限定(积极反清者)、相对限定(有明朝功名而没有出仕清朝的人)和比较宽松(生于明朝,没有仕清)三类。对于 17 世纪遗民身份复杂性的讨论,参见 Tobie Meyer-Fong, *Building Culture in Early Qing Yangzhou* (Stanford: Stanford University Press, 2003), 33。(中译本见[美]梅尔清:《清初扬州文化》,朱修春译,上海:复旦大学出版社 2004 年版。——译者)司徒琳对明遗民的描述别有会心,认为它通过明确改变目标或生活方式表达对明朝的个人认同。她没有把遗民的范围限定在那些积极进行政治抵抗的人身上,也未把那些仅在著作中表达对前朝及殉明者同情的人包括在内。见 Lynn A. Struve, "Ambivalence and Action: Some Frustrated Scholars of the K'ang-hsi Period", in *From Ming to Ch'ing: Conquest, Region, and Continuity in Seventeenth-Century China* (New Haven: Yale University Press, 1979), edited by Jonathan D. Spence and John Wills, Jr., 327。

② 邓之诚在《清诗纪事初编》中首次发现,清初出现的新型知识社团可能在从事明末复社等文学性政治组织的活动,见邓之诚:《清诗纪事初编》,第 1 册,香港:中华书局 1974 年版,第 364 页。在司徒琳的文章中这一观点得到进一步发挥,见 Lynn A. Struve, "The Hsü Brothers and Semiofficial Patronage of Scholars K'ang-hsi Period", *Harvard Journal of Asiatic Studies* 42, no. 1 (1982): 267。

③ 盖博坚(R. Kent Guy)关于《四库全书》的重要研究指出,这一朝廷牵头的工程发源于宫廷外的士人圈子,这影响了我此处的立论。见 R. Kent Guy, *The Emperor's Four Treasuries: Scholars and the State in the Late Ch'ien-lung Period* (Cambridge: Harvard University Press, 1987)。(中译本见[美]盖博坚:《皇帝的四库:乾隆朝晚[转下页]

朝廷与汉族精英之间的关系并不是简单地从上到下的强制施政,尽管直到17世纪80年代仍有积极抗争,但许多转型时期的文学人物还是参与到了一些最终促成他们接受新政权的活动之中。具体而言,本文将探讨当时对同时代作家的大型作品选集如何反映了17世纪晚期社会和文化的重新融合,以及这些选集如何促成了隐退江南的精英与选择仕清的同辈乃至与朝廷的和解。

在17世纪50年代和60年代的文学选集中,经常出现对往事的沉郁反思。但到了17世纪80年代末,出版行业的气氛在很大程度上转向了对当前稳定局势的肯定。① 此外,正当出仕清廷者在被征服后立刻开始抒发怀旧和忧愁的情绪时,许多曾经逃避仕清的人却在随后的几十年里加入了对时局稳定和文化繁荣的赞赏。这种跨越所谓政治界限的主题共享不足为奇,因为在征服后的最初几十年里,在朝和在野者共享着基于赞助、友谊和文学交流的相同网络。举例来说,清初官员、诗人王士禛在任官期间,不仅赞助

[接上页]期的学者与国家》,郑云艳译,北京:中国人民大学出版社2019年版。——译者)至于江南精英对宫廷文化的影响,见Maxwell K. Hearn, *The Kangxi Southern Inspection Tour: A Narrative Program by Wang Hui* (PhD dissertation, Princeton University, 1990), 60; Tobie Meyer-Fong, *Building Culture in Early Qing Yangzhou*, Chapter 5; James Cahill, "The Three Zhangs, Yangzhou Beauties, and the Manchu Court", *Orientations* 27, no. 9 (1996): 59-68。

① 这一时间范围当然不是绝对的,甚至还可以举出很多明显的例外。然而,我为此项研究所查阅的清初选集和作品很大程度上符合这一断代。如同司徒琳在其明清鼎革时期研究指南的引言中指出的,虽然清初有一场文字狱,但是这种对新秩序的热情并没有因此被人为地夸大。见Lynn A. Struve, *The Ming Qing Conflict, 1619-1684: A Historiography and Source Guide* (Ann Arbor: Association for Asian Studies, 1998), 31, 51, 67。在该书第51页,司徒琳特别指出,17世纪80年代和90年代的氛围相对宽松,尤其是与鳌拜摄政时期和18世纪20年代加剧的派系冲突及倾轧相比。

刊刻文学选集,而且为明遗民提供资金支持。① 在诗歌雅集时,王士禛及其友人常以唱和、暗喻和用典来反思历史中和回忆里的悲惨往事。在个人别集、诗社结集或是大型选集中,这种怀旧基调都有迹可循。然而到了17世纪70年代末和80年代,文人个体和地方交游网络似乎都更倾向于直接参与到日益建立的新政治秩序中。例如,像石涛这样著名的遗民与南巡的康熙帝直接会面;闲散的文人群体广泛参与到官方的方志纂修工程之中;当然,还有博学鸿词科以及随之而来的以当代作品为主的大型选集工程,这些作品的编选原则更有微妙转变。②

在清代初期,以诗歌、书信等文体的当时作品为主的选集工程包罗万象,数量惊人。在许多情况下,代表广泛人格特征和政治选择的作品一起出现在合集中,合集的中心原则似乎是一套共同的生活经历和文化亲缘关系。这样的合集是清初人重建和发展社会网络,并最终适应新的政治秩序而进行的系列活动中的一部分,它

---

① Tobie Meyer-Fong, *Building Culture in Early Qing Yangzhou*, Chapter 2.顺治十年(1653),清朝官员魏一鳌购置房产并为当时闲居的书法家傅山提供政治庇护。根据白谦慎的研究,这种赞助行为反映了清朝官员和明遗民之间复杂(且无法忽视)的关系网络。见 Qianshen Bai, *Fu Shan's World: The Transformation of Chinese Calligraphy in the Seventeenth Century* (Cambridge: Harvard University Asia Center, 2003), 87-97, 156-157。(中译本见[美]白谦慎:《傅山的世界:17世纪中国书法的嬗变》,孙静如、张佳杰初译,白谦慎审订改写,北京:生活·读书·新知三联书店2006年版。——译者)

② Jonathan Hay, *Shitao: Painting and Modernity in Early Qing China* (Cambridge: Cambridge University Press, 2001), 18.(中译本见[美]乔迅:《石涛:清初中国的绘画与现代性》,邱士华、刘宇珍等译,台北:石头出版股份有限公司2008年版;北京:生活·读书·新知三联书店2010年版。——译者)关于博学鸿词科的相关活动,见 Qianshen Bai, *Fu Shan's World*, 212-220。某些表面上闲散的文人参与到当地方志的编纂中。在康熙十四年(1675)和二十四年(1685)的《扬州府志》中,这些"仝校"显然是以其参与为契机来展示他们友人的诗作产出。这两版方志包含了数量上无与伦比的同代诗歌——无论是在文学部分,还是在其他的部分,如古迹篇。"仝校"名单见于工程参与者名单,见张万寿纂修:《扬州府志》,清康熙二十四年刻本,第2b页。

们表达了共同的价值观、友谊和对本时代作品的兴趣。由此可见,一代人与鼎革带来的政治和道德挑战休戚与共。① 相关特点甚至早在清初杭州出版商汪淇于康熙二年(1663)、六年(1667)和七年(1668)分三期刊行的同代书信集《尺牍新语初编》《尺牍新语二编》和《尺牍新语广编》中就显而易见。② 其他康熙早期的书信合集证明,即便是对于看似政见各异之人,友谊纽带仍具重要性,这也正好反映了友谊、邮驿和文化生产的关系,因为不少书信在行文中提及诗歌和题有文字的画作,抑或对共同文学情谊的追忆。③ 到 17 世纪 70 年代末和 80 年代,文学选集在保持此前包容性和时代性基调的同时,也显露出对新政权态度的改变,在序言、评注和编选的作品中越来越多地歌颂新政治秩序的成就。

在此,我将着重介绍共分三集的清初诗歌集《诗观》,以及其编纂者邓汉仪(1617—1689)向同辈和晚辈展现他所处时代的种

---

① 从明末到清初的几十年,人们对待友谊的态度似乎有明显的连续性,许多个人友谊经受住了鼎革的考验。晚明时期,理想、道义以及交游曾是腐败和推诿的朝堂生活的替代品,见 Joseph P. McDermott, “Friendship and Its Friends in Late Ming China”, 81-84。该文收入“中研院”近代史研究所编:《近世家族与政治比较历史论文集》,上册,台北:“中研院”近代史研究所 1992 年版,第 67—96 页。

② 见 Ellen Widmer, “The Epistolary World of Female Talent in Seventeenth-Century China”, *Late Imperial China* 10, no. 2 (1989): 3-6。《尺牍新语》与本文讨论的核心《诗观》有重要的相似性。包括黄周星在内的一些人参与了《尺牍新语》的刊刻,同时也参与了《诗观》的刊刻,邓汉仪致黄周星的一封信也收录在《尺牍新语》之中。而且,《尺牍新语》的编者和供稿者代表了各种政治立场,包括遗民和官员;其二编和三编还有请求读者积极投稿的声明;如《诗观》中的一样,收录原则揭示了有助于选集编纂的关系网和编选过程;评注的体例和聊天式的语气同样与《诗观》近似。感谢魏爱莲鼓励我仔细比对这两部清初选集。

③ 例见周亮工:《赖古堂尺牍新钞》。这是周亮工为纪念友人而纂辑的三部他同代人的书信集,第三部也是最后一部刊行于康熙九年(1670)。参见周亮工的小传,收入 Arthur W. Hummel, ed., *Eminent Chinese of the Ch'ing Period (1644-1912)* (Taipei: Southern Materials Center, 1991), vol. 1, 174。(中译本见[美]恒慕义编著:《清代名人传略》,中国人民大学清史研究所《清代名人传略》翻译组译,西宁:青海人民出版社 1990 年版。——译者)

种方法。[1]《诗观》是清初规模最大的诗歌选集之一,在指导原则、编撰方法、编者与其时代及社会网络的关系上也是17世纪晚期刊行选集的典型代表。这一诗集在许多方面体现了前文所述的精英交往和文学实践的普遍趋势,反映出人们对当时诗歌作品的兴趣所在,以及围绕共享的文学兴趣、恢复的旅行和通信设施而逐步展开的跨地域社交网络重建。像许多其他清初选集一样,《诗观》明示了其纂辑机制,在编辑凡例中呼吁后续诗稿的递送采用"邮寄"的方式,并提供了一份参阅者名单。这种对编辑付梓的坦诚相告,为研究这些非凡选集的纂辑方法提供了难得的机会。

最为重要的是,康熙十一年(1672)、十七年(1678)和二十八年(1689)梓行的选集映射出前文所述的包容性和融合性的大趋势,编者所陈述的宗旨越来越多地包含了面向宫廷的姿态。像其他清初选集的编纂者一样,邓汉仪作为明末复社的同道以及清初官员和遗民共同的朋友,参与到了同时代人情感的建设之中。这一持续的动态过程容纳了刚刚过去的创伤,并在面对争议性事件时通过宣传共享的交际圈促成精英网络的重建,由此逐步承认清朝统治的事实。最终在新的帝国秩序中,邓汉仪及其同侪得以安顿。[2] 邓汉仪的工程并非孤例,它反映了人们对当时文学的普遍热情和对扩大文学及社交网络的兴趣,以及江南精英在鼎革之后取得社会和政治和解的必要性。

清初选集实践及其渊源

在中国文学史上,专收"时人"作品的汇编虽较少见,但也并

---

① 邓汉仪选:《诗观初集》,清康熙十一年(1672)南阳邓氏慎墨堂刻本;《诗观二集》,清康熙十七年(1678)南阳邓氏慎墨堂刻本;《诗观三集》,清康熙二十八年(1689)初版,清乾隆十五年(1750)如皋深柳读书堂重修。

② 邓汉仪的英文传记以及对他与复社、官员和遗民关系的探讨,参见 Tobie Meyer-Fong, *Building Culture in Early Qing Yangzhou*, 101-110。

非完全没有先例。清初的编者们并未声称自己出于原创,而是引用了几本唐代作品选集作为自己文学实践的先例。[①] 此外,清初的选集本身并未阐明,明朝最后一个世纪的商业出版潮流已为这些选集工程导夫先路。在这一潮流中,市场刺激了对各种主题的大型合集的需要,包括当时和前代的伟大作品、新近中试试卷汇编、当时和近年名人尺牍和诗歌的范例集。清初,由于编者对作家作品集的刊行更明确也更热情地限于在世(或谢世未久)的作家,所以爱好近人作品一时蔚然成风。谢正光和佘汝丰在其《清初人选清初诗汇考》中列出了已知在顺治元年(1644)至乾隆二十六年(1761)间刊行的七十八部诗歌选集,其中至少有五十五部至今仍有流传。[②]

尽管有唐、明两朝的先例,但清初许多明确着眼于时代性和跨地域性的选集仍然独具特色,评注中的大量实证常常能揭示编者及其同辈之间的联系。[③] 笔者相信,上述特征反映了在鼎革时代能够代表一代人的事件,以及随之而来的跨越地域和政治边界的精英文学社群的重建。清初邮政联系和交通基础设施的恢复使晚明已经出现了的广泛交游网络得以强化,[④]共同的兴趣超越了政

---

① 如田茂遇序魏裔介《观始集》,钱谦益序陈允衡《诗慰初集》,参见谢正光、佘汝丰编著:《清初人选清初诗汇考》,南京:南京大学出版社 1998 年版,第 28、82 页。魏宪在其《诗持一集》的编纂凡例中说道:"唐人之选唐诗者六家。"见谢正光、佘汝丰编著:《清初人选清初诗汇考》,第 114 页。

② 谢正光、佘汝丰编著:《清初人选清初诗汇考》凡例,第 1 页。

③ 18 世纪《四库全书总目》的编者在论及孙默词选《十五家词》时写道,"至其每篇之末必附以评语"的做法"殊为恶道",这在国初康熙朝的选刻时文中尤为典型,而"今并删除,不使秽乱简牍焉"。见《十五家词提要》,第 2b 页,载《景印文渊阁四库全书》,第 1494 册,台北:台湾商务印书馆 1986 年版,第 2 页。

④ 关于晚明文学语境下社会网络的政治化,参见 William S. Atwell, "From Education to Politics: The Fu She", in *The Unfolding of Neo-Confucianism* (New York: Columbia University Press, 1975), edited by Wm. Theodore de Bary,以及 the Conference on Seventeenth-Century Chinese Thought, 333-367。邓汉仪自己至少间接参与了复社的活动,他的一些亲密伙伴和《诗观》的供稿人也参与其中,其中最著名的是冒襄。

治和地理上的距离,以江南文学精英为主的成员们形成了广泛的朋友社群,并把作品结成文集,从而至少在谈及政治之外的议题时,营造出他们在为人和文学风格上的团结一致之感。诗歌作为时代精神传承的经典载体享有特殊的正统性,但并非仅有诗歌推动了对当时作品的征集。清初的编者们汇集了当时各种文体的作品,再次特别着眼于"时人"的成就。像张潮和王晫等人收集小品文,周亮工、汪淇则和张潮编辑新近或在世作家的书信集。这些选集中有一部分是像《诗观》那样的鸿篇巨制,包含了成千上万的作品和成百上千的作家;大量类似的工程涵盖了不同的体裁和声音,这表明对同代文学的痴迷在清初作家中非常普遍。这些选集的编纂者深深意识到,他们的工程之于当时作品的汇编不过沧海一粟。正如那时一位作家所言,"唐人选唐诗者,一代不数人。今选家之坛坫,多于储胥矣"。①

人们对当时跨越时代鼎革的作品的兴趣,推动着晚明以来商业和私人出版的扩张。② 在晚明,各种各样的选集似乎都有利可图,其中一些包括在世作家的作品或直接面向同时代人的征稿。③

---

① 见钱谦益序陈允衡《诗慰初集》,引自谢正光、佘汝丰编著:《清初人选清初诗汇考》,第 82 页。

② 例如伪托陈继儒作品的盛行,表明这种大型工程的生产商具有商业意图。王重民指出了一个这样的例子,即《古论大观》四十卷。出于商业原因,这本书以陈继儒的名义刊行,尽管大部分工作是由三位不太出名的编者完成的。见王重民:《中国善本书提要》,上海:上海古籍出版社 1983 年版,第 448 页。

③ 例如《明文奇赏》的征文启事就指出,"愿与征者,或封寄,或面授,须至苏州阊门,问的书坊酉酉堂陈龙山,当面交付"。见王重民:《中国善本书提要》,第 481 页。更为详细的征启见丁允和、陆云龙编辑:《皇明十六名家小品》导言,北京:北京图书馆出版社 1997 年版,第 79 页。注意,该书重印版的标题是《皇明十六家小品》。这部选集收录了崇祯年间(1628—1644)在世和近期作家的作品,其编选者还想另外编纂七部作品,包括《行笈二集》(征名公制诰、奏疏、诗、文、词、启、小札)、《广舆续集》(征各省直昭代名宦人物)、《续西湖志》(征游客咏题嘉、隆后杭郡名宦人物)、《明文归》(征名公、逸士、方外、闺秀散逸诗文)、《皇明百家诗文选》(征名公、逸士、方外、闺阁成集者)、《行笈别集》(征名公新剧、骚人时曲)、《型世言二集》(转下页)

八股文、书信、游记和诗歌的合集在许多情况下被附以名家的评注和序言，这在选录这一时期作品的选集中尤具代表性。[①]一些精选当时作家作品的选集往往由编选者的友人直接提交诗歌，万历元年（1573）付梓的顾起纶编辑的《国雅》即其明证。[②]此外，在晚明之际，旁注、行间注、尾注和圈点在各类文体的刊刻作品中得到越来越广泛的使用，这种做法把印刷的页面变成了关于文本的不断进行的、当下的、“多重声音”的对话。[③]与此同时，越来越多的参阅者、撰序者、编订者和其他参与方，公开将选集的编纂置于文化生产者和批评家群体的中心位置。

许多选集以明诗更为绵长的发展轨迹为背景，将当时的作家置于其中。例如，由穆文熙批选并在万历年间（1573—1620）刊行的《批点明诗七言律》，汇集了二百三十位诗人的一千四百一十五首作品。这位编选者苦心孤诣地收集了“明诗数百家”，“历数十年阅之，拔选得七言律若干篇，各加评语，将梓行之”。[④]另一部选集可能也为万历年间刻本，是由一位“以文章游诸达官幕府者”退

（接上页）（征海内异闻）。征启结尾称，“见惠瑶章，在杭付花市陆雨侯家中；在金陵付承恩寺中林季芳、汪复初寓”。王重民全文摘录了这则征启，他指出这种做法在明朝很少见，而在清初刊刻的作品中更为典型。见王重民：《中国善本书提要》，第477页。

① 参见王重民对相关作品的讨论，见王重民：《中国善本书提要》，第445—484页。美国国会图书馆、中国社会科学院文学研究所和东京文化财研究所出版的稀有图书目录也揭示了类似的模式。

② 王重民：《中国善本书提要》，第472页。

③ Shang Wei, “*Jin Ping Mei* and Late Ming Print Culture”, in *Writing and Materiality in China: Essays in Honor of Patrick Hanan* (Cambridge: Harvard University Asia Center, 2003), edited by Judith T. Zeitlin and Lydia H. Liu, 207.（中译文见［美］商伟：《〈金瓶梅词话〉与晚明商业印刷文化》，陈毓飞译，载乐黛云、［法］李比雄主编，钱林森执行主编：《跨文化对话》，第33辑，北京：生活·读书·新知三联书店2015年版，第289—323页。——译者）

④ 王重民：《中国善本书提要》，第473页。

休后所编,包括了横跨整个王朝的著名官员的全部诗作。这些诗作的排列并非按照年序,而是根据作者的官职和品级。[1] 至少在一定程度上,这些选集随蓬勃发展的图书市场应运而生,并且往往以当时或近年的名人作品为特色。明代诗歌汇编《国朝名公诗选》在天启朝(1621—1627)由一位书商刊印,他曾因唐诗选集而获利颇丰,《国朝名公诗选》显然是作为该书的续集而被刊刻。书商将这一选集"托名"于文人陈继儒的名下,他的大名常常为书林所托重,这更摆明了选集工程的商业目的。[2] 尽管这样的选集包括了当时的作品,但它们经常像《国朝名公诗选》那样,将"国朝"或"本朝"这种基于皇家血统的政治实体概念作为基本原则。相比之下,邓汉仪编纂的选集至少在一开始就导向了对政治时空的另一种解读。在卷端题中,他使用了"天下"这一朝代意味较轻的术语来界定选集的编纂范围,在某种程度上,这使那些虽然愿意活在当下的社会空间却继续想象着不同的政治时间的作者们得以被收录。经过明朝几个世纪的统治,"本朝"的范畴已无可争议,晚明文学也很容易就此被视为明朝历史轨迹的一部分。在清初的几十年里,关于政治时间的多种定义一度并存,并引发了激烈的争论。因此在康熙十一年(1672),对于像邓汉仪这样具有世代意识的选家来说,文学隶属于"天下"这个更为中立、包容和与时俱进的范畴,而不是政治上更敏感的"朝代"范畴。

其他晚明的选集则有更明确的当代性,甚至是以名人驱动为着眼点。例如,《精选当代各名公短札字字珠》囊括了万历朝一些

---

① 王重民:《中国善本书提要》,第 473 页。(此处作者表述有疏漏。该集为《明仕林诗类》,原题"广陵于承祖、孟武甫类辑"。该集"以各诗题所赠之人之职官分类",而非依据作者的官职和品级。——译者)

② 陈继儒纂辑:《国朝名公诗选》,陈元素笺释,钱协和校正,中国社会科学院文学研究所、美国国会图书馆藏明天启间刻本。对于托名陈继儒的探讨,参见王重民:《中国善本书提要》,第 473 页。

最引人瞩目的人物如李贽、袁宏道、屠隆和陈继儒等的作品。[①] 这部作品的注解包含对模糊典故的解释，以及对著名人物或地点的标示，书的标题还特别揭出“当代名公”，上述种种皆表明该书应有一定的市场属性。出于相应的利益动机，许多晚明选集通过对当时作品中晦涩的典故和短语加以评点和注解，凸显其对于读者的指导意义。这种指导性在书信选集中表现得较为显著，但同样的属性有时也会出现在诗歌选集中。例如上述所举的名义上由陈继儒所编的诗集，通过在字词细微处的注解来解释字里行间的文学典故和地理坐标。此外，在每首诗之后，编者经常会联系唐诗与之类似的主题进行解释和分析。这一选集以详细介绍诗人字号、籍贯和职官的小传为特色，其遴选范围纵贯整个明朝，因此是在一朝时间跨度内进行编纂，而非仅关注同时代人的作品。[②] 由张一中编选、王世茂梓行的名人书信选集《尺牍争奇》，还对晦涩的词汇和典故附有笺注。[③]

同样，由陈继儒作序的《尺牍双鱼》以行间注的形式解释书信中出现的生僻术语，并注明所援引的经典文献出处。第一部中的书信按功能分类，包括“乍会欢喜”“近别言怀”“久别思慕”“借贷”“感谢”“礼单”“托寄家信”和游玩、庆赏、拜访、吊丧等各类“邀约”，以及“吊慰凶变”“问候人病”“贺人寿旦”等等。在每个类别的最后，编者以“碎锦”提供额外的用语示例，显然是为想要在特定场合从容处理书信往来的读者提供范例。作为名人或“名

① 王焞：《精选当代各名公短札字字珠》，明万历四十五年（1617）刊本。这些书信涵盖了精英们广泛感兴趣的话题，包括出版、学术、文学、出仕与否的抉择、旅行、园林和天下著名景点。而且编者加上了圈点，并偶尔以旁注来阐明隐藏的典故。这本书由序言、七卷近人书信和第八卷古代名人作品组成。

② 陈继儒纂辑：《国朝名公诗选》。

③ 张一中辑：《尺牍争奇》，中国社会科学院文学研究所、美国国会图书馆藏明天启间刻本。相关讨论见王重民：《中国善本书提要》，第450页。

公”的作品,第二部中的书信加了圈点,但没有评注或笺释。[①] 这些作品反映了市场对当时新近名人的兴趣,而且还试图使名人的作品和社会活动为广大读者所接受和模仿。[②] 而邓汉仪的选集收录了大量名义上是“名人”的作品,他似乎并没有明确以商业为目的,也没有囿于“名人”须得名副其实,许多他所谓的“名人”仅仅存在于《诗观》之中。此外,如果没有来自官员和富裕精英等赞助人的资助,这部选集就不可能梓行。他所作的大量评论如同他对“名人”宽泛的定义一样,似乎是为了形塑一个共享文学品味与文学体验的读者群体,而不是为了阐释疑典或汲汲于利。

鼎革之后,在某些情况下,对诗歌和特定类型文体的结集和刊刻反映了人们对保护和传播文学作品的广泛兴趣,而非(或者说不仅是出于)对名人风格的普遍关注。[③] 作品被视为濒危的文化产物;幸存者所经历的暴力为文本、文化和人类生命的脆弱提供了充分的证据。与此同时,以诗歌为代表的文学被视为衡量社会和政治状况的重要尺度。[④] 诗歌体现时代精神这一观念的灵感肇端

① 陈继儒(托名):《尺牍双鱼》,中国社会科学院文学研究所藏。在序言部分,编者还通过图示和表格展示恰当的地址形式以及邀请信模板。第二部由四卷名人书信组成,标示了重点,但没有附以笺释或评注。这对于研究晚明时期的礼仪和邮驿是极佳的素材。关于对选集中情书范本的讨论,参见 Kathryn Lowry, “Duplicating the Strength of Feeling: The Circulation of *Qingshu* in the Late Ming”, in *Writing and Materiality in China*, 249。

② 晚明关于旅游和著名景点的出版物也同样在颂扬那些著名的和有权势的人物,同时尽可能使他们的作品能够被更广泛的读者所接受。对这一问题的讨论,参见 Tobie Meyer-Fong, “Seeing the Sites in Yangzhou from 1600 to the Present”。该文收入黄克武主编:《画中有话:近代中国视觉表述与文化构图》,台北:“中研院”近代史研究所 2003 年版,第 213—251 页。

③ 对于作者是女性或者关于女性的诗歌和作品来说,这一点尤为切实。对此现象的讨论,参见 Judith T. Zeitlin, “Disappearing Verses: Writings on Walls and Anxieties of Loss”, in *Writing and Materiality in China*, 87。

④ 根据牟复礼(Frederick W. Mote)的研究,这一观点在晚明作为文学批评的主流而蓬勃发展。见 Frederick W. Mote, *Imperial China: 900-1800* (Cambridge: Harvard University Press, 1999), 772。

于《诗经》,它在名义上由孔子所编纂,并为所有的选集工程提供了最重要的典例。[①] 因此,对零散作品的有意辑存确保了特定历史时刻的存迹以及那个时代杰出人士的永垂不朽。鉴于当时新近的灾难性事件,这项任务具有新的紧迫性。[②] 此外,一些清初的编者认为,《诗经》中没有收录的诗歌更易丢失,因此编纂选集就是对文本的保存和保护。

诗歌可以视为时代的晴雨表,而选诗则保证了作品的留存,这两种观念交汇于沈荃的《诗藏序》中。《莼阁诗藏》由赵炎选辑,与《诗观初集》同刊于康熙十一年(1672)。在序文中,沈荃申言:“诗之有选何始乎?始于梁昭明、徐孝穆,非也。孔子尝删诗矣。”他随之指出,那些被孔子收入《诗经》的作品在经部中得以留传,而未收入者已所剩无几:“选则存,不选则亡,诗之有赖于选,岂偶然哉?”[③]邓汉仪同样把保存个人的文本和他那一代的历史作为自己

---

① 清初屡屡以《诗经》作为选集合法性的来源之一,参见 Kang-i Sun Chang, “Ming and Qing Anthologies of Women's Poetry and their Selection Strategies”, in *Writing Women in Late Imperial China* (Stanford: Stanford University Press, 1997), edited by Kang-i Sun Chang and Ellen Widmer, 147。(中译文见[美]孙康宜:《明清女诗人选集及其采辑策略》,马耀民译,载[美]孙康宜:《陈子龙柳如是诗词情缘》附录二,李奭学译,西安:陕西师范大学出版社 1998 年版,第 212—245 页。——译者)

② 这与 17 世纪 50 年代以江浙地区为代表的人们对收集历史作品和编纂回忆录的高涨热情有相似之处。见 Lynn A. Struve, *The Ming Qing Conflict*, *1619-1684*, 29。

③ 沈荃:《诗藏序》,见赵炎:《莼阁诗藏》,清康熙十一年(1672)刻本。这部选集由编者同代人的作品组成,包括许多清朝官员和其他一些像林古度这样以不仕新朝而出名的人。这些诗歌按诗体编纂,未加评注或圈点,也未收入谢正光、佘汝丰编著的《清初人选清初诗汇考》。另一部与邓汉仪同时代的作品,也把诗歌看作反映了一个时代的政治特征,在历史范畴上将普通民众的反应和他们的经验囊括在内,见吴伟业:《且朴斋诗稿序》,载吴伟业:《吴梅村全集》,李学颖集评标校,上海:上海古籍出版社 1990 年版,第 1205 页。英译文见 Chi-hung Yim, *The Poetics of Historical Memory in the Ming Qing Transition: A Study of Qian Qianyi's Later Poetry* (PhD dissertation, Yale University, 1998), 242。(该博士论文已出版,见严志雄:《钱谦益的“诗史”理论与实践》,北京:中华书局 2019 年版。——译者)

计划的一部分,他在对一些同辈人诗歌的评点中阐明了这一观点。例如,在白梦鼎的一首诗后,他写道:"回首往事,言之激烈动人,存此一诗,以见前朝祸败所繇始。"①

最著名的清初诗史选集可能要数钱谦益的《列朝诗集》。钱谦益宣称的目标是"采诗庀史",通过以年序编次诗作尽量呈现出王朝历代的相对优劣。② 在此,他像同时期的许多编者一样遵循了《诗大序》的逻辑:

> 情发于声,声成文谓之音。治世之音安以乐,其政和;乱世之音怨以怒,其政乖;亡国之音哀以思,其民困。③

在序言中,钱谦益解释了这个工程背后的动机,他将历史、人格和诗歌之间的关系与导致他最初的编选努力付之东流的灾难性环境并置而论。17 世纪 20 年代,在友人程嘉燧的鼓励和参与下,钱谦益初次着手这一选集工程。在阅读了元好问的《中州集》后,程嘉燧断定,按时间顺序编次并附以作者小传的诗歌选集在本质上是一部历史作品。钱谦益写道:"自孟阳(程嘉燧)之读《中州集》始也。孟阳之言曰:'元氏之集诗也,以诗系人,以人系传。《中州》之诗,亦金源之史也。吾将仿而为之,吾以采诗,子以庀史,不亦可乎?'"④钱谦益提到,在第一阶段的编纂工作中,他收集了近三十位诗人的作品,但过了一段时间,他就因缺乏动力而停止了编纂。

---

① 邓汉仪选:《诗观初集》卷六《忆昔行赠程穆倩》,第 22a 页。

② 关于诗人史家(poet-historian)和诗史(poetry-history)的概念,参见 Chi-hung Yim, *The Poetics of Historical Memory in the Ming Qing Transition*, 52-64。

③ Stephen Owen, *Readings in Chinese Literary Thought* (Cambridge: Council on East Asian Studies, Harvard University, 1992), 43.(中译本见[美]宇文所安:《中国文论:英译与评论》,王柏华、陶庆梅译,上海:上海社会科学院出版社 2003 年版。——译者)

④ 钱谦益:《列朝诗集》序,清顺治九年(1652)毛氏汲古阁刻本,第 1a 页,载《四库禁毁书丛刊》,第 95 册,北京:北京出版社 1997 年版,第 2 页。《中州集》是元好问(1190—1257)在元朝征服以后编的一部金诗选集。关于这篇序的详细探讨,参见 Chi-hung Yim, *The Poetics of Historical Memory in the Ming Qing Transition*, 236-241。

二十年后,由于沿海地区的动乱,他的大部分书籍散佚或被毁。也许是受到了这一不幸经历的触动,他在顺治三年(1646)到六年(1649)间又开始了这项工程。[①] 顺治七年(1650),他险些再次失去他的选集,这再一次坚定了他致力于选集工程的决心。最终,他在新政权下将其完成。在这一背景下,钱谦益诗学工程的政治目的就更加明确了:既要保存明代诗歌,又要通过诗歌解读明朝各代的功过。[②]

邓汉仪熟知钱谦益的选集,有时故意选取其选集中没有出现的诗歌。[③] 在《诗观》收录的钱谦益诗作后的总结陈述中,他将与钱谦益的私交公之于众,描述了他们在顺治十三年(1656)冬天的一次相遇,当时他们就彼此的诗稿交换了意见。[④] 邓汉仪把自己置于这位当时最著名的诗人身边,带有自我标榜的意味。此外,通过强调他们交换意见,这段文字也表明钱谦益以诗歌为历史的构想与邓汉仪编纂《诗观》的意图之间可能具有直接的联系。邓汉仪赞赏钱谦益是那个时代最伟大的诗人之一,在《诗观初集》中他将其列于首位。[⑤] 对于钱谦益的一首诗作,邓汉仪写道:"借马上

---

① Chi-hung Yim, *The Poetics of Historical Memory in the Ming Qing Transition*, 240.

② 严志雄(Chi-hung Yim)认为,一个更具颠覆性的政治信息可能嵌在序言中,声称钱谦益以此书筹谋复明。见 Chi-hung Yim, *The Poetics of Historical Memory in the Ming Qing Transition*, 242-243。

③ 邓汉仪选:《诗观初集》别集,第 32a—32b、41b 页。(此处页码疑有不确。从《四库禁毁丛书》影印的康熙刻本看,《诗观初集》闺秀诗部分在卷一二,未单列为"别集"。《诗观初集》闺秀诗部分的批语中,涉及作者此处论述的有如下两处。《诗观初集》卷一二,第 30a 页,袁九嫕小传云:"钱牧斋采其诗于《历朝诗选》中,同里范子汝受更手授数诗,皆钱选所未有者,予特表之。"《诗观初集》卷一二,第 39b 页,邓氏小传云:"忆其《过华阴题壁》一诗,则钱选所未见,情词悽惋,有动人者,予为采之。"——译者)

④ 邓汉仪选:《诗观初集》卷一,第 8b 页。

⑤ 关于《诗观》由于包含钱谦益及其他争议性诗人的作品而被禁一事,参见 Tobie Meyer-Fong, *Building Culture in Early Qing Yangzhou*, 110-114。

生论却说出许大关系，想一代兴亡事迹，盘结胸中，固遇题辄发耶。”①同侪诗歌中所蕴含的“兴亡事迹”是邓汉仪整个选集尤其是《诗观初集》的重要主题，与之相关的观念是将诗歌视为传递深刻情感的载体。同样，在自序和对诗人及诗作的评注中，邓汉仪将诗歌描述为历史书写的一种形态，并在自序中呼应了《诗大序》的政治逻辑。当然，这并不是说他公然谋划复明。② 相反，在这三集中，他越来越多地借助有关文学和历史的此类观念来支持对新政权的接纳。通过《列朝诗集》中的诗歌，钱谦益试图留存对明朝的记忆；通过在《诗观》编选过程中广泛选取各界同辈人的作品，邓汉仪似乎有意通过他们的诗歌保留他这一代人作为一个共同体多元而带有道德复杂性的经历、成就和选择。

余宝琳（Pauline Yu）曾关注到选集对典范形成的重要性。清初对当时诗作的编选实践体现了这一过程，揭示了社会网络为选集编纂铺垫并最终为典范形成奠定基础的方式。③ 选集工程将编纂者置于诗作者和参阅者所形成的巨幅网络的中心，促进了志趣相投者之间的联系。这些工程可能会为落魄或闲散的诗人们提供一份职业，也包括那些在朝代更迭后无以为生之人。比如《骊珠集》等多部当时韵文选集的编者顾有孝，在鼎革后就一直靠诗歌编纂为生。④ 编书并非一己之力可为，一部选集的付梓可能涉及

---

① 邓汉仪选：《诗观初集》卷一，第 3b—4a 页。

② 于我而言，我们或许可以据此修正严志雄将“诗史”解读为特指“遗民”诗学一部分的观点。相反，“诗史”似乎是一个无处不在但具有政治弹性的话语，与鼎革一代所经历的创伤密切相关。邓汉仪使用“诗史”的一个例子为“真是诗史”，见邓汉仪选：《诗观初集》卷五，第 5a 页。

③ Pauline Yu, “Song Lyrics and the Canon: A Look at Anthologies of Tz'u”, in *Voices of the Song Lyric in China* (Berkeley: University of California Press, 1994), edited by Pauline Yu, 70.

④ 谢正光、佘汝丰编著：《清初人选清初诗汇考》，第 107 页。钱仲联主编：《清诗纪事》，第 2 册，南京：江苏古籍出版社 1989 年版，第 627 页。《骊珠集》编于康熙六年（1667）至九年（1670），在康熙九年梓行。

多达几十名捐赀者、编纂者、校阅者、收集者和评注者。不仅作者和编者时常是朋友，就连编选的诗歌也往往是他们近期雅集的产物（或主题）。社交上的熟悉感使这些选集充满了时代感，而这与编纂者所主张的崇高的历史感、文学感和纪念感构成张力。从第一批在顺治朝（1644—1661）出现的选集开始，许多编者就宣称他们的计划更多的是针对个人而非文学。虽然一些编者和序作者提到了晚明的文学论争，或将诗歌选集的历史追溯到孔子和《诗经》，但评注中还是经常将这种囊括归结于个人和事件，而非出于文学方面的考虑。①

在17世纪50年代和60年代，对人物和事件而非文学理论的关注意味着某些选集会特意以遗民或朝廷圈子为中心。② 然而，即使在那时，遗民和朝廷圈子之间也没有清晰的界线，这表明二者之间的区别可能不像一些学者所认为的那样是对抗性的，选集工程可能兼容官方赞助者与遗民编者一同作业。例如，著名遗民陈允衡编纂的《国雅初集》就由年轻的清朝官员王士禛资助。当陈允衡在17世纪60年代编纂这部选集的时候，王士禛为其支付了在扬州的食宿费用。③ 因此，对选集纂辑的赞助和实践为官员和

① 谢正光、佘汝丰编著：《清初人选清初诗汇考》，第4页。

② 有一部清初选集从很多方面代表了后鼎革时代精英的考量因素，即魏裔介的《观始集》，顺治十三年（1656）刊行。谢正光、佘汝丰认为："此书应视为颂扬新朝而成者，比诸由抗清志士魏耕及钱价人合纂之《今诗粹》，大异其趣。"见谢正光、佘汝丰编著：《清初人选清初诗汇考》，第30页。在凡例中，作为顺治朝进士和官员的编者指出："诗与史并重，必须时代分明。是集所取断自甲申，其甲申以前，虽有佳篇，宜入明代诗集，余所未遑。"引自谢正光、佘汝丰编著：《清初人选清初诗汇考》，第28—29页。与此同时，评注者和参阅者田茂遇、周肇曾是晚明文学名家和复社成员的学生。谢正光认为，这些联系使他们对于清初精英格外珍贵。关于17世纪50年代带有遗民倾向的选集，参见谢正光、佘汝丰编著：《清初人选清初诗汇考》，第47、51、95页。

③ 陈允衡：《国雅初集》序跋，见谢正光、佘汝丰编著：《清初人选清初诗汇考》，第87—88页。关于王士禛对此工程的赞助，参见王士禛：《王士祯年谱（附王士禄年谱）》，孙言诚点校，北京：中华书局1992年版，第22页。该书还引录了他的笔记《居易录》。

遗民之间的互动提供了平台。同时，尽管也可以将这种官员的赞助置于重建江南精英社会的背景下去理解，但也不应将其简单地视为朝廷势力推动下的行径，因为它与地方诗社、刊刻活动和友谊网络交织在一起，而社交、评论及编纂的推动力并非必然出自官员。17 世纪 60 年代梓行的《广陵倡和词》和《红桥倡和第一集》都由孙金砺所编，记载了一个活跃于扬州的诗社的文学和社交活动，诗社由包括邓汉仪在内的几十位成员组成，其中既有人因身为官员而受到推崇，也有人因拒绝仕清而受到尊敬。①

在某些情况下，尤其是在清王朝统治的最初几十年里，社会交际可能不仅反映了人们对文学共同的热情，也反映了人们对朝廷政治和所处时代普遍的两难心态。对于汉族官员和江南士族而言，17 世纪 50 年代后期和 60 年代前期是一段艰难的时期，两方都有很多人被卷入丑闻和政治镇压，就连周亮工这样著名的人物也曾入狱服刑。② 像周亮工获释后那样，与诗友和艺术爱好者交往并编纂书信集和诗集，不仅可以让他摆脱绝望和沮丧，而且也是确立精英社群的契机。③ 在周亮工的尺牍选集中，有一封龚鼎孳在 17 世纪 60 年代写给邓汉仪的信，信中描述了他作为京官所感到的悲伤、焦虑和孤立之感。在这种情绪下，他写道："生趣都尽，而珠桂之累，时来侵迫……不自意枯树寒灰，起之病颡，责以驰驱，

① 孙金砺编：《广陵倡和词》，清康熙刊本，载孙默编：《国朝名家诗余》；孙金砺编：《红桥倡和第一集》，清康熙五年（1666）刻本，载孙默编：《国朝名家诗会》。

② 在这样的一例中，一位闲散文人编纂的明代最后两朝诗歌选集激起了残酷的政治镇压。该书凡例称，"是选以人为重，以节义为主"。陈济生辑：《启祯遗诗》，清顺治间刻本，转引自王重民：《中国善本书提要》，第 474 页。

③ 关于交际和艺术鉴赏在界定清初精英阶层和群体时的作用 见 Sophie Volpp, "The Literary Consumption of Actors in Seventeenth-Century China", in *Writing and Materiality in China*, 151-156。该文聚焦于包括邓汉仪及其亲密伙伴在内的一个文人圈子。

诚惧末路摧颓,贻羞同志。”[①]尽管政治选择各异,但精英们共同承担着对新政权的犹疑,对道德和政治范畴内混乱的容忍,还有对同时代作品的热情,这些都为他们的社会交际创造了机会。出乎意料的是,精英社群的重新整合可能还促成了对清朝统治的集体融入。

到了17世纪70年代早期,选集的涵盖范围显得愈发广泛。时过境迁,随着地方上赞助和交游等行为的开展,“遗民”和“朝廷圈子”之间的界限变得空前模糊。编者们更加自觉包容,选集的规模和范围呈激增之势。有一部选集甚至收录了康熙皇帝本人的作品,这些作品都印在绘有龙形图案的纸上,这表明精英文学兴趣与宫廷日趋重合。[②] 像顾有孝编纂并于康熙九年(1670)付梓的《骊珠集》,就囊括了各类群体超过八百五十位诗人,其中大部分人经历了鼎革并活到了清代。在一部刊刻于康熙十九年(1680)的诗集中,编者魏宪写道:“是集贵得和平,不分仕隐。廊庙虽多应制之什,山川亦寄吟眺之章。”[③]邓汉仪也同样持有这种包容的精神,他将官员和其他出于政治、经济或别的原因而选择不出仕的人的作品合纂于一集。

一些选集的编者认为,由于明清易代的集体经历,今人已足以取代前人,因此理应着眼于“当代之人”。悲剧赋予这个时代的诗歌更强的道德和情感力量。而另外一些编者,尤其是康熙十九年(1680)后的编者,却仅仅将编选当时的文学作品视为一种理所应

---

① 见周亮工:《赖古堂尺牍新钞二选藏弆集》卷三,第2a—2b页。这封信早于康熙九年(1670),因为这本选集刊行于17世纪60年代。虽然并未直接指明,但我认为这里所言的“同志”是邓汉仪。

② 魏宪选:《百名家诗选》,清康熙二十一年(1682)刻本。该选集初版刊行于康熙十年(1671),但与《诗观》一样在乾隆朝遭禁。

③ 魏宪辑:《诗持四集》凡例,见谢正光、佘汝丰编著:《清初人选清初诗汇考》,第124页。与清初的很多编者一样,魏宪明确排斥固有的地位和等级观念,他拒绝提及供稿人的官职,并宣称诗歌按照收到的先后刊载,而非根据作者的地位或年龄。

当或不足为奇的尝试。如同诗社和关乎文化遗产重建的工程一样,以编选当时作家的作品为主的清初选集既是修复社交网络的潜在工具,又是表达此时涌现的和解意向的潜在平台,因为编者们用这些选集首先宣告了他们这一代人的集体文学成就,进而宣告了王朝的成就。① 在《诗观》的评注和序言里,“一代”“我辈”“一时”等词语得以突显,但编者并未致力于将入选者的经历和态度同质化,而是在接下来的选集中增加了对涉及帝王和宫廷的事件的关注。最终,题为《皇清诗选》《盛朝诗选初集》的选集热情而明确地指出了清朝黄金时代的辉煌,为融入清朝统治的进程带来了圆满的结果。②

选录准则

《诗观初集》和《诗观二集》均在前言中详细列出了凡例,其中,邓汉仪概述了他表面上用于编纂选集的方法和标准,强调了他对知识性和包容性的看重。邓汉仪还交代了他在何地如何得到这些诗作,他是如何着手编纂的,哪些人曾以何种方式从中协助,以及整个选集工程如何被资助。这些凡例说明,邓汉仪从性别、地域和政治等方面广泛地容纳了他的同代人。选集中,诗人的绝对数量和多样性也表明了他的包容精神。他选取了遗民、隐士、官员和其他形形色色的人物。僧侣并未单独成卷,或许是因为在清初出

① “文化遗产”的革新是精英社群重构的一种机制,对此的讨论见 Tobie Meyer-Fong, *Building Culture in Early Qing Yangzhou*, 141-148。

② 两书刊刻于康熙二十七年(1688)和康熙二十八年(1689),编者是孙铉和顾施祯,分别见谢正光、佘汝丰编著:《清初人选清初诗汇考》,第 203—218、240—246 页。讽刺的是,与《诗观》一样,《皇清诗选》也在《四库全书总目》中著录,但在乾隆朝遭禁。

家很多时候是一种政治选择。[1] 他还在三集中皆收录女性，但严格依据他所划定的质量和分卷标准。在《诗观初集》中他写道："释子诗杂同人之中，闺秀诗另为一帙，尤严赝本，已登《翠楼》诸集者不载。"[2]虽然女性被移至另外一卷，"一时名家"中仍有她们的一席之地。尽管同一诗人的不同作品在三集中均有出现，使得准确的总数难以计算，但邓汉仪仍表示希望避免三集之间的重复。邓汉仪在《诗观二集》中表示，为了避免重复，他将在《诗观初集》中业已得到充分展现的前辈诗人如吴伟业、龚鼎孳、周亮工等人的作品排除在外。而且他还补充道，如果某些同人的诗曾出现在《诗观初集》里，此后他们把新作寄来征求他的意见和指导，那么这些作品在新的一集中将仍予以收录。[3]

邓汉仪宣称，他在全部三集中都贯彻着同一编选原则，即不会按照作者地位的尊卑来编排书中内容，而是按照收稿的顺序来选印诗作。[4] 同一时期，很多其他编者也公告，他们的选集并非按照地位或年龄排序，因此读者也应谅解学生在老师之前或弟弟在兄长之前的情况。[5] 宣称抹消地位差异在清初编者中相当普遍，这

---

① 魏宪在《诗持二集》凡例中有类似见解，他写道："近代选本，多不列僧诗……僧之性情，与世之性情不同，昔人尝言之。况近来佳士不得志于举业者，悉寄迹空门。故予选方外之诗十居其一，然必以风雅为程。"见谢正光、佘汝丰编著：《清初人选清初诗汇考》，第118页。

② 邓汉仪选：《诗观初集》凡例，第2b页。关于《翠楼集》，参见Kang-i Sun Chang, "Ming and Qing Anthologies of Women's Poetry and their Selection Strategies", 160。孙康宜认为，《翠楼集》是由二百位明代女诗人的诗作组成，其编纂应视作对当时详述清代女性作品的选集的反拨。《翠楼集》的序系于康熙十二年(1673)，也就是《诗观》刊行的次年。鉴于邓汉仪的密友宗元鼎为《翠楼集》作序，看起来邓汉仪很可能曾看过该书刊刻前的稿本。关于邓汉仪对女性的收录，参见梅尔清未刊文"Including Women: Deng Hanyi and the Poetry Survey"。

③ 邓汉仪选：《诗观二集》凡例，第1a页。

④ 在《诗观二集》的凡例中他重复了这一主张。见邓汉仪选：《诗观二集》凡例，第1a页。

⑤ 例见谢正光、佘汝丰编著：《清初人选清初诗汇考》，第66、98、109、117页。

可能还因为在标准错杂的时代,决定地位之高下诚非易事。邓汉仪补充说,“选数多寡实非有意”,更确切地说,居住距离的远近和提交诗歌的数量才是主要因素。① 尽管选集中的作家们声望各异,他还是竭尽全力避免将身份的差异形诸笔墨。此外,随诗而附的小传只包括诗人姓名、字号、籍贯和文集名,而不涉及官衔、职位、科举表现、门第或其他社会地位的标志。消除地位差异是许多清初选集的常见要旨,它带来的额外好处是最大限度地缩小了仕清和不仕清者之间的差别。

在历史上,一个人的公共身份由举业正式确立,而邓汉仪在小传中不书官衔,试图以此为诗人们赋予由文学创作和社会关系而定义的独立公共身份。因此,他将审美考量置于社会地位之上,将闲暇消遣之作置于公事应制之作之上。这种个人取向也在诗歌本身的主题中得到强调,这些诗歌在很大程度上纪念了离别、旅途和朋友间的相遇。《诗观初集》中,女性诗人的小传相比于男性诗人的要详细得多,邓汉仪此举及其动机值得注意。女性被明确摒除于科举制度和官场生活之外,她们的作品本质上是私人的和情绪化的,而不是公开的和官方的。因此,邓汉仪可以放心地将一位女性诗人的家庭背景和生活经历等信息纳入小传,这不会削弱他在形式上淡化自己所属社会阶层内部差异的努力。② 他告诉读者:“同人不分仕隐,诗到即为登选,乃有交谊夙敦而篇章难觅者,仆亦听之。”③邓汉仪试图掩饰并借机消除他同代人间的差异,最大

---

① 邓汉仪选:《诗观初集》凡例,第 2a 页。

② 孙康宜指出:“通过阅读诗作(加上邓汉仪的评语),可以得到这样一种印象,即对女性诗人的评判独立于性别之外。甚或可以说,她们很大程度上被当作男性诗人来评价。”见 Kang-i Sun Chang, “Ming and Qing Anthologies of Women’s Poetry and their Selection Strategies”, 159。无论是在他的批判性评注中,还是在他对技术和艺术成就的评论性强调中,邓汉仪对男性和女性诗人的态度都有相似之处。有趣的是,在写就小传时,他对男性和女性的态度截然不同:女性小传中的轶事细节要丰富得多,至少在《诗观初集》中是这样。参见 Tobie Meyer-Fong, “Including Women”。

③ 邓汉仪选:《诗观初集》凡例,第 2a 页。

的争议在于出仕与否。通过强调他们的共通之处，邓汉仪为同辈求得互相的谅解，并为他这一代人建立起一种身份认同。有趣的是，虽然全部三集中的小传都保持完全中立，但后两集中对个别诗歌的评注越来越多地涉及官方立场和活动。这一变化可能反映了邓汉仪自己对新政权的参与，而且随着年轻一代诗人的出现，身份定位等议题对于他们已不再至关紧要。

邓汉仪将选集正式定名为《天下名家诗观》，在《诗观初集》的序言中又以《十五国名家诗观》代称。选集的全称暗示了一种覆盖王朝全域的文学观；《诗观初集》的凡例也表明，邓汉仪确实特别想要收集远方诗人的作品。尽管以跨地域自我标榜，但选集实际上还是深深植根于长三角地区。[①] 诸多因素导致了这种不平衡。至少在明末清初，被定义为以"帝国全域"为范围的书籍常常优先考虑长三角地区。清初的江南和浙江两省拥有最高的识字率和最悠久的文学与友谊网络传统，也是离乡隐居的遗民诗人相对较多的省份。邓汉仪本人就住在江南，并与江南各地的人保持着深厚的友谊纽带。他借此促进他的诗歌征集活动，这些与他联系最为紧密的地区便得到了最佳呈现。此外，江南的供稿人可能会有更强的参与动机，他们与选集计划本身和其所依托的广大江南读者都存在地域上的联系。最后，从明末到清初，中国中部和西南各省历经叛乱、战争和其他动荡，由于政治不稳定隔绝了私人和邮路联系，这些偏远地区显得愈发偏僻。

像邓汉仪这样的编者，明言想要汇集天下四方诗人的作品，但在某些情况下，他们承认近距离的文人更容易被选中。[②] 选集的

---

① 《诗观初集》收录的诗人中，三百零三位生活在江苏和安徽，九十二位在浙江，还有一百九十位来自其他省。简而言之，《诗观初集》出现的诗人三分之二都生活在江浙。

② 例见魏宪：《诗持三集》凡例，见谢正光、佘汝丰编著：《清初人选清初诗汇考》，第122页。关于其《诗持四集》，见谢正光、佘汝丰编著：《清初人选清初诗汇考》，第124页。

地理范围表明,这是一个在政治和文化上融入新王朝的工程。尽管《诗观》中的大部分诗歌都是江南文人所作,但编者明显试图展示来自全国的诗人,从而使他们形成一个共同体。① 《诗观二集》中即已包括博尔都和其他一些被邓汉仪命名为"满洲人"的诗人,在《诗观三集》中满族诗人出现的频次有了更大的提高。② 在地理广度上,正如前文提到的大多数编者在序言中所言,他们有意识地向孔子编定的《诗经》看齐,像孔子一样收集能够反映帝国(或"十五国")政治和精神境界的诗歌。来自各地的优秀诗作被广泛解释为和平、繁荣和良好的风尚在全国恢复的征兆。③ 因此,这些选集可能反映了一种新的跨地域、跨朝代的意识形态建构,即通过强调同辈群体,归总一代之诗,既肯定了清政府的政治权威,同时又维护了江南精英的文化权威。这种江南精英和朝廷之间的互动通过经济赞助的形式展开,《诗观》本身即由官员出资梓行,名扬天下的诗人和官员又以此促成地方人物作品的传播。④ 通过在选集工程中广泛地选录文学名士和官员精英的作品,邓汉仪为鼎革后新共识的建构作出了贡献,这种共识将代表明朝过去和清朝未来的形象和人物兼容并蓄。

邮路征诗与清初友谊网络

清初的选集中,要求通过邮寄的方式递送稿件已成为一种惯

---

① 邓汉仪选:《诗观初集》凡例,1b—2a。

② 邓汉仪选:《诗观二集》卷七,第 78a 页。

③ 某些 17 世纪 50 年代和 60 年代的选家把他们的选集描绘为教育和启迪帝王计划的一部分,由此可以提升风尚、安邦定国。相关例子参见魏裔介辑《观始集》(清顺治十三年刻本,1656)和《溯洄集》(清顺治十八年刻本,1661)的序,分别见谢正光、佘汝丰编著:《清初人选清初诗汇考》,第 24 页,第 104—105 页。

④ 例如,在沈泌诗作的评语中,邓汉仪称"荔裳、愚山、西樵诸公交推之";丙午(1666),沈泌、邓汉仪同客扬州,"唱和甚多";稍后,沈泌出仕而远行。见邓汉仪选:《诗观初集》卷九,第 19b 页。

例。类似的文字征启出现在这一时期许多(即便不是大多数)当时新近的各种文体的作品选集中。[①] 这一举措表面上促进了跨越距离的参与,同时也推进了“热心读者—参与者”网络的悄然扩张,成为复杂历史背景下清初选集实践的典型特征。此外,从书信到题画之作,清初作品中提到通过邮路征集和交换文化作品的频率高得惊人,这表明人们对远距离交流及其常态化发展的着迷,而这对于跨地域的友谊网络的建立具有促进作用。[②]

《诗观初集》中包含一则通告,说明编者有意编选二集,并向读者征求作品:

> 是编行后,即谋二集。鸿章赐教,祈寄至泰州寒舍,或寄至扬州新城夹剪桥程子穆倩(程邃)、大东门外弥陀寺巷华子龙眉(华衮)宅上,其京师则付汪子蛟门(汪懋麟),白门则付周子雪客(周在浚),邮寄最便。[③]

邓汉仪以此通告来扩大他的直接关系网络,这也涵括了他想象中的读者群体。通过公布若干征集点,他使读者可以自行选择诗作的投寄地点。相比于供稿人依靠旅途中的友人、亲戚、仆从、商旅、

---

① 在凡例中提到邮路征稿的清初选集不乏其例,参见谢正光、佘汝丰编著:《清初人选清初诗汇考》,第 74、98、109、116、129、130 页。

② 例如施闰章:《七颂堂诗集序》,见刘体仁:《七颂堂诗文集》,清同治七年(1868)刻本。刘体仁做过《诗观初集》第四卷的参阅者,而施闰章也与邓汉仪熟识。二人都是知名诗人和官员,而且都有诗作收入《诗观》之中。大英博物馆现藏一幅陈洪绶约顺治七年(1650)创作的画作,画末黄澍的跋语中描述了他从“邮筒”中收到这位艺术家的画作和书信。翁万戈编著:《陈洪绶》,中册,上海:上海人民美术出版社 1997 年版,第 247 页。感谢白谦慎分享了相关参考资料。

③ 邓汉仪选:《诗观初集》凡例,第 3b 页。Dorothy Ko, *Teachers of the Inner Chambers: Women and Culture in Seventeenth-Century China* (Stanford: Stanford University Press, 1994), 63.除最后一句外,笔者借用了高彦颐(Dorothy Ko)的翻译。(中译本见[美]高彦颐:《闺塾师:明末清初江南的才女文化》,李志生译,南京:江苏人民出版社 2005 年版。——译者)

官驿或商业邮寄服务,这一方式可能更方便也更节约。① 通过使用友人的地址,邓汉仪还吸引了一些自由来稿,各个城市的供稿人与这些为邓汉仪做"代理人"的友人大多不乏联系。例如,南京的诗人们对周在浚(生于1640年)就很熟悉,他不仅是著名官员、艺术收藏家和鉴赏家周亮工之子,还曾和邓汉仪一样编选过当时作品的选集。此外,那些同意代邓汉仪接收诗稿的朋友可能本也有意帮他征集诗稿。在《诗观二集》中,邓汉仪就对汪懋麟在北京、费密在四川和其他朋友在贵州、福建、广东、陕西等地收集诗歌表达了感谢。② 四处奔波联络是清初之人的常态,费密和汪懋麟在离开原本的寓居地扬州之后为邓汉仪收集诗歌,这样的旅行和交流促进了主要城市中心之间的联系。

像清初的编者同行们一样,邓汉仪以邮寄的方式向身边圈子以外的诗人们征求诗作,以此扩大自己选集涵盖的诗人范围。在编选过程中提及这一方面时,他进一步强调,他的选集来自全国各地的诗人(及其崇拜者)直接寄送给他的作品,这再次反映了人们对当时的作品日益高涨的热情,以及对"今人"生活和文学的新生兴趣。在《诗观二集》的序言中,邓汉仪很重视通过邮驿递送稿件的事实。③ 此外,他对这一细节的关注表明,他乐于邮驿通信很可能与鼎革后基础设施的恢复有关。在明朝最后的几十年里,旅行和交通的基础设施严重恶化,像邮舍、官驿和道路等设施都年久失修,④以致各城市中心之间的联系变得日益困难,即便是在富庶的江南地区亦是如此。此外,明清兴替嬗代之际的暴力导致大批人

① Timothy Brook, *The Confusions of Pleasure: Commerce and Culture in Ming China* (Berkeley: University of California Press, 1998), 186-190.(中译本见[加拿大]卜正民:《纵乐的困惑:明代的商业与文化》,方骏、王秀丽、罗天佑译,北京:生活·读书·新知三联书店2004年版。——译者)

② 邓汉仪选:《诗观二集》凡例,第2a页。

③ 邓汉仪选:《诗观二集》序,第1b页。

④ Timothy Brook, *The Confusions of Pleasure*, 173-174.

流离失所,他们作为避难者和羁旅客踏上了逃亡之路。在清朝开始恢复交通基础设施后,背井离乡的朋友和亲人通过书信和诗歌往来得以保持远距离的联系。在鼎革后的几年里,邓汉仪在浙江、广东、安徽和山东四处游历,他拜访朋友,继续学习,开始收集和评注诗歌,并在应博学鸿词科后获赐内阁中书舍人一衔。与邓汉仪一样,其他许多清初选家们也对邮驿服务抱有热情,他们对邮驿的关心可能标志着对秩序的恢复及其所促进的跨地域精英群体的重建的热情。

清初刊行的许多选集要求读者通过邮寄的方式递送附加的稿件,以至这一举措几乎成为当时选集不可或缺的特征。与此类似,卓尔堪在其《明遗民诗》选集的凡例中也主张欢迎邮寄来稿。[①] 邓汉仪的年轻友人张潮,即康熙二十八年(1689)邓汉仪死后刊行《诗观三集》之人,在其小品文选集《虞初新志》的凡例中有如下说明:

> 序爵序齿,从来选政所无;或后或先,总以邮筒为次。不能虚简以待,亦难缩地以求。随到随评,即付剞劂之手;投函投刺,勿烦酬酢之劳。次第未可拘拘,知交定称尔尔。[②]

张潮补充,所有人只要有新作就应毫不犹豫地把它们寄来以备下集所需,而且应该鼓励朋友、邻居甚至陌生人也这样做。他告诉读者:“免致浮沉,早邮珠玉。”[③]和张潮共同编纂《檀几丛书》的友人王晫,并将其同代人的奇闻轶事编为一集,名曰《今世说》。王晫也通过邮驿征集作品,他写道:“凡我远近诸名家,倘以全集见

① 卓尔堪言及的编选方法与邓汉仪所云有惊人的相似性。见卓尔堪选辑:《明遗民诗》,上海:上海古籍出版社1961年版,第4页。

② 张潮:《虞初新志》凡例,北京:文学古籍刊行社1954年版,第2页。按照收到的顺序编纂作品也是清初选集的一个常见主题,例见谢正光、佘汝丰编著:《清初人选清初诗汇考》,第109、117页。

③ 张潮:《虞初新志》凡例,第2页。

贻,自当细搜续辑,汇订《今世说补》一书,务期早寄邮筒,庶免遗漏之虑。"[①]我们再次看到,邮驿被用来征收稿件并扩展编者的联络网,同时也为编者的私人藏书征集免费的书籍和手稿。许多诗作见诸《诗观》的著名作家在《今世说》中也被提及,他们或有故事收录在《虞初新志》里,或有书信收录在《尺牍友声》这部张潮所编的大型书信选集中。这最后一部作品很可以代表清初选集、人际网络和书信往来之间关系的最终图景。

尽管如此,许多鼓励通过邮驿征集稿件的编者还是暗示,邮寄的作品可能会晚到或者在途中遗失。[②] 宗元鼎致王士禛(二人皆与邓汉仪相熟)的一封信说明,遗失书信绝非妄言。[③] 宗元鼎解释说,在过去的几个月里,他一共给王士禛寄了五封信,其中几封都附有诗作,至少还有一封包括一组扇面诗。他说明了这些信的日期和内容,并对很长一段时间没有回信表示担忧。他总结道:"以前数函或有到、有不到,以见寄书之难,而此衷不敢一刻忘文字之知也。"[④]

与此同时,提及书信可能不知所终也为选集编者们提供了一个礼貌的借口,使他们可以在刊刻的选集中删除某些诗作。在

---

① 王晫:《今世说》例言,载周骏富辑:《清代传记丛刊》,第18册,台北:明文书局1985年版,第13页。

② 例子参见谢正光、佘汝丰编著:《清初人选清初诗汇考》,第109页。

③ 宗元鼎与王士禛的兄长王士禄是非常好的朋友。在《诗观初集》评王士禛诗的时候,邓汉仪写道:"琅琊诸王以诗名当代久矣。西樵诗半出宗子定九手订,而仆略为点次;阮亭则全录其近稿,而已登《国雅》《诗志》者不载。"邓汉仪选:《诗观初集》卷七,第23b页。在《诗观初集》中,至少半数王士禄诗作的题目与宗元鼎有关。见邓汉仪选:《诗观初集》卷七,第1—15页。

④ 周亮工:《赖古堂尺牍新钞二选藏弆集》卷八,第2b页。这封信后附有宗元鼎致王士禄的漂亮便笺,描述了书信和集会对于他们友谊的作用,并提到了宗元鼎对于信件是否能顺利送达的不确定感,"写书是新春前一夕,不知书到何时也"。他还描述了扬州地区雪后的美景:"今岁广陵大雪三次,连山接水,尽如琼瑶,平田村落之间,断往来者旬日。开函见此,应必有忆江南雪中人诗句矣。"见周亮工:《赖古堂尺牍新钞二选藏弆集》卷八,第2b—3b页。

《诗观二集》中，邓汉仪自己打趣道："诸君邮诗浮沉者大半，属有挂漏非仆之愆。"[①]邓汉仪的言论不仅为漏掉一些寄送的稿件提供了说辞，而且也为选集中"圈内人"占多数提供了理由。那些熟悉其代理人的人，或者其代理人本就熟知的人，更愿意把他们的作品亲自送到邓汉仪或他在其他城市中心的合作者那里。相比于其他寄送方式，旅途中的友人、仆从和同乡常常充当信使来递送手稿和书信。当时住在宁波的李邺嗣在一封致邓汉仪的信中写道："既脱稿，急欲呈教，苦无寄处，适同里余鲛巽将赴维扬讲席，因属之附往，且使纳交于先生。"[②]尽管李邺嗣此处言及的并非投给《诗观》的诗稿，而是他应邓汉仪之请为其友人的诗集所作的序稿，但这段话仍记录下向远途的友人分享作品的一种方法。邓汉仪的评注中有时也提及这一方法，其额外的好处是为旅人提供可以联络之人，这再次凸显了人际关系在同代人作品的编纂中所起的独特作用，以及编纂同代人作品对人际关系形成所起到的独特作用。

尽管有通过邮驿递送稿件的要求，但住在（或拜访）扬州的友人就不必从远处寄送诗作了，他们可以轻易将作品亲自交给邓汉仪，从而通过讨论诗作、参与编选环节、推荐友人诗作等方式接触到选集付梓的流程。尽管邓汉仪为《诗观》作注并做了很多编选决定，但这一工程并非他一人所为。显然，清初的文学家们将编纂、摘录、评注诗歌看作是像写诗一样的群体行为，而非个人努力，编者对于同伴参与的反复提及强调了这一工程群体性的一面。[③]友人们更是参与到对特定诗人作品的编选之中，如宗元鼎就编选

---

① 邓汉仪选：《诗观二集》凡例，第2a页。

② 李邺嗣：《杲堂文续钞》卷三《答邓孝威先生书》，载李邺嗣：《杲堂诗文集》，张道勤校点，杭州：浙江古籍出版社1988年版，第652—653页。

③ 可以参见顾有孝的例子，见谢正光、佘汝丰编著：《清初人选清初诗汇考》，第109页。此处，顾有孝提及了友人对其选集《骊珠集》的参与。他列举的友人中，有几位也是邓汉仪的友人并参与了《诗观》的编纂工程。

了王士禛的兄长王士禄的大部分诗篇,邓汉仪仅简单地加以评点编次;[①]山东人孔尚任在康熙二十五年(1686)于扬州拜访邓汉仪时,协同选定了山东籍同仁的诗作。[②] 与此类似,扬州人汪楫能在选集中加入几篇友人的诗稿,也要得益于他接触到选集的付梓流程。对于汪楫在《诗观二集》编纂中的贡献,邓汉仪在他的评注中回忆道:

> 舟次与予订交有年,论诗亦最合。辛亥,予客广陵,经始《诗观初集》,舟次尽以同人稿见属,而其所自制《悔斋诗》则不欲予刻其一字。今春,乃以《山间集》见寄。[③]

由此可见,诗作可以通过第三方转寄,并且常常作为作者个人文学选集的一部分来递交,无论其是刊本还是稿本。[④] 因此,编选的过程可能相当私密,邓汉仪就通过一位密友获得了几位作者的诗作。邓汉仪的朋友,以及他朋友的朋友,在选集所收的几百位诗人中得到了充分的展现,这从他在许多评注中所表现出的熟悉程度便可窥知一二。与此同时,选集中甚为可观的诗人数目本身也表明邓汉仪的关系网具有广阔的延展性。此书表面上的功能是为故友新交延誉,不过邮寄稿件的征集、选集的规模、编者对广泛包容性的坚持强调却淡化了直接联络的重要性,如此的表面功能与被淡化的直接联络之间形成了一种张力。

---

① 邓汉仪选:《诗观初集》卷七,第23b页。

② 孔尚任:《湖海集》卷一《江都董子祠访邓孝威时选〈诗观三集〉》,上海:古典文学出版社1957年版,第11页。(原文作"康熙二十七年",误。孔尚任《江都董子祠访邓孝威时选〈诗观三集〉》载于《湖海集》卷一,该卷所收诗作为"丙寅存稿",即康熙二十五年所作。核《孔尚任年谱》,康熙二十五年十一月,孔尚任与邓汉仪等人宴集于扬州寓所。——译者)

③ 邓汉仪选:《诗观二集》卷五,第21a—21b页。

④ 某一作者或第三方以整部选集用来投稿,同样可见于卓尔堪选辑:《明遗民诗》,第4页。卓尔堪评论道,对于那些他已经收集到他们诗集的诗人,在他的选集中选诗较多。

助刻“一代之书”

对《诗观》这类大型工程在经济和编纂统筹上的支持,都会被公示在选集的凡例里,并且像邮驿方式一样,成为选集中社会网络形成并进一步发展这一进程的组成部分。捐赀者不仅是为了他们自身的利益,也是为了将名字附于选集工程,跻身编者和赞助者之列。[①] 因此,一部重大的文学选集促进了地方和国家、官方和非官方范畴间的联系。在选集工程的各个阶段,邓汉仪一直向捐赀的地方官员和当地富人、参与编纂校阅的当地和全国的文人寻求帮助。赞助为身处不同社会和政治分野的人开辟了另一条互动的渠道,促进了相关群体在当地达成和解。在《诗观初集》的凡例中,邓汉仪承认了当地(泰州)盐运官员和宝应县(像泰州一样是扬州府的附属辖区)地方官的参与。[②] 随后,他列出了五位建议他着手选集工作的人,他们多长居于此,其中不乏当地的文林宿望。最后,他称赏了“赞襄者”的贡献,鉴于他们大多为自己圈内之人,这种“赞襄”应是指他们为选集编纂本身所作的贡献。其中一些地方人士并没有知名的官职,但他们至少在地方文坛上深孚众望。他继而感谢了那些帮助编订选集的人,他们拥有更为显赫的文学声誉,有的代表了政府官员,有的代表了那些明确拒绝出仕新朝的人。

在《诗观初集》和《诗观二集》中,每一卷都有一位“读者”或

---

① Timothy Brook, *Praying for Power: Buddhism and the Formation of Gentry Society in Late-Ming China* (Cambridge: Harvard Council on East Asian Studies, 1993), 19-20.(中译本见[加拿大]卜正民:《为权力祈祷:佛教与晚明中国士绅社会的形成》,张华译,南京:江苏人民出版社 2005 年版。——译者)

② 实际上,邓汉仪将他们的地位抬举为“转运使”。而根据康熙二十四年(1685)所刊《扬州府志》,何林是盐运副使(卷一一,第 21b 页),李景麟是泰州分司判官(卷一一,第 26a 页)。

者说参阅者,他们的名字为选集工程增添了风采和合理性。这些人中,有著名的清朝官员和同样著名的遗民,也有像邓汉仪本人这样政治身份暧昧之人。[①] 邓汉仪按照社会地位从低到高地列出参与者名单,从建议他收集并刊刻同时代作品的默默无闻之人,到帮助他编订最终作品的声名卓著之人。最后,他赞扬了为选集工程捐赀最多的三位捐助者,他们都是当地人士,诚然是拥有财富和文学抱负的人,但他们的影响和声誉仅限于乡里。尽管他们的诗作载于《诗观初集》,但他们并未出现在任何习见的传记资料中。因此,这一选集促进、展现并强化了编者与诗人、鲜有声望之人与颇负盛名之人、地方人物与天下名士之间的私人联系。

邓汉仪成功从官员那里为《诗观二集》募集到了资助。邓汉仪解释说,尽管他在康熙十三年(1674)就着手二集的编选工作,但由于缺乏刻印的经费,这一工程被推迟了几年。与在《诗观初集》中一样,他对私人捐赀者宝贵的经费资助表示了感谢,不过这一集的捐赀者都是官员,且官职比刊行《诗观初集》的参与者更高。在某种程度上,这可能是因为他在编纂《诗观二集》时全程居于地级行政中心扬州府,编纂《诗观三集》时亦是如此。康熙十年(1671)搬至扬州后,邓汉仪加强了与官场的联系,从而获得了支持他的选集工程付梓所需的资金。先后在扬州任知府、在首府江宁任江南按察使的金镇,是为《诗观二集》捐赀的首位官员。[②] 金镇对于支持地方文化活动有着强烈的兴趣,他在康熙十三年平山堂重建中扮演的关键角色和对地方诗人雅集的多次参与即可证之。而且即便业已高迁他所,他仍对康熙十四年(1675)《扬州府志》的编纂表现出强烈的个人兴趣。通过支持《诗观》的编纂工

---

① 《诗观初集》中,参阅者包括杜濬、宫伟镠、刘体仁、丁日乾、孙枝蔚、陈维崧、余怀、冒襄和范献重,其中范献重参阅了闺秀诗分卷。《诗观二集》中,参阅者包括李念慈、宋实颖、徐乾学、顾有孝、吴绮、汪懋麟、费密、尤侗、许虬、戴王纶、朱彝尊、黄周星、周在浚。《诗观三集》中,张潮只在两卷中没有负责参阅。

② 邓汉仪选:《诗观二集》凡例,第 2b 页。

程,金镇作为扬州文化艺术赞助者的声名得到强化。此外,他公开认可邓汉仪对当地文学文化的贡献,而且凭借着前任知府的身份,他为选集工程本身增添了一层官方色彩,这再次确立了官方和非官方活动之间的联系。在金镇赞助之后,包括两位盐运使、两位同知、一位翰林院编修在内的其他官员也为《诗观二集》的刊刻提供了经费。① 作为官员,为《诗观二集》的梓行提供经济资助的人比为《诗观初集》捐赀的当地人社会地位更高。地方和省级官员对于《诗观》这样的选集工程的赞助再次表明,对文化和解与文化参与日渐增长的兴趣在地方层面肇迹,并向官员和精英文学圈层扩展。②

在邓汉仪过世后不久,《诗观三集》由他的年轻友人张潮于康熙二十八年(1689)刊行。张潮是一位多产的出版家,也是一位社交书信的热衷者。与前两集相比,这一集收录了数目可观的徽州人作品,他们其中很多就住在扬州。③ 这大概是出于张潮个人的影响,他自己就是一位住在扬州的徽州人。遗憾的是,由于这一集中没有列出凡例,选集刊行背后的经费构成无法详查。但评注中暗示了这一集经费筹措的一个新途径,即从特定的捐赀者那里征款,用于刊刻落魄诗人或已故诗人的作品,而这些捐赀者的姓名就出现在评注之中。例如,在对姚思孝的总评中,邓汉仪解释道,姚思孝的很多诗稿都已散失,一位友人在小市败簏中发现了一卷姚思孝的行旅诗,将其买下并带给他看;随后,邓汉仪采其"幽灵奇

① 这位翰林编修是徐乾学,对徐氏三兄弟赞助活动的详细讨论,参见 Lynn A. Struve, "The Hsü Brothers and Semiofficial Patronage of Scholars in the K'ang-hsi Period", 231-266。

② 《诗持》是由魏宪编纂并于康熙十年(1671)至十九年(1680)刊行的共分四集的选本,该书的第三集和第四集分别由松江和开封的地方官员赞助刊刻。参见谢正光、佘汝丰编著:《清初人选清初诗汇考》,第 125 页。

③ 据笔者 2002 年 8 月在北京与汪世清谈及邓汉仪与《诗观》时所知,这一观点在学界对于清初文学和社会网络的最新研究中亦得到了证实。

辟”之作,精挑细选后交由第三方捐赀付梓。[①] 又如,贫而无子的史弱翁将自己的诗作交给徐崧,徐崧将诗稿和用以付梓的钱一并交给邓汉仪,以令弱翁“不朽”。[②] 单独的诗人如果希望自己的诗作可以和当时名士的作品一样刊行于世,他们可以通过直接赞助的方式,使自己更有可能跻身当时著名的选集。

时兴的风格:囊括今日之诗

尽管囊括甚广,《诗观》仍有其亲密甚至是社交化的一面。它的特点是关于诗歌的“公开对话”——编者和作者之间的对话,最重要的是编者和读者之间的对话。编者为读者模拟了阅读过程,通过圈点和评注向他们展示他是如何评价一首诗的。此外,他还依例揭示了创作背景和本事并发表评价,从而为读者重新创造了社群和对话。这种对话的基调是私人的、现时的、直接的,氛围是参与者在诗歌批评中分享秘密、经验和教训。一方面,这表明“圈内人”的知识和地位可以通过选集刊刻而得到推广。另一方面,大量潜在的读者实际上是刊行的文本背后庞大社交网络中的一环。此外,三部选集中收录的为数众多的诗人构成了相关读者中最即时的读者群。由此,三集《诗观》为展示当时基于最新文学理论的文学对话提供了背景语境,并作为媒介供圈内人(或自认为是圈内人的人)传阅。

在概述《诗观初集》的凡例时,邓汉仪将他的选集定位为文学与社会的共同产物,将其视为在多个层面上进行平行对话的载体。编者以这部书为平台,借此倡导其所秉持的文学理论。而且,他还通过评注和圈点来模拟与读者亲密而直接的对话,对话的主题是

---

① 邓汉仪选:《诗观三集》卷一,第 35a 页。类似的例子还见于邓汉仪选:《诗观三集》卷一,第 60a 页。

② 邓汉仪选:《诗观三集》卷三,第 23b 页。

他同时代人的诗歌和社交生活。在《诗观初集》凡例的第一条，邓汉仪提出，该选集是矫正晚明诗风弊端的当时风格的体现。具体而言，他将《诗经》、汉、魏以及四唐的诗歌作为与当下相反的光辉典例，批评了竟陵派和华亭派的诗歌，从而将自己与近来宗尚宋诗之人加以区分。[①] 他指出，“取裁于古，而纬以己之性情，何患其不卓越，而沾沾是趋逐为？故仆于是选，首戒幽细而并斥浮滥之习”[②]，并解释刚到扬州时，“同人即贻以公书，戒以宁严毋滥，仆始终守此盟，一人不敢妄入”[③]。他还提到了对经典文本的尊重：“圈点略标眉目，评语俱极短简，不敢浓圈密赞，亦不敢引经据史。”[④]倒数第二种说法并非实情，因为这部选集被详加圈点并多有评注。不过，邓汉仪自诩关于诗风的限制似乎反映了对晚明淫逸风气日益增长的忧虑，如今我们将这种焦虑视为初盛清典型的文化性格。

尽管邓汉仪借古时的经典作品暗指当下诗风的正统性，但他最主要的参照还是竟陵派和华亭派所代表的刚刚过去的时段。[⑤]

---

① 邓汉仪选：《诗观初集》凡例，第 1a—1b 页。以钟惺和谭元春为代表的竟陵派诗人活跃于万历和天启年间。尽管不得不承认该派的影响力，但清初的主要诗人仍对以竟陵诗人为代表的晚明诗风多有讥诋。朱彝尊将竟陵派描述为王朝将倾的“先兆”。除此之外，这些批评者为证明他们对竟陵派的批判的正当性，声称竟陵的支持者们缺乏学识，好奇尚怪，过分依赖声律效果。参见孙立：《明末清初诗论研究》，广州：广东高等教育出版社 1999 年版，第 11—14 页。在王士禛交游圈背景下对清初竟陵诗学批判的讨论，以及对精英社交网络中文学品味形成的个案研究，参见 Jonathan Chaves, *Singing of the Source: Nature and God in the Poetry of the Chinese Painter Wu Li* (Honolulu: University of Hawai'i Press, 1993), 12-13。华亭派比饱受诟病的竟陵派更难捉摸。华亭派曾被用于晚明松江出身的画家，包括莫是龙（约 1552—1587 年在世）和顾正谊（约 1575—1596 年在世）。陈继儒以及著名画家和艺术理论家董其昌（1555—1636）都与这些人交游。尚不清楚邓汉仪标举的“华亭派”在诗歌方面指哪些人，但他显然是用这个词来描述一种他并不完全赞同的晚明诗歌的“风格”。我要感谢齐皎瀚帮忙解决此问题。

② 邓汉仪选：《诗观初集》凡例，第 1a—1b 页。

③ 同上书，第 2b 页。

④ 同上。

⑤ 同上书，第 1a—1b 页。

例如，他的反华亭主张让他在选择侯方域等受华亭派影响的诗人作品时务须谨慎。[①] 通过对作品批以“雅”“厚”“质”等字眼，凡例中阐述的标准在对个人诗作的评注中得到呼应。总括而言，凡例和评注将读者置身关于同时代文学标准的持续对话之中，然而，因为要考虑选集作为一个整体的全面性，这些标准又是非常宽统的。尽管编者认为他的选集为创造一种新的、独特的文学风格作出了贡献，但实际上相比于社会联系，文学风格的考虑显然是次要的，这一特点使这部选集在后世遭到诟病。正如一度为乾隆帝所喜爱的诗歌批评家沈德潜所言：“孝威与国初诸前哲游，洽闻广见，所选《诗观》共四集，虽未脱酬应，然亦足备后人采择。”[②]

编者还通过行间注和许多单独诗篇后的附注来模仿对话，这种形式的文学批评暗示了读者、评论者和作者之间的亲密关系、圈内知识和对话机制。在文体上，这些评注进一步营造出一种即时性的幻象，模拟了读者、作者和编者之间的关系。因为许多作者在选集梓行时仍在世，所以这些对话和关系就像是正在进行中。行间注有两种形式，一种是符号性的，另一种是语言性的。首先，编者（也可能是参阅者）通过在字旁加顿点的方式来强调某首诗作的特定几句，将圈点用作“强调性标点符号”（emphatic punctuation）。[③] 这在刻本中再现了某些读者标记他们喜爱段落的方法，并指明了编者认为在语言或情感上特别具有感染力的诗句。此外，编者用行间注来突出个别诗句，当然这些句子通常被加以圈点。一般而言，这些评注赞美了特定诗句的水平，却不会阐明它们的含义。例如，邓汉仪使用了各式各样的惊叹词：“澹而真”“可畏”“凄绝”“自然高雅”“传神”“妙”“深”“读此而不动色者非人

① 邓汉仪选：《诗观二集》卷七，第4b页。

② 沈德潜：《国朝诗别裁集》，引自钱仲联主编：《清诗纪事》，第5册，第2815页。

③ 晚明小说批评中对这一现象的讨论，参见 David L. Rolston，“Formal Aspects of Fiction Criticism and Commentary in China”，in *How to Read the Chinese Novel*（Princeton：Princeton University Press，1990），edited by David L. Rolston，46。

情”“转笔最健”“结得妙”“奇”“可想其境”“说不尽”，这些感叹性的批语给人一种即时感和亲切感。[①] 此外，它们往往会给读者提供一些线索，让他们对诗歌做出恰如其分的情感反应，仿佛是要引导读者去了解编者的社会文化世界和个人情感。这些评注有时似乎向读者指出了某种不同的、可能会引发政治联想的解读，比如他在各类诗作中写道“令人泪落”或“言外无尽”。显而易见，行间注与圈点一并在诗歌和评注、编者和诗人、编者和读者之间创造了对话。

相比之下，尾注提供了对作品的总评，包括风格、内容，或两者兼而有之。邓汉仪往往会在特定诗人最后一篇诗作后的尾注中提供额外的信息，如诗人的个人经历、编纂的过程、诗歌创作或征集的背景。以杜濬为例，邓汉仪引用了诗人的一大段话，然后告诉他的读者，两人曾在康熙十年（1671）杜濬游扬州时相遇，当时诗人给了他一个超过三百首诗的稿本。他向读者保证，《诗观》所收的诗作代表了诗稿中最好的作品。[②] 在展示友人孙枝蔚的作品之后，邓汉仪对其风格作了总结性的论述，解释了他在选诗时运用的标准。他在此处以一段轶事作结：当他在编选吴伟业、周亮工、杜濬、孙枝蔚的作品时，一位友人前来拜访并评论道：“四公诗可谓极一时之盛矣。”[③]对于身处他自己的社交圈或是与他及其同伴有直接联系的诗人，邓汉仪倾向于对他们的作品作出详细的尾注。

他的总结性尾注也不全然是详尽的，有时他仅以简单的“蕴藉”作结，有时他还会暗示更深层次的问题。他提到战争的苦难、破败的战场、离别的眼泪，这些意象虽然老生常谈，但却因能与近

---

① 这种将评语点缀于诗歌文本之中的形式，并非清初的新产物，而是晚明印刷实践的延续。然而，这种评注形式在 18 世纪中期以前已基本消失。

② 邓汉仪选：《诗观初集》卷一，第 53b 页。

③ 同上书，第 57a—57b 页。

时记忆中的事件相印证而具有力量和真实性。尽管邓汉仪从未直接指责征服者,但他还是毫不避讳地提到鼎革带来的创伤,并将相关事件作为不幸的根源。然而,他强调的重点却在于一代人的团结,这在《诗观初集》中尤为明显。根据邓汉仪所述,为避甲申(1644)之乱,黄云背井离乡无家可归,十三年寄寓他乡。在他的一首诗中,邓汉仪写道:"我辈身经丧乱,每有感触,便复泣下沾襟。"[①]对一首题为《扬州忆旧》的诗,邓汉仪评注道:"我辈大都如是。"[②]在另一例中,他写道:"太平数十年以后,谁复有知此者,此种诗真是诗史。"[③]邓汉仪并不只是比对着文学传统来评价他所收集的诗作,虽然他也确实这样做了。他尤为频繁地引用杜诗,用与杜甫相比较的方式赞赏王铎一首题为《理兵后旧居》的诗,他写道:"乱后还家,荒残在目,胜于少陵还成都草堂之作。"[④]邓汉仪尽可能地将这些诗作置于当时的语境中,利用一切机会展示他了解当时的诗坛及其参与者的内情。在一处评注中,他写道:"琅琊诸王(王士禛、王士禄、王士祜)以诗名当代久矣。"继而与读者分享这三人的诗作是被谁如何欣赏的,并将它们与熟悉的事件和人物联系起来。[⑤] 他特别重视个人经历信息,例如他告诉我们,在"扬州之难"中,诗人韩魏失去了包括其父在内的所有至亲。[⑥]

《诗观三集》的评注保持了前两集中对文学风格和个人经历的关注。虽然编者表面上保持了同样的收录标准,但与前两集相比,这一集中收录了更多的诗人,有更多声誉有限的诗人,也有更多被

---

① 邓汉仪选:《诗观初集》卷二《偕内子入广陵舟中感旧》,第 37a 页。黄云和邓汉仪都是泰州人,作为诗朋酒友深交六十年之久,并结为儿女亲家。邓汉仪选:《诗观三集》卷一一,第 6b 页。

② 邓汉仪选:《诗观二集》卷六,第 38b 页。

③ 邓汉仪选:《诗观二集》卷三,第 6b—7a 页。

④ 邓汉仪选:《诗观二集》卷八,第 7b 页。

⑤ 邓汉仪选:《诗观初集》卷七,第 23b 页。

⑥ 邓汉仪选:《诗观二集》卷七,第 53b 页。鼎革后,韩魏在扬州经营一家园林风格的酒肆。

邓汉仪在评注中列出官衔的诗人。《诗观三集》评注性的对话涵盖了广泛的话题,许多涉及南巡、博学鸿词和其他形式的宫廷场景。[①] 鼎革已经过去了四十五年,尽管巨变依然影响突出,却已是将要逝去的一代人的记忆(或遗迹)了。[②] 邓汉仪在《诗观三集》中记录了许多昔日同僚的逝去,在其中一例里,他写道:

> 己酉与杲堂别于甬上,迨丁巳始复以书来,寄诗累累,不谓遽尔奄逝。杜茶村哭之曰:"吾当东行以志其墓。"岂期茶村亦客死扬州。戊辰编诗,取杲堂寄帙,选登二十六首。白头衰老,仅留残喘,以发故人之幽光,是可叹也。[③]

邓汉仪谈及由明史馆发起的公开纪念活动,即使他们纪念并宣扬殉明者的经历,但这一活动也标志着胜朝永久的终结。在一个事例中,他讲述了一位儿子从三千里外来到京城,试图将四十年前明亡时自尽的父亲的生平记载在《明史》的忠臣义士事迹之间,这既宣传了他父亲的经历,也使他的诗歌更广泛地为京城读者所阅读。[④] 在其他几例中,邓汉仪选择的诗作来自鼎革之际的殉难者以及康熙十七年(1678)至二十八年(1689)间逝去的故旧。他还特别标举出反映他这一代人逝去的作品,像杨廷镇的《咏孤梅》中,诗人形容自己是其交友圈中唯一在世之人,如孤独的梅树般留在旧游之地。[⑤]

相比于对过去的病态追思,邓汉仪在《诗观三集》的旁注和尾注中对当下采取了更为热情的态度。他将康熙帝南巡期间的防洪

---

① 例见邓汉仪选:《诗观三集》卷二,第6b页。

② 诗歌将征服描述为记忆之物而非当下经验,例见邓汉仪选:《诗观三集》卷一,第65a页。

③ 邓汉仪选:《诗观三集》卷一,第18b页。

④ 邓汉仪选:《诗观三集》卷一,第11b页。儿子祈求将其父收录于《明史》中的另外一例,见邓汉仪选:《诗观三集》卷一二,第29b页。

⑤ 邓汉仪选:《诗观三集》卷一二,第18a页。

诗作描述为繁荣的象征与和平的标志。[①] 与前几集相比,皇帝在《诗观三集》的诗歌和评注中受到了更频繁的关注,编者经常使用帝王尊称,并以抬格表示恭敬。这些变化反映了一种受《诗经》影响而演进出的政治自觉,正如编者所述,特定的诗作代表了"盛世之完音"。[②]

选集中的许多诗歌和评注都提到,奇特而又宿命式的人生轨迹使人们相聚,错综的轨迹短暂而偶然地交汇,由此衍生出友谊。《诗观》定义并刻画了这些流动的、网络化的、温文尔雅的人们最珍视的品质,他们创作了《诗观》中的诗歌,也被《诗观》铭记了他们的成就。选集勾勒出集体世代认同的形成,并最终描绘了这一代人逐渐认可新朝的过程,这一轨迹在连续三集每集的序言所使用的修辞中可以得到最明显的体现。

三篇《诗观》序

从一开始,邓汉仪就打算把《诗观》打造为一个长期、多集的工程。这三集作品的序言表达出作者对清朝统治日益开放的接受,因为他对新政权的态度从明显的矛盾转变为公然的热情。在这一过程中,邓汉仪还通过参加博学鸿词考试,展示了朝廷主导的文化蓝图如何与地方精英团体最初发起的文化工程形成交互。这些历时近二十年写成的序言隐含着代际和政治身份的转变。在《诗观初集》的序言中,邓汉仪有意将共同的鼎革经历置于代际认同的核心。而在康熙二十八(1689)刊行《诗观三集》时,虽然他仍将那些以殉明回应鼎革的诗人作品纳入选集,以此表明他的编纂工程依然保持政治包容性,但他重新定义了选集工程,将其更明确

① 例见邓汉仪选:《诗观三集》卷一〇《圣驾南巡纪录》,第 67a 页;卷一一《南巡歌》,第 16a 页。

② 例见邓汉仪选:《诗观三集》卷一,第 56a—56b 页。

地与共祝清朝现今的胜利相联系。诗歌选集的这些序言根植于精英社交网络，并越来越清晰地呈现出与清政府的联系，揭示出鼎革后几十年间世代共同体观念的流变。

《诗观初集》的序言揭示了邓汉仪为《诗观》设想的选录范围及效果。与很多同代人一样，邓汉仪借用了《诗大序》的用词和修辞策略。通过这些引用，他为自己的选集工程寻找正统性，同时也为他所处的时代作出基本陈述。在此，邓汉仪利用这一经典文本的话语建立起他这一代人经历的特殊性，并表现出这种经历作为选集主题（或表现对象）的价值，同时阐明诗歌在度量时代时的作用。[①] 由此，邓汉仪提到了标志着他这一代的“变”：

> 《十五国名家诗观》之选成，予反复读之，作而叹曰：嗟乎！此真一代之书也已。当夫前朝末叶，铜马纵横，中原尽为荆榛，黎庶悉遭虔戮。于是乎神京不守，而庙社遂移。有志之士，为之哀板荡、痛仳离焉。此其时之一变。继而狂寇鼠窜于秦中，列镇鸱张于淮甸，驯至瓯闽黔蜀之间，兵戈罔靖，而烽燧时闻。此其时为再变。若乃乾坤肇造，版宇咸归，使仕者得委蛇结绶于清时，而农人亦秉耒耕田，相与歌太平而咏勤苦。此其时又为一变。夫惟变之之极，故其人之心力才智，亦百出而未有穷。[②]

邓汉仪宣称，《诗观》应该被认为是他所处时代的代表，因为作品被它所收录的这一代诗人拥有独特的历史位置和经历，而且他还用与《诗经》有关的术语赋予这一选集额外的意义。他这一代人经历了战争、动乱和定鼎——或者用他的话来说，他们在历经了时

① 吴嘉纪寄邓汉仪的一首诗强化了这一解读。吴嘉纪指出了同时代诗歌的情感力量和《诗经》中的经典先例。在诗后的简短附注中，吴嘉纪评论道，写作此诗时邓汉仪正在进行《诗观》的编选工作。见吴嘉纪著，杨积庆笺校：《吴嘉纪诗笺校》，上海：上海古籍出版社 1980 年版，第 205—206 页。感谢齐皎瀚告知我这首诗并分享其尚未发表的译文。

② 邓汉仪选：《诗观初集》自序，第 1a—2b 页。谢正光、佘汝丰编著：《清初人选清初诗汇考》，第 145 页。

代的三次巨变后活了下来。邓汉仪用借鉴自《诗大序》的术语“变”来描述清王朝巩固的过程,但这一用法存在某种矛盾性,特别是将其与前两次由战争和盗匪造成的“变”相比。与诗歌联系在一起时,这一术语有一种深刻的弦外之音,常指代“衰变”,而不是“趋善的变化”。因此,邓汉仪对这一术语的第三次使用破坏了其表面所形容的和平与繁荣的一贯图景。对危机前岁月的怀旧和对再造大统的释然之间存在着一种张力,这种对术语自相矛盾的用法反映了他的一些同辈的矛盾心理,他们在试着与第三次“变”所昭示的政治变化达成和解。综观全文,这篇序言表明,王朝后期的混乱、王朝更迭的战争和新王朝早期的巩固都给这代幸存者们留下了不可磨灭的印记,赋予他们作为一代之人的集体身份。通过将这一身份与明清鼎革的普遍经历而非特定的政治选择相联系,邓汉仪的选集创造了一个和解的空间。选集中收录的诗人名单以及他们之间错综复杂的社会关系表明,他的许多同辈人,甚至是那些被后世学者视为坚定的明遗民之人,可能都认同邓汉仪对他们那代人和那个时代的包容性眼光。

邓汉仪打算用这部选集为他的同侪创造一种积极的世代身份,这一点在他序言的下一部分中变得更加明显。此处,他将关于鼎革的共同经历与创造力和才力的提升联系起来,描述了鼎革一代诗歌感发的增强。他解释道:“其历乎兴革理乱、安危顺逆之交,中有所藏,类不能默然而已。”①这一部分也提到了《诗大序》,特别是因为它将政治现实、社会风俗和诗歌内容联系在了一起。他说道:“一时公卿以迄韦布,其号为能诗。”但当时的大多数选者并非如此:

> 遗大取小,专采夫一二花草、风云、釐祝、饮宴、闺帏、台阁之辞,以是谀说时人之耳目,而于铺陈家国、流连君父之指,盖

① 邓汉仪选:《诗观初集》自序,第2b页。谢正光、佘汝丰编著:《清初人选清初诗汇考》,第145页。

或阙焉,乌在追《国》《雅》而绍诗史也。①

他再次论及诗歌内容与历史背景相联系的传统,以证实他身为选家所做工作的正当性,同时也证实他试图记录的人物和时代的特殊性。总体而言,《诗观初集》的序言为鼎革后幸存的一代建构了积极而包容的集体身份,这是一种以共同经历和"官员""布衣"因共克时艰而激发的文学才能为基础的身份认同。正如编者在这篇序言中多次声明的那样,《诗观初集》应该被视作"一时之书"或"一代之书"。

在序言的后半部分,邓汉仪感叹自己"生也晚",因而生活在一个"极乱极治"的时代,见证了"夫时之屡变"。② 他把自己表现为在鼎革中流离失所的一代人中的一员,告诉读者自己舟车劳顿、跋涉万里来到京城,并见证了"齐、鲁、宋、赵、宛、雒之墟"。③ 这种身体上、时间上和空间上的错位感作为鼎革一代的印记,经常被邓汉仪的同代人唤起。④ 对于如何定位自己,邓汉仪那一代人无论在政治上还是空间上,或是对于所处时代的隐喻性表述上,都面临着两难选择。⑤ 此处,序言似乎宣称文学选集为所有人的齐聚提

---

① 邓汉仪选:《诗观初集》自序,第 3a—3b 页。谢正光、佘汝丰编著:《清初人选清初诗汇考》,第 145 页。

② 邓汉仪选:《诗观初集》自序,第 4a 页。谢正光、佘汝丰编著:《清初人选清初诗汇考》,第 145 页。卓尔堪在其《明遗民诗》的凡例中用了几乎一样的话,说明这可能是惯用语。见卓尔堪选辑:《明遗民诗》,第 3 页。余怀在其《板桥杂集》的序言中也用了这一语句。

③ 邓汉仪选:《诗观初集》自序,第 4a 页。谢正光、佘汝丰编著:《清初人选清初诗汇考》,第 145 页。

④ 例见杜濬:《变雅堂文录》,载李祖陶辑:《国朝文录续编》,清光绪二十六年(1900)扫叶山房石印本。

⑤ 在清初,如何纪年(以明朝年号还是清朝年号)是一个现实而重大的难题。一个人对故乡的强烈思念很可能象征性地指代了他对该地所代表的个人早年时光的渴望。例见陈维崧为孙枝蔚文集所作的序,载孙枝蔚:《溉堂集》,上海:上海古籍出版社 1979 年版,第 9—12 页。对相关话题的讨论,参见 Jonathan Hay, "The Suspension of Dynastic Time", in *Boundaries in China* (London: Reaktion Books, 1994), edited by John Hay, 171-197。

供了场所,他的选集“臻一代之伟观”。[1] 当影射同辈群体的政治多元选择和政治疑虑时,邓汉仪采用了矛盾的口吻,他提及坟场、破败、怀旧和绝望,也赞扬当下的秩序、和平和安全。因而,他一定程度上暗示了对“博古好学”的“今天子”及其宫廷中“继夫柏梁、昆明之盛”乃至随之而来的升平之世的接纳。[2] 他自始至终在强调创伤的经历和恢复,无论在鼎革巨变后作出何种政治选择,这种创伤是“我辈”和“时人”的共有经历。对鼎革的描述贯穿整部《诗观初集》,它被视为定义时代的事件。通过对失去、乱离和超越一切的友谊等共享经验的描绘,鼎革为关于战争、失去和怀旧等在编者评注时常被标以“一代”或“我辈”的诗歌创建了共同点。

《诗观二集》的序言出奇短小,其内容与上集亦颇有差异。编者在政治上的矛盾姿态消失了,而对于事件和世代的感觉依然存在。序言围绕两个对比鲜明的事件展开:三藩之乱(1673—1681)——一场几乎陷帝国于分裂的内战;博学鸿词——一场旨在将遁世的南方人纳入清朝政治秩序的考试。对于前者,邓汉仪写道:

> 甲寅春,予复至广陵,选《诗观》之二集。于时藩兵弗戢,烽达沅湘。山薮群盗,罔知国纪,并事草窃。诸大吏严重封疆,羽檄四出。广陵士女奔窜江上,爨烟为之不举。予时坐昭明文选楼,日披四方所邮诗稿,虽困馁不倦。客有过之者,曰:“时事孔棘,子何为者?”予曰:“不然。夫乱固暂耳,徐当自定。铅椠吾业,敢自废乎!”乃未几而关陇平,未几而闽越靖,未几而豫章、横浦、珠崖、象郡捷书且日闻也。[3]

---

① 邓汉仪选:《诗观初集》自序,第 5a 页。谢正光、佘汝丰编著:《清初人选清初诗汇考》,第 145 页。

② 邓汉仪选:《诗观初集》自序,第 5b—6a 页。谢正光、佘汝丰编著:《清初人选清初诗汇考》,第 146 页。

③ 邓汉仪选:《诗观二集》自序,第 1a—2a 页。谢正光、佘汝丰编著:《清初人选清初诗汇考》,第 146—147 页。

邓汉仪对三藩之乱的描写照应了他在《诗观初集》序言中记述明清鼎革时的常见破败意象。[①] 然而,《诗观二集》的序言却反映出对于和平终将战胜混乱、清政府作为合法统治者将会稳定时局的信心。他以理性和秩序作为自己发声的立场,这位作者兼编者对秩序的最终恢复有足够的信心,因此尽管编选过程中几经动乱,他仍能一以贯之地完成任务。没有过渡或提示,邓汉仪转向了第二个中心事件——博学鸿词考试,他写道:

> 迨戊午(1678),是选告竣。值天子下明诏,命公卿诸大臣各举宏词博学之士,齐集阙下,以待策问。若是书之成,敷扬德化,以助流政教,有适合者。顾予实哀庸浅陋,伏在草莽,惟百里负米以养八十之慈亲。而群下过举,郡县敦迫,敢不奔趋以赴盛会?赖国恩浩荡,终放之江湖,以裒集一代之风雅。[②]

此处,《诗观》编纂本身成为对新政权合法性的宣告,在地方层面将这一特殊考试所代表的国家意志放大。这一选集是国家的象征,体现了帝王德行,传播了官方教化。编者还宣称,出于选集和《诗经》在编选方法上的相通,江南文人的文化行为正合上意。由此,邓汉仪描绘了两种和解过程的汇融:一方源于宫廷,另一方来自地方,也即精英文化作品对于帝国意志的重新接受。在这一动态中,邓汉仪本人成为一个象征性的因素,他在其所在府县的推动下接受来自中央的恩赐。他描述了被邀请参加考试所带来的无法抗拒的名声和荣耀,这意味着帝国的核心统治泽被当地。质言之,这段话叙述了精英和宫廷的交汇:一方面是以清初文学选集为代表、以精英为基础的社会和文化的重建;另一方面是以宫廷为基础的、出于自身目的而聚集精英文化资本的努力。在先前的《诗观

① 在中国文学书写中,烽火、野草、废墟都是战争破坏的借喻。

② 邓汉仪选:《诗观二集》自序,第 3a—4a 页。谢正光、佘汝丰编著:《清初人选清初诗汇考》,第 147 页。

初集》中，邓汉仪根据经历建立起世代身份认同，而这里他将代际成就与广阔的、有吸引力的政治力量联系起来。

邓汉仪《诗观三集》的序言比此前两集的序言更长，感情也更充沛。序文中，他着眼于自己在京城参加特科的经历。他写道：

> 《诗观》初、二集之选，行世已久，余拟筑室罗浮，优游暮年，以养亲为志。适朝廷有征辟盛典（博学鸿词），当事谬举衰朽，力辞不获，乃买舟北上。于时魁奇俊伟之士，鸿才博学之儒，云集京师，飞词振采，皆极一时之盛。①

他将自己定位为一个见证盛况的局外人，并进一步声明他自己"留滞都门，深知衰朽之质，不足以扬休盛代"②。他补充道："日望还山，得遂养亲之志。而四方之士，辱蒙不弃，咸以诗稿见投，充盈箧笥。"③因此，邓汉仪从一个勉强而卑微的旁观者变成了一个诗歌收集者，参照《诗经》的理论检视来稿，他意识到时代将变。在阅读所收诗歌时，他慨叹道："文章之道，上关国运，今圣天子右文好士，敦尚风雅，共庆人才辈出。"④这一时代的文学或清和闲雅，或高华典贵，或老健苍深，令人联想起琴瑟钟鼓、鼎彝球图和虬松怪柏。由此引申，它与汉、魏、四唐的雄视百代之作可相媲美。随后，邓汉仪以一种充满政治意味的主人翁姿态陈述道："**而我朝**人才蔚起，诗学大兴，较之曩时，何多让焉。"⑤

---

① 邓汉仪选：《诗观三集》自序，第 1a—1b 页。谢正光、佘汝丰编著：《清初人选清初诗汇考》，第 148 页。

② 邓汉仪选：《诗观三集》自序，第 1b—2a 页。谢正光、佘汝丰编著：《清初人选清初诗汇考》，第 149 页。

③ 邓汉仪选：《诗观三集》自序，第 2a 页。谢正光、佘汝丰编著：《清初人选清初诗汇考》，第 149 页。

④ 邓汉仪选：《诗观三集》自序，第 2b 页。谢正光、佘汝丰编著：《清初人选清初诗汇考》，第 149 页。

⑤ 邓汉仪选：《诗观三集》自序，第 3b 页。谢正光、佘汝丰编著：《清初人选清初诗汇考》，第 149 页。文中以粗体作为强调。

与《诗观初集》一样，邓汉仪评论此集确实是展现了“一代之巨观”[①]。但如今，他这代人的诗歌产出与其说是因共同创伤而强化的创造，毋宁说至少在一定程度上是一代盛世的标志。他曾将他这代人的形成与鼎革之际的普遍苦难相联系，但在《诗观三集》里，这代人的形成似乎与政治中心的需求联系得更为紧密。邓汉仪坚持认为，编选同辈人的诗作是对他那代人的特质和成就的全面概括，尽管在康熙十一年（1672）到二十八年（1689）间，这种特质的具体构成和这些成就的内在含义已经发生了显著的变化。[②]他解释说，在回到地方之后，他再次居于扬州，并打算在此编辑选集展示他在北京收集的诗歌，他将其称之为《京华澄观录》。然而，在敦促扬州的友人时，他决定将工程的范围扩大以同时囊括朝野之人，并将其梓行为《诗观三集》。[③] 他以对新王朝的高度颂扬作结，指出虽然自己从未获得过官职，但曾“从诸臣后，珥笔承明”，因此能够记录诗歌并颂祷朝廷。[④] 他更进一步声称，他的选集展现出如此众多有天赋的诗人，这足以说明帝王对于学问的重视以及诗坛“继汉、魏、四唐而起”的可能。[⑤] 他总结道，这一选集因此应该被视作他借以报答圣恩的努力。

---

① 邓汉仪选：《诗观三集》自序，第 4a 页。谢正光、佘汝丰编著：《清初人选清初诗汇考》，第 149 页。

② 邓汉仪选：《诗观三集》自序，第 2b—3a 页。谢正光、佘汝丰编著：《清初人选清初诗汇考》，第 149 页。

③ 邓汉仪选：《诗观三集》自序，第 4b—5a 页。谢正光、佘汝丰编著：《清初人选清初诗汇考》，第 149 页。

④ 邓汉仪选：《诗观三集》自序，第 5b 页。谢正光、佘汝丰编著：《清初人选清初诗汇考》，第 149 页。

⑤ 邓汉仪选：《诗观三集》自序，第 6a— 6b 页。谢正光、佘汝丰编著：《清初人选清初诗汇考》，第 149—150 页。

结 论

像他同时代的很多人一样，邓汉仪以共同的经历和亲疏关系作为收集同辈作品的准则。除了被邓汉仪称为“一代之书”的《诗观》，当时其他的选集工程也同样体现了“融入”的时代需求。这些选集以刻本的形式，复现了明清鼎革给一代人带来的创伤事件以及艰难的个人选择和政治选择相互拉扯的交织图景。此外，尽管这些选集基于特定的远离朝廷的社交网络，它们最终还是承认了当时执政的清政权的合法性。通过大量收录来自帝国各地的诗人作品并明确而自觉地从他们的传记中抹去官职之类的传统身份标记，邓汉仪和其他编者们使选集成为了和解的工具。通过这些文学选集，他们确立了价值认同，庆祝了成就和经历，并参与了动态的同代情感建构。这种在17世纪后半叶出现并发展起来的新型感情，既包含了早前的历史断裂，也包含了对于清朝控制中国时空这一现实的逐渐妥协。

李泊汀 译

盘桓于虚无:清皇子奕譞生平与诗歌中的记忆*

[美]舒衡哲(Vera Schwarcz)

记忆是一种
完成
是某种更新
甚至是
一个开始,因为它打开的空间是新的
处所
居住着迄今为止
尚未被认识的群落
——威廉·卡洛斯·威廉斯:《佩特森》①

关于记忆,诗人可以教给历史学家什么?或许记忆只是一个破碎的、危险的领域。美国诗人威廉·卡洛斯·威廉斯(William Carlos Williams)在勾勒记忆中的故乡新泽西州佩特森时,采用了一种不规整的诗篇形式来展现这个“回归的弧线”(arc of return)。威廉斯认为,当你试图探索多年未曾履足之地时,记忆是在脑海中

---

* 英文原文见“Circling the Void: Memory in the Life and Poetry of the Manchu Prince Yihuan (1840-1891)”, *History and Memory*, vol. 16, no. 2 (2004): 32-66。

① William Carlos Williams, *Paterson* (New York: New Directions Publishing Corporation, 1958), 96.(此诗尚无中文译本,此处为译者所译。——译者)

构建出新地域的一种策略。在历史学家看来,这可能听起来既复杂又难以处理。然而,只需加上一点努力和想象,跟随诗人独特的时光回溯之旅,我们或许就能丰富自己的认知。

清代满族诗人奕譞(1840—1891)怀着与威廉斯倾注在佩特森的同样激情,描述了19世纪北京饱经风霜之后的风景。他同样相信,记忆是一种完成,是在外部世界被破坏和毁灭时产生内在空间的一种方式。两位诗人都秉持着同一信念:如果严肃地对待记忆,并且遵守诗学的规则,哪怕最黑暗的历史角落也会获得常规叙述难以想象的生动性。

诗人们容易断言记忆是一种重建的行为,心理学家通过努力解决大量棘手的例证来检验这一断言。戴维·皮勒默(David B. Pillemer)的著作《重大事件与鲜活记忆》展现了个体的精神世界如何受到重大事件的影响;劳德瑞(Dori Laub,耶鲁大学犹太大屠杀影像档案馆创始人)探讨过记忆对历史灾难幸存者的巨大影响。[①] 这两位研究者都强调,记忆痕迹对那些有意(willing)重温过去景象的主体的顽强控制。相对于他们所指出的时间强大的后拉力,"有意"这个词可能还是太温和了。借助他们的研究,本文尝试利用诗歌来记录一次执着的追寻,试图从早已消亡在时间流逝中的世界里寻回一些碎片。

奕譞作为清代皇子,对消失世界的回拉力有着切身体会。他是乾隆帝(1711—1799)曾孙,光绪帝(1871—1908)生父,也是中国末代皇帝溥仪(1906—1967)的祖父。19世纪所有标志并危及了清王朝命运的事件,都影响了他的命运,或曾受他所影响。他被封为醇郡王,作为皇室后裔,在咸丰十年(1860)九月见证了英法联军焚毁圆明园事件。此前,他刚刚及冠,新婚宴尔,便过早地被

---

① David B. Pillemer, *Momentous Events, Vivid Memories* (Cambridge: Harvard University Press, 2000); Dori Laub and Nanette Auerhahn, eds., *On Knowing and Not Knowing the Holocaust*, special issue of *Psychoanalytic Inquiry* 5, no. 1 (1985).

抛入了历史的洪流之中。此后的数十年中,他成为灾难的亲历者和记录者。光绪十七年(1891),他在临终前编成了自己的诗集,集中展现了他的历史记忆是一个艰难的、持续不断的工程。①

与司徒琳(Lynn A. Struve)的研究对象张茂滋不同,②奕譞并没有直面过死亡的威胁。外敌入侵,他无需逃难,也不用应对大家族中的自杀创伤。实际上,他在清政权中身居高位,这个政权曾经在明清之际制造了无数苦难。③ 然而,特权和地位无助于奕譞免受个人的或公共的伤痛(grief)。实际上,他的诗歌透露出他所经

---

① 奕譞诗集最初的版本题为《九思堂诗稿》,共七卷,刊刻于光绪二年(1876);《九思堂诗稿续编》中又增加了六卷,刊刻于光绪十七年。2002 年 5 月,我在北京大学图书馆善本室查阅了这两种版本。因为时间有限,我没能复制本文所引用的所有诗作。本文的部分诗作引自侯仁之:《燕园史话》(中英双语本),王明珠、嘉淑贤译,北京:北京大学出版社 1988 年版;另一部分诗作引自苏勇、樊竟:《燕园史话》,北京:工人出版社 1985 年版。(原文对《九思堂诗稿》版本情况的介绍略有疏误。奕譞诗集的最早版本为同治十一年[1872]刻《九思堂诗稿》四卷本。译文中奕譞的诗作均引自《九思堂诗稿》和《九思堂诗稿续编》,《故宫珍本丛刊》影印本,第 584 册,海口:海南出版社 2000 年版。——译者)文中所有诗作英译皆由本人翻译,因为我坚信我们必须以自己的节奏来倾听奕譞的声音,方能充分领会他为保存历史记忆所作的贡献。在翻译的过程中,我得到了很多材料和诗作的启发,其中最为重要的文学批评著作是 Eliot Weinberger and Octavio Paz, *Nineteen Ways of Looking at Wang Wei* (New York: Moyer Bell Limited, 1987)。

② 司徒琳的文章收入于 *History and Memory* 杂志 2004 年第 16 卷第 2 期,特辑主题为"Traumatic Memory in Chinese History"。特辑中共收录一篇背景简介和五篇相关论文,依次为:(1) Lynn A. Struve, "A Brief Historical Introduction", 5-13; (2) Lynn A. Struve, "Confucian PTSD: Reading Trauma in a Chinese Youngster's Memoir of 1653", 14-31; (3) Vera Schwarcz, "Circling the Void: Memory in the Life and Poetry of the Manchu Prince Yihuan (1840-1891)", 32-66; (4) Peter G. Zarrow, "Historical Trauma: Anti-Manchuism and Memories of Atrocity in Late Qing China", 67-107; (5) Klaus Mühlhahn, "'Remembering a Bitter Past': The Trauma of China's Labor Camps, 1949-1978", 108-139; (6) David B. Pillemer, "Can the Psychology of Memory Enrich Historical Analyses of Trauma?", 140-154。——译者

③ 参见特辑中沙培德(Peter G. Zarrow)的论文。(相关文章信息参见本页注②。——译者)

历的这两种伤痛是分不开的。描写北京西北一带的满目疮痍,对他来说,几乎是一种字面意义上回忆的收集(re-collection),他试图用文字来重新拼合他的世界。咸丰十年(1860),英法联军强迫清政府签订一项新的和平协议,并惩罚皇帝本人对外国公使的虐待。在他们残暴的复仇中,奕谖的世界走向消亡。他不愿对此视而不见,反而选择了回到圆明园四周已被损毁殆尽的皇家园林。

这一“回归的弧线”使他能够——实际上是强迫他——找到了一个新视角来看待持久的丧失(loss),丧失的震中正是他自己的蔚秀园。这一花园不再“蔚”“秀”如昔,它让来访的皇子沉浸在回忆当中无法自拔,并借诗歌加以抒发。奕谖天赋诗才(有些人,包括他自己,认为这是一种“诅咒”),多愁善感。这里,我有意识地用了“天赋”一词:作为清代皇子,他敢于探究痛苦的虚无(void),并在诗中赋予它以形状和意义。我使用“天赋”一词还有另一个原因:这一境况让他与历史灾难幸存者惺惺相惜。与劳德瑞描述的大屠杀幸存者一样,奕谖懂得如何使用“创伤的艺术”。[1]盘桓于虚无,测绘它的深度和广度,这并非虚掷时间,相反,它或许是缓解过去对当下束缚的唯一方式。

没有人会选择生活在大屠杀时期,但是,事件幸存者们能在奕谖的诗歌中找到一种熟悉的悲伤之情,予人慰藉。奕谖在咸丰十年中的“轴心时刻”(axial moment),不能与奥斯威辛集中营中的种族灭绝,或者震荡世界的“9·11”恐怖主义事件相比。让他贴近我们的并不是历史环境的种种细节,而是一种有意识地培养的并不刻意避谈灾难的内向性(inwardness)。在他深爱的蔚秀园被毁二十年之后,他所作的诗歌描绘了悲伤的内部空间,今天仍能引发共鸣:

丹棱新涨碧于油,重到园林二十秋。

---

① Dori Laub, “Art and Trauma”, *International Journal of Psycho-Analysis* 76 (1995): 991-1004.

射圃久芜亭榭废,茫茫旧迹慨从头。(其三)
双松台峙对西山,瓦砾低看旧市寰。
只有玉泉孤塔影,风铃犹语白云间。(其四)①

园林中的诸般风景,今天已经不可详考。西山和玉泉寺标记着当奕谖返回位于北京西北郊的花园时他视角中的外部景色。然而,哪怕我们对皇家园林坐落的这个海淀小村庄一无所知,奕谖笔下的"茫茫旧迹"也是如在眼前。它搅动着当代幸存者的思绪,他们在碎砖瓦砾中寻求重生,也能体会"风铃犹语白云间"的痛苦。余凯思(Klaus Mühlhahn)文章中所讨论的张贤亮,在下放农场二十年后重新整理了他的劳改日记,正是体验了几乎一样的"回归的弧线"。张贤亮是一名小说家,他选取了不同的策略来书写丧失(loss)和压制下的沉默。他采用更长但是同样破碎的句式,试图为被蹂躏者所定格的记忆发声。②

心灵中两个相互连接的时刻

对于奕谖见证历史的记忆,中国学者尚未给予太多关注。他的传记主要着墨于他的政治成就与他作为两位皇帝父祖辈的身份。在面对妻子的姐姐,也就是专擅大权的慈禧太后时,他表现出的胆小怯懦,也让他在后来的中国历史学者中不被认可。他的诗作长期无人关注,只因其中描绘了大量北京西北郊已经消亡的风景,近来才重新受到瞩目。中国首都历史地理研究的先驱者侯仁之也只认可奕谖一丝不苟的记忆力。③ 然而,正是这个天赋(gift),让今天的我们对他产生了强烈的兴趣。

奕谖诗歌中提及的所有园林,都是取自自己悲痛的深处,并用

① 奕谖:《纪游十首同九妹作》,载《九思堂诗稿续编》卷四,第 17 页。
② 相关文章信息参见本书第 336 页注②。——译者
③ 侯仁之:《燕园史话》,第 59—64 页。

文字加以标注的。园林的名字和语言本身一样,将这个公众人物与他人际关系的复杂层面铆合在一起。记忆所附着的每一层面都是一种完成,而不只是生命中的一个事实。它是一种关怀的行为。正如当代哲学家阿维夏伊·玛格利特(Avishai Margalit)所指出的那样,这一姿态正是记忆的真正伦理实践的关窍所在。[①] 当我们试图确切回忆起一位逝者的姓名(或者某一处已经不再存在的地名——我在此对玛格利特的观点稍作引申),我们将自己投入了一段持续的关系,一种厚重的、混沌的记忆认知,以及一种作为记忆共同特质的责任感。[②]

在奕譞的诗歌中,火烧圆明园是一次精神之旅的起点。他的每一首诗,他仔细回忆的每一处地点,都成为他在自我探索和历史判断的旅程中的一块基石。甚至当他为自己面对灾难展现出软弱而满怀懊悔时,他的诗歌也承载着一种决心,以未经伪饰的眼光来探寻废墟。依照中国诗学的抒情传统,他同时为个人和公共的黑暗发声。这两种并行的目的,也将他与史家素养的践行者联系在了一起。贝奈戴托·克罗齐(Benedetto Croce)在名为《诗歌与历史编纂》的论文中提出,如果我们希望公正地判断人类历史经验的丰富性,我们就需要借用诗人的双重视角:

> 诗歌是对黑暗的克服,是睁着眼所做的梦,是用真理之光所照亮的热情……因此,我们必须明白我们身处的境地,我们每一个人的历史位置。我们获得这一认知的内在活动,不再是靠直觉,而是靠逻辑。它是一种判断,这种判断和历史编纂是统一的……从而,诗歌和历史编纂是一个生物的两翼,是心

---

① Avishai Margalit, *The Ethics of Memory* (Cambridge: Harvard University Press, 2002), 27-33.(中译本见[以]阿维夏伊·玛格利特:《记忆的伦理》,贺海仁译,北京:清华大学出版社 2015 年版。——译者)

② 关于记忆在强化公共身份时的角色,相关讨论可参 Edward S. Casey, *Remembering: A Phenomenological Study* (Bloomington: Indiana University Press, 1987)。

灵中两个相互关联的时刻。[1]

在克罗齐的构想中，诗歌是一条通往可能获取历史知识的内心活动的捷径。诗歌是一种多功能的媒介，我们能够通过它来探索我们自己（在个人历史中）的位置，以及超越个体之外的世界历史版图。

奕谡的诗歌正是这样做的。它们一次又一次地回到历史的废墟，勾勒出一个不再存在的世界。诗歌的主题不是过去的荣光，而是一种难以言说的丧失体验。奕谡自觉地依据孔子那句著名的论述诗"可以怨"来描写无以言表的悲痛。此语出自《论语·阳货》，孔子还提出了好诗的其他三种重要功能："可以兴""可以观""可以群"。[2]

在奕谡之前，中国最为优秀的诗人也都遵从孔子"诗可以怨"的观点。"怨"的内涵可以扩大为忧伤悲痛（grief）或者怨愤不平（grievance），因此对语言表达提出了最大的挑战。根据中国最负盛名的文学批评家钱锺书的看法，具有长久价值的诗歌往往创作于一位诗人难以表达出他最为深切的悲愤的黑暗时期。比如，唐代文学巨擘韩愈（768—824）曾经在饱受痛苦折磨的心境下明确写下："大凡物不得其平则鸣。……人声之精者为言，文辞之于言，又其精也。"[3]

当人们在世界中失去了熟悉的立足点，他就可以有技巧地发出悲愤之音，这种观点也是理解奕谡作品的关键。对于奕谡来说，诗"可以怨"对于他描写自我的悲愤不平是一种许可，也是一种激励，它引发并完成了他的记忆。只有深入探究不幸的每一层面，他才能够与消逝的世界达成和解。既然在中国传统里"怨"可以意味着对不公的憎恨和报复，那么对奕谡来说，他关于历史的记忆是

---

① Benedetto Croce, "Poetry and Historiography", in *History as the Story of Liberty* (London: Allen and Unwin, 1941), translated by Sylvia Sprigge, 312-314.

② 钱锺书：《诗可以怨》，收入宋淇（Stephen C. Soong）所编《知音集：中国诗歌与诗学》。见 Stephen C. Soong, ed., *A Brotherhood in Song: Chinese Poetry and Poetics* (Hong Kong: Chinese University Press, 1985), 30-31。

③ Stephen C. Soong, *A Brotherhood in Song*, 315.

一种精神层面的复仇吗？这是我们在此可以提出但永远无法解答的问题。与历史灾难中的其他幸存者一样，譬如俄罗斯诗人安娜·阿赫玛托娃（Anna Akhmatova，她经历了古拉格的劳改生活）和意大利化学家普里莫·莱维（Primo Levi，他从奥斯威辛集中营幸存之后成为一名作家、诗人），奕譞的诗篇承载了复仇的可能性。然而，诗人的诗篇是只用词汇组成的，并不能实际挽回失去的一切。他们顶多能够记录下为之悲痛的地点，记忆和遗忘将在那儿进行无休无止的交战。

杰出的诗歌选集《拒绝遗忘：20 世纪见证者的诗篇》的编者卡罗琳·佛雪（Carolyn Forché）认为，脆弱的词语也富有力量。她的关注点是历史暴行的幸存者，相较于奕譞，他们的经历更为残酷。然而，她对于见证者所作诗歌的观察，能够帮助我们将这位清朝皇子置之于这些作家之中，他们均被迫采用“破碎的、零乱的、分裂的叙述”①。选集中的诗人无法将目光从灾难中移开，他们在发掘伤痛之处时认识到，他们必须发明一种新的语言。如果不是有意识地记忆那些丧失，那么，已经撕碎了旧语言的暴力将会让心灵近乎沉默无言。

在奕譞的世界和时代中，他一再担负起了目击者的角色。在一首以哀悼为主题的诗歌中，他试图描写在中国的天地万物中一处无法为自己发声的角落。它不在奕譞自己的蔚秀园中，而是位于毗邻的、属于他叔父的鸣鹤园中。鸣鹤园坐落在北京西北郊，同样毁于咸丰十年（1860），损毁得尤为严重。园林残存无几，他仅记得旧时一处景观名为“延留真赏”。言谈之中回忆起的碎片已经足以引发作者的哀悼之情。在破败亭台的飞檐荫庇之下，两位来访者坐话当年之事。奕譞将此诗送给年轻的九弟，后者还没有学会如何与失去的过去进行协商：

---

① Carolyn Forché, ed., *Against Forgetting: The Twentieth Century Poetry of Witness* (New York: W. W. Norton, 1993), 39.

犹是延留真赏处,虚怀乐善慕遗徽。
桑田沧海能无感,绮阁华堂已半非。
迹杳乘龙空怅望,诫严画虎敢相违。
翼然坐话当年事,松影萧森挂落晖。①

此诗约作于同治九年(1870),在诗中,奕譞担任起记忆引导者的角色。他在诗题中提及的九弟是一个未曾亲自见证过咸丰十年(1860)巨变的年轻人,他或许还曾寄希望于“乘龙”为已经积弱积贫的大清王朝重振雄风。奕譞本人并未抱有这种奢求,然而,他已经开始在内心抵抗“画虎”这一头悔恨的巨兽。他邀请九弟坐在翼然亭之下——这座亭子经过翻新之后,如今保存在北京大学校内。在亭檐的荫庇之下,这位亲王诗人进行了关于记忆最为困难的挑战:如何描述消逝的过去,语言如何能够将被火焚烧的花园重构成另一个家园?

这一问题贯穿了奕譞所有的作品,也让他与我们这一时代中与巨大不幸进行抗争的人们心心相通。如果2002年9月27日夜晚他身在纽约,必然不会对围绕世贸大厦的讨论感到陌生。那晚,纽约历史学会(Historical Society of New York)组织了一场主题为“遗址与记忆”的宏大辩论,参与者包括建筑师丹尼尔·里伯斯金(Daniel Libeskind)、文学批评家里昂·维斯提耶(Leon Wieseltier)以及医学作家舍温·努兰(Sherwin Nuland)。每一位发言者都试图提供最好的方式以抚慰公众的丧失,使得这场讨论变得十分激烈。里伯斯金试图证明建筑——纯粹字面意义上的建筑——可以通过艺术地使用砖瓦和钢铁来架构丧失。维斯提耶借鉴了犹太人的哀悼传统,提出言语和仪式(与建筑相对)是我们对抗遗忘的最为强大的武器。《我们如何死去》的作者努兰提出了全然不同的观点,在看到成百上千的民众走过、站立并且凝视着“埋葬着逝去

① 奕譞:《偕九弟至鸣鹤园至感》,载《九思堂诗稿续编》卷四,第46页。

的生命、消失的躯体和梦想的十六英亩土地”之后,他建议“用一座沉思的花园、一块绿色的空间来振奋人们”。①

“遗址与记忆”辩论中的三种观点,很可能都会得到奕谖的支持。在里伯斯金的获奖设计中,纪念空间里有一座升起的花园,正像是蔚秀园被毁之后长存的力量。② 在这座建筑中,地点和记忆结合在一起,将更新我们对于过去和现实的视野。如果奕谖能够提前低语,他或许会对这三位争辩得不可开交的西方人说道:“遗址和记忆之间,反思和回忆之间,花园和赋予花园生气的各种丧失之间,并不存在任何不可调和的矛盾。”

虽然奕谖不可能成为一名预言者,但他仍值得引起我们的关注。正因为他的园林和创伤远离我们自身所处的历史困境,我们可以将他视为一个新鲜的声音。他是中国最后一个王朝中备受尊崇的皇子,是蔚秀园中骄纵的主人,是一位深谙儒家哀怨传统的诗人,所有这些细节让他远离了我们的时代。如果我们能很好地利用这种距离,就能够强化并澄清同样重压在中国和西方的历史记忆,随之应对其带来的挑战。在此后的历史创伤中,历史学家和历史著作都曾遭遇危机。我们的叙述往往充斥着空洞无物的词汇、夸夸其谈的术语、徒有理论的阐述,对缓解悲伤的帮助却十分有限。在这方面,作为皇子、花园主人和诗人的奕谖可能给予我们一些帮助。他的语言调整到适合于我们历史经验的节奏上,将为我们自身的处境提供新的视角。如果我们倾听他的声音,我们或许能够听到自己关于历史和记忆的全新思考。

---

① Daniel Libeskind and Leon Wieseltier, “Monument and Memory”, The Columbia Seminar on Art in Society, September 27, 2002 (New York: Columbia University, 2002), 39-40.

② 这一获奖设计即柏林犹太博物馆,该方案赢得了1989年柏林博物馆为扩建犹太展厅而举办的设计竞赛。“升起的花园”是指位于外院的“逃亡者之园”,花园地面倾斜,由四十九根高低不等的混凝土柱体构成阵列,借以表现犹太人流亡海外的艰苦历程。——译者

书写废墟的皇子

奕譞是道光帝(1782—1850)的第七子,他原本可以安心做一名翩翩皇室公子,而非记忆的保卫者。① 如果不是出于早年对诗歌的癖好及与咸丰十年(1860)的惨象近在咫尺,他本不必对毁灭做出如此强烈的回应。他为这座位于海淀的宁静花园写下了充满感情的诗句,倾注了真情实感,让他对历史极为多愁善感。19 世纪的其他清朝皇子蜷缩在特权和健忘的外壳里未尝痛苦,奕譞丢弃了这些保护,与那些在日后的灾难中发声的人们一起进入了同一个精神世界。北京西北郊的废墟给予他生命中最为痛苦的时刻,同时也赋予他最好的诗歌主题。

正如经历了崇祯十七年(1644)易鼎巨变的明代皇子一样,奕譞仅仅是一个具有创伤记忆的年轻人,需要长时间来消化和接受。司徒琳曾经非常有洞见地从"征服一代"(conquest generation)——明清易代之际知识分子的回忆录中发掘出自传材料,撰写了相关文章。② 在司徒琳的论文中,她关注的是最后一任明代福建巡抚的孙子张茂滋,他目睹屠杀和自杀之时年仅十七岁。和奕譞不同的是,张茂滋在获许将祖父的骨灰归葬祖坟之后,未及及冠就撒手人寰。

奕譞是灾难的幸存者,在熟悉的世界毁灭之后又生活了三十

---

① 奕譞的生平可参《清史稿》卷二二一,我使用的是 1978 年香港出版的版本。此外奕譞有两种传记,但都没有提及他的诗作。见杨益茂:《奕譞》,载罗明、杨益茂主编:《清代人物传稿》,下编,第十卷,沈阳:辽宁人民出版社 1994 年版,第 114—126 页;吴玉清:《醇亲王奕譞传》,载吴玉清、吴永兴编著:《清朝八大亲王》,北京:学苑出版社 1993 年版,第 432—438 页。

② Lynn A. Struve, "Chimerical Early Modernity: The Case of 'Conquest-Generation' Memoirs", in *The Qing Formation in World-Historical Time* (Cambridge: Harvard University Asia Center, 2004), edited by Lynn A. Struve, 335-388.

余年。他心如死灰,精神颓丧,在现实世界中无法释怀,唯有寻求诗歌的慰藉。他的诗作中对咸丰十年(1860)中国所遭受的灭顶之灾充斥着密切感、共谋感和罪恶感。当然,他的诗歌具有不可避免的个人印记,作为一名皇室子孙,他持续地体味着家族和国家的耻辱。北京西北一带的焦土,对他来说,就是玛格利特所形容的"一道流血的伤疤"①,这是一段标志性的记忆,而不仅仅是人生的某一段经历。它是理解奕譞把自身的命运和清王朝的命运视为一体的关键之处。

奕譞生于道光二十年(1840)九月二十一日,他并没有体会到第一次鸦片战争中国战败所带来的摧枯拉朽的影响。当时,他的父亲道光帝正通过千里之外派驻广东的朝廷官员来处理所面临羞辱性的事件。当道光帝的第七个儿子顶着爱新觉罗的姓氏降临世间,这位清代帝王仍然有充分的理由相信,王朝的统治仍然具备牢固的根基。新皇子得名奕譞,取聪明之义。他跟随着诸位兄长,被寄予担负起国家重责的厚望。在他幼年时期,他的四皇兄奕詝(1831—1861,道光帝薨逝后即位为咸丰帝)就对他倍加疼爱。身为皇宫中的宠儿,他参与国家的重要典礼,取代了更有资历的长者,担任了即兴赋诗的角色。在二十岁时,他接受了皇室的赐封,被赐予府邸,迎娶了咸丰帝最为宠爱的妃嫔(即后来的慈禧太后)的妹妹。

圆明园被毁时,奕譞茕茕孑立,孤立无援,其后又成为宫廷政治中的一名卒子。权力斗争折磨了他的六皇兄、恭亲王奕䜣(1833—1898)一生。我们应该思考的是,在这一系列事件之后,奕譞是如何在咸丰十年之后的诗作中成为了一名见证者的。如果确有迹象的话,那便是奕譞早年就留意过传统中国诗学中关于毁灭的主题。精通儒家诗学的清朝皇子牢牢记住了中国文学中更为黑暗的讯息。甚至在没什么东西可供伤悼以前,他已经熟练掌握

① Avishai Margalit, *The Ethics of Memory*, 147.

了这一套表达悲伤的话语。中国的经典诗学常常警示,政治力量并不能够保证事物持久不衰。时间的流逝能够将人类所有的遗迹侵蚀殆尽。在一首绝句[1]代表作中,奕譞提出了一个令人不安的问题——"谁家":

> 谁家庭院太荒凉,也是兴衰梦一场。
> 凄绝壁痕青断续,征尘影外看人忙。[2]

荒凉残破的断壁颓垣已是海淀村落的普遍特征,站在"凄绝壁痕"前写就的诗歌为我们展现出一位清醒地站在历史事件之外的皇子形象。哪怕是从诗歌的角度来解读,奕譞对"征尘影外"的看客的欣赏,让他对灾难的到来是极为警醒的。

在想象过毁灭之后,人们可能会以为目睹灾难的发生是一种再认知(re-cognize)的行为。实际上,当灾难袭来,奕譞无论在精神上、政治上还是诗学上都重新起锚了。在咸丰十年(1860)九月五日那一天,北京西北部云烟沸涌,一切俱往矣。十九岁的年轻醇亲王尚不能在朝廷事务中担任主角,他的兄长奕䜣负责商谈周旋。西方列强原本派人前来与清政府为新一轮的冲突进行谈判,却因为清廷关押、虐待他们的使节而勃然大怒。

引发清王朝和西方势力持久冲突的导火索,是所谓的咸丰六年(1856)"亚罗号事件"。[3] 战火一触即发,咸丰八年(1858),双方曾短暂休战并签订《天津条约》。英国代表额尔金勋爵(Lord Elgin)和法国代表葛罗男爵(Baron Gros)出面与清政府进行协商。条约同意在北京派驻外交使臣,以及关于鸦片和基督教传教士的一些条款。额尔金勋爵和葛罗男爵不耐烦于清政府接下来无休止

---

① 原文作"律诗";作者自注:四行"律诗",多为七言。误。——译者

② 奕譞:《谁家》,载《九思堂诗稿续编》卷一,第 73 页。

③ Douglas Hurd, *The Arrow War: An Anglo-Chinese Confusion (1856-1860)* (London: Collins, 1967); J. Y. Wong, *Deadly Dreams: Opium, Imperialism and the Arrow War (1856-1860) in China* (Cambridge: Cambridge University Press, 1998).

的拖延,在咸丰十年(1860)夏天回到中国,迫使清政府履行条约中的承诺。他们的使者被清政府逮捕,声称受到虐待,战争又有了新的理由。咸丰帝为尽力争取时间,罢免了下令逮捕西方人的蒙古族将领①,任命奕䜣为全权谈判大臣。

皇帝带着自己的嫔妃(时为懿贵妃的慈禧)和她的妹妹,与朝廷官员一起逃往了热河。奕譞并未随行,他确信对西方的抵抗是可能的,也是必须的。然而,不谙世事的年轻皇子错误地估计了额尔金的愤怒。当这位英国外交大臣看到运回营帐的棺材中受虐过的尸体,面对这种非人道的行为他决定狠狠地惩罚对此负有个人责任的皇帝。他不愿意伤害北京城内的平民百姓,于是决定毁掉咸丰最爱的圆明园以示报复。这一目标还有一个额外的好处,与英法使者此前受到的折磨相关。根据曾被关押的幸存者报告,与圆明园相连的皇子花园曾被用作监牢。额尔金的手下关押在这里时,被绑缚着好几天未进水米。额尔金并不赞成英法联军已经开始的洗劫行为,他下令将一切付之一炬。②

咸丰十年(1860)九月五日前夕,奕譞一直和恭亲王待在一起。无助的他眼睁睁地看着英法联军逼近京城,更令人愤慨的是,他眼睁睁地看着他们侵入并掠夺了他皇兄的圆明园。英法联军洗劫一空之后,又纵火烧光了一切。他听闻这个消息,既慌张又难以置信。在额尔金的军队前往圆明园的途中,他们路过并焚毁了几位皇子的府邸,其中包括奕譞的叔父绵愉的鸣鹤园、奕䜣的朗润园以及他自己深爱的蔚秀园。十月末,可怕的消息到达东北 奕譞接到谕令,加入热河的皇家队伍。奕䜣独自留在北京处理额尔金和葛罗所提出签署的丧权辱国条约。

就在火烧圆明园的数天之前,奕譞年满二十岁,这场灾难同样

---

①　僧格林沁。——译者

②　Theodore Walrond, ed., *Letters and Journals of James, Eighth Earl of Elgin* (London: John Murray, 1872), 361-366.

在他身上肆虐。与他的兄长咸丰帝不同,他无法将毁灭的惨象抛诸脑后。他近在咫尺,清楚地看到了海淀上空一连数日乌云压阵的景象。咸丰帝只是痛惜失去了他所深爱的消闲之所,他因病再没有机会能够重返那里。相反,奕譞怀着饱受痛苦的灵魂,再三重访丧失之地。他身在热河,已经远离险境,但在此处撰写的诗作中,他仍然愿意在脑海中回忆起令人恐惧的情境:

半船落叶一溪风,把酒停桡曲岸东。
竹影续添千个碧,枫林染到十分红。
当秋情景吟难尽,历劫亭台感曷穷。
亦有同心隔城市,时艰未可寄诗筒。①

在这首诗中,他用传统的律诗形式来控诉诗歌本身的无力。历史剥夺了年轻皇子以诗抒情的声音。蔚秀园,这首诗歌的诗题和主题,是悲伤的中心,被热河的酒色欢娱包裹在内。此处,奕譞陪伴着他的皇兄、皇嫂,放舟溪上,纵酒欢歌。这是皇室之人所熟悉的世界。在东北的山景中,秋天更为皇室的出游增添了狂欢的色彩。

然而,"此处"只占据了年轻皇子的部分思绪,他同时也沉浸在另一个"彼处"的世界里。在那里,秋天只能带来灾难后的悲鸣。在这首诗中,奕譞选择成为一名见证者。根据他个人所亲历的毁灭,他在思绪中修补了其后的惨象。这首诗中没有避难,没有治愈,相反,它标志着这个年轻人人生经历的一个转折。准确地说,对奕訢最喜爱的这个弟弟来说,时光犹如春天中翩跹的蝴蝶,曾是无忧无虑的,现在它们却是沉重的、粗粝的、无法挽回的。

奕譞从没能预料过这种日子将变得如此沉重。咸丰十一年(1861)的夏天,就在海淀那场大火后不到一年,咸丰皇帝于七月

① 奕譞:《蔚秀园一律》,载《九思堂诗稿续编》卷一,第62页。

十七日薨逝。奕譞马上被卷入后续事务的操办之中。作为慈禧皇太后的妹夫,易于操控的他成为她谋求权力时一个顺手的工具。

咸丰十年(1860)的创伤让奕譞对历史更为多愁善感,而他或许本不至于此。他常常将所有事件的原因都简单地归结为咸丰十年是传统干支纪年中六十年一轮回的庚申年。他认为咸丰十年是黄道十二宫中的"红羊年",据他所知,整个世界会在"红羊年"中天翻地覆。[①] 在朝廷事务上,奕譞仍是皇室的股肱之臣。在私下生活里,他却沉溺在无力面对灾难的羞愧之中。这段时间中,诗歌成为奕譞的另一个花园,一个可以暂栖和重回过去的精神领域。随着他的日常生活为政治权谋所侵占,他发现自己越来越无法与慈禧太后对抗,诗歌创作于是成为一种自由伤悼的方式。但是诗歌并不能复原毁灭的事物。人们不能依恋过去,将其视为希望之"乘龙",人们能做的仅仅是记录下已经逝去的一切。

九思堂主人

"话语"(voice)的问题缠绕着奕譞的整个政治生涯。在咸丰十一年(1861)八月,他把自己的"话语"借给了两位在世的皇太后,她们借此正大光明地决定了储君的人选。奕譞与更擅权谋的兄长奕䜣一起密谋将他们年轻的侄子载淳扶上皇位。他是慈禧的儿子,他的继位为慈禧独掌朝廷大权大开方便之门。咸丰十一年十月初九日,少年天子同治帝在北京的紫禁城中登基,奕譞和奕䜣

---

① 此处作者误记。咸丰十年为庚申猴年,并非丙午丁未"红羊劫"的羊年。而在奕譞在世期间(1840—1891),也并未有丙午丁未年。作者这里这样写,应是有本于奕譞诗中"繁华销尽红羊劫"一句(作者在后文中引用了此诗)。但这里的"红羊劫"应是指太平天国运动,当时洪秀全、杨秀清因姓氏关系亦被附会为"红羊劫"。故而认为奕譞将咸丰十年视为"红羊劫"以及以"红羊劫"指代英法联军一事,并不准确。——译者

作为他的左膀右臂辅佐政务，而两位皇太后则神秘地坐在其后垂帘听政。①

同治十三年（1874）十二月初五，年轻的同治皇帝驾崩，慈禧立刻决定寻找另一个容易掌控的孩子继位为傀儡皇帝，以便于她的独裁统治。她本人仅有一子，所以她选择了自己妹妹的孩子，奕譞的第二子载湉。她并没有提前与奕譞商量此事，所以他听闻消息后极为震惊。据目睹者回忆，奕譞当即昏迷，被人抬回府中，接下来几天都卧病在床。和以前一样，他仍然无力出言对抗。他上呈了数封奏折，表明孩子年龄太小，缺乏经验，不足以担负帝王大任，两位皇太后对此皆置若未闻。② 慈禧急需他的儿子加以操控，于是建议他作为生父可以辞官一段时间。奕譞欣然从命。他有一个得体的借口：按照儒家伦理，父亲是不允许向儿子叩头的。技巧性地回避之后，奕譞得以自由地写诗哀悼他的花园。辞官居家的这段时期，他建立起自己的另一个身份：九思堂主人。

“九思堂主人”是奕譞为自己取的号，也是他在同治年间所刊刻诗集的名称。这是一个具有儒家传统深意的名字。他的儿子被选做天子，打破了皇室继位的常规，在这样的历史性时刻，奕譞选择以诗歌为载体来传导儒家的道德观念。孔子这位上古的学者，在时代上与清朝皇子和他们的宫廷政治相隔甚远，提出了“九思”，即君子用以规范自我行为和观念的九种方式。根据《论语》所载，“九思”即“视思明，听思聪，色思温，貌思恭，言思忠，事思敬，疑思问，忿思难，见得思义”，谓君子应该尤为注意他人的善，为人温和，保持谦卑，对人尊敬，乐于学习，打抱不平，匡扶正义。

奕譞并不能够完全达到“九思”的要求，但是他认同其中的精义，并在公开场合遵守。对他来说，公开反抗慈禧的权威是不可能

---

① 杨益茂：《奕譞》，载罗明、杨益茂主编：《清代人物传稿》，下编，第十卷，第119页。

② 同上书，第120页。

的。奕譞能够做并且一再做的,只能是拒绝她强加在光绪帝亲生父亲之上的诸多头衔。

在同治十年(1871)送给儒家学者林锡三的一首诗作中,奕譞明确地表达了他对"九思"的赞赏。奕譞邀请林锡三和他一起游览一座海淀被毁的园林,在他的思绪中,这些美德也随之烟消云散。这首诗情绪尖锐,并非因为失去了壮观的景色,而是作为皇室子孙,他无法用"九思"来警示命运注定的一代,这让他深感无地自容:

浩劫千秋恨,韶华片刻游。
偶然思阅世,翻觉怯登楼。
乐事当春赏,诗怀借酒酬。
追陪枨触别,画虎诫违不。①

"浩劫",在此意指咸丰十年(1860)的毁灭,这是一个普通的词汇,用以形容破碎的丧失;"千秋恨"这一短语,意味着长达千年的绵延长恨,对于诗中所抒发的个人罪责来说,也不过是一个常见习语。19世纪60年代的热河,美酒唾手可得,却难以让人感到安慰。面对着海淀的断壁残垣,奕譞十分彷徨。他沉浸在灾难之中,希望对年轻人提出一些警示。

奕譞在同治十年(1871)写作此诗之时,他的儿子尚未被选做下一任傀儡天子。同治帝仍然是一国之主,奕譞仍然作为辅政大臣履行职责。然而他已经知道,自己并没能够遵守"九思"的训导。他知道,他并没有能够教导年轻的皇帝学会倾听埋藏在圆明园焦土之下的历史的黑暗信息。

只有一次,奕譞确实试图使用他的公共话语(public voice)去打碎横亘在"过去和我们之间的那扇门"。在与林锡三亘游海淀三年之后,他在朝堂上公开反对重建圆明园这一愚蠢的行为。同

① 奕譞:《和林锡三游园即事五首元韵》,载《九思堂诗稿》卷七,第28页。

治十三年(1874)七月，他年幼的侄子仍然在位，他妻子的姐姐慈禧太后也仍然在龙椅之后独掌大权。皇太后和皇帝母子俩仍然一味贪恋着已经被北京西北面瓦砾埋葬的欢娱享乐。与其相反，奕𫍽懂得过去一定要被理解，被哀悼，而不能够在重新休葺的亭子里复兴。如何让娇生惯养、懵懂无知的皇帝了解历史的教训？和以往一样，九思堂主人与他擅于政治权谋的六皇兄站在了一起。

他们向皇帝联名上奏，反对重建圆明园。贫困的中国在历经国内叛乱和数次与西方的战争失利之后，不可能再负担起这种为穷奢极欲而进行大规模征税的行为。奕𫍽、奕䜣勇敢地与怒气冲冲的皇帝发生了正面冲突。皇帝极为震怒，指斥他的叔父们觊觎皇位。面对这一指责，奕𫍽愤而流涕。年轻的皇帝最后承认，他并非为自己而是为他的母亲重建这座她极为钟爱的园林。同治十三年八月十九日，同治帝召见他的叔父，宣布他已经决定“在十年至二十年内”延缓重建计划，直到本朝经济状况恢复。①

同治帝未能活着目睹经济恢复。不到一年，他就驾崩了。他的两位叔叔与皇太后一起料理国事。此时，恭亲王已经不再受到宠信。慈禧的妹夫奕𫍽则仍然受困于对皇室的忠诚和政事上的沉默。失语(voicelessness)成为他的主题以及他的窘境。奕𫍽越来越接近慈禧的权力宝座，她也越来越需要他遵从她的决议。光绪十一年(1885)，慈禧任命他为总理海军衙门大臣，九思堂主人于是获得了最为珍贵的机会，足以影响中国的命运。根据他对近年来历史的思考，他提出了建立海军的重要性。奕𫍽利用新获得的权力提出了一个大胆的计划，建造军舰，建立北洋水师以护卫中国北方的安全。在这一工程中，他与杰出的儒家官员李鸿章密切合

① Young-tsu Wong, *A Paradise Lost: The Imperial Garden Yuanming Yuan* (Honolulu: University of Hawai'i Press, 2001), 174.(中译本见[美]汪荣祖：《追寻失落的圆明园》，钟志恒译，台北：麦田出版社 2004 年版；南京：江苏教育出版社 2005 年版。——译者)

作,在光绪十二年(1886)一起前往巡视海军的建设。慈禧派遣她最忠心的太监一路随行,随时报告并且控制局势。接近权力对奕譞实现他的国防规划依然毫无帮助。

19世纪80年代末,给北洋水师的拨款被挪用建设慈禧的颐和园。这一腐败的行为得到了奕譞的默许。作为慈禧最为信任的姻亲以及现任皇帝的生父,他无法违抗皇太后的旨意。和以往一样,他再一次屈从了。他为军费不足以用作实际的国防而深感遗憾,于是惩罚性地在颐和园中修建了一艘著名的石船。与此同时,慈禧坚持分配了一大笔经费为他重新装修蔚秀园。她希望他也能再次纵情于旧园林的壮丽景观,这样的话,他就不会再反对颐和园中种种奢靡的行为。奕譞接受了这笔钱,做了一些修葺,继续写诗哀悼旧时的园子。和慈禧不同,他懂得如何珍惜再也无法挽回的损失。

奕譞在朝野上无法发声,所以他对于诗歌中的瓦砾、损失和碎片更为关注。在朝政上,他仍是慈禧的挡箭牌。光绪十五年(1889),他的儿子已届亲政之年,奕譞向皇太后进呈了一分密折,与光绪元年(1875)一样,这道密折旨在强调皇帝的年幼和缺乏经验:①

> 皇太后以宗庙社稷为重,特命皇帝入承大统,复推恩及臣,以亲王世袭罔替。渥叨异数,感惧难名。原不须更生过虑,惟思此时垂帘听政,简用贤良,廷议既属执中,邪说自必潜匿。倘将来亲政后,或有草茅新进,趋六年拜相捷径,以危言故事耸动宸听,不幸稍一夷犹,则朝廷徒滋多事矣。仰恳皇太后将臣此折留之宫中。

慈禧依言留下并利用奕譞的密折打击年轻皇帝的改革举措。

---

① 参见杨益茂在《奕譞》中对此的讨论。见杨益茂:《奕譞》,载罗明、杨益茂主编:《清代人物传稿》,下编,第十卷,第123页。

同时,她也确保奕譞不能私下面见光绪帝,所以父子俩无法在朝廷中商讨国事。光绪十六年(1890)奕譞病危,她不允许光绪单独去探望他的父亲,必须由自己或者一名太监陪同在侧。奕譞在光绪十六年十一月二十一日去世,慈禧赐谥号为“贤”,按照帝王礼制葬入清陵。起初,她认为这一举措是万无一失的。随后,又下令砍伐了坟茔附近一棵长得格外青翠的树。当时坊间流言纷纷,传言奕譞还将成为光绪帝之后继位者的祖先。

果然如此。在两位皇太后及光绪帝去世之后,奕譞的孙子尚在幼年就继位为帝。直到宣统三年(1911)清朝灭亡,下一任醇亲王,即奕譞的儿子载沣掌握着实际的朝政大权。奕譞的政治遗产得到了继承,那就是朝政上的失语。光绪帝曾在光绪二十四年(1898)短暂地掌权,史称“百日维新”,但是此后,他又被那个曾经把他从不知所措的父亲手中抢夺过来并推上宝座的女人禁止发声。末代皇帝的父亲载沣也不是一个强有力的人物,摄政王和他的兄弟们,譬如独揽军事大权的载涛以及统领海军事务的载洵,都没有找到可以救王朝于水火的良方。奕譞的儿子们像弱者一样活着和死去。在奕譞去世之后,他们刊刻了《九思堂诗稿续编》,但是这本诗集仍然少有人注意。奕譞的后人并没有学会哀叹“伟大”的丧失,只能在20世纪的权力转移下勉力支撑。

珍藏历史记忆的花园

无论是在中国,还是在当下的西方世界,哀悼都是一种等待愈合的艺术。弗洛伊德警告我们说,如果悲伤没有得到愈合,将会摧毁我们完美的计划。为了当下和未来着想,他致力于将哀悼变成一种实际可操作的行动。他可能没有料想到,对于中国的革命者来说,譬如沙培德论文中的讨论对象,他们只是在当代政治生活中进行记忆“工作”(working through),却由此遭受了丧失(哪怕是间接创伤)。相对来说,奕譞选择了另一种方式来面对无法避免的丧失。他的记忆保存之所是一座花园,这是一个回忆过去的传统地点。这一做法非常老派,但是他可能已经预见了努兰在2002年9月27日纽约集会中提出的愈合之法。努兰认为一座安静的思想的花园可能是对"9·11"遗迹最有意义的回应,因为它可以内在地凝聚思想和精神,从而找到自我平衡,这种健康的状态可以吸收对身体和精神的致命损害。根据他的看法,一个人在心智上的反应就像受伤的肉体,一样会留下伤疤,持续地提示着他曾经经历的事件:

> 伤疤告诉我们,无论是在可视的外面,还是更为深入的不可窥视之地,我们都已经改变了。因此,一旦受伤,无论是身体还是器官,或者精神,就再也不能完全复原。如果"9·11"给予我们以教训,那就是我们有持续的哀悼和表达的需要,这是私人的,也是公共的。①

在纽约遭遇恐怖袭击近一个半世纪之前,奕譞在咸丰十年(1860)毁掉的蔚秀园中找到了自我平衡。他没有现代心理学的帮助,却懂得如何利用内心深处饱含忧伤的深厚记忆。

中国传统园林是为促进我们今天所说的记忆工作而设计的。它们在一个巨大的封闭场所里融合了水、土、石等诸多关键元素,以便于在此沉思何为永恒,何为一瞬。园林作为一种保存记忆的封闭环境,将引导着来访者欣赏记载在石头和丝绸上的纪念诗作。② 在奕譞的时代,每一处游廊和亭台都有前人游览后留下的题记以及先哲的格言,教导后人将敬畏自然作为修身的捷径。漫步在花园中,犹如逡巡于古代文化中。当一座园林破败了,这种逡巡就徒增了一种记忆的分量。柯律格(Craig Clunas)在关于明代园林的研究著作中,细致讨论了这个特殊文化地带所特有的诸多

---

① Daniel Libeskind and Leon Wieseltier, "Monument and Memory", 44.

② 有关记忆理论和中国花园的研究,可参 Edward S. Casey, *Remembering: A Phenomenological Study*, 207-212。

话语实践。柯律格引用19世纪作家钱泳的话语指出，哀悼实际上是在颂扬文化记忆的持续力量：

> 我认为，一座园林的兴盛和衰亡是和它的主人息息相关的。如果主人被铭记了，哪怕园林衰败了，也会再度兴旺。如果主人被遗忘了，就算花木繁盛，它最终也难免走向衰亡。用笔墨创作文学作品比起园林来说更为长久，因为前者永不衰亡。①

在奕譞创作的游园诗作中，他早已经将花园和文学之间的联系有所表现了。当他怀念蔚秀园时，他很可能在寻求不朽，或者至少是对残酷历史的宽恕，他的不少珍视之物已经损毁了。就在清王朝对西方列强最为卑微屈从的地点，传统的游园诗创作（柯律格称之为空间化的实践即"spatializing practices"）②，让奕譞能够在此开辟出一个空间，容纳他一些新鲜的想法。

圆明园被毁之后，蔚秀园存活在心灵空间之中。随着时间的流逝，这座历史上存在的花园开始成为一座凝聚历史的花园：它是这样一个特别之处，让我们放慢脚步，打开破碎的心灵，在曾经经历的丧失的间隙中，让政治斗争中筋疲力尽的头脑暂时得到休憩。历史学家在品味奕譞的游园诗时，可能会感到它们是自身话语实践的一面镜子，稍微偏重喧嚣的公共事件的历史学家也试图在过去的复杂性中重新寻觅平衡。因此，奕譞吟咏蔚秀园的小径，也由此找到了一条用新鲜的目光看待过去和现在的途径。

19世纪60年代末，经历了战火洗礼的皇子重回蔚秀园，奕譞记录下了所有从前看起来充其量只是背景的事物。十年前花园繁盛时，他只用酣畅地书写季节的变换和青草的色彩，如今却只留下

---

① Craig Clunas, *Fruitful Sites: Garden Culture in Ming Dynasty, China* (Durham: Duke University Press, 1996), 31-32.（中译本见［英］柯律格：《蕴秀之域：中国明代园林文化》，孔涛译，郑州：河南大学出版社2019年版。此处为译者所译。——译者）

② Craig Clunas, *Fruitful Sites*, 26.

无休无止的空虚日日侵心。与其他的创伤幸存者相比,奕谖采用了更为精炼的诗篇进行记录,他紧紧抓住了失去的事物,来丰富他眼前所看到的“骨架”(bones):

> 庭院无人柿叶红,河边芦荻舞西风。
> 一腔慷慨悲秋意,付与苍茫落照中。(其一)
> 满径蓬蒿叶作堆,朅来重问劫余灰。
> 平泉木石寻常事,岂效区区儿女哀。(其二)
> 犹记当年景物新,亭前花鸟趁芳春。
> 繁华销尽红羊劫,却望青松是故人。(其三)
> 欲觅巢痕已惘然,残山剩水剧堪怜。
> 伤心岂为园林感,一带苍生尽倒悬。(其四)[1]

在中国的诗学传统里,秋天正是哀悼的季节。奕谖用这个传统来抒发自己新的哀愁。当年的游人仍然享受着花园的欢愉,我们可以想象,在英法联军将北京的这一角落变为废墟之前,他们在此吟诗作对,观剧纵酒。奕谖描绘了灾难的目击者:泉、木、石,这些都是传统花园的“骨架”。它们残存,则记忆得以留存。他在二十岁出头时写下此诗,作为一个年轻人,奕谖渴望具有超越他当时年龄的睿智。他呼唤着青松如故人的陪伴。在这组诗的几行诗句中,他试图描绘他在战火中失去乐园之外的无尽痛苦。他走出园林,如努兰建议的那样,哀叹个体的、共同的丧失,就像是自己的孩子死在了这里一样。伤害他至深的不仅是残败的花园景象,更是接手这个“倒悬”世界的苍生的命运。

威廉·华兹华斯(William Wordsworth)也能理解这种精神真理。他在早于奕谖一个世纪之前写下了献给廷腾寺的著名颂歌。英国诗人前往曾经美不胜收之地,在它的废墟之中,或许就面对着破败的景观,歌颂着扩大意识的可能性。落日的余晖下,

① 奕谖:《蔚秀园小憩感旧四首》,载《九思堂诗稿》卷四,第15页。

似乎正是廷腾寺屋顶上的破洞振奋了他的精神。它们成为思绪中其他事物的放大镜。奕谖也看到了眼前的残缺，虽然他并没有和华兹华斯一样采用欢庆的语调。圆明园周遭破败的亭台阁榭伤害了他个人的感情，提醒他在逃避政治灾难时他本人和家族所遭受的权力损失。确实，他的思绪主要集中在个人所遭受的丧失，然而，与伤痛的密切以及由此造成的悲伤的程度，让这位满族诗人与《廷腾寺》的作者有所区别。当我们试图将他和其他 19 世纪前往圆明园的游览者进行比较时，与灾难的接近也让奕谖的诗歌格外不同。在灾难发生后的十年之中参观圆明园，在海淀的断壁残垣之中流连一整天，成为学者、诗人和艺术家们前往北京时必须履行的一种仪式。每个人在此处都能够找到一些刺痛灵魂、燃烧思想的东西。然而，没有任何一个人能像奕谖一样，如此关切，如此悲痛。

在悲痛之外，他的记忆之中还有另一部分难言的情绪，那就是羞愧。奕谖一再重返花园，并不仅仅是怀念昔日的荣光，也不仅仅是凭吊个人的悲伤。他返回是因为这里能让他面对一种不能宣之于众的黑暗。确切地说，他是一位皇子，花园来自皇室的赐封，因此，它的毁灭不仅仅只意味着某一次政治失利。奕谖的游园诗展现了他试图实现蔚秀园理想的失败。他希望描绘出蔚秀园的完美，他尝试过，他失败了。在中文中，“蔚”是一个书面语，其义为天赐的丰盛，“秀”则代表着优雅、茂盛、没有阴霾之地。咸丰十年(1860)之后，再无丰盛的、优雅的景象，内外阴云交织。

年纪渐长的奕谖如悲伤的咏叹调一般反复咏叹旧园的名字。每当他用毛笔书写下这三个汉字，一些东西便在宣纸上又死亡了一次。这种反复的哀悼拉近了奕谖和今天的我们之间的距离，让我们得以体会他的不安。我们并不拥有壮观的园林，却也在某种程度上被迫分担了他的哀伤以及耻辱：

宸翰钦颁蔚秀园，劫余榱栋迹犹存。

补天难觅娲皇石，俯首羞过禁御门。①

这种耻辱的表达很明显是中国式的。断壁残垣是一种政治权力倾颓的传统隐喻。同样，试图补天的女神女娲对今天时空中的我们来说也遥不可及。但是，寒夜之中的奕譞不再孤单，我们也与他同甘共苦。不仅是老去的诗人，我们也不得不去重新面对灾难。

随着奕譞渐渐老去，他的悲伤呈现出更加黑暗的色彩。他前往蔚秀园倾听北风的怒吼，冰封的柳树和沙沙作响的竹子成为无法用文字填补的空虚的标记。他对这片废墟的忠诚，让后来的蔚秀园游客们能够对园林和记忆产生新的想法。美国建筑学家亨利·墨菲(Henry K. Murphy)是能以新鲜的目光看到这一地域的可能性的人之一。墨菲受到委托，要为燕京大学设计修建一座新的校园，他从海淀旧日的皇子花园中寻求灵感。20 世纪 30 年代初，蔚秀园被卖给了这个基督教教会学校，并被改造成一个环境优雅的未婚员工宿舍。② 和奕譞一样，出身于耶鲁的建筑师墨菲将自己视为记忆的考古学家，完成了这一任务。他致力于设计一座全新的自由艺术殿堂，用以保存中国历史文化的活力。在破败亭苑和废弃园林的旧址上，如今飞檐荫庇之下的建筑能够经受得住战争和革命的考验。奕譞在砖石瓦砾里为深爱的蔚秀园构建了一种诗意的记忆，墨菲没有过悲伤和耻辱的经历，他以一双外国人的眼睛丈量了同样的土地，看到了重建中国特色美学的可能性。清朝诗人和美国建筑师，都给予了它应有的文化记忆。

---

① 奕譞：《寒不成寐挑灯阅吟古镜斋诗集辄次其韵》(其三)，载《九思堂诗稿续编》卷三，第 57 页。

② Jeffrey W. Cody, *Building in China: Henry K. Murphy's "Adaptive Architecture", 1914-1935* (Seattle: University of Washington Press, 2001), 117.

诗歌和记忆：不可言说的描述

随着时间的推移，记忆融入了北京西北的土壤之中。然而，要对其复杂的层面加以深入分析，需要有一双训练有素的眼睛。正如余凯思在讨论张贤亮的小说《习惯死亡》时所指出的，在20世纪50年代和60年代针对知识分子的历次运动中，记忆本身成为一种攻击的对象。文化失忆是一种政治需要，也是个体的生存策略。

但是，灵魂受到创伤的作家们，譬如张贤亮，不管感受了多么大的压力，他们都迫切地渴望重建过去的经历。甚至当他们被关押，没有任何机会和旁人分享记忆时，他们都会找到各自的方式保留着记忆中过去的吉光片羽。比如说，哲学家朱光潜被关押在北京大学校园中时，他眺望着鸣鹤园遗址中翼然亭的飞檐，从而得以保存自己的神智。[①] 在这个语境中，纪念变成了散乱的思绪与存留的肉体在记忆空间中达成的一种沉默协定。在中文中，“纪”这个字就代表着这种观点，它的本意是努力在一大束丝线中抓住其中一条。正如织布机中的一条丝线，思绪被文字记录、加密、固定，从而也就能够将过去编织进入现在。在政治灾难发生之时，这种思想的纺织品磨损得更快，让它们保持完整的挑战也随之更为艰巨。

怀抱着一颗破碎的心，奕譞全心地迎接这种挑战。他在朝廷上的地位越高，慈禧给他的特权越大，他越需要保持与蔚秀园废墟之间的协定。作于光绪三年(1877)春节后第十九天的一首诗展现了他表达纪念的强烈情绪：

> 溪涨晴浮树色匀，西山云羃失嶙峋。
> 农田浸润心田畅，世界澄清眼界新。
> 小遂烟霞偕隐志，应参泉石再来因。

---

① 季羡林：《他实现了生命的价值——悼念朱光潜先生》，载《朱光潜纪念集》，合肥：安徽教育出版社1987年版，第25—30页。

渔村花市寻常过,底事斯游默怆神。[①]

诗歌描写的是一个清新充盈的季节,自然界一片郁郁葱葱,诗中却营造出一片阴暗色彩。奕譞在此描述的是克罗齐在多年后的一篇历史编纂学文章中所分析的情景:他选择了“睁着眼睛做梦”,他的双眼凝视的并非眼前涨水的溪流或者云层遮盖的高山,而是咸丰十年(1860)战火硝烟中的地平线。奕譞因公务追随皇太后出行,他此时的情绪本应该“心田畅”,即心情舒畅。朝臣们都有意地磨灭了记忆的锋芒,就像张贤亮下放劳改的岁月一样。

乍一看来,一位位高权重的皇子的世界,与在隐秘日记中偷摸记录只字片语的牛棚劳改人员是风马牛不相及的。然而,奕譞选择了同样的困境。这首诗公开地说出了他的“隐志”,他的一个秘密愿望是再度游览被毁的园林。和以往一样,这又是一种与蔚秀园的回忆片段所达成的协定,“泉石”是它的基石,日后墨菲在建造燕京大学校园时将它们发扬光大了。光绪三年(1877),园林的灵魂提醒着诗人他们之间的秘密承诺。哪怕陪同在皇太后身边,他也要为逝去的一切发声。旧日的渔村依然伫立,花市上依然售卖着鲜花。然而,最为鲜明的是已经完全缺失的,记忆中的过去难以为文字记录万一。

与无法言说相斗争,是所有试图描写记忆的诗歌的特点。准确地来说,由于过去是脆弱的、易逝的梦境,难以为严谨的文字所保存。如果只是记录春天的美景,也许堆砌一些陈词滥调就足够了。但是接近不幸的阴暗内核,让奕譞进入了一个诗人难以自如表达的领域,这也是普利策奖得主、诗集《野鸢尾》的作者露易丝·格丽克(Louise Gluck)也很熟悉的一个领域。在与诗集同题的诗作《野鸢尾》中,她通过描绘自然来帮助我们看到与记忆的战

① 奕譞:《十九日赴蔚秀园道中作》,载《九思堂诗稿续编》卷一,第50页。

争。和一个世纪之前的奕譞一样，美国诗人借助了水和石、天和花的声音，来传达一种阴暗的真理：

当知觉
埋在黑暗的泥土里，
幸存也令人恐怖。
…………
你，如今不记得
从另一个世界到来的跋涉，
我告诉你我又能讲话了：一切
从遗忘中返回的，返回
去发现一个声音……①

在这首诗中，发现声音的是野鸢尾。诗人不是集中营的幸存者，更不是因为额尔金的炮火和慈禧太后的强制而保持缄默的清朝皇子。表面看来，格丽克的诗歌是一种自然的倾诉。在此之下，暗中却显露出一种更为黑暗的视野，让做着白日梦的人的目光超越可触知的世界。

奕譞应该能够理解"当知觉埋藏在黑暗的泥土里"，幸存是多么恐怖。当他的儿子被抢夺去继承皇位，当军资被挪用去修建一座充其量不过是真正伟大事物不起眼替代品的园林，他知道这种在朝堂之上不能发声的恐怖。他和格丽克的野鸢尾一样，与文字一起与遗忘相斗争。奕譞的诗歌检验也确认了记忆和文字之间的连接。联系到中国传统中"纪"的意义在于对历史的把握，他让记忆成为他最为重要的主题。然而，奕譞在有限空间之中如此小心翼翼所盘桓的虚无，他的直接继任者并没有认识到其中的价值。不管是皇室的改革者还是反清革命者，都需要以对过去更为坚定

① 《野鸢尾》，见［美］露易丝·格丽克：《月光的合金》，柳向阳译，上海：上海人民出版社2016年版，第21—22页。

的视野来调整具体的政治行为。在20世纪的第一个十年中,奕譞诗意的冥想不过是一阵耳旁风罢了。

然而,考虑到我们最近经历的暴行,我们或许能够重新倾听这位离世已久的清朝皇子的声音。他始终忠诚于这片灾难遍布的土地,让他和自愿成为见证者、抵抗强行的遗忘的现代诗人心心相通。和他们一样,奕譞与无法言说相斗争。21世纪的灾难幸存者们也知道言语无法传达他们目睹的一切。清朝皇子再三地回到蔚秀园,如果他站立在奥斯威辛的大火或纽约世贸大厦的裂缝之前,他能够理解这一点。他盘桓于更为温和的虚无,但毫无疑问那也是一处虚无。

奕譞并没有预料到他的多首诗作有可能填补空虚,弥补丧失。它们至多只是持久悲痛边界上的指示牌。今天看来,他的多数诗歌并不能称为杰作。它们陈腐的表达以及作者高高在上的表述,使得许多批评者们将其忽视。他首先是一位皇子,而非一位诗人。他从未抵达过诺贝尔奖得主切斯瓦夫·米沃什(Czeslaw Milosz)的高度,米沃什曾经写下过这样的诗句:

> 不能拯救国家和人民的
> 诗歌是什么?
> 一种对官方谎言的默许,
> 一支醉汉的歌,他的喉咙将在瞬间被割断,
> 二年级女生的读物。
> 我需要好诗却不了解它,
> 我最近发现了它有益的目的,
> 在这里,只是在这里,我找到了拯救。①

---

① Czeslaw Milosz, "Dedication", in *Against Forgetting: Twentieth-Century Poetry of Witness* (New York: W. W. Norton, 1993), edited by Carolyn Forché, 437-438.译文引自《献词》,见[波兰]切斯瓦夫·米沃什:《米沃什诗集 I 冻结时期的诗篇》,林洪亮译,上海:上海译文出版社2018年版,第82—84页。

波兰诗人找到了姗姗来迟的拯救，哀悼园林的清朝皇子却并未找到。在后者的传统里，也从没有出现过反对为二年级女生或者濒死的醉汉写诗的警告。儒家思想认为，诗歌应该成为表达哀声的一种载体，唐代韩愈曾经强化过这一观念。奕譞理解这种危险，他发现柔婉的诗句再不能治愈他在蔚秀园撕裂的伤痕。咸丰十年(1860)之后的数十年里，他写下的诗句源自丧失，来之不易。

海淀的废墟让奕譞有大量的机会看到残碎的景象。每一次走出紫禁城的旅程，特别是在同治九年(1870)年末和光绪六年(1880)年初，皇太后开始营造新的颐和园，让他有机会重新思考丧失。此时他在旅程中写成的诗歌，成为一种讲述难以言说的真相的方式：新建造的园林无法补偿被摧毁的壮丽景观。

在21世纪的开端，这些丧失不仅仅是被摧毁的壮丽景观，也是遗留给我们的问题。它们承载着暴力，即便奕譞在最可怕的梦魇中也未曾设想。然而，准确地说，因为暴力的强度在我们的时代发展得如此之快，我们可以在他所创作的关于更早、更温和的有关灾难的诗歌中找寻新的意义。它们将帮助我们为那些无法描述的或是在公共领域过于源源不断的事件找到合适的表述。

某种程度上，诗歌是在幕后完成记忆工作的。它们将丧失置于回忆的中心，从而加固了过去的经历。奕譞精心描述的虚无，让我们得以直面私人的同时也是文化的景观。威廉斯将此称为"被轻视的诗"(despised poems)的领域——它是历史伤害的心灵得到抚慰的源泉：

> 我的心灵苏醒了
> 想给你带去新的讯息
> 关于你
> 也关于很多人
> 传来什么新的东西呢
> 你找不到它
> 除非是在被轻视的诗中

很难
从诗歌中得到消息
但人们每天都在悲惨地死去
因为他们没能在诗中发现讯息①

奕譞也一样用诗歌为我们提供“新的信息”。在本文中,我冒昧地引用他的诗句来贴近21世纪的历史困境。但是,他无疑对逝去的历史具有更为深切的关注。如果我们在今天能够重新听到他的声音,那是因为我们需要他的声音。如果我们可以重新获得能力,聆听一位19世纪清朝皇子带来的“新的信息”,我们也许可以更有技巧也更为优雅地面对我们自身的丧失。

李芳 译

① William Carlos Williams, “Asphodel, That Greeny Flower”, in *Selected Poems* (New York: New Directions Publishing Corporation, 1969), 150.

英雄主义的性别化：明清女性的《满江红》词*

[加拿大]李小荣(Xiaorong Li)

诗和词都属于晚期帝制中国（明清)的女性作者积极参与创作的主要体裁。① “豪放”与“婉约”作为词类美学与诗学中的两种概念也许起初主要指向传统中男性作者的文本表现,然而由于一大批明清女性词人的参与,以及她们的性别意识在文本创作中所起的作用,使得这一问题变得更错综复杂。在她们的写作中,对志向抱负的有力表达和对性别不平等的不满都格外令人瞩目。许多流传甚广的词句都体现了这些情感,比如:“算缟綦、何必让男

---

* 英文原文见“Engendering Heroism: Ming-Qing Women's Song Lyrics to the Tune *Man Jiang Hong*”, *Nan Nü: Men, Women and Gender in Early and Imperial China*, vol. 7, no. 1 (2005): 1-39。本文最初于2003年3月27日至30日在纽约亚洲研究协会年会上发表。我非常感谢我的导师方秀洁(Grace S. Fong)所给予的指导和鼓励。我还要对提供了宝贵评论与建议的叶山教授(Robin D. S. Yates)、何谷理教授(Robert Hegel)、白润德教授(Daniel Bryant)、管佩达教授(Beata Grant)和宋汉理教授(Harriet Zurndorfer),以及两位匿名评审表达衷心的感谢。他们使我对本文中的一些关键问题进行了进一步思考。我还要感谢林思果(Sara Neswald)帮忙改进了一部分诗歌翻译。

① 近年来邓红梅对女性词史进行了全面的研究,她以明清时代为发展高峰。参见邓红梅:《女性词史》,第五章至第十三章,济南:山东教育出版社2000年版。有关清代女性词作成就的总体评价,参见张宏生:《清代词学的建构》,南京:江苏古籍出版社1998年版,第164—184页。

儿,天应忌。”“身不得,男儿列。心却比,男儿烈。”[①]学者经常引用这些词句来显示女性作者们强有力的声音及其不同凡响的思考方式。[②] 但是这些词句并不是少数例外,许多女性词人,比如吴尚熹(生于 1808 年)与王筠(1749—1819),同样对于悲剧性的历史事件反应强烈,并深刻反思了身为女性的个人命运。[③]

有趣的是,这些来自女性的有力表达往往是凭借《满江红》这一词牌写就的。值得思考的是,这种形式只是一种随机的选择,还是一种有意识的文本策略?学者们已经开始关注这些女性的作品,但是还没有注意到她们借用这一形式的重要性。通过追溯这一词牌与豪放抒情模式共同演变的历史,以及检验与之相关的明清女性笔下的《满江红》作品,笔者提出,这些女性词人对于这种形式的运用其实是她们从性别意识的角度出发、对词类传统强硬有力地介入及干预。在这种文学语境中,那些我们之前提到的作者抒发了她们对于性别不平等的不满。在被女性借用之前,英雄主义的词作长久以来作为一种男性化的象征空间,与代表事业与成就的男性社会紧密相连。那么女性如何跨越性别界限,在她们的词中使用这样一种男性气质明显的诗歌模式?传统英雄模式对于女性作者有什么含义?她们如何以一种能嵌入自身性别身份的方式对传统的书写模式进行改造?如雷迈伦(Maureen Robertson)

---

① 这两句分别引自顾贞立(1623—1699)和秋瑾(1875—1907)的作品。有关顾贞立的词句,参见顾贞立:《栖香阁词》,载徐乃昌编:《小檀栾室汇刻闺秀词》,第 3 集,哈佛燕京图书馆复印清光绪二十二年(1896)南陵徐氏刻本,第 7b 页。有关秋瑾的词句,参见秋瑾:《秋瑾集》,上海:上海古籍出版社 1991 年版,第 105 页。

② 例如,参见张宏生:《清代词学的建构》,第 168 页;Grace S. Fong, “Engendering the Lyric: Her Image and Voice in Song”, in *Voices of the Song Lyric in China*, edited by Pauline Yu (Berkeley: University of California Press, 1994), 138-143.

③ 有关吴尚熹的生平和词作的简要介绍,参见邓红梅:《女性词史》,第 408—415 页。关于王筠,参见 Paul S. Ropp, “‘Now Cease Painting Eyebrows, Don a Scholar’s Cap and Pin’: The Frustrated Ambition of Wang Yun, Gentry Woman Poet and Dramatist”, *Ming Studies* 40 (1998): 86-110。

所问:“她们能够通过某些特定的协商改造(negotiation),在由男性气质建构的语言与文学媒介中展现她们自己的社会性别意识吗?”①从这些问题出发,本文将考察明清女性在尝试书写《满江红》这类看似无法容纳女性主体性的豪放词时的文本策略。诸如雷迈伦和方秀洁等女权主义学者,已经为女性作者与文人诗词传统的协商改造提供了重要的理论以及批判性研究。② 但是她们的研究更多地集中在女性对于文人女性化声音的重写。通过关注女性对于男性化抒情模式的借用,本文希望能够丰富对这一具有活力的女性诗词创作源泉的认识。

在此有必要澄清一些本文的批评立场及文中所采用的阅读方式的理论前提。首先,笔者将女性书写作为一种分析类别,这不仅仅是因为作者的生理性别,还因为女性是一种在社会与意识形态上被建构的类型。我相信所研究的女性诗人共享一些普遍的社会与文化经验,她们的社会性别意识在不同程度上影响了她们参与意义生产的方式。因此,根据不同的标准,她们书写中所反映的性别立场既可被视作是单人的,也可被视为是代表多数的。当她们意识到女性是一种与男性对立的、统一的社会群体时,她们也在书写中对标准化的女性气质作出了不同的反应。其次,我将被检验的诗歌文本视作一种关乎作者历史经验的记录,以及一种符合体裁惯例预设的作者意图的表达。③ 这不意味着我会简单地把文本

---

① Maureen Robertson, “Voicing the Feminine: Constructions of the Gendered Subject in Lyric Poetry by Women of Medieval and Late Imperial China”, *Late Imperial China* 13, no. 1 (1992): 63-110, 65.

② 参见 Maureen Robertson, “Voicing the Feminine”; Grace S. Fong, “Engendering the Lyric”。

③ 有关中国传统诗歌在接受背景下的非虚构性质的讨论,参见 Stephen Owen, *Traditional Chinese Poetry and Poetics* (Madison: University of Wisconsin Press, 1985), Chapter 2。(中译本见[美]宇文所安:《中国传统诗歌与诗学:世界的征象》,陈小亮译,北京:中国社会科学出版社 2013 年版。——译者)词作为一种自我表达的载体,其演变十分复杂,但可以肯定地说,英雄词是一种诗人自我表达的公认形式。

当作是作者真实经历与情感的一种一览无余的记录,相反,我把文本视作是一种个体作者署名下的自我描述,不仅在作者自身的创造中,也在读者的理解中被如此接受。第三,虽然我意识到任何在后现代主义的论争中被提出的文本都具有被建构的本质,但我并不仅仅视女性书写为一种脱离了女性历史主体的话语或表达,①而是承认书写主体的文学能动性。

作为在社会与文化上被定义的一个群体,女性在文学实践中的参与是很复杂的,但《满江红》与英雄主义之象征空间相交叉的层面,为我们提供了一个具体的角度来探讨这一问题。② 在浩若烟海的明清女性词作中,笔者选出四组《满江红》词作,以此展现女性作者为了表达她们自身的关切与情感,而与传统抒情形式和语言进行协商改造时的不同方式。本文的分类远不足以涵盖这一文学实践的复杂性,但仍提供了一种能够阐明女性运用文学传统进行自我表达的方式。更重要的是,这四组女性《满江红》词作构成了一系列关乎作者对于她们在社会中的特定境遇与女性角色感知的细微差别。

《满江红》与英雄模式

我们通常认为,词最初是根据乐谱来创作的,之后才发展为一种独立的韵文形式。一个词牌名代表着一种音乐源头的遗迹,而词牌则继续以一种具备了词作者需要遵守的结构与声调规律的模

---

① 我在这里的理论立场是对关于女性这一批判性概念、女性主体性以及文本分析中(女性)作者的论争的一种回应。与女性主义文学批评有关的辩论的全面综述,参见 Mary Eagleton, "The Death of the Woman Author?", in *Working with Feminist Criticism*, edited by Mary Eagleton (Oxford: Blackwell Publishers, 1996), 65-76。

② 女性还会使用其他词牌,诸如《金缕曲》和《永遇乐》,来书写历史评论并表达自己的强烈情感。但是《满江红》是最常被使用的,尤其是在表达反对性别不平等的情感方面。在本文的有限范围内,我想着重介绍《满江红》词所凸显的范围。

式而存在。《满江红》是一种被广泛使用的、由上下阕组成的长调。根据《词牌汇释》（它记录了数则关于解读《满江红》的资料），《满江红》的格式依据字数的不同有诸多变体，但它可以按照韵律的声调分为两种子类型：仄声韵与平声韵。① 前一种类型更为常见。②

没有一种韵律学资料表明词牌与特定主题之间会有所关联。当我们浏览无数出自《全宋词》以及诸如《全清词》等稍后时期的词总集里的《满江红》作品时，我们会看到，这些作品囊括了多种多样的主题与风格。③ 词人显然很自由地使用这个词牌来书写任意主题。不过，我们还是可以观察到一种普遍趋势：词人在婉约词中更倾向于使用平声韵，在豪放词中则倾向于仄声韵。④ 许多学者已经注意到，《满江红》在豪放词中是最常被使用的词牌，虽然他们并没有多加注意韵律上的两种变体。⑤ 龙榆生对仄声韵《满江红》的听觉特性的解读有助于我们理解词人在尝试豪放模式书写时的形式偏好：它在声音上更有活力，更适合于建构男性化的品质。⑥ 因为词的旋律早已丢失，他的看法大概基于韵律中入声字的音乐特性——发音短促，强烈且有力。⑦

---

① 参见闻汝贤：《词牌汇释》，台北：龙泉街 1963 年自刊本，第 609—610 页。

② 《词牌汇释》中引用的《姜白石词注》表明，最初仅存在仄声韵的《满江红》。姜夔（约 1155—1221）首次在创作新词时使用了平声韵，因为他认为旧韵并不悦耳。但是姜夔对平声调的使用似乎很不寻常。龙榆生在关于词牌和格律的研究中，认定仄声韵更为常用。龙榆生编撰：《唐宋词格律》，上海：上海古籍出版社 1978 年版，第 106 页。

③ 唐圭璋编：《全宋词》，香港：中华书局香港分局 1977 年版；南京大学中国语言文学系全清词编纂委员会编：《全清词 · 顺康卷》，北京：中华书局 2002 年版。

④ 本文中所有引用的《满江红》皆为仄声韵。

⑤ 例如，参见 Kang-i Sun Chang and Haun Saussy, eds., *Women Writers of Traditional China*（Standford: Standford University Press, 2000）, 816。

⑥ 龙榆生编撰：《唐诗词格律》，第 106 页。

⑦ 在传统的汉语语音学中，仄声这一大类包括三个子类别：入声、上声和去声。然而典型的豪放风格的《满江红》更多以入声字押韵。

北宋诗人苏轼（1037—1101）的《念奴娇·赤壁怀古》通常被看作是豪放风格的开山之作。但在诸如南宋诗人岳飞（1103—1142）和辛弃疾（1140—1207）的笔下，豪放词才成为被广泛认可的文学现象。豪放派更多的是南宋历史环境下的产物。靖康二年（1127），北宋王朝因金人入侵覆灭之后，宋朝的爱国者坚持抗敌，哪怕朝廷上以高宗（1127—1162 年在位）和秦桧（1090—1155）为代表的主和派继续主张通过妥协与金人议和。① 岳飞是当时抗金的领袖，他一生投身军戎，最终却因为秦桧的阴谋而被皇帝处死。② 他在死后成为英雄模范，至今仍被视作爱国情怀的象征。以下这首据说是岳飞所作的《满江红》也广为传唱：③

> 怒发冲冠，凭阑处、潇潇雨歇。抬望眼、仰天长啸，壮怀激烈。三十功名尘与土，八千里路云和月。莫等闲、白了少年头，空悲切。　　靖康耻，犹未雪。臣子恨，何时灭。驾长车踏破，贺兰山缺。壮志饥餐胡虏肉，笑谈渴饮匈奴血。待从头、收拾旧山河，朝天阙。④

这首《满江红》一共有九十三个字。上阕使用了四个仄声韵

---

① 关于南宋历史变迁和政治冲突的一般性研究，参见 Frederic W. Mote, *Imperial China, 900-1800* (Cambridge: Harvard University Press, 1999), 193-322。诸如牟复礼（Frederic W. Mote）等西方学者倾向于把秦桧 Qin Hui 读为 Qin Gui，但按照惯例，"桧"字在用于人名时应读为"huì"。

② 有关岳飞的军事生涯及其悲剧性死亡的讨论，参见 Frederic W. Mote, *Imperial China, 900-1800*, 299-303。关于岳飞，另参见 John E. Wills, Jr., *Mountain of Fame: Portraits in Chinese History* (Princeton: Princeton University Press, 1994), 168-180; 陶尔夫、刘敬圻：《南宋词史》，哈尔滨：黑龙江人民出版社 1992 年版，第 27—33 页。

③ 对于此词的作者是谁，学者的看法有所不同。尽管中国读者和许多学者相信这是岳飞的作品，但是仍有学者，例如牟复礼，怀疑它是后人写就的。参见 Frederic W. Mote, *Imperial China, 900-1800*, 305。对本文而言，重要的不是作者身份的真实性，而是岳飞形象与写作的遗绪。

④ 唐圭璋编：《全宋词》卷二，第 1246 页。Grace S. Fong, transl., "Engendering the Lyric", 139-140.除了明确出注之处，本文中引用的诗词均由我本人完成英译。

脚:歇,烈,月,切;下阕有五个仄声韵脚:雪,灭,缺,血,阙。这些字全部属于入声,具有强有力的音色。通过激烈的语言、强大的意象、有力的音调,这首词鲜明地展现了一位英雄内心的复杂情感:愤怒,伤感,对敌人充满怨恨,又羞愧于自己壮志未酬,但他仍很执着英勇,并坚信自己能杀敌复国。这类典型的战争英雄的形象充满了理想的男性气质。如方秀洁所说,"坚定的动力,隐忍的愤怒与失望,以及执着的决心,都在传统上被看作是男性化的情感"①。照此看来,岳飞的作品为英雄主义词作提供了"一种典范性的版本"②。"它使《满江红》成为最受欢迎的豪放词词牌,尤其是对于那些表达忠诚与爱国情怀的作品来说。"③

岳飞的词诞生于一个特定的历史语境。这首诗提及了靖康之耻(1127),也就是北宋最后两个皇帝——徽宗(1100—1125 年在位)和钦宗(1126—1127 年在位)被囚禁的那一年,也将敌人明确地称之为"胡虏",这些都为读者指明了它的历史背景,并直白地表露出作者对宋朝的忠心。岳飞的词作即是那个时代爱国情怀的典型代表。例如,与他同一时代的赵鼎(1085—1147)也在他所作的《满江红》中表达了相似的意图与情感。④ 在这之后的词人也效仿过岳飞的作品。罗郁正(Irving Yucheng Lo)在他关于南宋词人辛弃疾的研究中观察到,辛弃疾不仅完全采用了与岳飞相同的格律,还使用了一样的韵脚。⑤ 其他词人诸如刘克庄(1187—1269)与黄机(12—13 世纪)也留下了不止一首《满江红》,他们都使用了相同的格律,共同书写着长久存在的主旨:对宋朝的忠心,抵抗

① Grace S. Fong, "Engendering the Lyric", 140.

② Ibid.

③ Ibid.

④ 关于南宋早期爱国词发展的讨论,参见陶尔夫、刘敬圻:《南宋词史》,第 1—34 页。关于赵鼎的《满江红》,参见唐圭璋编:《全宋词》卷二,第 944 页。

⑤ Irving Yucheng Lo, *Hsin Ch'i-chi* (New York: Twayne Publishers, 1971), 62.

外族侵略的决心，以及面对令人不满的政治现状的失落。[1] 这些例子都表明，南宋爱国词人对能抒发胸臆的词牌《满江红》的偏好，以及对这一形式的文化意蕴的进一步强化。

岳飞所象征的英雄理想长久地激励着后人。在元代，岳飞崇拜开始兴起。在明代，特别是正统十四年(1449)蒙古入侵之后，朝廷开始兴建岳飞庙。[2] 作为一个忠于中原王朝的军事英雄，岳飞的形象对于危难时期的中国人来说有着举足轻重的象征意味。有证据显示，岳飞的文学遗产也广为流传，并被创造性地应用于晚期帝制中国的新历史语境中。清代官员田兴恕(1836—1877)的案例值得我们注意。田兴恕是晚清时期的贵州提督，但在同治元年(1862)因处死法国传教士而被朝廷革职并发配新疆。田兴恕在流放新疆时创作了一首《满江红》。在词序中，他以自传式的叙事起笔。他声称他的母亲将"精忠报国"这四个字文在了他的手臂上，就像传说中岳飞的母亲所做的那样。他强调了自己和岳飞政治立场的相似性："起行伍而少年建节同；梗和议而获戾同。"[3] 这是第二次鸦片战争的时候，"和议"大概指的是清政府与欧洲侵略者签订的外交妥协条约。在最后他声明，"缘是僭拟忠武《满江红》词一阕以见志"[4]：

> 虹吐龙泉，冷边月、相看不语。问苍昊、几重天界，是人来处。节钺折磨豪侠胆，英雄退后神仙步。奈扪心、多少未酬恩，难抛去。　　腥血溅，阵云怒。惊残梦，乌啼曙。泪斑斑洒热，阴山冰树。鹰隼翅翻沙漠起，鲸鳌背踏沧溟渡。缚降

---

① 关于刘词，参见唐圭璋编：《全宋词》卷四，第2612—2614页。关于黄词，参见唐圭璋编：《全宋词》卷四，第2532页。

② Frederic W. Mote, *Imperial China, 900-1800*, 304-305.

③ 尤振中、尤以丁编著：《清词纪事会评》，合肥：黄山书社1995年版，第871页。

④ 同上。

王、还阙解征袍,扁舟暮。[1]

田兴恕的词表达了与岳飞相似的强烈情感。他愤懑于壮志未酬,渴望以战绩向朝廷一表忠心。不同的是最后一句所暗示的,他希望在功成名就之后解甲归田,远离庙堂。这大概与他作为流放者与罪犯的经历有关。田兴恕希望读者将他的行为看作是爱国之举。我们无法判定他的意图是否真实,但田兴恕对岳飞的认同,以及他采用的《满江红》词牌,显露了作为民族英雄的岳飞对新一代中国男性的持续影响。岳飞的《满江红》与它的文化内涵在中国历史上都占据了重要的位置。

在建构理想男性气概的品质时(诸如英勇、抱负、决心、忠诚等),男性诗人直白且自豪地使用了性别化的词汇:"英雄事,曹刘敌""帐下健儿""男儿热血,一腔难了"。[2] 这是词中与男人们的军事抱负、政治野心紧密相关的一个男性化的空间。在对中国文学里英雄概念的讨论中,罗郁正指出:"一位中国英雄必须是一个具有杰出感受力、个性以及才华的男人;一个有着巨大的勇气和智慧的男人;并且,他很可能意识到了自己的价值。"[3]英雄的概念在中国历史上不同社会文化的语境中有所不同,但罗郁正的观察代表了主流的诗歌表达。[4]

---

① 尤振中、尤以丁编:《清词纪事会评》,第 871 页。

② 这三句分别出自辛弃疾词,唐圭璋编:《全宋词》卷三,第 1956 页;刘克庄词,唐圭璋编:《全宋词》卷四,第 2612 页;以及蒋敦复(19 世纪 60 年代在世)词,尤振中、尤以丁编:《清词纪事会评》,第 693 页。

③ Irving Yucheng Lo, *Hsin Ch'i-chi*, 58.

④ 有关中国历史上虚构文学中英雄的各种属性的讨论,参见 Robert Ruhlmann, "Traditional Heroes in Chinese Popular Fiction", in *The Confucian Persuasion*, edited by Arthur F. Wright (Stanford: Stanford University Press, 1960), 141-176。我要感谢 Zhang Jie 提醒我注意到了这篇文章。有关清初小说中女英雄形象的研究,参见 Wai-yee Li, "Heroic Transformations: Women and National Trauma in Early Qing Literature", *Harvard Journal of Asiatic Studies* 59, no. 2 (1999): 363-443。

女性书写者与词的传统

虽然豪放风格可以简单算作是一种文本表现,并非特别地与男性性别相关联,但这类词的作者几乎都是男性。这种英雄主义的声音几乎没有从女性的生活空间中传出过。宋朝时期最出名的女性词人李清照(1081—约1155)确实写过一些能被归类为豪放风格的作品,但她仅仅在诗中触及了爱国主义题材。[①] 另一位广为认可的宋朝女词人朱淑真(12世纪左右)只在传统的女性化风格范围内写作。[②] 尽管如此,我们还是找到了一首女性署名的《满江红》,是来自宋朝宫廷女性王清惠(约1270年在世)的《题驿壁》:[③]

太液芙蓉,浑不似、旧时颜色。曾记得、春风雨露、玉楼金

① 在《词论》中,李清照坚持词在体裁上的正统婉约(女性化)风格。有关李清照的文章与词的英语翻译及讨论,参见 Wilt L. Idema and Beata Grant, *The Red Brush: Writing Women of Imperial China* (Cambridge: Harvard University Asia Center, 2004), 234-241。有关李清照和她的词论,参见 Shuen-fu Lin, "The Formation of a Distinct Generic Identity for Tz'u", in *Voices of the Song Lyric in China*, 26-29。

② 在最近的学术研究中,关于朱淑真作为女性作家的历史性存在讨论。有关朱淑真的生活和写作的资料分析,参见 Wilt L. Idema and Beata Grant, *The Red Brush*, 244-256。更多关于朱淑真的信息,参见 Wilt L. Idema, "Male Fantasies and Female Realities: Chu Shuchen and Chang Yü-niang and their Biographers", in *Chinese Women in the Imperial Past: New Perspectives*, edited by Harriet T. Zurndorfer (Leiden: Brill, 1999), 19-52。在这里我提到朱淑真,主要是出于对她身为女性诗人代表的广泛认可的考虑。

③ 题壁诗虽然数量不多,但却是公认的前现代中国女性写作的来源和形式。有关题壁诗,参见蔡九迪(Judith Zeitlin):《题壁诗与明清之际对妇女诗的收集》,载张宏生编:《明清文学与性别研究》,南京:江苏古籍出版社2002年版,第502—531页。也参见 Judith Zeitlin, "Disappearing Verses: Writing on Walls and Anxieties of Loss", in *Writing and Materiality in China: Essays in Honor of Patrick Hanan*, edited by Lydia H. Liu and Ellen Widmer (Cambridge: Harvard University Asia Center, 2003), 73-132。

阙。名播兰馨妃后里,晕潮莲脸君王侧。忽一声、鼙鼓揭天来,繁华歇。　　龙虎散,风云灭。千古恨,凭谁说。对山河百二,泪盈襟血。驿馆夜惊尘土梦,宫车晓碾关山月。问嫦娥、于我肯从容,同圆缺。①

王清惠是南宋度宗(1265—1274年在位)的妃子。在王朝覆灭后,她被带去了大都(当时元朝的首都)。人们相信,她这首唯一留存的词最初是写在前往北方途中的一所客栈的墙上的。② 为了传达出她作为亡国悲剧中一位后妃的经历,王清惠在书写中融入了很多唐代诗人白居易(772—846)的名作《长恨歌》里的诗句。通过将往昔的美好与今朝的荒芜进行对比,这首词写出了一位女性对于王朝覆灭的个人感受。在词的最后我们可以听到她的心声,她企盼化身为仙子嫦娥,逃离变化无常的人世。

与岳飞和其他男性诗人的作品不同的是,比起展现英雄志向,王清惠的词更能展现她的情感创伤。虽然这一单独的案例仍不足以让我们探索女性是如何参与了《满江红》这一男性化词牌的写作的,但它却展示了一个女性看待历史变迁的视角。而随着帝制晚期中国女性作家的不断涌现,以及关于女性写作的可利用资料的不断增长,我们最终得以具体地探讨这一问题。

在帝制晚期,尤其是清代,女性词有了长足的发展。这不仅体现在文本创作方面,而且在题材和风格上也变得更为丰富。在明清词人的笔下,女性词的视野极大地扩展了。重要的是,她们的书写不再局限于闺房生活这一主题。从明清王朝嬗代、太平天国起义到鸦片战争,女性生活在巨大的历史变迁和危机中,并深受其影

---

① 王清惠的词有两个不太一样的版本。这里我引用的是《宋词选》的版本。参见胡云翼选注:《宋词选》,香港:中华书局1986年版,第403页。另一版本参见唐圭璋编:《全宋词》卷五,第344页。

② 胡云翼选注:《宋词选》,第403页。关于王清惠,参见 Kang-i Sun Chang and Haun Saussy, eds., *Women Writers of Traditional China*, 112-113。

响，于是女性开始使用词来反映她们更广泛的社会和政治关怀。①

为了加入新的主题领域，女性作者必须对男性诗人所发展的诗歌模式进行改造。她们倾向于使用《满江红》这样的词牌来表现深沉的主题与强烈的情感。在继续介绍更多女性写作的例子之前，我想先从吴藻（1799—1862）的作品来说明女性对抒情传统的认可。吴藻创作了十首《满江红》，每一首都着重于一位历史人物。② 其中一首词着墨于岳飞，标题是《栖霞岭岳武穆王》：

> 血战中原，吊不尽、忠魂辛苦。纷纷见、旌旗北指，衣冠南渡。半壁莺花③天水碧，十围松柏云山古④。最伤心、杯酒未能酬，黄龙府。⑤　　金牌急，无人阻。⑥ 金瓯⑦缺，何人补？但销金锅⑧里，怕传金鼓。墙角读碑斜照冷，墓门铸铁

---

① 这一时期的女性还以其他体裁和形式撰写了历史和政治评论。例子参见 Paul S. Ropp, "Love, Literacy and Laments: Themes of Women Writers in Late Imperial China", *Women's History Review* 2, no. 1 (1993): 107-141。

② 吴藻：《香南雪北词》，载徐乃昌编：《小檀栾室汇刻闺秀词》，第 5 集，第 26a—29a 页。除了十首词以外，吴藻还创作了七首《满江红》，其中三首是历史评论，参见吴藻：《花帘词》，载徐乃昌编：《小檀栾室汇刻闺秀词》，第 5 集，第 38a—38b 页；第 2a—2b 页。其余四首与本文主题并不相关。参见吴藻：《花帘词》，第 1a—1b 页；《香南雪北词》，第 2b—3a 页；第 4b—5a 页。关于这些诗的部分英译，参见 Kang-i Sun Chang and Haun Saussy, eds., *Women Writers of Traditional China*, 602-603, 614-615。

③ "莺花"即艺妓和歌女，作者这里指的是败给金后南宋朝廷颓废的生活方式。

④ 这一句描述了岳飞墓的景象，松树和柏树的意象在传统中象征着不屈不挠的精神。

⑤ "黄龙府"指的是金国首都，如今位于吉林省长春市。据信，岳飞决定将其军事行动开展至金国首都。

⑥ 这两句指的是皇帝突然下令岳飞退出金国军事战役。有关细节参见 Frederic W. Mote, *Imperial China, 900-1800*, 303。

⑦ "金瓯"是《梁书·侯景传》里的典故，它象征着国家不可分割的完整性。参见姚思廉：《梁书》卷五六，北京：中华书局 1973 年版，第 862 页。

⑧ "销金锅"是南宋都城杭州西湖的代称。这个词暗示了以皇帝与朝臣为代表的南宋上流社会的奢靡生活作风。关于众多诗词对于这个典故的使用的例子，可以参见王荣初选注：《西湖诗词选》，杭州：浙江人民出版社 1979 年版。

春泥污[①]。爇名香、岁岁拜灵祠，栖霞路。

在这首仄声韵《满江红》中，女作者表达了她在参观岳飞墓时对岳飞及其历史遭遇的反思。通过一系列积极的爱国英雄形象与失落的政治现实的对比，她对历史的想象得以展现。作者既同情岳飞悲惨的命运，又对他英雄般的品质表示钦佩。早在吴藻的时代，岳飞作为忠臣的标志形象已被建立。如前所述，她对英雄的叙述中的许多细节都来自当时流行的故事。除此以外，吴藻还创作了《满江红・谢叠山遗琴二首》，在这首词中她哀悼了另一位南宋忠臣谢枋得（1226—1289，号叠山）。[②] 在这些词中，女性词人都没有直接针对自己身处的历史境况，也没有表达自己的英雄情怀，而是评论过往时代中发生的事件。通过《满江红》书写历史主题，作者发现了往昔在历史与文字中的联系。吴藻对这一形式的使用体现了一位女词人对于文学传统的认知，以及她对男性主导的政治领域中的历史事件所进行的尝试性反思。[③]

然而，明清的女词人不仅意识到这种形式与英雄主义诗学的关联，还进一步从她们的性别视角和取向上将自己的政治关切和英雄主义的情感镌刻入词中。以下各小节将着重讨论几位代表性的词人，探索她们在表现英雄主义主题和相关关怀的尝试中的微妙差别。

---

① 岳飞墓前的两个铁质雕像象征着秦桧和他的妻子。他们以跪姿来表示自己的愧疚，因为人们普遍认为秦桧直接造成了岳飞的死亡。

② 吴藻：《花帘词》，第 2a—2b 页。关于谢枋得的传记注释，参见 Kang-i Sun Chang and Haun Saussy, eds., *Women Writers of Traditional China*, 614-615。

③ 关于另一个女性运用《满江红》传统来表现男性化英雄主义的例子，参见顾姒：《满江红・泊淮慰夫子》，载杜珣选编：《中国历代妇女文学作品精选》，北京：中国和平出版社 2000 年版，第 380—381 页。关于这首词的英译，参见 Wilt L. Idema and Beata Grant, *The Red Brush*, 488-489。

遗民词：从闺中目睹动乱

明末清初的词人徐灿（约1610—1677之后）的作品代表了一种女性遗民词的早期表达。[①] 这些作品提供了第一种迹象，即女性作家开始运用词这一体裁来表达其政治情感。被当代批评家誉为“盖南宋以来，闺房之秀，一人而已”的徐灿，有意地选择了传统上与爱国主义相关的词调，比如《满江红》，以表达她的政治忠诚。[②] 她的词集《拙政园诗余》包含了一组六首的《满江红》词。[③] 作为一位生活在明清易代之际的女性，徐灿深切牵挂着王朝的陨落，并且重复使用诸如“故国”“乡关”这类词汇来表达她对于覆灭的明朝的强烈情感牵绊。以下是其中一首体现了典型的遗民心态的《满江红》：

过眼韶华，凄凄又、凉秋时节。听是处、捣衣声急，阵鸿凄切。往事堪悲闻《玉树》[④]，《采莲》歌杳啼鹃血。叹当年、富贵已东流，金瓯缺。　风共雨，何曾歇。翘首望，乡关月。看金戈满地，万山云叠。斧钺行边遗恨在，楼船横海随波灭。

---

① “遗民词”借用自孙康宜对徐灿词的讨论，参见 Kang-i Sun Chang “Liu Shih and Hsü Ts'an: Feminine or Feminist?”, in *Voices of the Song Lyric in China*, 169-187。但是我在更广泛的意义上使用它。虽然孙康宜常提到徐灿的作品表达了对明朝的忠诚，但我将该词扩展为也涵盖了其他女诗人对她们所处的朝代的忠诚和关注。有关徐灿的传记和她诗歌的部分英文翻译，参见 Kang-i Sun Chang and Haun Saussy, eds., *Women Writers of Traditional China*, 338-350。

② Kang-i Sun Chang, “Liu Shih and Hsü Ts'an,” 183.

③ 徐灿：《拙政园诗余》，载徐乃昌编：《小檀栾室汇刻闺秀词》，第2集。在徐灿所写的六首《满江红》中，有一首是写给王清惠的唱和词，其中徐灿并没有涉及王朝覆灭的主题，但表达了她对于王清惠作为薄幸女子的个人命运的看法。参见徐灿：《拙政园诗余》，第3a页。

④ 《玉树》即《玉树后庭花》，是陈后主创制的曲调名。它成为提及亡国之音时的惯称。

到而今、空有断肠碑，英雄业。[1]

这首词牌有九十三个字，与岳飞所采用的变体相同，且韵脚的用字与岳飞的作品几乎一致。与岳飞一样，女词人也在书写她对故国的热忱。她从一些意象起笔，但随后越来越直触主题。她家乡的民歌《采莲曲》，连美丽的夏天已经与和平时光一道逝去了。如今她听到的音乐是象征着亡国之音的《玉树后庭花》，还有使她联想到季节变迁与今非昔比的捣衣声：女人们正在为远在战场的男性家人准备过冬的衣物。象征国家领土完整的"金瓯"已被打破（"缺"），到处只剩下战后的伤痕：废弃的武器，血腥的行刑处，以及被遗弃的战船。所有的荣耀和光辉都不知所终，只有她的心变成了杜鹃，继续歌颂着她对美好时光的追忆。这首词表达了一位遗民对前朝的深切悲伤和怀旧之情。

与岳飞的积极态度和决心形成鲜明对比的是，徐灿的词却是忧心忡忡：那是对逝去的大好时光的哀悼，对战争和动乱的悲痛。她并没有自称英雄主义，而是描述了政治灾难造成的惨重损失。她可能期待着有英雄能够拯救她的国家，但只有一块记录了往昔"英雄业"的碑石留存至今，令她触景生情。她是作为一位旁观者在谈论英雄主义，而非参与者。她的生活受到历史悲剧的影响，她所能做的只是表达自己同情的反思。

正如许多学者所指出，徐灿遗民词的另一个显著特征在于一种政治热情和个人情感的混合。尽管这一特征在先前所引用的词中并不明显，但我们可以在其他几首作品中观察到。[2] 明朝灭亡之后，徐灿的丈夫、明朝官员陈之遴（1605—1666，字素庵）转仕清廷

---

① 徐灿：《拙政园诗余》，载徐乃昌编：《小檀栾室汇刻闺秀词》，第2集，第4a—4b页。我对最后两句的理解与伊维德（Wilt L. Idema）及管佩达的翻译有明显的不同，见 Wilt L. Idema and Beata Grant, *The Red Brush*, 434。（作者将这两句译为"There are only heartbreaking steles / To record heroic deeds!"——译者）

② Kang-i Sun Chang, "Liu Shih and Hsü Ts'an", 182；邓红梅：《女性词史》，第278—279页。

并身居高位,徐灿为她丈夫的政治选择而困扰。一些学者认为,在明亡前后她的丈夫纳了妾。[1] 这些学者提供的证据是徐灿的词:"凄凄似痛还如咽,还如咽,旧恩新宠,晓云流月。"[2]陈之遴的作品《遣姬诗》暗示他在明亡之前已经与其他女性同住北京,但没有更多的证据支持陈之遴纳妾的观点。[3] 笔者在其他研究里也曾发现,徐灿和陈之遴在他们漫长的婚姻中都表现出和谐、恩爱的关系。他们的问题(如果有的话)更多地取决于他们不同的政治立场。[4] 虽然很难将徐灿词中表达的情感与她的婚姻生活相联系,但她的许多词作确实表露出一种受历史和个人危机困扰的复杂情绪。

在《满江红·有感》中她写道:

> 乱后家山,意中愁绪、真难说。春将去、冰台初长,绮钱重叠。炉烬水沉犹倦起,小窗依约云和月。叹人生、争似水中莲,心同结。　　离别泪,盈盈血。流不尽,波添咽。见鸿归阵阵,几增凄切。翠黛每从青镜减,黄金时向床头缺。问今春、曾梦到乡关,惊鶗鴂。[5]

---

[1] 孙康宜也持该看法。参见 Kang-i Sun Chang, "Liu Shih and Hsü Ts'an", 179。

[2] 徐灿:《拙政园诗余》,载徐乃昌编:《小檀栾室汇刻闺秀词》,第2集,第9a—9b页。

[3] 陈之遴:《浮云集》卷一九七,载《四库全书存目丛书·集部》,济南:齐鲁书社1997年版,第662—663页。

[4] 在享受和睦婚姻的过程中,徐灿通过夫妻间的诗词交流,反复表达了她不同的政治立场,并敦促陈离开官场。参见 Xiaorong Li, "'Singing in Dis/Harmony' in Times of Chaos: Xu Can's Poetic Exchange with Her Husband Chen Zhilin During the Ming-Qing Transition", Paper for Workshop "Of Trauma, Agency, and Texts: Discourses on Disorder in Sixteenth- and Seventeenth-century China", April 23-25, 2004 (McGill University, 2004)。

[5] 徐灿:《拙政园诗余》,载徐乃昌编:《小檀栾室汇刻闺秀词》,第2集,第3b页。关于这首词的另一英译版本,见 Charles Kwong, transl., in *Women Writers of Traditional China*, 346-347。我对最后两句的理解与邝龑子(Charles Kwong)有明显的差异,他将这两句译为"This spring, did I dream of visiting my hometown / And startling the cuckoos?"(作者将这两句译为"I ask about this spring: did you dream of our hometown / Startled by the cuckoos?"——译者)

这首词以“乱后家山”起头,说明它是在明亡后不久写成的。徐灿并未选择在顺治三年(1646)跟随陈之遴投奔清廷。直到陈之遴上任一两年后,她与家人才搬到了北京。[①] 这首词的下阕所描绘的久别主题,表明它是陈之遴在北京期间写成的。这首诗没有描述那种典型的因丈夫赴任造成的分别。他们的分别发生在一个特殊的困难时期,当时作者尚未从亡明悲剧造成的情感创伤中恢复过来。当陈之遴离开北京,他不仅把她抛在了身后,还摒弃了她所崇尚的道德准则。因此,其后几行中所描述的沮丧和萎靡是源于她“真难说”的愁绪。她希望本心与真情互相联结(“心同结”)的愿望似乎也有更深的含义。

在词的结尾,作者向她并不在场的丈夫:“问今春、曾梦到乡关”,这里的家乡也指向明朝,因为第一行中的“家山”一词表明,家和国常常是密不可分的。有人可能会说,这也是间接询问丈夫是否想念还在故乡的她与家庭的一种方式,但是“杜鹃”的意象无疑证实了作者企图暗示的政治内涵。杜鹃在徐灿的词中是经常出现的意象。在传说中,杜鹃是蜀帝的化身,他因相思成疾而放弃了王位,消失在人间。人们认为这只鸟在啼唱时经常吐血。在早期的中国诗歌传统中,杜鹃更常被用来象征对恋人的长久追念,但明代的遗民诗人往往用杜鹃来表达他们对前朝长久的感伤。[②] 徐灿不仅是在问丈夫对妻子的感觉,也是在问他对前朝的看法。

徐灿在遗民词中构建的是建立在女性私人经验上的个人视角。若我们将她的那句“小窗依约云和月”与岳飞的“八千里路云和月”进行比较,我们会看到这两句的平行结构和主题呼应。这

① 陈邦炎:《评介女词人徐灿及其拙政园词》,载程郁缀编著:《徐灿词新释辑评》,北京:中国书店2003年版,前言第14页。

② 比如明朝遗民诗人陈子龙所写的“梦里相思,故国王孙路。春无主!杜鹃啼处,泪染胭脂雨”。关于更多女性对于该典故的使用,请见下文。

表明,女词人有意识地重写了她所使用的模板。虽然岳飞是在描述他的军旅之途,而徐灿是在告诉我们她在闺房生活中的经历,以及她从小窗中看到的景象。她所歌颂的不仅是明朝遗民的苦难,还包括她身为一位女性所遭遇的困境。

在见证历史巨变的同时,其他女性也在呼应徐灿的声音。在《满江红·丁酉仲夏读陈素庵夫人诗余感和》中,朱中楣(1621—1661)写道:"举目关河空拭泪,伤心杯酒空邀月。"①朱中楣这首词创作于徐灿(即陈素庵夫人)之后,其中也充满了对家国不幸的忧郁。另一位女性顾道喜(1644 年在世)在她的《满江红》中写道:"回首去、依稀风景,繁华销歇。""王孙梦,鹃啼血。"②女词人再次使用了杜鹃的意象,哀叹家国的沦亡。

除了以上明朝遗民词人,其后时期的女性也在她们的词作中记录了那些动荡的岁月。无论是经历了悲剧性的历史变迁还是民族动乱,明清女作家都开始表达对政治状况和个人失落的关注,这是早期女性词作的读者们未曾感受过的。这些后来的女性词人意识到了男性建立的文学传统,进而有意识地运用它们并以自己的视角再现这些传统。在讨论徐灿的词作时,孙康宜认为徐灿在所有以明朝遗民为主题的写作尝试中都加入了"女性化的情绪",从而达到了"男性气质与女性气质之间的平衡"。③ 要确定哪些情绪是女性化的并不总是那么容易,但这组女性创作的《满江红》中所表达的情感,比起英雄主义更多的是忧虑。

这并非意味着女性作家从未涉及英雄主义的话题。但当她们

---

① 朱中楣:《镜阁新声》,载徐乃昌编:《小檀栾室汇刻闺秀词》,第 9 集,第 6a—6b 页。

② 徐乃昌编:《闺秀词钞》卷三,清光绪三十二年(1906)小檀栾室刊本,第 18b 页。(版本存疑。《闺秀词钞》正集十六卷,补遗初为一卷,后再补四卷,补此前《汇刻闺秀词》所未及。始编于光绪二十一年,即 1895 年;正集初刻于宣统元年,即 1909 年。故按理不应有光绪三十二年即 1906 年之刻本。——译者)

③ Kang-i Sun Chang, "Liu Shih and Hsü Ts'an", 183.

探索英雄主义的行为时,这些行为通常并非来自她们自身。例如,当陆蓉佩(约1840—1863)在太平天国运动期间被迫离开了家乡南京时,她创作了一首《满江红》。她在短序中交代了背景:"壬戌(1862)之冬避居崇川感而填此。"在下阕中,她形容道:"浩劫茫茫惟涕泪,乡关远望临风洒。问元戎、恢复竟何时,洗兵马。"①看到家乡被践踏,这位可怜的女人只能流下眼泪,寄希望于将军使家园恢复和平。这与岳飞作品的结尾形成了鲜明对比。

从徐灿到陆蓉佩,包括更早的作家王清惠,我们并没有看到岳飞作品中特有的想要夺回失落家园的巨大决心。确实,从正统的观点来看,表达这类情绪对于女性来说是不合适的,因为按照儒家的性别规范,家庭事务才是女性理应考虑的。而近来的历史研究令人信服地表明了性别边界在现实中的流动性,特别是在晚明的社会经济动态中。② 但是我们不应低估规范性的性别意识形态对社会实践和女性自我认知的普遍影响。③ 确实有一些诸如刘淑(生于1620年)的杰出女性,走出了闺阁,参加了爱国反抗运动。但女性依然在社会性和象征意义上与闺阁绑定在一起,一般而言女性是被隔绝在政治世界之外的。④ 因为拥有一个支持她的家庭,刘淑在危机中短暂地成为英雄,但由于无法实现自己的抱负,

---

① 陆蓉佩:《光霁楼词》,载徐乃昌编:《小檀栾室汇刻闺秀词》,第5集,第12a页。

② 例如,参见 Dorothy Ko, *Teachers of the Inner Chambers: Women and Culture in Seventeenth-Century China* (Stanford: Stanford University Press, 1994)。(中译本见[美]高彦颐:《闺塾师:明末清初江南的才女文化》,李志生译,南京:江苏人民出版社2005年版。——译者)

③ 罗威廉(William Rowe)关于清朝官员陈宏谋(1696—1771)的思想与实践的研究提供了一个关于精英对于性别区分的坚持,以及日常实践中性别意识形态的深刻影响的显著案例。William Rowe, *Saving the World: Chen Hongmou and Elite Consciousness in Eighteenth-Century China* (Stanford: Stanford University Press, 2001)。

④ 其他著名女将有秦良玉(卒于1648年)和沈云英(1624—1661)。

她在后来的日子里过着郁郁寡欢的隐居生活。[①] 如本节所述，这些精英女性被隔绝在更广阔的社会领域之外，只能从她们的闺阁或在逃亡途中目睹世界的混乱。她们选择了与英雄主义相关的创作形式，以适应她们原本无法传达的关注和情感。我们很难用"女性化"或"男性化"来区分词的风格。通过使用两种传统的语言，她们超越了体裁的界限，以此构建出她们自己对闺房之外的世界的看法。

节孝烈女：属于女性的英雄？

如果说像徐灿这样的女性确实在某些地方涉及了英雄主义的议题，那么，她们实际是在谈论一种与男性化的社会和政治世界相关的英雄主义。她们没有让女性扮演英雄的角色，至少她们自己没有。但是在阅读明清女性的词作时，笔者发现了一些重要的例子，它们显示了一些女性曾试图用《满江红》这一形式来记录她们认为的在女性伦理范围内的英雄主义。[②] 在这些例子中，词人记录的不是她自己的经历，而是另一位女性（在大多数情况下是来自诗人居住地附近地区的女性）在女性美德方面的非凡表现，例如贞节和孝顺，虽然这往往令她走向残酷的死亡。以下是袁寒篁（17—18世纪）的词，描写的是一位叫作卢氏的女子，她在丈夫去世后自尽身亡。

> 正气常存，惟有是、孝忠节烈。征诗纪、钟门卢媛，独推闺杰。随倡只期偕白首，所天何意青年别。难孤鸾、誓死自相

① 关于刘淑的人生与词作的介绍，参见邓红梅：《女性词史》，第214—219页。

② 男性在赞美女性美德方面也发挥了积极作用，尽管我还没有找到确切以《满江红》来写作的例子。男性作者在类似主题上的写作，可见 Paul S. Ropp，"A Confucian View of Women in the Ch'ing Period—Literati Laments for Women in the *Ch'ing shih tuo*"，*Chinese Studies* 10, no. 2 (1992)：399-435。

从,心如铁。　　红丝断,肝肠裂。菱花碎,千行血。愿殉身黄壤,衷怀方慊。守礼七终全所志,捐躯一旦梁间绝。伫看来、天上凤书褒,芳名列。①

正如第三句所暗示的那样,袁寒篁写这首词是为了回应(也许是卢氏的家人或地方官发出的)一种号召,以诗词来赞颂这位寡妇的忠贞行为。袁寒篁向这位虔诚的年轻寡妇表示了极大的敬意和同情。尽管她的词着重于寡妇对丈夫的极度奉献,但她首先枚举了社会中受重视的其他正直品质:除了坚贞之外的忠诚和孝顺。对于她来说它们同样重要。词人将这位烈妇称为女性阵营中的"独推闺杰",然后继续运用有力的意象来表达她对年轻生命逝去的悲伤以及对卢氏坚定实现自我意图的钦佩。"殉身"和"捐躯"等敬语表明,在词人心中寡妇的自杀是光荣而英勇的。最后一句则预示着,女主人公的事迹可以在帝国的历史中得到承认,"芳名"一词强调了女主人公的性别以及她持久的名声。

除了这位身为妇德典范的年轻寡妇,蔡捷(17 世纪末)也在《满江红·吊仁和沈孝女刲股殒命》中记录了另一例贞节勇敢的孝女的案例。"割股"(或"刲股")是孝顺的终极行为。这种习俗通常由女儿或儿媳妇施行,做法是从自己的身体上切下一块肉以喂食生病的父母或公婆。蔡捷的词里详细地描述了一个女儿因割股救母而丧命的案例:

废寝忘食,但指望、萱堂起色。猛听得、医人耳语,夜来当绝。酬地逝将遗体代,呼天暗把炉香爇。按金刀、良药腕中寻,亲调燮。　　耐不起,疮中裂。流不住,楼头血。向搀扶老父,那堪声说。白发春回双竖梦,蛾眉魂逐三更月。谢夫君、莫怨暂归宁,成长别。②

---

① 南京大学中国语言文学系全清词编纂委员会编:《全清词·顺康卷》,第 20 册,第 11728 页。

② 徐乃昌编:《闺秀词钞》卷八,第 4b 页。

与袁寒篁的作品相比，这首词没有使用明确的词汇将孝女定义为女性英雄，而是以割股这一惊人细节去体现主人公非比寻常的勇气和决心。选择顿挫鲜明的仄声韵《满江红》（与岳飞作品的韵律相同）恰当地传达出女儿超凡的抉择与行为，以及其意料之外的悲剧后果。在词的结尾，词人指出了女主人公对父母的自我牺牲与作为妻子的角色之间的冲突。

袁寒篁和蔡捷的词中的主题使我们联想到儒家道德经典中的女性美德范式，例如刘向（约前77—前6）的《列女传》。[①] 女词人十分熟悉儒家道德中的烈妇形象。例如，庞蕙纕（17—18世纪）在书写一个孝女决定保持独身来照顾自己的父亲时，提到了这些烈妇的名字："曹娥恨，江犹黑。陶婴志，环空碧。"[②]记载于《后汉书》中的女性形象曹娥是孝道的典范，她为了寻找父亲的尸体而淹死在河里；[③]陶婴是一位年轻的寡妇，她靠织布来养活自己和儿子。[④] 在提到这些符号化的女性时，诗人意识到了典范女性的传统，并试图将其女主人公提升到相似的历史地位。用记录烈妇来体现女性美德对我们来说很常见，但是用《满江红》的形式来代表这种英雄主义则是帝国晚期的一种新现象。通过颂扬女性的英勇事迹来表现女性美德并非独属于女性作者的惯例，但是这一组女性书写的《满江红》尤其表明了她们自己的观点，即女性在性别角色上的英勇表现与男人在社会政治领域的成就同等重要。

---

① 关于《列女传》在帝制晚期中国的不同版本与受欢迎程度的研究，参见 Katherine Carlitz, "The Social Uses of Female Virtue in Late Ming Editions of Lienü Zhuan", *Late Imperial China* 12, no. 2 (1991): 117-148。

② 徐乃昌编：《闺秀词钞》卷八，第5b页。

③ 范晔撰，李贤等注：《后汉书》卷八四，北京：中华书局1971年版，第2794页。

④ 刘向：《列女传》卷五，东京：图本丛刊会1923—1926年版，第41b—42a页。

“算古来、巾帼几英雄”：女子说愁

徐灿和袁寒篁等都属于传统意义上的女性。无论她们谈论的是属于男性的还是女性的英雄主义，她们都不会质疑女性的家庭世界与男性的社会空间的隔离。但是，有些女性并不满足于性别隔离的社会惯例，她们想知道为什么在公共（政治）范围的英雄主义领域中没有女性的地位。这涉及女性用《满江红》书写的另一个重要主题。例如沈善宝（1808—1862）在其《满江红·渡扬子江》中怀古沉思，寻求答案：①

> 滚滚银涛，泻不尽、心头热血。② 问当年、金山战鼓，红颜勋业。肘后难悬苏季印，囊中剩有江淹笔。③ 算古来、巾帼几英雄，愁难说。　　望北固，秋烟碧。指浮玉，秋阳出。把篷窗倚遍，唾壶敲缺。④ 游子征衫搀泪雨，高堂短鬓飞霜雪。问苍苍、生我欲何为，生磨折。⑤

此词采用与岳飞的《满江红》相同的格式和韵律，并运用了常

---

① 关于沈善宝，参见 Grace S. Fong，“Writing Self and Writing Lives：Shen Shanbao's（1808-1862）Gendered Auto/Biographical Practices”，*Nan Nü: Men, Women and Gender in China* 2，no. 2（2000）：259-303。

② 在此首词的某些版本中（例如方秀洁的引用），该句中的动词在中文文本中的字为“写”，但是我使用的来源指向了另一个字“泻”。考虑到上下文，我倾向于将其解释为后者的含义。另外，“写”在古汉语中可以替代“泻”。

③ 苏秦是战国时期的政治谋略家。江淹（444—505）以情感化的书写而闻名，但他的文学才思一度因为丢失了五色笔而竭尽。

④ 这句话暗指王敦的典故，他曾击唾壶为拍，以致唾壶尽缺。见刘义庆撰，刘孝标注，余嘉锡笺疏：《世说新语笺疏》，上海：上海古籍出版社 1993 年版，第 597 页。

⑤ 叶恭绰编：《全清词钞》卷二，北京：中华书局 1982 年版，第 1730 页。英译版引用自方秀洁的翻译，有少许改动，参见 Grace S. Fong，“Engendering the Lyric”，141-142。另一版本（第二到四句有少许变动），参见沈善宝：《鸿雪楼词》，载徐乃昌编：《小檀栾室汇刻闺秀词》，第 1 集，第 7b 页。

见的豪放词词汇,例如“热血”和“勋业”。但这首词因为词人的女性视角而有了很明显的性别特质。上阕让我们联想到了苏轼著名的《念奴娇·赤壁怀古》上阕:

> 大江东去,浪淘尽、千古风流人物。故垒西边人道是,三国周郎赤壁。乱石穿空,惊涛拍岸,卷起千堆雪。江山如画,一时多少豪杰。①

当沈善宝渡过长江——这条见证了无数的历史事件并为古往今来的诗意想象提供了丰富资源的河流,她一定是被包括苏轼《念奴娇》在内的名作所感动和启发了。然而,望着同一条河流,面对同一主题(怀古),两位作者的思考是截然不同的:当苏轼为河川奔流带走了英勇事迹而叹息时,沈善宝表明,翻滚不息的浪潮无法抹去她长久的情感。当苏轼歌颂周瑜(175—210)时,沈善宝则回想起南宋时期勇武的女英雄梁红玉,以此突出一位杰出女性的英雄事迹。当苏轼“沉浸在古往今来英雄逝去的感慨”②中时,沈善宝则慨叹女性若要建立自己的英雄主义声誉几乎是不可能的。所以她才发问:“算古来、巾帼几英雄,愁难说。”

她写道:“肘后难悬苏季印,囊中剩有江淹笔。”作为一个女子,她没有办法从事政治事业。她所指望的只是她“仅剩”的文学才能。下阕中的情感则因为沈善宝意识到了女性所承受的社会枷锁而变得更为强烈。“唾壶敲缺”这个词通常被男性诗人用来表达沮丧的情绪,但沈善宝却用它来表达她所经受的折磨与苦痛。在最后两句中,她的沮丧最终使她质问上天:“生我欲何为?”

和沈善宝同一时代的陈静英(1840 年在世)在《满江红·感怀》中用令人惊讶的相似的方式表达了共同的困惑:

---

① 唐圭璋编:《全宋词》卷一,第 282 页。

② Ronald Egan, *Word, Image, and Deed in the Life of Su Shi* (Cambridge: Harvard University Press, 1994), 227.

> 长日无聊,坐深闺、终朝嘿嘿。又早是、银床[①]露冷,玉关风急。隙里华年流水逝,怀中壮志何时息。问苍天、生我竟何为,空抛掷。　　堪消恨,惟长笛。堪排闷,惟群籍。兴来时、唾壶击缺,玉钗敲折。何日自伸吾所负,而今权处人之末。笑眼前、碌碌尽庸流,谁相识。[②]

作为一个因壮志难酬而沮丧的女人,陈静英在这首词中发展出一种自嘲和愤世嫉俗的感觉。她以自嘲开篇,描摹了一个在深闺中嘲笑自己"无用"的女人。而讽刺的是,尽管在充满敌意的环境中无法实现壮志,但她从未放弃过追求理想。她没有具体说明自己的理想,但"壮志"一词意味着她要实现一个使她能够超越闺房界限的目标。像沈善宝一样,她别无选择,只能将身为女性的命运归咎于上天。尽管陈静英没有谈到英雄主义,但她通过使用豪放词的模式与《满江红》的词调,抒发了女性才华无法得到认可的沮丧。

身处更早的明清易代之际,顾贞立使用更大胆、更鲜明的性别用语表达了与沈善宝和陈静英类似的情怀,在《满江红·楚黄署中闻警》中呼出她对性别不平等的愤懑和反抗:

> 仆本恨人,那禁得、悲哉秋气。恰又是、将归送别,登山临水。一派角声烟霭外,数行雁字波光里。试凭高、觅取旧妆楼,谁同倚。　　乡梦远,书迢递。人半载,辞家矣。叹吴头楚尾,翛然孤寄。江上空怜商女曲[③],闺中漫洒神州泪。算缟綦、何必让男儿,天应忌。[④]

---

① "银床"在此指的是井栏。

② 徐乃昌编:《闺秀词钞》卷一二,第25a—25b页。

③ "商女曲"出自唐代诗人杜牧的诗句"商女不知亡国恨,隔江犹唱后庭花。"参见彭定求等编:《全唐诗》卷三五,北京:中华书局1985年版,第1245页。

④ 顾贞立:《栖香阁词》,载徐乃昌编:《小檀栾室汇刻闺秀词》,第3集,第7a—7b页。

顾贞立,江苏无锡人,为明朝遗民。① 她自号“避秦人”,这暗示着她对清廷的政治立场。② 她留下了一本题为《栖香阁词》的词集,其中许多词作表达了她对国事的感受和态度。例如在一首《虞美人》中,她公开表明自己的政治忠诚:“暗伤亡国偷弹泪,此夜如何睡。”③

在对顾贞立的讨论中,邓红梅称顾贞立的这首《满江红》是在她十八岁那年,即与丈夫侯晋成婚半年后创作的。当时侯晋在楚黄只是个小官。④ 如果邓红梅的说法是正确的,那么词人所写的“恰又是、将归送别”和“人半载,辞家矣”就意味着,自结婚以来她第一次离开楚黄归乡省亲。她似乎对自己的新婚生活感到不满,因为我们没有看到她任何喜悦的表现,只看到了与原生家庭分离的伤感。她确实在他处暗示自己并不欣赏这位平庸的丈夫,但在这里,对原生家庭的渴望有其双重含义。⑤ 在第五句提到的“角声”呼应了这首词的副标题“楚黄署中闻警”,这表明了当时社会动乱的状态,因为“警”通常表示对匪乱或其他紧急情况发出警告。在这个混乱的年代,她不仅离开了原生的家庭,还失去了自己的国家。

“江上空怜商女曲,闺中漫洒神州泪”这两句体现了更深层次的含义。“商女曲”指亡国之音。但与那些在亡国后仍在烟花柳巷享乐的人(男性)相反,只有她,一个“闺中”女子,在关心这个国家。这个“闺”字强调了她的性别,并强化了她的性别认同与政治

① 参见胡文楷:《历代妇女著作考》,上海:上海古籍出版社 1985 年,第 808 页。关于她的生平与词作,参见邓红梅:《女性词史》,第 257—270 页。

② Kang-i Sun Chang and Haun Saussy, eds., *Women Writers of Traditional China*, 426.

③ 顾贞立:《栖香阁词》,载徐乃昌编:《小檀栾室汇刻闺秀词》,第 3 集,第 10b 页。这是女性使用其他形式表达政治关怀的一个例子。

④ 参见邓红梅:《女性词史》,第 261 页。

⑤ 如邓红梅观察到的,顾贞立在另一首《满江红》中写道:“无才敢去嫌天壤。”见顾贞立:《栖香阁词》,载徐乃昌编:《小檀栾室汇刻闺秀词》,第 3 集,第 14a 页。参见邓红梅:《女性词史》,第 262 页。

关怀之间的反衬或错位。她充满了悲伤和愤怒，以“何必让男儿，天应忌”两句结束了这首词，也拒绝了女性的隶属角色。

无独有偶，年代稍后的吴尚熹（生于1808年）的《满江红·秋夜有感》下阕如此呼应顾贞立：

> 乡梦远，浑难托。琴书案，全抛却。但消磨羁旅，壮怀牢落。百岁韶华弹指事，鸿回燕去空飘泊。问襟期、原不让男儿，天生错！①

吴尚熹明确谈到了自己对于漂泊生活和壮志未酬的挫败感。她也像岳飞一样使用“壮怀”一词，但由于这份挫败，她心感“牢落”而非“激烈”。吴尚熹在顾贞立之后的两个世纪出生。尽管我们不知道她在书写这首词时是否读过顾贞立的作品，但她在《满江红》中呼应了顾贞立的观点。这里引述的是词的下阕，与顾贞立一样以“乡梦远”起头。吴尚熹的最后三句尤为重要，她以坚定的口吻肯定了顾贞立的天问：在崇高的情感与志向上，我们女性并不低男性一等；女性所经受的苦难是上天的错误。无论吴尚熹是否读过顾贞立的词，她们都不仅意识到社会对女性生活的限制，而且还大声疾呼，反对性别不平等。

虽然四位女词人生活在三个不同的时期，但顾贞立、沈善宝、陈静英和吴尚熹都表达了对于被压制的性别角色的失望与愤怒。她们共同使用了《满江红》这一豪放词模式，并注入了明显的性别化声音。无论从语言还是情感语调上来讲，这一组女性书写的《满江红》都可以与传统男性化抒情里表达的英雄主义情怀相比较。但是对于这些女作者来说，表达英雄主义的词作惯例成为她们表达对性别限制不满的一种重要方式。令人印象深刻的是，在这些作品里，作者们都怨恨上天没有让她们生而为男性，从而质疑她们作为女性的命运。这似乎是女性作者对社会不公正待遇的典

---

① 吴尚熹：《写韵楼词》，载徐乃昌编：《小檀栾室汇刻闺秀词》，第4集，第7a页。

型反应。[①] 当受到社会环境和个人境遇的刺激时,这些女性渴望像男性同胞一样自由地追求英雄伟业。她们对自己的能力和感受力都信心十足,同时她们也意识到,她们不仅在身体上被排除于男性主导的社会领域之外,而且还在象征维度上被排除在英雄主义之外。因为有关英雄的历史中被记载的,以及在英雄主义的词作中被表达的,都是属于"他"的事迹和声音。

李惠仪(Wai-yee Li)对清初小说的研究表明,英雄主义的女性形象经常被男性文人用作一种文学比喻,以表达对明清易代之际的创痛。[②] 然而,本节所考察的女性词人在书写《满江红》时似乎完全忽略了这一方面。对于这些雄心勃勃的女性而言,那些传奇的女主人公和承担了男性化英雄职责的杰出女性的存在并不足以使她们所面临的社会限制合理化。在一首与上文讨论过的陈静英的词十分相似的《鹧鸪天》中,王筠确实提到了有名的女英雄,例如木兰,但这只是为了反衬她的艰难处境:"木兰崇嘏事无缘。"[③]她在开场白中明确指出了原因:"闺阁沉埋十数年,不能身贵不能仙。"[④]当然也有一些例外,诸如沈善宝词中提到的梁红玉,但这些女性作者普遍认为,英雄主义的历史书写中没有她们的容身之处。[⑤] 因此,她们在作品中所抒发的不仅仅是对男性英雄的

---

① 其他相似作品,见罗溥洛(Paul S. Ropp)对王筠的讨论,Paul S. Ropp, "Now Cease Painting Eyebrows, Don a Scholar's Cap and Pin'", 90。

② Wai-yee Li, "Heroic Transformations", 364.

③ 苏者聪选注:《中国历代妇女作品选》,上海:上海古籍出版社 1987 年版,第 451 页。

④ Kang-i Sun Chang and Haun Saussy, eds., *Women Writers of Traditional China*, 532.

⑤ 梁红玉为《宋史》所记录,是因为她亲自擂鼓、助丈夫韩世忠(1090—1151)赢得金山之战。但是关于她没有任何单独的记录,且只被称为"梁夫人"出现在丈夫的传记中。参见脱脱等:《宋史》卷三六四,北京:中华书局 1977 年版,第 11365 页。有关其他女将在《宋史》中的记录,参见 Pei-yi Wu, "Yang Miaozhen A Woman Warrior in Thirteenth Century China", *Nan Nü: Men, Women and Gender in China* 4, no. 2 (2002): 137-169。

情感认同,更是她们面对英雄情怀与女性传统角色的鸿沟而产生的愤懑和痛楚。男性也曾在《满江红》中表达他们的极度失落和壮志难酬的感伤,但是,抗议性别不平等的自我表达之声似乎完全来自闺阁女性。

尾声:一位现代女英雄的宣言

沈善宝、顾贞立等女作者所表达的对于性别限制的深切沮丧,在公开抨击父权性别意识形态的清末革命烈士、女权主义者秋瑾的身上得到了最显著的发展。① 在秋瑾的时代,内忧外患的清朝已走到了尽头,她的人生和创作也标志着中国女性历史的转折点。各种近代改革和民族主义运动的兴起为女性提供了空前绝后的思想环境和机会,鼓励她们跨越传统的性别界限。受益于从小与众不同的家庭教育与随后充满改革意识的社会环境,秋瑾成长为一名才华横溢、志向远大的女性,一生致力于民族主义和女权主义运动。② 她对于社会运动的热情使她决意参与了一次最终失败的反清政府起义,为此,她被清政府斩首。于她自身而言,她不再是政治世界里的被动的局外人,而是一个积极的参与者,在献身革命方

---

① 关于秋瑾作为"新女性"的生平和政治活动,参见 Mary Backus Rankin, "The Emergence of Women in China at the End of Ch'ing: the Case of Ch'iu Chin", in *Women in Chinese Society*, edited by Margery Wolf and Roxane Witke (Stanford: Stanford University Press, 1975), 39-66。关于秋瑾词,参见 Grace S. Fong, "Engendering the Lyric", 以及邓红梅:《女性词史》,第 578—600 页。关于秋瑾自传叙事作品的研究,参见王玲珍:《女性、书写和国家:二十世纪初秋瑾自传性作品研究》,载张宏生编:《明清文学与性别研究》,第 904—915 页。关于秋瑾各类体裁作品的英译,见 Wilt L. Idema and Beata Grant, *The Red Brush*, 767-808; Amy D. Dooling and Kristina M. Torgeson, *Writing Women in Modern China* (New York: Columbia University Press, 1998), 39-78; Kang-i Sun Chang and Haun Saussy, *Women Writers of Traditional China*, 632-657。

② Mary Backus Rankin, "The Emergence of Women in China at the End of Ch'ing", 46-47.

面比大多数男性走得更远。她在世时不仅是一位革命运动家,还带动了词界的文学革命。在她的词中,我们第一次看到一个女性自豪地、肯定地宣称自己的英雄主义。

虽然秋瑾以"新女性"闻名,但她依然接受了出色的传统教育。她精通诗词等传统诗歌形式,在致力于现代学说和革命运动之前,她的主要事业是诗词创作。① 后来她将诗歌写作转换为对自身志向和政治见解的强烈表达。她的两个主要目标是——建设一个现代化、独立自主的中国,以及解放父权压迫下的中国女性——这也是她写作中经常出现的主题。秋瑾是一位多才多艺的作家,她尝试了许多其他体裁,诸如散文和弹词。然而,作为一位追求英雄理想、与众不同的年轻女性,《满江红》是她用来塑造女性英雄的自我形象、表达英雄情怀的最佳载体。正如方秀洁在讨论秋瑾词时所指出的:"男性化的豪放词模式(为女性)提供了一种文学上女扮男装的方式,以此来拒绝传统的诗意化的女性气质。"②秋瑾不仅摒弃了传统的女性气质,还试图建构女性的英雄传统。在下面的一首词中,她鼓励其他女性:

> 肮脏尘寰,问几个、男儿英哲?算只有、蛾眉队里,时闻杰出。良玉勋名襟上泪,云英事业心头血。醉摩挲、长剑作龙吟,声悲咽。　　自由香,常思爇。家国恨,何时雪?劝吾侪今日,各宜努力。振拔须思安种类,繁华莫但夸衣玦。算弓鞋、三寸太无为,宜改革。③

良玉和云英是两位英勇的女武将。秦良玉是明朝遗民,为朝廷提供过军事援助;沈云英成功率领已故父亲的部队抗敌,并从敌

---

① Mary Backus Rankin, "The Emergence of Women in China at the End of Ch'ing", 47.

② Grace S. Fong, "Engendering the Lyric", 143.

③ 秋瑾:《秋瑾集》,第 114 页。

人手中夺回了父亲的尸身。[1] 像沈善宝在《满江红·渡扬子江》中写的一样,秋瑾也提到了女武将,而非像袁寒篁和蔡捷在词中使用女性传统美德的典范。这一选择表明了秋瑾在挑选典范人物时的性别与事业倾向。她那句"家国恨,何时雪"与岳飞所问的"臣子恨,何时灭"异曲同工,但秋瑾的问题是献给她的女性同胞的。尽管由于追求理想时所经历的困难,她"声悲咽",但她对于女性的英雄行为以及摆脱性别束缚的能力都感到乐观与自信。

秋瑾的出路便是她在下阕中所表达的政治坚持。倡导性别平等是民族主义话语的重要组成部分:女性既被视作解放的对象,又被要求参与国家建设。[2] 她谴责缠足,认为这是传统中国社会里妇女受迫害最明显的迹象之一。秋瑾的民族主义和女权主义关怀很大程度上是她所处时代的产物。正如冉玫铄(Mary Backus Rankin)所说:"秋瑾的女权主义观点充满了民族主义。她认为平等的教育和权利将激发女子为国建设的爱国热情,激发她们为新文化建设作出贡献。而比起男子,这种新文化也较少为传统的理想抱负所影响。"[3]秋瑾将新时代的精神融入她的词中,为英雄主义这一概念注入了专门适用于女性的新含义。

秋瑾处理英雄主题的方式与早期女性作家的最大区别在于,尽管她难以适应传统女性的家庭和性别角色,但她却顺利地将自己融入了英雄的模式:

> 小住京华,早又是、中秋佳节。为篱下、黄花开遍,秋容如

---

① 有关两位女性的英文传记,见 Arthur W. Hummel, ed., *Eminent Chinese of the Ch'ing Period* (*1644-1912*) (New York: Paragon, 1943), 168-169。(中译本见[美]恒慕义编著:《清代名人传略》,中国人民大学清史研究所《清代名人传略》翻译组译,西宁:青海人民出版社 1990 年版。——译者)

② Colin Mackerras, *China in Transformation 1900-1949* (London: Longman, 1998), 76-77.

③ Mary Backus Rankin, "The Emergence of Women in China at the End of Ch'ing", 48-49.

拭。四面歌残终破楚,八年风味徒思浙。苦将侬、强派作蛾眉,殊未屑。　　身不得,男儿列。心却比,男儿烈。算平生肝胆,因人常热。俗子胸襟谁识我,英雄末路当磨折。莽红尘、何处觅知音,青衫湿。①

在这首词中,秋瑾以典型的豪放词的表达方式,将自己称作是一个比男人更英勇的女人。与沈善宝和顾贞立等发现自己在生理与社会上皆受性别限制的女性不同,秋瑾用"英雄主义的思想为女性开辟了新的可能性"②。她接受了英雄必经的考验。最终,这种自觉的英雄主义概念使她"以英雄般的死亡达到了英雄人生的最高潮"③。正是因为她能够超越赋予女性的常规角色,所以她不觉得自己的英雄情怀与传统的英雄主义模式之间有任何差距。但这并不意味着她简单地认同男性传统。岳飞写下"壮怀激烈",秋瑾则以"心却比,男儿烈"来回应。矛盾的是,虽然秋瑾采用的是男性化的措辞,她却是作为女性、作为一位摒弃了传统女性观念的"新女性"来进行表达的。通过将已经性别化的文学惯例重塑为女性英雄的自我表达方式,秋瑾通过她的词实现了女权主义革命。

秋瑾死后,她的友人徐自华(1873—1935)写下了一首《满江红》来悼念她的离世。这首词的标题为《感怀用岳鄂王韵,作于秋瑾就义后》。词的开头是:"岁月如流,秋又去、壮心未歇。"④"鄂王"是岳飞死后的封号,"秋"指的是秋瑾。徐自华在写作中将传统的英雄模式、秋瑾的殉难以及她自身想要追求的对未完成的理想的渴望关联在一起。这显著地体现出,女性不仅从自身性别意识出发发扬文学传统,而且试图以行动实现这一目标。

① 秋瑾:《秋瑾集》,第 105 页。关于另一英译版本及对这首词的讨论,参见 Wilt L. Idema and Beata Grant, *The Red Brush*, 776-777。

② Mary Backus Rankin, "The Emergence of Women in China at the End of Ch'ing", 53.

③ Ibid., 60.

④ 张宏生:《清代词学的建构》,第 169 页。

从传统女性徐灿的前朝遗民之声,到沈善宝和顾贞立作为女性所表达的不满,再到秋瑾坚定不移的、英雄主义的、批判性别的声音,似乎有一系列越来越有影响力的、性别化的英雄主义词作在不断涌现。孙康宜指出,徐灿和其他17世纪女性词作中所表达的遗民情怀影响了后世秋瑾的爱国主义写作。① 当然,女性性别意识的发展在一定程度上具有历史延续性,并且女性写作之间还存在着互文性影响,特别是在抗议性别不平等方面遥相呼应。正如冉玫铄指出,自明末以来的"儒家传统中对女性的态度的演变",以及19世纪30年代后"外部西方影响和内部政治衰落所产生的其他因素",都为女性提供了更多的机会,并塑造了新的性别意识。② 但是,本文在先前的章节中所展示的与性别相关的英雄主义的不同视角,也显示出历史并非在沿着时间的轴线直线进步。比如,同时代的徐灿和顾贞立在表达其政治关切时采取了截然不同的性别立场。通过考察女性作家在以《满江红》这一特定形式重写公认的英雄模式时的程度深浅和视角变化,笔者希望说明,女性对于文学形式的参与是一项复杂的实践,这既涉及女性周遭不断变化的社会条件,还牵涉她们不同的个体认知。

林诗杏　译

---

① Kang-i Sun Chang, "Liu Shih and Hsü Ts'an", 184-185.

② Mary Backus Rankin, "The Emergence of Women in China at the End of Ch'ing", 40-45.

袁枚的叙事诗[*]

[加拿大]林宗正(Tsung-Cheng Lin)

绪 论

大致说来,中国的叙事文学在清代达到了顶峰。这些叙事文学形式多样,如叙事诗歌、小说,以及王夫之(1619—1692)、袁枚(1716—1798)对当时诗歌叙事理论架构的讨论,金圣叹(1608—1661)、张竹坡(1680年前后在世)对当时小说叙事理论的批评等等。[1] 引人瞩目的是,随着17世纪的吴伟业(1609—1672)、吴嘉纪(1618—1684),18世纪的袁枚,19世纪的郑珍(1806—1864)、金和(1818—1885)、黄遵宪(1848—1905)等一批诗人的涌现,长篇叙事诗歌的发展进入了一个黄金时代。[2]

---

* 英文原文见"Yuan Mei's (1716-1798) Narrative Verse", *Monumenta Serica*, vol. 53 (2005): 73-111。我要向英属哥伦比亚大学的施吉瑞教授(Jerry D. Schmidt)和维多利亚大学的白润德教授(Daniel Bryant)致以谢意,感谢他们对本文早期版本提出的富有见地的评论。

① 有关清代评论家对叙事诗歌理论框架的讨论,参见 Jerry D. Schmidt, *Harmony Garden: The Life, Literary Criticism, and Poetry of Yuan Mei (1716-1798)* (London: Routledge Curzon, 2003), 419-421。有关清代评论家对小说理论评点的讨论,参见 David L. Rolston, *Traditional Chinese Fiction and Fiction Commentary* (Stanford: Stanford University Press, 1997)。

② 见 Jerry D. Schmidt, *Harmony Garden*, 416-418。西方学界有关清代叙事诗出色的研究成果有 Jerry D. Schmidt, *Harmony Garden*, 415-451; Jerry D. Schmidt, "Yuan Mei and Qing Dynasty Narrative Verse", *Journal of Oriental Studies* 37, no. 1 (1999): 1-33; Jerry D. Schmidt, *Within the Human Realm: The Poetry of Huang Zunxian 1848-1905* (Cambridge: Cambridge University Press, 1994), 129-131, 154-158。

既受到前代诗歌的启发，又受到诸如明清白话小说等其他具有叙事传统的文学形式的影响，袁枚的诗作在叙事领域呈现出诸多创新。本文将聚焦于袁枚最为重要的两首叙事诗：《虎口行》与《归家即事》[①]，探讨其叙事顺序、叙述状态以及人物描述。通过对比袁枚的叙事诗与过往诗歌及其他文学形式中的叙事传统，揭示中国诗歌叙事形式的新变尤其是袁枚对中国诗歌叙事发展的贡献。

叙事结构

ABA 结构

袁枚的《虎口行》一诗可被分为三个篇章：引言、故事的发展、照应开头的结尾。三个不同的部分所形成的特殊联结是 ABA 结构的一个典型案例。[②] 本诗的引言篇章不仅通过主人公边大绶自己的声音和动作对其加以介绍，同时也提出了本诗的主要观点：主人公并非英雄；主人公的所行亦非英雄之举。

本诗的第二篇章是故事的发展过程，包含了三节，即边大绶掘墓、被捕与逃脱。第一节又可以根据边大绶掘墓活动本身分为前、中、后三个小节。掘墓之前，边大绶于心烦意乱中拿定主意，为击溃敌军，他必须摧毁李自成祖先的坟墓。在这一关键时刻，描写天寒地冻、荒无人烟的环境是为了凸显边大绶所行之无畏。第二小节包含两个内在的部分，情节始于对掘墓活动危险性的夸张描写，止于对边大绶鼓足勇气去破坏坟墓的再现。此外，袁枚运用了一

---

① 关于这两首诗的中文文本，见袁枚：《小仓山房诗集》卷六，台北：广文书局 1993 年版，第 21 页。

② 有关中国叙事诗 ABA 结构的讨论，见 Jerry D. Schmidt, *Harmony Garden*, 429-430。

系列动作描写来展现边大绶的英雄主义。在第三小节，边大绶完成了掘墓后，人们对他的勇敢所寄予的期望，与对他在随后事件中表露出的怯懦所付之的怒吼与失望，形成了鲜明的对比。诗人之所以用此对比写法，目的在于强烈地颠覆边大绶行为的正当性，揭露这样一位虚伪的"英雄"所秉承的荒谬信念。

第二节按照被捕的顺序写作，包括四个小节：李自成的盛怒，边大绶被捕前发生的事，边大绶被捕时发生的事，以及他最终下狱。在第一小节中，诗人用了一个类比的手法来描述李自成的怒容，即闻听此信，其痛如"登时一矢贯目睛"（第 37 句），这种对李自成暴怒的想象也是人们不切实际的希望，然而这种希望随后便破灭了。第二小节论述了边大绶被捕前发生的事，主要包含两个部分。第一，敌军以迅雷不及掩耳之势闯入了边大绶所在的城市；第二，边大绶对于逃离犹豫不决。第三小节同样包含了两个部分。第一，百姓大声疾呼，催促边大绶赶快逃走，以免危及他和他的家人；第二，在他们的恳求下，边大绶很快于众目睽睽下被捕，并被游街以示告诫。最终在第四小节，诗人描写了边大绶对于即将在狱中经受酷刑的焦虑。

第三节论述了边大绶的逃脱，包含四个小节。第一小节描写了他从死刑改判缓刑的反常情况，第二小节表现了他尝试逃跑的荒诞方式，第三小节描写了他逃跑途中的慌不择路与备受凌辱，而第四小节则表达了当他最终回到家中与家人相对而泣时是多么惴惴不安。

诗歌的尾声由一个单独的段落构成。在这一段里，由于边大绶幸存了下来，他不仅被当作英雄，而且成为身居要职的高官和声名显赫的人物。此外，在诗的结尾，诗人评论道"但凭天，莫畏虎"（第 97—98 句）。这两句的作用是照应第一篇章的主题，将此诗完整地放置于 ABA 结构中。

ABA 结构在袁枚之前就出现在了叙事诗传统中。[①] 然而，袁枚在故事开头注入的那种滑稽腔调可能史无前例。在引言一开始，主人公的独白实质上就是小丑式的。随后叙事者的出场明白无误地告诉读者，小丑别无他人，正是边大绶。诗人故意设计了英雄小丑式的行为用以迷惑读者，而叙事者略带挖苦的声音和轻蔑的表达方式则加深了读者的犹疑。这种带有嘲讽语气的复述造成了读者的困惑，进而激发了读者的好奇心，使读者会一直饶有兴致地读下去。

总体来说，中国诗歌中有多种开启叙述的方式。多数诗歌都在开篇采用“季节性景色”来反映人物的心情，或为人物的初次露面设定背景。白居易（772—846）的《琵琶行》和韦庄（836—910）的《秦妇吟》中可以找到相应的证明：

> 浔阳江头夜送客，枫叶荻花秋瑟瑟。[②]
> 中和癸卯春三月，洛阳城外花如雪。[③]

此外，历史或政治的语境有时会在诗歌开篇被用作故事背景或主题概述。这在蔡文姬（200 年前后在世）的《悲愤诗》、吴伟业的《圆圆曲》中表现明显：

> 汉季失权柄，董卓乱天常。[④]
> 鼎湖当日弃人间，破敌收京下玉关。[⑤]

更有甚者，一些叙事诗为了营造开篇的气氛，往往会使用比、

---

① 见 Jerry D. Schmidt, *Harmony Garden*, 429-430。

② 《琵琶行》，第 1—2 句。见王余杞、闻国新选释：《历代叙事诗选》，贵阳：贵州人民出版社 1984 年版，第 180 页。

③ 《秦妇吟》，第 1—2 句。见治芳、楚葵：《历代叙事诗选译》，南京：江苏教育出版社 1984 年版，第 139 页。

④ 《悲愤诗》，第 1—2 句。见王余杞、闻国新选释：《历代叙事诗选》，第 40 页。

⑤ 《圆圆曲》，第 1—2 句。见王余杞、闻国新选释：《历代叙事诗选》，第 312 页。

兴的手法。[1] 这种开篇的类型可以在《诗经·关雎》和《孔雀东南飞》中找到：

关关雎鸠，在河之洲。
窈窕淑女，君子好逑。[2]
孔雀东南飞，五里一徘徊。[3]

在袁枚所处时代之前的一些叙事诗，如《木兰诗》和白居易的《长恨歌》，是以人物的首次出场开篇的。比如，在《木兰诗》中，叙述始于前四句：

唧唧复唧唧，木兰当户织。
不闻机杼声，唯闻女叹息。[4]

诗人首先通过描写织机声音的突然中断来吸引读者的注意，继而将读者的注意转移到女子的叹息之声上。在《长恨歌》中，开篇的几句是：

汉皇重色思倾国，御宇多年求不得。
杨家有女初长成，养在深闺人未识。[5]

诗人用第三人称的全知视角展开叙述，将皇帝和杨家女这两位主人公次第引出。上面两首诗的开篇中，人物通过叙述者的声音被介绍出来，这与《虎口行》截然不同。在《虎口行》中，人物通过自己的语言和动作介绍自己出场。将人物的首次出现置于诗歌开篇，能够起到立刻将读者的注意力吸引到人物身上的作用。然

---

① 有关比、兴的讨论和翻译原则见 Dore I. Levy, *Chinese Narrative Poetry*（Durham：Duke University Press Books，1988），34-40。

② 《关雎》，第1—4句。见王静芝：《诗经通释》，台北：辅仁大学文学院1985年版，第36页。

③ 《孔雀东南飞》，第1—2句。见王余杞、闻国新选释：《历代叙事诗选》，第26页。

④ 见王余杞、闻国新选释：《历代叙事诗选》，第62页。

⑤ 同上书，第160页。

而，第三人称全知视角的叙述声音可能会将所叙述的文本和读者分离，因而打断二者之间的交流。与此形成对比的是，通过人物自己的声音，读者能够直接地感知人物，这有助于增进二者之间的交流。除了让主人公发声之外，袁枚还描写了主人公小丑式的举动，从而与作为典型的英雄形象形成对比。这种对比描写为读者的理解造成了矛盾，从而提升了读者的好奇心，刺激读者对真相的揭露有所期待。

时间顺序

《虎口行》代表了袁枚两种主要的建构方式中的一种：时间顺序，即将事件按照它们发生的次序相串联。举例来说，在此诗的第二篇章里（故事发展阶段），三个事件分别按照事物发展的时间顺序被连接起来。如上所述，这些事件包括边大绶掘墓、被捕和逃脱。另外，每节又都被分成几个不同的小节，其依据同样是事物发展的时间顺序。例如，第一节的第二小节由两个部分组成：故事情节的开端是对边大绶所面临困难情形的夸张描述，结尾是边大绶鼓足勇气完成毁掉坟墓的壮举。

时间顺序在东汉六朝的乐府诗中较为常见。例如，在《孔雀东南飞》中，主人公的教育状况和智力水平是按照她年龄的顺序进行描写的：

> 十三能织素，十四学裁衣。
> 十五弹箜篌，十六诵《诗》《书》。
> 十七为君妇，心中常苦悲。（第 3—8 句）①

时间顺序在唐代同样被广泛使用。李白（701—762）的《长干行》就是一个例子：

> 十四为君妇，羞颜未尝开。

---

① 见王余杞、闻国新选释：《历代叙事诗选》，第 26—27 页。

低头向暗壁，千唤不一回。
十五始展眉，愿同尘与灰。
常存抱柱信，岂上望夫台。
十六君远行，瞿塘滟滪堆。
五月不可触，猿声天上哀。（第 7—18 句）①

在这首诗中，主人公的婚姻生活和她对丈夫的爱情是通过时间顺序来描写的。故事从她结婚的第一年开始，此时她在面对丈夫家人时是羞涩的状态。第二年，她开始享受并投身于婚姻生活。然而第三年，她就感到忧伤和焦虑，因为她的丈夫远行了。另一个以事物发展的时间顺序来组织事件的例子是白居易的《卖炭翁》：

卖炭翁，伐薪烧炭南山中。
满面尘灰烟火色，两鬓苍苍十指黑。
卖炭得钱何所营？身上衣裳口中食。
可怜身上衣正单，心忧炭贱愿天寒。
夜来城外一尺雪，晓驾炭车辗冰辙。
牛困人饥日已高，市南门外泥中歇。
翩翩两骑来是谁？黄衣使者白衫儿。
手把文书口称敕，回车叱牛牵向北。
一车炭，千余斤，宫使驱将惜不得。
半匹红纱一丈绫，系向牛头充炭直。②

此诗分为四节。前三节以时间为序。第一节（第 1—6 句）描写了老人的艰辛以及他对于卖炭后购买衣食的愿望。第二节（第 7—12 句）描写了老人次日驾车前往市场。这一节可以分为三个小节，且均按事物发展的时间顺序组织事件。这些事件包括他在出发前希望天气寒冷，他于黎明驾车碾过路上冰辙时遇到的困难，

① 见王余杞、闻国新选释：《历代叙事诗选》，第 78 页。
② 同上书，第 168—169 页。

以及他中午在市场南门外的泥路旁休息。第三节（第13—16句）描写了两骑（两名宫使）掠夺木炭。第四节（第17—20句）是诗人对这个故事的评论。

除了时间顺序外，中国诗歌里还有一种对事件排序的重要方式——赋法。[①] 赋法作为排序的手法最早出现在《诗经》里，后来在早期乐府诗中得到进一步发展。在东汉和六朝的乐府诗中，赋的技巧便被经常用于塑造人物、描写和搭建叙事结构。《陌上桑》中能找到典型的证据：

头上倭堕髻，耳中明月珠；
缃绮为下裙，紫绮为上襦。（第9—12句）

青丝系马尾，黄金络马头；
腰中辘轳剑，可值千万余。（第40—43句）[②]

开始的两个对句描写了女主角罗敷的穿戴，从她的耳饰写起，一件一件地写到她腰间的穿着。同样的描写技巧也被用在下面这两个对句中，这里列举了罗敷丈夫的穿戴。另一篇以对衣着和样貌的描写为序的例子，是《孔雀东南飞》：

足下蹑丝履，头上玳瑁光。
腰若流纨素，耳着明月珰。
指如削葱根，口如含朱丹。
纤纤作细步，精妙世无双。（第97—104句）[③]

描写的焦点从兰芝脚上所穿的丝鞋开始，接着上移到她头上闪着光泽的玳瑁壳制成的发饰。接下来，读者的视线仍随着诗句的描写而上下游移，忽而见其腰上的素绢，忽而见其耳畔的明珰，忽而又见其玉指与朱唇。最后，视线再次下移到她的纤纤细步。

① 有关赋法的讨论，见 Dore I. Levy, *Chinese Narrative Poetry*, 34-36。
② 见王余杞、闻国新选释：《历代叙事诗选》，第20—21页。
③ 同上书，第28页。

在中国诗歌里,利用不同的衣着物品或人物的肢体动作来构建叙述顺序是一种主要的排序和塑造人物的方式。

此外,在早期乐府诗中,基本方位也常被用来标明叙述次序。使用基本方位或地理距离将事件串联成序,这一方法是赋法中常用的典型描写技巧。早期乐府诗里使用基本方位作为叙事顺序,可以《江南》为例:

鱼戏莲叶东,鱼戏莲叶西,
鱼戏莲叶南,鱼戏莲叶北。(第4—7句)①

在唐代诗歌中,赋法仍然是将事件组织成序的主要方式。②白居易的《新丰折臂翁》可以为证:

新丰老翁八十八,头鬓眉须皆似雪。
玄孙扶向店前行,左臂凭肩右臂折。(第1—4句)③

对老人的叙述从他的年龄开始,接着描写他的头发颜色,鬓角颜色,眉毛和胡子的颜色。接着,叙述的焦点转到了对老人姿势的描写,并提到了他的两个胳膊:左臂用于支撑自己,而右臂已经折断了。相似的例子还有白居易《卖炭翁》和《观刈麦》:

满面尘灰烟火色,两鬓苍苍十指黑。④
复有贫妇人,抱子在其旁。

---

① 见傅锡壬译注:《历代乐府诗选析》,台北:五南图书出版有限公司1999年版,第22页。

② 有关《乐府》诗从东汉六朝时期到唐代叙事发展的讨论,见C. H. Wang, "The Nature of Narrative in T'ang Poetry", in *The Vitality of the Lyric Voice: Shih Poetry from the Late Han to T'ang*, edited by Shuen-fu Lin and Stephen Owen (Princeton: Princeton University Press, 1986), 217-252。有关东汉到唐代诗歌顺序框架的讨论,见Dore I. Levy, *Chinese Narrative Poetry*, 104-120。

③ 见傅锡壬译注:《历代乐府诗选析》,第171页。

④ 《卖炭翁》,第3—4句。

右手秉遗穗,左臂悬敝筐。①

在这两首诗里,描写的次序跟随着视觉的转移。在《卖炭翁》中,描写焦点首先在他的面部,接着转向他的鬓角,最后落到他的手指。在《观刈麦》中,描写次序与《卖炭翁》类似。

受到前代诗歌尤其是乐府的启发,唐代诗人们将基本方位或天体纳入连接事件次序的方法中。一个典型的例子就是韦庄的《秦妇吟》。在描述城市逃难的人群以暗示皇帝及其随从已经抛弃了都城而求活命时,作为与故事中的人物绑定的叙述者,秦妇以天上星辰的"逃窜"为叙述的顺序:

火迸金星上九天,十二官街烟烘焖。
日轮西下寒光白,上帝无言空脉脉。
阴云晕气若重围,宦者流星如血色。
紫气潜随帝座移,妖光暗射台星拆。(第41—48句)②

然而,相比于汉唐叙事诗,袁枚的《虎口行》仍显出叙事上的特立独行。这是因为《虎口行》的谋篇布局中新增了事件的演进发展顺序。

事物发展顺序

无论是以时间顺序将事件连接成序还是ABA结构,都不起源于袁枚。然而,袁枚可能是第一位利用故事情节要素的演进来架构叙事诗的作者。这一顺序类型被称为"事物发展顺序"(developing sequence)。

在一个发展的顺序之中,围绕"共同主题"的各个事件要素各循其径,交叉演进,从而构成事件的发展顺序,比如残忍的行为、酿

① 《观刈麦》,第13—16句。见王余杞、闻国新选释:《历代叙事诗选》,第187页。

② 见治芳、楚葵:《历代叙事诗选译》,第140页。

造的惨案、恐怖与懊悔的情绪等。诗篇的张力随着各要素的演进而逐步增强,如懊悔之情的积累会使诗篇更具感染力。情绪的叠加使读者受到感染,也进而感知并陷入作者营造的懊悔情绪当中。

事物发展顺序的使用能够追溯到讲述故事的传统,并且在中国白话小说如《三国演义》中经常见到。[①] 在这部小说中,罗贯中(约 1330—约 1400)塑造人物的技巧是这一事物发展顺序的典范。在小说中,关羽大破敌军,如入无人之境,眨眼之间便砍下了敌方将领的头颅;[②]赵子龙如同天降神卫,于百万军中两次解救阿斗,接着将其护于胸前突出重围;[③]张飞能以大吼之声吓得敌军百万之众驻足不前。[④]

在《水浒传》[⑤]中,施耐庵(1296—1370)在描写三位壮士——鲁智深、武松和李逵时,也用到了相同的方法。鲁智深义愤于一名屠户的残暴,仅用三拳便将其殴打致死;[⑥]武松在其兄长被残忍谋杀后,暴怒地将潘金莲和西门庆砍头挖心;[⑦]李逵生性嗜杀,且杀人不需要缘由。[⑧] 此外,鲁智深力量极大,可倒拔垂杨柳;[⑨]武松身强体壮,可徒手打死猛虎;[⑩]李逵能一次杀死四只老虎。[⑪]

---

① 罗贯中:《三国演义》,台北:1998 年版。有关本书叙述的分析,见 Peter Li, "Narrative Patterns in *San-kuo* and *Shui-hu*", in *Chinese Narrative: Critical and Theoretical Essays*, edited by Andrew H. Plaks (Princeton: Princeton University Press, 1997), 73-84。

② 见罗贯中:《三国演义》,第二十五回,第 223 页。

③ 见罗贯中:《三国演义》,第四十一回,第 359—363 页。

④ 见罗贯中:《三国演义》,第四十二回,第 365 页。

⑤ 施耐庵:《水浒传》,台北:文化图书公司 1990 年版。有关本书叙述的分析,见 Peter Li, "Narrative Patterns in *San-kuo* and *Shui-hu*"。

⑥ 见施耐庵:《水浒传》,第二回,第 35—36 页。

⑦ 见施耐庵:《水浒传》,第二十五回,第 257—259 页。

⑧ 见施耐庵:《水浒传》,第三十九、四十九回,第 393—394、492—493 页。

⑨ 见施耐庵:《水浒传》,第六回,第 70 页。

⑩ 见施耐庵:《水浒传》,第二十二回,第 212—213 页。

⑪ 见施耐庵:《水浒传》,第四十二回,第 423 页。

虽然在中国白话小说中,通过事物的发展将事件连接起来的用法常见,但在袁枚的时代之前,中国叙事诗中使用这种技巧的证据仍显不足。在《悲愤诗》中,主人公蔡文姬所遭受的苦难是通过几个事件来描写的。例如,她被南匈奴抓住并带往匈奴人寒冷艰险的游牧故乡,而且被迫与一位匈奴勇士成婚。在此之后,她所处的恶劣环境有所改善,而她也能得到一些快乐,但最终任何的快乐都被她因同儿子分离、故乡荒芜产生的悲痛绝望所碾碎。事实上,作为与故事中的人物绑定的叙述者和主人公,她并未尝试使用不同程度的悲伤之词来形容她的苦难;相反,她所承受的创伤从开始到最后都同样沉重。

在《秦妇吟》中,悲剧的程度同样没有什么不同。在这首诗里,无论是哪位邻居,东邻女也好,西邻女也罢,她们的遭遇都是悲伤的。无论最终的结局如何,自杀抑或被抓,所有的结局都是不幸的。无论是何种令人痛苦的景象,人们从流言中感受到的失望,或是人们在饥饿状态下的慌乱无序,都令人哀痛。无论是哪种暴力之举,叛军的劫掠或是官军的抢夺,所有这些都不人道。秦妇与老翁,二者无论是谁都是可怜人。秦妇是与故事中的人物绑定的叙述者,她并未试图将悲伤的不同等级进行简单区分,因为在她生活中发生的剧变以及由此带来的各种事情对她而言都同等悲惨。此外,由于读者在诗歌开篇就沉浸于各种悲剧的状态中,因此他对区分悲伤的程度并不关心。

在《孔雀东南飞》中,主人公兰芝和袁枚的三妹①一样,与丈夫分开后都觉得生活难以为继,而她后来的自杀也就是一个可以预见的悲剧结局了。纵然发生在不同的时间空间内,但兰芝在自己

---

① 袁枚的三妹袁机婚后遭遇了狠毒的家庭暴力,在经历了痛彻心扉的婚姻与离婚之后,她的性格发生了改变,并且活得痛苦而又无依无靠,直到孤独死去。袁枚为他挚爱的妹妹写下了诸多文学作品来寄托哀思,其中最有名的包括《哭三妹五十韵》《女弟素文传》以及《祭妹文》。有关这些作品的讨论以及袁机的不幸遭遇,见 Jerry D. Schmidt, *Harmony Garden*, 433—437。

的家庭以及丈夫的家庭中遭受的虐待并无程度深浅之分,而无处倾诉的处境更是雪上加霜。然而,在《虎口行》中,袁枚将边大绶的怯懦作为一般的描写主题,并且利用他行为懦弱的程度作为事件发展线索,从而将不同事件有机连接起来。

例如在此诗的第二篇章内,袁枚首次描写边大绶的胆小与虚伪,使用的手法就是揭露其不敢与李自成正面交锋,而选择掘人祖坟的行径。接着又夸大描写了他与尸体“作战”的危险性。当边大绶成功摧毁坟墓时,他变成了一位英雄,老百姓对他能够击败叛军的期待值达到了顶点。然而,正当百姓和边大绶都在享受胜利时,叛军攻破了城池,欢呼庆祝的声音仍然回荡在空气中,百姓们的哭声便刺破云霄了。边大绶想要逃跑却犹豫不决,这里是为了与他的英雄主义作对比。百姓们似乎明白了事情的真相,所谓的英雄不过是百姓们自己虚构出来的用以寄托他们的幻想从而起到自我安慰作用的人物罢了。他们放声痛哭,并劝边大绶赶快逃跑,不要祸及家人。尴尬的是,边大绶不仅被捕,还被游街示众,以告诫暴行。他的地位一下子从英雄变成了囚犯,这仅仅是因为他的犹疑不定。当他在狱中遭受折磨时,他被寄予成为一位悲情英雄的期望,就像文天祥(1236—1283)那样以身殉道。然而,边大绶表现出来的却像一个懦夫,因惧怕严刑拷打而瑟瑟发抖。边大绶在诗中的人格是逐步降低的:从一个赫赫有名的英雄降为伪君子、囚徒,直至懦夫。不过,袁枚并未止笔,仍然继续加大他的讽刺力度。在边大绶逃跑过程中,昔日的英雄被描绘成一只惊弓之鸟,连一个农民的喊叫之声都把他吓个半死。

叙事诗歌或小说中的时间顺序抑或事情发展顺序都是基于同样的假设:叙事文学是生活的微缩,其目标是模拟现实生活。因此,叙事文学中的事件应该以一种逻辑顺序被连接起来,以此来保证叙事的完整性。[①] 事件之间的逻辑联系被理解为因果关系,即有因必有果,反之亦然。举例来说,在《虎口行》中,边大绶掘墓的行为带给他被抓捕和监禁的后果,反过来又带来了他逃脱的结果,他的成功逃脱以及李自成起义的最终失败又成为这个懦夫变成英雄的原因。另外,叙事完整性的原则在这首诗 ABA 的结构设计中显而易见:开头、过程和结局,刚好符合一个齐整的因果关系结构。不过,无论一个作家在模拟现实生活上是何等技巧高超,在写作的过程中,生活总是被浓缩、被扭曲、被转变过的,因此也就无法与现实世界的生活保持完全一致。换言之,在文学领域,因果关系的原则很难将现实生活的完整图景呈现出来。既然如此,那么在连接故事情节的各要素时,为什么又必须将因果关系作为主要手段呢?

袁枚很显然也有此疑问,并且在他的另外一首诗《归家即事》中尝试避免使用因果关系的原则。这首诗包括十三个小节,分别是:第一节,准备归家;第二节,抵家;第三节,母亲絮语;第四节,父亲训诫;第五节,二妾私聊;第六节,妻子查看行囊;第七节,母亲令其早眠;第八节,祭扫祖母坟茔;第九节,西湖之行;第十节,出行准备;第十一节,家人求其再留数日;第十二节,家人送别;第十三节,悲伤独白。所有这些小节都是松散连接的,彼此之间似乎不相关涉。此外,叙事的声音和视角以及叙述的内容每节都各不相同。在这些小节中,唯一类似的就是琐细的谈话。袁枚是自己故事中的主人公,但他直到末节准备离开时才开口说话。除了袁枚在末尾悲伤的内心独白,叙事都是以对日常琐碎之事漫记的形式开展的。在袁枚的叙述中,他表现出来的就像一位陌生人,对他所记录下来的事情很难理解。琐碎的谈话,家人请其久留以及他自己勉强离去,这些事件当中都缺乏因果关系,袁枚也陷入对其家人忽而

① 有关中国白话小说中因果关系的使用与功能的讨论,见张大春:《小说稗类》,台北:联合文学出版社 1998 年版,第 52—60 页。

冷漠忽而亲密的心绪之中。[①] 袁枚在其叙事中尝试避免因果关系,这在中国传统叙事诗歌中罕见。

袁枚《归家即事》中"漫记式"的系列结构可能受到吴伟业诗歌的启发。前文已述,中国长篇叙事诗直到清代才进入黄金时代,在这一过程中,最重要的人物之一便是吴伟业。吴诗最重要的叙事风格之一就是错综复杂的顺序结构,顺序结构中的叙事艺术在吴诗中得到了最为充分的发展。吴伟业从其他文学形式中吸收了顺序结构的形式,这一成就或许也启发了诸如袁枚之类的后辈诗人。吴诗中复杂的顺序结构是由复杂的倒叙结构(intricate analeptic structure)和缀断的顺序结构("independent-but-linking" sequential structure)组成的。复杂的倒叙结构创造多重瞬时性,不仅重现了那个发生剧变的时代的历史混乱,而且创造出一种前所未有的阅读体验,读者从中能够通过叙事结构感知一种特别的意义。缀断的顺序结构是吴伟业从其他文学形式中吸收过来的,用以提升其诗歌的叙事艺术水平,这一结构由一系列似断实连的历史事件组成,这些历史事件呈现出一系列的历史场景。在这一顺序结构中,不同人物在各个事件中被次第描摹。用这种顺序结构组成的作品像是一个故事集,每一个故事都可以单独成立,却又彼此联系。这一结构又被称为情节连属顺序结构(linked-plot sequential structure),它与讲故事传统关系密切,并且在明清白话小说中随处可见。[②] 这一结构不仅丰富了叙事张力的复杂性,而且还创造了诗歌叙事中某种潜在的空间结构,而非线性结构。吴伟业成功地从其他文学形式中,将缀断的顺序结构吸收进他的诗歌中。受此启发,袁枚创造了"漫记式"的顺序结构,这是一种中国

---

① 有关此诗及其对中国诗歌叙事发展的贡献的讨论,见 Jerry D. Schmidt, *Harmony Garden*, 428-431。

② 有关中国小说情节连属系列结构的讨论,见 Peter Li, "Narrative Patterns in *San-kuo* and *Shui-hu*"。

诗歌叙事发展中新的顺序结构形式，用以表现中国诗歌中一种不常见的主题：疏离感。

人物刻画

叙事者的身份和人物的初始状态

中国叙事诗歌中，叙事者的身份影响着人物的初始状态，反过来又影响读者的认知。中国叙事诗中可以发现三种类型的叙事者：引导者、代言者和旁观者。这三种叙事者的类型都是根据读者对他们不同功能的认知来区分的。另外，叙事者的身份不同，相对应的人物刻画的技巧也有不同。

引导式的叙事者就像站在读者与被叙述的文本之间的第三者一样，引导着读者如何体验文本。这对于读者与被叙述文本之间的直接联系产生了一个阻塞效应，并且在二者之间制造了距离。因此，被叙述文本对于读者的认知而言也就更不明确，这就限制了读者以个人的经验参与到叙事之中。这种叙事者可以在《长恨歌》《圆圆曲》以及《悲愤诗》的开篇找到证明。

《悲愤诗》是一首自传体叙事诗歌，其中叙事者拥有两个不同身份的角色。宏大历史的叙事者（以下称宏大叙事者）首先登场，历史剧变的受害者其后出现：

汉季失权柄，董卓乱天常。
志欲图篡弑，先害诸贤良。（第 1—4 句）

马边悬男头，马后载妇女。
长驱西入关，迥路险且阻。
还顾邈冥冥，肝脾为烂腐。（第 17—22 句）

儿前抱我颈，问母欲何之？（第 61—62 句）

见此崩五内，恍惚生狂痴。

号泣手抚摩,当发复回疑。(第 69—72 句)[1]

作为宏大叙事者,蔡文姬表现得像第三者一样从被叙述文本中剥离开来。她的声音尽量与被叙述文本保持客观,这时她作为受害者的身份是不明显的。当叙事视角从宏大历史切换到个人遭遇时,她作为受害者的身份便浮出水面了,并且替代了宏大叙事者的位置。换言之,她的身份从宏大历史的叙事者切换到了她个人故事的讲述者。作为一名受害者,叙事者不再肩负引导者的功能,当然,她变成了代言者,而她的声音也因此变得更为主观和感伤。

另外,这首诗的叙事焦点逐渐从一种更广阔的宏大历史叙事集中到一种更狭窄、更聚焦于个人特殊遭遇的叙事上。这种技巧用术语来说就是"反三角描写"(inverted triangle description)。[2]柳宗元(773—819)的《江雪》中可以找到这种典型案例:

千山鸟飞绝,万径人踪灭。
孤舟蓑笠翁,独钓寒江雪。[3]

这首诗的叙事焦点从一千座山拉近到一万条路,最后再到一条孤零零的船。沿着这一路径,焦点又变到一位戴着斗笠披着蓑衣的老翁身上,最终聚焦到一个极为微小的点上——渔线触碰到飘落的一片雪花。虽然最终的聚焦点是最细微的,但却也是最集中的。无论是千山,还是政治的剧变,它们都被当成了最终聚焦点的背景。在《悲愤诗》的案例中,历史背景有助于将最终的聚焦点放在受害者的经历上。此外,通过对比,焦点有助于与背景相融合,因此也能帮助读者感知到作为有机整体的描写。

代言式的叙事者是叙述中一个活跃的人物,他通过自己的语

① 见王余杞、闻国新选释:《历代叙事诗选》,第 40—42 页。

② 见王靖献(杨牧):《传统的与现代的》,台北:洪范书店 1987 年版,第 37—51 页。

③ 见高步瀛选注:《唐宋诗举要》,台北:学海出版社 1983 年版,第 775 页。英译由作者完成。

言和行为表述自己的经历。另外，叙事者承担着读者化身的功能，也就是说，通过叙事者的行为和观点，读者能够感知到被叙述的文本。由于代言人是一个活跃的人物，而非被叙述文本与读者之间的第三者，被叙述文本对于读者而言更加明确。因此，被叙述文本能够更为直接地展示给读者，读者对被叙述文本的感知也可以得到提升。这一点反过来又可以帮助读者参与到被叙述文本中。这种类型的叙事者可以在《木兰诗》《琵琶行》《秦妇吟》以及《悲愤诗》第二部分中找到证据。

在《琵琶行》中，白居易这样描写女伶人的出场，"忽闻水上琵琶声，主人忘归客不发"(第7—8句)。读者通过叙事者的听觉感受立刻就惊喜地听到了琵琶的声音。接下来的句子是"寻声暗问弹者谁"(第9句)，在这一句中，读者不仅跟随叙事者去探索伶人是谁，而且还会期待与琵琶女见上一面。后一句"琵琶声停欲语迟"(第10句)形成了一种悬念，叙事者也在想自己能否真正见到女伶人的面容。

> 移船相近邀相见，添酒回灯重开宴。
> 千呼万唤始出来。(第11—13句)

这些诗句增加了悬念感，并且又一次提升了读者的预期。终于，在读者的高度期待中，女伶人出现了。然而，她"犹抱琵琶半遮面"(第14句)，仍然保持着神秘感，再次提升了叙事者和读者的好奇心。

在《秦妇吟》中，韦庄对秦妇首次露面的描写出现在对季节性景色描写的背景中，因此他与女子的首次邂逅也被渲染上了颜色。透过叙事者的眼睛，读者看到了洛阳城墙外春花烂漫、花飞如雪的景色：

> 中和癸卯春三月，洛阳城外花如雪。
> 东西南北路人绝，绿杨悄悄香尘灭。
> 路旁忽见如花人，独向绿杨阴下歇。(第1—6句)

借问女郎何处来？含颦欲语声先咽。
回头敛袂谢行人。(第 9—11 句)

前年庚子腊月五,正闭金笼教鹦鹉。
斜开鸾镜懒梳头,闲凭雕栏慵不语。
忽看门外起红尘,已见街中擂金鼓。(第 17—22 句)①

叙事者和读者同时在诗句中邂逅了这位美丽的妇人:“路旁忽见如花人”(第 5 句)。当叙事者问:“女郎何处来?”(第 9 句)读者对此的好奇心也被唤醒了。在诗句“含颦欲语声先咽”(第 10 句)中,这位妇人憔悴柔弱的样子不仅勾起了读者的同情心,还进一步提升了读者继续深入了解故事的好奇心。当读者的好奇心和同情心已经被调动起来之后,这个悲伤的故事也就开始了,而故事的叙述者也变成了秦妇。在这首诗中,韦庄和秦妇都是与故事中的人物相绑定的叙事者。更进一步说,他们都是读者认知的代言人。透过他们的眼睛,读者见证了妇人邻居的悲剧;通过他们的声音,读者听到了在那个政治剧变年代中百姓的呐喊。

旁观式的叙事者具有见证者的身份。在这种情况下,叙事者试图说服读者相信他的叙述,但又不能让读者的感受被叙事者主导。引导者和代言者将诸如个人主观理解、多愁善感等状态置于人物身上,以此来主导人物的表演和读者的感知。然而,旁观式的叙事者避免在人物的表演上安排太多压力,相反,这种叙事者只提供更客观的视角,从而能让被叙述文本更好地向读者展示自己。对读者来说这有助于文学世界变得更活灵活现。在这些环境下,读者可能更好地参与到被叙述文本中。这一类型的叙事者可以在《孔雀东南飞》以及袁枚的《虎口行》和《归家即事》中找到证据。

《孔雀东南飞》中有两种类型的叙事者,第三人称全知叙事者以及与故事中的人物绑定的叙事者。第三人称叙事者,也就是诗

① 见治芳、楚葵:《历代叙事诗选译》,第 139 页。

人，是故事的主要叙事者，从一个全知视角详细地叙述整个故事。这一点在讲述兰芝与焦仲卿自杀时，文中有所暗示。仲卿独自坐在空荡荡的屋子里，因此不可能有人知道他在想什么。兰芝投水之前，也不可能有人听到她的临终叹息：

府吏再拜还，
长叹空房中，作计乃尔立。
转头向户里，渐见愁煎迫。
其日牛马嘶，新妇入青庐。
奄奄黄昏后，寂寂人定初。
我命绝今日，魂去尸长留。
揽裙脱丝履，举身赴清池。
府吏闻此事，心知长别离。
徘徊庭树下，自挂东南枝。（第 327—343 句）①

此外，诗人在此诗中寄寓了教训。这在本诗开篇的第一联就显而易见，从而为这个故事奠定了一个基调，并揭示了两位主人公最终的悲剧结局：

孔雀东南飞，五里一徘徊。（第 1—2 句）

生人作死别，恨恨那可论！（第 302—303 句）

多谢后世人，戒之慎勿忘！（第 356—357 句）②

这种叙事者在故事中渗透自己观点的现象可以追溯到历史书写的传统，诸如《史记》中的“太史公曰”“赞”“赞曰”③，以及《左传》中的“君子曰”④。

除此之外，与故事中的人物绑定的叙事者，如兰芝、仲卿、刘

① 见王余杞、闻国新选释：《历代叙事诗选》，第 33 页。
② 同上书，第 26、32、33 页。
③ 见泷川龟太郎：《史记会注考证》，台北：洪氏出版社 1975 年版。
④ 见杨伯峻编著：《春秋左传注》，北京：中华书局 1990 年版。

母、焦母、媒人,都从自己受限的视角叙述了他们自己的故事,这与全知叙事者的视角有所不同。因此在这首诗中,叙事者的切换就要求叙述视角的切换。尽管是从全知视角详述故事的每个细节,第三人称全知叙事者表现得像一位具有观众功能的见证者,通过使用直接引语来叙述人物的故事。换言之,人物用他们自己的声音来表达自己:

> "十三能织素,十四学裁衣。
> 十五弹箜篌,十六诵《诗》《书》。
> 十七为君妇,心中常苦悲。
> 君既为府吏,守节情不移。
> 贱妾留空房,相见常日稀。
> 鸡鸣入机织,夜夜不得息。
> 三日断五匹,大人故嫌迟。
> 非为织作迟,君家妇难为。
> 妾不堪驱使,徒留无所施。
> 便可白公姥,及时相遣归。"
> 府吏得闻之,堂上启阿母:
> "儿已薄禄相,幸复得此妇。
> 结发同枕席,黄泉共为友。
> 共事二三年,始尔未为久。
> 女行无偏斜,何意致不厚?"
> 阿母谓府吏:"何乃太区区!
> 此妇无礼节,举动自专由。
> 吾意久怀忿,汝岂得自由!
> 东家有贤女,自名秦罗敷。
> 可怜体无比,阿母为汝求。

便可速遣之，遣去慎莫留！”（第3—44句）[①]

直接引语的使用是中国乐府诗中主要的叙事手段之一。相关的证据可以在诸如《陌上桑》《孤儿行》[②]以及《羽林郎》[③]等乐府诗中找到。在中国叙事诗歌中，以对话或独白形式出现的直接引语常被用作刻画人物思想、感情或性格，推动情节发展以及描绘特定场景。[④] 例如，在杜甫（712—770）的《新安吏》中，两位人物间的对话起到了推动事件发展、提供历史场景描绘的作用：

借问新安吏：“县小更无丁？”
“府帖昨夜下，次选中男行。”
“中男绝短小，何以守王城？”（第3—8句）[⑤]

通过与新安吏的对话，诗人指出官府的困难处境就在于被迫征召年轻的男孩从军入伍。同样的技巧也被杜甫用在《潼关吏》中：

借问潼关吏：“修关还备胡？”
要我下马行，为我指山隅：
“连云列战格，飞鸟不能逾。
胡来但自守，岂复忧西都。
丈人视要处，窄狭容单车。
艰难奋长戟，万古用一夫。”

---

① 见王余杞、闻国新选释：《历代叙事诗选》，第26—27页。

② 见陈友冰编：《两汉南北朝乐府鉴赏》，台北：五南图书出版有限公司1996年版，第158—164页。有关此诗的叙事学分析，见Dore I. Levy, *Chinese Narrative Poetry*, 60。

③ 见陈友冰编：《两汉南北朝乐府鉴赏》，第190—196页。

④ 有关中国诗歌中人物直接引语的叙事功能的讨论，见田宝玉：《中国叙事诗的传承研究：以唐代叙事诗为主》，台湾师范大学博士学位论文，1993年，第187—189页。

⑤ 见王余杞、闻国新选释：《历代叙事诗选》，第105页。

"哀哉桃林战,百万化为鱼。
请嘱防关将,慎勿学哥舒。"(第5—20句)[①]

在这首诗里,人物对话不仅为推动事件发展服务,而且发挥了刻画潼关吏人物形象的作用。在他的话语中,关吏被描写成一个对于即将到来的危险毫无远见而又过于自信的人。除了人物间的对话,中国乐府诗中另一个主要的叙述手段是独白。独白的运用可以在《木兰诗》《行路难》、杜甫的《新婚别》[②]、元稹的《连昌宫词》[③]、韦庄的《秦妇吟》以及张籍的《节妇吟》[④]和《各东西》[⑤]中找到证据。张籍的《节妇吟》在这一点上是个很好的例子。诗歌的叙述者是一位贞洁的妇人,她的陈词起到了将其塑造为一位节妇的作用:

君知妾有夫,赠妾双明珠。
感君缠绵意,系在红罗襦。
妾家高楼连苑起,良人执戟明光里。
知君用心如日月,事夫誓拟同生死。
还君明珠双泪垂,恨不相逢未嫁时。[⑥]

将人物的陈词用作人物塑造和事件发展的手法影响了袁枚的叙事诗。在《虎口行》中,叙事者表现得像一位旁观者,置身事外,让人物通过他们自己的声音和行动向读者展示自我。袁枚没有站到被叙述文本与读者之间,因此,他没有阻碍二者之间产生直接联系。此外,袁枚不是被叙述文本的组成部分,也没有通过自己的感

---

① 见王余杞、闻国新选释:《历代叙事诗选》,第109页。
② 同上书,第110页。
③ 同上书,第149—151页。
④ 见傅锡壬译注:《历代乐府诗选析》,第533页。
⑤ 同上书,第536页。
⑥ 英译见吕叔湘、许渊冲编著:《中诗英译比录》,香港:三联书店有限公司1988年版,第233—234页。

受控制读者的感知。他表现得像一位目击者,像观众中的一员,通过他笔下人物的陈词讲述一个与历史并不相同的故事。人物行为和语言的使用能提升叙事的真实感,从而帮助读者将自己的经历与被叙述文本相沟通。这一点可以这首诗的开篇为证:

入虎穴,登虎口,
吾戴吾头虎牙走。
欲啮不啮,虎不如狗。
君不见太原守,姓边名大绶。(第1—7句)

在开篇的五句中,主人公通过自己的声音进行了自我画像。这里读者面对的是了一个带有矛盾性质的英雄——小丑式的英雄。最开始的三句是由主人公的独白组成的,在总共十三个字中包含了“入”“登”“戴”“走”四个动词,以及“虎”这一名词的三次重复。动词的主语就是主人公,他将与老虎进行搏斗。动词和三个“虎”字有效地显示了英雄与老虎之间的对比。通过对比,叙述的焦点迅速放大到他们的对抗上,这样读者不仅能感受到战争一触即发,而且也能感受到英雄正处于危难之中。在这样的环境下,读者期待英雄能够表现得像武松一样,英勇地与老虎搏斗并杀死老虎;或者像项羽一样,在战场上战斗到最后一息。然而,接下来的两句诗指出,老虎非但不会咬人,甚至被英雄肆意捉弄,老虎不再是一头凶猛的野兽了。

在最开始的三句诗中,读者对主人公以英雄视之。不过,在随后的两句诗里,主人公的行为与读者所期待的英雄行为大相径庭,这就给读者造成了疑惑。在读者正疑惑时,叙事者突然通过自己的声音站了出来,声称:“君不见太原守,姓边名大绶。”(第6—7句)叙事者的声音惊讶了读者,刺激了读者的好奇心,让他继续阅读下去以揭开事实的真相。

换句话说,袁枚第一次是以观众的身份出现的,仅仅是作为一位旁观者,置身事外以免直接主导读者对被叙述文本的认知。随后,他让人物以自己的行动来展示自我,这就使得读者更加直接体验人物。总体上,《虎口行》的第一篇章只有七句诗,三十二个字。虽然如此,袁枚设法安排三种语气的快速变化:勇敢,滑稽以及反讽。这些使得读者快速从情绪上感受到三种变化,从英勇,到疑惑,最后到好奇。通过这些快速变化的情绪,施加于读者认知上的影响得到了加强。

除了作为一位旁观者,袁枚诗中的叙事者同时还承担着作为第三人称全知视角以及渗透自己观点到故事中的功能。作为提供了全知视角的第三人称,叙事者甚至知道主人公在狱中想了什么。作为渗透自己观点到故事中的第三人称,叙事者通过他对英雄的评论来在自己的叙事中现身:

> 公自念,丈夫死耳何悲哀?
> 但不知抽肠钉舌,千灾五毒如何来?(第52—55句)
>
> 公书其事记辛苦,我歌为诗告千古。
> 但凭天,莫畏虎!(第95—98句)

叙事者全知视角的使用有助于提高其所用来推翻昔日英雄传奇证据的可信度与信息量。然而,作为第三人称叙事者,他还可能承担着另一个功能,那就是影响被叙述文本与读者间发生沟通的引导者。而且,通过保有将自己的观点渗透入故事的能力,这样的叙事者可以通过自己的评论帮助读者更好地理解被叙述文本。不过,他也可能承担一个类似于通过自己主观阅读来主导读者认知的代理人的功能。相对来说,通过保有旁观者的功能,叙事者能够避免引导者与代理者的强迫性的影响,从而提升他叙事的可信性。换言之,在这首诗里第三人称全知叙事者渗透进了故事中,这一叙事者的使用仅仅是强化诗人对其所创作英雄的讽刺的一种手段,并且不会让读者失去对诗人叙事可靠的感觉。这种类型的叙事者可以被称为“说书人视角的叙事者”(the narrator with the storyteller's point of view)[①]。这可以从出现在中国乐府诗和小说,以及诸如《左传》《国语》[②]《史记》等历史书写的民间故事传统中找到踪迹。

以角色的行动来向读者展示其性格的技法在中国白话小说中屡见不鲜。例如,在《水浒传》里,对西门庆与潘金莲在王婆家调情的描写就是从一双掉在地上的筷子开始:

> 且说西门庆自在房里,便斟酒来劝那妇人;却把袖子在桌上一拂,把那双箸拂落地下。也是缘法凑巧,那双箸正落在妇人脚边。西门庆连忙蹲身下去拾,只见那妇人尖尖的一双小脚儿正翘在箸边。西门庆且不拾箸,便去那妇人绣花鞋儿上捏一把。那妇人便笑将起来,说道:"官人,休要啰唣!你真个要勾搭我?"[③]

叙事者似乎置身事外,让两个人物自己向读者展示自我。没有了引导者的主导,抑或是代理者的强迫,书写就变得更加现实了。这就使得读者更容易对西门庆和潘金莲之间发生的事情产生同理心。然而,笑笑生(16世纪下半叶)在《金瓶梅》[④]中对西门庆

---

① 见 John C. Y. Wang, "Early Chinese Narrative: The Tso-chuan as Example", in *Chinese Narrative: Critical and Theoretical Essays*, 3-20; John C. Y. Wang, "The Nature of Chinese Narrative: A Preliminary Statement on Methodology", *Tamkang Review* 6, no. 2 and 7, no. 1 (1975-1976), 229-246。(中译文见[美]王靖宇:《中国早期叙事作品的典范——〈左传〉》,勾承益译,《成都大学学报(社会科学版)》1991年第1期,第62—67页;[美]王靖宇:《中国叙事文的特征——方法论初探》,载《中国早期叙事文研究》,上海:上海古籍出版社2003年版,第1—20页。——译者)

② 见高振铎、刘乾先译注:《国语》,台北:锦绣出版社1992年版。有关此书叙事方面的分析,见王靖宇:《从叙述文学角度看左传与国语的关系》及《再论左传与国语的关系》,载《中国早期叙事文论集》,台北:"中研院"中国文哲研究所筹备处1999年版,第135—167、169—178页。

③ 见施耐庵:《水浒传》,第二十三回,第236—237页。

④ 见笑笑生:《金瓶梅》,台北:三诚堂出版社1999年版。有关此小说的叙事分析,见 David T. Roy, "Chang Chu-p'o's Commentary on the *Chin p'ing mei*", in *Chinese Narrative: Critical and Theoretical Essays*, 115-123。

和潘金莲调情与通奸的描写看起来更生活化，相比于施耐庵在《水浒传》中的写法更加细致。在潘金莲引诱性的语言之外，这两个爱侣的床笫之言通过他们自己的声音被逼真地描写出来，这不仅吸引了读者的注意力，而且激发了读者的想象力。

在《红楼梦》中，曹雪芹(约1715—约1764)对王熙凤(又被称为凤姐)的人物个性的塑造，是以林黛玉第一天进贾府时所发生事情的细节描写开始的。在这一篇章的开头，黛玉见到了贾府众人，并且被贾府的老夫人贾母拥抱：

> 众人见黛玉年纪虽小，其举止言谈不俗，身体面貌虽弱不胜衣，却有一段风流态度，便知他有不足之症。因问："常服何药？为何不治好了？"黛玉道："我自来如此，从会吃饭时便吃药，到如今了，经过多少名医，总未见效。……如今还是吃人参养荣丸。"贾母道："这正好，我这里正配丸药呢，叫他们多配一料就是了。"
>
> 一语未完，只听后院中有笑语声，说："我来迟了，没得迎接远客！"黛玉思忖道："这些人个个皆敛声屏气如此，这来者是谁，这样放诞无礼？"心下想时，只见一群媳妇丫鬟拥着一个丽人从后房进来。这个人打扮与姑娘们不同，彩绣辉煌，恍若神妃仙子。……一双丹凤三角眼，两弯柳叶掉梢眉，身量苗条，体格风骚，粉面含春威不露，丹唇未启笑先闻。
>
> 黛玉连忙起身接见。贾母笑道："你不认得他：他是我们这里有名的一个泼辣货，南京所谓'辣子'，你只叫他'凤辣子'就是了。"……黛玉虽不曾识面，听见他母亲说过：大舅贾赦之子贾琏，娶的就是二舅母王氏的内侄女；自幼假充男儿教养，学名叫做王熙凤。黛玉忙陪笑见礼，以

"嫂"呼之。①

在这些人物的对话中,黛玉的遭遇以及她昔日的疾病都被一一回顾了出来。紧接着,正当贾母说着:"这正好,我这里正配丸药呢,叫他们多配一料就是了。"熙凤的笑声和说话声便破空而来。她的突然打岔完全扰乱了原本伤感的气氛。除此之外,熙凤的行为也与贾府的基本规范——无论如何在贾母说话时都严禁他人打断——不相符合。熙凤泼辣无礼的性格通过她的笑声被刻画了出来。此外,黛玉紧接着的内心独白从她自己的视角描绘了熙凤的样子,这里的独白也常被用来强调熙凤的性格。这就提升了读者的好奇心,能够让读者更加期待与熙凤邂逅。

在读者的期待中,熙凤出场了。然而,熙凤的出场并非通过她的行动与语言来实现,相反,曹雪芹从熙凤的服饰着手进行描写。这构成了一个从小说人物林黛玉的视角开展的第三人称叙事。以这种方式,读者见到了一位穿着考究、身材苗条、富有气质而且十分性感的女人。在此之后,即使没有开口说话,熙凤仍然保持着她的神秘性。更有甚者,叙事的焦点以及视角都转移到了另一个与人物绑定的叙事者——贾母。通过贾母的介绍,熙凤被描绘成一个"泼辣货"。在此之后,焦点再一次转移到黛玉这边。通过黛玉的内心独白,熙凤的家庭背景和名字由来都被简单地介绍了出来。直到黛玉称呼熙凤为"嫂"并向其问候,熙凤这才开始用她自己的声音说话。从她最初的笑声到她最终开口,曹雪芹用了两段文字,这两段文字是由不同叙事者的声音和不同视角对熙凤的介绍构

---

① 见曹雪芹:《红楼梦》,第三回,台北:文化图书公司1974年版,第21—23页。关于这部小说的叙事分析,见 Andrew H. Plaks, "Allegory in *Hsi-yu Chi* and *Hung-lou Meng*", in *Chinese Narrative: Critical and Theoretical Essays*, 163-202; Wong Kam-ming, "Point of View, Norms, and Structure: *Hung-lou Meng* and Lyrical Fiction", in *Chinese Narrative: Critical and Theoretical Essays*, 203-226; Yu-kung Kao, "Lyric Vision in Chinese Narrative: A Reading of *Hung-lou Meng* and *Ju-lin Wai-shih*", in *Chinese Narrative: Critical and Theoretical Essays*, 227-243。

成。不同的叙事声音和角度被用来增强读者对熙凤的理解，这一技巧在《琵琶行》中描写女伶人首次出场时也用到了，作用是创造一种期待感，提升读者对见到人物的预期。

在《儒林外史》中同样能找到使用人物的对话来描绘人物的证据。吴敬梓(1701—1754)运用了同样的技巧来描写胡屠户：

> "你如今既中了相公，凡事要立起个体统来。比如我这行事里，都是些正经有脸面的人，又是你的长亲，你怎敢在我们跟前妆大？若是家门口这些种田的、扒粪的，不过是平头百姓，你若同他拱手作揖，平起平坐，这就是坏了学校规矩，连我脸上都无光了。……"
>
> ……这些同案的人约范进去乡试。范进因没有盘费，走去同丈人商议，被胡屠户一口啐在脸上，骂了一个狗血喷头，道："不要失了你的时了！你自己只觉得中了一个相公，就'癞虾蟆想吃起天鹅肉'来！……如今疑心就想起老爷来！这些中老爷的，都是天上的文曲星！……(那些老爷)都有万贯家私，一个个方面大耳。像你这尖嘴猴腮，也该撒抱尿自己照照；不三不四，就想天鹅屁吃！……"①

这些段落是胡屠户的话语。他让范进像他一样尊敬有钱人，但不能平等对待平头百姓。胡屠户声称与平头百姓平等相待是破坏礼仪的行为。然而，当范进向胡屠户求助，希望能资助他进京赶考的路费时，胡屠户用尽了污言秽语来羞辱他。通过胡屠户攻击性的话语，读者不仅觉察到他是一个既粗俗又令人厌恶的小市民，

---

① 中文文本见吴敬梓：《儒林外史》，第三回，台北：大中国图书公司 1984 年版，第 28—29 页。关于此小说的叙事分析，见 Shuen-fu Lin, "Ritual and Narrative Structure in *Ju-lin Wai-shih*", in *Chinese Narrative: Critical and Theoretical Essays*, 244-265; Yu-kung Kao, "Lyric Vision in Chinese Narrative: A Reading of *Hung-lou Meng* and *Ju-lin Wai-shih*." 又见李志宏：《儒林外史叙事艺术研究》，台湾师范大学硕士学位论文，1996 年。

而且还能意识到那个时代士人需要面对的尴尬局面。

现实描写

相对来说，通过不同人物来组成不同的视角，具有旁观者身份的叙事者无论是相比于引导叙事者还是代理叙事者，都在使用不同技巧来刻画人物时有了更大的操作空间。这是因为他所塑造的人物行为并不受叙事者的主观性所限制。如上所述，利用人物的语言和动作来表现人物性格在《虎口行》开篇是一种典型的人物刻画技巧。另外，袁枚使用“对比描写”让他的人物刻画更具现实性。例如，在人们要求主人公逃跑之后，袁枚并未解释为何边大绶没有照做，而是直接描写边大绶被捕以及他被游街示众以警示百姓：

碎其骨，伐其树。
腊其蛇，平其墓。
纯灰渚沃雄黄烧，马通熏荡牛溲浇。
军民声如雷，指日灭黄巢。（第27—34句）

一路哭矣，贼来捉矣，骑簇簇矣。
母妻子女，齐入狱矣。
缚公上马，献闯王麾下。
万目睽睽，看掘坟者。（第43—51句）

百姓的失望在“万目睽睽”（第50句）中已经有所暗示了，这与“指日灭黄巢”（第34句）中所体现出来的期待感形成了对比。通过这一对比描写，袁枚将自己对边大绶英勇事迹的讽刺徐徐注入，并且慢慢消减在“碎其骨，伐其树。腊其蛇，平其墓”（第27—30句）的描写中。另一个例子可以在叛军攻城之速与边大绶对逃跑犹豫不决的对比中找到：

贼烟艾朝栋，报贼贼大惊，
登时一矢贯目睛。

公还乡,贼入京。
旁人劝公逃,
公曰老母在,何能行?(第35—42句)

在这一段中,叛军迅速攻破城池,这一点通过短短两句"公还乡,贼入京"(第38—39句)就简洁地描写出来了,仅仅用了六个字。叛军迅速攻破城池之时,正是边大绶面临被抓捕危险之日,尽管如此,他仍然对逃跑犹豫不定。袁枚这里用对比描写是为了体现边大绶的踌躇不决,营造一种紧张的气氛,从而让读者对边大绶接下来的灾难感到焦虑。更进一步,这种焦虑又激发了读者阅读下去的兴趣。

在描写边大绶被监禁的段落里,袁枚继续使用对比描写来说明他的英勇行为实为表象,并揭穿边大绶本质是个懦夫。这颠覆了读者对传奇英雄主义的信仰:

公顺天人宰米脂,闯贼故乡公所治。
欲斩此贼,计不得施。
"不知若祖若父作何状,生宁馨儿。
急掘土中尸,我欲见之。"(第8—15句)

公自念,丈夫死耳何悲哀?
但不知抽肠钉舌,千灾五毒如何来?(第52—55句)

在掘墓之前的段落里,边大绶表现得像一位真正的英雄,以一种坚定不移的口吻来说话。然而,当被捕入狱后,他被刻画成了一个胆小如鼠之辈,对可怕的刑罚担心不已。边大绶在狱中对严刑拷打的恐惧与他之前掘墓时的勇敢形成了鲜明对比,这就更加强化了他的懦弱与虚伪。边大绶前后矛盾的行为给读者造成了困惑。

虽然读者在英雄变成懦夫时已经迷惑了,但当侥幸活下来的懦夫再一次变成英雄时,更神奇的事情发生了。边大绶死里逃生,返回家中,随后变成英雄的身份,在这些段落里,袁枚用对比描写

来揭示整个过程的荒诞:

> 过获鹿,出固关,狞狞闯至黄衣冠。
> 一骑牵公上,一骑摇手言。
> "大王屡败眠不安,莫遽奏王,伤王心肝。"
> 再驰再驱,日至寿阳。
> 逻骑十人,渐不成行。
> 一骑大笑,"汝何不亡?"
> 公乃狂窜,转觉心战。(第 56—71 句)

"一骑牵公上"(第 59 句)营造了一种前途未卜的氛围,似乎边大绶就要被处决了。没过多久,"一骑摇手言"(第 60 句)创造了一种悬念,似乎他的死刑还有一丝回转的希望。这两种氛围的对照就将读者的心与边大绶前途未卜的命运绑在了一起。最终悬念揭晓:他的命运被两个骑兵以一个非常荒诞的理由加以争论——虽然李自成已经决定要杀死边大绶,但其中一个骑兵总结说"莫遽奏王,伤王心肝"(第 62—63 句)。不仅是边大绶的缓刑与逃脱,而且就连他最终成为英雄的事实都要归功于这个荒谬的运气。通过对比描写的使用,袁枚帮助读者体验了整个过程的荒诞,以致懦夫成了英雄。

除了对比描写,袁枚诗里还有另外一种主要的描写技巧就是动作描写。对比描写刻画了边大绶的本性,他并非英雄,而是懦夫。另一方面,动作描写让边大绶的懦弱行为更加生动形象。中国文学中使用动作描写可以追溯到最早期的叙事作品,诸如《左传》《史记》以及《西京杂记》[1]。不管叙事类型为何,无论是小说、叙事诗,抑或是历史书写,对一个人物生活化的刻画都依赖于动作描写。换言之,什么样的人物就要求与人物特点对应的

---

① 见曹海东注译,李振兴校阅:《新译西京杂记》,台北:三民书局 1995 年版。有关此书的描写技巧的讨论,见张大春:《小说稗类》,第 15—24 页。

人物行为。[1] 在《水浒传》第六回鲁智深倒拔垂杨柳的描写中能够找到典型的例证。施耐庵通过使用三个助动词"把""用""将"来对动词诸如"脱""倒缴""拔""趁"等加以强调的方式来描述一系列动作。[2] 在这些动词的帮助下,描写变得更加生活化了,这就让读者能够体验倒拔垂杨柳的经历:读者似乎与鲁智深一道抓住树干、使上浑身力气、挺直腰身、将树拔出泥土:

> 智深相了一相,走到树前,把直裰脱了,用右手向下,把身倒缴着,却把左手拔住上截,把腰只一趁,将那株绿杨树带根拔起。[3]

在与边大绶掘墓相关的篇章中有这样的句子:"碎其骨,伐其树。腊其蛇,平其墓。"(第27—30句)这里袁枚用了四个动词"碎""伐""腊""平"来形容边大绶的愤怒与灭敌之心。在"公还乡,贼入京"(第38—39句)一联中,仅仅六个字却包含了两个对立的主语,"公"与"贼";以及两个同义动词,"还"与"入"。通过这些对立主语与同义动词,袁枚不仅暗示叛军入城之速,而且也暗含了边大绶即将到来的被捕。此外,在邻人请求他逃跑的句子里(第43—47句),袁枚通过重复使用助词"矣"来强烈地传达一种无望之感,并且用了三个动词"哭""捉"与"入"来表达绝望的感觉。通过这种方式,袁枚暗示了百姓们巨大的焦虑与失望。在这首诗的其他地方,作者只用了两联就写出了边大绶逃到荒野以及碰到一个平头百姓给他带来的惊恐(第70—73句)。这两联包括了五个动词,"窜""战""打""呼"以及"惊",这些词放在一起都体现了"怕"的感觉。袁枚通过这些动词展示出边大绶的心惊胆战。

---

① 有关中国白话小说中动词使用的讨论,见张大春:《小说稗类》,第90—100页。

② 见张大春:《小说稗类》,第92—93页。

③ 见施耐庵:《水浒传》,第六回,第70页。

上述例子表明，诗歌中的不同事件由一系列动作连接起来，而英雄的懦弱也在这一系列动作中被逐步暴露出来。这一系列动作描写不仅起到推动情节发展的作用，而且还能让人物更加生活化。在袁枚试图颠覆昔日英雄的传说时，以动词词组来描写的人物动作具有重要作用。

虽然叙事诗和小说使用动词都可以起到让人物动作更加生活化以及推动情节发展的作用，但叙事诗中的动作还是与小说中有所不同。相对而言，叙事诗比抒情诗有更具体的时间性和空间性，与小说相比其时空独立性更小。换句话说，由于叙事诗中任何一系列连续的动作都是同一文本完整性的组成部分，因此没有任何动作和动作描述的对象能够完全彼此独立。因此，一系列连续的动作应当被当成一个整体来阅读。例如，在《悲愤诗》中有一段描写蔡文姬要从游牧民族的边远地区返回中原时与儿子分别的情形，马的嘶鸣与踟蹰不肯行被用来暗示她在面临与儿子离别时的深切忧伤。如果读者对前文不了解的话，那么他对这段文字的理解与诠释可能就截然不同了。叙事诗的这一鲜明特点可能植根于抒情诗，而后者自古以来都被当作是中国文学成就最高的门类，每一首抒情诗都是一个有机的整体。然而，小说中的动作描写可以独立存在并被部分阅读，虽然它仍然保有文义连贯性与完整性的特性。例如，贯穿于《水浒传》一书的动作描写，无论是在“青面兽北京斗武”（第十三回）、“林冲水寨大并火”（第十九回），或者是“小李广梁山射雁”（第三十五回）中，读者都可以在对前文一无所知的情况下，仍产生对这些人物英雄主义的崇拜。换句话说，这些情节的部分在小说中可以单独被阅读，这个特点可能来源于说书的传统。

除了使用动词词组来描写人物动作，另一动作描写的重要形式叫作“小动作细节描写”，这可以在袁枚的另一首诗《归家即事》中觅得踪迹。这种描写方式可以追溯到明清白话小说中，例如《三国演义》。[1] 这部小说中关于掉筷子的细节描写是这种方式的典型案例。[2] 文中曹操与刘备讨论“英雄”的定义,罗贯中是这样开头的,“已设樽俎:盘置青梅,一樽煮酒。二人对坐,开怀畅饮”。

> 操曰:“夫英雄者,胸怀大志,腹有良谋,有包藏宇宙之机,吞吐天地之志者也。”玄德曰:“谁能当之?”操以手指玄德,后自指,曰:“今天下英雄,惟使君与操耳!”玄德闻言,吃了一惊,手中所执匙箸,不觉落于地下。时正值天雨将至,雷声大作。玄德乃从容俯首拾箸曰:“一震之威,乃至于此。”[3]

此前的故事讲的是刘备在赴宴之前已经疑心,曹操对其忠诚产生了怀疑并且计划一旦在宴席上发现了他的不忠或者对其反应不满时便会杀了他。面对曹操的阴谋,刘备焦虑不已,一言一行都谨小慎微。然而,当曹操对他说这个时代只有他们二人可称英雄时,刘备大惊失色,不知如何作答。曹操的恭维是一个陷阱,刘备无论如何回答都无法让曹操满意。曹操等着刘备的答案,并且做好下一步杀死刘备的准备。幸运的是,雷声大作,刘备的筷子恰好在雷声响起时落到地上。这个偶然事件的发生救了刘备一命。

诸如对掉筷子这种细节动作的详细描写在中国诗歌中很少出现,因为中国诗歌强调“言志”与“缘情”的重要性。[4] 然而,这种描写方式在被等而下之称为“稗官野史”的中国白话小说中屡见不鲜。《三国演义》中被刘备丢下的那双筷子便被《水浒传》中调戏潘金莲的西门庆捡了起来。《三国演义》使用的小动作细节描

---

① 有关中国白话小说中的小动作细节描写的讨论,见张大春:《小说稗类》,第152—165页。

② 见张大春:《小说稗类》,第154—155、159页。

③ 见罗贯中:《三国演义》,第二十一回,第183—185页。

④ Jerry D. Schmidt, *Harmony Garden*, 415.

写在《水浒传》中则是主要的描写方法。[①] 在西门庆调戏潘金莲的故事里,施耐庵从王婆准备宴席开始叙事:

> 不多时,王婆买了些现成的肥鹅、熟肉、细巧果子归来,尽把盘子盛了。……那婆子拣好的递将过来,与那妇人吃。一连斟了三巡酒,那婆子便去烫酒来。……且说西门庆自在房里,便斟酒来劝那妇人,却把袖子在桌上一拂,把那双箸拂落地下。[②]

很明显,《水浒传》中的描写包含了好几个小动作,诸如摆盘、倒酒以及拂箸,这些描写比《三国演义》中的更加具体。此外,在这两部小说里,掉筷子这一详细描写具有特殊的意义,在故事发展中扮演了重要的角色——刘备逃过一劫,而西门庆得意忘形乃至引出后来一系列血案。[③]

直到《红楼梦》出现,这种描写方式获得了充分的发展。在这部小说里,小动作细节描写主要承担描写人物心理状态的功能。[④]《红楼梦》第三十五回"白玉钏亲尝莲叶羹",曹雪芹从对四副银制汤饼模子的细节描写开始叙事:

> 薛姨妈先接过来瞧时,原来是个小匣子,里面装着四副银模子,都有一尺多长,一寸见方。上面凿着豆子大小,也有菊花的,也有梅花的,也有莲蓬的,也有菱角的:共有三四十样,打的十分精巧。……
>
> 少顷饭至,众人调放了桌子。凤姐儿用手巾裹了一把牙箸,站在地下,笑道:"老祖宗和姨妈不用让,还听我说就是了。"……于是凤姐放下四双箸:上面两双是贾母薛姨妈,两边是宝钗湘云的。王夫人李宫裁等都站在地下,看着放菜。

---

① 张大春:《小说稗类》,第155、159页。

② 见施耐庵:《水浒传》,第二十三回,第235—237页。

③ 张大春:《小说稗类》,第155—157页。

④ 同上书,第159—160、164页。

凤姐先忙着要干净家伙来,替宝玉拣菜。……

那玉钏儿见生人来,也不和宝玉厮闹了,手里端着汤,却只顾听。宝玉又只顾和婆子说话,一面吃饭,伸手去要汤,两个人的眼睛都看着人,不想伸猛了手,便将碗撞翻,将汤泼了宝玉手上。玉钏儿倒不曾烫着,吓了一跳,忙笑着:"这是怎么了?"慌的丫头们忙上来接碗。宝玉自己烫了手 倒不觉的,只管问玉钏儿:"烫了那里了?疼不疼?"玉钏儿和众人都笑了。玉钏儿道:"你自己烫了,只管问我。"宝玉听了,方觉自己烫了。①

这些段落里包含了对汤饼模子上的装饰的详细描写,人物间的对话,熙凤安排桌盘,宝玉与白玉钏不小心打翻汤碗等,所有这些事件都仅仅用来刻画宝玉的痴迷。

这一描写方式同样能在《归家即事》中找到。在这首诗里,小动作的详细描写被用来暗示主人公与自己家庭的疏远与不合群:

我将行赴园,有人牵衣裳。
一妾抱女至,牙牙拜爷旁。
佯怒告诉爷:"索乳颇强梁。"
一妾作低语:"外妇宿庚桑;
君毋忘菅蒯,专心恋姬姜。"
老妻笑哑哑,打开双青箱。
谓当获金珠,而乃空文章!
阿母欲我息,吹去蜡烛光。(第61—76句)

在这首诗里,袁枚详细描写了他的妻妾的话。就这点而论,此处描写运用了漫记的形式来描述日间发生的琐事,而这些都与袁枚关系疏远。

论述至此,在《虎口行》里袁枚使用了不同类型的人物刻画技

① 见曹雪芹:《红楼梦》,第三十五回,第340—345页。

巧，即作为故事旁观者并浸入故事中的第三人称全知叙事、对比描写以及动作描写，以此来提升其叙事的现实感，并向其英雄人物逐渐注入一种反讽的意味。虽然如此，袁枚除了通过这些技巧将英雄描绘成一个懦夫，他还跟主人公开了个玩笑。通过这种方式，袁枚把整个传奇故事给嘲弄了一番。

举例来说，当边大绶仓皇逃窜时，他感到了叛军逼近的恐惧。突然，一个农民跳了出来，从后背打了他并且朝他大叫，这几乎把他吓个半死。更具讽刺意味的是，这个农民仅仅想要边大绶的衣服，别无他求。通过在故事线里安插这样一个玩笑，袁枚不仅把昔日的英雄变成了如今的惊弓之鸟，从而有效地把大家公认的英雄给取笑了一番，而且还激发了读者放声大笑。这种效果起到了将读者向人物带近的效果：

> 公乃狂窜，转觉心战。
> 打背大呼，惊贼追逋。
> 回身面之，是伧父持锄。
> 想剥衣裾，赠之以敝襦。（第 70—77 句）

这种通过开人物的玩笑或者将人物置于一个滑稽的窘境中以提升读者认知的技巧在中国小说中经常出现。例如，《红楼梦》第四十回讲的是刘姥姥进大观园，曹雪芹就以对王熙凤设计取笑刘姥姥的描写开始叙事。熙凤有意准备了一双又重又滑的象牙筷子给刘姥姥，并且请她品尝一些鸽子蛋。刘姥姥对熙凤的意图心知肚明，因此用那双滑不溜秋的餐具在碗里追着鸽子蛋跑：

> 刘老老便站起身来，高声说道："老刘，老刘，食量大如牛。吃个老母猪，不抬头！"说完，却鼓着腮帮子，两眼直视，一声不语。众人先还发怔，后来一想，上上下下都一齐哈哈大笑起来。……
>
> 刘老老拿起箸来，只觉不听使，又道："这里的鸡儿也俊，下的这蛋也小巧，怪俊的。我且得一个儿！"……

> 刘老老便伸筷子要夹,那里夹的起来?满碗里闹了一阵,好容易撮起一个来,才伸着脖子要吃,偏又滑下来,滚在地下。忙放下筷子要亲自去拣,早有地下的人拣出去了。刘老老叹道:“一两银子,也没听见个响声儿就没了!”①

在她令人发笑的举动之外,她滑稽的话语让其他人物笑得前仰后合,上气不接下气。刘姥姥的性格在众人的笑声中就印在了读者的脑海里,由此,她与读者都关系更近了。比较而论,袁枚开他主人公的玩笑是创造一种嘲讽的意味,以此来制造颠覆整个昔日英雄传奇的深远的讽刺之感。通过对比,刘姥姥滑稽的言行被用来创造一种有趣的意味,并使角色更加鲜活。

结　论

总结一下,袁枚在叙事文体上最值得称道的成就有以下三个方面:叙事者身份、顺序结构与人物刻画。《虎口行》的叙事者是带有全知视角与旁观者身份的第三人称叙事者。作为第三人称全知叙事者,他传达出来的是一位非传统意义上的英雄传奇,并且声称这位昔日的英雄并非真英雄。在诗人用来颠覆传奇的证据中,全知视角起到了提升数量与质量的作用。作为一位旁观者,叙事者听到了这个长期以来的传奇的其他版本,而且他知道他所描述的内容有着坚实的证据基础。听到了两种身份的叙事者——全知叙事者与旁观者的声音,袁枚让一个不太为人熟知的故事版本获得了听众,并且用带有歧义的幕布盖住了所谓的历史。在故事的结尾,叙事者通过注入以下评论将自己的观点置入故事中:“公书其事记辛苦,我歌为诗告千古。但凭天,莫畏虎!”(第95—98句)这些诗句不仅与开篇的信息相呼应,而且也准确地描述了揭示人

---

① 见曹雪芹:《红楼梦》,第四十回,第397—398页。英译见 Hsienyi Yang and Gladys Yang, *A Dream of Red Mansions*, Chapter 40, 587-588.

类历史真相的固有难度。袁枚在诗歌里用具有双重身份的叙事者——全知叙事者与旁观者——来提升故事可靠性的方法起源于早期的历史著作,例如《左传》《史记》以及《西京杂记》。这种叙事方式在明清白话长篇或中篇小说中也常常能够找到踪影。①

至于这首诗的顺序结构,袁枚使用时间顺序以及一个精致的、结构完美的 ABA 格式来把故事串联起来。这种完美的结构包含了开篇、发展过程、与开头相呼应的结尾,以此来提升叙事的完整性与说服力。除了时间顺序,袁枚还使用了事物发展顺序,即以事物发展程度来将不同要素有顺序地串联起来,这样就逐渐增强了对他笔下英雄的讽刺程度。而且在他的另一首诗《归家即事》中,袁枚使用"漫记式"顺序结构来展示他与家人的疏远与亲近。在过去的诗歌特别是早期乐府诗和唐诗中,时间顺序以及 ABA 结构

---

① 例如,在司马迁(约前 145—约前 86)的《史记·项羽本纪》中,司马迁一方面扮演了一个全知叙事者来详细叙述项羽(前 233—前 202)的想法、心理状态以及每一个英勇举动;另一方面又作为一个旁观者来记录项羽的言谈,诸如他对背叛者严厉的谴责以及他在乌江岸边最后一战前对美人虞姬的伤感之词。正是由于司马迁活灵活现的描写,项羽英雄般的话语"力拔山兮气盖世"激励了后来者,他的叹息"时不利兮骓不逝"也成为了悲剧英雄的挽歌。然而,在项羽最后一战的争斗与混乱中,又有谁可能如此详细地记录下项羽的英雄之举与悲壮之辞呢?正是司马迁通过想象和虚构赋予了项羽新的生命。刘歆(?—23)的《西京杂记》中能够找到更多使用双重身份叙事者来提高故事可靠性的证据。刘歆似乎更喜欢将历史事件小说化。在《史记·司马相如传》里,司马迁并未详细叙述司马相如(前 179—前 118)如何典衣沽酒或如何将卓文君抱在怀里痛哭,他也没有描述文君的美貌、性情与年龄,更没有提及任何有关相如有病不能与文君同房的信息。所有这些事情都是刘歆虚构出来的,他不厌其详地重新安排了这些事件,以此来提升其书写的说服力。通过刘歆的编造,相如与文君的故事重生了,而且还很动听。明清白话小说里这种虚构的技巧十分常见,最好的例证就是《金瓶梅》。作者笑笑生从《水浒传》中武松的故事取得了这部小说的灵感,而故事的细节以及用小说笔法写的历史事件完全不同于《水浒传》中的叙述。通过笑笑生细致入微而又极具生活化的描写,西门庆与潘金莲的故事被重塑了,且变得更加奇异。这种虚构的技巧正是袁枚在他的诗中用来颠覆长期以来传颂的英雄传奇的技法。有关中国古典文学中史实性与虚构性的讨论,见张大春:《小说稗类》,第 15—24 页;又见 Sheldon Hsiao-peng Lu, *From Historicity to Fictionality: The Chinese Poetics of Narrative* (Stanford: Stanford University Press, 1994)。

的设计都很常见。然而,事物发展顺序和"漫记式"顺序结构在袁枚之前的诗歌中较为罕见。袁枚诗中"漫记式"顺序结构可能受到了吴伟业缀断的顺序结构的启发,事实上,这种结构与明清白话小说中讲故事的叙事传统紧密相连。如果说袁枚与吴伟业一样都从明清小说中吸收了叙事的策略来丰富叙事模式的话,这个结论应该是稳妥的。

至于角色刻画,袁枚在《虎口行》中使用了三种叙事技巧来把英雄描绘成懦夫。对比描写不仅提升了诗歌中角色刻画的真实性,而且承担了制造冲突感来迷惑读者的功能。这种描写方式也提升了读者的好奇心,因此他会继续阅读来探索后面的真相。动作描写承担着让人物刻画更加生活化的功能,以此来提升读者对被叙述文本的认知。通过将人物置于滑稽的窘境或跟人物开玩笑来创造荒谬意味以增强诗人嘲讽式的人物刻画功能。除此之外,在他的另一首诗《归家即事》中,袁枚使用了小动作细节描写来刻画人物的心理状态。在这两首诗的众多技巧里,对比描写能够在任何类型的叙事文学中找到。然而,剩下的三种人物刻画技巧,即动作描写、将人物置于滑稽窘境以及小动作细节描写,都在袁枚时代之前的诗歌中鲜有发现,但在明清白话小说中却时见应用。有很大的可能是袁枚从其他文学样式,诸如明清小说中,采纳了人物刻画的叙事传统加以利用,使之成为他自己诗歌中的叙事策略。

除此之外,袁枚的《虎口行》还为中国诗歌的历史叙事作出了不同寻常的贡献。在这首诗里,袁枚刻画了一位不符合常规英雄形象的历史英雄:他惧怕残酷的刑罚,他得以逃跑的原因不是自己的英勇行为而是因为守卫的粗心,他把农民错当成了追兵并因此胆战心惊。更有甚者,此诗的最后两联似乎指出叙事文学不必过度地与历史真实相关联。在这首诗里,袁枚似乎不仅抛弃了从唐代至清初诗歌中的浪漫英雄主义传统,而且还强调了叙事文学与历史相互独立以及诗人应该被赋予更多艺术虚构空间的理念。①

另一首袁枚的诗《归家即事》在中国诗歌的家庭叙事中意义重大。在这首诗里,袁枚打破了过去诗歌以及17世纪的家庭叙事诗所有的套路和框架限制,从而创造出他的独家叙事作品。在袁枚的时代之前,有关家庭的叙事诗传递的都是儒家家国一体的观念,因此诗歌呈现出道德说教的特点。例如,杜甫的《北征》是早期有关家庭的著名诗篇,包含了有关杜甫妻子、儿女的非常动人的片段,但是此诗主要的着眼点仍然是政治的。此外,这首诗里杜甫的妻儿与杜甫所处的关系位置和杜甫与皇帝的关系位置一致。对比而言,袁枚的《归家即事》不仅抛弃了过去诗歌中的儒家观念,而且他还通过陌生叙事者的声音以及他"漫记式"的记录来暗示诗人与其家人或疏远或亲密的关系。② 主人公与家庭成员间的复杂关系在过去的叙事诗歌中少有充分表述,而在袁枚开创的新叙事模式中却可以得到充分表达。

总之,袁枚对中国诗歌的叙事发展作出了重要贡献。袁枚从其他文学样式中吸纳了大量的叙事策略来作为其主要叙事方法,同时他还在自己的诗中创新了叙事方式,提升了叙事艺术。在他所革新的叙事方式中,袁枚的诗歌写作对主题的实验于中国诗歌史上前所未有。袁枚的尝试丰富了叙事模式,同时拓宽了中国诗歌的表现范围。

莫崇毅、侯承相　译

---

① 有关袁枚历史叙事的讨论,见 Jerry D. Schmidt, *Harmony Garden*, 423-425。

② 有关袁枚家庭故事叙事的讨论,见 Jerry D. Schmidt, *Harmony Garden*, 428-431。

铭记在母家的自我意识:洪亮吉的回忆录与追忆诗*

[加拿大]方秀洁(Grace S. Fong)

洪亮吉(1746—1809)五岁丧父后,其母迫于贫困,带着五个孩子回到武进的蒋氏大家族,依母亲兄弟而居。① 嘉庆五年(1800),四十四岁的洪亮吉已成为著名的学者、官员和诗人。他在一部题为《外家纪闻》的短文集中书写了早年在母家的生活。文中,洪亮吉记录了有关在外祖母家宅中度过的童年和青少年时期时形形色色的人物、地点和场所的记忆。

本文探讨洪亮吉如何及为何在这样一部相对简短的、非正式的、随意的回忆录中通过对早年生活的个人回忆——或者说自传性的记忆——再现他的身份和个性。创作这一回忆录背后的场合和动机是什么?他在这一例子中对文体的选择与其他用于铭记的作品,尤其是诗歌,有着何种关系?这些如何使我们对记忆与身份、忠诚和依恋之间的关系的理解变得复杂或丰富?通过在家庭和社区的框架中与某些特定个体接触和互动的记忆,洪亮吉对于自我的感受在不同程度上被最为强烈地传达出来。这些个体不仅包括母家的近亲——外祖母、姨母与舅父、表兄弟姐妹,也包括与

---

* 英文原文见"Inscribing a Sense of Self in Mother's Family: Hong Liangji's (1746-1809) Memoir and Poetry of Remembrance", *Chinese Literature: Essays, Articles, Reviews* (*CLEAR*), vol. 27 (2005): 33-58。

① 洪亮吉的父家同样出自常州府武进县。(本文中的年岁均为周岁。——译者)

这个家庭和社区有关的教师、朋友和仆人。一方面,洪亮吉在对他与这些人的关系的描写中,展现了自我形成过程的重要方面,即关于别人对他的认知和态度的记忆,以及他所作出的回应的记忆。另一方面,这一自传性回忆录也是他构建群体性记忆的努力。这一努力所选择的角度,被遗留于以父系宗族为轴线所建构的规范的家谱式记录和正统的家庭纪念模式之外,因而往往未被承认和书写。在清代重新强调家族谱系建设的时期,洪亮吉关于铭记的行为中值得注意的是,他认同、纪念的不是父亲的而是母亲的家庭和谱系。① 他的行为是对母家的感激和充满爱的记忆的表达。同时,当他作为一个成年男性回想自己人生成型最关键的年代、回想那望之如田园诗般的纯真时期,这一行为也是他对那个年轻的自我的强烈肯定。洪亮吉回忆这一切时,并没有带着明清自传性回忆录中极为常见的失落和怀旧感。

为将作者洪亮吉和他的文本置于中国文化之下一个更为广阔的记忆写作的框架中,笔者从"公众人物"洪亮吉的传记性简介入手,其中参照他家庭生活中的多个重要节点。② 笔者还考察洪亮吉对"铭记"早年人生的渴望的背景原因,以及他为铭记而选择的记忆写作的不同模式和文体。通过检视洪亮吉关于铭记的诗歌中

---

① 关于家族谱系建设,见 Kai-wing Chow, *The Rise of Confucian Ritualism in Late Imperial China* (Berkeley: University of California Press, 1994)。有关洪亮吉家乡的家谱建设和互动与传统学术发展之间的关系,见 Benjamin A. Elman, *Classicism, Politics, and Kinship: The Ch'ang-chou School of New Text Confucianism in Late Imperial China* (Berkeley: University of California Press, 1990)。

② 关于洪亮吉的传记性信息,笔者参照其弟子吕培为之精心编写的年谱《洪北江先生年谱》。此谱附录于洪亮吉:《洪亮吉集》,刘德权点校,第5册,北京:中华书局2001年版,第2323—2353页。关于洪亮吉的条目亦见于 Arthur W. Hummel, ed., *Eminent Chinese of the Ch'ing Period (1644-1912)* (Taipei: Chengwen Bookstore, 1972), 373-375(中译本见[美]恒慕义编著:《清代名人传略》,中国人民大学清史研究所《清代名人传略》翻译组译,西宁:青海人民出版社1990年版。——译者); William H. Nienhauser, Jr., ed., *The Indiana Companion to Traditional Chinese Literature* (Bloomington: Indiana University Press, 1986), 450-452。

具有自传性质的各个方面，笔者特别期待为自己对《外家纪闻》这一文本的阅读提供一个语境。这一文本为父系家族以外的家庭中的个人铭记与纪念的形式率先开拓了新的空间，虽然它的方式是有局限的。

一个大清臣民的公共生活

作为大清帝国的臣民，洪亮吉通往阶衔和地位的科举之路与同时期许多士人一样漫长而艰辛。作为家中两个儿子中年长的那一个，洪亮吉从十五岁应地方童试时开始正式攀爬这一“成功的阶梯”（何炳棣语）。[①] 他在乾隆三十四年（1769）上榜之前应该有过三次落榜，此时距他深爱的外祖母去世已有两年，距他与舅舅的女儿成婚也已有一年。他的长子洪饴孙于乾隆三十八年（1773）出生。乾隆三十九年（1774）乡试中副榜前他应该也曾落榜两次。[②] 在两度落败后，乾隆四十五年（1780）洪亮吉终于得中举人，而他贤德慈爱的母亲已于乾隆四十一年（1776）去世。

为支撑一个三代之家，洪亮吉从十七八岁开始，首先在自己曾就学的蒋家家学中授徒。从乾隆三十六年（1771）到他最终于乾隆五十五年（1790）得中期盼已久的进士，近二十年中，他四处游

---

① 一般情况下，那些境况平常、方法有限的家庭追求仕途上的成功和荣耀，会将他们拥有的资源集中在某一个儿子的教育上——往往是年纪最大的、最有天赋的或暂时看来最合适的那个。洪母看来并未在洪亮吉的弟弟洪霭吉（1750—1798）身上倾注同样的压力和期待。他表现不佳，但洪亮吉证明自己始终是一个负责而体贴的长兄。童试及以后的各级考试体系见 Table 3.1，“Flow Chart of Civil Examinations and Degrees during the Ming and Ch'ing Dynasties”，in Benjamin A. Elman，*A Cultural History of Civil Examinations in Late Imperial China*（Berkeley：University of California Press，2000），659。

② 艾尔曼（Benjamin A. Elman）提出这一身份“无法直接通向进士一级的考试”。见 Benjamin A. Elman，*A Cultural History of Civil Examinations in Late Imperial China*，170。

历,在都中及多地先后充任数位名臣幕府,并参与他们的数项学术研究,[①]尤以地方志编纂及个人舆地学著作方面的贡献而闻名。[②]无数中青年有志之士在情感上、智力上、经济上投入对科举入仕的不懈追求过程中。对他们来说,坐馆与入幕是两种最为可行的谋生手段。洪亮吉生长在18世纪的汉学中心常州,自幼便接受音韵、训诂和考证学的熏陶训练。[③] 因此作为一个成熟的学者,他也完成了多部有关儒家经典的声韵训诂学专著。[④] 作为一位才华出众、著作颇丰的诗人、作家和学者,他全心投入与志同道合的同辈和前辈合作的学术、文学和社会活动中。诗人黄景仁(1749—1783)、学者孙星衍(1753—1818)在共同的游历中成为他的密友;著名士大夫朱筠(1729—1781)和毕沅(1730—1797)等人欣赏并资助他。虽距入仕尚有许多年,洪亮吉的诗歌与学术追求以及社会交往并未受到阻碍。

与多年备考、入幕、反复应考形成对比的是洪亮吉仕途的相对短暂。考中进士后,他就职翰林院编修。自乾隆五十七年(1792)至六十年(1795),他在偏远的贵州省任提督学政。他于嘉庆元年(1796)初回到京城,再度入职翰林院。嘉庆二年(1797),他就任皇曾孙奕纯(卒于1816年)的教师。次年,因弟弟去世,洪亮吉回

---

① 有关洪亮吉这一时期的职位和受雇情况,见 Susan Mann, *Hung Liang-chi (1746-1809): The Perception and Articulation of Political Problems in Late Eighteenth-century China* (PhD dissertation, University of Chicago, 1971), Chapter III "Tent-Friends", 46-68。

② 这方面例子见 Arthur W. Hummel, *Eminent Chinese of the Ch'ing Period (1644-1912)*, 373-374。

③ 关于常州学派,见 Benjamin A. Elman, *From Philosophy to Philology: Social and Intellectual Aspects of Change in Late Imperial China* (Cambridge: Harvard University Council on East Asian Studies, 1984)。洪亮吉通过母家姻亲关系,曾就学于常州学派中颇具影响力的庄氏一派的数位先生,乾隆二十七年(1762)还曾在庄氏家塾短期学习。见 Benjamin A. Elman, *Classicism, Politics, and Kinship*, 58。

④ Arthur W. Hummel, *Eminent Chinese of the Ch'ing Period (1644-1912)*, 374.

到常州为其安排下葬。但当嘉庆四年(1799)初乾隆皇帝去世后,洪亮吉应召回京,作为官员参加哀悼。至此,洪亮吉的官宦生涯在18世纪的政治环境中可算是一直无足轻重——如果不是上书成亲王所造成的一系列后果令他一夜之间成为整个大清帝国的话题的话。[①]

简而言之,洪亮吉近十年的宦途,恰逢和珅(1750—1799)的权力巅峰。这名满族宫廷侍卫自乾隆四十年(1775)得乾隆宠信后,在下一个十年迅速爬升到权力的顶层——内阁与军机处。[②]洪亮吉在任职于京城和遥远的贵州屈指可数的几年中,亲身体会了官场滥权与腐败的关系网造成的积弊,这些弊病源头则可追溯到18世纪80年代到90年代把持朝廷大权的和珅一党的贪婪。不过,乾隆在嘉庆四年(1799)驾崩后,嘉庆几乎立刻便赐和珅自尽,然而接下来并没有对和珅的亲信进行详细的审查。此时,洪亮吉发声抨击自己所观察到的、大清在在皆是的官僚系统的严重弊病,直指和珅党羽为其根源和实际作恶者,恳请对其严惩。鉴于自己就职翰林院,并无直接上书劝谏之权,洪亮吉托军机大臣成亲王代为呈递奏章。艾尔曼将洪亮吉的奏章描述为“对皇权隐晦的批评”,并认为“对嘉庆帝的强烈不满”是“19世纪文人重新参政的公开鸣枪宣战”。[③] 成亲王即刻将奏章上呈嘉庆,洪亮吉的犯颜直谏令其勃然大怒,嘉庆下令捉拿洪亮吉并交军机处审问。次日,洪

---

① 洪亮吉所有的传记和墓志铭都在不同程度上涉及这著名一幕的细节。这些内容刊印于洪亮吉:《洪亮吉集》,第5册,第2353—2594页。英文研究中关于这一片段的讨论,见 Benjamin A. Elman, *Classicism*, *Politics*, *and Kinship*, 284-290; Susan Mann, *Hung Liang-chi* (*1746-1809*), 157-202。后者包括洪亮吉奏章(即《乞假将归留别成亲王极言时政启》——译者)的全文翻译。

② 笔者的总结吸收了倪德卫(David S. Nivison)对和珅背景及其爬升并掌权和最终失势的详细研究,见 David S. Nivison, “Ho-shen and His Accusers”, in *Confucianism in Action* (Stanford: Stanford University Press, 1959), edited by David S. Nivison and Arthur F. Wright, 209-243, 358-360。

③ Benjamin A. Elman, *Classicism*, *Politics*, *and Kinship*, 285.

亮吉便被以大不敬罪拟斩立决。显然是由于顾忌到杜绝言路,嘉庆从宽将洪亮吉流放至新疆伊犁。[1] 洪亮吉最后得以脱罪与一则不知真伪的传闻有关:次年京畿大旱,祷雨无果,嘉庆赦免洪亮吉后方降大雨。在经历了死亡的召唤和面临死于流放边疆的可能性之后,洪亮吉创作了这部关于母家的个人回忆录。

铭记的渴望和工具

洪亮吉常称自己幼年而"孤"。确实,他的父亲去世于他五岁那年,他对父亲似乎没有什么记忆。近年的发展心理学和认知心理学可以帮助我们理解他的这种"遗忘",这其实是"童年失忆症"的一种形式。研究表明,成人一般无法回想起三四岁之前的记忆。与洪亮吉的例子尤为有关联的观察结论是:"很少有人能够回想起童年时期哪怕是标志性的事件,例如……家庭成员的去世",如果这些事件发生在年纪很小的时候的话。[2] 据说洪亮吉三岁时已经认识七八百个字。他最初的老师是他的姐姐和母亲。四岁时,在叔叔洪希李的指导下,他在家塾中学习(其实就是背诵)作为科举考试内容的"四书"中的两部:《大学》和《中庸》。[3] 虽然这些信息可能多少有些夸大之处,但洪亮吉无疑有着惊人的记忆力,传统教育手段也强调儿童的死记硬背。他的父亲按照标准的生活模式,大部分时间离家在外充任幕府。父亲和年幼的儿子之间很少有机会进行日常的接触和互动,肯定导致了这个孩子/男人情感上的空白和"遗忘",他的情感纽带和归属感也就更多地沿着母亲和

---

① 见 David S. Nivison, "Ho-shen and His Accusers", 242。

② 虽然这些研究建立在对西方文化中成人的观察之上,但对笔者而言,这些发现似乎仍具有某些跨文化和跨历史的适用性。见 David B. Pillemer, *Momentous Events, Vivid Memories* (Cambridge: Harvard University Press, 1998), 20。

③ 洪亮吉这些年的学习的细节见于其弟子吕培编纂的《洪北江先生年谱》,载洪亮吉:《洪亮吉集》,第5册,第2324页。

姐妹的脉络发展。于是我们发现,洪亮吉的确记住并选择记录了早期记忆中对他的个人发展最重要、最有影响力的人和物 即在他六岁到十岁、十七岁到二十一岁时与他同住的母亲和慈祥的外祖母,以及外祖母的住宅——一幢名为“南楼”的两层建筑。

看起来,很早以前洪亮吉就已经想过写一部回忆录,并为记录母家与他的自我成长之间的联系寻找恰当的方式。在乾隆三十四年(1769)夏为自己的日记《玉尘集》所作的序中,洪亮吉称他在因病(看起来似乎是酗酒导致的)不得不关在母亲家里恢复时,匆匆写就了这部作品:“闭户不出,闲居无聊,取平生师友间言论丰采可记忆者,申纸疾书。”①这部由信笔略记组成的随意的作品,其文体属于典型的笔记,内有很多片段专门涉及诗歌酬唱与创作,另有关于地方风俗和其他逸闻的记录。值得注意的是,有关密友和表亲如黄景仁、赵怀玉等人的生动描写,寥寥几笔极见文字功力。这些内容优美动人,并指向日记中个人的甚至是私密的维度。淹没于这些零散的记录当中的自传性记忆,在一段文字中清楚地显露出来。这一记忆传达出洪亮吉创作献给母家的回忆录的动机和目的:

> 余幼孤,育于舅氏,外祖母龚夫人恩养有加。每晚日自塾中归,辄篝灯自课之,至丙夜始止。尝勉以振起先泽,无堕厥志,言讫辄泪下。及病笃,余视汤药,十夜不眠。卒,哭之失声。所居南楼有古杏一株,阴覆满院。余过其下,未尝不腹痛思返也。尝欲仿东坡、晦庵作《外家纪闻》一篇,仓卒未果。②

---

① 洪亮吉:《玉尘集》自记,第1a页,清光绪十六年(1890)粟香室刻《粟香室丛书》本。笔者所使用的哈佛燕京图书馆的版本未包括关于序中具体年代的参考信息。写作日期的确认来自严明:《洪亮吉评传》,台北:文津出版社1993年版,第162—163页。

② 洪亮吉:《玉尘集》下,第3b—4a页。此段文字写于洪亮吉外祖母去世两年后。

在洪亮吉早年生活的两个阶段的记忆中，关于外祖母的两段尤为醒目：从他六岁到九岁，外祖母指导还是个孩子的他读书；二十一岁那年，外祖母生命的最后阶段像一面镜子一样反映着他作为一个孝顺的外孙的形象。在记录这些时刻时，洪亮吉展现了祖孙间深刻的共鸣和对彼此的付出：她的支持与爱，他的孝顺和依恋。杏树的意象和南楼这一处所，在他的文字中被赋予了充满感情色彩的记忆和象征意义。后来，洪亮吉记录了南楼和杏树如何交织萦绕在他的童年记忆中："外家南楼前有红杏一株，余常呼之曰杏花楼。"[①]正如我们下面所看到的，作为承载他对于自我和家庭的亲密的回忆的所在，它们反复出现。

在这段文字中，个人的回忆也得以与文化传统交汇——它们被铭记并被传播开来，超越了各自独特起因的局限。洪亮吉显然借鉴了宋代两位著名的儒家士大夫，这两人为他想写的东西创立了先例。严格地说，苏轼（1037—1101）和朱熹（1130—1200）都未写过关于母家的记录。苏轼写过一篇关于外曾祖父的短文，重点记录了他小时候听说的一桩带有超自然因素的事件——关于外曾祖对一个被错控的窃贼的慷慨义举。[②] 朱熹为外祖父祝确所作的传记较为详尽，其中包含对祝家其他几代成员的记录。[③] 苏轼和朱熹都注重为母系亲属的后代保留记忆，同时很重要的一点是，他们都参考了陶潜（约 372—427）为外祖父孟嘉所作的传记，将之作为模板和灵感来源。朱熹还在文中引苏轼为例。这些对于文学传统中的突出先例的参考似乎指向一个事实，对母系亲属展开文字形式的纪念是一种非常规的做法。这些作者认为有必要引用权威

---

① 洪亮吉：《外家纪闻》，第 2a 页，载《洪北江先生遗集》，第 18 册，清光绪三年（1877）授经堂重刊本，台北：华文书局 1969 年版，第 10575 页。

② 苏轼：《苏轼文集》卷五《述外曾祖程公轶事》，孔凡礼点校，北京：中华书局 1986 年版，第 2052—2053 页。

③ 朱熹：《朱熹集》卷九八《外大父祝公轶事》，郭齐、尹波点校，成都：四川教育出版社 1996 年版，第 5045—5047 页。

的例子,以此作为一种合理化的方式来为自身实践提供正当性。这种始于陶潜又被苏轼和朱熹重复的铭记行为被称为对母亲的致谢(通过为她母家的后代记录关于她的祖先的记忆这一方式)。

乾隆四十四年(1779),在乡试再度落榜之后,洪亮吉写了一篇题辞,纪念外祖母的善良和对他的信任。这个日子应当是外祖母去世十二周年的忌日,也是他在母亲于乾隆四十一年(1776)去世后守孝三年的尾声。这篇短文题为《南楼赠书图记》。文中写道:

> 南楼者,外王母龚太孺人怡老之室也。予以髫年,过承识爱,别异诸孙之列,策其凌绝之程。

然后,洪亮吉描写外祖母如何收集大量藏书以及蒋家如何保持晒书的传统。① 这是他所记录的这件事的语境:

> 一日暴书之暇,外王母抽数册以授曰:"吾家代衰矣,能读是者,其惟甥乎?"予时十岁,再拜受之。迄今又二十寒暑。……搜外氏之遗闻,先无母问。泪浮于卷,痛寄斯图。时乾隆四十四年十月八日,是为记。②

这一纪念某一事件的行为可能同时也是一种自我鼓励。在这一时刻,洪亮吉再度表达了记录母亲家庭的愿望和母亲逝后的绝望。其实,当他在写作关于母亲家庭的回忆录时,他对写作自传的愿望和为蒋家的集体记忆而进行尝试的愿望分量相当。尽管他的灵感是由前辈苏轼和朱熹所激发的,但他为自己的作品取了新的题目:《外家纪闻》。而且他不像已有的先例那样,以母家男性祖先为这一传记形式的重心,而宁愿以一种包含更多性别、以家庭为

---

① 这类事应该是发生在潮湿的夏日结束后的秋天。

② 洪亮吉:《卷施阁文乙集》卷四《南楼赠书图记》,载《洪亮吉集》,第1册,第315页。吕培错误地将这一题辞的写作时间确认为洪亮吉外祖母去世的乾隆三十二年(1767)。见吕培:《洪北江先生年谱》,载洪亮吉:《洪亮吉集》,第5册,第2328页。

基础的集体记忆的形式，另行开拓出一片体裁的空间。

遥远的个人记忆：对母家的铭记

流放伊犁时，五十四岁的洪亮吉终于可以实现愿望，写一篇不同寻常的家庭回忆录。我们不知道他在流放中被朝廷禁止作诗或饮酒是否促成他转而写回忆录，[①]不过他写作这篇回忆录另有其他引人注目的原因。他不知道自己是否能在有生之年自帝国边疆返回故乡，[②]又因未有机会了结一些明显与家庭有关的要事而遗憾。[③] 他当然无法预知，在嘉庆帝为京城大旱而赦免他之前，他将在偏远的西北边陲滞留不过三个月的时间。于洪亮吉而言，初至伊犁是他人生的另一个转折点，铭记和自我记录变得刻不容缓。

洪亮吉以自己的号"天山戍客"为《外家纪闻》署名，强调了离家的距离。这部回忆录篇幅简短，由九十余段文字组成，最长的一段不过三百五十多字，最短的是不足三十字的一句。当洪亮吉从时空上远离了自己的人生最初阶段，他将母家及其住地有关的人、地、事的记忆写入文中。这些文字以随意的顺序被信手录出。下一节将会讨论洪亮吉关于铭记的诗，其中有些人和场合与回忆录中所记相同。与这些诗相比，回忆录中包含了更多的"记忆"，提供了更详细的记录。不拘于诗歌简短的押韵形式，回忆录中的记忆自由地展开，在一段段并不连贯的文字中，洪亮吉令童年和少年时代最珍贵的时刻和快乐的事件重新浮现，并分别对之进行了详尽的描写。回忆录的整体灵感基调，暗示这种铭记的行为是一种

---

① 吕培：《洪北江先生年谱》，载洪亮吉：《洪亮吉集》，第5册，第2346页。

② 洪亮吉甚至为自己选好了在新疆的墓地。见洪亮吉：《更生斋文乙集》卷二《平生游历图序》，载《洪亮吉集》，第3册，第1083页。

③ 由于洪亮吉的舅母在他幼时给予了他特别的关照，他在回忆录中写道："他日倘得生还，当敬备牲牢之奠，致祭墓田，庶稍酬万一耳。"见洪亮吉：《外家纪闻》，第18a—18b页，载《洪北江先生遗集》，第18册，第10607—10608页。

令流放之人振奋而充满希望的经验，同时也暗含着对这个令人感念的家庭的怀念和哀悼。

如我们所见，洪亮吉以一种特殊的方式认定外祖母在抚育他的过程中的重要角色。因此他以一长段文字作为回忆录的开头，记录这位早早就认可并宣告他出众特质的、富于权威的女性家长。从心理学的角度说，孩童时期外祖母对他的高度认可在他后来的发展中留下了不可磨灭的印记，赋予了他自信和动力：

> 外祖母龚太孺人，复园先生第三女也。先生名一荐，为吾乡隐君子，著录弟子通显者至数十人。殁后，赵运使景罗先生为梓诗集行世。龚太孺人幼承家学，自少及老，一举一动，无逾矩者。余六七岁时，太孺人年已七十。有从兄弟奚谒者，必集婢媪始出见之，其严整如此。于诸孙及外孙中尤奇爱余，尝告母曰："是儿必成大名，惜我不及见矣。"故余补博士弟子及甲午乡举时，吾母皆设奠殡宫泣告焉。盖距太孺人之殁已五年矣。①

凭借寥寥几笔，洪亮吉以有力的笔触介绍了自己深受敬爱的外祖母：她高贵的血统（洪亮吉用一段文字介绍她父亲作为教师和诗人的成就），无懈可击的德行，以及最重要的——她给予洪亮吉的特殊认可。外祖母在这篇回忆录中的十几段文字中都是非常重要的人物。在洪亮吉回想起的童年时期三个最为快乐的场合中，有两处外祖母都明确在场：她准备离乡赴赣、依子（洪亮吉舅父蒋琦，字素园，其时任职江西）而居的饯行宴，以及她的八十寿辰。下面一段文字生动地捕捉了有关饯行宴的快乐记忆：

> 南楼盛事，以外祖母将赴江西就养回，招集诸孙男女、外孙男女共二十许人，昕夕宴集楼上下者旬日，夜即环外祖母卧榻以寝。及晨光乍起，则诸人卧具前饼饵等物皆已毕具。盖

① 洪亮吉：《外家纪闻》，第 1a 页，载《洪北江先生遗集》，第 18 册，第 10573 页。

诸舅妗及从母等杂叠所馈贻也。余犹忆卧初觉时，颊上堆花糕二方，热气薰蒸，方从梦中醒。食竟未足，又攫诸姊妹未醒者之食，食之乃已。时余年甫十二，迄今思之，实童年第一乐事。①

也许是因为洪亮吉意在更多地记录快乐的记忆，他没有在回忆录中描写外祖母去世的时候。②

回忆录中提及蒋家七十多位家庭成员——有男有女，有老有少，与洪亮吉的血缘有远有近，有先祖，也有近年早逝的人。有些人在一个广阔的背景下被记起，也有些被置于特定的事件中。有些是洪亮吉从未谋面仅有耳闻的先人，有些则是和洪亮吉关系密切的表兄弟、表姐妹。洪亮吉记得某些人，是因为他们的要事或趣事；提及另一些人，则是因为他们和洪亮吉有关或出现在某些事件中。洪亮吉明显希望展示蒋家男女以及武进男性在文化和仕宦方面的成就。蒋家数代男性亲属的优秀的标志，主要在于他们的教育程度、科举的成功、所任官职以及诗文创作。同时他也注意到当地一些家庭男性成员的成就。在前文讨论过的作于乾隆四十四年(1779)的题词中，洪亮吉提到他的外祖父在他出生前已经去世，但在他还是个孩童的时候，外祖母就把外祖父的书籍传给了他。这位外祖父很明显是一位很重要的先人。洪亮吉对他的记述并非来自个人的记忆，而是来自家庭的集体记忆：

外祖父嵋峨大令，年四十始寄籍直隶。举雍正甲辰科乡试后，历官云南、江山、嵋峨数县而卒，年仅五十三。生平喜购书，有田十顷，半以租所入与湖州书贾易书，今映玉堂中所藏

① 洪亮吉：《外家纪闻》，第 20b—21a 页，载《洪北江先生遗集》，第 18 册，第 10612—10613 页。

② 洪亮吉提到，他乾隆三十三年(1768)回到南楼时为悼念外祖母写的一首诗遗失了，他凭记忆录下其中一联。见洪亮吉：《外家纪闻》，第 3b 页，载《洪北江先生遗集》，第 18 册，第 10578 页。

数千卷是也。尤留心宋元说部,所著有《新稗类隽》十卷。①

有关女性亲属的段落中,洪亮吉除了关注她们标准的女德如孝行、道德品质、家务技能等,还乐于关注她们的教育和文学才华。在家庭记忆的框架中,他以一种不同的方式描写母亲,与其他文本中呈现的辛勤操劳、长期忍受苦难的寡妇形象相当不同:

> 太宜人知书,善小楷。自先大夫见背后,恒依外祖母以居。每冬月租船归,外祖母辄命太宜人稽其簿籍,勾校清楚。僮仆不能欺也。②

这一关于母亲的才华的内容,不是仅与失怙的他有关的孤芳自赏式的回忆,而是家庭集体记忆的一部分。在另一段中,他注意到外祖父对母亲的特殊关注:

> 太宜人极为外祖父所钟爱。故诸舅氏皆出就外傅,独太宜人则亲课之。③

洪亮吉得知并重述了母亲成长过程中一段独特的过去,这里体现了他作为一个儿子的自豪感,因为她的学识日后将会对他个人的发展有着重要的影响。

读诗写诗是洪亮吉一生特殊的热情所在。在回忆录中,他特意记录有诗才的人。受过教育的男性创作有关社交场合与个人灵光一现的诗歌,其中很多人的诗被结集刊行,如果在诗人有生之年未能付梓,诗人身后也往往有家庭成员或朋友代劳。这些都是理所当然的事。在清代,虽然女性从事诗歌创作的情况远比以前普遍,同时对女儿进行教育、令其能够扮演妻子和儿子的教师的角色的兴趣也在增长,但强调女性本身的文学才华,尤其是诗歌创作方

---

① 洪亮吉:《外家纪闻》,第 2a 页,载《洪北江先生遗集》,第 18 册,第 10575 页。

② 洪亮吉:《外家纪闻》,第 1b 页,载《洪北江先生遗集》,第 18 册,第 10574 页。

③ 洪亮吉:《外家纪闻》,第 15a—b 页,载《洪北江先生遗集》,第 18 册,第 10601—10602 页。

面的才华却一直都是一个频繁引起争论的问题。[①] 刊刻她们的诗歌则更难受到肯定。而洪亮吉在提及男性亲属的学术作品及诗集的同时,也对富于文学才华的女性亲属给予了特别的关注:

> 外家闺阁前,惟从母适王氏者嗜学工诗文。随其夫从宦四川。临殁,作诗四章及骈体文一篇寄诸舅氏。诗末句云:"水滨菰米尚名蒋。"盖不忘所自也。诗文皆详载《寒塘诗话》中。[②] 次则适程氏,外姊检讨舅氏次女也,亦慧而能诗。年及笄,适河桥程氏,有天壤王郎之恨,是以甫四十即卒。闻其课子极严,就外傅归,又必篝灯自课乃已。今其第四子璐已与儿子饴孙同举戊午乡试。[③]

洪亮吉对这位与自己同年而稍长的表姐有着一种特别的亲近感。《南楼》组诗中有一首绝句是关于她的回忆(第十七首)。[④] 回忆录中有一段记录了表亲中唯有他们两人共同见证的一次天象,他还记得那"约略记系乙酉(1765)七月二十六日"。[⑤] 另一段关于他们少年时代的文字中记录了关于表亲之间亲密关系的罕见一瞬,对于《红楼梦》的读者来说这感觉非常熟悉:

> 余与适河桥程氏姊同岁。幼时每各据一席,识字读书。及姊从舅氏客京邸归,年已及笄,不更至书塾矣。余又与表兄

---

① 见 Kang-i Sun Chang, "Ming-Qing Women Poets and the Notions of 'Talent' and 'Morality'", in *Culture and State in Chinese History: Conventions, Accommodations, and Critiques* (Stanford: Stanford University Press, 1997), edited by Theodore D. Huters, R. Bin Wong and Pauline Yu, 236-258。

② 《寒塘诗话》,洪亮吉从外祖蒋鸿翮的诗歌批评之作,在《外家纪闻》前文中曾经提及。见洪亮吉:《外家纪闻》,第 3a 页,载《洪北江先生遗集》,第 18 册,第 10577 页。

③ 洪亮吉:《外家纪闻》,第 3b 页,载《洪北江先生遗集》,第 18 册,第 10578 页。

④ 这组诗将在下一节中讨论。

⑤ 他们见到了"天门开"。见洪亮吉:《外家纪闻》,第 9b—10a 页,载《洪北江先生遗集》,第 18 册,第 10590—10591 页。"天门"是东方角宿中的两颗星,室女座 53 及 69。笔者在此感谢叶山(Robin D. S. Yates)对这两颗星的确认。

质人、念人、鸿三同学,制举文于舅氏。舅氏评骘极严。四人者呈艺后,必先使姊觇之。出必笑语余曰:“汝又第一矣。”盖舅氏素赏余文故也。[①]

尽管在语气上还是和多段童年回忆中一样积极,洪亮吉对后来各种变化的记录还是显示出蒋家有衰落的迹象。外祖母在把外祖父的一些藏书传给还是个孩子的他时,他就已经发现了这一点。洪亮吉意识到南楼是他居住最久的地方,他成年后关于家的梦有半数以上是关于南楼的。不过,他近乎哀叹地写道:

余近日过南楼辄不乐,以子弟读书者渐少也。嗟乎!红杏已萎,青芜没径。他日有识者当以此卜世泽之兴替矣。[②]

这也许是洪亮吉记录母家的另一个原因。如今家族的疏于料理与破败,与他儿时经历的蒋家的家族传承与对学问的追求形成强烈对比,后者因此显得尤为令人瞩目:

外家课子弟极严,自五经四子书及制举业外,不令旁及。自成童入塾后,晓夕有程,寒暑不辍。夏月别置大瓮五六,令读书者足贯其中,以避蚊蚋。[③]

说到底,这可能是洪亮吉个人回忆录中的一段怀旧。供表兄弟姐妹们围聚共处的那口井已经不在,杏树死了,舅舅们的部分诗文集已经散佚,家族的一些支系已经断绝。在流放中尚能慰藉他的,是他对童年和少年时这个充满爱的家庭的记忆,以及对那个于他的个人发展至关重要的人的长久感激。这些内容汇聚在下面这段关于蒋家对他的抚育的记述和他的感激之情的动人文字中:

余年四岁,以识字多,为外祖母所赏。九岁,从舅氏裕中

① 洪亮吉:《外家纪闻》,第 13b 页,载《洪北江先生遗集》,第 18 册,第 10600 页。
② 洪亮吉:《外家纪闻》,第 15b 页,载《洪北江先生遗集》,第 18 册,第 10602 页。
③ 洪亮吉:《外家纪闻》,第 2a 页,载《洪北江先生遗集》,第 18 册,第 10575 页。

先生妻庄孺人有知人之鉴,以骨格奇爱余。年二十,复受知于侍御舅氏。自念童年知己皆出外家,庄孺人又亲督余右手举箸。令娴习,乃送归。后嘉庆丙辰、己未两蒙覃恩,为太宜人请诰命。因忆及庄孺人,愧无以报。他日倘得生还,当敬备牲牢之奠,致祭墓田,庶稍酬万一耳。①

诗歌:自传式回忆

洪亮吉早在创作《外家纪闻》以前,已经在他人生的一些重要阶段通过诗歌这种文体记录了关于这些他深爱的亲人的回忆。在关于19世纪女诗人沈善宝(1808—1862)的诗集和诗论的文章中,笔者曾指出明清时期诗歌创作中日益重要的自传性维度及其引起的文本过剩与文体惯例、界限的打乱。② 过去的诗集往往以艺术性为目的,按诗歌形式和体裁进行编排,这一组织结构突出了作者的艺术成就。明清易代之后,越来越多的人转为偏爱按时间顺序编排——或采用编年体例,或按诗人人生的历史时期编排,又或者二者结合。这类编排方式令诗论对诗人被文本化的人生故事产生兴趣。由于诗人在有生之年越来越多地参与到自己作品的编纂和校订当中,按时间顺序编排诗作并刊刻别集日渐成为一种普遍的做法。③

---

① 洪亮吉:《外家纪闻》,第15a—18b页,载《洪北江先生遗集》,第18册,第10607—10608页。这一事件显示洪亮吉是个左撇子,舅母庄氏教他用右手使筷子。

② Grace S. Fong, "Writing Self and Writing Lives: Shen Shanbao's (1808-1862) Gendered Auto/Biographical Practices", *Nan Nü: Men, Women and Gender in Early and Imperial China* 2, no. 2 (2000): 259-303.

③ 宇文所安(Stephen Owen)发现这一实践早在9世纪就已开始占据优势。见Stephen Owen, "The Self's Perfect Mirror: Poetry as Autobiography", in *The Vitality of the Lyric Voice: Shih Poetry from the Late Han to the T'ang* (Princeton: Princeton University Press, 1986), edited by Shuen-fu Lin and Stephen Owen, 73。

鉴于洪亮吉的高产量文学创作和对自己诗作的自觉关注,他确能代表他所处时代的诗人。洪亮吉现有近五千五百首各体诗作和一些词作存世。他毕生精心保存自己的诗作,按时间顺序编排整理并付梓。他以一种自觉的铭记方式,根据自己人生中的重大事件或转折,富有深意地为不同的别集选择题目。洪亮吉的三部重要诗集因此有效地体现了自传性:[①](1)《附鲒轩集》收录十一岁至三十岁间写的诗,即他从最初尝试诗歌创作到乾隆四十一年(1776)母亲去世;(2)《卷施阁集》所收诗歌创作时间始于为母守丧三年毕的乾隆四十四年(1779),止于在贵州任提督学政的乾隆五十八年(1793);[②](3)《更生斋集》以嘉庆四年(1799)所作的诗歌开篇,这一年嘉庆帝赦其死罪并将其流放,该年所作的诗歌标志着他对人生新的把握。该集中诗歌的创作时间一直延伸到洪亮吉生命的尽头。[③] 正如惯常的别集取名方式,三部诗集的题目取自洪亮吉人生不同阶段的书斋名。其中前两部诗集的题目的重要性将在下文关于自传性质的记忆的语境下进行讨论。

在《外家纪闻》中,洪亮吉记录了童年时一个生动的瞬间,将目光投向他早期的诗才:"余八九岁时,侍外祖母居南楼。庭桂正开,秋月初出。外祖母命余率以意咏之。余得二句云:'明月照千里,秋花香一庭。'外祖母亟赏之,以为他日必有诗名。"[④]他进一步记述一件与母亲有关的事,反映他读诗写诗的热情随年龄而增长:

---

① 有关洪亮吉作品的出版历史的更多细节和现存原版,见柯愈春:《清人诗文集总目提要》,北京:北京古籍出版社 2002 年版,第 845—846 页。

② 光绪三年(1877)版《洪北江先生遗集》由其重孙编纂,收录他从贵州返京至嘉庆四年(1799)踏上流放路途之间的诗歌。

③ 由于洪亮吉奉旨在流放地不得作诗,《更生斋集》所收诗作于其赴伊犁途中和由伊犁返回途中,而非在伊犁时。洪亮吉写了一组四十二首绝句回忆在伊犁生活的方方面面,并将之按时间顺序编入别集中。见洪亮吉:《更生斋诗》卷一《伊犁纪事诗四十二首》,载《洪亮吉集》,第 3 册,第 1211—1215 页。

④ 洪亮吉:《外家纪闻》,第 5a—5b 页,载《洪北江先生遗集》,第 18 册,第 10581—10582 页。

"余十八岁，在外家授徒，得暇辄喜吟咏。又苦无书可读，曾私质棉夹衣数事，市本朝人诗集三四种。太宜人觅衣不得，曾痛笞之。不得已，断机中布鬻去，为一一赎归。此乾隆甲申年事也。"①诗歌创作是重要的文人技艺以及社会实践；洪亮吉毕生对诗歌创作的热情使他在这一方面得到认可。然而拿他的诗和他的朋友、比他年轻的黄景仁之作相比，黄景仁被认为是比他更为优秀的诗人，洪亮吉无论生前还是身后收到的赞美，都不能与这位英年早逝的朋友相比。不过，由于热爱旅行，洪亮吉写了许多山水诗，这些诗得到了同代及后代许多评论者的称赞。

如前所述，洪亮吉的第一部诗集《附鲒轩集》按时间顺序编排，以十二岁时所作的诗开篇。一个成年诗人的诗集中收录青少年时期所作的诗，一般被认为是合乎标准的早期尝试。② 他的朋友黄景仁的诗集起首是十四岁时所作的诗。乾隆四十九年(1784)，三十四岁贫病交加的黄景仁去世，此前九年，亦即乾隆四十年(1775)，他搜集自己的诗作并为之作序。保存和刊行自己的诗，对他来说如此重要。③ 黄景仁逝后，他的第一部诗集《悔存诗钞》由学者和诗歌评论家翁方纲(1733—1818)从其所存一千余首遗诗中删选半数、编定而成。④ 洪亮吉有幸较为长寿并最终在仕途上获得成功。据他的同僚之一张远览(生卒年不详)的序，洪亮吉在贵州任提督学政时，在乾隆五十九年(1794)应门生之请刊行了两部别集。这两部别集的题目不仅承载着浓重的自传意味，而且意在传达他与母亲深深的情感羁绊。张远览在序中解释道：

---

① 洪亮吉：《外家纪闻》，第6b页，载《洪北江先生遗集》，第18册，第10584页。

② 沈善宝诗集《鸿雪楼诗选初集》以十一岁时的诗开篇。见Grace S. Fong, "Writing Self and Writing Lives", 286。

③ 《自序》，载黄景仁：《两当轩集》，李国章校点，上海：上海古籍出版社1983年版，第1页。

④ 据李国章所云，黄景仁短短一生中写了两千多首诗词，见《序言》，载黄景仁：《两当轩集》，第9页。

学使北江先生少孤，其克自树立，及学之有成，实禀贤母蒋太夫人之教。故其编诗也以及侍太夫人所作者，为《附鲒轩集》八卷。

依据地理和历史资料，张远览解释，巢鲒这种生物是一种甲壳类动物，为小型的螃蟹提供寄居的壳，小螃蟹会出外觅食，再返回壳中。洪亮吉选择这一意象作为他早期诗集的题目（附鲒，即附于巢鲒之义），明显是以寄居蟹和巢鲒巧妙地比喻自己与母亲密切而互相依赖的关系。张远览进而解释道：

先生十岁，始就外傅。二十即出授徒。负米所至，皆不越五百里外。一岁必两归，以慰太夫人，与荚蟹之早出暮入相类。

张远览继而概述了洪亮吉在母亲去世后科举生涯的起起落落，以及他最终的成功，这一成功以洪亮吉在贵州的任职为最高峰。这一段叙述为解释洪亮吉的第二部诗集《卷施阁集》的题目提供了背景：

人欣先生之遇，而不知先生以禄不逮养，每与人言之，辄泣下不止。《尔雅》"卷施草，拔心不死"，先生之名集，盖以此乎？《卷施集》自己亥至癸丑，已得十四卷。门下之士，乞刊之于黔中。①

熊秉贞在一项基于明清时期大量实例的研究中，展示了普遍的成年男性对母亲尤其是寡母的情感依赖是何等强烈。这种强烈的羁绊通过"一个精心的身份确立和情感建设的过程"，由寡母积极培养起来，并建立在母子共同经历的艰苦生活的基础上。儿子

① 张远览：《序》，载洪亮吉：《洪亮吉集》，第 2 册，第 463 页。此当为《北江遗书》，乾隆六十年（1795）由贵阳节署首次刊行，吕培等编。后又收入《四部丛刊》的《洪北江诗文集》。光绪三年（1877）版包括六卷附录，并收入《卷施阁集》中直到嘉庆四年（1799）的诗作。此年正是他被发配伊犁的时候。

的成功可能成为她们在父系社会中维持老年生活的唯一保障，这种羁绊旨在通过儿子的成功将母子结为一个共同体，而为人子者反过来将以一种感恩之心铭记这种羁绊。① 洪亮吉对母亲的纪念突出了《附鲒轩集》和《卷施阁集》两部诗集的时间跨度，前一部诗集终于洪母去世的乾隆四十一年(1776)，而后一部始于洪亮吉守母丧结束那一年。关于她的记忆如卷施草心，活在他的脑海里和心里。

洪亮吉极其认真地为别集中各卷择定题目，根据自己的个人和公众生活的不同阶段的各个重要方面(如读书、旅行和公务)，凭借饶有意味的题目将其设成集内的各个分卷。例如《附鲒轩集》第一卷题为"机声灯影"，共收入洪亮吉十二岁至十九岁所作的五十四首诗。这一题目明显来自母亲靠纺织挣取家用，而自己在她身边用功读书的那些漫漫长夜。洪亮吉于乾隆四十五年(1780)乡试中试成为举人后，曾绘《机声灯影图》，公开纪念生命中这一受先母专注培育的阶段，并为之广征朋友和年长同僚的题诗。②

在这一卷早期诗歌中，有些诗记录了母亲的辛勤劳作和供他读书的艰辛，还有他自己读书时的努力，例如《附塾篇》：

> 送尔书堂去，窗疏尚见星。
> 母勤三岁绩，儿受一年经。
> 影小扶帘入，声长隔院听。
> 敝衣经数补，莫讶未纯青。③

---

① Hsiung Ping-chen, "Constructed Emotions: The Bond between Mothers and Sons in Late Imperial China", *Late Imperial China* 15, no. 1 (1994): 87.

② 绘画或撰文描写母亲的付出并广邀回应并给予其认可，是对母亲表示敬意的常见方式。洪亮吉画作上的题诗包括黄景仁和翁方纲的作品，见陈金陵：《洪亮吉评传》，北京：中国人民大学出版社1995年版，第12—13页。

③ 洪亮吉：《附鲒轩集》卷一《附塾篇》，载《洪亮吉集》，第5册，第1909页。

最后四句中孩童的形象与学者的人格结合，通过与身穿的补丁衣服所显出的穷困形成的强烈对比，他学习（朗诵文章）的决心被尤为有力地传达出来。他的记忆工程在这么早的年纪已经开始启动。《驱儿篇》写于他十三四岁的时候，是一首怀旧的记录。七岁时，因为母亲没有足够的钱为他付学费，他被拒绝入学。这件事发生时，这个七岁的孩子尚没有准确解释这件事的表达能力，因为这首诗的题目后面有一段小注："补癸酉岁作。"序言进一步解释道："余八岁，自塾中遣归，吾母抱余泣，云云。及稍长有知，遂作《驱儿篇》，以记母语。"七岁的孩子当时很可能并不理解母亲眼泪中的全部内容和歇斯底里的反应。现在，以他正在学习的诗歌这一形式为工具，他试图重新捕捉和表达母子俩焦灼的状态。这首包含三、四、七言的杂言诗节奏相当紧张急迫：

东家驱儿，不使读书。儿踉告母，母惊儿呼。
西家驱儿，不使入塾。儿踉告师，儿已受扑。
入告母，出告师，孤儿不食泪若丝。
牧群羊，牧群豕，孤儿宁愿读书死。
君不见，三尺孤儿亦人子。①

在洪亮吉所属的社会阶层和家庭环境的框架中，他因没钱付束脩而被赶出私塾，大约是最令他的母亲痛苦的事情。和母亲的感情相符的是，这个幼童在诗中已被塑造为一个能够意识到自己的身份和命运的形象，无论他们的经济状况变得多么拮据，他都明白他不会是一个放牛的牧童，而终将成为一个读书人。年少的洪亮吉已经看到了一种必要性，他需要重新回忆这段经历并将之付诸文字（使之得以付梓并流传），以展示他个人的发展轨迹和成功的愿望。

---

① 洪亮吉：《附鲒轩集》卷一《驱儿篇》，载《洪亮吉集》，第5册，第1909—1910页。

诗歌是帝制中国晚期受过教育的男性与女性所拥有的一种多面性的话语工具。它深深地卷入了记忆的制造过程,无论是集体的还是个人的记忆。置身于写作的那一刻,诗人表达自己的情感或思考(言志)来回应各方面的经历,包括现实生活中的,也包括在文本中的经历。通过这种方式并着眼于当下及后代的读者群体,诗人建立和记录了多重情境的生活史,其中常常包括旧日里自我的种种面相。在这一关于自传性回忆的、涵盖广阔的文学体裁内部,某些诗体更多地被用于表现"铭记"这一主题。无数诗歌以关于铭记的字眼开始:"记""忆""怀""念"。这些字眼明确标志着这些作品的记忆与铭记性质。

乾隆五十六年(1791),洪亮吉终于得中进士,[①]又一次进行了明确的个人回忆和纪念。他为三位母家的表亲作了一组题为《南楼忆旧诗四十首》的绝句(简称《南楼》组诗)。当《卷施阁集》数年后刊行时,这组诗被醒目地置于第十卷卷首;这一卷诗写于他跨过人生这一分水岭之后。看来,当洪亮吉停止回想过去时,公众生活中那些重要的瞬间触动了他记忆的暗流。跨过科举考试的最后一道阶梯,对于他是一个值得兴奋、庆祝和铭记的时刻。《南楼》组诗通过发掘过去,取出记忆潜藏的种子,洪亮吉标记了他当前的成功,并离他长期抱有的书写母家的愿望又近了一步。《南楼》组诗以一篇词句雅驯、用典丰富的长篇自传性骈文为序。文中,洪亮吉用一个类比来构建他的个人叙事:人对自己的"根"和"源"的向往是"自然"的,和生物对栖息地的空气和水的向往相类。他对组诗的题目作了解释:"南楼者,外王母龚太孺人所居也。余以孤童,幼蒙钟爱,年未毁齿,从母移居,姊越十龄,弟才匝岁。"[②]南楼是他成长的"巢",他的源头所在,他所认同和向往的充满感情、给

① 洪亮吉为乾隆五十五年庚戌科进士。——译者

② 洪亮吉:《卷施阁诗》卷一〇《南楼忆旧诗四十首》序,载《洪亮吉集》,第2册,第660页。

他归属感的空间。洪亮吉认为人类对家的渴望之情比大自然中的生物更为强烈,因为人类达到深度和高度的能力胜过鱼鸟。他在频繁用典中封存了他人生最初的那些重要阶段:在外祖母家度过的丧父早孤时期和接下来的童年,贫困和勤奋的少年求学时期,以至开始谋生和婚姻生活的初成年时期。在这种自传性回想的情绪中,洪亮吉收束了这篇序:“诗四十篇稿成,以寄巡检二兄、上舍三兄、文学四弟,凡为此者,亦所云寄鱼鸟之思,今昔之感也。”①

诗化的记录重铸了这篇序中内容广泛的自传性叙事,使之成为丰富的个人化片段系列,再度与有关家乡的环境和人群的快乐记忆联结在一起。绝句是中国古典诗歌中最短的形式,适于对抒情性的瞬间的简洁表现(通常使用意象化的语言),因此也就无法对条件和语境进行议论性阐述。在这个长长的组诗系列中,洪亮吉为四十首中的三十六首写了小注,为其提供了语境方面的特殊性,即关于一首诗中描写的地点、场合或人物的简单而准确的信息。这些小注往往以指示代词“此”开篇,如“此指”“此言”或“此谓”。在意象化、抒情性的诗歌及其所附小注的相互作用中,自传性的维度得以展开。② 第一首介绍性的绝句为组诗提供了一个框架,没有小注。在这首诗中,过去与现在、梦境与现实似乎交织在人物的自觉意识中:

> 沿溪楼阁枕南头,溪水迢迢自北流。
> 怪底近来乡梦好,一旬多半杏花楼。③

第一联的背景是武进的云溪,蒋宅就坐落在云溪岸边。洪亮

---

① 洪亮吉:《卷施阁诗》卷一〇《南楼忆旧诗四十首》序,载《洪亮吉集》,第2册,第661页。

② 这似乎是明清诗人另一种日益常见的做法。沈善宝同样使用自注诗和组诗这一方式来为她的诗集增加自传性叙事。见 Grace S. Fong, “Writing Self and Writing Lives”, 285-294。

③ 洪亮吉:《卷施阁诗》卷一〇《南楼忆旧诗四十首》其一,载《洪亮吉集》,第2册,第662页。

吉并未提及溪名或明确说明这是哪里，于是这条溪和它的水流更成为时空延续的象征，将如今身在京城的洪亮吉和他当年在南方的日子连接起来。他视南楼为自己的家。根据他自己的解释，因为楼前有一株大杏树，幼时的他给南楼起名为“杏花楼”，这里他就用这个名字来称呼它。①

在这些自注诗中，洪亮吉以一种看似随机的方式重温了他早年的生活。关于母亲的辛勤劳作和对自己的教导（第四、五、八、十五首），以及自己的学业和早期应试的尝试（第四、七、八、二十二、三十八首）的记忆，被倾向于安排在这一组诗接近开头的部分。在第八首中，他也再度描写母子间令人倍感温暖的场景。这种场景曾经再现于乾隆四十五年（1780）他的《机声灯影图》中：

> 夜寒窗隙雨凄凄，长短灯檠焰欲迷。
> 分半纺丝分半读，与娘同听五更鸡。
> （自注：余八九岁时自塾中遣归，每夜执经从太安人纺侧读，恒至漏尽。）②

这一重复浮现的记忆浓缩了很多个母子间这样共同努力的夜晚，因而显得尤为有力。洪亮吉作为一个成年人，一次又一次回到自己个人成长中的这一时刻，通过将之再现于视觉和语言的文本中，他把自己塑造成严肃的学者和孝顺的儿子形象。

将地点作为源头和归属的记忆在这组诗中留下了许多标记。从围绕南楼对蒋家家族群体（第三、二十五、二十七、二十九、三十首）和蒋家家塾团瓢书屋（第三十四首）的精神与感情上的勾勒，到武进的地方风俗和节庆（第十三、十五、十六、十八、二十四、三十一、三十七、三十九首），这些诗及其小注突出了诗歌主体对这

---

① 洪亮吉：《外家纪闻》，第2a页。他记得这个名字是“红杏楼”。载《洪北江先生遗集》，第18册，第10575页。

② 洪亮吉：《卷施阁诗》卷一〇《南楼忆旧诗四十首》其八，载《洪亮吉集》，第2册，第662页。

一地区的熟悉和了解,以及作为这个社区的一员的参与。有数首诗关于地方风俗和活动,例如赛神队列里行进的各样"云车"(第十三首),扛在人肩上的移动戏台(第三十一首),端午节各种颜色和式样的龙舟(第二十四首),上元节各式各样的花灯和祭祀各种神祇的节日(第二十六首),以及一年四季中向先生奉赠束脩的时段(第十五首)。诗下小注中频繁使用"吾乡"这个词,清楚地写出了他对自己属于这一地区的明确的身份意识。第三十九首及其小注便记录了这样一种地方风俗:

> 露滴新红水染蓝,两重门里试单衫。
> 荠花撩乱春如海,记得年时三月三。
> (自注:吾乡谚云:"三月三,荠菜花儿单布衫。")①

小注引用了地方上的一个说法,为武进的风俗提供了例证:每年三月初三荠菜花盛开的时候,武进人脱下冬装,换上春天的单衣。

最后,洪亮吉的组诗中有多首描写蒋家的成员,他认识他们,在他们身边长大,尤其是他的舅舅们(第四、六、二十三首)和姨母、舅母们——一位嫁入蒋家(第九首),几位蒋家的女儿出嫁后归宁,还有她们的母亲龚氏(第十一、十八、二十首),从小和他一同玩耍和读书的表亲们(第四、十七、二十五、三十六首),还包括家里的一些仆人(第三十二、三十三首)。这些诗中有一部分也提及一些他自幼记得的家族的习惯:姨母为外祖母煮羹汤(第十一首)。有两首诗回忆了表兄弟、表姐妹之间的深厚感情,其中一首回忆蒋家大门西侧的一口井,那口井如今早已不见(第十四首):

> 迎门西去径欹斜,曲曲房廊被柳遮。

---

① 洪亮吉:《卷施阁诗》卷一〇《南楼忆旧诗四十首》其三十九 载《洪亮吉集》,第2册,第666页。

一尺井阑凉沁骨,记曾团坐说人家。

(自注:外家门西偏有井最清洌,近闻已湮矣。)①

在另一首诗里,洪亮吉回忆了和表兄弟、表姐妹们几次共度中秋的快乐时光(第三十六首)。他在小注中加入了具体信息:"庚辰、辛巳岁后,值中秋日,每与外兄弟鸿三、定安、重光等及外家姊妹于南楼守月华,恒至彻晓。"②正如那口井的所在之处,这段时空如今也属于已逝的过去,濒临被遗忘。

组诗的最后一首——这一系列结构的末梢——回到杏树意象和它的凋零。它与洪亮吉的外祖母有着如此深厚的联系:

只把聪明誉憨孙,说将孤露便声吞。

纱帷寂寞庭花死,垂泪频过通德门。③

(自注:外祖母以乾隆丁亥[1767]十月晦日下世,不数年,楼前杏花亦萎。)④

随着南楼女家长的过世,曾经在那个孩子的视野中投下硕大影子的杏树也随之枯萎。任职翰林院的洪亮吉表达了未能使外祖母在有生之年目睹他最终的成功的遗憾。慈爱的外祖母曾在他幼年就认可了他的潜力,书写诗人童年对她的记忆是这组诗恰当的结束。诗化的记录是洪亮吉捕捉和保存关于母家记忆的方式,也为这些记忆建起一个新的、更恒久的所在。它像一座属于个人的

---

① 洪亮吉:《卷施阁诗》卷一〇《南楼忆旧诗四十首》其十四,载《洪亮吉集》,第2册,第663页。

② 这项活动是从洪亮吉十五岁开始的。蒋家长辈似乎对这些年少的表兄弟、表姐妹十分宽容;少男少女经常来往并聚在一起。见洪亮吉:《卷施阁诗》卷一〇《南楼忆旧诗四十首》其三十六,载《洪亮吉集》,第2册,第665页。

③ 通德门建于东汉,用以在学者郑玄的家乡表彰他的德行。洪亮吉可能是以此典喻外祖母的德行和博学。鉴于这些诗中各出处的具体性,通德门也有可能是南楼建筑群中一座门的名字。

④ 洪亮吉:《卷施阁诗》卷一〇《南楼忆旧诗四十首》其四十,载《洪亮吉集》,第2册,第666页。

纪念碑矗立在那里，构筑它的是文字，文字自身便具有永恒性。

结 语

笔者在本文开端提出，洪亮吉采用非惯例的回忆录形式描写他的母家，以此开创了有关铭记的、非传统的形式和内容。笔者在对这一文本的阅读尝试展示，洪亮吉对家庭的纪念与其在人生关键阶段对自我发展的重构紧密联系在一起。换言之，洪亮吉的个人的、个体的记忆和他的家庭和社区的社会框架不可分割。① 而且，洪亮吉通过不同的文体，铭刻生命中多个重要的过渡时期，寻求实现“铭记”的渴望。这一因流放的环境促成的自传性铭记行为，是其毕生渴望“铭记”的高潮。诗歌作为发展成熟的话语工具，使明清文人能够书写自己的生命史。洪亮吉将他个人的和历史的记忆融进已经充分发展的各类诗体中。

明清各种文体一直在文人阶层和教育中被频繁交叉运用，它们也是社会活动的形式。它们所具有的可能性和局限性不仅由文学和美学标准来定义，也由社会关注和价值观来定义。在此可以指出，洪亮吉的回忆录中的一些空白令我们关注到这个问题。其一是他小心避免提及表姐妹们的名字，这和他提及表兄弟时使用他们的名字形成对比。用名字来称呼她们可能会体现出一种不恰当的亲密和不得体。在这方面，洪亮吉遵循父系系统的称呼和身份认定，蒋家女性的身份由她们和他母亲的亲戚关系来标示。于是，在与洪亮吉的关系上，她们全部来自“外家”，即他父家之外的母家。如我们所见，那些已婚的女性如果是蒋家人，洪亮吉就会进

---

① 莫里斯·哈布瓦赫（Maurice Halbwachs）有一个观点：个人记忆很大程度上是群体记忆的一部分，或者在群体记忆的框架里被建构。这里可以和其观点对照。见 Maurice Halbwachs, *On Collective Memory* (Chicago: University of Chicago Press, 1992), translated by Lewis Coser, 53-78。

一步用她们夫家的姓来表明她们的身份；如果是嫁进蒋家的，则用她们娘家的姓来表明身份。其二是他的妻子显而易见的缺席。他的妻子是他母亲的侄女，所以在他们成亲前，她是与他一起成长的众多表兄弟、表姐妹当中的一个。和他频繁写到他的某些姨母、舅母和表姐妹不同，洪亮吉避免提到她。也许这是因为他们已经订婚，理应在身体和情感上都保持距离——真的也好，假装的也罢。即使是《外家纪闻》所开创的新的文体空间，也还存在着洪亮吉所遵循的不言而喻的社会法则和自我所施加的局限。他只在一段文字中提到了自己的妻子："余妇为实君先生幼女，太宜人襁褓时为余聘定。其三姊皆适富室。余入甥馆中，每愧诸事不称。"①在这一段中，洪亮吉追忆他作为一个贫穷的入赘女婿与蒋家其他女婿相比之下的自我意识，对他妻子则未发一言。他们的共同生活和分离组成了他生命史中的另一个"维度"，他以其他文体为手段来铭记这些内容。在妻子于嘉庆七年（1802）去世后，洪亮吉以八首动人的《悼亡》诗表达他对妻子的深情与纪念。"悼亡"这一诗体久已被为人夫者用来（后来也被妻子采用）哀悼亡故的配偶。② 他还为妻子写了一篇行状，记载逝者的生平并表达对逝者的尊敬和怀念（此篇已佚）。

如何根据文体来处理作品，影响到洪亮吉在刊行自己的作品时是将《外家纪闻》收录其中还是排除在外。别集作为一个作家的重要文学作品集，主要收录他（她）的诗歌和正式的散文作品。日志类非正式的作品，包括随笔、日记和回忆录等，如要付梓则会另行刻印，一般不会收入别集中。尽管笔者尚未有机会追溯《外家纪闻》的刊行历史，但发现其最早版本出现于光绪三年（1877）洪亮吉的"全集"。这部全集由洪亮吉的重孙和重外孙们（其儿子

① 洪亮吉：《外家纪闻》，第12b页，载《洪北江先生遗集》，第18册，第10596页。

② 洪亮吉：《更生斋诗》卷六《悼亡八首》，载《洪亮吉集》，第3册，第1343—1344页。

与女儿的孙辈)编纂印行,以表达对这位杰出先人的尊敬和铭记。有意思的是,这部短文集仅有的另一版出现在《古今说部丛书》中。在这部出版于1913年的小说笔记选中,《外家纪闻》被当作与小说并列的"笔记"文体。令人惊讶的是,这一文本并未被收入2001年新版的《洪亮吉集》中。然而,正如洪亮吉受以前的例子启发而写下对母亲娘家的回忆,他自己的努力也启发了后世至少两篇回忆录,二文都题为《外家纪闻》,用以纪念作者的母家。[①] 我们幸运地看到,洪亮吉的这部短作留存至今,它展现了关于洪亮吉个人、他关心的人和关心他的人的大量回忆。他的回忆让我们得以一瞥18世纪男女的个人生活。如果这部短作未能存世,这些人物以及他们的生活经验就会被遗失和隐藏。

王晚名 译

① 二文皆出现在晚清和民国初期:一为汪曾武(生卒年不详)所作,收录于《云在山房丛书》(1928);一为冒广生(1873—1959)所作,收录于《如皋冒氏丛书》(1902)。

吴伟业诗中的历史与记忆*

[美]李惠仪(Wai-Yee Li)

元好问(1190—1257)经历了金元鼎革的离乱。当清中叶的史学家与诗人赵翼(1727—1814)在《题元遗山集》评论元好问时,他作出如下断语:

国家不幸诗家幸,赋到沧桑句便工。

论诗特重"炼识之道"的朱庭珍(1841—1903)曾征引这两句话,认为这一评语特别适用于吴伟业(1609—1672)。他说:"吴梅村祭酒诗,入手不过一艳才耳,迨国变后诸作,缠绵悱恻,凄丽苍凉,可泣可歌,哀感顽艳。以身际沧桑陵谷之变,其题多纪时事,关系兴亡,成就先生千秋之业,亦不幸之大幸也。"①朱庭珍相信,国家的危急存亡形势逼使吴伟业把诗思转移到政治与历史上,如果没有这样的经历,吴伟业或许无法摆脱他早年类香奁体的绮靡风格。如同其他历史论述一般,文学史终究也没法回答这类想当然

---

* 英文原文见"History and Memory in Wu Weiye's Poetry", in *Trauma and Transcendence in Early Qing Literature* (Cambridge: Harvard University Asia Center, 2006), 363-443。

① 朱庭珍:《筱园诗话》,载钱仲联主编:《清诗纪事》,第3册,南京:江苏古籍出版社1987年版,第1419—1420页。朱庭珍误记赵翼"国家不幸"二语为其题吴梅村集所云。不过赵翼在《瓯北诗话》中评吴伟业诗时,虽未用其语而实师其意,见郭绍虞编选:《清诗话续编》,富寿荪点校,上海:上海古籍出版社1983年版,第1282—1298页。另可参看《四库全书总目》如何评析吴伟业作品的风格,见钱仲联主编:《清诗纪事》,第3册,第1414页。

式的假设性问题。加之吴伟业创作的时间与明末动荡及明朝覆灭所带来的丧乱几乎完全重叠,我们根本难以厘清吴伟业未被政治环境影响的"早年风格"。不过,朱庭珍的观察教我们留意到一点:有关声色与情感的修辞可透过参与历史而不至于被批评为绮罗香泽、格局纤卑——或可说,感怆时事、俯仰身世是艳体的"自赎"。事实上,吴伟业哀感顽艳的风格的确融会了他华丽婉转的辞藻(以及其所蕴含的对声色与情欲的流连)和他对当时政局的哀叹、评价与反思。套用赵翼的逻辑来看,历史的创伤为诗人的同情与想象加添了一种史诗般的面向。当个人与国家的命运重合,诗人记录和阐明动荡时代的角色便更加突出。在这语境下,一个新的想象和论述的空间应运而生。这个空间既与记忆和历史的思考相连,也指向诗人对于艺术作品的自觉意识。

以诗为史

清中叶的靳荣藩(乾隆十三年进士,1748)曾笺注吴伟业的诗歌,他经常在疏解中以"诗史"一词形容吴伟业的作品。借用靳荣藩的说法,吴伟业"以诗考史,以史证诗"。① 吴伟业在他早年的诗

---

① 见吴伟业撰,靳荣藩编:《吴诗集览》卷四下,《四部备要》本,上海:中华书局1936年版,第4b页;卷四下,第6b页;卷六上,第9b页;赵翼:《瓯北诗话》,载郭绍虞编选:《清诗话续编》,第1288—1291页。魏宪(1671年前后在世)称许吴伟业为"诗中董狐",见《宣宗御用戗金蟋蟀盆歌》,载吴伟业:《吴梅村全集》卷三,李学颖集评标校,上册,上海:上海古籍出版社1990年版,第63页。魏宪也以"诗史"一词称颂吴伟业的《永和宫词》,见吴伟业:《吴梅村全集》卷三,上册,第55页。胡薇元(光绪三年进士,1877)认为《圆圆曲》展现了"春秋笔法",见吴伟业:《吴梅村全集》卷三,上册,第80页。陆次云(约1630—1702之后)和邓汉仪(1617—1689)都把吴伟业比拟为司马迁,可参《雁门尚书行》的评论,见吴伟业:《吴梅村全集》卷一一,上册,第295页。邓汉仪标举《银泉山》是"以史法为诗"的象征,见吴伟业:《吴梅村全集》卷一一,上册,第304页。程穆衡(乾隆二年进士,1737)认为《萧史青门曲》"真堪补史",见钱仲联主编:《清诗纪事》,第3册,第1450页。其他相关的评论,尚可参见郑方坤(雍正元年进士,1723)、李慈铭(1830—1894)、徐世昌(1855—1939)、(转下页)

作中即以一种明确的“干预”的姿态呈现自己以诗为史的理念。也就是说，他自许以诗补史，认为诗可以补充历史记录中的缺失。吴伟业曾为以文章气节名世的杨廷麟（崇祯四年进士，1631）写下《临江参军》一诗。[①]杨廷麟与吴伟业是同年进士，二人同任翰林编修，交谊甚深。后来他在《梅村诗话》中夫子自道，提及此诗缘起：“余与机部（杨廷麟）相知最深，于其为参军周旋最久，故于诗最真，论其事最当，即谓之诗史可勿愧。”[②]但他也同时暗示“以文多忌，不全录”[③]，希望能引导后世读者从自己的诗史中读出更深刻的真相、更深沉的苦楚、更尖锐的批判意味。诚如近人叶君远所言，《梅村诗话》所引用的这首诗版本要比吴伟业别集所载更“温和”——原来把清兵称为“豺狼”，以“饥饱恣驰突”形容清军肆虐，又明确点出战场的地点（如贾庄、真定）。这些指涉后来都被删去。[④]

或许，以诗歌书写历史，最显而易见的问题就是如何选择重大

（接上页）花病鹤的诗论，见钱仲联主编：《清诗纪事》，第 3 册，第 1414、1421、1425 页；以及程穆衡的评析，见吴伟业：《吴梅村全集》附录四《集评》，下册，第 1505—1506 页。

① 作于崇祯十二年（1639），载吴伟业：《吴梅村全集》卷一，上册，第 2—5 页。

② 吴伟业：《吴梅村全集》卷五八，下册，第 1138 页。

③ 同上书，第 1137 页。

④ 《四库全书》著录的是康熙九年（1670）刊刻的《梅村集》。至于本文采用的版本是李学颖编校的《吴梅村全集》，而它所依据的底本为宣统三年（1911）刊行的《梅村家藏稿》。这个本子收入了约一百篇不见于康熙本《梅村集》的作品。李学颖的校本尝试把清代和民国年间各个版本整合起来，同时又参考了其他转引吴梅村诗文的文献材料。邓之诚曾提到一个顺治十七年（1660）刊印的本子，其中他看到六十余首不见于《梅村家藏稿》的诗作（参邓之诚：《清诗纪事初编》，上海：上海古籍出版社 1984 年版，第 394 页），但这些作品似乎都已散佚。吴伟业在这段关键时期（1638—1639）另外写了四首诗作，全都以杨廷麟、钜鹿之战、明清鼎革为主题。出于政治考虑，其中三首诗并没有被收录到《梅村集》中，事见叶君远：《吴伟业评传》，北京：首都师范大学出版社 1999 年版，第 57—58 页。《读杨参军悲钜鹿诗》《再忆机部》《墙子路》三首作品分别收入吴伟业：《吴梅村全集》卷六〇，下册，第 1181、1193、1197 页。这些诗作都赞扬了“征东”之举，并把满人比拟为“匈奴”和“虏”。

的历史事件和人物作为主题。赵翼指出:“梅村身阅鼎革,其所咏多有关时事之大者……事本易传,则诗亦易传。”[①]吴伟业的名作中有些即以将帅、官员、王孙、公主、后妃、宗室为主题,这些人的命运与明室覆亡息息相关。在这些诗作里,诗人铺叙了战争场景、宫廷生活、朝廷上的尔虞我诈,借此勾勒出明清之际历史中的各个关键时刻。他也尝试叩问各个历史事件的前因后果,思考必然与偶然之间的界线,从而提出自己对历史的定评。除了臧否人物以外,吴伟业特别注目引发历史事件背后的各种力量,以及各种形塑相关记忆的因素。

试举《临江参军》为例。该诗以纪念晚明名将卢象升(1600—1639)殉难一事为主轴。崇祯十二年(1639),卢象升于钜鹿之战中奋勇与清兵抗衡,最终战死沙场,而杨廷麟当时是卢象升的参军。《临江参军》一诗即基于杨廷麟写给吴伟业的信札,吴伟业不但交代了整场战争的始末,更借此向杨廷麟致意,褒扬他勇于捍卫有关卢象升忠义殉国的真相。[②] 在拨乱反正的过程中,诗作揭示了卢象升的故事如何被压抑和扭曲,也就阐明了这场败仗背后隐含的明末党争。这首诗持续以双重焦点发展,也就是“以杨为经,以卢为纬”[③]。诗作开篇即从杨廷麟择善固执的精神说起。当时明朝朝廷分成两派:礼部尚书兼东阁大学士杨嗣昌(1588—1641)[④]率领的主和派和兵部尚书卢象升、翰林编修杨廷麟所属的主战派。杨廷麟上疏弹劾杨嗣昌,斥责他“谋之不臧,以国为戏”,

---

① 赵翼:《瓯北诗话》,载郭绍虞编选:《清诗话续编》,第 1283 页。

② 有关卢象升的生平,可参张廷玉等:《明史》卷二六一《卢象升传》,第 6759—6766 页。《明大司马卢公奏议》的一些版本收录了杨廷麟为卢象升撰写的墓志铭。有关这部奏议的版本信息,可参 Lynn A. Struve, ed., *The Ming-Qing Conflict, 1619-1683: A Historiography and Source Guide* (Ann Arbor: Association of Asian Studies, 1998), 212-213。

③ 语出靳荣藩的评论,见吴伟业撰,靳荣藩编:《吴诗集览》卷一上,第 5b 页。

④ 杨嗣昌对当时军事问题的理解,可参考《杨文弱先生集》。司徒琳曾讨论了他的观点,详见 Lynn A. Struve, *The Ming-Qing Conflict, 1619-1683*, 218-219。

与朋党“倡和款议，武备顿忘”。[①] 杨嗣昌大怒，诡荐廷麟知兵，廷麟改任兵部职方主事，为卢象升的参军。杨嗣昌把杨廷麟一介文臣调派到战场前线险境，借此报复。

这首诗的中段包含了杨廷麟给吴伟业写的两封信。第一封信描述卢象升孤立无援的艰困：“次见诸大帅，骄懦固无匹。逗挠失事机，倏忽不相及。变计趣之去，直云战不得。”当时杨嗣昌告诫诸将“毋浪战”，诸将骄横怯懦，借口持重，按兵不动。实握军权的杨嗣昌据军中报请旨授方略，比及旨至令下，形势已变，于是进退失据，屡屡失机。主和派千方百计阻挠卢象升，坚持军机不利，催促他撤退。廷麟最后以申述己志作结：“成败不可知，生死予所执。”即谓成败无法预料，兼且败局可能已经逐步铸成，但是自己置生死于度外，义不容辞。第二封信则以倒叙的方式回溯卢象升殉国的事迹。这段记述从时间视角的转换着笔，先阐明杨廷麟最后的叹喟：“顾恨不同死，痛愤填胸臆。”接着再申明卢象升在交战时所面对的困局及其志节。他既没有援兵，也缺乏粮草，明知旦夕且死，仍是从容镇定，矢志不移。在这关键时刻，卢象升派遣杨廷麟往真定寻求粮饷济助饥寒已极的士兵。[②] 可能象升自知不免，故意把廷麟调离战场。[③] 杨廷麟因此幸免于难，但因不在场，只能事后靠想象和口耳相传的逸闻来重新拼凑出卢象升壮烈牺牲的景象：

> 犄角竟无人，亲军惟数百。
> 是夜所乘马，嘶鸣气萧瑟。
> 椎鼓鼓声哀，拔刀刀芒涩。

---

① 张廷玉等：《明史》卷二七八《杨廷麟传》，第 7114 页。

② 同上。但据《明史》卷二六一《卢象升传》（第 6765 页），当时高起潜拥兵鸡泽，象升遣廷麟往乞援。不知是否传闻异辞，或是钜鹿之战前夕廷麟曾两次被遣。

③ 卢象升借此让杨廷麟避开了杀身之祸。“已而中外异心，兵势日蹙，卢自谓必死，顾参军书生，徒共死无益，乃以计檄之去，机部不知也。”见《梅村诗话》，载吴伟业：《吴梅村全集》卷五八，下册，第 1136 页。

公知为我故，悲歌壮心溢。
当为诸将军，挥戈誓深入。
日暮箭镞尽，左右刀铤集。
帐下劝之走，叱谓吾死国。
官能制万里，年不及四十。

上述诗句显然与《史记》对项羽之死的描绘有互相呼应的地方（也许诗人的联想与钜鹿这一地名有关）：两者都对日暮穷途的英雄及其爱马①显出了无限的同情，两者都在最后一瞬展示了患难与共的战友之谊，两者都讲述了一个英年早逝的故事。不过，在文字呼应背后，吴伟业特意彰显象升殉国的悲壮远远超过项羽败亡：项羽悲歌"骓不逝兮可奈何"，但象升的骏马似乎同仇敌忾，"嘶鸣气萧瑟"。项羽对所余部下二十八骑说："今日固决死，愿为诸君快战，必三胜之，为诸君溃围，斩将，刈旗，令诸君知天亡我，非战之罪也。"似乎最后的勇烈是自我肯定的表演。反观象升"当为诸将军，挥戈誓深入"，表示同气连枝的背后是卫国抗敌、万死不辞的共识。项羽不肯逃走是因为无面目见江东父老，对比这种个人英雄主义，象升"叱谓吾死国"显得严正刚烈。但是"死国"背后别有悲凉的反讽意味。曾任兵部尚书的卢象升本来"官能制万里"，崇祯帝曾三赐尚方剑，令督天下援兵；但到了最后，由于主和派多方掣肘，拒绝派送粮饷援兵，他只能带领亲军数百厮杀到最后。

这首诗不仅铺叙卢象升殉难的经过，同时也特意表彰杨廷麟作为象升事迹的忠实叙事者与权威见证人。杨嗣昌一心要隐埋卢象升殉国的事实，杨廷麟奏报军中曲折及象升死状，悲愤莫名，"疏成纸为湿""引义太激昂，见者忧谗疾"。据吴伟业在《梅村诗话》中的解释，廷麟在奏疏里直陈当时象升孤军无援，向附近拥兵

① 按《明史》卷二六一《卢象升传》（第6766页），象升好畜骏马，皆有名字。有一次兵败至沙河，他所骑号称"五明骥"的骏马竟一跃跳过数丈阔的沙河。

的太监高起潜乞援，而高竟拔营夜遁，致明军溃败。廷麟友冯元飙见到奏疏，对吴伟业说："此疏入，机部死矣。"因代他删改数语。廷麟因此得以免祸，但他闻知奏疏被删改，还是愤愤不平。当时盛传卢象升的仆从因坚持象升忠烈殉国，被杨嗣昌榜笞，至死不改口。廷麟致书冯元飙与吴伟业："高监一段，竟为删却，后世谓伯祥（按：杨廷麟，字伯祥）不及一部役耶？"此即"大节苟弗明，后世谓吾笔"二语命意所在。廷麟自明其志，说假如象升殉国大节不能彰明于世，后人将会归咎他不能秉笔直书。虽然奏疏尖锐性减弱，最后杨廷麟还是因此获罪而被贬秩调外。"此意通鬼神，至尊从薄谪"，这里把两者并置，显然有辛辣的反讽意味。杨廷麟耿直不阿，其高风亮节或可打动鬼神，但终究无法感动皇帝。杨廷麟最后仅仅"从薄谪"，已经算是鬼神的恩泽。这首诗最后借由杨廷麟捍卫卢象升的形象一事，对杨廷麟作出以下评价："生死无愧辞，大义照颜色。"①

如同其他史籍一般，《临江参军》也以"正名"为己任。崇祯十年（1637），杨廷麟充当太子的讲官兼直经筵。他对行军打仗没有多大认识，但杨嗣昌却保荐他任兵部职方主事，是恚恨廷麟上疏弹劾自己，要把他置诸险境。这首诗作屡用"参军"一词，点出了杨嗣昌排斥异己，暴露了晚明党争的险恶，也说明了杨廷麟对卢象升一片忠心。这首诗并没有特别表明任何杨廷麟作为"参军"的本领；反之，吴伟业竟似重新定义了这个官职，使"参军"成为历史的见证人。正是因为杨廷麟担任了这个职位，他才必须肩负保守卢象升殉国真相的使命。当吴伟业读到杨廷麟有关钜鹿之战的诗作

---

① 根据叶君远的笺释，"生死"一词分别指生者和死者，也就是杨廷麟和卢象升。见吴伟业著，叶君远选注：《吴梅村诗选》，北京：人民文学出版社 2000 年版，第 12 页。但"生死"一词似乎也可解读为杨廷麟的抉择。杨廷麟因为自己无法追随卢象升殉国而自责，后来又冒死揭发杨嗣昌和高起潜构陷卢象升。吴伟业认为杨廷麟只有选择生存下来，才能履行朋友的职责。这首诗的最后也交代了杨廷麟在与吴伟业会面前，如何照顾卢象升的家人。

时,他把杨廷麟描写成一位忠实地记录史事的史官:“身虽蔓落负知交,天为孤忠留信史。”[①]另外,诗中对卢象升的称谓是“尚书”。钜鹿之战前,杨嗣昌已夺象升尚书,象升复兵部侍郎旧职,而任兵部尚书更久、官位更高的是杨嗣昌。吴伟业借“尚书”称谓表明褒贬,判别了两人的对错,同时更暗示了明军在钜鹿之战的惨败其实可以避免。假如卢象升可以守住他的职位,杨嗣昌就不可能大幅削弱明军对战事的准备,这场战事的结果也就有可能逆转。

当这首诗从杨廷麟与卢象升的交情转向杨廷麟和吴伟业的友谊时,整篇作品的视点也就有了变化。杨廷麟讲述了卢象升的故事;在这过程中,杨廷麟同时申明己志。无论是卢象升的观点,还是杨廷麟的声音,全都经过吴伟业焦虑而同情的心态过滤而呈现出来。即使这首诗作对于上述的过滤过程非常自觉,整个论述还是因此而衍生了不少断裂,同时也造就了直接铺叙与间接转述的混用、情节交代时而详细时而简要,这些全是历史书写的特征。[②]问题的关键并不仅是如何全面反映整段历史,也不单是能否呈现史事的复杂性:《临江参军》中视点的转移说明即使拥有掌控事情发展来龙去脉的力量,有时也会在定义记忆和再现史事时有所挣扎。尽管杨廷麟的勇气和坚毅教人钦佩,他在奏疏中对高起潜的控诉还是被删改了。只有到了吴伟业的手中,廷麟“引义太激昂”的奏疏和史笔的自我期许才得以呈现。

吴伟业曾在清初删改这首诗作,可以说为这首诗再增添了另一层反讽的意味。崇祯十二年(1639)冬天,钜鹿之战后八到九个月,杨廷麟到宜兴访寻卢象升的子孙,继而前往娄中与吴伟业、张

---

① 《读杨参军悲钜鹿诗》,载吴伟业:《吴梅村全集》卷六〇,下册,第1181—1182页。

② 沈德潜(1673—1769)曾在另一情况下评论了五言长篇中似断未断的地方:“然有意本连属而转似不相连属者,叙事未了,忽然顿断,插入旁议,忽然联续,转接无象,莫测端倪,此运《左》《史》法于韵语中,不以常格拘也。”见沈德潜:《说诗晬语》卷上,霍松林校注,北京:人民文学出版社1979年版,第206—207页。

溥(1602—1641)、程嘉燧(1565—1643)、钱谦益(1582—1664)"饮十日"。这次聚会除了吴伟业写成《临江参军》一诗,同时程嘉燧也为杨廷麟绘制了《髯参军图》,而钱谦益则作了另一首短歌。[①] 吴伟业的诗中首行即称杨廷麟为"临江髯参军",诗的结句("大义照颜色")又提到他的容颜,大概这本来是一首题画诗,又或者本来即有意指涉杨廷麟的画像。这是典型的复社的雅集,卢象升和杨廷麟的冤屈也许在唱和的过程中被尽情披露。但崇祯十二年吴伟业所写的诗作并没有被完整地保留下来,当吴伟业在《梅村诗话》中引述这首诗时,"以文多忌,不全录",即"违碍"之语都先被他自己删去,而杨廷麟亦早已在顺治三年(1646)因抵抗清兵入侵而殉节。[②] 正如上文所述,吴伟业在顺治十七年(1660)刊印的诗集中作了更多的改动。即使吴伟业歌颂杨廷麟是不被噤声、打破沉默、拒绝让"历史真相"被扭曲的历史见证人,吴伟业自身却不得不通过删削原文、含蓄委婉的做法来保存此诗。从这一层面看,吴伟业自谓《临江参军》堪称"诗史"不无反讽。实则无论诗史发声多么真切,亦不得不与其所处时代相周旋。

在吴伟业的诗作中,针对与明代覆亡相关的重大事件,他一再叩问相连的两个问题:这件史事是怎样发生的?这段历史是怎样被记忆的?《雁门尚书行》一诗即记录了孙传庭(1593—1643,万历四十七年进士,1619)和他的家人于崇祯十六年(1643)在潼关与流贼激战时殉难的事迹。[③] 吴伟业把这场败仗视为明朝灭亡的关键标志,却又无意把罪责归咎于孙传庭:"公死而天下事以去,然其败由趣战,且大雨粮绝,此固天意,抑本庙谟,未可专以责公也。"(诗序)吴伟业笔下的孙传庭饱读诗书、叱咤风云:"长安城头挥羽扇,卧甲韬弓不忘战。持重能收壮士心,沉几好待凶徒变。"

---

① 《梅村诗话》,载吴伟业:《吴梅村全集》卷五八,下册,第1137页。

② 同上书,第1138页。

③ 吴伟业:《吴梅村全集》卷一一,上册,第292—295页。

"挥羽扇"的形象,也许让我们联想到周瑜或诸葛亮一流人物。[①]草率的军事决定并不符合他的性格,更断送了潼关的防守优势。先是,崇祯十五年(1642),传庭在关中督师,朝廷催逼他出关平寇。传庭上言:"兵新募,不堪用。"多疑寡断、刚愎自用的崇祯帝不听,传庭不得已出师,兵败后归陕西,计守潼关。由于情势危急,传庭因为备战用法苛严,秦中反对他的士大夫在朝廷散播"秦督玩寇"的谣言,并威胁他:"秦督不出关,收者至矣。"朝廷催逼出战益急。传庭顿足叹曰:"奈何乎!吾固知往而不返也。然大丈夫岂能再对狱吏乎!"[②]传庭出师,是知其不可而为之,潼关之败,势所必然。后世的判断是:"传庭死,关以内无坚城矣""传庭死而明亡矣"。[③]《雁门尚书行》刻意描摹的便是英雄为时势所拘的悲情:

> 忽传使者上都来,夜半星驰马流汗。
> 覆辙宁堪似往年,催军还用松山箭。[④]
> 尚书得诏初沉吟,蹶起横刀忽长叹。
> 我今不死非英雄,古来得失谁由算。

不必要的牺牲和可规避的祸患,交织出诗歌的悲剧。这首诗有近一半篇幅追踪了孙传庭的遗孤——他的长子回到秦地,找到了母亲张夫人的尸首(诗序说她"貌如生",尸体不腐坏被认为是殉国贞烈节操的符应),又与自己的弟弟重逢(张夫人把这个八岁的小儿子送走后,便带领二女六妾投井自尽)。相比之下,吴伟业对军中同死的烈士为何如此匮乏感到疑惑("尚书养士三十载,一

---

① 这里指的包括苏轼(1037—1101)在《念奴娇·赤壁怀古》中对周瑜的铺写,以及《三国演义》中诸葛亮的形象。

② 张廷玉等:《明史》卷二六二《孙传庭传》,第6790—6791页。崇祯十五年孙传庭再起用为兵部右侍郎前,曾因被杨嗣昌构陷系狱三年。

③ 张廷玉等:《明史》卷二六二《孙传庭传》,第6792页。

④ 前一年,明军曾在松山之战中惨败。

时同死何无人？至今惟说乔参军”）。这首诗写于17世纪50年代中叶。当时，吴伟业正在北京，在清廷任秘书院侍讲、《圣训》纂修官（1654—1656）。[①] 他慨叹孙传庭的事迹已差不多被遗忘了——流贼叛军不复存在，而纪念他的石碑也已长满青苔（“青史谁人哭藓碑，赤眉铜马知何处”）。但当吴伟业回顾潼关之役时，他想到了孙传庭的遗恨。诗歌在这一关头转韵，别有苍茫激楚的味道。吴伟业坚持要把孙传庭记录为壮志未酬的象征：

> 回首潼关废垒高，知公于此葬蓬蒿。
> 沙沉白骨魂应在，雨洗金疮恨未消。

吴伟业所有有关战争的诗作都有一种反思的面向，因为他叩问历史的因果关系，将战争视为了解明代覆亡的关键，于是他的战事诗衍生出一种近乎追踪摄迹的设问性质。《雁门尚书行》一类的诗作歌颂明代殉国烈士的事迹，这些作品有较直截了当的纪念意图。相比之下，当吴伟业书写的目的是批评背叛明朝的贰臣时，他的诗作往往蕴含游移与反讽的意味。《松山哀》正是其中一个重要的例子。[②] 这首诗以悼念松山之战为题。崇祯十五年（1642），明军在松山之战中大败。这场战役举足轻重，为清兵入关奠下基础。战败后明军统帅洪承畴（1593—1665）变节降清，后来为清朝的统治出谋献策，经略东南、西南，镇压抗清义军。诗作开篇即铺写了一副凄惨的景象，接着再把感官、想象、记忆融为一体：

> 拔剑倚柱悲无端，为君慷慨歌松山。
> 卢龙蜿蜒东走欲入海，屹然搘拄当雄关。

---

① 吴伟业在诗序中提到他的门人冯云骧（顺治十二年进士，1655）曾作《潼关行》一诗（冯云骧与孙传庭同为代州人）。顺治十二年，吴伟业和冯云骧两人都在北京。当时吴梅村写了《赠冯讷生进士教授云中》（载吴伟业：《吴梅村全集》卷一一，上册，第297页），《雁门尚书行》似乎也应该在这段时间写成。

② 作于顺治十二年，载吴伟业：《吴梅村全集》卷一一，上册，第307页。

连城列障去不息，兹山突兀烟峰攒。
中有垒石之军盘，白骨撑距凌巑岏。
十三万兵同日死，浑河流血增奔湍。

开篇首句重演了《史记》与《战国策》中荆轲刺秦王的片段。在这段耳熟能详的故事中，秦王虽然带剑却又无法拔出。在这电光石火的一瞬间，荆轲似乎要成功了。但后来秦王终于将剑拔出，挥剑击杀荆轲。荆轲将匕首投向秦王，却没有刺中。荆轲受伤倒地，自知事败，于是倚柱而笑，箕踞以骂。这一刻渲染了英雄功败垂成的绝望与悲哀，为诗人的慷慨悲歌定调，但同时却又暗示了洪承畴投降时的情境。明朝兵马全军覆没，但洪承畴却无法像荆轲一般慷慨就义。吴伟业把松山写成一道险要的防线，同时又是一个象征着无可挽救的伤亡的符号。此地守卫着山海关，是真正的国家支柱。诚如李白在题咏另一形势险要之地时所言，“一夫当关，万夫莫开”，洪承畴与松山大可成为整个明朝的当关守卫。在绵延不绝的山峦中，松山屹立其中，但我们很快就看到松山的高度其实是由交错的白骨堆积而成，而旁边的浑河则因士兵流血而“增奔湍”。吴伟业从杜甫《悲陈陶》的诗句“四万义军同日死”中，借来了触目惊心的景象。松山这个象征守护明朝的最后希望，顿时笼罩在死亡与破败的阴影下。

吴伟业并没有对洪承畴作简单直接的批评。相反，他想象洪承畴懊悔的心情，更惊叹于其多舛的命运。

岂无遭际异，变化须臾间。
出身忧劳致将相，征蛮建节重登坛。
还忆往时旧部曲，喟然叹息摧心肝。

靳荣藩留意到这一段记述其实是以洪承畴的观点写成的（“就承畴意中写出哀字，是进一层法”）。吴伟业用近乎体谅的语气设想洪承畴的叹喟不无愧恨，又把他效忠清朝一事写成瞬息变化的“遭际”(命运与际遇)问题。[①] 其中的反讽异常辛辣,却又同时敛抑。诗人刻意采用了清朝对于明清鼎革的看法。“忧劳”一语本来多用于指称贤君的辛勤忧劳天下,但这里却被借用来解释清朝所以能够统一天下,是因为明朝旧臣如洪承畴的“出身忧劳”,而“致将相”则披露所谓“忧劳天下”不过是关心自身荣显。“征蛮”一词充满反讽:承畴尚未投降时,清军被视为必须驱逐的鞑虏蛮夷;但现在他却屡屡对南方用兵,镇压这些重新被定义为“蛮”的抗清义军。他“重登坛”的举动不但提醒了我们洪承畴身仕明、清二朝,同时也指向他曾在祭坛上拥有殉国烈士的地位。当松山之战明军覆灭的消息传到朝廷,误传洪承畴殉国,皇帝下谕颂扬洪承畴“节烈弥笃”,赐祭十六坛,方祭第十四,崇祯帝将亲祭,而承畴投降之信至。[②] 接着,诗人再从自己眼中的历史观出发,探问上文“叹喟”的本质:

鸣呼! 玄菟城头夜吹角,杀气军声振寥廓。
一旦功成尽入关,锦裘跨马征夫乐。
天山回首长蓬蒿,烟火萧条少耕作。
废垒斜阳不见人,独留万鬼填寂寞。
若使山川如此闲,不知何事争强弱。
闻道朝廷念旧京,诏书招募起春耕。
两河少壮丁男尽,三辅流移故土轻。
牛背农夫分部送,鸡鸣关吏点行频。
早知今日劳生聚,可惜中原耕战人。

---

① 洪承畴一开始时似乎还能成功牵制清军,但朝廷误判局势,命令洪承畴进一步攻击清军,最终明军大败。见张廷玉等:《明史》卷二七二《曹变蛟传》;赵尔巽等:《清史稿》卷二三七《洪承畴传》。

② 参赵翼:《檐曝杂记》卷六,第111—112页。吴伟业撰,靳荣藩编:《吴诗集览》卷六下注,第10b页。中央研究院历史语言研究所编辑:《明清史料》乙编“兵部行《确察洪承畴死难钦件》稿”,第5本,上海:商务印书馆1936年版,第409页。

诗歌出入山海关内外，其视点频频转变。透过这一复杂的设计，吴伟业把洪承畴的悔疚放到宏大的历史洪流中。在这鬼哭神号、生灵涂炭的时代，诗人无法找到历史发展的轨迹和其终极意义。诗人利用了人民的颠沛易位来描写这失序的世界。八旗子弟报捷入关，悉数离开了他们的故土，任由其地萧条荒废。天山横跨现在甘肃与新疆等地，以往一般把天山与匈奴相提并论；诗人这里以天山指称明清两军交锋的战线，或是清兵原来驻扎的地方。如今此处已经长满蓬蒿。为了修正这种情况，清廷把大量的汉人迁移到边境以外的"旧京"盛京（今沈阳）。在这大规模的流徙之中，废弃的古战场呈现出一种平静而肃杀的气象。只有数以万计士兵的亡魂填补了场景的空白。如果山河最终只是被这样"闲"置着，那么究竟有什么原因可解释人们互相争逐的行为？诗人最后只能为"中原耕战人"——那些流离失所的农民、战死沙场的士兵——表示自己的哀叹。当诗人尝试把历史描绘成一种暴烈地分拆人与地相联结的过程，清兵入关隐然也就成了一种对于本源的背叛。

吴伟业的名作《圆圆曲》[①]与《松山哀》有着同样的关怀：两者都展示了诗人对个人观点与历史形态的离合及如何互为因果的思考。[②]《圆圆曲》写吴三桂因为爱妾陈圆圆被流寇所俘而叛明降清。诗作以幽微的笔法指斥吴三桂的罪状，揭露了他的心态，同时又把陈圆圆塑造成一位身不由己的祸水红颜，对她展露出一定的同情。吴伟业把明清鼎革的焦点放在陈圆圆之上，目的并非只是要批评吴三桂。陈圆圆出人意料的举足轻重的角色侧面挑战了清朝的官方叙述，即谓明亡清兴乃大势所趋、天命所归的不得不然。

---

① 大约作于顺治八年（1651），载吴伟业：《吴梅村全集》卷三，上册，第78—80页。

② 笔者曾在《清代文学中作为亡国象征的女性》一文中分析了《圆圆曲》及其他与陈圆圆相关的材料，见 Wai-Yee Li, "Women as Emblems of Dynastic Fall in Qing Literature", in *Dynastic Crisis and Cultural Innovation: From the Late Ming to the Late Qing and Beyond*, edited by David Wang and Shang Wei (Cambridge: Harvard University Asia Center, 2005), 93-150。

果尔,清兵入关的导火线是吴三桂“冲冠一怒为红颜”,那么明清易鼎背后一连串的史事其实全都因私密的情感和欲望所引发。也就是说,清兵入关定鼎中原是偶然而非必然,是可以扭转的机缘而非无可避免的命运。诗作嵌入“英雄无奈是多情”的感情牵系,原意是要以反讽的方式看待历史。尽管如此,这也给吴伟业提供了运用哀感顽艳语汇的空间。他在《圆圆曲》中的遣词用字,与他在哀悼后妃与公主时(如《永和宫词》[①]《萧史青门曲》[②]《银泉山》[③]《思陵长公主挽诗》[④]诸作)所用的修辞一脉相承。这些诗作以哀艳的辞藻展现了吴伟业对明王朝的追怀,并借昔日繁华与今时破败之间鲜明的对照,阐明了诗人对皇室的悲惨命运抱有深刻的同情。这些作品显然与白居易的《长恨歌》、元稹的《连昌宫词》一类文学作品有可对照的地方。但相对于安史之乱和唐代中衰,吴伟业要强调的是,明代的沦亡要来得更凄怆,死伤破败也更让人惨不忍睹。

《永和宫词》开篇即把田贵妃与陈后主(582—589 年在位)的宠妃张丽华作对照(“扬州明月杜陵花,夹道香尘迎丽华”),接着又把她比拟为汉成帝(前 33—前 7 年在位)时宠冠后宫的赵飞燕(“旧宅江都飞燕井,新侯关内武安家”)。田贵妃出生于扬州,如同张丽华、赵飞燕一般,她代表了南方的声色。此外,《永和宫词》指涉杨玉环的传说——正如《长恨歌》中唐玄宗(712—756 年在位)与杨玉环在长生殿的七夕盟誓,崇祯帝(1627—1644 年在位)与田贵妃也以“钿合金钗”定情;田贵妃的家人独揽大权,也让人联想到杨国忠的种种恶行;田贵妃对于“阳羡茶”情有独钟,似乎是杨贵妃爱吃荔枝传说的一个较温和的翻版;田贵妃与周皇后争

---

① 作于顺治二年(1645),载吴伟业:《吴梅村全集》卷三,上册,第 52—55 页。

② 大约作于顺治八年(1651),载吴伟业:《吴梅村全集》卷三,上册,第 74—76 页。

③ 大约作于 17 世纪 50 年代,载吴伟业:《吴梅村全集》卷一一,上册,第 303—304 页。

④ 吴伟业:《吴梅村全集》卷七,上册,第 186—190 页。

宠，让人想起杨贵妃与梅妃争风吃醋的场景（梅妃的故事首见于宋代开始流传的《梅妃传》）。但吴伟业特意郑重地告诉读者：这不是典型的帝王纵情声色废弛国事的故事。《长恨歌》中的唐玄宗“春宵苦短日高起，从此君王不早朝”，与此对比，明思宗未曾因宠幸田贵妃而疏于理政：“君王宵旰无欢思，宫门夜半传封事。”杨贵妃的故事，写“姊妹弟兄皆列土”的贵盛和外戚弄权；但这里崇祯帝在得知田贵妃之父田弘遇“豪夺霸陵田”的恶行后，削田弘遇俸禄并与田贵妃疏远了三个月（“有司奏削将军俸，贵人冷落宫车梦”）。[①] 田贵妃并非倾国倾城的祸水，她因为顾念宵衣旰食的崇祯帝，所以才把扬州的声色与精致的装潢带到宫中（“维扬服制擅江南，小阁炉烟沉水含。私买琼花新样锦，自修水递进黄柑”）。对于节俭自律的崇祯皇帝来说，这些玩好或竟涉嫌奢华过费。田贵妃与周皇后虽然曾有嫌隙，但并没用像其他后妃争宠故事一般针锋相对。相反，田贵妃失宠以后，周皇后即邀请了崇祯帝和田贵妃二人一同赏花，希望借此使他们重拾旧好。[②]

田贵妃与杨玉环的事迹无法相提并论，这恰恰是整首诗的悲剧。宫闱的勾心斗角、宠辱得失，乃至于田贵妃之死，都因明清鼎革而显得遥远，甚至可说是无关宏旨。田贵妃在崇祯元年（1628）进封皇贵妃，于崇祯十五年（1642）辞世。田贵妃短促的一生，刚好经历了明室从稍有复苏的希望转而濒临灭亡的时段。她的一生起伏与国运兴衰其实并没有任何因果关系，两者的联系更多是象征性的。她的幼子夭折，其时河南刚好落入流贼手中。之后，她悲痛交加，很快就一病不起。她的逝世或许算是及时，因为她至少不

---

① “妃寻以过斥居启祥宫，三月不召。”见张廷玉等：《明史》卷一一四《后妃传》，第 3544 页。

② 根据《明史 · 周后传》，赏花一事发生在永和宫门（转引自：吴伟业撰，靳荣藩编：《吴诗集览》卷四上，第 11a 页）。因此，这首诗的诗题其实标示了崇祯帝与田贵妃关系转变的一刻。《日下旧闻》则认为永和宫是田贵妃的住处，见吴伟业撰，靳荣藩编：《吴诗集览》卷四上，第 11a 页。

用面对崇祯十七年(1644)北京陷落,不需要像其他后妃与公主般在国变中惨死。诗至此转韵,似乎暗示另外一副历史视野:

头白宫娥暗嚬蹙,庸知朝露非为福。
宫草明年战血腥,当时莫向西陵哭。

不同于《长恨歌》中玄宗“上穷碧落下黄泉”,希冀天上人间再相见,当吴伟业想象田贵妃在黄泉与崇祯帝相见的情景时,她向崇祯帝追问了自己长子永王的下落(永王在京城陷落时不知所终)(“穷泉相见痛仓黄,还向官家问永王”)。假如说《长恨歌》把焦点从政治动荡转移到帝王追怀旧梦的感情世界,那么《永和宫词》则扭转了《长恨歌》的逻辑:诗中主人公的感情与命运逐步被历史创伤所取代。如前所述,吴伟业在悼念田贵妃时刻意避开情色误国的联想。但到了诗作的最后四句,吴伟业却直接把这一主题与南明宫廷相联系:

昭丘松槚北风哀,南内春深拥夜来。
莫奏霓裳天宝曲,景阳宫井落秋槐。

“昭丘”指楚昭王在湖北的墓地。叶君远认为这里突然切换了另一个空间,原因是吴伟业要读者注意李自成的叛军对于湖北地区构成越来越大的威胁。[①]《北风》是《诗经》中的篇章,传统解释一般以北风雪雨联系忧怀国家危乱。接着,我们可看到一系列与皇帝纵情享乐、荒废国事有关的典故。“南内”本来是指唐代长安城中的兴庆宫,但它在吴伟业笔下常被借用来指称明代南京城中的殿阁。根据《拾遗记》(旧题晋王嘉撰,为4世纪作品)所载,夜来是魏文帝(220—226年在位)宠爱的宫人。“霓裳天宝曲”显然会勾起读者对杨玉环和声色祸国的联想。按照《南史》的记载,

---

① 吴伟业在《绥寇纪略》卷九中提到,李自成在西安被清兵大败,之后他率军到武昌,在那里驻扎了两个月左右。叶君远(《吴伟业评传》,第112页)正是根据这一点把此诗系于顺治二年(1645)二月和三月之间。

在国祚甚短的陈朝，当隋兵攻入建康时，陈后主曾与他的爱妃张丽华、孔贵嫔一同躲入景阳宫的宫井中。“秋槐落”是唐诗和唐代故事中常见的意象，让人想到安史之乱后的萧瑟苍凉。[①] 最后一联是间接的条件复句，而吴伟业正借由这一句式来警诫读者。这首诗写于顺治二年(1645)，诗末数句恰恰捕捉了一种大难将至的危机意识。换句话说，尽管田贵妃在诗中被隐约比作张丽华、杨玉环，但这些典故似乎只是宫廷题材惯用的华丽辞藻。只有当吴伟业移用到南明的时局时，反讽的意味横生，诗文对于纵情声色、耽于逸乐的严厉批评才真正发挥效用。

吴伟业为皇族所写的诗作几乎全都是情感浓烈的哀挽诗。他勾勒出这些尊贵人物最切近的情感，突显了皇家中人际关系平凡的一面，借此牵引读者的同情。同时，他以哀感顽艳的修辞、神话式的典故来使自己书写的对象显得更浪漫凄美。例如，《萧史青门[②]曲》即以一系列神话般的意象开篇：“萧史青门望明月，碧鸾尾扫银河阔。”按照《列仙传》的记载，萧史善于吹箫，他娶了秦穆公的女儿弄玉为妻。数年后，两人就分乘龙凤飞去。这首诗里的“萧史”大概是指周显，[③]他娶了崇祯帝的女儿长平公主。而长平公主的悲剧大概无人不知：“年十六，帝选周显尚主。将婚，以寇警暂停。城陷，帝入寿宁宫，主牵帝衣哭。帝曰：‘汝何故生我

① 举例来说，王维(701—761)《凝碧池》提到“秋槐叶落空宫里”；陈鸿(贞元二十一年进士，805)《长恨歌传》则有“宫槐秋落”一语。

② 青门指汉朝长安的东南门。召平于秦朝被封为东陵侯。到了西汉初，他在青门以种瓜为生。因此，青门引申有昔日权贵转而变成庶民或隐士的意思。靳荣藩认为青门或有可能是乐律名，见吴伟业撰，靳荣藩编：《吴诗集览》卷五下，第12a页。

③ 不少清朝与现当代的评论者(如靳荣藩、程穆衡、叶君远)都坚称这里“萧史”实指刘有福。刘有福娶宁德公主。这首诗提到了四位明朝驸马，其中只有刘有福和周显两人在明清鼎革以后存活下来。由于诗作主要描述了刘有福与宁德公主苟延残喘的生活状况，“萧史”有可能指的就是刘有福。但我认为这里“萧史”更有可能代指周显，原因是诗末曾把早逝的长平公主比拟作飞升成仙的弄玉：“尽叹周郎曾入选，俄惊秦女遽登仙。”

家!'以剑挥斫之,断左臂……越五日,长平主复苏。"[1](这些女子宁死不失节辱身的故事,在当时极其普遍,前引《雁门尚书行》中孙传庭妻妾女儿集体自杀便是一个例子。)明朝覆灭以后,长平公主上书请求出家为尼,但清廷却下旨要她依旧与周显完婚。她在第二年(1646年)便去世了。

诗歌隐含的叙事者(可能即周显)在明亡以后萧条零落的世界中开始回想起各个公主的人生。皇室大婚的场面浮现在他的脑海里:先是乐安公主与巩永固成婚时辉煌盛大的场景("大内倾宫嫁乐安,光宗少女宜加意。正值官家从代来[2],王姬礼数从优异"),再从时间上回溯到宁德公主与刘有福有过之而无不及的婚礼("先是朝廷启未央,天人宁德降刘郎。道路争传长公主,夫婿豪华势莫当")。(乐安公主和宁德公主都是泰昌帝[1620年在位]的女儿,也就是崇祯帝的异母姊妹。)在乐安和宁德公主的一次对话中,她们提到了万历帝(1572—1620年在位)的女儿荣昌公主("外家肺腑数尊亲,神庙荣昌主尚存")。乐安公主的死亡似乎是一终结的预兆("万事荣华有消歇,乐安一病音容没")。到了第二年京城落入流贼之手,这个征兆就应验了("明年铁骑烧宫阙,君后仓黄相诀绝")。[3] 这首作品的焦点接着转移到宁德公主和她丈夫的困顿之上。对于很多读者来说,这部分似乎是整首诗的焦点。[4]有关长平公主与乐安公主的事迹,宁德公主以回忆和做梦的方式

---

① 张廷玉等:《明史》卷一二一《公主传》,转引自吴伟业撰,靳荣藩编:《吴诗集览》卷五下,第14a—14b页。

② "此以汉文由代王为天子,比庄烈之以信王即帝位也。"见吴伟业撰,靳荣藩编:《吴诗集览》卷五下,第12b页。

③ "十九日,都城陷。时公主已薨,未葬。"见张廷玉等:《明史》卷一二一《公主传》,第3677页。谓已薨未葬,似乎乐安公主死于崇祯十六年(1643)冬。

④ 吴伟业撰,靳荣藩编:《吴诗集览》卷五下,第14a页;徐釚(1636—1708):《萧史青门曲》,载徐釚:《续本事诗》卷八,李学颖标点,上海:上海古籍出版社1991年版,第256页;赵翼:《瓯北诗话续编》,转引自郭绍虞编:《清诗话续编》,第1289页;程穆衡及钱仲联的评论,见钱仲联主编:《清诗纪事》,第3册,第1450页。

追叙。单从这样一个简单的综述,我们也可看到诗作所叙述的视点反复转变。诗歌的叙述由各种声音交织而成,行文中铺展了不同的意识与视域。

当诗人处理人物的梦境、想象、记忆时,整个皇族的人际关系就显得平凡可亲。崇祯帝与他的姊妹关系特别亲厚:"呜呼先皇寡兄弟,天家贵主称同气。"乐安公主的婚礼豪华富丽,却没有招来挥霍无度的批评;反之,诗人认为盛典是"光宗少女"、新登极的崇祯帝的姊妹应该享受的"王姬礼数"。诗人以"官家"这不太正式的称呼来指称崇祯帝,又形容乐安公主与宁德公主为"两家姊妹"。"灼灼夭桃共秾李,两家姊妹骄纨绮",似乎奢华靡费不过是娇憨取乐。她们殷切地谈论姑母荣昌公主,并记得崇祯帝的生母孝纯刘太后[①],对皇太子亦仅直呼其名("外家肺腑数尊亲,神庙荣昌主尚存。话到孝纯能识面,抱来太子辄呼名"),因为"六宫都讲家人礼"。后来,乐安公主病死,崇祯帝与宁德公主也就变得更亲密:

> 此时同产更无人,宁德来朝笑语真。
> 忧及四方宵旰甚,自家兄妹话艰辛。

清初诗人钱陆灿(1612—1698)批评这些字句村俗,认为"可付盲女弹词"[②]。但是,我们也可以提出另一种解读:这种口语更

---

① 崇祯帝朱由检生母初入宫时为太子朱常洛(即后来登基但在位仅一个月的明光宗泰昌帝)的淑女。朱由检五岁时,刘淑女获罪被杀。(《明史》于此语焉不详,只说她"失光宗意,被谴,薨"。)诗中"能识面"隐含崇祯帝因五岁丧母不能识其面的深悲沉痛。也许两位公主因年稍长而记得当年的刘淑女。崇祯帝即位后,尊谥生母为孝纯皇太后。因寻其遗像而不能得,请宫人妃嫔记得她面貌的指示画工绘图。"图成……帝跪迎于午门,悬之宫中,呼老宫婢视之,或曰似,或曰否。帝雨泣,六宫皆泣。"见张廷玉等:《明史》卷一一四《后妃传》,第3540页。吴伟业的《吴门遇刘雪舫》亦记其事:"先皇早失恃,寤寐求音形。太庙奉睿容,流涕朝群臣。"载吴伟业:《吴梅村全集》卷一,上册,第14—16页。

② 参见邓之诚:《清诗纪事初编》,第1册,第393页。

能突显个人的视觉，让这些公主贵胄的祸患显得更人性化，更惹人同情。崇祯十七年（1644）以后，诗歌的焦点转到宁德公主身上；除了顺治三年（1646）十八岁早逝的长平公主，她是唯一一位在明亡以后幸存的公主。叙述至此，语调屡转，杂用仙家故实与寻常的凄凉：

明年铁骑烧宫阙，君后仓黄相诀绝。
仙人楼上看灰飞，织女桥边听流血。
慷慨难从巩公死，乱离怕与刘郎别。
扶携夫妇出兵间，改朔移朝至今活。
粉碓脂田县吏收，妆楼舞阁豪家夺。
曾见天街羡璧人，今朝破帽迎风雪。
卖珠易米返柴门，贵主凄凉向谁说。

帝王宫阙，引发"仙人楼上""织女桥边"等联想，似乎是亡国幻灭的"升华"。与此同时，历劫之人的苦难又是实在而平常的。在人类最基本的求生本能面前，殉国的抉择让人畏惧。宁德公主与刘有福决定忍辱偷生，这与乐安公主驸马巩永固形成对比。京城陷落时，乐安公主已死，永固以黄绳缚子女五人系柩旁，曰："此帝甥也，不可污贼手。"举剑自刎，阖室自焚死。[①] 但这首诗没有直接指斥刘有福与宁德公主贪生怕死，反而从宁德公主的角度追忆长平公主之死：

苦忆先皇涕泪涟，长平娇小最堪怜。
青萍血碧他生果，紫玉魂归异代缘。
尽叹周郎曾入选，俄惊秦女遽登仙。
青青寒食东风柳，彰义门边冷墓田。

《庄子·外物》曾讲述周大夫苌弘的故事。苌弘忠而遭谮，死

① 张廷玉等：《明史》卷一二一《公主传》，第3677页。《吴门遇刘雪舫》亦记此事，载吴伟业：《吴梅村全集》卷一，上册，第14—16页。

于蜀，“藏其血三年，而化为碧”。“血碧”一词象征忠烈，指崇祯帝要求女儿殉国，挥剑（青萍）斩杀长平公主。按照《搜神记》的记载，吴王夫差的女儿紫玉为情而死，死后鬼魂又与她所爱悦的韩重相聚三天，尽夫妇之礼。长平公主被斩后昏死而复苏，求为尼不遂，终于奉新皇朝之命与周显完婚，但这“他生果”“异代缘”是短暂的，公主旋即夭亡。短暂的生命恰恰象征了爱情与生命都不可能在改朝换代以后延续下去。写到长平公主之死，诗人用了弄玉乘凤登仙的典故，同时照应了诗题及首句的“萧史”。虽然凄美的神话包装了悲惨的故事，但“彰义门边冷墓田”还是带回冷峻悲凉的基调。

即使当凡俗的语调取代了仙界的论述，读者也很难从诗中得出反讽的解读。紧接宁德公主对长平公主的回忆，是她在梦中与已故的乐安公主及后妃欢宴：“昨夜西窗仍梦见，乐安小妹重欢宴。先后传呼唤卷帘，贵妃笑折樱桃倦。玉阶露冷出宫门，御沟春水流花片。”“小妹”回应前引“家人礼”“两家姊妹”“自家兄妹”等句。昔日繁华，一梦结束。论者一般认为《青门萧史歌》间接批评了宁德公主与她的丈夫刘有福，讥讽二人在明朝覆亡时没有慷慨就义殉国。[①] 但吴伟业更集中阐述的是他们的贫困与耻辱，并无意责人以死。作为朝代溃灭的余曲，宁德公主夫妻二人苟且偷生，实不足以被独立出来予以谴责。这首诗最终展现出一种平常心，以一组与历史兴亡相关的意象作结：

> 何处笙歌临大道，谁家陵墓对斜晖。
> 只看天上琼楼夜，乌鹊年年它自飞。

吴伟业以皇室为题的诗纵使隐含批评，仍不免夹杂着同情的笔调。明神宗（万历帝）的宠妃郑贵妃曾因儿子朱常洵争储企图

---

① 可参程穆衡的笺释，见吴伟业撰，程穆衡原笺，杨学沆补注：《吴梅村诗集笺注》卷七，清乾隆保蕴楼钞本，上海：上海古籍出版社 1983 年版，第 455 页。

夺嫡而引起轩然大波。万历帝与朝臣的矛盾乃至朋党纷争及种种疑案，都被认为是与郑贵妃的诡计有关。因此，她经常是晚明至清代笔记、小说和弹词中的奸角。即便如此，吴伟业于《银泉山》写郑妃墓①，虽然叙述她"覆雨翻云四十年"的专妒骄横，但仍是归结到凭吊明亡的怅惘。郑妃墓已是若存若亡，已被盗墓者毁坏而消息尚存："银泉山下行人稀，青枫月落鱼灯微。道旁翁仲忽闻语，火入空坟烧宝衣。五陵小儿若狐兔，夜穴红墙县官捕。玉碗珠襦散草间，云是先朝郑妃墓。"有时候，尽管书写的对象并不值得歌颂，吴伟业的作品也会把他们视为大明朝廷的代表，刻意回护他们。悼叹福王朱常洵于崇祯十四年(1641)死难的《雒阳行》(约作于崇祯十六年，1643)正是这样的例子。朱常洵是万历帝和郑贵妃的儿子，也就是崇祯帝的叔叔。他穷奢极侈，腐败无能。崇祯十四年二月李自成攻陷洛阳，杀朱常洵，据称曾把常洵藩邸所藏米数万石与金钱数十万赈饥民②，其庸劣贪婪可想而知。但吴伟业却没有在诗中直接指斥他，即使诗里有稍稍提及常洵宫殿的富丽。万历帝最终没有因为偏爱郑贵妃而册立常洵为太子，吴伟业委婉地说，当时朝臣的忧虑与万历帝的偏爱，都是可以理解的。后来继位的泰昌帝及其子天启帝亦能优遇福王，毫无嫉恨，这成了明室"家法"严正超然的证据，吴伟业可算是"为尊者讳"("我朝家法逾前制，两宫父子无遗议。廷论繇来责佞夫，国恩自是优如意")。崇祯帝也是对他的叔父恩礼怜念有加，郑重处理他的丧事("今皇兴念穗帷哀，流涕黄封手自裁。殿内遂停三部伎，宫中为设八关斋")。靳荣藩从结句数语("北风吹雨故宫寒，重见新王受诏还。唯有千寻旧松栝，照人落落嵩高山")解读出吴伟业对朱常洵之子

---

① 吴伟业：《吴梅村全集》卷一一，上册，第 303 页。

② 计六奇：《明季北略》卷一七《李自成陷河南府》，任道斌、魏得良点校，北京：中华书局 1984 年版，第 292 页。同书又载"王(朱常洵)体肥，重三百余斤。贼置酒大会，以王为菹，杂鹿肉食之，号'福禄酒'。"

（即后来南明福王朱由崧）的批评："末四句北风雨雪，气象愁惨。新王虽立，城廓都非也。由崧当卧薪尝胆之时，而止知以受诏为乐，南渡之祸，兆于此矣。"诗中"新王受诏"未言其乐，靳荣藩的观点依循清朝对南明的看法，认为朱由崧并非崇祯帝的合法继承人，未免深文周纳。其实，只有在《永和宫词》的结尾，我们才看到吴伟业真正以尖锐的言辞批评福王昏庸无能、耽于逸乐，无法继承殉国的崇祯帝。[①] 一般来说，吴伟业还是把皇族描写成受害者，并哀悼他们的悲惨命运如何几乎被遗忘。这里吴伟业关心的并非历史发展的因果关系，他更希望能悼念这些最能象征明朝覆亡的代表，为他们从繁华到幻灭的一生留下记录。

怀古：地点·人物·物件

"以诗为史"强调了叙事与议论等概念，因而或可激发出更详尽的叙述，使人随之而拥有一种完整地了解历史全貌的感觉。有些书写往事的诗歌却特别关心历史的痕迹和片段，集中表明记忆中的自我有何变化。有时候随之而生的是对讲述记忆和反思历史的自觉性提高。吴伟业诗中历史的呈现往往有以上特征，所以他对诗歌包含的不同观点有特殊的兴趣。中国文学中经常会出现咏怀古迹一类作品：诗人在承载着历史变迁的遗址上沉思，并利用以往的文学典故来传递自己的感喟。鼎革以后，清初诗人重新审视长江下游的政治和文化中心，写下了这类诗歌的代表作——著名的例子有钱谦益的《西湖杂感二十首》[②]、吴伟业为

---

① 见吴伟业撰，靳荣藩编：《吴诗集览》卷四下，第 3b—4b 页；卷四上，第 15b—16a 页。

② 见钱谦益著，钱曾笺注：《牧斋有学集》，钱仲联标校，第 1 册，上海：上海古籍出版社 1996 年版，第 89—106 页。

金陵所写的九首诗[①]和《扬州四首》[②]。《西湖杂感二十首》作于顺治七年(1650)。当时,钱谦益自家乡常熟往浙江金华,企图劝说金华总兵马进宝(后改名马逢知)反清复明,归途路经杭州。钱谦益在诗中比对今昔,追忆畴昔风流转化成一种政治的姿态。在这过程中,他个人的记忆也与“文学的记忆”融为一体——也就是说,他援引了历代文学作品中对于西湖的描述,把这种记忆与自己的思绪混合为一。

吴伟业于顺治十年(1653)写下了四首有关扬州的诗作。那时他正被清廷征召,不得已要到北京上任。他在这四首诗中自觉地呈现记忆的过程,并把他对历史的反思放在这个框架之中。扬州本以歌舞升平见称,但在顺治二年(1645)却因清兵南下而经历了可怕的大屠杀(其事可参见著名的《扬州十日记》)。吴伟业的作品把尸横遍野的记忆与粉饰太平并置:

扬州四首(其一)

叠鼓鸣笳发棹讴,榜人高唱广陵秋。
官河杨柳谁新种,御苑莺花岂旧游。
十载西风空白骨,廿桥明月自朱楼。
南朝枉作迎銮镇,难博雷塘土一丘。

扬州恢复了典雅华丽的面貌,寻欢作乐者无忧无愁。船夫高歌,杨柳新种,莺鸟与繁花似乎都没有变化。“莺花”是春日佳致,但更可能指女色,如吴伟业《行路难》(其十七)所谓“名都莺花发皓齿,知君眷眷婵娟子”。“岂旧游”指的也许是“一代新人”,也许

① 吴伟业:《吴梅村全集》卷六,上册,第 176—179 页。其中开始八首诗(《登上方桥有感》《钟山》《台城》《国学》《观象台》《鸡鸣寺》《功臣庙》《玄武湖》)都集中铺写特定的地景。第九首《秣陵口号》收录在《吴梅村全集》卷五九,下册,第 1149 页。靳荣藩收录了其他 17、18 世纪初借金陵哀悼南明的覆亡的诗作,见吴伟业撰,靳荣藩编:《吴诗集览》卷一二上,第 13b—14a 页。

② 吴伟业:《吴梅村全集》卷一五,上册,第 395—397 页。

是曾经沧海但重新兴致勃勃的冶游人。这些景象都把鼎革所造成伤亡破败的记忆压抑下来。颈联采用了常见的对仗——以“空”（徒劳无功）对“自”（自然而然）。“廿桥明月自朱楼”的“自”橥桰我行我素、不得不然，而征歌选色的必然（“自”）亦即创伤破灭（“白骨”）的徒然（“空”）与遗忘。所有有关屠杀的痕迹都被洗刷净尽——那么，对于屠杀的记忆是否还有意义呢？吴诗从感慨兴亡归结到历史判断：昙花一现的弘光朝廷，甚至比不上短暂的隋朝。事实上，这正是吴伟业对前两句的回应，前后两联构成了逻辑上的承接关系。隋炀帝耽于逸乐，最后成为亡国之君。他建造了运河，并在河道两旁栽种柳树，以便游观。对比之下，弘光帝同样骄奢淫逸，被掳北上被杀，连雷塘（隋炀帝葬处）一丘土的葬身之地也无法保留。

与遗忘抗衡的是历史记忆与历史判断，所以《扬州四首》第二、第三首继续第一首尾联，论断南明种种失策与败征，重新审视了南明一系列关键的军事和政治变动：史可法（1602—1645）对北伐主张的批驳、“江北四镇”的分立及其各自为政的情况、高杰的叛乱、左良玉领兵东征南朝等。第四首诗却不再集中讨论个别的战略和政策，反而更深入地以被掳掠的扬州女子总结南明败亡：

> 拨尽琵琶马上弦，玉钩斜畔泣婵娟。
> 紫驼人去琼花院，青冢魂归锦缆船。
> 豆蔻梢头春十二，茱萸湾口路三千。
> 隋堤璧月珠帘梦，小杜曾游记昔年。

这里用了两组意象。第一组围绕王昭君的传说——“琵琶马上弦”“紫驼人去”“青冢魂归”等。（这些都是题咏王昭君的典型意象，但更具体地说，吴伟业援引了杜甫的《咏怀古迹》。其中杜诗在咏昭君村时，就有“独留青冢向黄昏”和“环佩空归月夜魂”两句。）清初文字常用昭君“和戎”写被掳掠女子及流离道路的女子，而扬州女子被俘掠的境遇至为凄惨。另一组意象指向颓废的南朝和青楼的逸乐——“玉钩斜畔”是隋朝葬宫女处;“琼花院”“锦缆船”“隋堤”“璧月”令人想起隋朝和南朝的冶游;“豆蔻”和“珠帘”引领读者到青楼世界,具体来说,是晚唐诗人杜牧(803—约853)笔下“娉娉袅袅十三余,豆蔻梢头二月初。春风十里扬州路,卷上珠帘总不如”“十年一觉扬州梦,赢得青楼薄幸名”的世界。扬州的复兴系于压抑第一组意象,而必须铺张扬厉的是第二组联想。然而,吴伟业在今昔对比中把两者联系起来,也就提醒了读者两组意象其实不能分开,甚至是相反相成。代表复兴与逸乐的扬州妇女,曾一度牵涉掳掠、丧乱与亡国的耻辱。尽管扬州现在(正如第一首诗所阐明的)如此兴盛,这座城市不可能(或不应该)泯灭祸乱与败亡的记忆。在个人层面上,这也意味着吴伟业的历史反思不能与己身曾浸淫声色的经验和回忆分割。他自比杜牧,那他本人的“扬州梦”使他在面对往昔、回顾历史的时候,是免不了“个中人”的错觉,还是因此别具更深刻的体悟?

《扬州四首》借用了耽溺逸乐终劫数难逃的南朝来讨论南明的历史。当吴伟业在数个月前写下金陵组诗时,他正托病不出,希望不需要改仕清朝。他把自己对历史的反思联系到为人熟知的地景。吴伟业的金陵组诗描摹了明朝建国,追溯了明初帝皇的史事,刻画了明史的波澜以至明朝的灭亡。金陵组诗中具体提到的地景,其中部分也见于《遇南厢园叟感赋八十韵》[①]。但是,在《遇南厢园叟感赋八十韵》中,记忆显得更个人化,更深思熟虑。牵起记忆的是突如其来的偶遇和问答。在这首诗的开篇,吴伟业宣称自己已经忘记了往事,或至少可在记忆已然被压抑的世界中找到息肩之所。

平生游宦地,踪迹都遗忘。

---

① 作于顺治十年(1653),载吴伟业:《吴梅村全集》卷一,上册,第24—26页。

道遇一园叟,问我来何方。
犹然认旧役,即事堪心伤。
开门延我坐,破壁低围墙。
却指灌莽中,此即为南厢。

吴伟业在崇祯十三年(1640)至十四年(1641)曾于南京国子监担任司业一职。“我因访故基,步步添思量”,他在国子监的个人经验记忆和明代的兴衰起伏连成一线。正当他的思绪萦绕在南厢与相邻的场景时,记忆伴随诗人的视线而被牵动起来。因此,记忆似乎有了一种即景的面向。同时,诗人对历史的反思也联系到特定的时刻之上。“回头望鸡笼”中“望”字即意味着诗人以主观意志召唤了眼前的景象。他“望”到了山上的功臣庙,其中祭拜了明代的开国重臣;又“望”到了同泰寺和其所代表的明太祖礼佛的虔敬;“望”到了观象台上太史正利用星象预测未来的战乱;还“望”到了自己在南京的宫阙中因兼充祭祀官而对明太祖献祭。与前文的逻辑一致,吴伟业集中以视觉为基础考察与明代灭亡相关的符号:

钟陵十万松,大者参天长。
根节犹青铜,屈曲苍皮僵。
不知何代物,同日遭斧创。
前此千百年,岂独无兴亡。
况自百姓伐,孰者非耕桑。
群生与草木,长养皆吾皇。
人理已澌灭,讲舍宜其荒。
独念四库书,卷轴夸缥缃。
孔庙铜牺尊,斑剥填青黄。
弃掷草莽间,零落谁收藏。

皇陵前的松树来历可追溯到远古——因年代久远,已没有人知道来自什么朝代。[①]“犹青铜”似谓其苍古外貌带有礼器的庄严肃穆。它们经历了各朝的兴衰起伏,而存活至明亡前夕。这些松树被人以暴力摧毁,十分无辜,但这种破坏几乎无可避免。百姓本来应该可以靠耕种和养蚕维持生计,何至于砍伐钟陵松树?但是吴伟业也没有谴责百姓的意思,因为朝代更迭带来惨重的伤亡,松树被破坏也自然是无可避免的,何况“吾皇”是养育百姓万物的根本,而他已经不复存在。人类对自然的破坏与文明沦丧的现象互相映照。规范人类行为的标准(“人理”)已泯灭殆尽,书卷和礼器也散落佚失。吴伟业让我们看到毁灭的景象,这些破坏的影响已远远超越了朝代的灭亡——铺天盖地的灾难和断裂予人重大的创伤,借用顾炎武的说法,这正是“亡天下”的结果。然而,园叟的叙述归结为一种冲和与敛抑,似乎创伤的记忆在“遭遇重太平,穷老其何妨”的情况下可以隐埋。园叟引发了诗人的记忆,但诗的重心从诗人的记忆转移到园叟的离乱经历。园叟虽然饱受凌逼(“今日解马草,明日修官塘。诛求却到骨,皮肉俱生疮”),但他却在诗末流露出乐观的态度,并暗示自己已接受了新政权的统治。因此,吴伟业在这首诗的结尾重新审视自己的处境:

> 顾羡此老翁,负耒歌沧浪。
> 牢落悲风尘,天地徒茫茫。

在《楚辞·渔父》中,屈原向渔父表明自己不会妥协:他宁愿溺死在湘江,也不愿让自身的纯洁被世人的尘污玷染。(“安能以皓皓之白,而蒙世俗之尘埃乎。”)“渔父莞尔而笑,鼓枻而去,乃歌曰:‘沧浪之水清兮,可以濯吾缨,沧浪之水浊兮,可以濯吾足。’遂去,不复与言。”如同渔父一般,这首诗中“歌沧浪”的园叟似乎已看破了自己的困惑。然而,比起渔父,园叟“穷老其何妨”的达观

---

① 根据《古今图书集成·山川典·钟山部》,这些松树是东晋到刘宋时(公元4世纪到5世纪)所栽。转引自王涛选注:《吴梅村诗选》,香港:三联书店1987年版,第216页,注1。

表现在他栩栩如生地描述了整个世代的破灭和痛苦以后，所以显得刻意为之而非自然的超然物外。也许园叟的平静只是诗人的想象：一个“负耒”的园叟当然可以毫无顾忌地重操故业；但作为一个仕奉新朝的士人，吴伟业的内疚和痛苦只会更加深刻。

在《遇南厢园叟感赋八十韵》中，诗人利用园叟所目睹的惨况及其所体验的困顿，来衬托自己感怆今昔，俯仰身世。他强烈的悲感其实全都经由园叟较平实的描述所调控。吴伟业在其他诗作里也运用了这种同情共感的写作模式：偶遇回忆起往事的人，借用别人的苦难与感观来折射当下混乱、复杂、充满矛盾的情状。《吴门遇刘雪舫》便是一例。还有一些诗歌以个人的视野为基础，在叙述之中融合了个人经历与历史变迁，如《临淮老妓行》[1]以及吴伟业因遇上过去钟情的名妓卞赛而写下的一系列诗作（《听女道士卞玉京弹琴歌》[2]和《过锦树林玉京道人墓并传》[3]）。[4] 这些作品经常会发掘身在重大历史事件之中与回顾综观历史之间的张力。例如，在《临淮老妓行》中，叙述者冬儿是刘泽清家中的一位歌妓。刘泽清是“江北四镇”的其中一位总兵，后来降清。顺治六年（1649），清廷以为刘泽清图谋不轨，因而把他磔死。刘泽清一直沉沦于歌舞声色，“不斗身强斗歌舞”，所谓“备战”不过是妓人弯弓走马的表演：“临淮游侠起山东，帐下银筝小队红。巧笑射棚分画的，浓妆球仗簇花丛。纵为房老腰肢在，若论军容粉黛工。羊侃侍儿能走马，李波小妹解弯弓。”他在战场上惨败以后，唯一的顾虑是如何与自己的家眷逃亡：“西施一舸东南避。”甲申（1644）国

---

① 作于顺治十二年（1655），载吴伟业：《吴梅村全集》卷一一，上册，第285—287页。

② 作于顺治八年（1651），载吴伟业：《吴梅村全集》卷三，上册，第63—65页。

③ 作于17世纪60年代，载吴伟业：《吴梅村全集》卷一〇，上册，第250—253页。

④ 参见Wai-Yee Li, *Women and National Trauma in Late Imperial Chinese Literature* (Cambridge: Harvard University Asia Center, 2014), 331-356。

变,冬儿骑马戎装北上,为刘泽清访查崇祯帝诸子存否。[①] 她看到清将领取代旧日权贵,却同是醉生梦死("妓堂仍讶调丝竹""醉拥如花念奴曲")。昔日熏天意气的外戚只图自保,"不为君王收骨肉"。冬儿回到南方,看到刘军拔营,仓皇撤退,及后又亲见刘泽清投降,最终获罪被诛。尽管诗作语带讥讽地把刘泽清称作"游侠",[②]但很快我们就明白真正的游侠其实是冬儿。冬儿身为刘泽清塑造出来的武妓,她原本可看作萎靡的象征,但诗中却呈现了她的胆力、智略、史识。她以同情的角度理解刘泽清的一生,但又隐含批判。冬儿既身处历史之中,却又能突破自己的角色。她见证了离乱与苦难,"凄凉阅尽兴亡迹",与前代的"白头宫女"不同的是,她积极搜寻所见所闻,并严峻锐利地下断语。透过她南来北往的视野,诗人写出祸败之根由。在运用身份同时又超越身份的过程中,她的声音与诗人的声音融合为一。

这些曾经沧海的人,往往在"偶遇"的场景中成为吴伟业诗歌的叙事者,有时候诗人变成他们的代言人。这些作品经常会触及同情的问题,反思呈现历史的各种观点,探究个人的自由与责任,并叩问危急时刻充当英雄和受苦受难的意义何在。吴伟业的咏物诗中也有类似的偶遇:当他遇上明朝的遗物时,这些物品往往会激发他追求一个已然消失的世界,刺激他探索历史发展的势态,让他分析其中的因果关系。假如这些物品曾是别人拥有的财产,它们

---

① 谈迁(1594—1657)提及自己看到吴梅村《临淮老妓行》脱稿。他接着写下冬儿的故事:"甲申国变,泽清欲侦二王存否,冬儿请身往,易戎饰而北。至田氏,知二王不幸,还报泽清。"见谈迁:《北游录》,汪北平点校,北京:中华书局 1960 年版,第 110 页。刘泽清希望知道明室王子是否尚在人世,原因可能是想利用他们来实现自己的野心。谈迁的记录很清楚地说明了冬儿前往北京是她自告奋勇之举。从顺治十一年(1654)至十三年(1656),吴伟业和谈迁二人都在北京,《临淮老妓行》当可系于这段时间。

② 诗作有"临淮游侠起山东"一句——这个称谓并不代表刘泽清有儆恶惩奸、抑强扶弱的侠义精神,反而说明了他可疑的社会地位、宦游的经历,甚至是他对法律的蔑视。

也会引发诗人追寻物主的身份，思考权力的更迭。这些诗作的例子包括：《宫扇》[①]《田家铁狮歌》[②]《咏拙政园山茶花并引》[③]和《宣宗御用戗金蟋蟀盆歌》[④]。

传统的“咏物诗”一般只集中描写所咏之物的概括性本质及其事类特征，很少会触及物品本身的历史和独特之处。吴伟业笔下的这些物品却以历史的陈迹出现，而且诗人常常讨论到物品的拥有者，由此展现了一种与咏物诗不同的关怀。上文列举的这些物品都象征了明代历史中的关键时刻，且又经历了朝代的兴衰起伏。透过诗人的想象和典故的运用，这些物品化身成描画历史大势的坐标。例如，崇祯帝曾于崇祯十年（1637）赐吴伟业宫扇，明亡后吴伟业写成了《宫扇》一诗。吴伟业在诗作的中段回想赐扇始末：当时他担任东宫讲读，在宫中进讲《诗经·豳风》，“遭逢召见南薰殿，思陵日昃犹挥汗。天语亲传赐近臣，先生进讲豳风倦”。这个时刻证明了君臣相知的情谊。崇祯帝勤勉专注经籍的样子，也让人回想起当时人们憧憬明朝或可挽回颓势，虽然崇祯十年李自成已犯四川。换句话说，也许诗人也在回溯可以扭转明代灭亡命运的时刻。一般来说，宫扇象征皇室的瑰丽高雅——因此诗作开篇即提到宣德皇帝（1425—1435 年在位）收集各式精致的扇子，又援引过去有关贵妃、仕女、宫廷文化的文学作品，摘取其中与扇子相关的典故。但当诗人仕途失意，历史的危机降临，那把宫扇也就有了不同的意义：“自离卷握秋风急，蹇驴便面谁人识。闻

---

① 吴伟业：《吴梅村全集》卷三，上册，第 60—61 页。

② 作于 17 世纪 50 年代中叶，载吴伟业：《吴梅村全集》卷一一，上册，第 304—305 页。

③ 作于顺治十七年（1660），载吴伟业：《吴梅村全集》卷一〇，上册，第 262—263 页。

④ 作于顺治十一年（1654）至十二年（1655）间，载吴伟业：《吴梅村全集》卷三，上册，第 61—63 页。

道烽烟蔽锦城,齐纨楚竹[①]无颜色。”宫扇变成了诗人遮蔽自己的“便面”,诗人也就可以利用它来隐藏自己的身份,出世退隐。[②] 混乱的局面蔓延开来,致使“齐纨楚竹无颜色”。南明在顺治二年(1645)五月亡国,其时炎夏的意象(“石榴喷火照皇都”)正可与战争的惨状融合为一。诗人的宫扇无法驱散夏日的热气,也无法挥去乱局。在描写南明亡国时,吴伟业或利用了“扇”和“散”的谐音。[③] 对于诗人来说,当他重遇废箧中散去光彩的宫扇时,这一刻既有延续的意味,也有断裂的感觉——这把扇属于一个无从挽回的失落的世界;但与文学传统中“秋扇见捐”的意象不同,这把宫扇并非废弃的象征。反过来说,它代表了吴伟业与明朝之间紧密牢固的关系。

宫扇的意义反复改变,这种转化在吴伟业这一类咏物诗中非常常见。《田家铁狮歌》即以物象来哀悼田贵妃之父田弘遇家族的衰败,并借此进一步悼念破灭的明朝。守卫田家家门的铁狮是复制品,它们模仿西域向明室朝贡的贡品(“先朝异物来西极”)而制成。因此,它们是帝国扩张之下从臣服国获得的异物,代表了明朝光辉的一面。田弘遇夸耀君王恩泽:“铸就铭词镌日月,天贻神兽守重阍”。御赐骏马名“狮子花”,正好与铁狮及田家贵盛相辉映。随着田弘遇的离世,田家门外的铁狮被风霜侵蚀,被枯藤缠绕,从此也变成了虚妄与徒劳的象征。田家铁狮勾起其他作为国家勇武象征但终归虚妄的铁狮之联想:“吾闻沧州铁狮高数丈,千年猛气难凋丧”“卢沟城堞对西山,桥上征人竟不还。枉刻蹲狮七十二,桑干流水自潺潺”。设若这些“镇国”的狮子也不能扭转乾坤,那么田家铁狮霜摧雨蚀,又何足道哉。结尾是无可奈何的投

---

① 齐纨、楚竹都是造扇的材料。

② “便面,所以障面,盖扇之类也。不欲见人,以此自障面则得其便,故曰便面,亦曰屏面。”见班固撰,颜师古注:《汉书》卷七六《张敞传》注,北京:中华书局1962年版,第3223页。

③ 见王建生:《吴梅村研究》,台北:文津出版社2000年版,第145页。

射:“却羡如来有化城,香林狮象空王力。”也许佛经里的狮子终于可以致太平:“并州精铁终南冶,好铸江山莫铸兵。”

在这些诗歌之中,今昔、兴亡、虚实形成了错综复杂的关系。最能体现这种复杂性的作品莫过于《宣宗御用戗金蟋蟀盆歌》。约顺治十一年(1654)至十三年(1656)间,吴伟业在北京的时候,看到友人同年进士孙承泽(1592—1676)收藏的宣宗蟋蟀盆,感赋此诗。明清诗、文、小说、笔记好谈明宣宗(宣德皇帝)嗜蟋蟀且为求异种而劳民伤财,并认为这是玩物乱政、王朝衰败的征兆。据沈德符《万历野获编》记载,宣宗“最娴此戏。曾密诏苏州知府况钟进千个。一时语云:‘促织瞿瞿叫,宣德皇帝要。’此语至今犹传。苏州卫中武弁,闻尚有以捕蟋蟀比首虏功,得世职者。今宣窑蟋蟀盆甚珍重,其价不减宣和盆也”。[①] 但吴伟业在诗歌开篇刻意回避了这种批判的视角,他这样写道:

> 宣宗在御升平初,便殿进览豳风图。
> 暖阁才人笼蟋蟀,昼长无事为欢娱。

诗歌先由皇帝细阅赵孟頫(1254—1322)所绘制的《豳风图》说起,以《诗经·豳风·七月》“蟋蟀在我床下”之句带出促织的主题。这首诗起首弥漫着一种闲雅的氛围:宣德帝展玩《豳风图》,妃嫔以“笼蟋蟀”为戏,并未有荒嬉的意涵。但读者渐渐可从宣德帝让蟋蟀在定州花瓷中“汤沐”发现奢靡放纵与本末倒置的端倪(“定州花瓷赐汤沐,玉粒琼浆供饮啄”)——珍贵的定州瓷既然成为蟋蟀封疆的“汤沐之邑”,国事亦随之变为儿戏了。

---

① 沈德符:《万历野获编》卷二四“技艺·斗物”,北京:中华书局1997年版,第625页。蒲松龄《聊斋志异》中有《促织》一则,故事讲述整个国家上下为了满足宣德皇帝的癖好,倾力搜刮珍奇的蟋蟀,最终人民受到侵害。(如同大部分《聊斋》故事,《促织》的结局以神怪的方式解决了它所反映的社会政治问题。一个小孩临时化为蟋蟀,终于拯救了自己的父亲。)另,可参《明小史》与王世贞(1526—1590)在《国朝丛记》的相关记录,见吴伟业撰,吴翌凤(1742—1819)注:《吴梅村诗集笺注》,香港:广智书局1959年版,第106页。

贯彻全诗的反讽，借颠倒蟋蟀勇猛与名将武功、蟋蟀盆与历史战场而错综申述。一连串双关语、正反比喻和作为点染衬托的虫部字，模糊了人与蟋蟀的界限。而"错位"又先自宣宗眼中铺叙，当诗人说宣德帝从斗蟋蟀的游戏中找到"深意"时，这种不协调的感觉就更加明显了，毕竟"深意"只应出现在真正的战争之中："君王暇豫留深意，棘门霸上皆儿戏。斗鸡走狗谩成功，今日亲观战场利。"昔日汉文帝见绛侯周勃军律严明，赞叹道："此真将军矣。曩者霸上、棘门军，若儿戏耳。"明宣宗剧赏蟋蟀，竟如汉文帝看重周勃。宣宗以蟋蟀为"真将军"，深为留意，所以才觉得"棘门霸上皆儿戏"，虫戏与军政于是轻重颠倒。在宣宗"亲观"的视野中，斗蟋蟀仿佛重演元末明初的风云变色，"草莽英雄"亦因之展现双重语境："坦额长身张两翼，锯牙植股须如戟。汉家十二羽林郎，虫达封侯功第一。临淮真龙起风云，二豪螟蛉张与陈。草间窃伏竟何用，灶下厮养非吾群。""张两翼"是战阵亦是虫态，"须如戟""羽林郎""虫达"等造语都是亦人亦虫。当时逐鹿中原的张士诚与陈友谅，面对"真龙"朱元璋，只能算是草间偷活的"螟蛉"。但在诗人笔下，宣宗眼中，不仅败者为"虫"，蟋蟀善斗更让人联想到开国功臣徐达、常遇春等人北逐元帝的彪炳战功。徐达助朱元璋起兵，军功至高，死后追封中山王，"大将中山独持重，却月城开立不动。两目相当振臂呼，先声作势多操纵"等句即以蟋蟀比作坚决守城的徐达。继则以怒目振臂、操纵腾跃之蟋蟀比美先声夺人、机变善战的常遇春，他与徐达同领兵，亦以骁勇闻，死后追封开平王，因有"应机变化若有神，僄突仿佛常开平"等句。"黄须鲜卑见股栗，垂头折足亡精魂"，以"黄须鲜卑"指元顺帝（典出《世说新语·假谲》）。元帝逃奔塞外，无异于垂头折足、亡精丧魄的斗败的蟋蟀。比物连类，似乎是妆点提升宣宗的癖好，但反讽自不待言。

当吴伟业把焦点转向明末军事失利的状况时，他坚持以昆虫作比喻。宣宗观斗蟋蟀而追想开国的光荣战绩，是以虫拟人。随着明朝的衰亡，战败的将兵死伤累累，直可以人拟虫。

二百年来无英雄，故宫瓦砾吟秋风。
一寸山河斗蛮触，五千甲士化沙虫。

《庄子》记载了一则著名的寓言，主张人以相对的观点考察事物，其中就提到蛮氏与触氏分别在一只蜗牛的左右两角。蛮、触两国因争夺土地而开战，最后伏尸数万。葛洪（284—364）在《抱朴子》中提到周穆王率军南征，整支军队却经历了奇妙的转化——君子为猿为鹤，小人为虫为沙。把人间的成败胜负看为蜗角之争，是哲人的超然物外，但战争的杀戮、人化为异物的残酷，又非哲理可以化解。断送江山，就像灌莽丛中草虫误落儿童手一样无奈（"捉生误落儿童手"），名将勇士殉国，竟亦战骨速朽（"蚁贼穿墉负败啮，战骨虽香嗟速朽"）。英雄已矣，瓦砾中蟋蟀凄切鸣声，是凭吊故国的哀音。

《蟋蟀盆歌》的主调是伤悼而非讥评。即便如此，明清鼎革以来，生灵涂炭，斗蟋蟀的游戏停止了（新朝的嗜好是饲养猎鹰），但吴伟业并没有因而庆幸，反而觉得更加伤心。嗜蟋蟀虽然代表轻重倒置与国事荒废，但蟋蟀之戏又与明朝命运交织在一起：

秘阁图书遇兵火，厂盒宣窑贱如土。
名都百戏少人传，贵戚千金向谁赌。

离乱中的崩坏巨细无遗：大内藏书毁于兵火，而蟋蟀盆与当时其他名器一样被贱视。空荡沦落的蟋蟀盆如今已流落在外，落入了吴伟业的友人收藏家孙承泽手中，这蟋蟀盆终于成了明亡的象征：

呜呼！漆城荡荡空无人，哀蛩切切啼王孙。
贫士征夫尽流涕，惜哉不遇飞将军。

按，《史记·滑稽列传》，秦二世欲漆城，优旃寓讽于劝："漆城虽于百姓愁费，然佳哉。漆城荡荡，寇来不能上。即欲就之，易为漆耳，顾难为荫室。"此处漆城是对奢华靡费的讥弹，亦是"寇来"

竟“能上”的劫后余生的感喟。中国文学传统中,秋天的虫鸣往往有萧瑟肃杀的意味。这种声音在诗中变得更急切,更惹人叹喟,原因是蟋蟀的别称刚好与“王孙”同音(《方言》提到南楚把“蟋蟀”称为“虰孙”)。吴伟业进一步把盆中消失了的蟋蟀比拟为汉代的飞将军李广,为他的怀才不遇而叹息。昔年徐、常辈得遇朱元璋,造就开国的风云际会。宣宗对蟋蟀独垂青盼,草虫的殊遇暗示才人的不遇。国家危急存亡的关头,不遇飞将军李广,可哀者又不限于不受怜恤的“贫士征夫”。不复在盆中酣战的蟋蟀无人顾盼,又像李广不遇知音。“不遇”的主题让人联想到明代末年用人失当的情况和易代之际的乱局:幸存的王孙或沦落到社会底层,变得默默无闻,而争逐王位的人却陡然增多。易代之际真假王子、真假王妃混淆视听,苟延残喘的南明诸王是否为真命天子,这种种历史线索使“认知”“知遇”充满矛盾与危险。① 而处于乱世的蟋蟀盆得遇具“好古癖”故能认清其价值的孙承泽,不至于与“厂盒宣窑”一样“贱如土”,则是前朝遗物的庆幸,亦是文化延续与历史记忆的明证。

孙承泽与吴伟业同年中举,同为明臣仕清,但入清官位更为通显,最终在顺治十年(1653)告老退隐。尽管孙承泽有经世的志向,后世一般把他视为收藏家和鉴赏家。他在《庚子消夏记》中即提到明代宫廷和官宦世家所拥有的书籍、绘画、书法等艺术作品如何在鼎革之际散落佚失,又提到自己如何收集这些物品。在《庚子消夏记》顺治十七年(1660)的序文中,孙承泽把自己称呼为“退谷逸叟”,形容自己正享受着一种悠闲清雅、脱俗超凡的生活。吴

① 参看张廷玉等:《明史》卷三〇八《阮大铖传》,第7943页;钱澄之:《假亲王》《假后》《假太子》,载钱澄之:《藏山阁集》,汤华泉校点,合肥:黄山书社2004年版,第85—86页;江左樵子编辑,钱江拗生批点:《樵史通俗演义》,史愚校点,北京:人民文学出版社1989年版,第264—270、286—291页;钱䎖等:《甲申传信录》,北京:北京古籍出版社2002年版,第154—158页。

伟业的《退谷歌》[①]也就是为了赞扬孙承泽到退谷别业隐居而写成的七言古诗。[②] 在创作这篇作品时，吴伟业正在北京侍奉新朝。因此诗作把退谷形塑为避世的理想居所，并利用它所象征的自由与吴伟业自身的困境作对比。孙承泽以自己的收藏开辟出一个文化上可上承明代的空间，在这里，政治上的歧异（至少是暂时）被搁置下来，而社会文化的联结则可维持下去。（清初不少文章都记录了孙承泽与当时享负盛名的文士多有交游。这些文士既有清朝的官员，也有明代的遗民。）除了《退谷歌》以外，吴伟业还在其他作品中反思了收藏和鉴赏在易代之际的意义。这些诗作包括《毛子晋斋中读吴匏庵（吴宽，1435—1504）手抄宋谢翱西台恸哭记》[③]《汲古阁歌》[④]和《项黄中家观万岁通天法帖》[⑤]。[⑥] 这些收藏家在世变的“劫火”中力挽狂澜，在礼崩乐坏的情况下恪守文化的传承。诚如吴伟业在《白燕吟》中提到，这个世代即使是解组归田其实也不无问题。[⑦] 恰好是这样的环境，收藏和鉴赏成为一种避世隐遁的方法。在吴伟业笔下，收藏成为遭逢世变的人互相交流的

① 吴伟业：《吴梅村全集》卷一一，上册，第 300—302 页。

② 《宣宗御用戗金蟋蟀盆歌》与《退谷歌》两篇大概写于顺治十一年（1654）或十二年（1655），其时吴伟业正在北京仕清。清初文人多有称赏孙承泽有关退谷的作品。王士禛（1634—1711）、曹溶（1613—1685）、王崇简（1602—1678）与龚鼎孳（1615—1673）都曾到退谷游玩，因而写下诗作。关于孙承泽的文化和社交圈子，参见谢正光：《清初诗文与士人交游考》，南京：南京大学出版社 2001 年版，第 330—391 页。

③ 作于顺治五年（1648），载吴伟业：《吴梅村全集》卷一，上册，第 10—12 页。

④ 吴伟业：《吴梅村全集》卷三，上册，第 68—69 页。

⑤ 同上书，第 73—74 页。

⑥ 明代遗民经常提到谢翱和他的作品。毛晋（字子晋，1599—1659）是著名的藏书家、出版家和目录学家，而《汲古阁》一诗正是吴伟业赠送给他作品。项鼎铉（字黄中，万历二十九年进士，1601）生于书香门第，其家以收藏书画而闻名。关于万岁通天法帖和项家藏品的下落，可参见朱彝尊（1629—1709）《万岁通天帖歌王舍人作霖》及《书万岁通天帖旧事》，分别收入《曝书亭集》卷四，第 54 页；卷五三，第 625—626 页，上海：国学整理社 1937 年版。

⑦ 吴伟业：《吴梅村全集》卷一〇，上册，第 277—278 页。

平台。或者，如同《毛子晋斋中读吴匏庵手抄宋谢翱西台恸哭记》一诗所述，鉴赏成为一种让人可以与历朝历代的遗民互相沟通的方式。这样一来，所有认为收藏是自我放纵的责难也就消失了。

以艺术为媒介

当吴伟业在诗歌中描写自己与表演者、艺术家或艺术作品相遇时，这些诗作往往会呈现一种自我指涉和反讽的面向。在题咏山水画的诗作中，[①]他往往会流露出自己避世隐居的期望，并把画里的世界化为理想的居所。即使他很清楚画中的景物只是幻象，他还是希望能借此取代世变后的残山剩水。这类型的作品包括《题河渚图送胡彦远南归》[②]《鲁谦庵使君以云间山人陆天乙所画虞山图索歌得二十七韵》[③]和《观王石谷山水图歌》[④]。

比对上述例子，《京江送远图歌》[⑤]更进一步在序文中交代了此图的历史，借此说明画作有予人避世出尘的功能。吴伟业的高祖父吴愈（成化十一年进士，1475）即将要离开南京，到（四川）叙州赴任，于是著名的画师沈周（1427—1509）就在弘治五年（1492）为送别他而绘画了这幅作品。这幅画除了题有沈周的诗作，后幅还有祝允明（1460—1527）所书的序、文徵明（1470—1559）所写的题记，以及许多明代中叶诗人的作品。图卷本身印证了吴中一带名门望族之间紧密的文化和社交关系。文徵明是吴愈的女婿，又跟沈周学画，他与祝允明也有很深的交情。吴伟业把图卷的绘制描写成一次群体活动，而且特别着眼于文徵明中介的角色。当吴

① 吴伟业是很有才华的画家。他与明末清初许多著名画师都是好友；详见其《画中九友歌》，载吴伟业：《吴梅村全集》卷一一，上册，第289—290页。

② 吴伟业：《吴梅村全集》卷九，上册，第221页。

③ 吴伟业：《吴梅村全集》卷一〇，上册，第266—267页。

④ 同上书，第270—271页。

⑤ 同上书，第271—273页。

伟业于康熙九年(1670)重获图卷时,他题写了这篇诗作。对他来说,这幅画不仅是吴家历史的缩影,同时也象征了明中叶的盛世,揭示了吴中文人文化的命运。

吴伟业把绘制这幅图卷背后的世界看成是完美的天地,其间有最清明的政治,也有最理想的文人群体。难怪他会把弘治皇帝(1487—1505年在位)比拟为周成王和周康王,慨叹"呜呼孝宗之世真成康"。在这太平盛世下,化外之民也都俯首称臣,成为天朝大国的一部分。吴伟业特别提醒读者他祖先的任官之所——叙州——在唐代本来称作"戎州"。因为弘治帝励精图治,所以才有"瞿塘剑阁失险阻,出门万里皆康庄"的局面。虽然图卷的主题是送别,但它却把整个文人群体联结起来。即使这幅图卷注定要被带到远处,但吴伟业相信在明朝升平稳定的统治下,"康庄"大道能够把整个帝国的中心和边缘串联在一起。

吴伟业深信"吾吴儒雅倾当代",认为吴地的文化自有其过人之处。但是,"岁月悠悠习俗非",随着文化传统日渐衰落,吴伟业眼前的吴地已经变换出一副陌生的面貌。同时,蜀地也再次构成威胁——"此州迢递浮云碍"。两地形成了一种对称的关系,这次出入的方向却颠倒过来:叙州的疏离与陌生感侵入了江南地区。今日的游子只有孤苦的感受:"正使何人送别离,登高肠断乌蛮塞。"(乌蛮一般与中国西部和西南边界有关,因此这里或借用来代指叙州。)吴伟业可能借此映射京江(今日的京口)在清初因战乱而遭受破坏。诗人流离失所,漂泊无定。就在这感慨之下,他逃回这幅图卷之中:"废楮残缣发浩歌,一天诗思江山外。"

在《题崔青蚓洗象图》①一诗中,吴伟业尝试向崔子忠(号青蚓)致意,赞扬他对艺术超越性的追求("燕山崔生何好奇,书画不

① 作于顺治十一年(1654),载吴伟业:《吴梅村全集》卷一一,上册,第305—307页。

肯求人知")。崔子忠在明清易代之际活活饿死("嗟嗟崔生饿死长安陌,乱离荒草埋残骨"),[①]而且他的许多作品都在战火中被销毁("一生心力付兵火,此卷犹在堪爱惜")。这幅幸存的画作为后世呈现了晚明北京璀璨瑰丽的面貌。据蒋一葵《长安客话》,"象房在宣武门西城墙北,每岁六月初伏,官校用旗鼓迎象出宣武门濠内洗濯"[②]。佛经中象喻悟道(如"香象渡河")、尊贵(如佛进止如象王)、佛力(如白象代表菩萨神通)。元明清皇家均豢养大象。洗象是盛事,观者成千上万。象是吉祥高贵的象征,但同时又受约制播弄,所以在吴伟业笔下,象与画家、才人的境遇融而为一:"刍豆支来三品料,鞭梢趋就千官谒。材大宁堪世人用,徒使低头受羁绁。"吴伟业又旁通曲折联想到战象:"十余年来人事变,碧鸡金马争传箭。越人善象教象兵,扶南身毒来酣战。惜哉崔生不复见,画图未得开生面。若使从军使赵佗,苍梧城下看如练。更作昆明象战图,止须一匹鹅溪绢。"《明史》有象战的记录。[③] 顺治九年(1652),李定国迎永历帝入贵州,在湖南、广西连战得捷,大败定南王孔有德、清敬谨亲王尼堪。李定国用象战突阵,清师大溃,[④]

---

① 除了这首诗,吴伟业在《题刘伴阮凌烟阁图并序》(吴伟业:《吴梅村全集》卷一〇,上册,第275—277页)中也提到崔子忠饿死一事。台北故宫博物院有署款崔子忠的《洗象图》两幅(一为纸本,一为绢本),北京故宫博物院也藏有一个绢本立轴崔子忠《洗象图》。有关崔子忠的生平,可参朱彝尊:《崔子忠陈洪绶合传》,载《曝书亭集》卷六四,第750—751页。

② 蒋一葵:《长安客话》,载《说郛续》(明刻本),第2a页。

③ 元末明初将领傅友德征蜀时,敌方用象战,见张廷玉等:《明史》卷一二九《傅友德传》,第3801页。云南土司亦曾以象战,见张廷玉等:《明史》卷三一三《云南土司传》,第8074页。

④ 黄宗羲:《行朝录》卷五《永历纪年》,载黄宗羲撰,沈善洪主编:《黄宗羲全集》,第2册,杭州:浙江古籍出版社1986年版,第159页。黄宗羲又在总论说:"逮夫李定国桂林、衡州之捷,两蹶名王,天下震动,此万历以来全盛之天下所不能有。功垂成而物败之,可望之肉其足食乎!"见黄宗羲:《行朝录》卷五《永历纪年》,载《黄宗羲全集》,第2册,第168页。顺治十四年(1657),孙可望倒戈相向攻击李定国,同年降清。

吴伟业有可能隐约指其事，而说得含糊委婉。他幻想崔子忠如有机缘得见象战，或可画出精彩得让人动容的图景。然而背后更深曲的探问，是从图像进入历史，想象象战如何决定明朝残余势力的历史命运。

在吴伟业的诗集中，许多重要的作品都是围绕乐工、歌者、伶人、名妓写成的。一般来说，吴伟业早在明亡以前就认识这些人物。世变以后，他再次遇上这些艺人，于是便写诗酬赠给他们。举例来说，《楚两生行》[①]向说书人柳敬亭和乐师苏昆生致意。还有《口占赠苏昆生》[②]《赠寇白门六首》[③]以及为伶人王紫稼写的《王郎曲》[④]都是这一类作品。[⑤] 还有一些情形，就好像他在《琵琶行并序》[⑥]《听朱乐隆歌六首》[⑦]和《听女道士卞玉京弹琴歌》所写的一样，当他重遇这些艺人时，他化身观众，欣赏了这些人的演奏。另外，吴伟业曾为名妓董白的小像和她画的扇子题诗。如同吴伟业听过的音乐演出一般，这些画像触动他怀旧的思绪，从而令他反思历史。

---

① 大约作于17世纪60年代，载吴伟业：《吴梅村全集》卷一〇，上册，第246—248页。

② 大约作于17世纪60年代，载吴伟业：《吴梅村全集》卷二〇，中册，第513—514页。

③ 寇白门是秦淮名妓，此篇作于顺治十年(1653)，载吴伟业：《吴梅村全集》卷八，上册，第210—212页。

④ 作于顺治十一年(1654)，载吴伟业：《吴梅村全集》卷一一，上册，第283—285页。

⑤ 王紫稼是名伶，妖艳绝世。当时著名文人投赠之作，多有同性恋的暗示。徐釚《续本事诗》中引述了不少例子。孟森在《王紫稼考》中也讨论了其中一些作品，见孟森：《明清史论著集刊正续编》，石家庄：河北教育出版社2000年版，第419—434页。

⑥ 大约作于崇祯十七年(1644)至17世纪50年代之间，载吴伟业：《吴梅村全集》卷三，上册，第55—60页。

⑦ 大约作于顺治七年(1650)至八年(1651)，载吴伟业：《吴梅村全集》卷八，上册，第207—209页。

表演的主题让吴伟业把自己的记忆铺写出来，而记忆成为宣泄情感、沟通思绪、交换审美追求的场域。《琵琶行》就是一个很好的例子。诗人在序言中仔细交代了这次演出的场景——王时敏(字逊之，号烟客，1592—1680)的花园。这个花园是个封闭而隐秘的空间，几乎可说是与世隔绝。王时敏出身于官宦世家，与另外三位清初的画师合称"四王"。[①] 入清后，他不再出仕。

> 去梅村一里，为王太常[②]烟客南园。今春梅花盛开，予偶步到此，忽闻琵琶声出于短垣丛竹间。循墙侧听，当其妙处，不觉拊掌。主人开门延客，问向谁弹，则通州白在湄子彧如[③]，父子善琵琶，好为新声。须臾花下置酒，白生为予朗弹一曲，乃先帝十七年(1644)以来事，叙述乱离，豪嘈凄切。

诗作反复阐述了偶遇的概念："悄听失声叫奇绝，主人招客同看花。""偶步"和他因音乐而着迷两者成为吴伟业与王时敏相会

---

① 王时敏的祖父是万历首辅王锡爵(1534—1611)。在吴伟业的《画中九友歌》(吴伟业：《吴梅村全集》卷一一，上册，第289—290页)里，王时敏即他笔下赞述的其中一友。吴伟业曾在这首诗和《王奉常烟客七十寿序》中把王时敏与明末的著名画家董其昌(1555—1636)相提并论。吴伟业为王时敏题写的其他诗作，还可见于吴伟业：《吴梅村全集》，上册，卷一，第17—19页；卷五，第138—141页；卷一五，第412—413页。王时敏和吴伟业的花园都是由当时治园名匠张南垣所设计(吴伟业：《吴梅村全集》附录二《年谱》，下册，第1453页；叶君远：《吴伟业评传》，第84—86页)。吴伟业曾为张南垣作传，可参吴伟业：《吴梅村全集》卷五二，下册，第1059—1062页。

② "太常寺少卿"是王时敏仕明时的官位。

③ 另一种句读可读成"通州白在湄、子彧如"，但是下文所谓"白生"似乎只指一位乐师。(但有一个手抄本并无"白生"一词。)在《续本事诗》里，徐釚认为吴伟业诗中演奏琵琶的乐师是白珏(字璧双)，参见他评论王士禄(1626—1673，王士禛长兄)《听白璧双琵琶》，载徐釚：《续本事诗》卷九，第296页；陈维崧(1626—1682)《听白生弹琵琶》以及他为这主题而填写的词作，载徐釚：《续本事诗》卷一二，第371—372页。张如哉因此认为白珏其实就是白在湄，见吴伟业撰，靳荣藩编：《吴诗集览》卷四上，第16b页。近人叶君远在《吴梅村诗选》也提出了相同的看法。但如果这里的乐师是白彧如，那白珏似乎指的是他。

的契机。琵琶乐韵似乎成为一种密码——当一个人能从乐曲中解读出哀恸的情绪,他也就不再是外人,反而成了知音。诗人似乎无法避免自己陷入回忆之中。大概因为诗作特别看重“偶”——偶然的相遇取代了刻意的安排,因此诗人才会不知不觉地被一种莫名的感受所影响,在看似偶然的情况下碰到王时敏。

偶因同坐话先皇,手把檀槽泪数行。
抱向人前诉遗事,其时月黑花茫茫。

这次聚会让人暂时摆脱了现实的社会政治,让人在隐秘的花园中一起追思往事,悼念先王。① 诗歌重复的结构突显了讲述记忆的困难。透过诗人的笔触,白彧如的琵琶演奏变成了明亡的叙事。音乐触动了在场的其中一位观者,此人是以往在宫中侍奉崇祯帝的太监姚公。他因这次演出而想到先帝对梨园戏曲的兴趣,而这种乐趣也随着国势动荡而消失。为回应姚公的感怀,吴伟业把明代末年联系到音乐之上。因此,包括白生的演出在内,这首诗先后把明代覆灭的故事演绎了三遍。叙事的重复造成了一唱一和的效果,把参与这次演出的人凝聚起来,回忆的片段也因此构成一场吊亡的仪式。

诗中随处都有引用白居易《琵琶行》的痕迹——除了诗序、篇名、篇幅长短之外,②吴伟业还袭用了白居易的语句,自觉地与白诗互相比较。诗人之所以会援引《琵琶行》,原因是他想借此把过

---

① 吴伟业曾在王时敏的花园参加赏菊的宴会。他因此写了一首诗,其中提到“欲借餐英问首阳”。《离骚》有“夕餐秋菊之落英”一句。而伯夷、叔齐隐居于首阳山,采薇而食,“义不食周粟”,最终活活饿死(见司马迁:《史记》卷六一《伯夷列传》,北京:中华书局 1959 年版,第 2121—2129 页)。吴伟业借用这些典故为他们赏菊的宴会添上了哀恸的气氛,把整次活动联系到逃亡、放逐、追怀前朝、悼念先贤之上。详见《王烟客招往西田同黄二摄六王大子彦及家舅氏朱昭芑李尔公宾侯兄弟赏菊二首》,载吴伟业:《吴梅村全集》卷五,上册,第 138 页。

② 吴伟业诗凡六百二言(共八十六行),而白居易诗则有六百一十六言(共八十八行)。二人都在自己的诗前小序提到全诗的字数。

去诗作中个人的挫败与悲伤转化为自己对山河易主的怆痛。对于白居易来说,琵琶象征了长安城中的妙曼佳音,同时也寄托了自己仕途失意的感慨,毕竟在他被贬到九江以后,他能听到的只剩下"呕哑嘲哳"的"山歌与村笛"。对于白居易在诗中遇到的歌女来说,乐器代表了无拘无束的欢愉和她稍纵即逝的青春。白诗歌颂了二人相聚的一刻:弹琵琶的歌女和她的听众"同是天涯沦落人"。他们各自回顾自己的过去,却又在互相体谅,并从中找到慰藉。琵琶的歌韵与个人的际遇在吴伟业的诗中有了更明确的政治和历史意味。吴伟业的《琵琶行》一开篇即从更广大的历史时空综述了明代琵琶乐的特色。诗人刻意以客观的语调行文,为这里的琵琶音乐赋予了更深厚的历史和文化意义。琵琶的地位至关重要,因为它可以区别南北两地的艺术风格,划分文人与大众的品味。白氏父子所继承的音乐传统,似乎与明朝的命运互相依存。这种微妙的关系也就勾起诗人的疑虑,担心这次"偶遇"标志了整个传统的灭亡:"尽失传头误后生,谁知却唱江南乐?"

在白居易的诗作中,琵琶乐是艺人和歌女的专长。相对而言,吴伟业却把文士与乐师之间的分野抹去。比如康海(1475—1540)和王九思(1468—1551)除了是著名的文士,二人也都以弹奏琵琶见称,而且都以音乐抒发自己被贬谪的心情。巧合的是,吴伟业诗中演奏琵琶的人恰好与白居易有相同的姓氏——诗人与乐师、士人与艺人以隐喻的方式融合为一。[①] 白在湄和白彧如不仅仅是"我辈中人",他们可能更坚持气节。白氏父子家住通州(今江苏南通),虽然通州与吴伟业的家乡太仓(同样在江苏)相距不远,但白彧如却特别强调自己的衣饰与众不同:"裤褶新更回鹘装,虬须错认龟兹客。"清廷禁绝汉人"衣冠",所以也许白彧如的

① 其他有关白在湄或白彧如的诗作也提到这一点,如王士禄即写道:"四弦谁破夕烟昏,恰是香山老裔孙。"见《听白璧双琵琶》,载徐釚:《续本事诗》卷九,第296页。

“回鹘装”是为了避免新朝装束。当时只有表演的艺人才有穿着异国服装的特权。至于“虬须”一词的来源，靳荣藩认为典出《三国志·崔琰传》，但这里吴伟业想到的更可能是唐代的《虬髯客传》。在这篇传奇小说里，虬髯客放弃与唐朝皇帝争逐天下，反而远遁扶余国称王。因此，虬髯客这个角色既代表了游侠的精神，也有到世外桃源隐居的意味。

吴伟业在诗前小序提到白彧如所弹的乐曲演绎了先帝十七年(1644)以来之事，这似乎暗示乐曲本身附有歌词。但在吴伟业的诗作中，整个演出的情绪和感染力全都来源于琵琶本身的音律。白居易尝试以文字捕捉琵琶的音色，从而理解演出所传递的情意，吴伟业则把整个演奏描画成战乱的重演。[1] 音乐成为历史的“外应物象”(objective correlative)。它重现了战争的声音：

初拨鹍弦[2]秋雨滴，刀剑相磨毂相击。
惊沙拂面鼓沉沉，砉然一声飞霹雳。
南山石裂黄河倾，马蹄迸散车徒行。
铁凤铜盘柱摧塌，[3]四条弦上烟尘生。

当节奏缓慢的音乐也流露出肃杀苍凉的气氛，琵琶的发愤抒情似乎已取代了其再现的功能：

---

① 当时提到白生的诗作往往会强调他记录历史的角色。陈维崧就认为“此是檀槽太史公”，又谓“能说兴亡是此人”。见《听白生弹琵琶》，载徐釚：《续本事诗》卷一二，第371页。

② 靳荣藩引用《酉阳杂俎》的记载，提到不少古琵琶都以鹍鸡筋作弦线，见吴伟业撰，靳荣藩编：《吴诗集览》卷四上，第18a页。

③ 铁凤是屋脊上的一种装饰。汉武帝在建章宫建造了二十丈高的铜柱，顶上有青铜仙人手托承露盘。铜盘所指的正是这承露盘。汉武帝本来为了制作长生不老的仙药，所以才设置了承露盘。汉代灭亡后，三国鼎立，魏明帝下令把青铜柱及其上的仙人和铜盘搬到魏国国都邺城。追求不死的虚妄与世变的悲剧形成强烈的反讽。这种错落让后来的诗人总是喜欢回到这故实的语境，如李贺(790—816)即写下了《金铜仙人辞汉歌》。

忽焉摧藏若枯木,[1]寂寞空城乌啄肉。[2]
辘轳夜半转咿哑,呜咽无声贵人哭。
碎佩丛铃断续风,冰泉冻壑泻淙淙。[3]
明珠瑟瑟抛残尽,却在轻笼慢撚中。[4]

表演的最后一部分用音乐描绘了南京失陷的情况,以及西南地区南明桂王朝廷面临的危机。(这首诗大概写于17世纪40年代末到50年代初,反清复明当时似已越来越渺茫了。)

斜抹轻挑中一摘,漻栗飕飗憯肌骨。
衔枚铁骑饮桑干,白草黄沙夜吹笛。
可怜风雪满关山,乌雀南飞行路难。
猿啸鼯啼山鬼语,瞿塘千尺响鸣滩。

白生的音乐寄托了时人的历史回忆。除此以外,诗中所有音乐的隐喻也有类似的关怀。它们或指向丧亡的前朝,或与当前的困局有关。太监姚公想起崇祯帝在危机席卷全国时失去对梨园戏曲的兴趣。(诗前小序提到宫中藏有一镂金曲柄琵琶,而吴伟业在其他诗作中亦提过崇祯对鼓琴的喜好[5]。)以往的亡国之君往往耽溺于靡靡之音,这里崇祯帝的情况却与之形成强烈的对比。崇

---

① "摧藏"一词或取自唐太宗《咏琵琶》:"摧藏千里态,掩抑几重患。"见计有功著,王仲镛笺注:《唐诗纪事校笺》,成都:巴蜀书社1989年版,第6页。"枯木"典出《庄子・齐物论》,其中利用"枯木"来形容得道之人的状态。这里的意思是演奏琵琶的乐师感慨万千,无从表达,因此外表显得呆滞无情。

② 这让人想到乐府诗《战城南》中"野死不葬乌可食",还有杜甫《瘦马行》中"日暮不收乌啄疮"二句。

③ 这两句描写了琵琶更迟缓、更悲哀的旋律。紧接上句对"贵人"的描述,这里似乎在写宫女流落在外,而大自然却对人的灾难毫不同情。参见温廷筠(约801—866)《郭处士击瓯歌》:"碎佩丛铃满烟雨。"

④ 两句先后化用了白居易诗"大珠小珠落玉盘"和"轻拢慢捻抹复挑"。弹拨的手势在吴伟业诗中产生了更深沉的失落感,就好像抛落的珍珠在玉盘中辗转散落。

⑤ 如《赠文园公》,载吴伟业:《吴梅村全集》卷一一,上册,第302页。

祯毕竟与唐玄宗不一样：他的庙堂上没有演奏《霓裳羽衣曲》，也看不到胡人的羯鼓或胡旋舞。吴伟业想起崇祯朝“鼓乐奏云门”的景象，可惜这很快就被战场上的鼙鼓声打断，最后取而代之的只有哀怨的悲笳。虽然崇祯皇帝表现出与唐玄宗截然不同的形象，但当吴伟业描写白生的音乐如何勾起他对晚明的回忆时，诗人还是回到了安史之乱，援引其时与乐师相遇的典故：

换羽移宫总断肠，江村花落听霓裳。①
龟年哽咽歌长恨，力士凄凉说上皇。②

前人经常用“换羽移宫”来比喻朝代更迭——这里白生所奏的乐曲变调，诱发了一代人对前朝的哀思，他们就像杜甫在江南遇上乐师李龟年一般。诗作的结尾仍以音乐作喻，表现了明代遗民不愿遗忘前事的意志：

江湖满地南乡子，铁笛哀歌何处寻？

《南乡子》是典型的词牌，但靳荣藩认为“南乡”或指藩封南阳（河南）后称监国于闽、被执于福州的唐王朱聿键（1602—1646），诗末的这一句或寄托了吴伟业在“不敢质言之”的情况下凭吊唐王的哀思。当然，“南乡”或许只是泛指江南一带——江南是晚明文化荟萃之地，却因为清兵入侵而变得满目疮痍。“铁笛”一词出自杨维桢的一首名诗。杨维桢是元代的遗民，入明后隐居不仕。

透过提升音乐的威力，吴伟业似乎也在反思自己诗作的意义，试图重申诗歌在危机中的地位。这让人想到杜甫的绝句《江南逢李龟年》和他的七言古诗《观公孙大娘弟子舞剑器行》。③ 两首经

---

① 这一行与下一行都化用了杜甫《江南逢李龟年》中的诗句。

② 高力士是追随唐玄宗的著名宦官。肃宗即位后，唐玄宗便成了上皇。这里以高力士代指太监姚公。

③ “剑器”似乎是某一种手中带剑的舞蹈；各家对这个词语的训释，可参杜甫撰，萧涤非选注：《杜甫诗选注》，上海：上海古籍出版社 1983 年版，第 309—310 页。

典作品都利用了艺人的演出来对照今昔之间的繁盛与衰颓,而且都有自我反思的面向。但吴伟业为这个传统主题注入了新元素。在安史之乱前,李龟年总是在王公贵戚的堂前为他们演奏。《琵琶行》里的白彧如和李龟年十分相似。但吴伟业笔下还有其他艺人,他们居住在秦淮河畔的青楼之中。吴伟业与青楼文化有很密切的关系。对于当时的名妓艺人,他抱有极大的同情心:吴伟业与卞赛的一段姻缘众人皆知。[①] 他的这些诗作不仅仅见证历史由盛而衰的灾难,同时也表明了吴伟业尝试以缅怀晚明文人风流或青楼哀乐来呈现故国之思。此外,他把乐师和说书人形塑成当世的"诗史",认为他们与自己一样善于观察,一样拥有同情共感的能力,也一样追求对历史的理解。他们比杜甫笔下的李龟年和公孙大娘更有英雄的气魄。吴伟业诗中的卞赛、冬儿、柳敬亭、苏昆生都是明证。[②] 就像《琵琶行》和《听女道士卞玉京弹琴歌》所阐述的,他们的演奏既见证了易代的沧桑,也记录了世变的离乱。吴伟业认为他们担任"诗史"实当之无愧,亦即暗示晚明的风流和激情与政治理想不能分割,从中他找到了自我救赎的可能。艺术作为一种媒介可以使人更理解历史和自我。这种想法使绮靡艳丽的修辞有了新的功能,也为比兴传统提供了新的可能。这样一来,当吴伟业写下《琴河感旧四首并序》[③]来追悼自己失去的爱情时,我们很可以理解为什么钱谦益会以李商隐的笔法写下《读梅村宫詹艳

---

① 吴伟业曾为名妓卞敏(卞赛的妹妹,她与卞赛一样是画兰花的专家)作了《画兰曲》(约作于顺治七年,1650)一诗。载吴伟业:《吴梅村全集》卷二,上册,第42—43页。从诗意看来,两人似乎也有一段浪漫的情缘。吴伟业还有为其他秦淮名妓题诗,如陈圆圆、寇白门、董白和楚云。

② 吴伟业曾在很多文章中对柳敬亭致意,见吴伟业:《吴梅村全集》卷二六《为柳敬亭陈乞引》,中册,第646—647页;卷五二《柳敬亭传》,下册,第1055—1059页;卷五三《柳敬亭赞》,下册,第1078—1079页。同时代还有许多提到柳敬亭、苏昆生的诗文,徐釚在《续本事诗》中就引用了一些例子。

③ 作于顺治七年,载吴伟业:《吴梅村全集》卷六,上册,第159—161页。

诗书后四首》以隐喻南明一代的历史。[1] 不过,吴伟业自己很少使用"比兴"来创作,他对于艺术的表达能力有更直接的想象。《琵琶行》所写的一群共感同悲的听众是当时常见的话题。这些以明清之际艺人的表演为题的诗词往往衍生于唱和,几位作者是同时在场的观众。诗人是观众亦是参与者,反讽、吊诡、自我省识油然而生。因为诗词作者会比较他们的作品与艺人的表演,毕竟两者都渊源惜逝,都渴望重新唤起已然泯灭的世界。风流云散后,文人便在此艺术中介或艺术超脱的期待中寻找慰藉与辩解。

许明德　译

① 钱谦益:《牧斋有学集》,第 1 册,第 116—118 页。《琴河感旧》追忆了他与卞玉京的情缘如何结束。吴伟业曾解释说自己的《琴河感旧》并不像钱谦益的和诗那样充斥政治的暗示,谓"此老殆借余解嘲",见《梅村诗话》,载吴伟业:《吴梅村全集》卷五八,下册,第 1139—1140 页。虽然吴伟业很少使用"比兴"的写作手法,他的诗集中还是有些反例,譬如《行路难一十八首》,载吴伟业:《吴梅村全集》卷二,上册,第 33—40 页。另,可参靳荣藩对吴伟业绮艳的《无题》诗的解读,见吴伟业撰,靳荣藩编:《吴诗集览》卷一二下,第 2b 页。明清之际对于李商隐的评价多集中在他作品的政治隐喻;见钱谦益《注李义山诗集序》和《朱长孺笺注李义山诗序》,载《牧斋有学集》,第 2 册,第 703—706 页。

袁枚及其与众不同的“雅集”*

[美]王安国(Jeffrey Riegel)

嘉庆元年(1796),亦即袁枚去世两年之前,他请人绘制了一幅画,纪念他对女性诗歌写作的倡导,也很可能是要纪念与此倡导有关的乾隆五十五年(1790)、五十七年(1792)间所发生的一些富有争议的事件。① 这幅名为《随园十三女弟子湖楼请业图》的画作,系袁枚委托名不见经传的画家尤诏和汪恭所绘,后来也成了受

---

* 英文原文见“Yuan Mei (1716-1798) and a Different ‘Elegant Gathering’”, *Chinese Literature: Essays, Articles, Reviews* (*CLEAR*), vol. 32 (2010): 95-112。

① 袁枚这位许多人眼中18世纪最伟大的中国诗人,生于杭州,卒于南京。其漫长的一生,常被贴上天赋惊人、精力充沛、文坛巨擘以及特立独行等标签,而对女性文学的提倡则可被视为其中一个例证。袁枚在乾隆三十四年(1769)和三十七年(1772)的两次行为都是如此极端,他本来极有可能会受到当局的指控,但他逃过了官方的责难,这证明了他身为诗人和学者的非凡声誉,以及与政府官员特别是一些满族大员也有联系。以下是三篇关于袁枚生平的综合性研究:Arthur Waley, *Yuan Mei: Eighteenth Century Chinese Poet* (London: Allen and Unwin, 1956);王英志:《袁枚评传》,南京:南京大学出版社2002年版;和Jerry D. Schmidt, *Harmony Garden: The Life, Literary Criticism, and Poetry of Yuan Mei* (London: Routledge, 2003)。在准备这篇论文时,我还曾受益于以下著述:(1)王英志对袁枚以及女性诗歌的整理;(2)合山究:『袁枚と女弟子たち』,九州大学教養部文学研究会『文学論輯』1985年第31期,第137頁;以及『湖楼詩会考——杭州における袁枚の社会的威信の伸展』,大阪市立大学大学院文学研究科『人文論叢』2004年第32卷,第35—54頁(此文作者应为王标,文章名应为『湖楼詩会考——袁枚晚年の文化的パフォーマンス——』——译者);(3)王标:《城市知识分子的社会形态——袁枚及其交游网络的研究》,上海:上海三联书店2008年版,第155—173页。

争议的对象。此画是一幅长卷的一部分,现藏于上海博物馆。①

“随园”系袁枚之号,得名于诗人位于南京的著名宅院。② 而“湖楼”则指位于杭州西湖之滨的宝石山庄,它属于袁枚的故交孙嘉乐。孙嘉乐仕途得意,在18世纪80年代末功成身退定居杭州前,曾在四川和云南担任要职。正如画作标题所示,此画描绘了袁枚的十三位女弟子。但她们并没有被描绘成向袁枚“请业”,而是被描绘成参加一场本系传统绅士们汇聚与活动的高雅之会,亦即所谓“雅集”。这种标题和画作实际内容之间的脱节,仅仅是这幅画需要进一步研究的几个谜团之一。

背 景

乾隆三十年(1765),袁枚曾与他的几位男性文友在随园举行过一次“雅集”。这种风靡于18世纪的社交活动起源于著名的“西园雅集”,据说是11世纪北宋诗人苏轼(1037—1101)、画家米芾(1051—1107)以及当时其他名流共同与席的一次集会。③ 而在

---

① 我很感谢上海博物馆书画研究部的工作人员,以及新南威尔士艺术博物馆中国艺术馆馆长柳扬博士,在他们的帮助和安排下,我才得以获睹本研究的焦点:手卷。

② 袁枚于乾隆十三年(1748)秋购得随园。那里有他珍藏的画作、家具、文物和瓷器。随园是如此有名,因此有好几位艺术家曾描画过它。这些画作在19世纪初被临摹,其中一幅幸存品见藏于南京博物院。它或其他画作启发了19世纪下半叶流传的随园版画印刷品。随园在19世纪50年代的太平天国起义中被毁,没有留下任何痕迹。

③ 关于北宋集会的史实性,参见Ellen Johnston Laing, “Real or Ideal The Problem of the ‘Elegant Gathering in the Western Garden’ in Chinese Historical and Art Historical Records”, *Journal of the American Oriental Society* 88, no. 3 (1968): 419-435。(中译文见[美]梁庄爱伦:《理想还是现实——“西园雅集”和〈西园雅集图〉考》,包伟民译,洪再辛校,载洪再辛选编:《海外中国画研究文选(1950—1987)》,上海:上海人民美术出版社1992年版,第211—231页。——译者)暂且不谈北宋集会是否真实发生,它对南宋的文学和艺术确曾带来巨大的影响,甚至超越中国国界。参见Burglind Jungmann, “Two Screens of the Elegant Gathering in the Western Garden in Western Collections”, *Orientations* 39, no. 4 (2008): 58-67。

袁枚的这场雅集中,四位男性同道和他一起在随园中读书、抚琴、交谈、垂钓。[①] 袁枚请无锡画家吴省曾把这些情景描绘下来,并为画中人物栩栩如生而感到高兴。[②] 袁枚很满意这幅画,遍求故交题咏。受邀题写观感者中,包括女诗人骆绮兰(1755—1813 之后)[③],以及孙嘉乐的两个女儿孙云凤(1764—1814)和孙云鹤[④]。袁枚似乎对孙氏姐妹所作尤为满意,因而曾特意回信致谢,时间可能是在乾隆五十五年(1790)。

咏絮才原出谢家,双双珠玉斗妍华。
披图顷刻香风起,开到西湖姊妹花。(其一)
扫眉才子两琼枝,自署门生远致辞。
不怕程门三尺雪,儿家情愿立多时。(其二)
惹得袁丝喜欲惊,千秋佳话在门庭。
河汾讲席公侯满,可有天边织女星?(其三)[⑤]

袁枚对女性诗人才华的坚定认可,是其后期诗歌创作和其他作品中反复出现的主题。例如,他在《随园诗话补遗》中曾云:"俗称女子不宜为诗,陋哉言乎!圣人以《关雎》《葛覃》《卷耳》冠《三百

① 关于"雅集"中袁枚四位宾客的姓名,参见蒋敦复:《随园轶事》,载袁枚著,王英志主编:《袁枚全集》,第 8 册,南京:江苏古籍出版社 1993 年版,第 91—92 页。在袁枚选编的同时代人作品集《续同人集》中,收录了一篇其男性弟子何士颙所撰写的《清明雅集随园》。尚未确定他所描写的雅集,是否即乾隆三十年(1765)那次。此文载袁枚著,王英志主编:《袁枚全集》,第 6 册,第 68 页。

② 袁枚在《随园诗话补遗》里介绍了吴省曾的职业和画作,见卷八,第 56 条,载袁枚著,王英志主编:《袁枚全集》,第 3 册,第 758 页。此画已佚。

③ 骆绮兰的题词收录在《随园女弟子诗选》中,载袁枚著,王英志主编:《袁枚全集》,第 7 册,第 159 页。关于骆绮兰及其与袁枚交游的相关研究,参见 Robyn Hamilton, "The Pursuit of Fame: Luo Qilan (1755-1813?) and the Debates about Women and Talent in Eighteenth-Century Jiangnan", *Late Imperial China* 18, no. 1 (1997): 39-71。

④ 孙云鹤生卒年不详。

⑤ 袁枚:《小仓山房诗集》卷三二《谢女弟子碧梧、兰友题〈随园雅集图〉》,载袁枚著,王英志主编:《袁枚全集》,第 1 册,第 788 页。

篇》之首,皆女子之诗。”①而通过“扫眉”一词,袁枚把孙家姐妹的文学才华与“唐代两大最杰出女诗人之一”②的薛涛(约768—831)作比,正如他用“琼枝”这一比喻来赞美这两位女性所拥有的珍贵品质。女弟子们的极度仰慕,以及将袁枚与宋代理学大师程颐相提并论,令他深受感动。她们的情感也使袁枚体味到一种讽刺,尽管有才华的男性文人数量众多,但文坛对于有着卓越学识和文学才能的女性仍然缺乏包容。③

袁枚在这组诗作以及晚年的其他诗作中,毫不掩饰地表达了对她们作品的赞赏之情,这也使得他开始接受一些女性作为他的女弟子。④ 例如,在乾隆五十四年(1789),孙云凤写了一首诗请求入袁枚门下。⑤ 袁枚和她的父亲孙嘉乐向来交好,并曾互赠诗歌、绘画和其他的礼物。⑥ 孙嘉乐曾给袁枚写信,请求他教授两

① 袁枚:《随园诗话补遗》卷一,第62条,载袁枚著,王英志主编:《袁枚全集》,第3册,第570—571页。

② William H. Nienhauser, Jr., ed., *The Indiana Companion to Traditional Chinese Literature* (Bloomington and Indianapolis: Indiana University Press, 1986), 438.另一位唐代女诗人是鱼玄机(约844—868)。曼素恩(Susan Mann)曾提及薛涛和鱼玄机是“盛清时深为时人看重的前代女诗人”,见 Susan Mann, *Precious Records: Women in China's Long Eighteenth Century* (Stanford: Stanford University Press, 1997), 73。(中译本见[美]曼素恩:《缀珍录:十八世纪及其前后的中国妇女》,定宜庄、颜宜葳译,南京:江苏人民出版社2005年版。——译者)

③ 王英志:《扫眉才子两琼枝——随园女弟子孙云凤、孙云鹤》,《古典文学知识》1994年第5期,第58—64页。此文研究袁枚和孙氏姐妹之间的关系,但我一直无法查阅这篇文章。

④ 刘咏聪曾就如何确定袁枚女弟子确切数量的问题展开讨论,见刘咏聪:《曲园不是随园叟,莫误金钗作贽人——袁枚与俞樾对女弟子态度之异同》,《岭南学报》1999年新第1期,第424—426页。

⑤ 孙云凤:《和随园太史〈留别西湖〉原韵四首》,见《随园女弟子诗选》卷一,载袁枚著,王英志主编:《袁枚全集》,第7册,第25页。

⑥ 袁枚:《小仓山房诗集》卷三二《庚戌春暮寓西湖孙氏宝石山庄,临行赋诗纪事》,载袁枚著,王英志主编:《袁枚全集》,第1册,第793页。

个女儿。[1] 出于礼节和谦逊,袁枚起初婉拒了这个请求,但最终同意成为她们的老师。

袁枚的崇拜者们喜欢说,有三千女子蜂拥至门下跟随他学习,[2]这种显然过于夸张的说法,源于同样夸大的孔门弟子三千之说。有人曾统计说袁枚只有十三位女弟子,正如画中所描绘的人数,[3]但这和三千弟子一样并无依据。实际的人数很难确定。在嘉庆元年(1796),亦即他请人绘画的同一年,袁枚亲自编选了一部名为《随园女弟子诗选》的选集,其中包含十九位女弟子的作品。[4] (有一种旧版本在目录中列出了二十八位女诗人的名字,但有九位诗人的作品并没有出现在选集中。[5]) 而蒋敦复(1808—1867)则通过钩稽袁枚的著述和其他文献,认为除了这十九人外,还有三十七人也当被视为其女弟子。[6] 不过蒋敦复也指出,尽管

---

① 孙嘉乐在信中非常详细地描述了他两个女儿的诗歌天赋。见孙嘉乐:《上随园先生书》,《续同人集·文卷类四》,载袁枚著,王英志主编:《袁枚全集》,第6册,第364—366页。

② 例如在袁枚八十大寿之际,孙原湘(1760—1829)曾写诗祝贺云:"三千天女尽门生。"见孙原湘:《屏风辞十首》,《随园八十寿言》卷五,载袁枚著,王英志主编:《袁枚全集》,第6册,第91—92页。

③ 如潘汝炯《寄呈随园先生》云:"门下十三女都讲。"见《续同人集·寄怀类》,载袁枚著,王英志主编:《袁枚全集》,第6册,第119页。

④ 选集被收入袁枚著,王英志主编:《袁枚全集》,第7册。施吉瑞(Jerry D. Schmidt)将这部选集视为袁枚在女性诗歌传播中所作出的"最伟大的贡献"。见 Jerry D. Schmidt, "The Golden Age of Classical Women's Poetry in China: Yuan Mei (1716-1798) and His Female Disciples", *China Report* 40, no. 3 (2004): 242。在这篇文章中,施吉瑞翻译并评论了席佩兰、孙云凤、金逸和骆绮兰的诗歌。

⑤ 参见刘咏聪:《曲园不是随园叟,莫误金钗作贽人》,第435页,第139条;以及 Jerry D. Schmidt, "The Golden Age of Classical Women's Poetry in China", 249。鉴于袁枚习惯将他的女弟子比作神女或其他天仙,其最初将数字定为二十八很可能是源于天象之数,如"二十八宿"或"月宫",却并非真正打算收集二十八位诗人的作品。刘咏聪列出了被袁枚选入集中的十九位诗人以及其他九位的名字。

⑥ 蒋敦复:《随园轶事》,序系于同治三年(1864),载袁枚著,王英志主编:《袁枚全集》,第8册附录部分,第102—104页。

袁枚看上去有五六十个女弟子,但可能只有选集中的这十九人追随袁枚的时长足以称为曾经受业门下。① 当然,即便是最亲近的女弟子,陪伴其左右的时间很可能还是被夸大的。对绝大多数人来说,被称为女弟子更像是一种认同,表示她们在阅读袁枚广为流传的作品时,已接受了他的文学思想和创作理念。②

无论有多少女性曾拜入袁枚门下,也不管有几人曾受其亲炙,在袁枚自己或他人眼中,接收女弟子这件事无疑是其生命中的一件大事。③ 追随者和奉承者们曾将袁枚与伏生相比。伏生是一位生活在公元前 3 世纪或前 2 世纪的《尚书》专家,他曾允许他的女儿(或是孙女)协助流传与保存《尚书》这一经典文本。④ 不难想象,在杭州和苏州地区,许多有抱负的女性诗人都受此吸引,希望能赢得那个时代最优秀的诗人的青睐。⑤ 然而,袁枚与女性文学崇拜者之间的交往也激起了 18 世纪关于女性写作和女性教育的论争。在袁枚的示范下,同时代的其他诗人也开始接收女弟子并

---

① 孟留喜(Louis Meng)在书中做了一个附表,列出了五十一位女性的姓名(另加五位无名女性),并提供了每个人与袁枚往来的一些细节。见 Louis Meng, *Poetry as Power: Yuan Mei's Female Disciple Qu Bingyun* (*1767-1810*) (Lanham, Maryland: Lexington Books, 2007)。(中译本见[加拿大]孟留喜:《诗歌之力:袁枚女弟子屈秉筠(1767—1810)》,吴夏平译,南京:江苏人民出版社 2020 年版。——译者)

② 霍克思(David Hawkes)在他简短却非常重要的作品中,发表了相似的观点,见"Hsi-P'ei-lan," *Asia Major: A British Journal of Far Eastern Studies* 7 (1959): 113-121。而曼素恩则将袁枚的弟子视为"随从"的一员,这似乎也夸大了她们中绝大多数人能陪伴左右的时间。见 Susan Mann, *Precious Records*, 17, 53, 203。

③ 详细阐述参见刘咏聪:《曲园不是随园叟,莫误金钗作贽人》,第 427 页。

④ 汪縠(1754—1821)在《随园女弟子诗选》序中作了这样的比较 载袁枚著,王英志主编:《袁枚全集》,第 7 册,第 1 页。席佩兰在诗中也曾加以暗示,这一点在本文结论中另作讨论。曼素恩则复述了这个故事,并引用一幅图再现了这一场景:伏生的女儿(也可能是孙女)坐在他旁边,正在翻译伏生用齐国方言口述的《尚书》。见 Susan Mann, *Precious Records*, 81-82。

⑤ 刘咏聪也证实了袁枚在两个城市女性诗人中的受欢迎程度,见刘咏聪:《曲园不是随园叟,莫误金钗作贽人》,第 426—427 页。此外应当指出的是,清代的苏州和杭州涌现了数量尤其庞大的著名女性诗人,参见 Susan Mann, *Precious Records* 202-203。

编选她们的作品。[1] 而那些反对袁枚倡导女性诗歌、谴责他广收女弟子的人,则不仅公开发表观点挑战袁枚的行事准则,还质疑他的品行。其中章学诚(1738—1801)是最严厉的批评者,他以极其刻薄的方式攻击袁枚及其与女弟子的关系。[2]

袁枚对待女性的态度和行为是复杂的。[3] 他把她们作为性的对象来加以研究和观察,极其重视女子的肤质,就像评估明代瓷器上的釉面一样。[4] 每逢春秋两季,袁枚都会大开随园之门以迎接女性访客。他会在花园各处精心安放镜子,这样他就可以观察女子们整理她们的衣服、妆容和秀发。其中最受女性访客欢迎的,是

---

① 参见孟留喜在书中所提供的例证,见 Louis Meng, *Poetry as Power*, 23。

② 章学诚所撰《妇学》一文是他攻击袁枚的五篇作品之一,其中尤其针对袁枚鼓励女性学习写诗这一点。见章学诚:《文史通义》,北京:中华书局 1983 年版,第 532—538 页。章学诚认为"妇人本自有学,学必以礼为本",而不应"舍其本业而妄托于诗"。参见 David S. Nivison, *The Life and Thought of Chang Hsüeh-ch'eng* (Stanford: Stanford University Press, 1966, 265。(中译本见[美]倪德卫:《章学诚的生平及其思想》,杨立华译,南京:江苏人民出版社 2007 年版。——译者)倪德卫(David S. Nivison)试图用一种比章学诚更具同情色彩的方式来捍卫章学诚的观点,这或许是可行的。而王英志在《袁枚评传》(第 166 页)中也讨论了章学诚对袁枚的攻击,并将之视为一种"偏见"且"不值一读"。另参见 Susan Mann, "'Fuxue' (Women's Learning) by Zhang Xuecheng (1738-1801): China's First History of Women's Culture", *Late Imperial China* 13, no. 1 (1992): 40-42。曼素恩将章学诚对袁枚与女性之间关系的谴责,置于清代知识分子阵营分裂这一社会大背景和哲学框架之下。见 Susan Mann, *Precious Records*, 30, 83-93。罗彬(Robyn Hamilton)则通过袁枚的女弟子之一骆绮兰来探讨袁枚面对章学诚批评的态度,见 Robyn Hamilton, "The Pursuit of Fame", 41-51。

③ 施吉瑞全面而深入地研究了袁枚与生命中各种女性之间的关系及对待她们的态度。见 Jerry D. Schmidt, "Yuan Mei (1716-1798) on Women", *Late Imperial China* 29, no. 2 (2008): 129-185。

④ 在乾隆十三年(1748)前后所作的一首词序中,袁枚谈到他错过了购买一个十九岁美丽小妾的机会,只因为她肤色"稍次"。此序言及其后之词,俱见《随园诗话》卷一一,第 29 条,载袁枚著,王英志主编:《袁枚全集》,第 3 册,第 372 页。另可参考高居翰(James Cahill)在 1994 年发表于南加利福尼亚大学的演讲"The Flower and the Mirror: Representations of Women in Late Chinese Painting"中的相关评论。

一面由浙江布政使送给袁枚的巨大的欧式镜子。据他的孙子袁祖志(1827—1898)的回忆录记载,曾有太多女子围绕在镜子周围,“竟有留香数日不散者”①。

而袁枚的作品则揭示了他看待女性的另一面。在那些被收录到《子不语》里的众多灵异故事中,袁枚讲述了那些被无情男子凌辱的女子的困境。② 他清楚表明,这些女性不可能在清朝官府那里得到正义,唯有神灵会答应她们的哀告,怜悯她们,并为她们复仇。在袁枚的故事里,等不及这种天道报应的女子会自己出手解决问题。她们声称被恶鬼附身,肆意报复她们的丈夫及其家人,直到他们改正到令人满意为止。袁枚对这些弱女子的同情,还反映在一些描写他所熟知的女性作家的作品中。例如乾隆五十七年(1792)他为最喜爱的女弟子之一金逸(1770—1794)所作的墓志铭,就典型地反映出袁枚的感伤之情:

> 然余阅世久,每见女子有才者不祥,兼貌者更不祥,有才貌而所适与相当者尤大不祥。纤纤兼此三不祥③,而欲其久居人世也,不亦难乎!余三妹皆有才,皆早死。女弟子中,徐文穆公之女孙裕馨最有才,最早死。其他非寡即贫。④

尽管袁枚并没有忽略她们的美貌,但吸引袁枚关注所认识的文学女性的,还是这样一个现实:正是因为这些才女们美貌与才华并存,她们的生活就注定要比那些被写入《子不语》中的平凡女性的不幸更加凄惨。看来那些暗示袁枚招收女弟子主要出于欲望驱

---

① 袁祖志:《随园锁记》卷下,载《随园全集》,上海:上海著易堂书局 1921 年版,第 4b 页。

② 袁枚在乾隆五十三年(1788)出版了《子不语》,它及其续编组成了《袁枚全集》的第 4 册。

③ 袁枚暗指金逸已嫁给他另一个有才华的弟子王情(王情当为陈基。——译者)。在他的弟子中,还有其他结成佳偶者。

④ 见《小仓山房续文集》卷三二《金纤纤女士墓志铭》,载袁枚著,王英志主编:《袁枚全集》,第 2 册,第 587—588 页。

使的说法，无论如何都是值得怀疑的。[①]

似乎是为了更进一步激怒那些质疑他品行以及他鼓励女诗人之举的反对者，袁枚做出了一些更为大胆的创举：在乾隆五十五年（1790），他召集了为女诗人而设的系列“雅集”中的第一次活动。我们不清楚是什么激发他这样去做，而除了为自己招致更多恶名之外，他究竟希望达成怎样的结果也是一个谜。毫无疑问，他真心想要提携那些诗歌创作上他所欣赏的女性。但如果他认为这样做会有损他的声誉，他很可能并不会那样做。此事经过大致如下：

乾隆五十五年，七十四岁的袁枚前往杭州为其父母扫墓，并顺道拜访孙嘉乐及其女儿们，在孙嘉乐处留住数日。主宾欢洽，随后袁枚即于四月十三日准备启程返回随园。为了给老师饯行，孙云凤特意邀请十三位女诗人向袁枚献上她们自己的画作和诗歌（已经无法确考这十三人的全部姓名[②]）。袁枚曾经很高兴地在一则可能是当时或是不久后写下的诗话中谈到了这件事，并描述他为了迎接他的十三位客人而准备的两桌筵席。[③] 在另一段更详细的记载中，孙云凤称她和其他弟子“问字登堂”，并以“风雨有声，烟

---

① 参见 Robyn Hamilton, “The Pursuit of Fame”, 41。在这一点上，施吉瑞曾注意到，“袁枚本人也难以不受其所处时代矛盾的影响，但至少作为女性作家的老师和鼓励者，他的行为几乎堪称典范”。见 Jerry D. Schmidt, “Yuan Mei (1716-1798) on Women”, 142。

② 王标认为，我们只能确定九位参与者的姓名。见王标：《城市知识分子的社会形态》，第 165—166 页。孟留喜则认为：“据说有十三位女性带着自己的诗歌或画作参加了此次集会，但其中只有十位的出席得到了证实。”见 Louis Meng, *Poetry as Power*, 71。

③ 参见《随园诗话补遗》卷一，第 20 条，载袁枚著，王英志主编：《袁枚全集》，第 3 册，第 553 页。在这则诗话中，袁枚专门提到了徐裕馨（1765—1791）。后在《金纤纤女士墓志铭》中，袁枚还曾为她的去世哀恸不已。她以一幅山水画为赠，并题诗四首，袁枚曾加以引用。袁枚在《庚戌春暮寓孙氏宝石山庄，临行赋诗纪事》中提到了乾隆五十五年暮春另外两个受业之人：张秉彝与汪妽，但他并没有将二人的诗作选入《随园女弟子诗选》。见《小仓山房诗集》卷三二，载袁枚著，王英志主编：《袁枚全集》，第 1 册，第 793 页。

波无际,山花留红,堤草桑绿”来描绘当时的场景,随后又描述了当时所作的诗画作品。[①] 仅仅是这件事的存在就足以令袁枚的批评者感到震惊,然而孙云凤所描述的确实是一个合乎礼仪的正式集会。

乾隆五十七年(1792),袁枚出游天台山,再次途经杭州并过访孙嘉乐。袁枚在一篇短文中提到了这次会面,此外一位与会的女诗人潘素心(生于 1764 年)也写了一首诗来叙述此事。[②] 和两年前一样,在乾隆五十七年闰四月十三日(6 月 2 日)举行了这次“诗歌雅集”。用孙云鹤的话来说,袁枚得以“传经”。[③] 这次袁枚邀请了七位“女弟子”,明显少于乾隆五十五年(1790)那次。然而各种互相矛盾的说法提醒我们,不应该完全按照字面的意思来理解参加雅集的女弟子的数量。[④]

这次集会有一个显著的特点,即袁枚并不是唯一与会的男性:出席集会的还有杭州知府明保与著名书法家、诗人王文治(1730—1802)。[⑤] 关于王文治的与会情况,无论是袁枚还是潘素

① 孙云凤的描述见《湖楼送别序》,《随园女弟子诗选》卷一,载袁枚著,王英志主编:《袁枚全集》,第 7 册,第 29—30 页。

② 见《随园诗话补遗》卷五,第 44 条,载袁枚著,王英志主编:《袁枚全集》,第 3 册,第 670—671 页。潘素心的诗歌见《续同人集 · 闺秀类》,载袁枚著,王英志主编:《袁枚全集》,第 6 册,第 231 页。

③ 见孙云鹤:《随园先生再游天台归,招集湖楼送别分韵,得临字》,《随园女弟子诗选》卷三,载袁枚著,王英志主编:《袁枚全集》,第 7 册,第 82—83 页。

④ 孙云鹤指出,这些弟子的人数要比参加前次“诗歌雅集”的更多。为了证明这一点,她提到了两位新受业的“女史”:钱琳和潘素心。然而我们无法确定参加乾隆五十七年雅集的女性人数,正是因为潘素心诗中的一句话将其变得复杂。她称袁枚最初邀请了十五名女性,但只有七位参加。参见潘素心:《湖楼即事呈随园夫子》,《续同人集 · 闺秀类》,载袁枚著,王英志主编:《袁枚全集》,第 6 册,第 231 页。

⑤ 关于王文治,参见 Arthur W. Hummel, ed., *Eminent Chinese of the Ch'ing Period (1644-1912)* (Taipei: Ch'eng Wen Publishing Company, 1970), 840-841。(中译本见[美]恒慕义编著:《清代名人传略》,中国人民大学清史研究所《清代名人传略》翻译组译,西宁:青海人民出版社 1990 年版。——译者)

心都没有过多提及,但他们对明保却颇有一些细致的论述。[①] 这不仅仅是因为后者提供了饮食和精美的礼物,还因为他邀请女诗人们一起品茶闲谈。当他乘马车回家时,还留下一条画舫供宾客们在湖上游玩。此外,这场乾隆五十七年(1792)的雅集还有另一个特点是乾隆五十五年(1790)那次所不具备的,即袁枚对与会女性所写的诗歌进行了排次。据潘素心记载,孙云凤的作品荣登首位,而她自己的作品则名列其次。[②]

杭州的这场雅集显然令袁枚非常愉快,因此他又在某种意义上延长了这种体验。在回随园途中,袁枚在苏州暂作停留,并在位于苏州西北角的绣谷园中,邀请当地十三位女诗人共聚。此事可以通过袁枚所撰《金纤纤女士墓志铭》加以了解,而金逸也正是参与苏州聚会的女性之一。[③] 协助筹备这次雅集的女诗人是江珠,用她的话说,她充当袁枚的"使者"来邀请其他女性。她和袁枚如何结识,他们除了苏州之会外还见过几次,这些都无法确定。无论如何,江珠和其他七位女性随后所写的关于此次雅集的诗作,均没有被袁枚选入《随园女弟子诗选》中,但仍被收入袁枚编选的其他总集中。[④] 在这些诗歌中,袁枚对苏州的到访被比作"文星"下凡。[⑤]

---

① 孟留喜根据一些他未指明来源的文献,提到王文治"与这些女性闲谈并在她们的扇面上题字"。见 Louis Meng, *Poetry as Power*, 72。

② 刘咏聪指出,在乾隆五十五年和五十七年杭州雅集期间,除了那些与会的女性之外,附近地区的其他女性也曾前来拜谒并求授写诗之道。见刘咏聪:《曲园不是随园叟,莫误金钗作贽人》,第 432 页。诸事见载于《随园八十寿言》卷四,第 75 页;以及《续同人集·闺秀类》,载袁枚著,王英志主编:《袁枚全集》,第 6 册,第 224 页。

③ 墓志铭参见本书第 527 页注④。文中袁枚也提及了苏州女诗人沈散花、汪玉轸和江碧珠。尽管她们并没有留下描写此事的诗作,但推论她们三个也曾受邀与会应该是合理的。

④ 上述诗作均收入《续同人集·闺秀类》,载袁枚著,王英志主编:《袁枚全集》,第 6 册。

⑤ 参见《续同人集·闺秀类》中尤澹仙的诗作,载袁枚著,王英志主编:《袁枚全集》,第 6 册,第 236 页。

而因为他的出现，绣谷园被说成是道教“小洞天”的一个缩影。[①] 袁枚对结交的女性文人所带来的巨大影响可见一斑。

手 卷

在上述三次袁枚为女诗人们所召集的“雅集”中，很显然其中第二次亦即乾隆五十七年（1792）在杭州的那次雅集给他留下的印象最为深刻，因此他选择用一幅画将此次雅集予以再现。[②] 这幅画现隶属于一幅长卷，而长卷则包括以下内容：由袁枚的好友、著名书法家王文治所题写的卷端；由十三位正进行各种高雅之举的女弟子以及旁观者袁枚的画像构成的画作本身；[③]袁枚作于嘉庆元年（1796）的一篇题跋；另一幅只有三位女性画像的小幅画作；袁枚所作的第二篇题跋；最后则是一组友人和弟子们的题词。

在第一篇题跋中，袁枚向读者一一介绍了画中所绘的十三位女弟子，提供与之相关的重要男性亲眷的信息，并简要描述其所为。[④] 从右往左，首先看到的是孙云凤、孙云鹤姐妹漫步于西湖岸边的柳树下（图 1）。继续向左边是徐裕馨坐着听席佩兰弹琴（图 2）。手持一朵兰花的女子是汪缵祖。在她们右边手，正要往芭蕉叶上题字的是汪妽，站在她身后的年轻女子是严蕊珠。廖云锦执

---

① 参见《续同人集·闺秀类》中金兑的诗作，载袁枚著，王英志主编：《袁枚全集》，第 6 册，第 236 页。

② 据此画之后袁枚所作题跋。

③ 据本人与高居翰的私下交流（2001 年 11 月 13 日），应该是尤韶描绘人物，而汪恭描绘背景。

④ 袁枚题写于画中的两篇题跋，被陈康祺（1840—1890）抄入他光绪六年（1880）首次刊行的清代生活笔记《郎潜纪闻》中。陈氏称他的一位“客”拥有这幅画，且从过录跋语后所加的少许评论可以清楚地看出，他并不是非常尊崇袁枚。但另一方面，这幅画似乎令他确信雅集是有意义的。参见《随园女弟子湖楼请业图》，载《郎潜纪闻二笔》卷二，陈康祺：《郎潜纪闻初笔 二笔 三笔》，晋石点校，北京：中华书局 1984 年版，第 341—342 页。

图 1

图 2

笔坐在桌边，在袁枚看来，她似乎正在沉思（图 3）。桌对面是张玉珍，而坐在桌尾的则是屈宛仙。（她们都脸朝席佩兰的方向，看上去都在专心听她弹琴。）再往左是倚竹而立的蒋心宝和手执团扇的金逸。第十三位弟子鲍之蕙则正在垂钓（图 4）。此图最后部分出现的是袁枚本人，身边陪伴着侄妇戴兰英及其幼子（他们在袁枚的题跋中未被提及）。

图 3

图 4

这些女子看起来大都互有交流，且小心翼翼地避免引起观看者的注意。唯一例外的是袁枚"最欣赏的学生"①席佩兰，她直视着观众，因此成为此画的一个焦点。袁枚和他的"弟子们"是被一

① 见 Jerry D. Schmidt, "The Golden Age of Classical Women's Poetry in China", 249。

道隔断所分开的,这或许是对礼教上"男女有别"的一种让步。而这种分隔,或许也正暗示着他是以一种优势的姿态来观察这些在雅集中举止优雅的女子们。因为他和席佩兰一样,都是直视前方。或许他所凝视的,正是我们这些观画者有幸看到的十三位女弟子的活动场景。如果情况果真如此,那么我们几乎可以断定他和席佩兰是被有意识地如此描绘,以使他们看来彼此对视。

在袁枚的第一篇题跋之后,则是一幅画作描绘了三位女性画像的附加场景,显然出自另一个人之手。袁枚在其后的题跋中解释道:

> 乙卯春,余再到湖楼,重修诗会。不料徐、金二女都已仙去,为凄然者久之。幸问字者又来三人,前次画图不能羼入,乃托老友崔君为补小幅于后,皆就其家写真而得。①

只有在这篇题跋中,我们才获知这很可能是指乾隆六十年(1795)在杭州的第三次"雅集"。这件事在袁枚所有的著作,包括诗话、诗歌及其他文学作品中都完全没有被提及。在题跋中,袁枚介绍了出现在此小幅画作中的、曾出席乾隆六十年"雅集"的三位女子的身份。手执一枝桃花的是曹次卿;腰间佩戴一束兰花的是骆绮兰;红衣女子则是钱林,据袁枚的描述,她似正拟与骆绮兰交谈。

在袁枚的第二篇题跋之后,是由三十位作者,包括其友人及男女弟子们,所题写的三十一篇题词。② (其中王文治既给画作题端,又贡献了一篇题词。③)显然袁枚将此画随身携带,并不时拿出来向朋友们展示,还邀请其中一些他所欣赏的人来为它题词。每个人都题七言,内容则关于画作本身,以及袁枚的伟大或长寿。

---

① 与第一篇题跋一样,袁枚的第二篇题跋同样出现在《郎潜纪闻》和《清朝野史大观》(1915 年首次出版)中。参见小横香室主人编:《清朝野史大观》卷九,上海:上海文艺出版社 1990 年版,第 150—153 页。除了这篇题跋,袁枚及其女弟子的任何作品中都没有再提及乾隆六十年(1795)在杭州的这一次雅集。

② 这一点在《清朝野史大观》所录关于手卷的描绘中业已提及。见小横香室主人编:《清朝野史大观》卷九,第 151 页。

③ 王文治的题词为第九篇,参见附录。

纵观整幅手卷，不难发现绘画只是其中很小的一部分，而大部分的空间都留给了手书文本。在这种文本占据压倒性优势的情况下，与其将此手卷看作是一幅附带诗文描述的画作，倒不如将之视为中国悠久的写本传统的一种体现。由于早已推行印刷术，我们有时会忽视中国写本文化的重要性，以及其在知识的创造、构建和传播中的作用。[①] 从写本文化的角度，我们可以对袁枚的手卷作一些初步思考，比如将这些题词看作是一部以袁枚及其女弟子为主题的小诗集。从这个角度看，图像能够帮助我们解读诗歌，就如同诗歌阐释图像一样。这里可能还有一些问题，例如根据题词判断手卷主题的连贯性、题词的次序、有些题词明显是写于别纸然后粘贴上去的现象、偶尔会出现两次的题写者，以及作者使用各种书法风格可能存在的意义。我的这些问题都是基于这幅手卷的形式及其内容之间的关系而提出，但仍有待研究。[②]

研究这个手卷还面临一个大问题：至少有三个版本在20世纪或者更早的时候流传于世。一位生活于19世纪的随园研究专家称，在经受了19世纪50年代太平军的掠夺和破坏后，随园藏品中有两幅摹本得以幸存。[③] 另一则19世纪的文献则认为是“一幅原

---

① 对于写本文化在文学传播和接受中的作用，田晓菲已给予极大的认可，见 Xiaofei Tian, *The Record of a Dusty Table: Tao Yuanming & Manuscript Culture* (Seattle: University of Washington Press, 2005)。（中译本见[美]田晓菲：《尘几录——陶渊明与手抄本文化研究》，北京：中华书局2007年版。——译者）而约翰·卡本特（John T. Carpenter）则从写本文化的角度来研究日本书法，参见 John T. Carpenter, “By Brush or Block Printing: Transmitting Cultural Heritage in Pre-modern Japan”, *Orientations* 38, no. 8 (2007): 57-66。

② 我计划出版一部关于手卷上所有题跋的详细解读。题跋作者名单请参见附表，其次序则据上海博物馆所藏手卷。

③ 蒋敦复《随园轶事》称袁枚的大多数画作都在咸丰三年（1853）太平军占领随园后被毁，“惟《十三女弟子湖楼请业图》两卷，一为米脂高篙渔观察长绅所得，一为安徽中丞吴竹庄先生坤修购于乱后，皆价费千金也”。载袁枚著，王英志主编：《袁枚全集》，第8册，第92页。在《清朝野史大观》卷九“清朝艺苑”中，也提到了一份与原件在每个细节上都几乎完全一致的“摹本”。

图和一幅摹本”。[①] 而除了上海博物馆收藏的手卷之外，1929 年在上海,曾以照相影印的方式出版过一幅几乎一模一样的手卷复制品。[②] 此外还有第三幅,与上述两幅极其相似,曾于 1994 年纽约佳士得拍卖会上被出售。[③] 这三个版本是如何产生的,其中一幅就创作时间而言是否会早于其他两幅,这些问题都有待回答。可以说,我所目验过的第一手材料只有上海博物馆的手卷,而另外两幅则只见过复制品。但是有不只一幅的临摹作品流传于世,这一点并不奇怪。在中国艺术史上,临摹是被广泛接受的。而在写本文化中,从内容到形式的逼真临摹对知识完整而准确的传播至关重要。或许正是袁枚本人委托画家,为这幅对他来说显然意义重大的作品临摹了一些副本。

除了存在多个摹本外,《随园十三女弟子湖楼请业图》本身也是一个谜。首先,很显然其配插的各种场景构成的是袁枚心中一个理想化的“诗歌雅集”,而非对其中任何一个的真实的、历史性的准确描述。[④] 如果像袁枚在题跋中所说那样,他打算把这幅画

---

① 《清朝野史大观》抄录了陈康祺的文字,但其中对袁枚的评论则被删去。这段文字的编辑者似乎曾经接触过这幅手卷的摹本。无论如何,他们补充了一些陈康祺不曾提到过的印章和题词。他们还引用了三首为庆祝而作的诗歌,其中提到此画曾被临摹。

② 该书在神州国光社以《十三女弟子湖楼请业图》为题出版。这部复制品中有三篇题词,未见于上海博物馆所藏手卷。其中第三篇云此画系由郁熙灏(1840—1890)于咸丰五年(1855)购自云间寓斋。罗以民在《子才子——袁枚传》(杭州:浙江人民出版社 2007 年版,第 11—29 页)中质疑这部出版于 1929 年的复制品的真实性。然而我发现他的不少论据都似是而非,且他提出的一些观点同样适用于上海博物馆所藏手卷。

③ 我很感谢高居翰与我分享 1994 年拍卖会上那幅手卷的彩色幻灯片。从幻灯片上仍可以清楚地看出,拍卖会上出售的手卷与上海博物馆的藏品并不一样,且这两幅手卷又都与 1929 年在上海出版的那件不同。

④ 我们几乎可以肯定,所有关于“雅集”的画作可能都出于虚构而非现实。王英志同样认为乾隆三十年(1765)由吴省曾所画的《随园雅集图》,也是一种脱离于现实的虚构。见王英志:《袁枚评传》,第 202 页。

作为乾隆五十七年(1792)集会的重现,那么值得注意的是,他没有让他的画家以任何方式记录当天在场的另外两名男子——明保和王文治。尤其是明保,曾以其华丽的画舫给人留下深刻的印象;而袁枚毕竟还邀请王文治给画作题端,并奉呈了一篇题词。

同样令人困惑的是,画中的徐裕馨和金逸并没有参与乾隆五十五年(1790)和五十七年(1792)在杭州的雅集。她们是苏州人,且在袁枚召集苏州雅集之前可能都未曾谋面。同样,席佩兰于乾隆五十三年(1788)与袁枚首度会面,且终其一生只见过三四次,所以可能从未出席过任何一个“诗歌雅集”。对这些脱离现实的安排的一种解释是,这可能与袁枚对金逸、徐裕馨以及席佩兰的偏爱有关。从上文所引的墓志铭中,可以清楚地看出他对金逸的逝世深感哀恸,并视徐裕馨为其“最具才华”的弟子之一。我们通过袁枚的其他作品也可以发现,他十分珍视金逸和席佩兰的画像。他曾提及他收藏并题跋金逸和席佩兰的“小像”。① 这表明袁枚想要他的画家们描绘的,是一份他最青睐的女弟子的虚构群像,而不是一次真实存在过的雅集。

同样令人困惑的是,袁枚坚称画作描绘了“十三女弟子”,然而似乎只有七位女性追随者参加了乾隆五十七年的雅集,至于乾隆五十五年雅集的确切与会人数尚不得而知。对袁枚而言,“十三”这个数字明显具有特殊的意义,毕竟这两次雅集都是选择四月的第十三天。我们或许应该将很多字面上提到的“十三位女性”理解成更少一些人数。

这幅画的复杂性似乎是理解席佩兰为手卷所题七言诗的基础。在这首诗中,她玩味了她不在场却被描绘入画的原因,还在一定程度上阐释了“十三”这一数字的含义,并且思考了袁枚向女性

① 参见《随园诗话补遗》关于席佩兰的条目,卷八,第11条,第740—741页;关于金逸的条目,卷八,第20条,第745页。俱载袁枚著,王英志主编:《袁枚全集》,第3册。

“传经”的长远影响:

宝石山庄靠镜湖,人闲清绝一方壶。
十年枉作西泠梦,早已全身入画图。
先生端坐彩毫挥,争捧遥笺问绛帏。
中有弹琴人似我,数来刚好十三徽。
选刻新诗昉玉台,卷中人各手亲裁。
白家老妪康成婢,未许窥觇入坐来。
老寿翁须过百龄,果然位业是真灵。
愿同伏胜传经例,一个门生授一经。
后来居上亦何嫌,廿六人终取格严。
恰比十三行玉版,谁家副本又新添?①

席佩兰或许是袁枚所有女弟子中最著名的一个,且她的诗无疑是袁枚最为认可的。因此她的画像成为此画的重要焦点之一,很可能并非巧合。袁枚为席佩兰诗集所撰序言正表达了他对其诗歌的高度赞许:

字字出于性灵,不拾古人牙慧,而能天机清妙,音节琮琤。似此诗才,不独闺中罕有其俪也。其佳处总在先有作意,而后有诗。今之号称诗家者愧矣。②

我的翻译并不能很好地体现袁枚所点出的席佩兰诗歌的特质。即便用现代汉语来吟诵这首诗,其“铿锵有力”也是显而易见的。不过,我还是要为这首诗作一些阐释。席佩兰带我们走进一个天堂般的画面,她告诉我们,她和其他女性正在进行一场诗歌竞赛,以赢得袁枚的青睐从而入选一部“新选集”。而“十三”之数与当时情形相应之处,席佩兰在诗中解释道:在她自己抚弄古琴的想

---

① 这首诗除了出现在这幅画的题词中,还见于《清朝野史大观》对这幅画历史的叙述中。(“西冷梦”,原文作“西冷梦”,据《清代闺阁诗集萃编》本校改。——译者)

② 据席佩兰《长真阁集》卷首袁枚题词过录。——译者

象中回荡着“十三徽”之音律；大师向学生们传授“十三经”；以及著名书法家王献之(344—386)所写墨迹“玉版十三行”。(我们还可以为席佩兰所列增加一种解释，即在上海博物馆所藏手卷中，她和其他受到袁枚青睐的女性的诗作，恰好被分写在十三张彩笺上，粘贴于手卷之上。)

席佩兰将她及其他女弟子与唐代诗人白居易(772—846)家中的老妪、汉代硕儒郑玄(127—200)家中的侍婢相比较：尽管老妪能解、家婢知诗，但她们仍不被允许接受经学教育。① 席佩兰赞美袁枚，认为他在画作中的形象可被视为一位“真灵”，即道教中的崇高神灵；②并希望他成为当代的伏生，将经典传递给他的女弟子们。席佩兰又自问：即使有后来者加入她们，并得到了老师的更多青睐，那又有什么关系呢？因为通过这种方式，袁枚所提供的模式将以十三的倍数在越来越多的女性中传播扩展。这是正确的，也显示了学习的作用：它会成倍增长。因此，现存所有由学习者们模仿王献之“十三行”这一书法典范的临本，数量早已超出了十三行。

就像席佩兰对此画富有启发性的解读一样，我们也尝试想象它可能对袁枚产生的意义和影响，并作一个最后的总结。在紧跟画作的第一篇题跋中，袁枚称其提供女弟子们的名号、家世是为了与陶弘景(456—536)《真灵位业图》相提并论。在这个袁枚所提及的古老道教神谱中，陶弘景将道教所有分支所供奉的神灵按照

---

① 根据一个不晚于 11 世纪的流行故事，唐代著名诗人白居易将所作每首新诗诵与家中老妪。若老妪能解，则记之；若老妪不能解，则会重新修改以使其更容易理解。参见 Arthur Waley, *The Life and Times of Po Chü-i* (London: Allen and Unwin, 1949), 161。关于郑玄的婢女，可能是指《世说新语》中的一则轶事。尽管他的婢女们能够识字并且凭记忆引用《诗经》，但他仍然对她们非常严苛。参见 Richard B. Mather, transl., *Shih-shuo Hsin-yü: A New Account of Tales of the World* (Ann Arbor: University of Michigan Press, 2002), 99。

② 袁枚在画中的形象，可能会让人联想到道教中的神像：他笔直而坐，身边有两人相伴，是他的侄妇和她的儿子。

等级排列,并将他从属的上清派所崇拜的神灵列于高位。[1] 通过比较画作和道教神谱,袁枚将所绘女性视为"真灵",可能正是席佩兰在她的诗中称他是一位"真灵"的原因。

手卷上的女性虽有数人已凄然早逝,但这手卷却把这些袁枚最欣赏和喜爱的女性置于神仙之列,使之永存不朽。因此,袁枚非常珍视这幅手卷,把它随身携带,坚持让人题诗赞颂。这十三位才华横溢的美人,看着永远年轻,被安排在天堂般的杭州西湖边,在一场"雅集"中行各种雅事,是袁枚自己心中的上清之神。而在袁枚看来,其他观赏者的欣赏和题词,以及其中一些画中女子的题诗,会成倍地强化手卷的重要意义。即使画作可能并不能像道教神谱那样,有效地抵御日益困扰他的疾病,或者进一步延长他已经相当长的寿命,但我们仍然不难理解,袁枚想要复制此画及题词,是为了其意义和力量可以得到更加广泛和久远的传播。

附录 《随园十三女弟子湖楼请业图》手卷题词者名单[2]

1.熊枚
2.曾燠(1759—1830)
3.王昶(1724—1806)

---

① 关于这部作品,参见 Kristofer Schipper and Franciscus Verellen, eds., *The Taoist Canon: A Historical Companion to the Daozang* (Chicago: University of Chicago Press, 2004), vol. 1, 109-111。

② 上海博物馆所藏手卷上有三十位作者所写的三十一篇题词(吴琼仙写了两篇)。另外还有一篇沈文渊所写的题词,未见于此卷,但是收录在1929年由上海神州国光社出版的复制品中。此外,在上海博物馆所藏手卷中,席佩兰的题词被单独写在一张笺纸上并贴于卷中,其中缺失的最后四联和署名也在1929年上海出版的手卷复制品中出现。最后四联必然和席佩兰的署名一起写在第二张笺纸上,然而如今却在上海博物馆所藏手卷中缺失了。题词不太可能在一开始就不完整且没有署名,因此很可能这第二张纸是在重装卷轴的时候丢失了。类似的情况,也可能是沈文渊题词缺失的原因。

4.胡森
5.俞国鉴
6.吴蔚光(1734—1803)
7.庆霖
8.张云璈(1747—1829)
9.王文治(1730—1802)
10.刘熙
11.王鸣盛(1722—1797)
12.康恺
13.李延敬(卒于1806年)
14.董洵
15.梁同书(1723—1815)
16.郭堃
17.成策
18.鳌匽
19.安盛额
20.归懋仪
21.吴琼仙(1768—1803)
22.(袁枚的)侄女淑芳
23.席佩兰(部分缺失,故未见署名)
24.(袁枚的侄媳)戴兰英
25.严蕊珠
26.(袁枚的)侄媳王蕙芳
27.吴琼仙(参见名单第21位,存题跋两篇)
28.徐燨(约1770—1800年在世)
29.陈延庆(1754—1818)
30.张溥
31.钱大昕(1728—1804)

郑幸 译

诵陀罗尼时梦丁香：龚自珍《己亥杂诗》中的佛教与北京*

[美]斯定文(Stephen J. Roddy)

龚自珍《己亥杂诗》组诗共315首七言绝句，作于清道光己亥年(1839)间；其于晚清时便已获得无数推崇与拥趸，给予再多美誉也不为过。正如他自己在组诗第178首后的自注中所言，组诗中的单篇在全部完成前，就已经在自己的朋友与亲戚圈中流传开来。与龚自珍的其他名作一样，《己亥杂诗》带给时人猛烈的冲击，如同梁启超所言，"若受电然"①。仅凭这组杂诗(体量约为龚自珍存世别集存诗的一半)，就足以奠定他在清代诗坛最瞩目的地位。② 就在组诗完成后次年，龚自珍暴死，他在《己亥杂诗》第5首中"落红不是无情物，化作春泥更护花"一联一语成谶，堪为其非正式的墓志铭。

尽管一生佳作无数，但《己亥杂诗》无疑是龚自珍最为人传诵的诗作。在清末南社的一次诗歌雅集中，1440句的集古有76%都

---

* 英文原文见"Chanting Dharanis While Dreaming of Lilacs: Beijing and Buddhism in Gong Zizhen's Poems of 1839", *Journal of Chinese Literature and Culture*, vol. 3, no. 1 (2016): 26-56。

① 此处作者引用似有误，英文原文作"ruo chudianran"自注"若触电然"，并注出自"蓬莱阁丛书"本《清代学术概论》第221页。然该书仅百余页，今查梁启超此言出自该书第二十二节"清代今文学与龚魏"，第75页。——译者

② 王镇远：《剑气箫心：细说龚自珍诗》，香港：中华书局1990年版。

来自《己亥杂诗》,[①]余下的集句也明显受到龚自珍杂诗的影响。《己亥杂诗》中的不少篇目直接承袭自己早年的作品,比如作于道光三年(1823)的绝句《漫感》,作于道光六年(1826)的律诗《秋心》,作于道光七年(1827)的古体《自春徂秋……》,甚至还有作于嘉庆十七年(1812)的词《湘月》。嘉庆十五年(1810)至道光五年(1825)间,曾于多篇诗歌中反复使用的"剑"和"箫"意象,在《己亥杂诗》第 96 首中得到重新演绎,精妙凄婉。[②] 黄秀魂(Shirleen Wong)指出,《己亥杂诗》中安娴内敛的语言,使得后代评论家将其视为龚自珍诗歌创作的巅峰之作。《己亥杂诗》中的多首诗歌在知识深度与抒情传统上,超过了龚自珍其他的作品。[③]

《己亥杂诗》不仅在风格上呈现出精致、内敛的一面,同时较之龚自珍早年的诗作也有较大的转变,并直接反映了他晚年的生活样貌。由于龚自珍明确系于道光六年(1826)至十八年(1838)间的诗作存世不多,《己亥杂诗》中的绝句体诗歌已是其晚年生活

---

① Shirleen Wong, *Kung Tzu-chen* (Boston: Twayne Publishers, 1975), 98.郭长海的《谈龚自珍对南社的影响》(《长春师范学院学报》1995 年第 1 期,第 33 页)一文中提到很多首与灵箫有关的诗。

② Shirleen Wong, *Kung Tzu-chen*, 92; 蔡宗齐(Zong-qi Cai)讨论了龚自珍的"情"在他文学批评上的重要表现,见 Zong-qi Cai, "The Rethinking of Emotion: The Transformation of Traditional Literary Criticism in the Late Qing Era", *Monumenta Serica* 45 (1997), 67-76。龚自珍经常在险僻的诗与词中表达自己的个性与情感,通过观察想象晚清时局,他写出了很多才华横溢、饱含深情的作品。咸丰十年(1860)至1915 年间刊行的龚自珍作品集或选集至少有二十多个版本,可参见樊克政:《龚自珍年谱考略》,北京:商务印书馆 2004 年版,第 648—661 页;黄霖:《近代文学批评史》,上海:上海古籍出版社 1993 年版,第 22—36 页;关爱和:《但开风气不为师——龚自珍的诗文与嘉道文学精神》,《文学评论》2011 年第 5 期,第 5—21 页。

③ Shirleen Wong, *Kung Tzu-chen*, 91.且不论其持久影响,刘逸生、周锡韫所注《龚自珍编年诗注》(杭州:浙江古籍出版社 1995 年版,第 10 页)引清代大诗评家李慈铭(1830—1894)论龚自珍的三首名作《能令公少年行》《汉朝儒生行》《西郊落花歌》都不出自《己亥杂诗》。甚至,李慈铭还认为龚自珍的词作成就超过诗作,参见杨伯岭:《龚自珍词笺说》,合肥:黄山书社 2010 年版,第 28 页。

最为翔实的记录。[1] 在组诗中，“北京城”成为一个重要的主题，这在龚自珍之前作品中似乎不甚常见。龚自珍的确在青少年时于京城少住过一阵，但直到道光六年（1826）他才在京师立足并过上逍遥的日子，之后几乎鲜有离开。即便龚自珍道光九年（1829）进士及第，他也只愿在京师做些部院的闲职，而不愿被外放，就像他在《己亥杂诗》第53首中所表达的，浸淫于北京的繁华场域之中彻底束缚了他。

不仅如此，《己亥杂诗》还证明，龚自珍在彼时已信仰了佛教，其转变在己亥年（1839）前的诗中就有隐约的表现。比如他在戊戌年（1838）所作的《题梵册》中写道：

> 儒但九流一，魁儒安足为？
> 西方大圣书，亦扫亦包之。
> 即以文章论，亦是九流师。
> 释迦谥文佛，渊哉劳我思。[2]

此诗不仅因其中强烈的佛教书写而引人注目，同时也展现出龚自珍对儒家及“九流”学说的调侃，表示那不过都是佛教“西方大圣书”中所提过的片语而已。甚至国人一直以来颇为自得的悠久传统文化，在“释迦文佛”面前似乎也黯然失色。除这些诗歌之外，龚自珍在道光七年（1827）之后的佛教修行中表示过，他会通过写诗来追求禅悦，可见其个人信仰生活的转变。道光十八年（1838）至十九年（1839），龚自珍《己亥杂诗》的诗歌创作开始展示出其对佛教全新而强烈的崇拜。尽管龚自珍早年诗歌中已经有不少专门描写佛教的部分，但《己亥杂诗》中描写的佛教文本、仪轨以及灵修的力量，真正满足了他的佛教信仰需求。

《己亥杂诗》中包含了龚自珍早年诗歌中罕见的关于佛教修

---

① 龚自珍可能曾毁其少作，所以他所作诗当数倍于今存的615首，见阎海清：《化作春泥更护花：龚自珍全传》，长春：长春出版社1996年版，第200—206页。

② 龚自珍：《龚自珍全集》，王佩净校，上海：上海古籍出版社1999年版，第506页。

行、文本造像方面的典故,[①]比如组诗第 22 首便能清晰地看出其中的转变,这首诗看起来不似绝句写法,反而更像一首佛偈,龚自珍的密友魏源(1794—1857)便谓之"违体"。龚自珍在自注中记录道:"予持陀罗尼已满四十九万卷,乃新定课程,日诵普贤、普门、普眼之文。"持咒是密教修行的核心。[②] 自道光十年(1830)起,龚自珍用持咒取代了禅修,开始投向天台、密教与《妙法莲华经》的修行之中。尽管在《己亥杂诗》中龚自珍时常会对禅宗"明心见性"的修行之道表示出相当的尊重,不过其对天台教法与文本的偏爱,可以从组诗及其道光十年前后的文章之中找到佐证。个中缘由多半与印度佛教传统有关。尽管今天的中国佛教学者认为,天台宗与禅宗的相似更多地在于同出自中国本土的改造,且与印度先贤所传教相已有所区别,但龚自珍依然认为,天台宗比其他宗派保留了更多的印度早期佛教的元素。

作为中国佛教教派中最重视持咒等密教修行法门的宗派,天台宗与印度流行的密宗金刚乘甚至还有很多相似之处。较之于汉传佛教中的禅宗、华严宗,清廷满蒙贵族也确实更加崇奉藏传佛教及其寺院与僧侣。尽管龚自珍并没有直接讨论天台与密宗修行的异同,但他在这一时期的作品中已经观察到这两者之间的相通相融之处。事实上,出于对密教的好感,龚自珍多次表现出对藏传佛教的亲近。而在《己亥杂诗》中,龚自珍也曾表露过自己亲近天台宗的原因,因为台教周遍圆融。同时他在道光十八年(1838)的诗

① 龚自珍早年一些诗歌中便涉及这些佛教概念,如"观心""又忏心",参见刘逸生、周锡䪖注:《龚自珍编年诗注》,第 39—41 页。

② 孙文光、王世芸编:《龚自珍研究资料集》,合肥:黄山书社 1984 年版,第 31 页。这首诗非常不合韵律,还有二十首也通押仄声韵。卞波关注到龚自珍不合韵的做法可能受到舒位、彭兆荪的影响,他在组诗第 114 首中还提到过。(原文误作"组诗第 119 首"。下文组诗序号错误径改,不一一列出。——译者)见卞波:《试论龚自珍〈己亥杂诗〉的思想内容及艺术成就》,《黑龙江教育学院学报》2013 年第 1 期,第 118—120 页。

中也提到,天台教观具有广泛的东亚影响。如同后人所说称佛陀为西方至圣,《己亥杂诗》把天台宗描述成跨文化、多元结合的"娑婆世界",天台法界内的信仰不单独归属于任何文化、语言或国界。同时,龚自珍对密教的兴趣,延伸至其在跨越族群、边界的宗教应验方面。龚自珍在多篇研究蒙古史地的文章中都指出过,金刚乘密教寺院与僧侣对稳定大清帝国西北边疆贡献卓著。①

天台宗的名称来源于浙江东部的天台山,由天台四祖智颤大师创建。清代时天台宗在京师广有传播,在那里龚自珍能轻易接触到天台教义。清代京师的藏传佛教风气同样弥漫,龚自珍的信仰生活也易受其左右。在之后的章节中,笔者将讨论两类龚自珍的诗作,一类表现崇奉天台教法,另一类表现对北京的怀念,当然这两类诗歌也有不少是重合的。这些重合部分还展示出龚自珍编年组诗中所杂糅的政治、情欲、学术等各个方面。迄今为止,鲜有学者关注到龚自珍《己亥杂诗》中的密教信仰,以及诗中唤起的北京文化与情思。尽管已有研究涉及龚自珍诗歌的宗教性,不过对整个组诗的考察做得仍然不够。② 综上所述,笔者将着力讨论龚自珍的佛教书写及其关于北京风物的作品,是如何影响《己亥杂诗》多元的结构与主题的。

离开京师

道光十九年四月二十三日至十二月二十六日(1839 年 6 月 4

① 《为龙泉寺募造藏经楼启》,载《龚自珍全集》,第 389—390 页;《与人笺》,载《龚自珍全集》,第 341—342。另有讨论清廷藏传佛教信仰及在蒙古贵族政治、文化生活中的影响,可参见 Johan Elverskog, *Our Great Qing: The Mongols, Buddhism, and the State in Late Imperial China* (Honolulu: University of Hawai'i Press, 2006)。

② 可见陈必欢:《龚自珍的文学思想与佛学》,《安康学院学报》2007 年第 5 期,第 61—63 页;罗丽娅:《从〈己亥杂诗〉看龚自珍的佛学思想》,《钦州师范高等专科学校学报》2002 年第 4 期,第 26—28 页。

日至 1840 年 1 月 30 日),龚自珍离开北京回到江南昆山家中,这段旅途中每日的所思所忆都被他以诗歌的方式记录在《己亥杂诗》之中。诗中保留了不少当时经历的细节,比如组诗第 297 首诗注中写道:“北行覆车者四,车陷淖中者二,皆赖途人以免。”他还对途经的寺观、史迹、青楼、驿站,作出了生动感性的描述。组诗成为诗人广泛兴趣的一种汇编,其中也频繁提到他的友朋、亲眷、师长、同寅。龚自珍在给自己的“三试”同年兼好友吴葆晋(字虹生,卒于 1860 年)的信中写道:“弟去年出都日,忽破诗戒,每作诗一首,以逆旅鸡毛笔书于帐簿纸,投一破簏中;往返九千里,至腊月二十六日抵海西别墅,发簏数之,得纸团三百十五枚,盖作诗三百十五首也。”[①]这组诗的写作为他的人生展开了新的篇章,并不仅仅是因为这需要他打破过去十年乃至更长时间里自己断断续续遵守的“戒诗”的誓言。很明显,组诗在道光二十年(1840)秋天经过不断地修订调整,增加了至少一首新诗(组诗第 277 首)后,被刊印为单行本。

随着龚自珍一路南行,他在组诗中开始回忆自己经历的过往,作为学者、诗人、官员以及更为私密的身份:父亲、儿子、丈夫与情人。组诗同时完整地记录了这段逍遥的旅程,后人可以清晰地在相对匀速的时空中为这段旅程划分区间,从一开始在西湖哭一位情人(组诗第 182—197 首),到与几位歌姬周旋于袁浦(淮安,组诗第 95—98 首及第 245—271 首),又到了扬州(组诗第 99—112 首及第 240—243 首),再与京中好友分别(组诗第 26—43 首),最后返回昆山监督山庄的维修(组诗第 198—228 首),后游曲阜孔庙和周边区域(组诗第 281—294 首)。在余下的内容里,龚自珍还抽空写了几首诗,回忆自己早年求学的经历(组诗第 54—82 首)及其他人生中重要的岁月,其中也少不了那段乏善可陈的供

---

① 从龚自珍致吴葆晋的信中来看,他的决定下得很自然。参见《龚自珍全集》,第 353 页。

职内阁中书的生涯。

诗中记录的南北旅途少不了他亲历的运河及长江两岸的风景,尤其一些去过多次的景点都出现在组诗之中。将近一半的诗歌(组诗第99—243首及第312—315首)内容都是江南风物,且其中大部分都作于他在杭州与昆山两地的住处之间。京畿作为旅程的起点,占据了组诗前53首的大部分,显得非常重要。他对北京自然与人文的依恋,随着时间慢慢冲淡在家乡熟悉的味道之中。直到下半年,龚自珍再次北返,名义上来接回家眷,实际上对北京的陌生与焦虑又变得真切了。毕竟这里曾是他政治生涯的中心,也是他学术生涯成长的地方。[①] 很显然,北京这座城市的意象成为作者不安的来源。尽管龚自珍自述被逐的原因可能流于简单,[②]我们依然可以透过《己亥杂诗》及其相关作品来推测其中的隐情。[③]

龚自珍对北京的情感在组诗第53首中得到了淋漓尽致的体现,这之后的近30首诗与之一起反映了他在京中的交游与仕途。诗中他谈到自己始终位居下僚的原因是自己对宫廷存在幻想("半生中外小回翔,樗丑翻成恋太阳"),仿佛崇拜路易十四这位"太阳王"那样。[④] 同时,龚自珍不仅身上有汉文化的属性印记,还对满蒙等少数民族文化保有相当的敬意和友善,这在他写给朋友、同寅的诗中多次表达过。这些经历也对龚自珍自己常年在北京的生活产生了一定的影响。尽管我们不是很清楚他用何种语言与满

---

① 龚自珍青少年时就生长这里,道光二年(1822)至十九年(1839)间大部分时候亦在北京。

② 由于龚自珍的叔父龚守正(1776—1851)曾任礼部尚书,导致龚自珍必须从礼部去职,或者在其他地方被任命。

③ 参见麦若鹏:《龚自珍传论》,合肥:安徽大学出版社2005年版,第95页;阎海清:《化作春泥更护花:龚自珍全传》,第290—297页;陈祖武:《衰世风雷:龚自珍与魏源》,台北:万卷楼图书有限公司2000年版,第97—120页。

④ 即便是道光九年(1829)取得进士之后,龚自珍的官阶始终没有超过正六品。

蒙人士开展交流,不过许多证据都表明他们之间交流非常紧密,比如他在道光初年供职于理藩院的时候,就没少与满蒙人士打交道。①

在京师多民族交流的氛围下,龚自珍19世纪30年代的文章中频频呈现出多元文化的色彩。他在作于道光十七年(1837)的《论京北可居状》一文中,对畿辅北隅番人的聚集地表现出极大的好感;又在作于道光十六年(1836)的《说居庸关》一文中,沉醉于汉蒙之间往来城郊的互动。他在许多诗文中将这种民族和睦的景象归结为时代昌隆的产物,就像他自己说的:"生我圣清中外一家之世,岂不傲古人哉!"②他的诗中提到与许多文人、同僚、名流交谊皆不浅,他们来自全国各地,其中不少来自边疆地区。③龚自珍的一些文字中也隐含了对大一统的赞美;只有在大一统的状况下,人们才可以消除种族、语言与文化的壁垒。④

同时,龚自珍也一直关注清政府与整个帝国正在面临的危机。他的离职反而是一次解放,他说自己在回南的路上得以重新开始批判政府刚愎自用、不思进取,这些在他早年的作品,如作于嘉庆十八年(1813)至十九年(1814)的《明良论》中已经提及。在组诗中,他极力揭露时事之弊;一些诗中表达了他对北京发生的一切的

① 陈铭:《剑气箫心:龚自珍传》,杭州:浙江人民出版社2005年版,第135页。(龚自珍仅协助历史地理学家程同文、徐松修撰《会典》的《理藩院》一门,似未供职于那里。——译者)

② 这种状况下的骄傲与认可在当时龚自珍同僚中广泛存在,可参见陈其泰:《对清代多民族统一局面的及时总结》,《西南大学学报(人文社会科学版)》2006年第4期,第36—40页。何罗娜(Laura Hostetler)指出,乾隆朝早期的地理著作《皇清职贡图》可以证明,当时清廷追求的是一种多元的政治共同体,见Laura Hostetler, *Qing Colonial Enterprise: Ethnography and Cartography in Early Modern China* (Chicago: University of Chicago Press, 2001), 49。

③ 龚自珍道光十八年(1838)所作的《京师悦生堂刻石》一文以为,悦生堂的设置可见"我圣清之休养民,同符乎三代"。载《龚自珍全集》,第341页。

④ 《五经大义终始答问七》,载《龚自珍全集》,第48页。

不满与担忧,另一些则是到了南方之后的所闻所见。在诗中龚自珍曾隐晦地表现过苛捐杂税、劳动剥削、松弛的防洪措施、鸦片泛滥以及赤贫,其中大部分都没有被地方行政机构关注到,甚至有些就是施政无道所导致的。离开都城的龚自珍显然更加开阔了自己的眼界,看到了在都市中常常被蒙蔽的景象。

龚自珍对北京最后依依惜别的深情,表现在了组诗第26—43首之中。在诗中,他一一送别了他的京中的好友与同寅。组诗第26首记录了送别的仪式,一切在泪水中开始,他的挚友吴葆晋等候在城外数里的桥边。("出都日,距国门已七里,吴虹生同年立桥上候予过,设茶,洒泪而别。")组诗中还有两首早些的作品也有相似的伤情,第8首和第9首的主题也是别离,但这两首中别离的对象不是人,而是两座山。较为著名的一首《别西山》,最后一句为"此山不语看中原";另一首为《别翠微山》,翠微山也叫平坡山,离西山很近(龚自珍所记与地图上一致,显示翠微在西山之南)。对龚自珍来说,翠微山唤起了两则令他难忘的典故。《别翠微山》云:

翠微山在潭柘侧,此山有情惨难别。
薜荔风号义士魂,燕支土蚀佳人骨。

"义士"指的是"土木之变"对瓦剌一战中阵亡的明军将士,"佳人骨"可能是指金山附近所葬的皇室内宫女子。尽管"燕支"原义指的是本地发现的一种红色颜料,但后来拥有非常多的含义,比如胭脂(多为花朵制成)、美女、北方,或者今甘肃境内的山名。这两句诗无疑营造了一种葬礼式的气氛,既有悲壮的忠心,也有短暂的瑰丽,还提醒着两千年后今天的人们,或许这里依然可以看到过往硝烟留下的斑斑血印,抑或仅是轻微的胭脂色痕迹,透过这些人们甚至听到昔日的动荡回响。上文所引《说居庸关》中写道:"自入南口,四山之陂陀之隙有护边墙数十处,问之民,皆言是明时修。微税吏言,吾固知有间道,出没于此护边墙之间。承平之世,漏税而已。设生昔之世,与凡守关以为险之世,有不大骇北兵自天而降者哉!”边关已颓,中原也不需要它来抵御蛮夷。[①] 龚自珍用“燕支”这个典故代指北京,也是隐含了自己即将去国还乡的不安,同时也为组诗之后的爱情、英雄的题材开了先声。

“翠微山”对于龚自珍的意义,可以在其《说京师翠微山》一文中找到。此文讨论的是京城附近的地理风貌。文章开篇即是神秘的景象:“翠微山者,有籍于朝,有闻于朝,忽然慕小,感慨慕高,隐者之所居也。”[②]有闻于朝的翠微山有时也是隐士们避世逃遁的世外桃源。在罗列了翠微山各种景致之后,龚自珍提到这里有一股山泉,“山之盩有泉,曰龙泉”,以及因泉而名的龙泉寺,“泉之上,为僧庐焉,名之曰龙泉寺”。龙泉寺中有一部《大藏经》,“寺有藏经一分,礼经以礼文佛,不则野矣”,这对禅悦士大夫来说无疑是不小的吸引。龚自珍与龙泉的因缘不仅在于寺院,还在于寺院边上的四棵松树:“余极不忘龙泉也。不忘龙泉,尤不忘松。”这让他想起了苏州邓尉山上的四棵松树:“昔者余游苏州之邓尉山,有四松焉,形偃神飞,白昼若雷雨,四松之蔽可千亩。”从邓尉东望苏州,方向正犹如翠微遥望北京。龚自珍接着说:“邓尉之松放,翠微之松肃;邓尉之松古之逸,翠微之松古之直;邓尉之松,殆不知天地为何物;翠微之松,天地间不可无是松者也。”[③]

“邓尉山”之名出自汉代的隐士邓尉,龚自珍由此建立起翠微山与邓尉山间的联系,邓尉之松“殆不知天地为何物”,而翠微之松则是“天地间不可无”的。[④] 翠微的松树与邓尉松不同,其更具

---

① 嘉庆十八年(1813)天理教围攻紫禁城失败。它的支持者是来自直隶的汉族农民。

② 《龚自珍全集》,第 133 页。

③ 同上。

④ 据全集整理者王佩诤研究,龚自珍在此所记有误,邓尉山上是柏树不是松树,他可能将其与南京北部四松庵里的松树混淆了。吴昌绶《龚定庵年谱》显示,道光二十年(1840)秋,龚自珍在南京居住许久。参见《龚自珍全集》,第 636 页。

"直"的特质,大概其地近京师,显得更加恭敬与整齐划一。尽管组诗第9首并没有提到翠微山松树,仅仅是望山而咏,只有薜荔(据说附近潭柘寺中犹胜)伴着风号,似乎暗示着前朝中原与夷狄之间的关系。龚自珍在这里似乎是要唤醒人们所熟知的"天地"观念。[①] 就像笔者下文将要讨论的,翠微山及其被龚自珍所赋予的众多隐喻,成为龚自珍己亥游历的始发之地。

遥远的山

龚自珍《己亥杂诗》中所出现的史地典故,一定程度上反映了他一路上的所闻所想。组诗第55首注云:"程大理同文修《会典》,其理藩院一门及青海、西藏各图,属予校理,是为天地东西南北之学之始。"此为龚自珍地理学术生涯之起点。组诗第40首中,他赞颂了一位同时代的地理学者许瀚(1797—1866),并希望许瀚能为自己编纂文集,"烦君他日定吾文"。组诗第132首中,他记录自己拜访一位知名的学者李兆洛(1769—1841)。他曾对徐松西北史地之学赞不绝口(组诗第42首),也对自己所作奏议颇为自得,准备"合刊之"(组诗第76首)。对龚自珍而言,史地之学不仅是他写诗的素材,同时还是一种述说其经历的抽象框架。[②]

毫无疑问,在龚自珍南归途中,北京城的印象逐渐模糊。一路上,龚自珍所见的或人文或自然的景象不停地激发他对家国个人的感想。不少诗中都记录了他所见到的大自然、农业、历史或者水利设施。组诗描写一路上的景物,自翠微山与西山始,到杭州城北约二十公里处的余杭县,那里绿意盎然、河道纵横;但诗人把最热

---

① 参见 Susan Naquin, *Peking: Temples and City Life, 1400-1900* (Berkeley: University of California Press, 2000), 262。

② 最近对龚自珍地理学的研究,可参见王鹏辉:《龚自珍和魏源的舆地学研究》,《历史研究》2014年第3期,第73—86、190—191页。

烈的赞美留给了自己的故乡仁和县的山水。组诗第 152 首云：

> 浙东虽秀太清孱，北地雄奇或犷顽。
> 踏遍中华窥两戒，无双毕竟是家山。

此为《己亥杂诗》组诗接近中间的那首，龚自珍此次回到家乡的心情于快乐中透出放松。组诗中记录了他父亲虽然年事已高但身体犹然康健，以及一些自其道光九年（1829）出仕以来就难得一见的亲戚朋友。这些乡亲父老的热情过从重新唤起了他对故乡稍许陌生的记忆（组诗第 150 首）。相比《别翠微山》一诗中表达的去官之乐，回到家乡的快乐，可谓一洗龚自珍出仕以来积压在心头的压力（如组诗第 153 首“洗尽东华尘土否？一秋十日九湖山”）。接下来，他与大家庭一起出了趟远门，去西湖边为一位旧情人上坟，之后去了位于昆山的羽琌山馆度假。这座山馆置办于 19 世纪 20 年代，名字用的是《穆天子传》的典故。[①] 组诗第 198—228 首里龚自珍记录了自己监督别墅的修缮工程，比如购买新地、修剪园中灌木等等；龚自珍说，从此他就想过无忧无虑的生活，当一个田舍翁，就如组诗第 215 首中写的：“倘容我老耒锄边，不要公卿寄俸钱。”

这段清闲山林梦最终被现实打破，龚自珍被迫重新北上，将北京的亲眷接回。此行前的焦虑从组诗第 241 首就能看出：“少年尊隐有高文，猿鹤真堪张一军。难向史家搜比例，商量出处到红裙。”诗中提到了自己的少作“高文”《尊隐》（1814—1818）。龚自珍在组诗中很少提到他本人所撰的文章，而他特意举出这篇，可能是因为它预示了龚自珍当前不得不结束自己在京师的职业生涯、重启自己归隐生活的处境。对于龚自珍来说，“尊隐”隐含了两个“地理”的极端，一边是京师，一边是山林。进退之间不能确定，归

---

① 在龚自珍的兴趣中，收藏古董是其中之一。他在一些诗文中指出，羽琌山馆曾是他藏品理想的收藏地。

隐之意也时常模糊,山林生活其实并不易得,那只是留给仕途彻底断送了的强者。

一位士子在仕进的最佳年纪,入朝为官的吸引力无疑是巨大的;"百宝万货,人功精英,不翼而飞,府于京师",之后发展成为极致:"百宝万货,奔命涌塞,喘车牛如京师;山林冥冥,但有窒士,天命不犹,与草木死。"然而灯光逐渐熄灭,京师与郊野的位置开始发生反转:

> 古先册书,圣智心肝,人功精英,百工魁杰所成,如京师,京师弗受也,非但不受,又裂而磔之。丑类窳呰,诈伪不材,是辇是任,是以为生资,则百宝咸怨,怨则反其野矣。贵人故家蒸尝之宗,不乐守先人之所予重器;不乐守先人之所予重器,则窭人子篡之,则京师之气泄;京师之气泄,则府于野矣。如是则京师贫;京师贫,则四山实矣。古先册书,圣智心肝,不留京师,蒸尝之宗之(子)孙,见闻媕婀,则京师贱;贱,则山中之民,有自公侯者矣。如是则豪杰轻量京师;轻量京师,则山中之势重矣。如是则京师如鼠壤。①

时局日益隳堕,仁人志士只能选择退隐山林。龚自珍弃官回到羽琌山馆,仿佛就是为了实现这种都市所不能及的平静。

> 如鼠壤,则山中之壁垒坚矣。京师之日(苦)短,山中之日长矣。风恶,水泉恶,尘霾恶,山中泊然而和,洌然而清矣。人攘臂失度,啾啾如蝇虻,则山中戒而相与修娴靡矣。朝士寡助失亲,则山中之民,一啸百吟,一呻百问疾矣。朝士僝焉偷息,简焉偷活,侧焉徨徨商去留。②

二十年后,龚自珍重提这段文字,似乎是在暗示读者他的预测没有错。当时的北京虽不至于真如"鼠壤"一般,但确实不宜久

---

① 《尊隐》,载《龚自珍全集》,第87页。

② 同上。

居，他只能在南方的别墅中寻访隐士同好。就像他提到的“贵人故家蒸尝之宗，不乐守先人之所予重器”，现在京师贵人已不重祭祀先贤，龚自珍遂携“古先册书，圣智心肝”，“雇两车，以一车自载，一车载文集百卷出都”（组诗第4首自注），开启南行的新生活。尽管去官者们在田园之中找到些许知音慰藉，但《尊隐》一文最后依然流露出世风下坠的隐忧。文中所述京师的“古先册书，圣智心肝，人功精英，百工魁杰”，让他始终魂牵梦绕，不能释怀，尽管此时的龚自珍不得不准备归隐江南、远离政治。即便他已经在许多诗中描写了归隐江南后的平静与美景，但他对京师依然心存怀念。这种心境在《尊隐》一文中早已有所表露。前文所论的那座孤魂出没、白骨累累的翠微山，其实也符合归隐的意象，《别翠微山》一诗保留了他对过往人生选择自我矛盾的描述。

路边的洞箫

《尊隐》一文中的京师与山林之别仅为抽象的概念，并没有具体历史与空间的指向，而到了《己亥杂诗》中，北京则在空间、文化语言等多个维度都具体很多，这可以从龚自珍自己的经历中看出来。龚自珍在组诗第91首注中自诩，他的口音中直隶北京腔醇正，连车夫也以为他是北京本地人。（“凡驺卒，谓予燕人也；凡舟子，谓予吴人也。其有聚而轇轕者，则两为之舌人以通之。”）他还在不少诗中（组诗第34首、第55首、第68首）提到京师的学术资源，那些优势多少影响到他一家数代寄居京师（组诗第10首）。让龚自珍流连的还有北京的寺观、名胜、民众与花草。同时，他也有着强烈的江南认同，熟练使用自己的母语吴方言（见前引“凡舟子，谓予吴人也”）。兼善的语言天分使得龚自珍在南行途中常常插手一些棘手的困难，这些经历更加深了他对社会细部的观察。在渡淮前后的组诗第128首自注中他写道：“渡黄河而南，天异色，地异气，民异情。”这一路上让他对南北民风的差别有了深刻的体会,就像他在组诗第91首说的"北俊南孊气不同",北人偏雄阳,南人偏阴柔,而他本人似乎兼其二者而有之。

在旅途中思考南北地理的龚自珍突然遇到了人生中的重要人物。在他渡过作为南北地理分水岭的淮河时,他发现自己深深地爱上了一位歌姬灵箫。组诗中她最早出现于第97首,彼时龚自珍来到淮安府运河边的袁浦的驿站,他被一阵轻快悦耳的洞箫声所吸引,而演奏者的名字里就有一个"箫"字。她是苏州人,住在路边的青楼里,同是南方人的缘故,他们初次相遇后很快相互倾心,以许终身。龚自珍十月后再次北归,又在此稍作停留,再北赴京师。十二月,当龚自珍第三次也是最后一次经过袁浦时,灵箫已经回到了苏州,随后他也重返他在南方长期居住的家。

出现在南北交界地的灵箫,仿佛是龚自珍南还北往、所历山川人文的一种隐喻,她的第一次出现重新唤醒了龚自珍的欲望,让他重新获得自信(他在组诗第97首云"定公四纪遇灵箫")。在组诗第245首后,龚自珍再次遇到心上人,犹如干柴之遇烈火,无法自拔。他在组诗第245首自注中提及,此诗之后的27首诗皆为记述此段十日之情的"寱词"。[①] 其中不少诗已经暗示龚自珍与灵箫的争吵,大概与如何为灵箫赎身有关。两人吵得越发不可开交,伴随着重新进京的复杂心情(前文论《尊隐》一文时已有所及),龚自珍一脸阴沉地迎来北上的行程。

尽管龚自珍与灵箫不欢而散,甚至连分手也没有正式说出,但从他的诗中依然能看到他曾有把灵箫安顿在羽琌山馆中的考虑。在组诗第200首中首次描写羽琌山馆时,他提到自己想把别墅打造成佛教灵山,只有这里才配得上安顿灵箫。诗云:

灵箫合贮此灵山,意思精微窈窕间。
丘壑无双人地称,我无拙笔到眉弯。

① 孙康宜:《写作的焦虑:龚自珍艳情诗中的自注》,《北京大学学报(哲学社会科学版)》2006年第4期,第55—61页。

即便组诗里还有不少关于二人复合的暗示,但龚自珍回到羽琌山馆后,似乎便忘记了对灵箫的挂念,灵山变成了空山,那里不再有灵箫。此时诗中的羽琌山馆也有股忧伤的气息,其中因缘却不是灵箫,而是另一段隐晦的情愫。在组诗描写羽琌山馆生活之外的第204—210首中,龚自珍突然开始怀念起北京的花草与动物来。在这几首诗的附注中,龚自珍都标明回忆起的花名,最后那首回忆的是一只临清狮猫,养在一户侯门之中。这组诗中有两首都提到了丁香花,其中的组诗第209首更是引来后人的热议与争吵。诗云:

空山徙倚倦游身,梦见城西阆苑春。
一骑传笺朱邸晚,临风递与缟衣人。

这就是所谓的"丁香花公案"的由来,传闻龚自珍与满族女诗人顾春(字太清,1799—1877)有染。当时已经有不少龚自珍去职离京的争论,不过在20世纪初,一种更为戏剧性的说法占了上风,那就是在曾朴《孽海花》中流传的龚、顾传闻。小说将龚自珍回南仅一年即暴死的原因归结为顾太清家人下毒(有些版本的传闻甚至还提到灵箫是满族贵族下手的代理人)。尽管很多学者都指出,这则传说存在不合理之处,并明显有诋毁龚自珍的痕迹,但此说依然还是存在支持者。①

诚然,龚自珍回忆北京花卉的诗不太适合被解读为绯闻轶事,他的诗歌无论是浪漫邂逅还是赏花踏青(组诗第204首鸾枝花,第205首芍药,第206首、第208首海棠,第207首、第209首丁香),

① 支持者中,有黄世中:《"丁香花"公案考辨》,《温州师范学院学报(社会科学版)》1987年第2期,第38—47页;近日新见龚自珍致何绍基(1799—1873)、何绍业(1799—1839)的手札,时间为道光十九年四月初十日(1839年5月22日),暗示自己滞留京师是因为担心丑闻带来的抨击和报复。当然,那也不能完全证明这段丑闻真是存在。见潘建国:《新见清龚自珍己亥佚札考释》,《文学遗产》2009年第2期,第147—150页。

似乎也不至于隐含情欲的暗语。即便组诗第 209 首中真的隐含了他无助的渴望，“朱邸”里的“缟衣人”紧张地等着自己的消息，也不过是诗人自己内心面对南北抉择时的投射。若这些暗语与情欲无关(有研究指出这里面可能是顾太清与龚自珍夫人有某种友谊)，龚自珍对北京的想念掺杂了为灵箫赎身的打算，可以看出从北京被逐与失去灵箫都使他身心俱疲而又恋恋不舍。除了灵箫外，还有一位在扬州遇到的歌姬小云，同样让他陷入左右为难的境地，徘徊在迎娶还是放弃之间，就像龚自珍自己所经历的作为京官却幻想“尊隐”的两难。①

四万九千颂与“甄陀罗”

龚自珍一边怀念北京的名花，一边静心规划金屋安顿灵箫(“灵箫合贮此灵山，意思精微窈窕间”)，最终使他在出仕与归隐的矛盾选择之上，平添了情欲的色彩。龚自珍北上再遇灵箫的时候，他们之间的爱意不得不经受龚自珍仕途蹭蹬的煎熬。组诗第 252 首诗云：

> 风云材略已消磨，甘隶妆台伺眼波。
> 为恐刘郎英气尽，卷帘梳洗望黄河。

激烈的争吵最终促使龚自珍仓促北上，也摧毁了他内心最后的平静。龚自珍甚至没有招呼便离灵箫而去，但之后一路上却还在诗中写到她，直到有一天戛然而止。见组诗第 278 首附记：

> 顺河道中再奉寄一首，仍敬谢之，自此不复为此人有诗矣。寄此诗是十月十日也。越两月，自北回，重到袁浦，问讯

---

① 一些学者坚持认为组诗第 245—271 首不是写给灵箫，而是写给小云的，参见陈铭：《剑气箫心：龚自珍传》，第 199 页。反对者见任聪颖：《龚自珍己亥恋情考》，《太原师范学院学报(社会科学版)》2010 年第 2 期，第 78—79 页。

其人,已归苏州闭门谢客矣。其出处心迹亦有不可测者。附记于此。

此诗后两句中谓其已从梦寐中醒来,决意分手。

一灯古店斋心坐,不似云屏梦里人。

诗中"斋心"及"一灯"这些词提醒了我们龚自珍情感的另一个维度。在他与灵箫初识后写的四首诗中,组诗第95首里的灵箫的形象被赋予了印度神话的色彩:

大宙南东久寂寥,甄陀罗出一枝箫。
箫声容与渡淮去,淮上魂须七日招。

甄陀罗(Kimnara)是佛教与印度教中的一位女神,是一位著名的歌神与乐神,同时美艳动人。在组诗第97首中龚自珍承认自己对灵箫的美貌无法抗拒,引用了《维摩诘经》中天女散花的典故。天女以花试菩萨和声闻弟子的道行,花至菩萨身上即落去,至弟子身上便不落。组诗第98首中,那朵爱欲之花变成了撩动心扉的琴弦,他还因此致谢了乐手灵箫:

未免初禅怯花影,梦回持偈谢灵箫。

与灵箫的爱情并没有打搅龚自珍的修行,甚至对其还有不少的促进。即如前述在龚自珍回昆山的路上,他一直提到自己在天台的立教经典《法华经》中寻找精神的解脱,在组诗最后一首第315首中他写道:

忽然阁笔无言说,重礼天台七卷经。

很久之前(组诗第81首)他也同样提及自己对此经有特殊的兴趣,用力甚勤:

历劫如何报佛恩,尘尘文字以为门。
遥知法会灵山在,八部天龙礼我言。

此诗附注表明他在道光十七年(1837)完成了两桩佛经文献整理的工作,其中一件便是为《法华经》复位目次,还原本相。[①] 其余的诗中,除了与灵箫的爱情、读书、交谊之外,他修行天台教法的经历也随着一路回南而在诗中得以更多地表现。

龚自珍最后一首诗中的法华崇拜与他开篇第一首诗有异曲同工之妙。他在两处都提到了天台的"观"法成为他作诗消夜的思想源泉。前论组诗第1首云:

著书何似观心贤,不奈卮言夜涌泉。

龚自珍此处用的"书"和"言"与早期佛教的"观"呈截然相反的意义,不过天台教法对"书"与"言"都有特别的关照,比如曼陀罗或陀罗尼等咒,就连释迦牟尼自己都是提倡的。龚自珍所熟悉的《法华经》实际上是《大藏经》中存咒最丰富的佛经。[②] 龚自珍在离京前夕所作的魏源称为"违体"的组诗第22首中,将佛咒视作途中必不可少的韵律或鼓点,诗云:

车中三观夕惕若,七藏灵文电熠若。
忏摩重起耳提若,三普贯珠累累若。

此诗自注:"予持陀罗尼已满四十九万卷,乃新定课程,日颂普贤、普门、普眼之文。"此诗颇为不寻常,用典很深,只可意会(每句结尾都是"若"字),诗里指出龚自珍从出行一开始就坚持持咒,从无停歇,我们从他最后一首写于羽琌山馆的诗中也能看到相关记载。龚自珍习咒时大约有两种方法,一是持密咒所制念珠,精诚

---

① 龚自珍在《正译第一》中承认了自己恋爱之事,见《龚自珍全集》,第357页。

② 原作者似未查《佛学大辞典》条目含义,且其所引《大智度论》条,内容其实出自《观教纲宗》,引《观教纲宗》条不知所出。兹据原注所引丁福保《佛学大辞典》有关"观心"条释文于下。《佛学大辞典》"观心"条载:"观察心性如何,谓之观心……《教观纲宗》上曰:'佛祖之要,教观而已矣。观非教不正,教非关不传。有教无观则罔,有观无教则殆。'"见丁福保:《佛学大辞典》,北京:文物出版社1984年版,第1493页。——译者

诵念;二是念诵咒语,为念珠继续加持法力。此二法皆为证得上觉。十多年来在京师养成的修习天台的经历已成为他灵修的支柱,在其早期诗中已经现其虔诚,到了与灵箫热恋之时尤胜。

陀罗尼环绕京师

从龚自珍南还一行路上的经历中,我们可以看到无论是回忆还是艳遇,都弥漫着他寻求精神解脱的诉求。他从临出京师开始持咒,成功化身为一位行者。一些诗则不停地暗示他自己于法华三昧禅也有精深的研究和修习(组诗第 78 首)。诗中还提及多位对他产生影响的居士、优婆塞,比如他的第一位老师、彭绍升(1740—1796)的高足江沅(1767—1838),前者为清代最知名的居士学者。即便龚自珍每日持咒不辍,他苦苦寻求的那份平静还是不易达到,尤其是在他走上重回北京之路时。在上引致灵箫的最后一首诗(组诗第 278 首)稍后的组诗第 296 首中,他提到自己遭遇"风雨六幕黑""东平三尺雪",仿佛是老天暗示"天意若曰汝毋北"。彼时的龚自珍深深地陷入了仕途学术双双不顺的愤懑之中,尤其他颇为得意的地理学研究似乎也显得毫无成果。在他写给儿子的诗里,龚自珍告诫他们不要犯自己犯过的错误。在回程经河北任丘来到固安收到儿子的回信时,龚自珍的精神已经非常沮丧。在那里他不禁叹"渐近城南天尺五,回灯不敢梦觚棱"(组诗第 300 首),已经不敢"梦"京师了。我们不能探究龚自珍彼时低落的原因,那时的他已然身在北京城外,人生跌到了低谷。在经历了第二次与灵箫间的感情纠葛后,龚自珍诗中对君主向往而不得的怨念仿佛转化成对灵箫卧榻添新欢的醋意。为了保持自己的清醒,龚自珍必须逃离幻境,回到真我。

龚自珍回到羽琌山馆后作了组诗的最后一首,似乎也重归片刻的平静。他躲进了自己的别墅,于《法华经》中寻求庇护,或许也重新沉浸在对灵箫的追忆之中。不过,从组诗最后一首的头两

句来看,羽琌山馆中的日子似乎并不算特别平静:

吟罢江山气不灵,万千种话一灯青。

江山、国家似乎已失去其灵,只有一盏孤灯可以释放被侵蚀的阴暗。这里的"灯",梵文作"Dipa",灯明之意,为佛之智慧、般若;天台《不空罥索神变真言经》谓"持法者,观躅诸暗障",《华严经》亦称"百千年暗,悉能尽破"。如果他与灵箫双双栖于羽琌山馆之中,每日诵法华持咒,或许能在修行上有所收获。不过,彼时的龚自珍已没有之前的山河志气了。这与之前《别翠微山》一诗形成鲜明对比。邓尉松离昆山不远,汉时隐士邓尉选择在此避世,"不知天下为何物",但翠微山却是"天地间不可无是松"。正因为翠微山的位置在跨语言、跨民族的北方,它在清朝的版图上占有极其重要的一席之地,从这里可以去到西北的沙漠、雪山甚至更远的疆域。虽然这里曾有过战争与死伤,但清人还是获得了长久的和平。纵使龚自珍自以为已臻天台修行境界("台宗悟后无来去",组诗第151首),他平日所见的山河仍然让他打不起精神。

翠微山、潭柘寺及其他西山上的名刹,无论从文本仪式、僧侣、居士还是机构的层面,都是京师佛教生态的有效补充(组诗第222首中已经提及)。龚自珍记载,除了京城之中,北部蒙古人聚集地也有不少地方在传习他所热衷的台教、密教的仪式咒语。事实上,前引龚自珍《论京北可居状》一文中已经对他们给予不低的褒奖,他还告诫子孙要入乡随俗。其文曰:

子孙如聪慧者,宜习蒙古书,通喇嘛经咒。习蒙古书,通喇嘛经咒,可以代东南书记之馆,教读之师。吾有丈夫子二,如一支回南,一支迁北,他日魂魄,其歆北乎?①

引文之后写到,那里的蒙古人过着游牧生活,身体彪悍,精神

① 《论京北可居状》,载《龚自珍全集》,第356页。

独立,不过他们与汉人最大的区别是他们持诵的咒。虽然没有明说,但龚自珍还是在不少地方暗示汉僧所持咒是被汉藏语言的天然壁垒所误;而汉僧应该跟随蒙藏高僧学习佛法,因为他们学识更渊博,持戒更严,且与世俗生活结合得也更好。[①] 龚自珍的结论也有些让人吃惊,他与儿子们说,希望死后自己的魂魄可以歆享于北方,摒弃东南传统,而让自己更接近北人的佛教传统。("居京师,既不欲久淹,天意诇我,人事惎我,又未必使我老东南、从曼妙之乐也。")[②]

当时京师有一位宗室后裔叫裕恩(1790—1847)[③],他能将佛教跨民族、跨语言的特质融于一身,龚自珍非常佩服他,在组诗第34首中写道:

龙猛当年入海初,娑婆曾否有仓佉?
只今旷劫重生后,尚识人间七体书。

诗中附注云:"别镇国公容斋居士。居士睿亲王子,名裕恩,好读内典,遍识额纳特珂克、西藏、西洋、蒙古、回部及满汉字,又校订全《藏》,凡经有新旧数译者,皆访得之,或校归一是,或两存之,或三存之,自释典入震旦以来未曾有也。"[④]在龚自珍看来,裕恩这样的语言天才亘古未有,他简直就是印度佛教龙树大师的转世。

龙树是《中论》等多部印度佛教经典的作者,将裕恩与之作比,是龚自珍对其最高的恭维。《已亥杂诗》中多次提到龙树大

---

① 《蒙古象教志序》,载《龚自珍全集》,第113页。

② 尽管龚自珍甚少写西南景致,但他还是对西南人文报以很高的评价,他在《尊任》一文中云:"吾又闻之,广西实天下之高山大川,气苍苍莽莽,不为中原甍滑所中,李公行毕如其言,山川然也。"载《龚自珍全集》,第85—86页。

③ 原文作"(裕恩)为多罗贝勒(宗室封爵第三级)",查裕恩似未封王,其父为和硕睿恭亲王,袭爵者为其长兄,裕恩仅为都统、镇国将军衔。径改。——译者

④ 这里龚自珍把印度语言指为"额纳特珂克"(E'natekeke),据魏源成书于道光二十三年(1843)的《海国图志》载,"额纳特珂克"是今印度东北方的一个小国,靠近今孟加拉国。可参见刘逸生注:《龚自珍已亥杂诗注》,北京:中华书局1980年版,第46页。

师,比如在组诗第82首中言"近日述天台家言,为《三普销文记》七卷,又撰《龙树三椏记》",或是第146首中拜晚明清初高僧紫柏、藕益两大师像时提到"龙树马鸣齐现身"。《中论》与现存龙树唯一中文传记的译者鸠摩罗什(344—413)、天台宗创始人智颤大师(538—597),经常出现在龚自珍诗中。对龚自珍而言,天台教观是他灵魂的指引(不仅在他组诗的第一首与最后一首,在其他如组诗第151首、第166首、第188首、第213首、第219首、第226首等中也有体现)。他想沿着这些大师的足迹走向释迦牟尼,不过他认识到那些大师都是沿着龙树菩萨才得证道之路。他曾在早年所作《南岳大师像赞》一文中提到"南岳不兴,则龙祖之论息……震旦如长夜也已"[①]。与世界上伟大的智者一样,龙树大师阐释了人生的真理,不论是般若、中观还是其他佛教典籍与教义的修行。龚自珍甚至拿中国的孔子、老子与龙树作比较,可见上引道光十八年(1838)的那首诗(《题梵册》)。婆罗门教也曾以相似的方法描写人类智慧及其载体,不论是宗教性的还是其他形态的。[②]

裕恩的学问旁涉语言与文化等多面,从龚自珍写给他的诗中也看得出二人亦师亦友的关系。龚自珍意识到密教已是一种重要的文化构造,在亚洲的北部、中部与南部广泛传播,从东北亚鄂霍次克海边的清朝疆土,到中、西西伯利亚的布里亚特,跨过今哈萨克斯坦,再到里海边的卡尔梅克汗国,还有南边的清朝疆土、尼泊尔、不丹和北缅甸。[③] 据说龙树以化身入海求藏,后奠定了中印佛

① 《南岳大师像赞》,载《龚自珍全集》,第397页。

② 《尊命二》,载《龚自珍全集》,第85页。陈铭关注到龚自珍阐述佛学理论的一些作品采用因明的方法,《阐告子》一文就是如此。见陈铭:《剑气箫心:龚自珍传》,第90—91页。

③ 石滨裕美子讨论了藏族、满族、蒙古族及其他佛教信仰民族政教合一制度的概念、表现,这些内容可能是中晚清时期的汉人官员所不能理解的;而对龚自珍来说,身边的清朝贵族和卡尔梅克人(即蒙古人——译者),或是图里琛(1667—1741)作于雍正元年(1723)的《异域录》等书,都会有助于他理解这些。见石濱裕美子:『チベット仏教世界の歴史的研究』,東京:東方書店2001年版。

学体系。他的学术当然可以轻易跨越时间与空间,在三千娑婆世界中,于所有文化、语言、种族之中传播,比如当时的北京已极其盛行龙树的佛教。① 这里无论满人、蒙古人、藏人还是汉人士大夫,都跟随蒙藏大师学习佛法,比如龚自珍的好友王昙(1760—1817),三世章嘉呼图克图若白多杰(1717—1786)。② 三世章嘉在雍和宫中创办了僧学,并曾编著了梵、藏、满、汉四体合璧的语音辞书《同文韵统》。③ 尽管梵藏文化资源在南方未见得稀缺,但龚自珍在《己亥杂诗》等作品中还是证明了其在北京的确更丰富。道光十九年(1839)起,龚自珍的精神生活变得充实起来。④

圣 地

除了对当地蒙古人虔诚信佛的赞许外,龚自珍对他们质朴健康的生活方式也评价颇高,他将此归结于畿辅北热河一带多山、干旱、土地贫瘠等因素:那样就可以减缓传染病的传播,人口有限使

① 滕华睿(Gray Tuttle)认为,清廷对西藏佛教上层如班禅额尔德尼的崇奉,引发了汉藏佛教间对资源的竞争,尽管如此,汉人士大夫如王昙、龚自珍及江沅等人,与其蒙满同僚相与甚欢,他们很明显是不会向本地及入京的喇嘛们表现出类似的竞争心态的。见 Gray Tuttle, *Tibetan Buddhists in the Making of Modern China* (New York: Columbia University Press, 2005), 25。另见 Marina Illich, *Selections from the Life of a Tibetan Buddhist Polymath: Chankya Ropai Dorje, 1717-1786* (PhD dissertation, Columbia University, 2005), 230; Xiangyun Wang, *Tibetan Buddhism at the Court of Qing: The Life and Work of lCang-skya Rol-pa'i-rdo-rje (1717-1786)* (PhD dissertation, Harvard University, 1995), 83。

② 原文作"二世",径改。——译者

③ 由龚自珍所作《王仲瞿墓表铭》中可知,墓主为章嘉活佛的弟子。见《龚自珍全集》,第145—147页。韩书瑞(Susan Naquin)注意到,由于北京本地人与番僧喇嘛之间认识上的差异,京师的藏式寺院形制融合了汉藏、中亚等多种元素,这使得藏传佛教体现更多本地色彩,得以在北京长久传播,见 Susan Naquin, *Peking: Temples and City Life, 1400-1900*, 590。

④ 浜久雄注意到龚自珍决定转向密教的时间在道光十年(1830)左右,见浜久雄:『公羊学の成立とその展开』,東京:国書刊行会1992年版。

得居住环境也相对舒适，人均寿命也比南方瘴气地带的长。[①] 前引组诗第 91 首与第 128 首提到的南北民风差异，也在其他文章中被提及。在作于道光七年（1827）的《说卫公虎大敦》中，龚自珍讨论了南北水土气候对其古董收藏的影响，文曰：

> 道光辛巳，龚子在京师，过初彭龄尚书之故居，始得读大敦之打本……龚子是以求得卫公之大敦……龚子望南中幽幽，有小羽琌之山，他日欲以华其山……南中土浅水深，不如北方之陵原，惧其啮，龚子是以不得卫公之大敦。[②]

在其他文章中也能找到类似的龚自珍对水土环境的关注，比如讨论山东境内排水与地层学，或是比较长江三角洲与北方地区的地下水等等。[③] 龚自珍认为大地是人类生存的基础，所以告诫同僚士大夫们多去地方上考察，收集第一手资料，这样才有益国家。[④] 组诗第 21 首记录他的另一举动，道光十八年（1838）他倡议在北直隶引入桑蚕之业，以适应本地需求，降低对外进口。组诗第 279 首中，他致意山东河南河道总督[⑤]，引泉水提高运河水位，提高南北运输能力。

组诗第 9 首《别翠微山》"燕支土蚀佳人骨"句的意象显得病态而迷人，甚至透露着几分情欲。这句似乎也透露着龚自珍对京师复杂的心情。诗中的尘土仿佛暗喻他在京师的科场蹭蹬，不得不返回南方，那里的青山绿水很快洗脱了他十余年旅居北地的铅华（组诗第 153 首）。从此解脱的龚自珍重新投入持诵《法华经》的修行生活之中，每日课诵使他深有所悟，这是在北方不易达到的

---

① 《叙嘉定七生》，载《龚自珍全集》，第 173—174 页。

② 《说卫公虎大敦》，载《龚自珍全集》，第 265—266 页。

③ 《乙丙之际箸议第十九》，载《龚自珍全集》，第 10 页。在《己亥杂诗》第 40 首中也提到这些水文的话题。

④ 《升平分类读史雅诗自序》，载《龚自珍全集》，第 235—237 页。

⑤ 龚自珍诗注原谓"东河总督"当为河南山东河道总督，原文谓"Shandong and Henan officials"，意为地方官，误。——译者

境界。组诗第81首“尘尘文字以为门”中的“尘尘”为世世、无量之义,[1]龚自珍将无量之尘变为解脱之门,以喻其复位《法华经》经本的过程,这么说不啻为其个人也为后代佛教信徒提供了本经原貌。

然而,龚自珍在组诗第9首中对翠微山透露的情感可能还有更多的向度,比如唤起了他对这片不知名的山脉的“有情”,使之“惨难别”,他在文中提到的苍松、缓坡、小径、“有文采”的山石,都是治疗创伤的理想之地,颇“近人情”。为国抵御卫拉特蒙古入侵而阵亡的灵魂依然在此长眠,但当地的布政使蒙古人托浑布(1799—1843)在日后向贪得无厌的英国海军暂时展示了足以自守的军事实力(组诗第37首)。[2] 龚自珍与满蒙贵族交往频繁,有青年时的伙伴(组诗第46首),也有成年后的同僚(组诗第140首),还有爱新觉罗的宗室,由此他出仕为官离开故乡(组诗第6首、第43首),用实际行动证明自己在《说居庸关》《说张家口》中提到的跨民族友谊的存在。[3] 从《己亥杂诗》及龚自珍的其他作品中,我们可以看到他梦想中的那个神圣的北京。从他对烈士与落花的描写中,我们可以看到龚自珍对自己在京仕途的失望及学术前途的迷茫,这都为他在京的岁月蒙上了阴影。如果龚

---

① 作者原文“尘”字是“典型的具有欺骗性的想法与欲望的含义”(typically conjures images of deluding thoughts or desires),径改。——译者

② 龚自珍正是向托浑布建议,在畿辅地区广种桑树。在龚自珍于1838年写给托浑布的诗中明确指出,大量进口英国羊毛制品会对北方经济不利。见刘逸生、周锡䪖注:《龚自珍编年诗注》,第405—409页。龚自珍对英帝国的反感,可见其道光十八年(1838)致林则徐的一封著名的书信(《龚自珍全集》,第171页),以及《阮尚书年谱第一序》(《龚自珍全集》,第228页)、《赠太子太师兵部尚书两广总督谥敏肃涿州卢公神道碑铭》(《龚自珍全集》,第145页)。他还提到西洋人结交本地土匪,如《武显将军福建海坛镇总兵官丁公神道碑铭》(《龚自珍全集》,第151页)。

③ 道光十四年(1834),龚自珍住在八旗人那兴阿的花园中,那兴阿的祖父是前广州粤海关监督苏楞额。龚自珍有三首关于花园的诗,兼有对花园主人的友谊及其闲适生活的推崇,可参见刘逸生、周锡䪖注:《龚自珍编年诗注》,第386—392页。

自珍活得再长一些，或者朝廷再次起用他，他将真正抛弃他的名山事业，与他的灵箫一起赏遍京华的丁香、木兰和波斯猫（组诗第 119 首）。

王启元　译

“选家”唐顺之与 16 世纪中国的文章矩矱*

[美]柯靖铭(Timothy R. Clifford)

导　言

在前现代东亚社会,总集是文学作品共时流通与历时传承的重要途径。笔者在此使用的是中国传统目录学分类中的“总集”概念,指对众多作者乃至众多时代作品的“总体”“集合”。早在 7 世纪,中国官修目录即使用“总集”这一类目叙录《文章流别集》(今佚)一书,并云:

> 总集者,以建安之后,辞赋转繁,众家之集,日以滋广。晋代挚虞,苦览者之劳倦,于是采擿孔翠,芟剪繁芜,自诗赋下,各为条贯,合而编之,谓为流别。是后文集总钞,作者继轨,属辞之士,以为覃奥,而取则焉。①

---

* 英文原文见“The Rules of Prose in Sixteenth-Century China: Tang Shunzhi (1507-1560) as an Anthologist”, *East Asian Publishing and Society*, vol. 8, no. 2 (2018): 145-182。本文最初曾发表于 2017 年美国明代研究学会(Society for Ming Studies)年会,感谢与会学者,尤其是何安娜(Anne Gerritsen)、何义壮(Martin Heijdra)和阮思德(Bruce Rusk)给予的问题和意见。梅维恒(Victor H. Mair)、费丝言(Siyen Fei)和古柏(Paize Keulemans)对文章初稿提出了许多宝贵意见,在此一并致谢。有关的初始研究受到宾夕法尼亚州立大学和台湾图书馆(台北)汉学研究中心的资助。

① 魏徵、令狐德棻:《隋书》卷三五,北京:中华书局 1973 年版,第 1089—1090 页。

千载之下,《四库全书》纂修官亦用类似的术语界定总集之功能:

> 文籍日兴,散无统纪,于是总集作焉。一则网罗放佚,使零章残什,并有所归;一则删汰繁芜,使莠稗咸除,菁华毕出①。是固文章之衡鉴,著作之渊薮矣。②

上引两段文字多有可对照之处,因之正能窥见总集对古代读者的意义。首先,文章总集去芜存菁,删汰无足挂齿之作,保证有用之文的传承,正所谓"采擿孔翠,芟剪繁芜""使莠稗咸除,菁华毕出"。其次,总集可为写作之法式,通过择别佳作,总集提供了"文章之衡鉴",使作家有以"继轨"。再次,总集提供了必读作品的现成摘编本,减轻搜读之辛劳,大大节省了读者的时间与精力。就这几个方面而言,总集编者(选家)相对其编纂的原始文献,即"尊"且"卑":总集是省便的节本(例如以一二列传概览司马迁《史记》全书),因此是二手的、次一级的文本;而另一方面,总集能为典范作品与文学法则设立潜在的标准,此则专门文集(如某作家之别集)所不能,故又成为更优越、更高一级的文本。在出版业迅速发展、书籍日富而获书日易的时代,总集兼及便利性与权威性,尤能成为编者和出版商的利器,使其能与更大的读者群互动,塑造一般下层读书人的文学趣味与写作行为。

然而,尽管文章总集在东亚书籍文化史上扮演了重要角色,学界对其却鲜有关注。截至20世纪后期,总集少有被研究者注意。③

---

① 感谢匿名审查人指出英文"anthology"、拉丁文"florilegium"(亦指"文章英华之总汇",即文章总集)的词源可追溯到希腊文"ἀνθολόγιον"即"采集花朵",见《牛津英文词典》(*Oxford English Dictionary*)"anthology""florilegium"条。许多中国古典文章总集的标题亦含有花朵、花园之义,例如《文苑英华》《古文苑》等。

② 《四库全书总目》卷一八六,上海:上海古籍出版社1987年版,第1页。

③ 王瑶与李又安(Adele Rickett)的文章是两个例外。见王瑶:《中国文学批评与总集》,载《关于中国古典文学问题》,上海:上海古典文学出版社1956年版,第45—50页;Adele Rickett, "The Anthologist as Literary Critic in China", *Literature East and West* 19 (1975): 146-165。

我们不难为此找出数条理由：以20世纪学者的眼光看，总集选本不是原创性的作品。诚然，前现代中国并没有这种“原创性”的观念，孔子即以“述而不作”为撰述之典范。① 然而即便如此，使用广泛的选本如《古文观止》等也常被鄙薄为初学入门之书。无论如何，值得认真研究的通常是总集所选之原始作品，而非总集本身。② 对总集缺乏研究兴趣，正反映出对一系列议题的忽视：接受、流通、品味的社会学、读者公众的建构、文本的物质性。而这些正是最适合从总集入手展开探究的课题。20世纪80年代，学界开始利用作者和读者之间联系互动的众多中间因素探寻文本的社会史，达恩顿（Robert Darnton）形象化的“传播循环”（communications circuit）即为一代表。③ 至此，总集本身方才成为值得研究的对象。此后，虽然总集仍非炙手可热之课题，然已被用于诸多议题的探讨，如经典之形塑、古籍的接受、文学文化、文士社交网、科举思想史、妇女著作的传播、古典传统与现代性之关系等等，④亦可谓蔚

① 见刘殿爵、何志华编：《论语逐字索引》，《述而篇第七》，第1则，香港：商务印书馆1995年版，第14页。

② 例如，在一篇署名陈继儒（1558—1639）的序文中，作者嘲讽众弟子仅读其《秦汉文脍》而不知考求本源，弟子则应之以无暇博观。见陈继儒：《秦汉文脍》序，明刊本。关于陈继儒的详细研究，可参看 Jamie Greenbaum, *Chen Jiru (1558-1639): The Background to Development and Subsequent Uses of Literary Personae* (Boston: Brill, 2007)。

③ Robert Darnton, “What is the History of Books?”, *Daedalus* 111, no. 3 (1982): 68.

④ 例如，Pauline Yu, “Poems in Their Place: Collections and Canons in Early Chinese Literature”, *Harvard Journal of Asiatic Studies* 50 (1990): 163-196; Anna Shields, *Crafting a Collection: The Cultural Contexts and Poetic Practice of the Huajian Ji (Collection from among the Flowers)* (Cambridge: Harvard University Asia Center, 2006)（中译本见[美]田安：《缔造选本：〈花间集〉的文化语境与诗学实践》，马强才译，南京：江苏人民出版社2016年版。——译者）; Kang-i Sun Chang, “Ming and Qing Anthologies of Women's Poetry and their Selection Strategies”, in *Writing Women in Late Imperial China* (Stanford: Stanford University Press, 1997), edited by Ellen Widmer and Kang-i Sun Chang, 147-170; Jing Chen, “Reinventing the Pre-Tang Tradition: Compiling and Publishing Pre-Tang Poetry Anthologies in Sixteenth-Century China”, *Journal of Chinese Literature and Culture* 4, no. 1 (2017): 91-128。

然成风。

在日益蓬勃的总集选本研究之中,关于"选家"本人的研究乃是一个尚未被充分触及的课题。明清时期,"选家"不仅限于男性,女性的总集编纂者亦日益增多、屡见不鲜。① 援用达恩顿的"传播循环"理论,在晚期帝制中国,选家无疑是最为重要的"中间人",影响调控了读者的文本消费;②这一时期许多选本序文皆明白道及。例如,一位16世纪的编者以"智贾"作为选家之典范;所谓"智贾",能于汗牛充栋的传世文献之中洞见具有文学价值的文本,编成一系列范文以飨读者,用最少之量呈现最高之质,厥功不可谓不伟焉。③ 一些自矜自大的编者,甚至声称"选"难于"作",相较于撰写原创作品编选已有文本更为不易。④ 除了对文本进行选择、汇集、分类,选家又常常施以圈点批注,即所谓"评点"或"批点",以之为读者过眼册页、流观楮墨之向导。⑤ 由此,在阅读体验的每一个层面——从单篇文字的圈点评注,到成组文章的分类序次,再到胪列名公、奇货自居的夺目封面,皆可明显地看到选家之

---

① 例如,《列朝诗集》即由名妓柳如是(1618—1664)与其夫婿钱谦益(1582—1664)合作而成。参见 Kang-i Sun Chang, "Ming and Qing Anthologies of Women's Poetry and their Selection Strategies", 153-156。

② 可参见 Robert Darnton, "The Forgotten Middlemen of Literature", in *The Kiss of Lamourette: Reflections in Cultural History* (New York: W. W. Norton, 1990), 136-153。

③ 申时行(1535—1614):《新刊李九我先生编纂大方万文一统内外集》序,普林斯顿大学葛思德东亚图书馆藏明万历二十四年(1596)刊本。

④ 例如,唐显悦(天启二年进士,1622):《媚幽阁文娱初集》序,明崇祯(1628—1644)刻本,载《四库禁毁书丛刊·集部》,第172册,北京:北京出版社1997年版,第1页。唐序之标点排印本,见朱剑心选注:《晚明小品选注》,上海:商务印书馆1936年版,第67页。

⑤ 关于明清时期评点的重要研究,参见 David Rolston, ed., *How to Read the Chinese Novel* (Princeton: Princeton University Press, 1990); David Rolston, *Traditional Chinese Fiction and Fiction Commentary: Reading and Writing between the Lines* (Stanford: Stanford University Press, 1997); Cui Jie, *Gu Tang Shigui and the Making of Commented Poetry Anthologies in the Seventeenth Century China* (PhD dissertation, University of Illinois at Urbana-Champaign, 2013)。

身影。假托名家编纂的做法被一位17世纪的总集编者讥为“托大方以恣其谬悠”;不少选本的序文纷纷诟病此风,但篇终却往往转过来强调自家选本乃真出名家之手。① 16世纪的中国,商业出版迅速发展,此类以选文、批文著称的“大名家”层出不穷;其名号、选文方法、评注风格皆被书商袭用,作为提升产品吸引力的手段。圈点评选之手段在《文章正宗》《崇古文诀》《文章轨范》等南宋的批注本选集中已然存在,而且直到20世纪林纾(1852—1924)的作品中依旧绵延不绝。② 不过在明朝(1368—1644)晚期,选家作为文学知识流通之舟楫,其声势可谓达至顶峰;总集选本中附载编者名录之冗长,也到了可笑的程度。在此书籍日富、阅读之途日广的时代,我们应当如何认识选家独特的纂文之术?选本编者如何方能扬名于世?在16世纪中国的出版文化中,选家之权威如何通过出版传播,又如何塑造了出版文化?成为一位选文名家,个中是何滋味?

本文围绕唐顺之(号荆川,1507—1560)展开个案研究。在过往的研究中,这位举足轻重的选家事实上还未得到充分关注。③ 论

---

① 《古今文统》(约成于崇祯年间,1628—1644)扉页“漫书”,普林斯顿大学葛思德东亚图书馆藏本。

② 明初刊本《西山先生真文忠公文章正宗》(中国国家图书馆藏)中所见圈点法,与《唐宋名贤策论文粹》的圈点之法形制颇为类似。魏希德(Hilde De Weerdt)对《文章正宗》的圈点符号作了译解,见 Hilde De Weerdt, *The Construction of Examination Standards: Daoxue and Southern Song Dynasty Examination Culture* (PhD dissertation, Harvard University, 1998)。徐师曾《文体明辨》中并列收录了“宋真德秀批点法”和“大明唐顺之批点法”两套圈点符号。(原注中,作者将收录两套圈点符号的著作系之于郭绍虞所编《文体明辨序说》。《文体明辨序说》是现代学者的改编本,收录两套圈点符号的是徐师曾所著《文体明辨》,故引用徐师曾为宜。——译者)见徐师曾著,罗根泽点校:《文体明辨序说》,北京:人民文学出版社1998年版。关于林纾,见 Michael Hill, *Lin Shu, Inc.: Translation and the Making of Modern Chinese Culture* (New York: Oxford University Press, 2013)。

③ 唐顺之的传记资料,可参李开先:《李中麓闲居集》卷一〇《荆川唐都御史传》,明嘉靖(1522—1566)刻本,第78—92页;L. Carrington Goodrich and Chaoying Fang, eds., *Dictionary of Ming Biography (1368-1644)* (New York: Columbia University Press), vol. 2, 1252-1256。(中译本见[美]富路特、房兆楹原主编,李小林 [转下页]

文第一节从其嘉靖己丑(1529)会试及第说起。唐顺之科场告捷之后,几乎一夜之间,全国士子皆相信他对深刻、普适的古文之“法”有独到的心得。此种观念建基于何种社会逻辑?本节将论证,唐顺之既未“发现”也未“发明”他所冠名的文法。这种普适文法,毋宁说是当时出版文化的产物。唐顺之的评点模式,在擅自翻印的书籍中持续流传,亦被移用于新的文本,因而使得大量种类各异的文本(不同文类、不同作者、不同时代风格)在读者眼中显得类似起来。跨越文献类型的普适写作规律,便由此被“揭示”出来。

第二节转而讨论唐顺之本人关于普适文法的信念,兼论其编纂的著名总集《文编》对此观念的具体展现。本节将比较《文编》与另一本由南直隶(唐顺之家乡所在地域)学政刊行于正德五年(1510)的古文选本《古文会编》,突显两者的相似性,借此指出:16世纪初,在地方学官中,古文选本之编刻蔚然成风;唐顺之的普适文法观正被视为这一运动的遗产。这些学官宣称古文与科场时文具有深层的一致性,故博览古文有助于改进时文之写作。[①]在这种实用理由之外,事实上学官们更有以古文补充科举的理想,在他们看来,科举之学狭窄、沉闷,正需要济之以广博、丰赡的古文作品,以之启迪士子之创造力,培养其道德。

本文最后一节分析唐顺之晚年的一封论文书信,这封信写给

[接上页]冯金朋主编:《明代名人传》,北京:北京时代华文书局 2015 年版。——译者)关于唐顺之的现代研究有:黄毅:《明代唐宋派研究》,上海:上海古籍出版社 2008 年版;吴金娥:《唐荆川先生研究》,台北:文津出版社 1986 年版;Ching-i Tu, “Neo-Confucianism and Literary Criticism in Ming China: The Case of T'ang Shun-Chih (1507-1560)”, *Tamkang Review* 15, nos. 1-4 (1984-1985): 547-560。本文引用唐顺之作品篇章,出自唐顺之:《唐顺之集》,马美信、黄毅点校,杭州:浙江古籍出版社 2014 年版。

① 关于明人对时文看法的综述,可参 Andrew H. Plaks, “The Prose of Our Time”, in *The Power of Culture* (Hong Kong: Chinese University Press, 1994), edited by Willard Peterson, Andrew H. Plaks, and Ying-shih Yü, 206-217。

斯道自任的古文家茅坤。在信中,唐顺之慎思明辨,区分了两类读者:一类是仅仅追求文章表面形式、拟作修辞的读者,另一类是追求文章"本色"的读者。本节并不采用20世纪文学研究者习用的解释,此二分视为明前期复古主义向晚明表现主义的历时转变,而是以之概括选家唐顺之的两种共时追求:一是在表面的"多样性"之中勾勒"一致性",一是在显见的"一致性"之下发掘"多样性"。

唐荆川之所以能将这些多元、对立的文学观念运用自如,乃是因为他从未放弃早年对文法的兴趣。不仅如此,经由阅历增长、师友交游和博学旁收,他让自己的文法趣味获得了更丰富的内涵。积累既厚,他关于文学权威的理解,愈发与时俗之见大相迳庭。一方面,唐顺之作为选家,其文学权威的基础在于以卓越的先天洞察力"发现"了客观、普适的文章之法(表面多样性中的一致性)。另一方面,快速扩张的书籍市场迫使选家迭出新见以度越同行,他们必须宣称在旧的文本中发现了前代读者、编者所忽视的新要素(显见一致性中的多样性)。唐顺之强调以"古今只眼"重新发现古人作品的"本色",可视为对科举之学的理想主义批评,实际上也正可以从上述市场逻辑中得到解释。选家唐顺之的作品中的"眼力"论,就显得尤为明显而有力——盖其既能巩固秉持普适、"自然"读法的读者大众,又能通过别出心裁、故作翻案式的"重读"创造新的目标市场。从这个角度看,选家之"拣选",真正成为一种"创造"行为。

多样性中的一致性

明正德二年(1507),唐顺之出生于南直隶常州府武进县。常州乃人文兴盛之地,进士人数仅次于苏州,为全国之亚。[①] 武进唐

① Benjamin A. Elman, *A Cultural History of Civil Examinations in Late Imperial China* (Berkeley: University of California Press, 2000), 693.

氏累世多人中举入仕,在16世纪初已荣居常州望族之一。唐顺之娶新兴大族庄氏之女为妇,更进一步巩固了唐氏的世族地位。①顺之科场得意、速成大名,标志着其家族影响力的巅峰;他于二十二岁得中嘉靖戊子(1528)乡试第六名举人,二十三岁旋于己丑(1529)会试夺魁,殿试亦居二甲第一。其时文随即成为全国士子之楷式。正如李开先所言:"学者无长幼远近,悉宗其体,如圆不能加规,方不能加矩矣。"②荆川时文风格的迅速流行必须置于嘉靖时期(1522—1566)出版大繁荣的语境中来理解。③ 顺之乡试中举,适值出版业大兴;其时文之刊刻流布,似也正是始于其籍里常州。在当地,除了官刻程文,民间出版商也开始刊行唐顺之窗稿之选集。④ 一个最早期的此类选本,便是由唐顺之的妻族庄氏和其弟子们共同刊刻的。据同时代的学者李诩(1506—1593)记述,唐顺之高中会元,标志了当地时文选集从抄本传播到印本流行的转变:

余少时学举子业,并无刊本窗稿。有书贾在利考朋友

---

① Benjamin A. Elman, *Classicism, Politics, and Kinship: The Ch'ang-Chou School of New Text Confucianism in Late Imperial China* (Berkeley: University of California Press, 1990), 40-42.

② 李开先:《李中麓闲居集》卷一〇《荆川唐都御史传》,第79a页;转引自廖可斌:《复古派与明代文学思潮》,上册,台北:文津出版社1994年版,第304页。

③ 当然,如包筠雅(Cynthia J. Brokaw)所言,"宋史和元史专家倾向于将此视为出版业……在明初短暂倒退之后的复兴"。见Cynthia Brokaw, "On the History of the Book in China", in *Printing and Book Culture in Late Imperial China* (Berkeley: University of California Press, 2005), edited by Cynthia Brokaw and Kai-wing Chow, 24-25。

④ 己丑科之题名录及数篇唐顺之范文可见影印本《嘉靖八年会试录》,载《天一阁藏明代科举录选刊》卷四,宁波:宁波出版社2007年版。关于明代坊刻窗稿选集之出版,参见Benjamin A. Elman, *A Cultural History of Civil Examinations in Late Imperial China*, 400-403; Kai-wing Chow, *Publishing, Culture, and Power in Early Modern China* (Stanford: Stanford University Press, 2004), 233-240。

家往来[1],钞得灯窗下课数十篇,每篇誊写二三十纸,到余家塾,拣其几篇,每篇酬钱或二文或三文。忆荆川中会元,其稿亦是无锡门人蔡瀛与一姻家同刻。[2]

据笔者所知,这些唐顺之窗课的早期选本已无传本留存,不过它们却很可能是《唐荆川先生传稿》(康熙间刻本,1662—1722)等后来选集的文献来源。《传稿》的编者记载其编纂过程,乃是以自己所藏九十余篇文章为始,益以盛奕云(生卒年不详)家藏之七十余篇,又从钱湘灵(1612—1698)所寄之"大字本"中增辑三篇,汇成一书,"至是而荆川先生全稿略备矣"。[3]

比荆川时文选集更为重要的,则是声称附有其批点的古文选本。在这些选本中,唐顺之的时文技巧被转化为一种对文本进行指画分析的方法,形成一套约定俗成的批点符号,不同的圈点符号对应不同的作文技法。这种视觉化的批点方法由时文置换入古文,可以施加于任何明代乃至前代的文本,因而被视为是客观、普适的文章法度。

如欲真正理解个中款曲,须得尝试区分江南都市中销售导向的、商业化的选本刊刻,与官办学校中提学官主持的、非商业的总集编纂。前者展示了唐顺之的批点方法如何被书贾及其读者作为模式化的读法,运用到更多种类、更加广泛的文本之上;后者则提醒我们,唐顺之本人也是以古文为基础的官学课程的产物,其批点

---

① 此句中华书局版《戒庵老人漫笔》断句有误,原文英译亦仍之。中华书局版断作"有书贾在利考,朋友家往来"。"利考朋友"指擅于科考时文的士子,应连读。今予改正。——译者

② 李诩:《戒庵老人漫笔》,魏连科点校,北京:中华书局1982年版,第334页;参见沈俊平:《举业津梁:明中叶以后坊刻制举用书的生产与流通》,台北:台湾学生书局2009年版,第7页。

③ 《唐荆川先生传稿》序,清康熙(1662—1722)吕氏天盖楼刻本,载《四库禁毁书丛刊补编》,第1册,北京:北京出版社2005年版,第4a页。(盛大镛,字奕云。钱陆灿,号湘灵。——译者)

方法被推行于全国官学之中,成为主流教法(注重近科时文)之外另一种选择。书贾所刊署名唐顺之的总集中,最重要的一个案例乃是《唐会元精选批点唐宋名贤策论文粹》(下文简称《唐宋名贤策论文粹》)。[①] 此书今普林斯顿大学葛思德图书馆藏有一本,尤以其独特的副文本元素而别具价值。由全书多处牌记可知,此书最初于嘉靖三十八年(1559)由常州地区(唐顺之家乡)的一位胡姓书商刊刻[②];首页的一块牌记则表明此本乃南京著名书市三山街[③]的书商叶锦泉(生卒年不详)根据胡本重印,牌记云:

> 告白士夫君子:此书乃唐公亲自批点校正,字样无差。今被本行无籍棍徒省价翻刻,批点字画,差错甚多,亦无校正,哄骗人财,况价一般。买书君子,恐费唐公精选批点之功,务要辩认端的。此牌为记。见住三山街浙江叶氏锦泉印行。[④]

按牌记所言,"无籍棍徒"翻刻的《唐宋名贤策论文粹》错漏百出,叶锦泉试图将此类所谓的仿冒本作为陪衬,以凸显自家刊刻的"唐公"亲手校正、正确无误的真本。然而,叶锦泉此本事实上同样充斥着大量的文字讹误。四库馆臣一流大雅名公每以"稗贩"嘲讽明人,何予明化用此语以描述明代出版文化的"稗贩性"(hucksterish)特征;韩若愚(Rivi Handler-Spitz)则称之为"大言欺

---

① 从标题看,此书乃是以科考辅助读物自居。最明显的便是以"会元"这一科场荣衔指称其署名编者唐顺之。"会元"是指称会试第一名进士(元)的术语。"论"与"策"皆是既有的科场文类,用于乡试、会试的第二、三场。见 Benjamin A. Elman, *A Cultural History of Civil Examinations in Late Imperial China*, 42。

② 《唐会元精选批点唐宋名贤策论文粹》卷八末尾一牌记云"三衢前坊胡氏梓于毗陵";扉页末尾一牌记则署"嘉靖己酉"(1549)。

③ 关于三山街之研究,参见 Lucille Chia, "Of Three Mountains Street: The Commercial Publishers of Ming Nanjing", in *Printing and Book Culture in Late Imperial China* (Berkeley: University of California Press, 2005), edited by Cynthia J. Brokaw and Kai-wing Chow, 107-151。

④ 《唐会元精选批点唐宋名贤策论文粹》扉页,普林斯顿大学葛思德图书馆藏本。

世"(rhetoric of bluff);叶锦泉之牌记,正是此中显例。[①] 如此读来,叶锦泉之语更能说明,"唐会元"之名已与荆川本身殊无瓜葛,而是像商标一样在三山街书贾中流转。

凡例乃是《唐宋名贤策论文粹》中另一颇有价值的副文本。唐顺之解析文章的方法于此被整理提炼为一张半叶的系统化图例(见图 1)。

此图例使选本读者亦能如荆川一般,一目了然地掌握古文的基本逻辑;同时也能方便读者举一反三,将这种批点方法运用于新的文本。在《唐宋名贤策论文粹》选文的字里行间,这些非文字的圈点符号往往是与固定文字批语搭配使用,形成一套批点符号系统,用于揭示文本中重复出现的结构模式:"冒子"(导言性文句)、"证"(例证)以及唐宋策论中广泛出现的"主""客"正反对立结构。在偶对结构至关重要的时文写作中,正反对立结构的意义不言而喻。[②] 图 2 展示了主客分析法在古文大家苏轼《无沮善策》一文中的运用。

兹将这一段文字中"主"的部分用粗体标出、"客"的部分用斜体及下画波浪线标出如下:

> **世之贤者何常之有?或出于贾竖贱人,甚者至于盗贼,往往而是。***而儒生贵族,世之所望为君子者,或至于放肆不轨,小民之所不若。*圣人知其然,是故不逆定于其始进之时,而徐观其所试之效,*使天下无必得之由,*亦无必不可得之道。天

① Yuming He, *Home and the World: Editing the "Glorious Ming" in Woodblock-Printed Books of the Sixteenth and Seventeenth Centuries* (Cambridge: Harvard University Asia Center, 2013), 2-5.(中译本见[美]何予明著译:《家园与天下——明代书文化与寻常阅读》,北京:中华书局 2019 年版。——译者)Rivi Handler-Spitz, *Symptoms of an Unruly Age: Li Zhi and Cultures of Early Modernity* (Seattle: University of Washington Press, 2017), 44-68.

② 关于类似批点术语在小说评点中使用的示例汇编,可参 David Rolston, *How to Read the Chinese Novel*, 351-355。

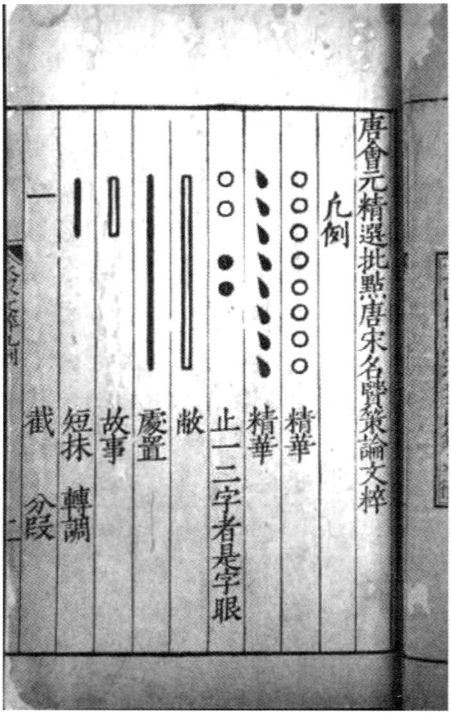

图 1　唐顺之批点图例
《唐宋名贤策论文粹》(嘉靖二十八年,1549)扉页
普林斯顿大学葛思德图书馆藏

下知其不可以必得也,然后勉强于功名而不敢侥幸;知其不至于必不可得也,然后有以自慰其心、久而不懈。嗟夫!圣人之所以鼓舞天下之人、日化而不自知者,此其为术欤?

后之为政者则不然。*与人以必得*,**而绝之以必不可得**。此其意以为进贤而退不肖,然天下之弊,莫甚于此。

今夫制策之及等,进士之高第,皆以一日之间,而决取终身之富贵。此虽一时之文人,而未知其临事之能否,则其用之

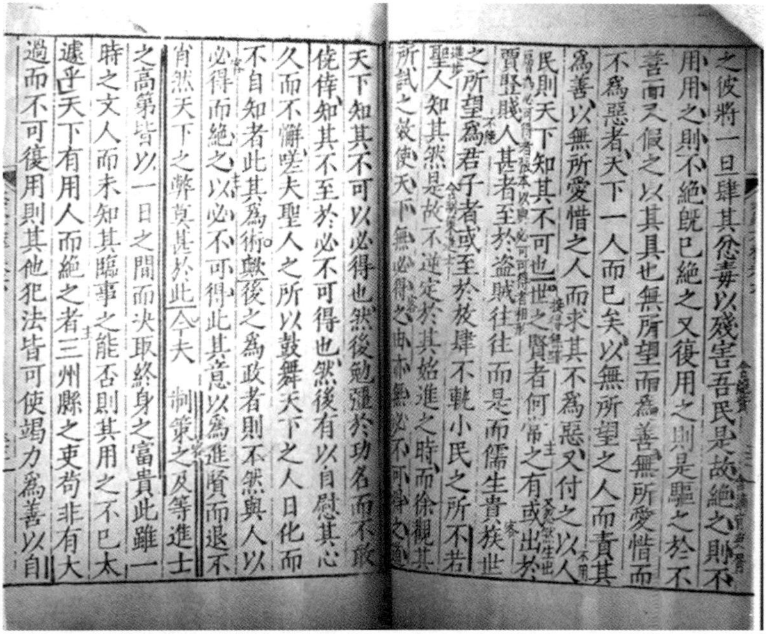
之彼將一旦肆其忿毒以殘害吾民是故絕之則不
用用之則不絕既已絕之又復用之則是驅之於不
善而又假之以其具也無所望而為善無所愛惜而
不為惡者天下一人而已矣以無所望之人而責其
為善以無所愛惜之人而求其不為惡又付之以人
民則天下知其不可也世之賢者何常之有或出於
賈豎賤人甚者至於盜賊往往而是而儒生貴族世
之所望為君子者或至於放肆不軌小民之所不若
聖人知其然是故不逆定於其始進之時而徐觀其
所試之效使天下無必得之由亦無必不可得之道
天下知其不可以必得也然後勉強於功名而不敢
僥倖知其不至於必不可得也然後有以自慰其心
久而不懈嗟夫聖人之所以鼓舞天下之人日化而
不自知者此其為術歟後之為政者則不然與人以
必得而絕之以必不可得此其意以為進賢而退不
肖然天下之弊莫甚於此今夫 制策之及等進士
之高第皆以一日之間而決取終身之富貴此雖一
時之文人而未知其臨事之能否則其用之不已太
遽乎天下有用人而絕之者三州縣之吏苟非有大
過而不可復用則其他犯法皆可使竭力為善以自

图2　唐顺之对苏轼《无沮善策》的主客分析

《唐宋名贤策论文粹》(嘉靖二十八年,1549)卷六,第32b—33a页

普林斯顿大学葛思德图书馆藏

不已太遽乎?①

在这一段主客分析中,文章的主旨"无沮善",即"用之则不绝"构成"主";与之相对立的内容,如儒生贵族之不轨、科考一日定终身之不当等等,则构成"客"。唐顺之从苏轼的历史论述中勾描出其"主""客"之交替,由古代圣王"使天下无必得之由,亦无必不可得之道"的治术写起,次后叙之为政者"与人以必得,而绝之以必不可得"而误以为"进贤而退不肖",最后论及苏轼当时以文章高下取士的政策。不无反讽的是,这里所批评的"一日之间,而

① 译文依据《唐宋名贤策论文粹》原书,对此处有关标识略有修订。——译者

决取终身之富贵”的文章,恰恰就是策论文。《唐宋名贤策论文粹》训练读者将此种分析模式运用于许多不同的作家,因而使唐顺之的读法成为一种普适的批评工具,无论何种风格之文,皆能揭示其结构类型。

在其他署名唐顺之的坊刻古文选本中,同样的分析模式乃被用于更广泛多样的作品文本。《唐荆川先生批点西山先生真文忠公文章正宗》即为一例。此书乃是南宋选本《文章正宗》的一个较粗陋的刻本,系建阳书贾“归仁斋”于嘉靖四十年(1561)刊行[①];其中使用了与《唐宋名贤策论文粹》相同的圈点符号(纵抹以标识,横截以断章)表示同样的议论结构(正反论述之转换)。不过,相对于仅收录唐宋策论文的《文粹》,《文章正宗》则是囊括了先秦以降的诏、疏、序、书、传、碑铭、游记等众多文体。不妨以《文章正宗》“辞命”部分的第一篇为例,以见荆川批点模式之推广运用。此文摘录自《国语》,题为《周襄王不许晋文公请隧》[②],叙事大意已具题中。版面之上,“荆川先生”特别以空心圆圈标出此题为当读之篇,又于圈上以“转折”二字总括此文风格。细绎原文,周襄王并非直接拒绝晋文公请用王室葬仪之举,而是首先巨细靡遗地描述了先王列土分封之制,然后方迂回折返当下,谈及文公之僭上不敬。襄王应答的第一段聚焦于先王之制,书中以顿点点出;第二段转入襄王本人不愿以“私”之故改易制度,用竖线纵抹标出,其中关键词如“私德”“私劳”,则用空心圆圈标出。

---

① 贾晋珠(Lucille Chia)指出,“杨氏归仁斋”是隆庆年间(1567—1572)活跃于建阳地区的出版商。见 Lucille Chia, *Printing for Profit: The Commercial Publishers of Jianyang, Fujian* (*11th-17th Centuries*) (Cambridge: Harvard University Asia Center, 2003), 190, 297。(中译本见[美]贾晋珠:《谋利而印:11 至 17 世纪福建建阳的商业出版者》,邱葵、邹秀英、柳颖、刘倩译,李国庆校,福州:福建人民出版社 2019 年版。——译者)“归仁斋”之名典出《论语》“一日克己复礼,天下归仁焉”。参见刘殿爵编:《论语逐字索引》,《颜渊篇第十二》,第 1 则,第 30 页。

② 《西山先生真文忠公文章正宗》卷一,庆应义塾大学藏明刊本,第 1—3 页。

一如首篇《周襄王不许晋文公请隧》题下标"转折"之例,《文章正宗》接下来数篇交替标以"转"和"直"等评语。[①] 前述对苏轼文章的"主""客"批点,在此由文本内扩展到文本间,用于在时文式的正反框架之下,比较分析不同的篇章。书贾驱动"唐会元"的分析机器,批点更广泛多元的文章选集;由此不难想见应试考生如何体贴选家唐顺之"揭示"出的文章结构模式,并将其作为普适、实用之文法接受下来。

一致性中的多样性

在这些署名唐顺之(真伪往往存疑)的坊刻选本之外,唐顺之本人在其文章写作和编纂活动中亦不遗余力地提倡普适文法之观念,这一点同样值得关注。例如其一封书信中云"文之必有法,出乎自然而不可易者,则不容异也"[②]。在嘉靖三十五年(1556)的《文编》自序中,唐顺之也有类似的说法:"不能无文,而文不能无法",并声言《文编》乃"文之工匠而法之至也"。[③] 在这些论述,尤其在《文编序》中,唐顺之介入了"修辞是否学问"这个源远流长的争论,其贡献则在对"法"与"本色"的原创性理解。诚然,"法"这个词在先秦文献中已有出现,在刑律文书中地位极重要;[④]但唐顺之对"法"的使用则应置于南宋以来出现的"道学"与"文章"(应试文章)之二元对立中理解。正如魏希德所言,南宋时期,"作文"

---

① 《西山先生真文忠公文章正宗》卷一,庆应义塾大学藏明刊本,第 3a—3b、4b、8b 页。

② 唐顺之:《荆川先生文集》卷一〇《董中峰侍郎文集序》,载《唐顺之集》,中册,第 466 页。

③ 唐顺之:《荆川先生文集》卷一〇《文编序》,载《唐顺之集》,中册,第 450 页。

④ 关于早期文献中"法"的含义,见 Chad Hansen, "*Fa* (Standards: Laws) and Meaning Changes in Chinese Philosophy", *Philosophy East and West* 44, no. 3 (1994): 435-488。

已发展成独立的教学领域;教师传授生徒阅读、解析范文的方法,并训练他们将这些方法用于自己的写作。① 文章之学的这种技术化、应试化转向,在周敦颐(1071—1073)一系倡言"文所以载道也"②的理学士大夫那里,毫不出奇地引发了批评。包弼德(Peter K. Bol)指出,此种批评态度标志着一种新话语的开端:"真理至道不必借文学而显现,文章大业也就不再举足重轻。"这正是唐宋变革中士人学问转变的重要一环。③

不过,王昌伟(Chang Woei Ong)最近的研究表明,宋代以来的这种新话语在明代中期发生了剧变:不少声名卓著、望重一时的士大夫此时也开始表现出对诗学的兴趣,并将其视为学问中独立之一途。④ 举例而言,此前不甚为人注意的严羽《沧浪诗话》,在这一时期受到了大学士李东阳(1447—1516)的重视。⑤ 与之相类,李梦阳(1473—1529)、何景明(1483—1521)在其通信中批评了宋人对诗歌声调法度的忽视,而在李梦阳看来,声调正是自然界中的客观存在。⑥ 尽管在16世纪,不同学者和学派对"法度"的确切属性

---

① Hilde De Weerdt, *Competition over Content: Negotiating Standards for the Civil Service Examinations in Imperial China (1127-1279)* (Cambridge: Harvard University Asia Center, 2007), 151.(中译本见[比]魏希德:《义旨之争:南宋科举规范之折冲》,胡永光译,杭州:浙江大学出版社2015年版。——译者)

② 见曹端:《通书述解》卷二,《文渊阁四库全书》本,第14b页。

③ Peter K. Bol, *This Culture of Ours': Intellectual Transitions in T'ang and Sung China* (Stanford: Stanford University Press, 1992), 122.(中译本参见[美]包弼德:《斯文:唐宋思想的转型》,刘宁译,南京:江苏人民出版社2001年版。此处引文系本文译者自译。——译者)

④ Chang Woei Ong, *Li Mengyang, the North-South Divide, and Literati Learning in Ming China* (Cambridge: Harvard University Asia Center, 2016).

⑤ Ibid., 107-108.

⑥ Ibid., 248-252; Daniel Bryant, *The Great Recreation: Ho Ching-Ming (1483-1521) and His World* (Boston: Brill, 2008), 400-415; 陈国球:《唐诗的传承:明代复古诗论研究》,台北:台湾学生书局1990年版,第31—34页。

聚讼纷纭，[①]但他们却有一共通之观念：诗文并非雕虫小技，而是值得专门研治的独立学问。[②] 唐顺之在京任翰林编修之时，便已浸润在此种思想氛围之中，他后来曾将自己早年的文学观点概括为"诗必唐、文必秦与汉云云者"[③]。不过，唐顺之在此后的文章中有意与此观点保持距离，使得后来的学者往往将其经历叙述为"由文入道"，[④]或者说由形式主义向表现主义演进。例如，有学者就强调唐顺之最终在其文学批评中并不以"法"作为一个重要概念。[⑤] 不过，从《文编序》来看，唐顺之显然从未放弃"法"的观念。非特如此，随着人生阅历、读书经验和师友交游的增长扩充，他对"法"的理解更为复杂多维，也更能融会看似毫不兼容的学问领域。

这种多维、异质的法度观念，在《文编》中就有两处显例。其一，此书自序中多次提到"神明"一词，指称人心之本质属性，这正是《朱子语类》和王阳明《传习录》中都反复提及的概念。[⑥]《文编

---

① 例如周质平(Chih-p'ing Chou)曾讨论李梦阳、王世贞文法观念之差异：李梦阳视法为"客观"之物，而王世贞则从"主观"的角度理解，认为法为人用，而人不当受制于法。见 Chih-p'ing Chou, *Yüan Hung-Tao and the Kung-an School* (Cambridge: Cambridge University Press, 1988), 12。可参照的讨论还有：Richard J. Lynn, "Alternate Routes to Self-Realization in Ming Theories of Poetry", in *Theories of the Arts in China* (Princeton: Princeton University Press, 1983), edited by Susan Bush and Christian Murck, 317-340; 以及郭绍虞：《中国诗的神韵、格调及性灵说》，香港：崇文书店1971年版。

② 本段的论述甚为仰赖王昌伟(Chang Woei Ong)对李梦阳的研究，见 Chang Woei Ong, *Li Mengyang, the North-South Divide, and Literati Learning in Ming China*。该书指出，李梦阳提倡博学，以应对复杂支离的世事。

③ 唐顺之：《荆川先生文集》卷六《答皇甫百泉郎中》，载《唐顺之集》，上册，第257页。

④ Chih-p'ing Chou, *Yüan Hung-Tao and the Kung-an School*, 15-17; Ching-i Tu, "Neo-Confucianism and Literary Criticism in Ming China", 552; 吴金娥：《唐荆川先生研究》，第128—129页。

⑤ Ching-i Tu, "Neo-Confucianism and Literary Criticism in Ming China", 557.

⑥ 关于"神明"这一术语的渊源流变，参见 Sándor P. Szabó, "The Term *Shenming*—Its Meaning in the Ancient Chinese Thought and in a Recently Discovered Manuscript", *Acta Orientalia Academiae Scientiarum Hungaricae* 56 (2003): 251-274。

序》将“法”与“神明”等而论之,以为“所谓法者,神明之变化也”。① 唐顺之曾与阳明高弟王畿(1498—1583)交游论学,由此种对“法”的新理解,亦可窥见其间影响。② 在《文编序》之后数年内,王畿为《唐荆川先生批点精选史记》作序时,便绾合词章与理学术语,声称古文、时文的“同异之机”,“要皆于虚明一窍发之”。③ 正如涂经诒(Ching-i Tu)所言,唐顺之著名的“本色”之说,也呼应了王畿关于“心体本空”的观念。④ 由此,尽管与李梦阳一样都注重不同时代、不同风格文章中所蕴含的一致之“法”,唐顺之在其后期定论中更多了一重阳明学的色彩,强调“心”对于掌握法度的必要性。⑤

同时,唐顺之对“法”的成熟看法中还包括了技术化、数字化乃至几何化的属性。例如在《文编序》中,他比较了文法与《周易》之卦象:

> 画非赘,则所谓一与言为二,二与一为三,自兹以往巧历不能尽,而文不可胜穷矣。文而至于不可胜穷,其亦有不得已而然者乎?⑥

按唐顺之所论,由于八经卦源于古圣“神明之德”,故其看似不过定数,却能错杂交互,以尽万物之无穷变化。为文之法度,正可与之类比——“法”虽似有定,却能因之以化生沛然无穷之文。

---

① 唐顺之:《荆川先生文集》卷一〇《文编序》,载《唐顺之集》,中册,第450页。

② Ching-i Tu, “Neo-Confucianism and Literary Criticism in Ming China”, 552.

③ 《唐荆川先生批点精选史记》序,约刊于嘉靖三十五年(1556)至三十九年(1560)间,普林斯顿大学葛思德图书馆藏本。

④ Ching-i Tu, “Neo-Confucianism and Literary Criticism in Ming China”, 556.

⑤ 并参 Richard J. Lynn, “The Sudden and the Gradual in Chinese Poetry Criticism; An Examination of the Ch'an-Poetry Analogy”, in *Sudden and Gradual: Approaches to Enlightenment in Chinese Thought* (Honolulu: University of Hawai'i Press, 1987), edited by Peter Gregory, 381-428。

⑥ 唐顺之:《荆川先生文集》卷一〇《文编序》,载《唐顺之集》,中册,第450页。

与其文学观念上的阳明色彩一样,唐顺之这种对“法”的数学理解也可在其学术交往中找到渊源。致仕之后,唐顺之曾从学于数学家顾应祥(1483—1565)[①],并撰写了一系列几何、天算学论著,其中“法”正是一个频繁出现的术语,例如测定太阳高度角的“勾股之法”等等。[②] 因此,尽管李梦阳亦曾使用过“规矩”来习惯性地比照诗法,[③]笔者仍以为唐顺之的数学背景使得他对“法”之空间、视觉属性的强调远远超过李梦阳。这种对词章复古、阳明心学以及技术学问的结合,看起来似乎有些杂糅,不过正如黄仁宇(Ray Huang)所言,唐顺之兴趣过于广博,过多地关注实用知识,因而难以专注于哲学的统一性。[④] 唐顺之生活在一个主张融通、综合的时代,《文编》中对“法”的综合性理解,正可以非常适应当时读者的口味。

在唐顺之生前,他作为选家的声名似乎更多是与《唐宋名贤策论文粹》联系在一起;而在他去世(1560年)后,《文编》流播于整个东亚,被视为其选文事业最高成就的代表。[⑤]《文编》是一部鸿篇巨制的选本,包含三十种文类、凡一千四百一十八篇文章,选文之时代上起《左传》而下迄北宋(960—1127)。尽管其选文的范

---

① L. Carrington Goodrich and Chaoying Fang, *Dictionary of Ming Biography (1368-1644)*, vol. 2, 1253; Joseph Needham, *Science and Civilization in China, Vol. 3, Mathematics and the Sciences of the Heavens and the Earth* (New York: Cambridge University Press, 1959), 51.(中译本见[英]李约瑟:《中国科学技术史》第三卷《数学、天学和地学》,梅荣照等译,北京:科学出版社2018年版。——译者)

② 唐顺之:《荆川先生文集》卷一七《勾股测望论》,载《唐顺之集》,下册,第773页。

③ Daniel Bryant, *The Great Recreation*, 413.

④ L. Carrington Goodrich and Chaoying Fang, *Dictionary of Ming Biography (1368-1644)*, vol. 2, 1253.

⑤ 《文编》的一种缩编本《唐宋八大家文格》在19世纪日本颇为流行。日人序其书云:“余尝欲窥古文变化之妙,就古人集中求之有年矣,然未有所得也。既而读唐荆川《文编》,至其分格者,乃翻然悟曰:‘此可以窥其妙矣!’”见唐順之選,川西潜士竜编:『唐宋八大家文格』,第1卷,日本明治十一年(1878)大阪柳原喜兵衛刻本,序第1頁。

围异常广大，涵盖了庄子、孙子以及其他先秦诸子著作，但书中绝大多数篇目是按科场或公文文体编次，例如策、疏、论等等。当然，书中亦有相当数量的书、序、游记以及各种碑志类文章，较之科场更当归属于文人社交的"应酬"领域①。与《唐宋名贤策论文粹》《文章正宗》一样，这些文章都附有唐顺之独特的批点。韩愈的《获麟解》即一典型案例；②在此文中，唐顺之批点的目的同样是为读者指示正反论点之转移变化。从夹批"以'祥''不祥'字作眼目"开始，唐顺之为本文确立了一对相反相成的关键词（"眼目"），此后一系列夹批、圈、抹则详细勾勒出韩愈关于麟出之"祥"与"不祥"委曲尽致的讨论。例如，"虽妇人小子皆知其为祥也"一句后半用直线抹出，"祥"字旁着一小圈，直线右侧又夹批一"祥"字。与此相对，在"其为形不类"一句旁，唐顺之加一夹批"不祥"。这种来回往复贯穿全文，直至文末韩愈总束全篇，认为麟之出必待圣人在位、可明其德，方以为祥。与《唐宋名贤策论文粹》和《文章正宗》类似，这种批点模式被用于各种文类、各个时代的文本，适可"证明"唐顺之序文中的观点——古文之法度乃客观且普适之存在。换言之，除了措辞用字方面的表面差异，秦汉散文、唐宋散文以至明代时文，制策、诏令以至书序之文，都具有同样的基本思想结构。正因如此，提高时文写作的最佳途径，就是汇编大量不同时代的文章，并置以观其篇法结构之相似。同时，揭示文法普适性的最佳方式，便是并置对照迥然异类的文本；职是之故，《文编》一类选本使读者可以通过阅读一系列种类繁多、内容广泛的文本来准备科考，此一功用亦值得留意。

唐顺之本人如何形成此种编纂选本的方式？如前所述，文法

---

① 关于明清时期应酬文写作和个人别集的讨论，参见 Alexander Des Forges, "Sleights of Capital: Fantasies of Commensurability, Transparency, and a 'Cultural Bourgeoisie'", *Differences* 24, no. 3 (2013): 101-126。

② 《文编》卷三七，哈佛燕京图书馆藏胡帛本，第 25 页。

普适性的理念在不同文本的并置之中体现得最为充分;选家、读者乃至利用"荆川"之名与其批点方法的坊贾书商,为何皆抱有此种共同理念?要解决这一问题,就不能不将《文编》置于官学选本编印的背景中加以考察。《文编》的初刊本是由唐顺之弟子姜宝(嘉靖三十二年进士,1553)校字,福州知府胡帛(1518—1577,嘉靖三十五年进士,1556)刊行。[①] 鉴于姜宝在嘉靖四十二年(1563)至四十五年(1566)间出任福建提学副使,胡帛则于同一时期担任福州知府,或可推断《文编》当刊刻于16世纪60年代中期。[②] 此书与大

① 后人使用较多的《四库全书》本《文编》乃是本于天启年间(17世纪20年代)陈元素(生卒年不详)的重刊本。简单比较胡、陈二本,即可见陈本改动程度之大。陈本虽然保持了胡本六十四卷、三十种文类的框架,但是删去了大量的篇章。例如,胡本《文编》卷四〇由欧阳修《易童子问》、曾巩《洪范传》及王安石《洪范传》三篇组成,陈本完全删去了这三篇文章,然分割胡本卷三九之后半为其卷四〇,以此保持六十四卷之卷数。除了缩减篇幅的考虑,看不出陈本的删改有任何规律或倾向。更为重要的是,陈本的批点与胡本几乎迥然不同。例如,空心圆圈和实心直线在胡本中俯拾即是,而陈本则完全不用直线,仅使用空心圆圈(。)和点(、)。简言之,陈本所录不再是唐顺之的批点,而是点缀着少量荆川批语的陈元素批点。值是之故,尽管陈本对于了解《文编》的传播接受很有帮助,如欲评述研究作为"选家"的唐顺之,更适合的依据仍当推胡本。基于陈本的《四库全书》本,学者亦须谨慎使用,自然更不待言。四库馆臣直言其未能见到时代更早的胡本,故陈本对原本的改易"不复可考";《四库全书总目》卷一八九,第18页。

② 姜宝于嘉靖三十二年(1553)通过会试,得大学士徐阶(1503—1583)之助,选翰林院庶吉士。徐阶乃唐顺之老友,又恰系姜宝之座师。在姜宝心中,这一层关系并非幸然巧合,而正体现了天意将以此实现唐顺之的政治抱负。在姜宝上徐阶的多封书信中,都可看到姜宝、徐阶二人如何谋划唐顺之的东山再起;最终唐顺之于嘉靖三十七年(1558)起复,协助胡宗宪在浙江沿海抵御倭寇。见姜宝:《姜凤阿文集》,明万历(1573—1620)刻本,卷一,第29b—30a页;卷二,第24b—25页;卷六,第3—9页,载《四库全书存目丛书·集部》,第127—128册,台南:庄严文化1997年版。关于在姜宝四川任职时期与徐阶的通信,参见John W. Dardess, *A Political Life in Ming China: A Grand Secretary and His Times* (Lanham: Rowman and Littlefield, 2013), 38。嘉靖三十九年(1560)姜宝由翰林编修升任提学佥事,先后任四川提学佥事(1560—1563)和福建提学副使(1563—1566)。见《明世宗实录》卷四八四,第4页;卷五五〇,第4页。关于胡帛,见《明穆宗实录》卷一四,第11页。

部分学官刊行的官学选本不同,并没有详细说明其编印过程的跋记,不过全书多处牌记显示,姜宝和胡帛征召了地方学校的训导参与了编校工作。① 此乃16世纪官学选本组织编印的典型方式。

在此不妨再讨论另一个题为《古文会编》的官学选本,此书对于理解唐顺之的编选之道尤为重要,然而过往对唐顺之的研究几乎将其完全忽视。《古文会编》由黄如金(弘治十八年进士,1505)刊行于正德五年(1510),当时他正担任南直隶学政,而唐顺之正是由所辖常州府学增广生开始,踏上了科场得意之路。《古文会编》收录了从《左传》直到南宋的二百六十五篇作品,将其大致分为三十类。前翰林学士、江西学政邵宝(1460—1527)为其撰序。时邵宝暂致仕里居于无锡,与唐顺之故乡武进同为常州府之邻县。邵宝为官之时积极兴学,任职地方则为官学生徒讲学,在江西提学副使任上更主持了弘治十四年(1501)白鹿洞书院之复建,②故而他为一本给官学生徒的古文选本作序自然并不意外。邵宝《古文会编》序中的许多观念正是唐顺之《文编序》之先驱,其文云:

> 文一而已矣。自近世以举业为时文,于是有古文之名。时文之于古文,异体而同辞,异辞而同理。理既同,则其辞虽异,中有同者存焉。故字以声出则法同,句以字成则法同,章以句属则法同,不如是理不能达也。虽欲异之,夫焉得而异之?人徒以其体之异也,遂谓习古文者妨时文。或以时文之法问予,予矫其意,每以古文对之,谓可以昌吾气也,可以发吾才也,可以起吾思致也。闻吾言而信之者什才一二,然往往有

① 《文编》卷八末页牌记云:"闽县学训导陈桐校","书院生员李道亨重校"。卷一七末页牌记云:"严学颜重校"。卷六四末页牌记云:"督工闽县学训导陈桐重校"。除此之外,作为官学刊印选本的惯例,刻工也在版心下部镌刻其名。

② John Meskill, *Academies in Ming China: A Historical Essay* (Tucson: University of Arizona Press, 1982), 32-33.

> 得第。不知古之人登文箓而传不朽者,由其所学:一则经,次则传,又次则诸子。譬之水焉,其源深则其流长,故沱汜藐于江汉,潢潦蔑于涧溪,其势固然也。苟不穷其源,而惟委是宗,则何以造夫古人之地哉?然今为时文者,凡经传以及诸子皆有事焉,此正吾所谓源者。即加之意,则法在我矣。乃或舍是而他求之,是知时文之当师古,而不知古文之尤当师古也,亦奚取哉?厥或肆笔自信,至谓文无定体,是又不然。文之所同者法耳。①

在邵宝的序文之中,可以看到官学惯常使用的时文教育与《古文会编》体现的古文之学两者间的紧张关系。邵宝向其生徒断言,古文与时文内在之法度乃是殊途同归,因以淡化两者间的张力,甚至将古文作为科场中秘密的奇兵利器,指出少数信从此论的学子"往往有得第",正可凸显其效用。不过,序文声称习学古文可以"昌吾气""发吾才""起吾思致",其潜台词显然便是当时的科场范文对这些方面无所助益。尽管邵宝诉诸文之所"同",诉诸超越时代的法度,诉诸所有文学习作的单一"源"头,《古文会编》这类选本在实践层面代表了对官学教育的拓宽和多元化——研读的范围从晚近的科场时文转向了几乎整个文学史。由此,以《古文会编》和《文编》为代表的官学选本,事实上体现出一种更为广泛意义上的改革运动:16世纪学官群体之中颇有不满科举教育的倾向,视之为过分盲目呆板、陈腐不变的"口耳之学"。② 在刊行供生徒使用的文章选本之外,学官们也亲

---

① 邵宝:《古文会编》序,日本国会图书馆藏明正德五年(1510)序刻本,第1—2页。

② "口耳之学"一词在天顺六年(1462)下达学官的敕谕中被用以贬斥当时的学风。见《大明会典》卷七八,《续修四库全书》本,第13a页。亦见 Tilemann Grimm, "Ming Educational Intendants", in *Chinese Government in Ming Times, Seven Studies* (New York: Columbia University Press, 1969), edited by Charles O. Hucker, 135。

自为士子讲学，建立起更紧密的师生关系；[①]同时他们亦兴建书院，以供讲学研讨之用，区别于单纯的学校考课。[②] 如穆四基(John Meskill)所言，学官"行动家"兴建之书院在官学考课之外提供了另一种并不妨碍举业的教育途径；与之相似，我们亦可认为，他们编刊古文选本、建立文章典范，亦代表了另一种文学教育的途径，旨在启发生徒之道德修养、变化气质——简言之，将其培养成贤良的官吏、优秀的文人。[③]

两种类型的读者

唐顺之的文才为他赢得了科场盛誉，也为他开启了宦途进身之阶。然而，与他在文学领域的卓越成就形成鲜明对比，唐顺之的官场生涯历尽了挫折坎坷。嘉靖八年(1529)会试结束后，顺之的座主大学士张璁(1475—1539)有意授其以翰林院庶吉士之职。张璁的计划是将其他庶吉士调往各部，仅留其门徒顺之，如此一来，翰苑中便应当皆为在大礼议中支持嘉靖之人。[④] 然而，唐顺之却并不愿依附张璁，屡次上书告病，请求还乡。张璁为之大怒，拟旨令顺之以吏部主事罢归，永不叙用。直到张璁卒后，嘉靖十八年(1539)顺之方重入翰林，但旋即他又疏请太子于新岁受朝，因此

---

① 在万历三年(1575)由张居正(1525—1582)拟订的敕谕中，这种讲学活动备受批评，提学官被指与士子不当结交，非但不能黜退顽劣，更"别创书院，群聚徒党，及号召地方游食无行之徒，空谈废业，因而起奔竞之门，间请托之路"。敕谕更指斥一些地方提学官"招邀诗朋酒友，游山玩水"。见《大明会典》卷七八，第16b—18b页。并参 Tilemann Grimm, "Ming Educational Intendants", 135。

② 见 John Meskill, *Academies in Ming China*, 32-34。

③ 见 John Meskill, *Academies in Ming China*, 25。

④ 关于大礼议的概述，见 Denis Twitchett and Frederick W. Mote, eds., *The Cambridge History of China, Vol.7, The Ming Dynasty (1368-1644)* (Cambridge: Cambridge University Press, 1998), 457-461。(中译本见[美]牟复礼、[英]崔瑞德编：《剑桥中国明代史》，张书生等译，北京：中国社会科学出版社1992年版。——译者)

触犯了嘉靖帝,被削籍归里。① 于是,在三十三岁之年,唐顺之又一次被罢官。经此挫折,他自言在精神和身体上经历了双重衰病②。在后来与友人的通信中,唐顺之还多次言及嘉靖二十六年(1547),他因忧心身体健康,携家移居荆溪,冀望开始新的生活。荆溪僻处郊外,山川清美,正是其别号"荆川"之由来;他在此修习静坐、食疗养生,病体初愈后又开始重读作为举业重心的理学著作。③

毋庸置疑,科场得意与官场失意的落差,定然给唐顺之带来了极大的压力。不过,在书信中反复嗟叹衰病,叙述移居荆溪之事,应当也是他重塑自我的一种方式,借此创造出一个迥别于"唐会元"的新面目。我们或许可以想象两个不同的形象:一个是刊行纸上的选家唐顺之,一个是现实肉身的唐顺之。唐顺之的这两重身份,日益显得彼此背反:当"肉身版唐顺之"已然"绝学捐书,息游嘿坐"④,"刊行版唐顺之"却是将日益宏富多元的古文纳入其学而不厌的视野,又经由通畅的销路周行四方,结缘新的读者。尽管唐顺之尽力塑造自己敛迹屏游的新形象,然而天下学子仍然笃信"选家"唐顺之的赫赫威名,或寄文请正,或亲身拜师,皆期望向

① John W. Dardess, *A Political Life in Ming China*, 16-17.

② 例如,在一封书信中,唐顺之写道:"仆禀气素弱,兼以早年驰骋于文词技艺之域,而所恃以立身者,又不过强自努力于气节行义之间,其于古人性命之学,盖殊未之有见也。至如所谓'心似蛛丝游碧落,身如蜩甲化枯枝',以耗散其精神于故纸间不知返者,则日夜有之,是以未老而病,无病亦衰。"见唐顺之:《荆川先生文集》卷五《寄刘南坦》,载《唐顺之集》,上册,第185—186页。收信人刘南坦即刘麟(1475—1561),曾任工部尚书,与顺之一样素弱多病,也一样是早年被迫致仕归乡。见L. Carrington Goodrich and Chaoying Fang, *Dictionary of Ming Biography (1368-1644)*, vol. 1, 953-956。

③ 唐顺之:《荆川先生文集》卷三《赠庵中老僧。僧解相人术,少尝游历江南,晚归庵中》,载《唐顺之集》,上册,第116页;卷五《答江五坡提学》,载《唐顺之集》,上册,第230页。

④ 唐顺之:《荆川先生文集》卷五《寄刘南坦》,载《唐顺之集》,上册,第185页。

其请教文章之道。[1] 选本读者心目中唐顺之作为选家的形象,与唐顺之本人为自己塑造的新面目,两个“唐顺之”之间别具意味的断裂与脱节,在这些论学交往之中有时便会暴露出来。例如,在写给茅坤(1512—1601)的一封答书之中,唐顺之尝云[2]:

> 熟观鹿门之文,及鹿门与人论文之书,门庭路径与鄙意殊有契合,虽中间小小异同,异日当自融释,不待喋喋也。至如鹿门所疑于我本是欲工文字之人,而不语人以求工文字者,此则有说。鹿门所见于吾者,殆故吾也,而未尝见夫槁形灰心之吾乎[3]? 吾岂欺鹿门者哉! 其不语人以求工文字者,非谓一切抹摋,以文字绝不足为也;盖谓学者先务,有源委本末之别耳。“文莫犹人,躬行未得”,此一段公案姑不敢论,只就文章

---

① 例如,时文指南《游艺塾文规》的编者袁黄(1533—1606)曾云:“忆予十八岁见荆川唐先生于嘉兴天宁寺之禅堂,即礼之为师,相随至杭,往返几两月。”见袁黄:《游艺塾文规》卷一,明万历三十年(1602)双峰堂余文台梓本,第5a页。唐顺之后期的时文技法对袁黄此书颇有影响,书中如《举业三昧》等章节皆可见之。可参阅比较韩嵩文(Michael Hill)对林纾“函授”古文的讨论,见 Michael Hill, *Lin Shu, inc.*, 181-185。

② 茅坤后来编纂了著名的选本《唐宋八大家文钞》。正是缘于这一选本,后来的文学史将茅坤与唐顺之、王慎中(1509—1559)、归有光(1507—1571)一起归为散文之“唐宋派”。关于唐宋派,参见夏崇璞:《明代复古派与唐宋文派之潮流》,《学衡》1922年第9期,第75—95页;黄毅:《明代唐宋派研究》,上海:上海古籍出版社2008年版。

③ 《庄子》中多处以“槁木”“槁骸”“心若死灰”等语形容至人。例如《齐物论》“何居乎? 形固可使如槁木,而心固可使如死灰乎”;《知北游》“形若槁骸,心若死灰”;《庚桑楚》“身若槁木之枝而心若死灰”。见刘殿爵、何志华、朱国藩编:《庄子逐字索引》,《齐物论第二》,第3页;《知北游第二十二》,第61页;《庚桑楚第二十三》,第65页,香港:商务印书馆2000年版;英译本参阅 Victor H. Mair, transl., *Wandering on the Way: Early Taoist Tales and Parables of Chuang Tzu* (Honolulu: University of Hawai'i Press, 1998), 10, 214, 231。唐顺之所谓“故吾”亦用《庄子·应帝王》中神巫季咸见壶子之典:神巫季咸能以相面知人之生死祸福,壶子则从心所欲,现变化莫测之相,使之莫可适从。见刘殿爵、何志华、朱国藩编:《庄子逐字索引》,《应帝王第七》,第20—21页;Victor H. Mair, *Wandering on the Way*, 68-70。

> 家论之。[1] 虽其绳墨布置、奇正转折自有专门师法,至于中一段精神命脉骨髓,则非洗涤心源、独立物表、具古今只眼者,不足以与此。今有两人,其一人心地超然,所谓具千古只眼人也,即使未尝操纸笔呻吟学为文章,但直抒胸臆,信手写出,如写家书,虽或疏卤,然绝无烟火酸馅习气,便是宇宙间一样绝好文字;其一人犹然尘中人也,虽其专专学为文章,其于所谓绳墨布置则尽是矣,然番来覆去不过是这几句婆子舌头语,索其所谓真精神与千古不可磨灭之见,绝无有也,则文虽工,而不免为下格。此文章本色也。[2]

在明清文学研究中,这封书信中有关"本色"的讨论通常被认为是唐顺之所谓文学"转向"的证据,即由早年模拟古人的主张,转变为与之相反的个人主义、表现主义立场。[3] 由此观之,唐顺之的转向体现了中国文学史上拟古主义与表现主义此消彼长的大转折。后来的"五四"运动和新文学诞生,在晚明即已有此一先驱,这正是其重大意义所在[4]。然而,唐顺之《文编序》之写作晚至嘉靖三十五年(1556),此序乃是他对"法"阐述最为详明的文章,其中还将"法"定义为"神明之变化";如此一来,我们又何以认为唐顺之最终因推崇"本色"而舍弃了"法"? 前文关于唐顺之选家身份的探讨,可以为《答茅鹿门知县》书提供另一种阐释途径:唐顺之指出的两类读者,并非标示着退化的古典主义与先进的表现主

---

① 此处用《论语·述而》典故:"子曰:文莫吾犹人也。躬行君子,则吾未之有得。"见刘殿爵、何志华编:《论语逐字索引》,《述而篇第七》,第33则,第17页。

② 唐顺之:《荆川先生文集》卷七《答茅鹿门知县》(其二),载《唐顺之集》,上册,第294—295页。

③ 此类观点的一个例证,见 Chih-p'ing Chou, *Yüan Hung-Tao and the Kung-an School*, 21-28。

④ Chih-p'ing Chou, *Yüan Hung-Tao and the Kung-an School*, 121-122.参阅比较 Lynn A. Struve, "Modern China's Liberal Muse: The Late Ming", *Ming Studies 63* (2011): 38-68; Rivi Handler-Spitz, *Symptoms of an Unruly Age*, 21-28。

义现代性的两相对立，而是表征了选家唐顺之的两种共时面向。茅坤请求唐顺之透露其“求文字之工”的秘诀，事实上针对的是《唐宋名贤策论文粹》等选本背后所署的那位“唐会元”。唐顺之所谓“绳墨布置，奇正转折”，事实上也颇为相类，指向的正是《文粹》等选本中为读者指点标识出的种种谋篇布局、立论推阐之结构。与此相反，当唐顺之建议茅坤反思其学文模式，在表面的“绳墨布置”之下发现一篇作品与其他作品之间深层、本质的区别时，他传递出的恰恰是邵宝等学官兼选家的声音。唐顺之提倡的是“洗涤心源”、追求真精神，而学官所推动的也正是通过拓展、丰富科举之学来提升士子之修养、变化其气质。

在作为选家的这两副面孔中，唐顺之终生都体现出明代出版文化的两种互为背反的趋向。他从未远离茅坤眼中那个“故吾”，并未将“绳墨布置”视作退步逆行，也并未警诫后学勿以之为学文之矢的。毋宁说，唐顺之批评的是16世纪出版文化令人不安的新产物：将选家的眼光和品味商品化，以此横扫千军，将古今历代、不同作家、文类各异的作品都化约为单调、沉闷、千篇一律的时文模式。无独有偶，当劝说茅坤关注文章的“精神命脉骨髓”之时，唐顺之也绝非在提倡一种个人主义写作的新方式。他代表的是一种不合时宜的文学观，将文章之学视为洗心革面、尚友古人之途径，主张回到他理想中的过去，回到文学尚未被科举异化为进身之阶的时代。

简言之，终其一生，作为选家的唐顺之既反映了一种新的历史现象，也体现出对此现象的批判。从一方面看，这位选家是一位“立法者”；他运用自己的“神明”，将异常广博繁多的文本组织到一起，为广大文坛新手揭示出谋篇设论的普适法则。从另一方面看，这位选家又是一位创新者甚或社会批评家（批评的还是科举这一使他本人深负文名的制度），他以自己的“古今只眼”，发掘出一个异彩纷呈、各具本色的文学传统。当然，唐顺之本人也是在宦途失意之后方才经历了阅读方法的转变。他希望读者也能实现同样的转变,故而对举业颇加批评。毫无疑问的是,这后一种更具颠覆性(对商业导向的颠覆)的"选家"模式,最终将会催生出李贽(1527—1602)、金圣叹(1608—1661)[①]等选评大家,以翻案式乃至离经叛道的绝妙"重读"著称于世。

胡琦　译

① 金圣叹生年,原文作1610年,今据陆林《金圣叹史实研究》(人民文学出版社2015年版),修订为1608年。——译者

《焚书与藏书:李贽作品选》引言*

[美]韩若愚(Rivi Handler-Spitz)
[美]李博玲(Pauline C. Lee)
[美]苏源熙(Haun Saussy)

作为李贽最著名的系列作品之题名,《焚书》可谓既具先见之明,又有自我戏剧化的意味,或许还是一个自我确认的预言。万历三十年三月十五日(1602 年 5 月 6 日),一个年迈的男子在北京城郊的一座监狱里羁押候审,他向狱卒要来剃刀剃须;乘人不备,他用剃刀割断了自己的咽喉。被称作"那个时代中国最著名的人之一"(据一位同时期的意大利观察者所言)的李贽结束了自己的生命。① 他也曾被礼科都给事中张问达(卒于 1625 年)形容为一个有意用"狂诞悖戾"之说来煽动舆论、"惑乱人心"的作家。② 张问达认为李贽的言论"不可不毁",他的著作必须被禁。李贽的著作《焚书》之名中所隐含的寓言意味或质疑精神似乎就此一语成谶,但事实上其书呈现的价值却与之截然相反。

---

* 英文原文见 *A Book to Burn and A Book to Keep* (*Hidden*): *Selected Writings* (New York: Columbia University Press, 2016), xv-xxxv。本文选自 *A Book to Burn and A Book to Keep* (*Hidden*): *Selected Writings*, edited and translated by Rivi Handler-Spitz, Pauline C. Lee and Haun Saussy (New York: Columbia University Press, 2016),译文正文及脚注中的"本书"均指代《焚书与藏书:李贽作品选》。

① Pasquale d'Elia, ed., *Fonti Ricciane* (Rome: Libreria dello Stato, 1942-1949), vol. 2, 65.

② 参见顾炎武:《李贽》,载《日知录》卷一八,《四部备要》本,上海:商务印书馆 1947 年版,第 28b 页。

李贽(1527—1602,号卓吾),是中晚明最有创见、最多产的作家之一。他著述颇丰,包括随笔、书信、诗论、历史学、哲学等多方面。在他最著名的作品《焚书》和《续焚书》中,李贽表达了嘲弄道德与美学传统的反叛观点。他的作品公然挑战着各种权威,标举个体见解和个人欲望。李贽身上集合了激烈而偏于武断、疯狂而近乎放纵等矛盾,他在丑闻和自我戏剧化中狂欢。尽管官场已处于孔子抑或儒家所抵制的腐败之中,但李贽成年后的大部分时间依旧在为这个体系服务。然而他在五十四岁时,辞去了远在云南西部姚安的职务(1577—1580),随后前往黄安投奔他的朋友、同时也是资助者的耿家。由于和耿氏兄弟逐渐产生了矛盾,他离开了黄安,并留在湖广,也就是如今湖北麻城的维摩庵中。在那个佛教盛行的隐居之处,[①]他回归到了学习的世界中,像修习佛法的僧人一样剃掉了头发,但却蓄着一大把胡子;他严格遵行僧侣的早晚修习仪式,但却以结交寡妇和不戒腥食的方式亵渎僧侣的戒律。因为李贽承认自己"平生不爱属人管"[②]。进入寺院对他来说是一种寻找自由的方式,抑或如批评李贽的人所说,是他为避开法律制裁寻找的托词。有些文字记录似乎暗示着他找到了自适与立命之道。他对佛学话题的论述与讨论艺术、哲学、社会问题方面的文章不同,相较之下显得尤为平和。[③]

李贽不寻常的外表、举止和他那大胆的观点、具有煽动性的著作一道引发了大量关注。随着他对社会的批评愈发尖锐,他的著作遭到了保守派的强烈反对,这种反对从一开始的诽谤性的谣言

---

① 李贽万历十六年(1588)以来的寓所,具体的地点是"芝佛院",这一名称源自建寺时挖出了三支形状像佛像的灵芝。

② 《感慨平生》,《焚书与藏书:李贽作品选》,第 185—189 页。

③ 《礼诵药师告文》,《焚书与藏书:李贽作品选》,第 172—174 页;《戒众僧》,《焚书与藏书:李贽作品选》,第 181—184 页;《金刚经说》,《焚书与藏书:李贽作品选》,第 273—275 页。

逐渐升级为纯粹的暴力。[1] 万历二十八年(1600),即他去世的两年前,李贽的居所被人纵火烧毁,他为自己准备的墓地也遭到亵渎。不久后,皇帝收到了一封奏书,奏书指控李贽和他的著作"惑乱人心"[2]。李贽被捕入狱,并很快在狱中自杀身亡。万历皇帝以其煽动性的言辞"敢倡乱道,惑世诬民"[3]为由,下令禁毁李贽的著作与印刷用的雕版。然而尽管皇帝的禁令如此严格,李贽的《焚书》及其他著作依旧没有、也从来没有被有效地废止。

李贽的著作在同代人中持续传播着,据一位晚明学者推测,事实上几乎每位读书人都小心翼翼地在袖中藏匿着一本《焚书》。[4] 这种叙述固然有夸张的成分,却传达出李贽及其作品的巨大影响力。学者们或许在某些场合无视李贽的著作,却也在独处时进行反思,为李贽直率而尖锐地批判官僚文化而欣喜,被他犀利深刻的智慧所吸引。实际上,李贽著作的需求量如此之大,以至于很多书商随意将明显出自他人之手的作品假托李贽之名;而其他作者也一样为谋利而隐去作品真实署名,附会为李贽所写。本书翻译的《续焚书》的几篇序言恰恰验证了,尽管官方在禁毁李贽的著作,但冠以"李贽"之名的违禁著作和假托之作在整个晚明时期依旧很容易获取。[5]

---

① 参见 William T. Rowe, *Crimson Rain: Seven Centuries of Violence in a Chinese County* (Stanford: Stanford University Press, 2007), 17-42; Jin Jiang, "Heresy and Persecution in Late Ming Society: Reinterpreting the Case of Li Zhi", *Late Imperial China* 22, no. 2 (2001): 1-34。

② 《神宗实录·万历三十年闰二月乙卯礼科都给事中张问达疏劾李贽》,《焚书与藏书:李贽作品选》,第 335 页。

③ 同上书,第 336 页。

④ 朱国祯:《涌幢小品》卷一六《李卓吾》,上海:中华书局 1959 年版,第 365—368 页。

⑤ 李贽的名字被附会到了各种文本当中——包括散文、书信、游记、小说评论、小说、历史笔记等等。更多的关于伪作的讨论可以参阅:David L. Rolston, *How to Read the Chinese Novel* (Princeton: Princeton University Press, 1990), 356-363; Andrew H. Plaks, *Four Masterworks of the Ming Novel: Ssu ta ch'i-shu* (Princeton: Princeton[转下页]

李贽的著作吸引了如此广泛的读者群，其中原因之一便是其著作所涉主题的多样性及其文字所展现出的多元视角。除了阐释美学、政治、历史、伦理、两性关系方面的主张之外，他的文字中交织着儒、释、道以及其他诸子的思想。

青年时期，李贽抑制着自己对记诵之学的厌恶，为入仕而奋力记诵儒家经典及程朱注疏，赞同正统的阐释标准。[①]嘉靖三十一年（1552），李贽成为他那庞大家族中首位通过乡试的人，也因此无比荣耀。在去往明代陪都南京和首都北京接受职位后，[②]李贽本来要为明代官方儒学四部核心经典《大学》《论语》《中庸》《孟子》作注，[③]但李贽的研究并未止于此。在强烈的求知欲驱使之下，他同时探究着道家的文献与义理，付梓的著述也包括了《道德经注》《庄子注》。此外，他终生都对佛学持有浓厚的兴趣，在隐居清修之时，他专注于佛经并且刊行了《因果录》。[④]他的著作掺杂着我们熟悉抑或不熟悉的大量典故，因此显示出一种极端大胆的尝试，综合了儒、释、道等不同的宗教哲学传统。[⑤]

［接上页］Princeton University Press, 1987), 513-518。

① 程朱学派，也叫作"道学"或"理学"，在元明两代成为儒家哲学的正统。其主要代表人物，宋代理学家程颐（1033—1107）和朱熹（1130—1200），所注疏的儒家经典早已成为所有参加科考者必读之作。尽管他们的诠释拥有深奥而细致的论断，但及至晚明，他们已经成为虚伪的应试体系之标识。也正因为如此，李贽和他同时期的学者对他们不屑一顾。

② 李贽嘉靖三十九年（1560）在南京短暂停留，隆庆四年（1570）至万历五年（1577）间复返；嘉靖四十三年（1564）停留于北京。

③ 这些著作在13至19世纪被用作科举取士的依据，得益于朱熹对儒家经典的集汇。对此的介绍参见 Daniel K. Gardner, *The Four Books: The Basic Teachings of the Later Confucian Tradition* (Indianapolis: Hackett, 2007)。李贽的注疏参见张建业主编：《李贽全集注》，第21册，北京：社会科学文献出版社2010年版。

④ 张建业主编：《李贽全集注》，第18册，第7—101页。

⑤ 对于中国宗教传统中儒家、佛教、道家分类的讨论，参见 Robert Ford Campany, "On the Very Idea of Religions (In the Modern West and in Early Medieval China)", *History of Religions* 42, no. 4 (2003): 287-319。

然而,李贽的博学已经不止于三教之义。他出生在繁华的国际贸易港口——福建省南部泉州城内的一个商人家庭,并且先祖中有穆斯林信仰者,这一切都使他很早便意识到人类信仰的多样性。① 尽管穆斯林信仰可能在青年时期影响到李贽,但我们在他的著作中却很少看到相关痕迹。他在著作中记录下另一种信仰的导师,著名的天主传教士利玛窦(1552—1610)。他们于万历二十七年(1599)在南京相识,利玛窦的博学给李贽留下了深刻的印象。② 除了和这位异域访客交换礼物、探讨学术之外,李贽还在《与友人书》中对这位"西泰大西域人"进行了生动的描绘。③ 在姚安任地方长官期间,李贽开放的思想就已经延伸至辖区内的少数民族百姓之中。他对这些非汉族百姓的信仰和生活的真切关怀及宽仁态度,为他赢得了公正的名声,也为他带来了同情。④ 李贽在著作中通过多种思想资源的并置,展现出宏阔的视野和不拘一格的意趣。当这些思想资源彼此之间产生难以避免的冲突时,他很少着意去调和。相比之下,他更愿意在自己的文章中将存在差异的观点并置,使读者可以在质疑中依照各自的体会去理解。

---

① 关于穆斯林信仰对李贽影响的讨论,参见 Jean-François Billeter, *Li Zhi, philosophe maudit, 1527-1602: contribution à sociologie du mandarinat chinois de la fin des Ming* (Geneva: Droz, 1979), 24; Pei-kai Cheng, *Reality and Imagination: Li Chih and T'ang Hsien-tsu in Search of Authenticity* (PhD dissertation, Yale University, 1980); Rivi Handler-Spitz, "Li Zhi's Relativism and Skepticism in the Multicultural Late Ming", *Concentric: Literary and Cultural Studies* 34, no. 2 (2008): 13-35。

② 对于他们这次会面的更多记载,参见 Timothy Billings, transl., *On Friendship: One Hundred Maxims for a Chinese Prince* (New York: Columbia University Press, 2009)。李贽穆斯林身份的迹象在《李卓吾先生遗言》中可见端倪,英译见《焚书与藏书:李贽作品选》,第 291—293 页。(原文误作二人于北京相识。——译者)

③ 参见《与友人书》,《焚书与藏书:李贽作品选》,第 256—257 页;以及给利玛窦的赠诗,《焚书与藏书:李贽作品选》,第 223—224 页。

④ 刘侗、于奕正:《帝京景物略》卷八《畿辅名迹——李卓吾墓》,转引自厦门大学历史系编:《李贽研究参考资料》,厦门:福建人民出版社 1975 年版,第 1 辑,第 76—78 页。

如果说李贽在自己著作中的不一致性面前还算平和的话,那么他面对儒家官僚体系内部差异与矛盾之处的态度便可谓截然不同。李贽入仕之初为国子监博士,后来任职于南京刑部。[①] 在帝国两都度过的时光使他有很多机会直接见证政府的工作,见证那个举目即是欺诈和腐败的时代。[②] 很多官员标举的崇高理想和他们枉法利己的实际行为形成了巨大反差,这种反差让李贽极其反感,也引发了他的激愤。

出于豪爽直率的个性,李贽毫不妥协地在文章及公开的书信中暴露目之所见的虚伪。他的作品中充满了"伪儒"的例子,指向那些在公共场合以美德自我标榜,实际行为却截然相反的人,这类人也被他称作"道学先生"。李贽对这类官员的猛烈抨击使很多当代学者将他视作反对儒学的先驱。[③] 然而困扰着李贽的并非儒家伦理本身,而是这种哲学中近乎疯狂的扭曲和反常。因此李贽不仅仅是一个革命者,更是一个改革者,甚至是一位重建者。通过指出当下儒者中存在的道德沦丧,他试图从内部入手改变传统,进而重建其伦理基础。

李贽觉察到当代儒者存在的重要问题之一,便是不知变通地尊奉传统,他流传最广的一篇文章《童心说》里,李贽批判同时期的学者太过局限于正统而丧失了创造和诠释的自主能动性。[④] 他

---

① 有关李贽的传记资料,参见容肇祖:《李卓吾评传》,上海:商务印书馆 1973 年版;容肇祖编:《李贽年谱》,北京:生活·读书·新知三联出版社 1957 年版。另见林海权:《李贽年谱考略》,福州:福建人民出版社 1992 年版。李贽的自传包括《卓吾论略》和《感慨平生》,英译见《焚书与藏书:李贽作品选》,第 75—83、185—189 页。另外参见袁中道的《李温陵传》,《焚书与藏书:李贽作品选》,第 325—333 页。

② Frederick W. Mote, "Late Ming Political Decline, 1567-1627", in *Imperial China, 900-1800* (Cambridge: Harvard University Press, 1999), 723-742.

③ 参见吴泽:《儒教叛徒李卓吾》,上海:华夏书店 1949 年版;朱谦之:《李贽:十六世纪中国反封建思想的先驱者》,武汉:湖北人民出版社 1956 年版。

④ 我们提供了这篇文章的两种译本,一种相对自由一些,另一种更接近原文,参见《焚书与藏书:李贽作品选》,第 106—113 页。

严厉地指责时人不能批判性地审视文本,而是如蒙似瞽地重复那些通用注解,徒有学者之名。李贽把形式主义和虚伪视作攻击目标,希望由此激发读者通过遵循己心来寻求解决问题的路径。

李贽认为自我判断的养成应当反求诸己,这种确信源自明中叶哲学家王阳明(1472—1529)以及宋代先贤陆象山(1139—1193)。[①] 陆王学派以心学为标识,他们对儒家道德的诠释更前卫,更专注于道学语境中的特例,也因此经常与主流"正统"的程朱学派产生抵牾。程朱理学得到尊崇,成为科举考试的依据,但及至16世纪时已经僵化,并与八股文所衍生出的沉闷、虚伪、平庸的学术风气浑然一体。这种学风要求学子遵照死板而预设的对偶结构行文,并且要"代圣人立言"。王阳明开放式的阐释未获得官方认可,却给学子们提供了更宽松、更有个性的经典诠释路径。[②]

虽然嘉靖八年(1529)王阳明去世时李贽尚幼,但他后来接触到阳明最杰出的几个弟子,包括王畿(1498—1583)、罗汝芳(1515—1588)和王艮(1483—1541)之子王襞(1511—1587)。[③] 长江对岸即是王艮的家乡泰州,李贽在南京就职,并深受后来著名的泰州学派影响。泰州学派是阳明学的一个分支,主张道德自主建

① 这两位思想家的介绍和作品选,参见 Philip J. Ivanhoe, transl., *Readings from the Lu-Wang School of Neo-Confucianism* (Indianapolis: Hackett, 2009)。李贽撰写的王阳明的传记《新建侯王文成公》,载《续焚书》卷一四,参见张建业主编:《李贽全集注》,第10册,第214—215页。

② 更多关于八股文的讨论,参见 Benjamin A. Elman, *A Cultural History of Civil Examinations in Late Imperial China* (Berkeley: University of California Press, 2000), 183;龚笃清:《明代八股文史探》,长沙:湖南人民出版社2006年版;Andrew H. Plaks, "The Prose of Our Time", in *The Power of Culture: Studies in Chinese Cultural History*, edited by Willard J. Peterson, Andrew H. Plaks and Ying-shih Yü (Hong Kong: Chinese University Press, 1994), 206-217。

③ 李贽对前二人的回忆的英译,参见《焚书与藏书:李贽作品选》,第146—157页。

立在个体自觉的基础上,因此人人皆可为圣贤。[①]

王阳明推举一种基于自我涵养、摆脱被正统支配的生活方式。他强烈质疑教条对道德实践的指导,号召个体以自己的"良知"而非权威文本之条款作为行止对错的标准。这种对个体自主的强调在如下引文中有简明的阐释:

> 夫学贵得之心,求之于心而非也,虽其言之出于孔子,不敢以为是也,而况其未及孔子者乎!求之于心而是也,虽其言之出于庸常,不敢以为非也,而况其出于孔子者乎!(《答罗整庵少宰书》)

对于一个等级森严的社会而言,阳明哲学中这种平等的精神已是潜在的不安因素,保守派不时痛斥阳明是散播危及社稷稳固之教义的"狂禅"。例如泰州学派的领袖王艮为盐商之子,他著名的"满街都是圣人"之论断,[②]灵感就分别源自阳明"真己"为所有德行之本的观点,以及佛教"众生皆有佛性"的主张。这位寒门教师从未获得功名,也未曾参加科举,他坚信每个人都可以通过道德自觉而获得最高智慧。[③] 在他提倡个体自觉的表述中,潜藏着当权者并不比常人更高贵这类导向自由、解放的主张。

这种主张的潜在含义自有其深刻的社会背景——晚明时期阶级流动、经济不稳,整个中国社会开始转型,这种主张正是对此作出的回应。由于跨国交通技术改善,市民阶层壮大,贸易繁荣,以

---

① 关于泰州学派,参见 Wm. Theodore de Bary, "Individualism and Humanitarianism in Late Ming Thought", in *Self and Society in Ming Thought* (New York: Columbia University Press, 1970), 145-247; *Learning for One's Self: Essays on the Individual in Neo-Confucian Thought* (New York: Columbia University Press, 1991), 155-202。

② Patricia Buckley Ebrey, ed., *Chinese Civilization: A Sourcebook* (New York: Free Press, 2009), 258; Wm. Theodore de Bary, "Individualism and Humanitarianism in Late Ming Thought".

③ 王艮:《明哲保身论》,转引自 Wm. Theodore de Bary, "Individualism and Humanitarianism in Late Ming Thought", 164-165。

及商人们的财富盈亏无定，成功的商人便常用他们新获的财富去购买拥有特权的官职。从万历时期（1573—1620）至明朝灭亡，富商家为子捐官的行为都十分频繁，以至一位同时代的学者评论，“古者四民异业，至于后世，而士与农商常相混”[①]。通过这样的财权置换，成功的商人便不必固守社会阶层的陈规，而可以迂回跻身于曾垄断声名的文人阶层。

如此明目张胆的不公引起了李贽的愤慨，他的著作似乎充溢着对那些虚伪者的斥责。然而李贽的作品也在相当大程度上显示出对那些勤劳忠厚之商人的体恤。他用带有同情的笔触记述了这些商人的贡献，讲述他们“挟数万之赀，经风涛之险，受辱于关吏，忍诟于市易”[②]。即便和中层士人相比，商人的负担与士人的安逸以及他们的社会地位都形成了显著差异。通过支持商人、平民和其他常被传统儒学轻视的群体，李贽既肯定了商人群体在晚明社会扮演着日益重要的角色，也建立起王阳明及其后学所奠定的平等观念。

李贽不仅站在商人和平民的角度发表议论，还在历史书写中挑战着儒家的价值。虽然历史人物的评注散布于《焚书》《续焚书》及其他著作中，但其中最著名的史学作品还是《藏书》。在这部作品中，李贽基于明代文学家唐顺之（1507—1560）早期辑录的《历代史纂左编》，对中国历史人物作出了个人化的评价，这些评价常常颠覆固有的标准。[③] “与他的基本观念一致，李贽对很多历

---

① 归有光：《震川先生集》，转引自 Ping-ti Ho, *The Ladder of Success in Imperial China: Aspects of Social Mobility, 1368-1911* (New York: Columbia University Press, 1962), 73。（出自归有光：《震川先生集》卷一三《白庵程翁八十寿序》——译者）

② 《又与焦弱侯》，载《焚书》卷二，参见张建业主编：《李贽全集注》，第1册，第118—123页。

③ 这两种文本之间的关联已见诸明代的评论中。关于李贽受唐顺之的影响，参见李德锋：《李贽〈藏书〉与唐顺之〈左编〉之关系考述》，《史学史研究》2011年第1期，第42—50页。唐顺之著作的名称源于宫廷上的两种史官的职责，所谓“左史记言，右史记事”。《四库全书》的编者在并不太看重唐顺之的编辑工作，参见《四库全书总目提要》，第2册，台北：台湾商务印书馆1983年版，第417页。

史人物的评判必然会有悖于正统的赞誉态度。与当下所有儒家历史传记的评价相反,他敬重秦始皇,并且认为秦始皇是'千古一帝'。"①《焚书》之名甚至在暗指这位帝王"焚书坑儒"的残酷政策。李贽仔细翻阅历史记录时发现,尽管秦始皇自大且刚愎自用,他的罪行却是由臣子们计划并执行的。② 李贽公开为这样一位历史人物辩护的行为震惊了读者。的确,万历三十年(1602)弹劾李贽的奏疏里写道:

> (《藏书》)流行海内,惑乱人心。以吕不韦、李园为智谋,以李斯为才力,以冯道为吏隐,以卓文君为善择佳偶,以司马光论桑弘羊欺武帝为可笑,以秦始皇为千古一帝,以孔子之是非为不足据。

(吕不韦,公元前3世纪大秦帝国崛起的缔造者,被司马迁这样的汉代历史学家视作不择手段的投机之人;李园把自己的妹妹送入楚王的后宫,进而左右下一任帝王,也就是自己的外甥;李斯是令秦朝覆亡的宰相,也因此被历代文人所恶;冯道的野心人人尽知,尽管古人有"一臣不事二君"的观念,他却历仕四朝效力十君;卓文君,一位年轻的富家女却与身无分文的文人司马相如私奔;桑弘羊提出了一个不使人民困窘同时可以增加国家财富的方案,而这个方案被宋代历史学家司马光认为违背自然和道理;秦始皇,帝制的建立者,被司马迁、班固这样的汉代历史学家描绘成一个乖戾残忍的暴君。)尽管对传统感到愤怒,但李贽发表这些修正式声明还有一个目的,并且为后来的写作者质疑固有历史评断证据的行为开启了先路:

> 李贽使用了全新的批评标准和视角来评估历史化的人

---

① Wolfgang Franke, "Historical Writing during the Ming", in *The Cambridge History of China, Volume 7, Part 1: The Ming Dynasty, 1368-1644*, edited by Frederick W. Mote and Denis Twitchett (Cambridge: Cambridge University Press, 1988), 733.

② 《秦始皇帝》,《焚书与藏书:李贽作品选》,第120—124页。

> 性。他在《藏书》的引言部分开篇即称："人之是非，初无定质，人之是非人也，亦无定论。"在李贽看来，不同时期、不同人的观点和判断差异非常大。他提到，若孔子复生，他的主张也势必与他两千年前的表达有所不同。这样的观点并不足以将李贽划分为反儒学之人，但清晰地证明了他与朱熹所建立的官方理学传统不同，而后者认为真实的或传闻中的孔子的判断必须是永恒的、唯一的合法准则。①

如果说李贽对这些历史著作中的观点（秉持儒家伦理道德传统）的态度只是闪现出道、释观念对他的思想的影响的话，那么他对阳明思想的认识则更深入地阐明了其立场。王阳明认为，如果圣人的言语和观念不再适用于现实情境时，就必须予以舍弃并寻找更加切实可行的真理。李贽在这些有争议的观点中清楚地展现出胆魄，使很多现代学者将其奉为当时最有革新精神的历史学家之一。②

李贽在历史论说中的挑衅姿态与其文学书写中的吸引力有关：他在两种书写之中都推许翻案之法（颠覆已有的定论）。③ 这种思维习惯同样使他能够得出自己对性别的真正看法。王艮已经主张人人都可成为圣贤，李贽则更明确地讲，这个原则也当包括女子。李贽在争论时称，从伦理道德的立场而言，女子和男子本为同类；他们之间出现的差异，或许是女子被限制在内室、男子却被允许在外自由闯荡之后才导致的结果。他在《答以女人学道为见短书》中认为，身心被拘束阻碍了女子的进益之路，使她们的潜力难以被激发，天赋无处施展。他甚至敢于想象以一个女子与孔子并

---

① Wolfgang Franke, "Historical Writing during the Ming", 732.李贽：《藏书序》，《焚书与藏书：李贽作品选》，第 317—319 页。

② 参见钱茂伟：《明代史学的历程》，北京：社会科学文献出版社 2003 年版，第 336 页。

③ 有关翻案作为众多明代边缘化士人常用的文学手法以及对李贽诉求的部分回应，参见 Kathryn Lowry, *The Tapestry of Popular Songs in 16th- and 17th-Century China: Reading, Imitation, and Desire* (Leiden: Brill, 2005), 66-67, 191。

论:"设使女人其身而男子其见,乐闻正论而知俗语之不足听,乐学出世而知浮世之不足恋,则恐当世男子视之,皆当羞愧流汗,不敢出声矣。此盖孔圣人所以周流天下,欲庶几一遇而不可得者,今反视之为短见之人,不亦冤乎!"①

在尝试矫正排斥女子"闻道"的环境时,李贽采取了不寻常的方式:收下一名女弟子梅澹然,即著名政治家梅国桢之女。在他们冗长的通信中,梅澹然提出了关于佛教和"道"的问题,李贽则作出了详细的解答。当他们的师生关系泄露之后,流言蜚语不绝于耳。导致李贽被捕的上疏中就包含着以下耸人听闻的指责:

> 寄居麻城,肆行不简,与无良辈游于庵院,挟妓女,白昼同浴。勾引士人妻女,入庵讲法,至有携衾枕而宿庵观者,一境如狂。
>
> 又作《观音问》一书。所谓"观音"②者,皆士人妻女也。后生小子喜其猖狂放肆,相率煽惑,至于明劫人财,强搂人妇,同于禽兽而不之恤。③

这些指控无疑十分夸张,也证明对于当时社会中的保守主义者和反对者而言,李贽的性别平等主义观点确实惊人(几乎两百年之后,诗人、评论家袁枚也将因接收一群"女弟子"而面临类似的批判和阻挠)。

除了倡导女子的教育之外,李贽反对传统教育的核心文献《中庸》所构建的"五伦"等级制度。这部古老的文献按照"君臣、父子、夫妇、昆弟、朋友"④的顺序排列了人际关系的等级,而李贽

---

① 参见《焚书与藏书:李贽作品选》,第 31 页。

② 观音(avalokiteśvara)是佛教传统中的菩萨(bodhisattva)之一。观音本是男性,但在中国是以女性形象出现的,进而免于让这位菩萨"玷污"女性闺房的纯洁性。

③ 参见《焚书与藏书:李贽作品选》,第 116 页。

④ 《中庸》,参见 James Legge, transl., *The Chinese Classics* (Hong Kong: Hong Kong University Press, 1960), vol. 1, 406。

在他的文章《夫妇》[①]中建议,由于繁衍特征,丈夫和妻子之间的关系才应该是最主要的关系。最终,李贽辩称:"有夫妇然后有父子,有父子然后有兄弟,有兄弟然后有上下。"他声明,婚姻关系是"人之始"。这种观点震撼了当时的读者,他们惯于将君臣之间的政治依傍视为最基本的关系及所有社会秩序的枢纽。

更进一步,李贽特别关注位处于儒家"五伦"之末的朋友关系,以此来纠正通识中的"五伦"。在这方面,泰州学派中激进分子的心性之学已是先例。社会改革家何心隐(1517—1579)弃家绝仕,且"人伦有五,公舍其四,而独置身于师友贤圣之间"[②]。李贽同样选择了这个备受争议的立场,宣称友情才是所有社会关系的基础(其著作中亦有与此矛盾之处,他保持着夫妻关系的重要位置且丝毫不为此忧心,这表明了他的著述本质上是非系统的,或许这正意味着更富革命性的观念,即夫妻关系需建立在友情之上)。通过提升友情,李贽主导了新兴论点,这种论调引起了同时期士人的强烈兴趣,也引发了激烈的讨论。友情的主题在这段历史时期颇受瞩目,因为这种关系的非等级(或仅是轻微等级)性质反映着整个晚明社会其他等级关系的状况,或者说这种关系弥补了社会财富的新生、腐败的猖獗以及官僚失其守所导致的不公。[③]无论究竟是何原因,友情都是李贽和他同代人喜欢谈论的一个话题。

《焚书》《续焚书》中的很多条目都谈及友情。在这两部书中,写给特定朋友和熟人的书信、诗歌数量巨大,一些作品也频繁地涉及伦理问题,譬如关于建立有品质、有意义的友谊。由于李贽书信所论及的对象数量大、范围广,他广泛的朋友关系网中包括僧人、

---

① 见《焚书与藏书:李贽作品选》,第99—101页。

② 《何心隐论》,《焚书与藏书:李贽作品选》,第87页。

③ 更多有关晚明时期朋友之伦的论述,参见毕墨惜(Timothy Billings)翻译的利玛窦《交友论》的引言;同样参见 Martin Huang, *Male Friendship in Ming China* (Leiden: Brill, 2007)。

市民、学者、文人等社会各界人士。[①] 然而,维持这个关系网对李贽而言似乎是个挑战,因为他坚信,无论何时发现朋友偏离道德之途,朋友之间都有严格劝诫的道德责任。

尽管李贽天生有主见并且个性过分易怒,但他并未在理论探讨中约束这种倾向,而是经常以有损于己的方式强迫自己采取行动。最令人吃惊的案例,无疑是在他与升任右副都御史的耿定向(约 1524—1597)之间发生的系列事件中,李贽难以克制批判这位朋友的冲动。他们之间的通信已经在本书中译出。[②] 耿定向是李贽的挚友耿定理(卒于 1584 年)之兄,耿定理乡试落第之后选择研习禅宗,同时依据阳明心学来涵养内在的道德自觉。耿定向则继续在官场追求辉煌的仕途。然而,耿定向受到弟弟强烈信念的影响,也对阳明的思想产生了浓厚兴趣。但耿定向并不信奉耿定理和李贽所提倡的那种观念——任何出于道德情感的行为都出于赤诚或赤子之心。基于更传统的儒家信仰,他坚持主张个体必须严守与其出身一致的道德秩序。耿定向声称自己信仰阳明心学,又保守地认为个体必须恪守既定礼仪,二者形成了矛盾,李贽为此苦恼不已。起初两人之间的书信只是所谓私下交流,随后进行公开印制传播,并且吸引了广泛的读者群。李贽指责耿定向是最糟糕的伪善者——在外假装正直,背地却怀有卑劣之心和私欲。在这些书信中,李贽的言辞成为一种狂热的攻击,最后发展成喷涌向他这位"朋友"的恶意。

毋庸置疑,李贽在书信中冲动地指责耿定向小节微疵的行为惹恼了后者,导致他们之间的决裂。然而李贽曾辛酸地指出,在他对耿定向的严厉攻击之下,是他帮助朋友提升自我的真切愿望。李贽清楚地意识到耿定向的天资和能力极佳,同时又医耿定向固

① 《李生十交》,《焚书与藏书:李贽作品选》,第 135—137 页;《朋友篇》,《焚书与藏书:李贽作品选》,第 207—208 页。

② 参见《焚书与藏书:李贽作品选》,第 44—62 页。

执地囿于旧俗的约束、拒绝去接受一个更宽容的道德态度而沮丧、失望。但是，像这样口无遮拦以及无数伤人的批判、夸张的修辞，最终只是让耿定向疏远了李贽。李贽交友的模式本以能力为准则，但随后变成因为朋友的缺点而丧失希望，且不停地谩骂，这种现象在他的生活中出现过太多次。《焚书》多次记载了这种周期性的现象，即朋友由于厌倦他严苛的挑剔行为一个个离他而去，李贽也因此饱受孤独。

尽管粗率的个性导致了李贽与朋友之间的变故，他的著作同样记录了大量有效的良性互动。李贽的书信尤其能够说明他在长期从事着关于道德与美学的激烈探讨与论辩。在他的对话者当中，不乏一些同时代最具思想和才华之人，包括焦竑（1540—1620）和袁氏兄弟——袁宗道（1560—1600）、袁宏道（1568—1610）和袁中道（1570—1626）。这个朋友圈子通过面谈或书信交流，一起创造了在晚明广泛流传的美学新风尚。这些前卫的美学家排斥数十年来主宰文艺界的拟古美学，提倡文学和艺术的形式应当建立在纯粹、自然而无拘束的情感之上。

他们倡导艺术作品当饱含深情，展示有创造性的人文精神，遵从自然之道，这多少受到阳明心学的启发。正如王阳明坚持道德判断无须照搬古法，李贽由此推断道德判断必须根植于每位道德履践者的真诚信念中，他还将其应用到了美学领域。他的文章《童心说》《征途与共后语》和《杂说》，推崇那些在喷涌难掩的情绪之下冲破习俗约束并采用原初天然之形式的作品。任何贴近固有形式的文学或艺术作品都被李贽嘲讽为刻板之作。他赞扬直接的情感表达，拥护那些用白话创作的作品，并且认为像小说和戏曲这样通俗的文体能够激发强大的情感共鸣。因此，尽管李贽自己大多用文言文写作，但他的主张却打破了已有的文学建构，宣告了一套新的美学价值。他关于文学与艺术的理论性言论被下一代的顶级剧作家、批评家所接受，包括袁氏兄弟、剧作家汤显祖（1550—1616）与徐渭(1521—1593)，以及小说评论家金圣叹(1608—1661)。[①]

实际上，李贽在很大程度上塑造了帝国晚期许多卓越文学作品中的觉醒意识，其中包括汤显祖的《牡丹亭》、曹雪芹(约1715—约1764)的《红楼梦》。在李贽去世后的岁月里，不仅小说、戏剧、散文对于"情"的崇拜与日俱增，还出现了与之相应的强有力的文学批评。由于书籍印刷越来越实惠易得，识字率也在上升，大量读者敢于自主且有责任感地去回应他们读过的文本。他们在李贽的创意和坚持不懈的批判精神感染之下，记录下越来越多尖锐和个性化的观点。在晚明至清初的小说、戏曲评论家的作品中，一些甚至被认为是出自李贽本人之手，而最终逐渐消失，由此也证明了他的著作对同代读者们的感染力，以及对美学话语的塑造程度。

在清朝(1644—1911)前期，李贽的作品有了新的定位，被很多人视作导致明代衰亡的先兆。顾炎武(1613—1682)曾将晚明儒家思潮的淆乱归咎于李贽，将科举之文中征引道、佛思想的现象和李贽著作及他本人备受指责的混乱举动联系在一起。[②] 同样，清中期学者王弘(1788年前后在世)轻蔑地称李贽为一"无忌惮之小人"[③]，而乾隆皇帝试图在文字审查中压制李贽的作品。然而李贽的文章依旧在种种中伤或打击中努力幸存了下来，那些中伤者的知名度反而在衰减。李贽从未寻求或从未达到一个正统作家的地位，随即陷入了鲜为人知的境遇中。他的著述在藏书室的架子上黯然蒙尘，越来越少地出现在学者们的讨论中，直到清末才重新

---

① 关于李贽的批评性文章在晚明及以后的影响，参见 Kang-i Sun Chang and Stephen Owen, eds., *The Cambridge History of Chinese Literature* (Cambridge: Cambridge University Press, 2010), vol. 2, 78-87, 112-113, 160, 212-213。

② 顾炎武：《科场禁约》，载《日知录》卷一八，第21b—23a页；顾炎武：《李贽》，载《日知录》卷一八，第28b—29b页。同样参见 Kang-i Sun Chang and Stephen Owen, *The Cambridge History of Chinese Literature*, vol. 2, 158-159。

③ 王弘，转引自 Pei-kai Cheng, "Continuities in Chinese Political Culture: Interpretations of Li Zhi, Past and Present", *Chinese Studies in History* 17, no. 2 (1983): 4。

被发现。

晚清知识分子被李贽吸引,因为他们在李贽的著作中发现了一些自己内心深处信仰的实证。和他们一样,李贽也倡导性别平等,也曾抨击儒家官僚主义,并坚定地反对腐败的当政者。著名的抗清活动者、无政府主义者、身为男性的女权主义者刘师培(1884—1919)写道:"卓吾之学与其理想,皆极高妙,不肯依傍人。"①处于20世纪转折之际的其他同代人也同样赞赏李贽拒斥过时的道学教谕之"勇气"。②

随着1949年中华人民共和国的成立,大陆学者一直将李贽视作反孔、反封建的先驱,并且撰写了如《儒教叛徒李卓吾》和《李贽:十六世纪中国反封建思想的先驱》这样的专著。③ 李贽的主张颠覆了对秦始皇法家实用主义哲学的负面评价,也让他在那段"批孔"而"扬法"的时段里短暂地流行。④ 至今李贽在汉语文学之外依旧很少被关注,⑤他的著作只有少量被翻译,大部分还是难以被研究西方文学的学者们接触到;本书则是李贽的重要作

① 刘师培,《国粹学报》,1909年合订本,第1905卷,转引自 Pei-kai Cheng, "Continuities in Chinese Political Culture", 9。(原出处存疑。此句出自《国粹学报》,主编邓秋枚,而非刘师培。刘师培《李卓吾先生学说》发表于《天义报》1907年第2期,在《国粹学报》上为李贽书信所撰后记则发表于1905年,均与作者原注不对应。——译者)

② 《国粹学报》,第1905卷,转引自 Pei-kai Cheng, "Continuities in Chinese Political Culture", 11。

③ 吴泽:《儒教叛徒李卓吾》;朱谦之:《李贽:十六世纪中国反封建思想的先驱者》。

④ Jean-François Billeter, *Li Zhi, philosophe maudit, 1527-1602*, 292-293; Hok-lam Chan, *Li Chih (1527-1602) in Contemporary Chinese Historiography: New Light on His Life and Works* (White Plains: M. E. Sharpe, 1980).

⑤ 一些例外则是 Wm. Theodore de Bary, "Individualism and Humanitarianism in Late Ming Thought", 164-165; Ray Huang, *1587: A Year of No Significance*; *The Ming Dynasty in Decline* (New Haven: Yale University Press, 1987); Jean-François Billeter, *Li Zhi, philosophe maudit, 1527-1602*; Pauline C. Lee, *Li Zhi, Confucianism and the Virtue of Desire* (Albany: SUNY Press, 2012)。

品首次被翻译成英文。通过让这些作品成为英文译本,我们希望增进读者对中国历史中那些抗争因素的兴趣,消除前现代中国是静态或铁板一块的误解。李贽的作品揭示出一些有胆识的个体确曾勇敢地站在权威之前,也展现了晚明文学和思想世界的复杂性与多样性。

李贽在散文、书信中常对自己不幸的结局有所预感 证实了晚明时期思想变革主张在提出之时及此后延续过程中的紧张状况。他最钦佩的思想家大多是以不成熟或不公正而终局的,恰如我们可以想见的,正直的人生逢不公的世道。何心隐是阳明心学运动中的成员,他在试图组织社团抵抗官方高压之后,便以贼党的罪名被捕,最终被殴死于狱中——他是李贽的精神灯塔。李贽和耿定向友谊的破裂,很大程度上是因为李贽谴责耿定向有可能拯救何心隐但却迟疑了。李贽文集中许多文章和书信都在诠释达道之路本质上具有争议的信念,对抗那些一直以来将自己塑造成卫道者的自私而愚蠢之人。与那些将中国构建为"道统"的卫道士不同,李贽指向的是这段历史中正义的声音和诉求无法彰显的时刻,正像孔子只能坐视他最喜爱的弟子颜回死于贫穷。① 作为众人眼中的特立独行者、利己主义者,李贽表现出对学术分支观念的感性依附:同情孔子对颜回早逝的惋惜,试图通过致敬、讣告和暗示来确立他自己在泰州学派谱系中的地位。尽管"道"在那个年代似乎注定是要沦丧的,对往事的批判性阅读或许可以纠正那些陷入歧途的论点。同样,李贽唯恐失去说服大众倾听他从经典文本中读出的平等主义、个人主义的机会,比如他指出对女子智慧、道德意识和天赋的忽视。

与某些哲学家不同,李贽并未建构思想体系。他总是在回应

---

① 关于"道统"观念,参见 Thomas A. Wilson, *Genealogy of the Way: The Construction and Uses of the Confucian Tradition in Late Imperial China* (Stanford: Stanford University Press, 1995)。

某物——如一封书信、一部剧本、一次挑衅、一处引文。他没有将自己的思想系统化，而是抓住这些素材点燃批评的火花。其中一个重要的谴责术语是“伪”，但如何鉴别虚伪，又怎样在确保自身不虚伪的前提下谴责虚伪？他反抗他的时代，这一行为却也使他最像他所处时代之人。这些作品非常有实证意义——通过探究内在矛盾，一个晚明学者发展出了一套独特的批评话语传统。李贽和他的朋友焦竑常因融合中国古代儒、释、道三大传统而招来赞誉或诋毁，但这对于李贽而言是一种策略，而并非全面性的原则。[①]儒家和道家、佛教文本之间的对抗能够用来凸显孔子的核心精神，李贽进而借此声讨那个时代对“儒学”的滥用。从佛教的角度来看，对等级分明的行政和伦理之过分需求已经出现了问题，而等级制度被万象之“空”与超脱世俗生活的理想所割裂。李贽一次次运用传统之间的矛盾作为激起批判性思想的工具。无法忍受“伪”（一个恒定的主题）的个性使得他歌颂那些自发和平等的美德，他的批评也在那里得以停息。

文本与译文

本书所翻译的文本主要选自李贽最著名的两部文集，可能首版于万历十八年（1590）的《焚书》[②]和李贽离世后首版于万历四十六年（1618）的《续焚书》。本书中还有一些文章选自李贽的其他著作，以及两个附录文本：一是同时期杰出的文学家袁宗道撰写的

---

① 关于“三教合一”，参见 Edward T. Ch'ien, *Chiao Hung and The Restructuring of Confucianism in the Late Ming* (New York: Columbia University Press, 1986)。

② 尽管多数学者将《焚书》的原始出版时间上溯至万历十八年（1590），铃木虎雄和黄霖认为，最初出版时间很可能在万历二十年（1592），参见黄霖：《〈焚书〉原本的几个问题》，《文学遗产》2002 年第 5 期，第 89—95 页；坚持出版于万历十八年（1590）的观点，参见邬国平：《也谈〈焚书〉原本的问题》，《清华大学学报（哲学社会科学版）》2004 年第 2 期，第 45—50 页。

李贽小传,二是万历三十年(1602)礼科都给事中张问达向当权者弹劾李贽的一篇奏疏。这些补充文本将完善读者对李贽的印象,并勾勒出他在晚明文学史、政治史中的地位。

然而,我们关注的焦点依旧是在《焚书》与《续焚书》上。我们之所以选择这些文本,是因为这些是李贽文学声名所系之作,其真实性是最不容置疑的。大量20世纪前的李贽作品被保存在亚洲、欧洲和北美的珍本图书阅览室里。① 我们将张建业近期编辑出版的二十六册《李贽全集注》作为基准。在汇编这些不朽之作时,张建业和他的合作者们逐一精心校对整理了不同的早期版本,并提供了珍贵的脚注说明。我们有赖于张建业的细致注释,但却并未原貌复制其成果,而是在必要之处基于自己的判断进行了增补。②

本书呈现的条目顺序大都依据张建业注本中的散文、书信和诗歌的编排顺序,而这些文本又是基于李贽著作的早期版本的格式。然而这些早期版本之间的条目差异甚大,正像很多明清时期梓行的著作一样,《焚书》和《续焚书》中的各类作品仅仅是按文体大致归类。《焚书》包括六卷:前两卷为往来书信,第三、四卷收录了论说文、语录、序文和悼文,第五卷存有史学著作,第六卷为诗歌。《续焚书》的章节安排延续了类似的逻辑,第一卷同样也是书信,第二卷为序、说和议论短文,第三卷为史学笔记,第四卷是辑录的各类散文,最后的第五卷为诗歌。

在这些大致的分类之内,并没有明显的逻辑来编排具体的文献。书信的排列既未按年代顺序,也未以收信者或主题区分;相反,各章之间呈现出任意、混乱的状况,由此读者不得不自行从中

---

① 关于李贽著作现存版本的清单,参见 Hok-lam Chan, *Li Chih (1527-1602) in Contemporary Chinese Historiography*, 155-182。

② 我们借鉴的其他著作包括:张建业主编,刘幼生副主编:《李贽文集》,北京:社会科学文献出版社2000年版;《焚书 续焚书》,北京:中华书局1975年版;张凡编注:《李贽散文选注》,北京:北京师范学院出版社1991年版;李贽著,张建业译注:《焚书·续焚书》,北京:中华书局2011年版。

整理出事实、观点与印象。为努力理解这些紊乱的文献，现代学者已经基于这些文章和书信构建出了一个著作年表。因此，我们是能够并确曾考虑过将译文置入年代顺序下，但出于美学、历史学的原因，我们决定尽可能严格地遵循中国早期刊行书目时的编排方式。我们希望保持这种顺序，以此来还原明代读者在尝试从头至尾阅读这类书籍时可能有过的困惑经历。

然而，《焚书》和《续焚书》的首批读者很可能并未按顺序阅读；他们可能沉浸其中并时不时停下，这里读一篇散文，那里读一首诗歌。从头至尾阅读这些作品会引发许多问题，也可能会导致沮丧或愉悦的情绪，因为当李贽撰写某一主题时，其行文不时会跑偏——或者是发展到了其他阶段，或者看起来像是被舍弃了——直到数十页之后，这一主题则换成另外一种扭曲的形式而被重新发现。我们尝试在每卷译文前引导读者，帮助读者越过原文中的缺口以建立条目之间的关联。除了依赖于张建业及其合作者以及一些其他作者严谨细致的成果之外，我们也在注释里标明了每篇作品的创作时间、地点，强调了篇章主题之间的关联。①

无须多说，翻译这些文本面临着很多挑战。李贽强烈的反讽风格与文字游戏的倾向，使得我们不时要绞尽脑汁去破解其中真意。在这种情况下，我们已经尽力保持原始文本的多义性，留给读者自行破译。我们面临的另外一个挑战是李贽作品内部大幅跨越的语言层级，其多样性令人目眩。他有时为了让他的哲学观点易于理解，仅仅使用简单的措辞、通俗的类比，但他的作品也常常流露惊人的渊博学识，充满难解的典故。与李贽同时代那些有学养的读者或许已经相当熟识这类典故，然而李贽在儒、释、道方面的综合素养依旧使这些读者难以尽识其所指。因此，译文存在的风格变化也可想而知。本着尝试的精神，我们已经将《童心说》译成了两个版本，一个（《童心说诠解》）强调学术的精确性，另一个

---

① 特别鸣谢林海权的《李贽年谱考略》和张凡的《李贽散文选注》。

(《关于童心》)则旨在流畅易读。读者可以想象我们在权衡利弊时,面对不同译文优势反复遴选的情形。

本书的每一位合作者都各自面临着这些挑战,我们的最终目标是使李贽的作品最大限度地被英语世界的读者接受,而这些读者对于中国文学经典、历史、宗教和哲学的熟悉程度是不同的。整体看来,我们已经尽可能地贴近原始文本,亦增加了介绍必要历史文化信息的脚注。我们有时也会对原文的措辞进行调整,或增加直接来自文本上下文的信息。这些改动都是为了确保英文阅读时的可理解性。

最后,我们必须承认本书的局限性:此处展现的文本只是《焚书》和《续焚书》内容的一部分,也是李贽所有文学作品的一小部分。在选篇时,我们不得不排除一些有价值和有意思的作品。因此,这些译文难免只是对一个不完整的李贽的写照。然而,我们希望这些文稿唤起的局部印象仍然可以承载我们对这位博学又易怒的作者的认知:他那多面的、具有难掩之创造性的、狡黠幽默的、毫不留情的挑剔个性。

刘洋、颜子楠　译

《两个世纪的满族女诗人：一部总集》引言[*]

[荷]伊维德(Wilt L. Idema)

同治十二年(1873)三月,蒙古族女诗人那逊兰保为她的满族外祖母完颜金墀的诗集写了一篇序言。[①] 在这篇序言里,那逊兰保说,长久以来,她一直都有一个编纂总集的想法,且将之命名为《满洲闺阁诗钞》。现在,她将刊印外祖母的诗集,并将其当作这部总集的第一部分。同月,那逊兰保还为她的好友百保的诗集写了序,很可能将其当作她这部计划中的总集的第二部分。看上去令人有些意外的是,作为骄傲的成吉思汗的后人,为什么一位蒙古族女性会产生编纂满族女诗人总集的想法。其实,从清代最早期开始,东部蒙古人和满洲人就一直是亲密的盟友,这个联盟通过系统的蒙古族和满族精英阶层的联姻而得以巩固。早在道光八年(1828),身在库伦(今乌兰巴托)的那逊兰保的父亲被召唤到北京担任御前侍卫。那时,那逊兰保还是一个孩童。之后,她就一直在外祖母家中长大,再也没有回到蒙古。后来,那逊兰保嫁给了一位满族京官,并且育有子女。她的生活使她和清朝以及满族统治者之间形成了很强的身份认同。很遗憾的是,由于她在同治十二年

---

* 英文原文见:*Two Centuries of Manchu Women Poets: An Anthology* (Seattle and London: University of Washington Press, 2017), 3-31, 245-251。本文选自 *Two Centuries of Manchu Women Poets: An Anthology*, edited by Wilt L. Idema (Seattle and London: University of Washington Press, 2017),译文正文及脚注中的"本书"均指代此书。

① 这篇序文的完整翻译见本书第八章。

(1873)秋便去世了,她的诗歌总集编纂计划只进行到第二部分就结束了。

如果那逊兰保的计划能够实现的话,她的满族女诗人的诗歌总集应该会包括那些用汉文创作的诗歌。从17世纪早期开始,满语就已经形成了自己的文字;在清帝国的行政体系里,满文也一直被广泛地使用着。同时,还有数量相当可观的汉文作品的满文翻译版存在。作为书面文字的满文一直和帝国的行政息息相关。但是,到18世纪早期,满族男性开始习惯性地学习汉语,并且越来越多的满族男性开始学习汉族文学,因此对于他们来说,满语充其量不过是他们的第二语言。① 清朝统治者不断地强烈要求满族男性不要忘记他们祖先的语言,然而,满族女性却被要求说汉语、读汉文、写汉字。在我的研究过程中,我只发现了两位真正掌握了满文书写的满族女性。②

满族女性诗歌总集

那逊兰保为诗歌总集所预设的题目《满洲闺阁诗钞》显然是来源于由蔡殿齐编纂并于道光二十四年(1844)付梓的《国朝闺阁诗钞》。这部大型总集收录了清代一百位主要女性诗人别集的缩减版。③ 尽管这部总集并没有完整地收录诗人的全部作品,编纂

---

① 关于满文在清代历史中所起到的作用,见 Pamela K. Crossley and Evelyn S. Rawski, "A Profile of the Manchu Language in Ch'ing History", *Harvard Journal of Asiatic Studies* 53, no. 1 (1993): 63-102; Mark C. Elliott, *The Manchu Way: The Eight Banners and Ethnic Identity in Late Imperial China* (Stanford: Stanford University Press, 2001), 290-304。

② 其中一位掌握满文写作的女性是著名官员明珠(1635—1708)的夫人,她生于清崇德二年,即明崇祯十年(1637),卒于康熙三十四年(1695)。

③ Kang-i Sun Chang, "Ming and Qing Anthologies of Women's Poetry and Their Selection Strategies", in *Writing Women in Late Imperial China*, edited by Ellen Widmer and Kang-i Sun Chang (Stanford: Stanford University Press, 1997), 165-156.

人却尽可能地通过大量地选择和收录这些女诗人的作品，让读者可以从不同的方面对这些女诗人有所判断。从这一角度来看，这部总集不同于早前刊刻于道光十一年（1831）的《国朝闺秀正始集》（以下简称为《正始集》）。《正始集》的规模更大，其中囊括了九百三十三位作者的一千七百余首诗歌，由恽珠（1771—1833）编纂。恽珠是汉人，嫁入了一个满族家庭。《正始集》试图证明清朝统治者给整个帝国带来的变革性的影响；这部总集尽可能多地囊括了来自帝国各个地区的诗人，但是针对每位诗人都只选择了非常少量的作品（每人最多十首），且展现出对具有道德教化内容的作品的偏好。[①] 恽珠的总集虽然囊括了一些满族女诗人（也有一些蒙古族女诗人），但是她们被淹没在了大量的汉族女诗人之中。那逊兰保不太可能不知道《正始集》的存在，但是她却并没有在自己的作品中提到过。

在为外祖母的诗集所写的序言里，那逊兰保提到袁枚（1716—1798）和铁保（1752—1824）是女性诗歌的倡导者。袁枚是18世纪最著名的诗人，他从朝廷致仕后定居在南京，晚年开始招纳女弟子。尽管南京有一个满城，袁枚的女弟子中却没有一个是满族。因此，在袁枚为他的女弟子们编纂的诗歌总集里并没有满族女诗

① 高春花：《满汉家族融合与处才养德之道——论清代女诗人恽珠的才名获得与处才策略》，《黑龙江民族丛刊》2014年第5期，第130—134页；Clara Wing-chung Ho, *Biographical Dictionary of Chinese Women: The Qing Period, 1644-1911* (Armonk: M. E. Sharp, 1998), 281-285; Xiaorong Li, "Gender and Textual Politics during the Qing Dynasty: The Case of the *Zhengshi ji*", *Harvard Journal of Asiatic Studies* 69, no. 1 (2009): 75-107; Xiaorong Li, *Women's Poetry of Late Imperial China: Transforming the Inner Chambers* (Seattle: University of Washington Press, 2012), 52-82; Susan Mann, *Precious Records: Women in China's Long Eighteenth Century* (Stanford: Stanford University Press, 1997), 94-117.恽珠也被称为完颜恽珠。在她的总集之后，她的孙女妙莲保于道光十六年（1836）出版了一部《国朝闺秀正始续集》。这部总集包含了四百五十九位女性诗人的九百一十九首作品。

人的作品。[①] 到18世纪末，袁枚和当时江南地区欣欣向荣的女性文学有着一定的联系；而铁保对于女性文学的欣赏则被用来强调在北京的女性作者的数量和质量。铁保是一位满族官员，他大部分的职业生涯都在中国的北方度过。得益于他的文学才华，铁保负责了很多编纂项目，其中就有《熙朝雅颂集》（以下简称《雅颂集》）。[②]《雅颂集》收录了自甲申年（1644）以降，满人和他们的盟友汉军旗人和蒙古人后裔的诗歌。在这部总集中，铁保补充了收录女性诗歌的两卷内容，即《熙朝雅颂集》余集，但是他只收录了那些已经去世的女诗人。[③] 这部总集收录了相当数量的满族女诗人，不过其中收录作品数量最多的诗人蔡琬（1695—1755）和高景芳（生活于18世纪上半叶）却是所谓的汉军旗人。[④]

---

① Arthur W. Hummel, ed., *Eminent Chinese of the Ch'ing Period* (*1644-1912*) (Washington: United States Government Printing Office, 1943-1944), 955-957（中译本见［美］恒慕义编著：《清代名人传略》，中国人民大学清史研究所《清代名人传略》翻译组译，西宁：青海人民出版社1990年版。——译者）; Louis Meng, *Poetry as Power: Yuan Mei's Female Discile Qu Bingyun* (*1767-1810*) (Lanham: Lexington Books, 2007), 63-76; Jerry D. Schmidt, "Yuan Mei (1716-1798) on Women", *Late Imperial China* 29, no. 2 (2008): 129-185.袁枚并不是唯一一位接纳女弟子的男性教师，见钟慧玲：《清代女诗人研究》，台北：里仁书局2000年版，第206—257页。袁枚对于女性诗歌的大力支持促使章学诚（1738—1801）创作了《妇学》，在文中他批评了他在身边观察到的女性作诗的风气；见Susan Mann, "'Fuxue' (Women's Learning) by Zhang Xuecheng (1738-1801): China's First History of Women's Culture", *Late Imperial China* 13 (1992): 40-62; *Precious Records*, 83-94。我并没有在那逊兰保或其他满族女性作者的文字中找到明确的涉及章学诚的论述。

② 此书刊行于嘉庆九年（1804）。

③ Arthur W. Hummel, *Eminent Chinese of the Ch'ing Period* (*1644-1912*), 717-718.

④ 蔡琬是《蕴真轩小草》诗集的作者，这部诗集于乾隆四十四年（1779）刊行，刻印得非常精美。她是蔡毓荣（1633—1699）的女儿。清崇德七年，即明崇祯十五年（1642），蔡毓荣的家族投降了满人，其家族后被归入汉军正白旗。蔡毓荣屡屡在地方及京城出任要职。蔡琬嫁给了高其倬（1676—1738），而高其倬自雍正三年（1725）开始便在中国南方出任巡抚或总督。见Arthur W. Hummel, *Eminent Chinese of the Ch'ing Period* (*1644-1912*), 734-736；胡文楷：《历代妇女著作考》，上海：上海（转下页）

汉军旗人是当初建立大清朝的多民族联合体的成员之一。早在17世纪，后金政权的建立者努尔哈赤就将各个分散的女真部落建立为一个统一听命于他的组织。努尔哈赤的女真战士及其从属人员被编入满旗，他的蒙古同盟及其从属人员被编入蒙旗，汉人则被编入汉旗。到了甲申年（1644），当清军入侵摇摇欲坠的明朝时，已经有满洲八旗、蒙古八旗和汉军八旗（总称为八旗），且正是这个由满人领导的多民族联合体成功地征服了中国。在征服中国之后，满旗和汉旗在中国各地建立满城定居，而他们中的大部分则聚居在北京。[①]在许多满人已经掌握了满汉双语的情况下，在中国各地定居更促进了他们使用汉语。但是这个语言变化的过程对于满族男性来说要快得多，因为相较于满族男性，满族女性需要用到汉语的社会交往要更少；所以，最早的八旗女诗人多来自那些甲申年以前加入后金政权的汉族家庭也就不足为奇了。在铁保的诗歌总集里占有突出地位的蔡琬和高景芳，也是《国朝闺阁诗钞》中收录的仅有的女性旗人。

奇怪的是，那逊兰保并未言及铁保关于女性旗人的诗歌总集。那逊兰保认为，满族女诗人被已有的总集所忽略——她的这一观点看起来主要是因为满族女诗人在《国朝闺阁诗钞》中的缺失而形成的。而且，在给外祖母诗集的序言里，她在一开始便写道：

> 我旗籍中士大夫以诗鸣者，不可更仆数。而闺阁中，则蔡、高两夫人外，阒寂无闻。

然而，当那逊兰保在筹划这部总集时，她反而把自己的关注点从八旗缩小到了满族女诗人。从这点来看，她代表了典型的18世纪后半叶以及之后的思潮。在雍正皇帝统治期间（1723—1735），

（接上页）古籍出版社1985年版，第731—732页。高景芳的家族属于汉军正红旗。她的父亲高琦的职位最高达到了闽浙总督；她的丈夫名叫张宗元。她的诗赋于康熙五十八年（1719）刊行，题为《红雪轩稿》。见胡文楷：《历代妇女著作考》，第499页。

① Mark C. Elliott, *The Manchu Way*.

他弱化了汉人和外来者之间的区别；而在他的继承者乾隆皇帝统治期间(1736—1795)，则不断地强调满族的独特性，弱化了汉旗在征服中国的过程中起到的作用，甚至采取多种手段压缩汉旗，并且鼓励汉旗的成员放弃他们的汉军旗人身份，加入普通的汉族人口。[①] 在19世纪中期，也就是太平天国运动时期(1851—1864)，反满情绪的剧烈爆发进一步加强了满人民族性的自我认知——通过建立不同的法律地位与隔绝的居住空间，使得这种民族性的自我认知在清代一直被维持着。[②]

恽珠的《正始集》和其他大规模的总集都清晰地表明，女性诗人遍布于大清帝国的各个地方，但是其绝大部分都集中在江南地区；江南地区女性诗人的作品一直主导着人们对于传统中国女性诗歌的概观。所以，那逊兰保便显得很公正：她通过编纂一个大规模的总集，进而为满族女诗人在女性诗歌领域争取到了更大的空间。她给百保的诗集作序时强调了作者的道德品质，但是在她开始准备编辑诗歌总集时也很有可能强调了满族女性诗歌的独特性。实际上，所有有诗作留存下来的满族女诗人的一生或者一生的大部分时间都居住在北京，她们在诗歌里描绘北方城市的景物和季节，并涉及北京周边的风景，例如西山。她们之中只有少数人以满族官员的妻子、女儿或儿媳的身份游历过中国的其他地方。特别是在18世纪，满族女诗人很大程度上受到变幻莫测的朝廷政治的影响，比如雍正登基前后的派系争斗，或者乾隆统治时期的满族身份的重塑，这些突然的命运逆转必然都反映在她们的诗歌里。满族女诗人有的已婚有的未婚，仅有少数人过上了长久而幸福的

---

① Pamela K. Crossley, *A Translucent Mirror: History and Identity in Qing Imperial Ideology* (Berkeley: University of California Press, 1999), 281-336.

② 关于在清代最后的五十年间，满人的特权及其复杂的身份地位问题，见 Edward J. M. Rhoads, *Manchu and Han: Ethnic Relations and Political Power in Late Qing and Early Republican China, 1861-1928* (Seattle: University of Washington Press, 2000), 11-69。

婚姻生活，少数人在年轻的时候就去世了，大多数都在年轻时成为寡妇，不得不在相对窘困的情况下独自养育她们的子女。她们的集子相对较小，并且几乎都是诗——中国传统韵文中最常见的一种形式。就这点而言，最引人瞩目的特例是顾太清（1799—1877），皇子奕绘（1799—1833）的侧福晋。长久以来，学者们都对顾太清的背景感到困惑。① 在她的成长过程中，至少有一部分时间是在江南地区度过的；而且即使在搬到北京以后，她也主要是和江南地区的女诗人有所联系。② 像很多江南地区的女性诗人一样，顾太清不仅写了数百首诗，还非常擅长写词。③ 近些年我们开

---

① Arthur W. Hummel, *Eminent Chinese of the Ch'ing Period* (*1644-1912*), 386-387; Clara Wing-chung Ho, *Biographical Dictionary of Chinese Women*, 52-55.现阶段对于顾太清的主流观点是，她是鄂昌（卒于1755年）的孙女，鄂昌是满族高官鄂尔泰（1680—1745）的侄子。鄂尔泰在死后于乾隆二十年（1755）被剥夺了所有的头衔，当时鄂昌赐自尽。参见Arthur W. Hummel, *Eminent Chinese of the Ch'ing Period* (*1644-1912*), 601-603。如此，顾太清应当是满族西林觉罗氏的一员。顾太清的父亲是一位幕僚，一些学者认为，顾太清年轻时，很长一段时间都是在江南地区度过的（也有一种说法是，她自称来自苏州）。当奕绘娶她做侧福晋时，她以"二等护卫顾文星之女呈报宗人府"，因为奕绘作为皇族的一员，是不允许与"罪人之后"联姻的。见卢兴基编著：《顾太清词新释辑评》，北京：中国书店2005年版，前言第2页。另见陈水云：《顾春研究的世纪回顾》，《满族研究》2005年第2期，第104—111页。这篇文章提供了一个关于顾太清的诗集版本、生平身世、词作评价，以及小说《红楼梦影》等方面的研究概述。

② 见《顾太清奕绘社会交往主要人物志》，载顾太清、奕绘著，张璋编校：《顾太清奕绘诗词合集》，上海：上海古籍出版社1998年版，第788—789页；Ellen Widmer, *The Beauty and the Book: Women and Fiction in Nineteenth-Century China* (Cambridge: Harvard University Asia Center, 2006), 181-200（中译本见［美］魏爱莲：《美人与书：19世纪中国的女性与小说》，马勤勤译，北京：北京大学出版社2015年版。——译者）；詹颂：《道咸时期京师满汉女性的文学交游与创作——以沈善宝〈名媛诗话〉为主要考察线索》，《民族文学研究》2009年第4期，第123—128页。

③ 关于她的集子的近期版本，见顾太清、奕绘著，张璋编校：《顾太清奕绘诗词合集》；卢兴基编著：《顾太清词新释辑评》。对于她的创作的近期评价，见邓红梅：《女性词史》，济南：山东教育出版社2000年版，第452—488页；黄嫣梨：《清代四大女词人——转型中的清代知识女性》，上海：汉语大词典出版社2002年版，（转下页）

始了解到,她的作品还包含有戏剧和小说。① 因为她很好地代表了江南女性文学传统,同时也因为她和她的作品已经被大量地研究和翻译过,本书将不会涉及她。虽然排除了顾太清,但是我另外加入了两位女诗人,她们都属于满族女性作者群体,尽管她们不是严格意义上的满人。第一位当然就是那逊兰保,第二位则是归真道人。归真道人的父亲是汉军旗人。她与恽珠、顾太清生活在同一时代,不过与她们不同的是,她和当时在北京的满族女性作者有着很深入的交流。

尽管本书是一部英文书,某种程度上却将那逊兰保《满洲闺阁诗钞》的计划实现了。本书展现了我所能触及的满族女性的大部分诗作,在此基础之上,当我筛选这些诗歌的时候,不仅要考虑它们的文学性和可翻译性,同样也要考虑它们作为承载这些女诗人的经历和想法的实证价值。这些满族女诗人中的大多数人不仅回顾了她们某一刻的经历,同时还写了长诗或者组诗来回顾她们的生平,这加强了她们作品的自传属性。我也选择收录了一些她

(接上页)第 22—66 页;马清福主编:《满族文学史:第三卷》,沈阳:辽宁大学出版社 2012 年版,第 467—482 页;张菊玲:《清代满族作家文学概论》,北京:中央民族学院出版社 1990 年版,第 231—245 页。关于她一部分作品的英文翻译,见 Kang-i Sun Chang and Haun Saussy, eds., *Women Writers of Traditional China* (Stanford: Stanford University Press, 1999), 589-600; Wilt L. Idema and Beata Grant, *The Red Brush: Writing Women of Imperial China* (Cambridge: Harvard University Asia Center, 2004), 630-652; Beata Grant, "The Poetess and the Precept Master: A Selection of Daoist Poems by Gu Taiqing", in *Texts, Performance, and Gender in Chinese Literature and Music: Essays in Honor of Wilt Idema* (Leiden: Brill, 2009), 325-340。

① 关于小说家顾太清的讨论,见 Ellen Widmer, *The Beauty and the Book*, 200-216。关于《红楼梦影》的新版本,见云槎外史:《红楼梦影》,尉仰茄点校,北京:北京大学出版社 1988 年版。顾太清流传下来的两部戏曲是《桃园记》和《梅花引》,见黄仕忠:《顾太清的戏曲创作与其早年经历》,《文学遗产》2006 年第 6 期,第 88—100 页。

们留存下来的散文。在很多集子前面都有序言,或是作者自序,或是她们的女性友人或男性亲属为她们所写的序,这些人熟知她们的生活境遇和文学活动——这些材料我都全文翻译并且收录在这本书里。有的地方需要一些更详细的关于她们生活中政治环境的讨论,在此我提供了相关的信息。研究满族社会和文化的历史学家常常因为清代满族女性生活方面的信息缺失而感到遗憾,所以我希望这本书可以帮助填补这个空白。

编目与诗集

那逊兰保在公开她的总集编纂计划时曾说,她已经搜集了相当数量的诗集。遗憾的是,她并没有列出这些诗人的名字和她们作品的题目。最早综述八旗女诗人的是蒙古士人法式善(1753—1813)。[①] 法式善来自一个蒙古家庭,甲申年(1644)以后在北京定居,其家庭成员在朝为官。法式善一出生就被叔叔和顺领养,和顺的妻子韩氏出生于汉军旗。韩氏是一个读书涉猎广泛的人,也是一个有成就的诗人,她在法式善的早期教育中扮演了重要的角色。[②] 从乾隆四十五年(1780)起,法式善在翰林院内外都有了辉煌的事业。他经常参与大规模的图书编纂项目,这正好可以和他如饥似渴的阅读兴趣相结合。他在《梧门诗话》的结尾历数八旗女诗人,[③]以蔡琬开场,总共十二人;可以预见的是,其中最多最深

---

① Arthur W. Hummel, *Eminent Chinese of the Ch'ing Period (1644-1912)*, 227-228.

② 韩氏号称从五岁便开始阅读理学著作,并且在十三岁的时候已经熟读经书。她喜欢阅读忠臣烈女的故事,并且大量阅读小说。她的诗集题为《带绿草堂遗诗》。她最著名的作品是三十首《雁字》律诗。徐世昌:《清诗汇》卷一八五,北京:北京出版社 1995 年版,第 53b—58b 页(总第 3070—3073 页)。关于韩氏的生平简介《先妣韩太淑人行状》,见张寅彭主编:《法式善诗文集》,刘青山点校,下册,北京:人民文学出版社 2015 年版,第 1135—1136 页。

③ 张寅彭主编:《法式善诗文集》,上册,第 528—531 页。

入的内容就是关于韩氏诗歌的讨论。在这十二人之中，只有五人是真正的满族出身。法式善也和铁保一起合作编纂了《雅颂集》。《雅颂集》余集包含了十六位八旗女性的作品。在第一卷的四位诗人中，只有一位满人；第二卷的十二位诗人中，只有三位满人。每一位诗人之前都附有一个简短的生平介绍。然而，这些生平简介都要比《钦定八旗通志》中所包含的别集诗人的信息更多一些。乾隆五十一年(1786)下令重修、嘉庆四年(1799)梓行的《钦定八旗通志》中有关于八旗历史和组织的详尽信息，铁保是这个项目的总裁官之一。

恽珠的《正始集》增加了更多的满族和蒙古族女诗人，因为她把那些只留下稀少作品甚至只留下一首作品的女诗人也加了进来。但是，恽珠并没有把八旗女诗人放在一个特殊的分类里只有读完《正始集》里所有的作品，才能找到相关的信息。她总共收录了二十多位满族女诗人，另外她的孙女在《续集》里又加了几个人。沈善宝(1808—1862)的《名媛诗话》中也没有单独分开讨论八旗女诗人的作品。尽管她和顾太清有私交，并且在北京生活了几年，但是她似乎并没有和当时的其他满族女诗人有过任何紧密的私人联系，而且她对其他满族女诗人的评论一般都非常短。①

直到19世纪中叶，绝大部分知名的满族女性都居住在北京。这是符合情理的。自清早期开始，绝大多数的满人在首都定居。从19世纪下半叶开始，我们也了解到一些在杭州的满族女诗人。拥有作品数量最多的满族女诗人扈斯哈里氏(1848—1896)原本来自东北；她和她的丈夫都来自生活在沈阳附近的满族家庭，她少年和成年的部分时间生活在辽东半岛。扈斯哈里氏也是本书里的最后一位满族女诗人。在她人生最后几年创作的部分作品中，她

① 詹颂：《道咸时期京师满汉女性的文学交游与创作——以沈善宝〈名媛诗话〉为主要考察线索》，第123—128页。

为中日甲午战争(1894—1895)期间日本军队入侵东北感到悲痛,并痛斥清朝军队的无能。义和团运动,朝廷"西狩"西安,最后十年狂飙突进的现代化,直到中华民国的建立,从此把满人从"主子"变成了普通公民。遗憾的是,我们没有找到那些经历了清朝最后岁月的满族女诗人。

最早专门讨论八旗女诗人的文字是在清朝灭亡以后才刊行的。这就是震钧(1857—1920)的《八旗诗媛小传》,这个作品被收录在1917年新编的《清人说荟二集》中。[①] 然而进一步的检查则显示,《八旗诗媛小传》摘录自光绪三十三年(1907)刊刻的一本关于旗人知识的怀旧性汇编《天咫偶闻》,这本汇编同样出自震钧这位古书爱好者。[②] 这本汇编搜集了关于二十位女性的轶事,她们中的一半是满人。满族女诗人也被收录在施淑仪(生于1878年)的《清代闺阁诗人征略》中。关于四位满族女诗人的信息收录在了这部书的正文里,但是收录数量最多的反而是在补遗之中——补遗以十位满族女诗人的传记开始。一个更全面的综述则是在出版于1941年的恩华的《八旗艺文编目》中找到的。[③]《八旗艺文编目》在别集第七卷"闺媛"中列举了五十六部由旗人女性撰写的诗集(值得注意的是,某些作者留下了不止一部诗集)。胡文楷的《历代妇女著作考》的第二十一卷里有关于旗人女作家更新的综述。[④] 该书首次出版于1957年,然后1985年增订再版,此后则由张宏生于2008年重新修订。最近,杜珣在2012年出版的《闺海吟》里提供了一个最全面的满族和蒙古族女诗人的列表。他的列

① 震钧:《八旗诗媛小传》,《近代中国史料丛刊三编》,第625册,台北:文海出版社1991年版。

② 震钧:《天咫偶闻》卷四,《近代中国史料丛刊》,第219册,台北:文海出版社1973年版,第36a—44a页。

③ 恩华辑:《八旗艺文编目》,沈阳:辽宁民族出版社2006年版,第156—161页。

④ 胡文楷:《历代妇女著作考》,第813—819页。

表包含了五十四位女性诗人的名字，其中六位是蒙古人。[1]

然而，并不是所有杜珣列举出来的女诗人都留下了诗集，而我们已知的所有诗集的名称也并没有全部沿用至今。这部总集主要依据的是那些被保存下来的，且可以在主要图书馆中被找到的满族、蒙古族女诗人的诗集。中国国家图书馆和哈佛燕京图书馆是我原始材料的主要来源。[2] 就兆佳氏和希光的例子而言，我的讨论主要以她们在《雅颂集》里的作品为基础。

大多数现存的诗集都存有刻印本，但是有少量的诗集是以手稿的形式存世。其中一个例子就是梦月的《竹屋诗钞》。《竹屋诗钞》只存有预备付梓的手稿；它不仅有梦月于嘉庆十三年（1808）所写的自序，还有一组精心设置的凡例。扈斯哈里氏有两个集子《绣余小草》和《江右随宦纪事》，这两个作品集一共包含了近一千首诗歌，是相关文献里最大的集子。她于光绪二十二年（1896）去世，这两个诗集在这一年被刊印出来，使用的是雕版印刷术，并且很快又被再版，使用的则是现代的石版印刷术。[3] 其他保存下来

① 杜珣编著：《中国历代妇女文学作品精选》，北京：中国和平出版社 2000 年版，第 465—473 页。（此处所引书目与正文内容不相对应，作者引用的书目应为杜珣编：《闺海吟：中国古近代八千才女及其代表作》，下册，北京：华龄出版社 2012 年版，第 465—473 页。《中国历代妇女文学作品精选》是杜珣更早年的一部著作，2012 年与《闺海吟》同时出版的另一部氏著《阆苑奇葩：中国历代妇女文学作品精选》为其修订本。——译者）杜珣并没有把顾太清放入满族或者蒙古族诗人中间，却把她当作了汉人作者。胡文楷和杜珣把汉军旗人与汉人编在了一起。现在的一些综述性文章，比如张佳生的《清代满族妇女诗人概述》和祝注先的《清代满族、蒙古族的妇女诗歌》，并没有完全涵盖所有女性作者。一般针对清代满族汉语文学的综述最多也只是讨论较少数的女性诗人。张佳生：《清代满族妇女诗人概述》，《满族研究》1989 年第 1 期，第 80—86 页；祝注先：《清代满族、蒙古族的妇女诗歌》，《中南民族学院学报（哲学社会科学版）》1997 年第 4 期，第 82—86 页。

② 《参考书目》中列有本书所使用的全部满族女性诗集。

③ 湘岑的小集子《梦花阁诗稿》大约于 19 世纪中期出版，看起来像是一个排印本。湘岑二十四岁便去世了，她的丈夫苏完多龄后来命其继室之子将湘岑的四十二首遗诗出版（其中不少都是她在生病期间所写）。

的集子都使用的是传统的雕版印刷术。所有已经梓行的诗集看上去都是由私人刊印的。

在很多情况下,女性的诗集都是在她去世后由她的丈夫、儿子或者其他男性亲属刊印的。第一个例子就是纳兰永寿(1702—1731)印刷的他姑妈纳兰氏的《绣余诗稿》。这个诗集包含了他早逝的姑妈的一百二十首作品。纳兰氏的父亲是富有的满族高官纳兰明珠(1635—1708),她有两个哥哥,一个是著名词人纳兰性德(1655—1685),另一个是著名诗人、官员纳兰揆叙(1674—1717)。她的集子是现存最早的满族女诗人的诗集。那逊兰保的诗集《芸香馆遗诗》是由她的儿子盛昱(1850—1900)于同治十三年(1874)她去世后刊印的。某些情况下,诗人的去世与诗集的刊行之间会有一段很长的时间差。比如文篁(1786—1817)的《佩兰轩绣余草》就是由她的儿子庆岳整理的,但是直到光绪九年(1883)才刊刻出来(这部诗集的内封写着"本宅藏版")。

某些情况下,女性诗人的集子在她去世后被刊刻,属于后人刊行祖先作品的尽孝行为。18 世纪末,当东鄂能泰把他的祖父、父亲、叔叔的作品集编辑付梓的时候,也收录了他祖母养易斋主人和他母亲兰轩主人的诗集。铁保的儿子瑞元把铁保的妻子莹川的诗集《如亭诗稿》附在了他父亲的别集里,并在铁保去世后刊行。冰月的第一部诗集《冷斋吟初编》的梓行很可能与她年轻的叔弟宜兴(号桂圃,1747—1809)刊印他已逝父亲的作品一事有紧密的关系。通过将家族里女性成员的诗集收纳在一个更大的刊行项目里,这些满族士人跟随了江南地区女性诗集的梓行潮流。①

更少见的情况是,一个家族在女性在世的时候为她刊印诗集。百保《冷红轩诗集》的第一版在延迟了二十年后于咸丰七年

① 我并没有接触到任何由非男性亲属(譬如塾师或藏书家)主动或出资支持出版的女性诗集。然而这样的出版物似乎在江南地区是很常见的。见张聆雨:《清代女性著述出版途径考》,《古典文献研究》2012 年第 15 辑,第 153—160 页。

(1857)付梓，[1]但是当这部诗集问世的时候，它包括了很多在当时最尊贵的人所写的序言，其中包括她的公公的女婿恭亲王奕䜣。与此类似，龄文的诗集在光绪十二年(1886)梓行，那时很可能是她五十岁生日前后，诗集中附有著名政治家彭玉麟(1816—1890)所写的序言。不过从恽珠对她儿子刊刻她的诗集的反应来看，我们可以得知，并不是所有的女性都能享有这样的礼遇。(恽珠写下了“是乌足传，即传亦小矣，嗣后勿复刻私咏！”)然而对于女性来说，对自己的诗歌成就保持谦虚的态度是良好教养的体现(恽珠也可能认为她年轻时候的性情流露太过于轻佻)。[2]

就那逊兰保的情况而言，有时女性也会积极地刊印其他女性的诗集。[3] 更有甚者，有些人在她们去世前就刊行了自己的诗集。比如，永寿的遗孀思柏先是刊印了一本她和她的密友宫淡亭的诗集，命名为《合存诗钞》；后来她又刊印了她自己、宫淡亭和她的一个女儿(同时也是宫淡亭的弟子)的小型文集。佟佳氏更擅长宣传自己。她刊刻了一本合集，题为《问诗楼合选》，其中包括她自己的诗歌，以及教过她或者她所延请的女塾师所写的作品。更早时候，她还刊行过一部哀悼自己父母的诗集《乌私存草》，以及另外一部哀悼自己已逝丈夫的诗集《穗帏泪草》。嘉庆五年(1800)她开始撰写《宝善堂家训》，那时她的儿子已经被封为睿亲王。儿子去世以后，她刊印了之后的一年里她所写的诗歌，命名为《裂心集》。她在丈夫去世以后所写的诗歌在付梓时被命名为《虚窗雅课》，并附有满族高官所写的序、跋。[4] 冰月也很有可能在自己两部诗集的梓行过程中扮演了积极的角色。

---

① 她的自序写于道光十七年(1837)。

② 高春花：《满汉家族融合与处才养德之道——论清代女诗人恽珠的才名获得与处才策略》，第133页。

③ 参见张聆雨：《清代女性著述出版途径考》，第160—163页。

④ 《绿窗吟稿》收录了她在乾隆三十三年(1768)之前的早期作品；这部诗集是以稿抄本的形式传世。

少数罕见的情况是，某些满族女性作者的集子甚至在清代就被重印了。佟佳氏在《问诗楼合选》中的作品也被收录在了她的《虚窗雅课》中。恽珠的作品集最早由她的儿子麟庆（1791—1846）于嘉庆十九年（1814）刊刻，然后于同治五年（1866）重印。百保的作品集最早由她的儿子于咸丰七年（1857）在金华刊刻，后来光绪元年（1875）又在北京刊行了由那逊兰保整理的重刊删选本。这个删选本又于光绪八年（1882）由百保当时唯一还在世的弟弟重印。

很多诗集都以序言和跋文的形式加入了大量的副文本材料。[①] 如果这些文本是由亲属或者友人撰写的话，就可能会包含丰富的个人生平的细节。由作者自己刊印的文本以及那些在作者生前刊印的文本也许会附上作者的自序，这些序言对于我们了解作者的生平和作者对诗歌的看法都是很有启发意义的。就这点来看，无论是汉人或满人高官所写的序言，还是当时知名文人所写的序言，对于我们来说往往不是那么有用，因为他们都倾向于详细解读女性诗歌的价值（通常都会提到孔子将女性的作品收录于《诗经》之中），并强调作者作品的道德高度，把作者的诗集和一般的女性诗歌创作情况区分开来。[②] 唯一的例外就是彭玉麟为龄文的诗集所写的序言。因为彭玉麟的第一个工作就是龄文的塾师，因此他可以就她年少时的性格来进行书写。那些由高官或是当时知名文人所写的序言提高了女性诗歌在满人社会中的地位。到20

① 关于针对女性诗集中经常出现的副文本及其文献学价值的一般性讨论，见 Grace S. Fong, "Autobiographical Subjects: Ming-Qing Women's Poetry Collections as Sources for Women's Life Histories", in *Overt and Covert Treasures: Essays on the Sources for Chinese Women's History*, edited by Clara Wing-Chung Ho (Hong Kong: Chinese University Press, 2012)。

② 自11世纪始，在男性为女性作者的集子所写的序言中，《诗经》被用来维护女性诗歌。见 Xu Sufeng, "The Rhetoric of Legitimation: Prefaces to Women's Poetry Collections from the Song to the Ming", *Nan Nü* 8, no. 2 (2006): 255-289。

世纪早期,女性诗歌甚至被充分地认可,并且被朝廷所接受。在那些于光绪二十九年(1903)受到慈禧太后接见的女性艺术家当中,就有两位来自杭州满城的女诗人,她们分别是王韶和画梁。王韶是《冬青馆吟草》的作者;画梁则以画家的身份和《超范室画范》编者的身份知名于世。①

大多数的诗集体量都很小,且没有分卷。但是少数较大的诗集则是分卷的。许多诗集的内容都是按照作诗的顺序来编排的,因此这些诗集就变成了类似于日记和自传(尤其是那些关于四季变化和个人旅行的描绘性的诗歌)的结合体。当然,诗集所涵盖的主题是非常有选择性的,不过这些诗集大多会提供一个相对细致的关于作者生活经历的信息,尤其是当某一部诗集旦包含有作者自己回顾人生的自传性质的文字时。② 在某些情况下,诗集的内容是根据诗体来编排的。就古体诗而言,五言诗基本上放在七言诗前面;就近体诗而言,同样的编排方式也适用于八句的律诗和四句的绝句(这两种诗体会在下面一节里谈到)。在按年份编排的集子里,如果词作也被收录的话,它们会被分散安放在诗作之中。而在百保的第一版《冷红轩诗集》里,词作被集中在一起,单独放置在诗集的最后。

诗歌创作

这本书里收录的诗人作品,包括古体诗和近体诗。所有的诗行都是有固定长度的。固定诗行的长度有三言、四言、六言等,但最常见的诗行长度是五言或七言。在五言的诗行里,第二个音节

---

① Pamela K. Crossley, *Orphan Warriors: Three Manchu Generations and the End of the Qing World* (Princeton: Princeton University Press, 1990), 169.

② 关于18世纪中国女性撰写的长篇自传体诗歌的讨论,见 Grace S. Fong, *Herself an Author: Gender, Agency, and Writing in Late Imperial China* (Honolulu: University of Hawai'i Press, 2008), 9-53, 161-165。

后面有一个停顿;在七言的诗行里,第四个音节后面有一个停顿。每一行形成一个或多个句子(有的例外是一个复杂从句)。在古文中,意思完整的一句话一般不会跨越诗行。[①] 一首诗由至少四行组成,偶数行押韵。一个韵脚可能多次重复出现,但是在较长的诗歌里,韵脚的改变通常都标志着主题的改变;在本书的翻译中,一个空行用来表示韵脚的转变。在5世纪和6世纪的时候,中国的诗人就开始逐渐意识到汉语声调的特点;为了更悦耳的效果,声调的变化和对应的规则被规范化了。遵循这些规则的诗,最终被称为近体诗;不遵循这些规则的诗,则被归类为古体诗(两种诗歌形式一直沿用至21世纪)。在近体诗里,最常被使用的诗体就是四个诗行的绝句和八个诗行的律诗。律诗的一个附加要求是,第二联和第三联都需要包含对偶的句子。这样的对偶句子需要拥有相同的语法结构,但是要展示对立的内容,它们通常被用在描述中,旨在通过列举对立的元素来表现某种整体性。对偶的联句在诗歌内外有着各种各样的用法,学生们从很早就开始学习如何组织这样的对句。十个诗行或者行数更多的近体诗(在第一联和最后一联之间,含有超过两个对偶的联句)被称为排律,但是在本书所讨论的诗集中,我仅仅遇到了少量的排律。[②] 排律要求在对偶的联句中使用彼此呼应的典故,这属于一种刻意炫耀学识的行为;这种行为对于女性而言是不得体的。然而,使用近体诗创作更长的作品,可以很容易地通过创作绝句或律诗组诗来达成。

当然,除了顾太清这个例外,满族女性作者很少涉足词的创作。词起源于9、10世纪的流行歌曲,每个曲子都有自己的词调,规定好每一阕的行数、韵脚的位置、音调的使用。除了最常见的那些词调之外,写词对于说南方方言的人来说,应该要比说北方官话的人更简单;南方的方言更接近于唐代和宋代的口语,而北方的官

---

① 英文诗句中有时候两个诗行形成一个意思完整的句子。——译者

② 百保诗集中的一个例子是《西阳岭即景》。

话不仅有许多多音节词,其声调系统也是简化了的。在17世纪,江南地区出现了词的复兴,许多江南地区的女诗人也涉足这个文学类型,因为这个体裁和女性之间存在着清晰的关联。作为流行歌曲,从13世纪开始,词就被曲取代了。一些江南女性也创作曲,但是没有一个满族女性创作曲,尽管这个文学类型和中国北方也有关联。在光绪二十一年(1895)的时候,满族女诗人扈斯哈里氏警告江西袁州地区(当时她的丈夫在那里做知府)的汉族女性,反对她们读"淫词"、听"艳曲",这多少暗示了满族女性或许已经远离了这些过于轻佻的文学类型。

满族女性作家都是在家中学习阅读和写作的。18世纪的诗人梦月曾写过,她被允许以男孩的装扮和她的兄弟们一起去学校,直至她成年,那时她不得不换成女装了——这在当时应该是很正常的。许多女性诗人都来自贵族家庭,因此家庭有能力为她们请一流的教师。纳兰氏和思柏都来自极其富有的明珠家,众所周知的是明珠为自己的儿子们请了最好的汉人教师。思柏的丈夫去世之后,她为自己的女儿和侄女们请了女塾师。宫淡亭作为一位参议的遗孀,和思柏一起住了十年,直到宫淡亭的儿子通过考试成为进士。我们也知道与佟佳氏有关的三位女塾师的名字。当汉语变成满人的母语后,我们发现关于这些汉人教师的记载越来越少,并且女孩子们好像都是跟随自己的亲属学习的——在教育程度很高的家庭里,一定有很多合适的候选人。一些诗人很早就开始写作了,佟佳氏留存的最早的诗歌是她十三岁时写的,扈斯哈里氏的诗集包含了她十一岁时写的诗歌(这是按照中国的算法,实际大概就是十岁,甚至是九岁)。然而有一个例外,铁保说他的妻子莹川在他们结婚的时候并不识字,是他教会了妻子阅读和书写。

很多满族女性都学习过写对联和诗歌,因为这是标准教育课程的一部分,但是这并不意味着所有的家庭都鼓励他们的女儿写诗。一旦她们到了可以结婚的年龄,许多家庭都告诫他们的女儿要远离诗歌;我们从那逊兰保为外祖母的诗集所写的序言里就可以知道这点：

> 窃见亲党诸家，其女子入塾诵读，多与男子等，特以风俗懿美。及笄后，其尊长率不令治诗词，即间为之，亦相戒，勿令外人见，以故遂鲜。

许多父母可能都感觉到，阅读和写作也许会给女性操持家务带来不良影响。但是如果女性继续写作的话，她们通常会强调只有在完成了女红之后，她们才能匆忙地涂涂写写。许多女性诗集的标题都含有“绣余”这个词（女红后的休闲）。序言的作者一般都孜孜不倦地强调这个诗集的作者是一个尽职的女儿和妻子，忠于她们对公婆的职责，是处理家务的能手，并且倾力于孩子的教育。

研究江南地区女性文化的学者强调女性社交圈和诗社对于女性写诗的重要性。[①] 在著名的小说《红楼梦》里，18 世纪的作者曹雪芹（约 1715—约 1764）就详细地描绘了在大观园里由年轻女性组织的诗社。对于女性写诗的不信任感延续了很长时间且涉及范围很广，甚至在 19 世纪的北京也是存在的，因此好的环境对于激励年轻女诗人所起到的重要意义就不言而喻了。许多满族和蒙古族女性诗人生活在一个男性或女性亲属都频繁写诗的家庭里。我们了解到，女性经常参与不太正式的聚会并进行诗歌创作，譬如梦月在其诗集的序言里曾提到的：

> 重阳前三日晚餐后，桐园、净庭二胞兄过舍闲话，见东篱菊信尚迟，因拟《问菊》一题，各赋一律，秉烛成者罚肥螯佳酿，于九日共食，爰配其事，固亦一时之趣也。[②]

---

① 高彦颐（Dorothy Ko）在这方面的研究是开创性的，见 Dorothy Ko, *Teachers of the Inner Chambers: Women and Culture in Seventeenth-Century China* (Stanford: Stanford University Press, 1994)。

② 梦月：《竹屋诗钞》，第 4b 页。

尽管我们不知道那些只由满族女性组织的正式诗社的名字，但许多女诗人或多或少都和其他女诗人有着密切的联系。[①] 思柏就和她的密友宫淡亭进行过诗歌唱和，宫淡亭的一个女儿又被聘为佟佳氏的塾师之一。养易斋主人和兰轩主人是婆媳关系。佟佳氏的婆婆周佳氏也是一位多产的诗人。在佟佳氏的晚年，当她读完冰月的第一部诗集之后，就和冰月成为了好友。冰月也是归真道人的密友，而归真道人晚年也结识了那逊兰保。那逊兰保的外祖母完颜金墀可能与这三位女性都相识。在百保定居北京以后，她和那逊兰保成为了亲近的朋友，甚至在百保跟随她的儿子到江南任职之后，她们还保持着通信。大量相同的诗歌标题揭示了她们频繁的交流活动，也揭示了一些日常活动，比如一起前往北京城外的西山进行作短途旅行，好友之间可能会通过在对方在世时创作悼亡诗来表达彼此深厚的友谊。思柏在她留下的一篇文章中为这种行为辩护，认为悼亡诗可以说出自己真实的感觉而不受任何限制，所以悼亡诗是朋友间流露深切情感的完美载体。在几乎是一个世纪之后的冰月的诗集里，我们也发现了这样的悼亡诗，是冰月写给她的好友归真道人的。

满族女诗人主要是和其他的女性旗人进行文学交流。令人惊讶的是，在本书的女性作品中，没有一篇作品显示出她们与恽珠或顾太清有直接的联系。[②] 有记载的满族女诗人与知名汉族女诗人的联系是不多的，但是佟佳氏的《问诗楼合选》里有一篇跋文，作者是一位苏州的女诗人、画家、书法家曹贞秀（1762—1833

---

① 沈善宝与顾太清都曾提到，她们同属于一个诗社，而诗社中还包括另外一些满族女性，例如顾太清以及恽珠的几个女儿。见詹颂：《道咸时期京师满汉女性的文学交游与创作——以沈善宝〈名媛诗话〉为主要考察线索》，第125—126页。

② 恽珠的孙女佛芸保（卒于1856年）是一位非常有成就的满族女性作者。她曾为百保于咸丰七年（1857）出版的诗集写过一个题词（恽珠《国朝闺秀正始集》中唯一一个满族女性撰写的题词是恽珠儿子麟庆的某一位同学的妻子所写的）。佛芸保是那逊兰保的好友，而那逊兰保与恽珠的孙媳也是认识的。

之后);在18世纪最后一段时间里,曹贞秀在北京住了几年。[①] 冰月(或许还有佟佳氏)从著名的江南女诗人骆绮兰(1755—1813之后)的作品中获得过灵感并创作了一些诗歌。[②] 但是,骆绮兰是一个极其热衷于社交的人,她通过广泛地传播自己的诗歌和绘画来获取别人的认可。[③] 文篁和上海女诗人谢丽娟认识;那逊兰保的

---

① 这一文本在曹贞秀的《写韵轩小稿》中也有收录,见曹贞秀:《写韵轩小稿》卷二,第5a—5b页。曹贞秀是著名诗人王芑孙(1755—1818)的妻子;乾隆五十七年、五十八年(1792—1793),她的丈夫在佟佳氏儿子淳颖(1761—1800)的幕府中效力。

② 《和骆节妇佩香原韵》,载冰月:《冷斋吟初编》卷三,第10a—11a页;《赋赠骆石兰女史》《次石兰女史见赠原韵》,载佟佳氏:《虚窗雅课》二集,第14a—14b页。鉴于佟佳氏对于"骆石兰"的溢美之词,我猜想此处原本应为"骆绮兰"。这一观点或许可以得到进一步佐证:我认为,佟佳氏的儿子淳颖大约在同一时间创作了一首针对骆绮兰的名作《秋灯课女图》的诗,且被收录在他的《虚白亭诗钞》(卷二,第25b—26a页)中。尽管骆绮兰的诗集中并没有包含任何暗示她曾前往北京的信息,佟佳氏的第一首诗却告诉我们她甚至来过北京两次,因为其中包含"四年虽两晤,一见豁千愁"一联(佟佳氏:《虚窗雅课》二集,第14a页)。佟佳氏和冰月所写的这几首诗并没有收录在骆绮兰的《听秋轩闺中同人集》中;《听秋轩闺中同人集》中收录的作品体现了她的女性诗人同伴对她的认可。关于她《听秋轩赠言》中所收集的男性文人尤其是那些满族贵人与朝廷官员对她认可的言辞,见 Robyn Hamilton, "The Unseen Hand: Contextualizing Luo Qilan and her Anthologies", in *The Inner Quarters and Beyond: Women Writers form Ming through Qing*, edited by Grace S. Fong and Ellen Widmer (Leiden: Brill, 2010), 116-120。在这些男性文人中,法式善的名字出现了,但是英和的名字也应该被加上。淳颖的诗作并没有被收录在《听秋轩赠言》中。骆绮兰的画作在表现女性授课方面并不是很独特,其特别之处是她在为一个养女授课,而非她的儿子们(王伟萍:《从骆绮兰〈秋灯课女图〉看清世的母教》,《前沿》2014年第7期,第227—230页)。骆绮兰的集子都被收录在了《江南女性别集二编》中,见查正贤主编:《江南女性别集二编》,第1册,合肥:黄山书社2010年版,第577—799页。法式善于嘉庆十六年(1811)也为骆绮兰的好友鲍之惠的诗集撰写了一篇序文。

③ 崔琇景:《乾嘉之际女性作家的文学交游关系及其意义——以骆绮兰为例》,《苏州大学学报(哲学社会科学版)》2010年第3期,第55—59页;Robyn Hamilton, "The Pursuit of Fame: Luo Qilan (1755-1813?) and the Debates about Women and Talent in Eighteenth-Century Jiangnan", *Late Imperial China* 18, no. 1 (1997): 39-71; Robyn Hamilton, "The Unseen Hand", 107-140; Wilt L. Idema and Beata Grant, *The Red Brush*, 612-620。

作品集里有一首诗是借一首画像题词而感谢张䌌英(1792—1863之后)的。[①] 关于这些满族女诗人阅读女性诗作的情况,我们的证据非常有限。她们之间互相交换她们刊印的作品,并且在阅读彼此的诗集后会写一些恭维的诗歌。

本书里的许多女诗人一定都花了大量的时间和精力在写作上,她们中的一些人甚至承认她们对诗歌的沉迷。完颜金墀被她的外孙女委婉地责备,因为她嘲笑了那些将自己的诗歌交给袁枚和铁保评判的女性。完颜金墀留下了一首挑衅的诗作:

戏　成

吟诗女子原多事,每羡人皆有一长。
宁使聪明折尽福,不甘埋没性灵肠。

同时,这些诗人中的许多人在公共场合都展示出了有教养的谦虚。乌云珠是伊桑阿(1638—1703)的妻子,而且可能是最早为人所熟知的满族女诗人,据说她曾经说过:

闺阁能诗,固属美事,但止可承教父兄,赓歌姒妹,若从师结友,岂女子事耶?[②]

乌云珠"著有《绚春堂吟草》,不以示人"。法式善这样描述他的养母韩氏的行为:

通经史,工韵语,顾有所作,秘不示人,投稿古罐中,值朔、望,辄引火焚化。且曰:"水流花放,迹象奚存?月白风清,光

---

① 张䌌英被公认是她那个时代最好的女性诗人之一。她来自常州,但是于道光九年至二十四年期间(1829—1844)和道光二十七年至咸丰三年期间(1847—1853)跟随丈夫在北京生活。见 Susan Mann, *The Talented Women of the Zhang Family* (Berkeley: University of California Press, 2007), 62-129。

② 震钧:《天咫偶闻》卷四,第40a—40b页。

景斯在。”闻者以为见道语。[①]

本书中不少诗人都明确地禁止她们的后代刊行她们所写的东西,这通常会在亲戚和孝顺的后人所作的序言里引起深刻的追问:他们应该遵循他们母亲或妻子生前的指示?还是应该由于她现在已经故去而传扬她的美德和才华?刊行了诗集的女性觉得很难为自己的行为辩护,但是这通常不会引起更具探究性的关于诗歌本质的讨论。

性别问题

本书谈到的女性几乎都出生于官员家庭,并且没有迹象表明她们的出生是令人不悦的。反而,梦月就说到她的父母为她的出生感到欣喜若狂,因为之前的几个孩子都是男孩。满族的女孩不用遵循可怕的缠足习俗,这使得她们在年轻时可以更容易地加入兄弟和表兄弟们的游戏和运动。有些女性,比如梦月和莹川,为自己的骑术感到骄傲;梦月还提到过她射箭的技术。很多女性诗人都因追随自己的父亲、岳父、丈夫或儿子去外地上任而广泛地游览各地。[②] 很多女性在幼年时似乎都在家中学习阅读和写字,偶尔跟女教师学习,或者跟男教师学习,一般情况下和她们的兄弟一起

---

① 法式善著,张寅彭、强迪艺编校:《梧门诗话合校》,南京:凤凰出版社 2005年版,第 529—530 页。关于焚毁自己诗作这一行为背后的复杂动机,见 Yanning Wang, "Behind 'Burning': Women Writers' Self-Censorship and Self-Promotion", *Frontiers of Literary Study in China* 6, no. 4 (2012): 490-510。他公开地表示女性的谦虚也是一种自我标榜的手段,因而提高了这些现存诗歌的价值。

② 恽珠的儿子麟庆(1791—1846)在步入仕途之后,她屡屡陪同出行;这一现象在麟庆的绘图版自传《鸿雪姻缘图记》中得以明确的体现。关于女性诗歌与行旅的大致探讨,见 Grace S. Fong, *Herself an Author*, 85-120; Yanning Wang, *Reverie and Reality: Poetry on Travel by Late Imperial Chinese Women* (Lanham: Lexington Books, 2014), 69-114。关于麟庆的信息,见 Arthur W. Hummel, *Eminent Chinese of the Ch'ing Period (1644-1912)*, 506-507。

学习。佟佳氏强调过她和她的兄弟接受了同等的教育，并没有因为她是女孩而有什么差别。然而我们知道的是，莹川在结婚时是不识字的，尽管她在一个颇有名望的家庭里长大。

生活在18世纪的两位满族女性思柏和佟佳氏为我们留下了关于女孩教育的文章。[①] 思柏在她女儿结婚的前夜告诫她，尽管她们在家被娇惯，当加入丈夫的家庭时，她们都要严格遵守经典里为女性行为设置的规范。她强调节俭的必要性，敦促她们不要逃避体力劳动，并且告诫她的女儿们不要因为自己的血统而骄傲，也不要轻视自己丈夫的家庭。这个最后的告诫，可能只是和满族新娘尤为相关，因为满族有指婚的传统。上层满族家族之间的婚姻不是基于自己家族的考虑，而是八旗行政的职责。[②] 在梦月的一首诗里，她骄傲地提到她的婚姻是“钦定”的。尽管这样的婚姻很荣耀，但是家族并不能预测他们的女儿会嫁入怎样的家庭——在18世纪末，佟佳氏就很担心这个问题。我们还应该注意，清政府一直积极地推行满蒙贵族联姻的政策。[③] 完颜金墀的诗集里就有一组作品，在诗里她表达了对女儿未来的担心，因为现在她的女儿嫁给了一位蒙古贵族，而且将不得不离开首都，前往遥远的库伦。[④]

佟佳氏在其《宝善堂家训》中提供了更具体的关于女孩道德

---

① 柯娇燕(Pamela K. Crossley)的文章中并未讨论满族女性的教育问题，见 Pamela Kyle Crossley, “Manchu Education”, in *Education and Society in Late Imperial China, 1600-1900* (Berkeley: University of California Press), 340-378。

② Mark C. Elliott, *The Manchu Way*, 253-255.很多女孩在很年轻的时候就结婚了，一般早于二十岁。

③ 杜家骥：《清朝满蒙联姻研究》，北京：人民出版社2003年版。

④ 我并没有找到证据证明，这部书里有哪位女性诗人不得不亲自前往皇宫去参选秀女。定宜庄：《关于清代满族妇女史研究的若干思考》，《吉林师范大学学报》(人文社会科学版)2014年第6期，第1—7、14页。Mark C. Elliott, *The Manchu Way*, 253-255.另有学者认为选秀女的体系直到18世纪中期才完全地正规化，见 Shou Wang, “The Selection of Women for the Qing Imperial Harem”, *Chinese Historical Review* 11, no. 2 (2004): 212-222。

和知识教育的条款，这部书在她的儿子被晋封为亲王二十余年之后付梓。佟佳氏写了一篇很长的序言，之后则是一个给女孩的教育计划。这个序言讨论了男女不同的社会角色，而不同社会角色的基本理念是宇宙中阴阳的互补和对立。女孩的教育从选择恰当的保姆和乳母开始，她们的言谈举止必须符合规范，她们要教会年轻女孩们识字，并且在她们四五岁的时候指导她们正确的进食方式和其他的行为准则。女孩们从十岁开始学习女性教育的启蒙文本，一位女塾师则应该在她们十五岁的时候介入，教授她们“四书”。从此后的文字可以很清晰地看出，佟佳氏所指的是“女四书”。在明清时代，这套书是广为人知的用于女性教育的文本。这不仅是因为这些文本的内在价值，更是为了女孩子嫁入那些严格执行教条的家庭而做的准备。不过如此严格的执行者当然不是常见的——佟佳氏大段地谴责那些她身边出现的由于忽视女性教育而导致的道德上的放纵。在她看来，许多父母因为溺爱他们的女儿而轻视家庭所需要尊重的男女之别。在这样自由的家庭长大的女孩应该有所准备，这样一来，如果她们最终嫁入那些生活方式相当不同的家庭里，她们就不会陷入忧郁或者更糟糕的情况。在她的另外一篇序言里，佟佳氏也给我们留下了关于她的母亲和塾师是如何教育她的详细描述。①

没有迹象表明思柏和佟佳氏把自己学到的美德和行为准则看作是汉人特有的，她们也没有把习得这些美德和行为准则看作是一个积极的汉化过程。对于她们来说，关于男性和女性的不同职责的讨论是通行的。19 世纪末，扈斯哈里氏给袁州的女性写了一组十二首诗，教导她们的职责。满族女性看起来是很热情地接受

① 在 19 世纪初期，满族贵人英和（1771—1840）的夫人是萨克达氏出身，她曾写过一篇关于教育孙辈的文章，题为《观生阁家言》，并按照不同主题分卷，如《说孝》《说敬》《说慈》《说仁》《说勤》《说俭》等。见英和：《恩福堂笔记诗钞年谱》，北京：北京古籍出版社 1991 年版，第 246 页。

了这些女性的价值观和准则,而越是这样,越多的人就可能会同意佟佳氏的观点,认为她们的才能不应该被看作她们美德的对立面,而是有助于美德的。她们中的很多人深深地信奉对丈夫及其家庭的奉献,以至于她们会"割股"(割下自己身体上的一片肉来喂给生病的亲属)。在明清时期,割股一方面被广泛谴责为不孝,因为这样毁坏了父母授予的身体;但是另一方面,割股被作为真诚奉献的最终极的表达而备受推崇。[①] 佟佳氏就曾经割股来拯救她丈夫的生命,但却没有成功。在一首很长的自传体诗歌里,希光描绘了一个她割股拯救丈夫性命但没有成功的可怕画面。[②] 在现有记录中,满族女性诗人里唯一一个成功的割股案例就是百保为她病重的公公桂良(1785—1862)割股——她的公公身体得以恢复,并且继续了自己的事业,甚至在《天津条约》(1858)上签了字,而且在辛酉政变(1861)中帮助了恭亲王,为慈禧太后之后的支配地位铺了路。百保的诗集里还有一首诗是赞扬另外一个割股的女性。割股并不是没有风险的:杭州的诗人、画家画梁以及她的弟弟文梁都

---

① 最早的关于割股的文献材料出现于唐代,同时我们也第一次见到涉及人肉的医疗价值的相关文献。见 Jonathan Chaves, "Moral Action in the Poetry of Wu Jia-ji (1618-1684)", *Harvard Journal of Asiatic Studies* 46, no. 2 (1986): 387-469; J. J. M. de Groot, *The Religious System of China* (Taipei: Ch'eng-wen, 1969), vol. 4, 357-406; Keith Knapp, "Chinese Filial Cannibalism: A Silk Road Import?", in *China and Beyond in the Medieval Period* (Amherst: Cambria Press, 2015), 135-149; Tina Lu, *Accidental Incest, Filial Cannibalism, and other Peculiar Encounters in Late Imperial Chinese Literature* (Cambridge: Harvard University Asia Center, 2008), 152-156;邱仲麟:《不孝之孝——唐以来割股疗亲现象的社会史初探》,《新史学》1996 年第 6 卷第 1 期,第 49—92 页(应为《新史学》1995 年第 1 期,第 49—94 页。——译者);T'ien Ju-k'ang, *Male Anxiety and Female Chastity: A Comparative Study of Chinese Ethical Values in Ming-Ch'ing Times* (Leiden: Brill, 1988), 149-161; Yü Chün-fang, *Kuan-yin: The Chinese Transformation of Avalokitesvara* (New York: Columbia University Press, 2001), 338-347。

② 她的割股行为和她最终的自杀行为在佟佳氏的一首长诗里被大加赞美。佟佳氏:《问诗楼合选》,第 4b—5b 页;佟佳氏:《虚窗雅课》二集,第 5a—5b 页。

为他们的母亲割股,但是文梁死了,当时他试图割下心脏上的一片肉。[①]

除了纳兰氏之外,本书里的所有诗人都是已婚的,而纳兰氏显然是在达到结婚年龄之前就去世了(或者是因为患病导致无法结婚)。[②] 她们中的一些人似乎有着长久而快乐的婚姻,尽管关于这个话题的明确证据是很少的。并不是所有的丈夫都写诗,即使是那些写诗的丈夫,也很少直白地表达他们对妻子的爱意。[③] 一个少见的例外就是东鄂嵩山,他从牢里放出来以后,经常和他的妻子兰轩主人进行诗歌唱和。在兰轩主人去世后的几十年里,东鄂嵩山在多个场合都充满爱意地回忆起自己的妻子。从铁保在莹川六十岁生日时所写的诗歌来看,铁保和莹川的婚姻很和谐,但是这个婚姻中还包括一个或多个养育了他们的孩子们的侧室。

我们很少听到婆媳之间的关系如何。文篁和归真道人都有写给她们婆婆的诗歌,以此来证明她们的爱意;佟佳氏和扈斯哈里氏留下了追忆她们婆婆的诗歌。在扈斯哈里氏结婚四年之后,她的婆婆就去世了。扈斯哈里氏早年就失去了母亲,她的外婆和外公收留了她,她很感谢她的婆婆所给予的深深的爱和教诲。和通常情况一样,佟佳氏激动地表达了自己的悲伤,但是她也感谢了她的

---

① Pamela K. Crossley, *Orphan Warriors*, 159.

② 很多满族女性诗人并没有结婚。一位是觉罗学诚(1725—1752),她是巡抚雅尔哈善(卒于1759年)最小的妹妹。"生有废疾,立志依父母以终。好读书,谈古今节义事。将殁,遗言火葬;雅公不从,为之铭而葬之。著有《素言》一卷。"见震钧:《天咫偶闻》卷四,第39b页。她的诗集流传了下来。另一位从未结婚的满族女性诗人是毓灵,她卒于同治十一年(1872),年仅十七岁,此后她的兄长阿克占将她的十七首遗诗正式出版,即题为《蕴兰妆阁遗稿》的小集子,集前有友生余庆善庭所写的一篇正式的长序、七位不同作者的题诗,以及他自己所写的跋文。在这篇跋文中,他叙述了毓灵热爱作诗,并谴责了导致她夭亡的庸医。

③ 英和在他自己诗集最后的外集部分专门收录在妻子生前他写给她的诗作,以及他的悼妻之作。他在悼妻诗中附加了大量的注解,让这部分看起来像是一部爱情回忆录。见英和:《恩福堂笔记诗钞年谱》,第241—247页。

婆婆像女儿一样待她。①

很多女诗人在很年轻的时候就失去了丈夫：思柏、希光、佟佳氏、冰月、梦月、归真道人、百保、龄文。她们都没有再嫁，因为她们都信奉忠贞守寡的“苦志”，侍奉她们的公婆（如果他们还健在），并且照顾孩子们。这些寡妇中的一些人似乎是她们丈夫的第二（或第三）任妻子，所以很可能既要照顾自己的孩子，还要照顾丈夫之前的妻子和侧室留下的小孩。如果她们已经生了一个儿子，她们就可能继续和公婆一起生活一段时间，比如梦月和百保。但是许多寡妇最终都选择（或被迫）和孩子一起在北京继续她们的生活。很多材料都暗示了桂良家族中的“不和谐”，继而导致百保决定和她的儿子定居在北京。即便这些寡妇会继续收到政府的某种优恤，但是她们的情况将会有很大差别。② 负责祭祀祖先和教育孩子，许多寡妇都和佟佳氏有相同的感受，正如她曾写道：

> 纲常多少事，巾帼一肩任。③

所以，佟佳氏在一篇序言的开篇作这样的陈述也就不足为奇

---

① 不知何故，当她的丈夫去世之后，顾太清被她的婆婆逼迫离开了皇子的府邸，与她的孩子们另谋住处。一直以来大家认为她之所以被婆婆驱赶，是因为她与那位著名的南方汉族诗人、政治思想家龚自珍（1792—1841）有暧昧关系。关于这一情事的高度浪漫化的记录，见 Henry McAleavy, *A Dream of Tartary: Origins and Misfortunes of Henry P'u Yi* (London: George Allen and Unwin, 1963), 13-28。黄仕忠认为，当顾太清嫁给奕绘的时候，她是一位年轻的寡妇，而奕绘去世之后，她被奕绘的母亲驱逐出家庭，因为她是厄运的象征。我认为，她的婆婆也有可能是因为其他原因将她扫地出门的，比如当奕绘的嫡福晋死后，奕绘把顾太清当作嫡福晋看待，而非正式地再娶一位新的嫡福晋。再娶一位新的嫡福晋的好处在于，新的嫡福晋的地位及其家庭的支持能够对奕绘的家族有更好的照顾。

② 这些寡妇中有很多人需要依赖其家族的资产以及亲属的支持，但与汉人寡妇不同，在八旗制度下，满人寡妇是享受政府优恤的，无论是何种形式。见定宜庄：《关于清代满族妇女史研究的若干思考》，第4—6页。

③ 这两行诗被董文成高度称赞，因为这是对封建父系统治的控诉。见董文成：《杰出的满族女诗人佟佳氏》，载《满族论丛》，沈阳：辽宁大学出版社1986年版，第134—135页。

了:她后悔没有生一个儿子。一些女性很强烈地表达了她们对于性别给自己带来限制的憎恨,她们痛惜自己的才能和学习的意愿对于这个世界并没有用。这些女性对于传统道德的信奉绝对没有阻碍她们有关性别不平等的认知。

很多寡妇的诗集里都包含有她们痛惜自己在指导孩子教育期间的孤独和贫穷的作品。她们在世时不能公开通过书面表达对于丈夫的爱和奉献,常常成为激发寡妇诗人写诗的动力。从数量上讲,佟佳氏此类诗作毫无疑问是最多的:她刊行了一百七十首绝句来哀悼自己的丈夫——在序言里,她告诉我们这些诗歌是从超过两百首作品中选出来的。当这些忠贞寡妇的儿子结婚了,通过了科举考试,并且在朝廷里任职后,她们就有机会辩白了。当百保的儿子于道咸之际(19 世纪 50 年代)被任命为动荡的江南地区的知府时,她陪同儿子一起去了那里,几年以后的咸丰十一年(1861)年底,当杭州的满城被太平军蹂躏后,她敦促儿子战斗到底,由此她完成了对儿子的全部教育,然后投水自尽。

在献给她们去世丈夫的诗歌里,一些女性痛惜自己在丈夫去世后缺乏自杀的决断,尽管这些行为是被官方谴责的。雍正皇帝已经强调过,一个忠贞的寡妇,是一个可以继续伺候自己丈夫的父母以及养育孩子的活着的寡妇。一旦她这么做了,她就有权利享受老年的欢乐,并且在守寡期间享有一定程度的自由,包括拥有一个她自己的房间。通常来讲,寡妇会和同样是寡妇的同伴建立起深厚的友谊。寡妇希光是一个例外,她在她女儿结婚的第二天就自杀了;她留下了一首长诗,在诗里解释了自杀的原因。

和那些婴儿夭折的母亲相比,看见自己孩子长大成人的女性当然是很幸运的。佟佳氏在乾隆二十五年(1760)之后的几年里相继失去了四个儿子中的三个。文篁在诗歌里哀悼了在嘉庆十八年(1813)出生后不久就夭折了的女儿,她的另一个女儿于嘉庆十九年(1814)出生后不久也夭折了,两个双胞胎儿子也于嘉庆二十年(1815)出生后不久便夭折。在冰月的第一部诗集里,同样也有很多作品是在哀悼夭折的孩子们。归真道人在她丈夫去世后不久,很快也失去了自己的孩子们。

尽管佟佳氏一再坚持女性教育中女性作者所写的小册子的重要性,但我们对于真正的女性阅读实践却了解甚少。[①] 我们发现许多平常的说法,即阅读经典和历史可以使道德受益;我们或许可以推测,有道德的女性的传记大概也是会被认真阅读的。但是佟佳氏在她关于女孩教育的一卷中就已经提到,许多人更喜欢读鼓词和小说,而佟佳氏并没有完全谴责这一行为。在本书涉及的女诗人中,梦月写过一首诗,这首诗是她阅读《桃花扇》后受到启发而作的。《桃花扇》是孔尚任(1648—1718)的名著,是一部关于南明统治崩溃的传奇剧本。在本书里,扈斯哈里氏是最早留下以小说《红楼梦》为主题的诗作的诗人,她写这些诗歌的时候才十三岁。然而,很难想象 19 世纪其他女诗人没有读过这部小说。[②] 从《红楼

① 关于明清女性的阅读材料的概述,见韩淑举:《明清女性阅读活动探析》,《图书馆工作与研究》2009 年第 1 期,第 63—68 页。英和曾在其悼妻诗的大量注解中提到,她后悔没能在年轻的时候学习,因为她的家庭很贫困;因此她在三十多岁之后报复性地发奋学习。关于她的阅读,英和提及了《四书》《礼经》《文选》,以及一些医书。英和还提及,她刊刻了一些启蒙书籍和介绍性的历史书籍。见英和:《恩福堂笔记诗钞年谱》,第 246 页。英和的妻子"在文学创作方面有所成就",不过她似乎主要是以画家的身份而活跃(她也曾练习指画),见 Arthur W. Hummel, *Eminent Chinese of the Ch'ing Period (1644-1912)*, 933。

② 在龄文的《絮香吟馆小草》中(第 9b—10b 页),我们发现了一组三首题画诗,画上是《红楼梦》里的女性人物史湘云。甚至更早一些,归真道人创作过一首题画扇诗,而画扇上绘有黛玉、史湘云和妙玉,见归真道人:《冰雪堂诗》,第 4a—4b 页;Ellen Widmer, *The Beauty and the Book*, 141。在戏曲与唱词里,《红楼梦》中的故事也都很流行。《红楼梦》最早的女性读者有可能是佟佳氏,她的四首诗作从曹雪芹的作品中借用了词汇或成句,见詹颂:《佟佳氏仿红诗考论》,《红楼梦学刊》2015 年第 6 期,第 165—182 页。关于佟佳氏及其子淳颖作为《红楼梦》早期读者的讨论,见胡小伟:《睿亲王淳颖题红诗与〈红楼梦〉钞本的早期流传——兼评关于〈红楼梦〉曾在清代遭禁的几种说法》,《红楼梦学刊》1996 年第 4 期,第 307—325 页;路工、胡小伟:《新发现的睿亲王淳颖〈读《石头记》偶成〉诗》,《光明日报》,1986 年 7 月 15 日;周汝昌:《清新睿王题〈红〉诗解》,《河北师范大学学报》1987 年第 2 期,第 16—20 页。

梦》刊刻开始，全中国的女性都成为其忠实的读者。①

在成为寡妇以后，为了寻找慰藉，许多女性开始阅读和背诵佛教经文，这是她们众多虔诚行为的一部分，譬如修行。在一组怀念自己丈夫的绝句里，佟佳氏在某一首中否认佛祖和神明的力量可以让愿望实现，但是在这组绝句的另一首中，她又描述了自己背诵《金刚经》；众所周知，《金刚经》是在传授万物的无常和空虚。在其他的诗作里，她描述自己背诵佛经，但并没有说明具体是哪一部。梦月在一首简练绝句的冗长序言里解释，她阅读佛经，但是并不接触僧人。不过，到京郊西山上的尼姑庵的两天行程却绝对是18世纪和19世纪满族女性生活方式的一部分，她们也经常在诗作中提起这些。② 例外的是，佟佳氏提到过东悟的名字，东悟是一个经常和她保持联系的尼姑。一些满族女性可能会更多地被道教的内丹修炼所吸引，内丹修炼和著名的道观白云观以及对碧霞元君的崇拜是联系在一起的；碧霞元君是被广泛崇拜的泰山的女神。恽珠的家庭似乎就是白云观的主要资助人。③

民族问题

18世纪和19世纪的满族女诗人生活在一个隔绝的世界里。④

---

① Ellen Widmer, *The Beauty and the Book*.

② 关于顾太清在北京及周边短途旅行时所创作的诗歌的讨论，见 Yanning Wang, *Reverie and Reality*, 115-145。

③ Xun Liu, "Visualizing Perfection: Daoist Paintings of our Lady, Court Patronage, and Elite Female Piety in the Late Qing", *Harvard Journal of Asiatic Studies* 64, no. 1 (2004): 57-115.扈斯哈里氏重复地提及关于《天仙正理》的研究（《绣余小草》卷六，第3a、4b页），这部书是明代清修大师伍守阳（1574—1644）所写；伍守阳是内丹清修"伍柳派"公认的奠基人。见 Livia Kohn, ed., *Daoism Handbook* (Leiden: Brill, 2000), 613, 632-633, 635-636; Frabrizio Pregadio, ed., *The Encyclopedia of Taoism* (London: Routledge, 2008), 1046-1047, 1049-1050。

④ 关于满族族群性的研究成果，最近一篇的综述是 Dan Shao, *Remote* （转下页）

从清代早期开始，在每一个有满城的城市里，旗人就居住在一个由城墙包围着的特别区域，和普通的汉族人口分开。在北京，汉人于顺治五年(1648)就被勒令搬到南边的郊区去，把皇城周边的地区留给旗人。在内城里，每个旗都有自己的辖区。满族女诗人的家庭都属于世袭的军事或行政社会阶层，他们靠政府的津贴生活，并且维持了一些典型的满族习俗。[①]在公务活动中，精英阶层家庭的满族男性和非旗人的汉人有着频繁和深入的接触，但是上层阶级的满族女性和帝制晚期社会中的其他上层阶级的女性一样，都被排斥于公共生活之外，并且都被认为应该在闺阁度日。如果这些女性属于统治阶层特权家族的尊贵意识还需要进一步表现的话，她们的头饰和服装风格则将她们和汉族女性区别开来。[②]甚至于连她们的身体形态都是不一样的，因为满族女性不缠足(尽管她们通过穿高底鞋来模仿汉族女性的步态)。[③]更具体地来说，本书中涉及的不少女诗人都出生于爱新觉罗家族，另外的一些则是参与了努尔哈赤早期事业的将领们的后代，那些姓完颜的人则自称

(接上页) *Homeland, Recovered Borderland: Manchus, Manchoukuo, and Manchuria, 1907-1895* (Honolulu: University of Hawai'i Press, 2011), 6-10。并没有研究关注满族女性与满族男性在族群性方面的明显差异。

① Mark C. Elliott, *The Manchu Way*, 246-255；定宜庄：《满族的妇女生活与婚姻制度研究》，北京：北京大学出版社1999年版；周虹：《满族妇女生活与民俗文化研究》，北京：中国社会科学出版社2005年版。

② 少数满族女孩穿戴汉人装束参加每三年一次的选秀女，则遭到严厉的批判。见 Shou Wang, "The Selection of Women for the Qing Imperial Harem", 212-222。

③ 在满人中间，这些女诗人享有相对较高的地位，这让她们与那些地位较低的满族女性有所不同，而后者往往在某些"子弟书"中遭到嘲讽，例如《螃蟹段》，见 Mark C. Elliott, "The 'Eating Crabs' Youth Book", in *Under Confucian Eyes: Writings on Gender in Chinese History*, edited by Susan Mann and Yu-Yin Cheng (Berkeley: University of California Press, 2001), 263-282。又见 George Carter Stent, *Entombed Alive and Other Songs, Ballads, etc. from the Chinese* (London: William H. Allen and Co., 1878), 142-148。

为金朝(1115—1234)女真统治家族的后裔,而女真人被清人视为祖先。

朝廷会经常性地号召满族男性复兴他们的传统意识,比如复兴满语的使用,或者被要求提高自己的骑术和箭术,但似乎并没有针对满族女性的类似号召。其实,事情很可能相反。当乾隆皇帝劝告满族男性维持满族传统的同时,他统治时期内官方授予的具有汉人习气的满族贞烈女性的数量,呈现了爆炸式的增长。[①] 传统上,满族社会并不反对寡妇再嫁,但是同时也有一个传统就是,那些有权的男性的一个或多个妻子(侧室)或者仆人会被要求为他们的主人殉葬。最近有学者提出,这个传统可能被18世纪的满族统治者视为是"野蛮的",并予以废除,但是这个传统总的来说并没有被社会忘记。比如,满族将军明瑞于乾隆三十三年(1768)在缅甸战役中死去的时候,他的满族妻子常氏就上吊自杀了。[②] 早些时候,她给他送去了一首诗:

---

① 欧立德(Mark C. Elliott)提到,自乾隆早期开始,官方注册的满人"节妇"的数量惊人地增加了,但与这种满族女性"汉化"现象相对的是,乾隆皇帝一直尝试增强满族男性的族群特殊性。他因此得出结论:"这意味着,乾隆时期贞洁寡妇数量的激增不仅仅是一种追求儒家合法性的努力,也不是一个超越了文化侵蚀的步伐的跳跃。宣扬贞洁寡妇确立了满族男性对于满族女性的结婚率和繁殖力的控制,这样使得满族男性进一步地掌控旗人与清朝权力的再生产。"见 Mark C. Elliott, "Manchu Widows and Ethnicity in Qing China", *Comparative Studies in Society and History* 41, no. 1 (1999): 71。关于清代政策在女性贞洁方面的持续规范化的讨论,见 Janet M. Theiss, *Disgraceful Matters: The Politics of Chastity in Eighteenth-Century China* (Berkeley: University of California Press, 2004), 25-54。关于满族家族生活与子弟书中的满族女性的信息已经被详尽地收集在郭晓婷:《子弟书与清代旗人社会研究》,北京:中国社会科学出版社2013年版,第120—178页。然而,在满族女性的部分(第154—178页),她主要依赖于那些由传统的戏曲与小说中的情节改编而成的子弟书,进而分析满族女性的价值与态度(第166—178页);但是这些戏曲与小说中的情节原本是基于汉人社会环境的,且是描绘汉族女性的。

② Arthur W. Hummel, *Eminent Chinese of the Ch'ing Period (1644-1912)*, 578-579.

家事纷纭莫挂牵，与君结缔总前缘。
不求长作双栖鸟，但愿同雕并蒂莲。[①]

这也许可以帮助我们理解，为什么许多幸存下来养育她们孩子的满族女性都在自己的诗里表示了一种对于自己没能立即追随她们丈夫而去的强烈的愧疚感。

当满族女性受到自己的经历启发而写诗的时候，这就不可避免地反映了满族身份在她们生活的方方面面所展现出的典型性。比如，她们在北京的住所是由政府分配的，家人会随着一家之主的事业起伏而搬迁。明珠的后代继续住在同等华丽的建筑里直到乾隆五十五年(1790)，然而其他的家庭却被迫很快地搬离。不少满族女诗人路过她们在辉煌旧日曾经居住过的宅邸时，留下了抒情的诗作。梦月骄傲于她的婚姻是"钦定"的，然而当完颜金墀的女儿嫁给一个蒙古王子的时候，她却表达了她的担忧；当这个年轻人被重新分配到北京任命之后，完颜金墀感到很高兴。在乾隆皇帝时期，一些作为军事或者行政官员的满族男性跟随皇帝到承德(滦阳)参与秋狝；或者有些在咸丰十年(1860)为逃离英法联军而出行。佟佳氏的父亲和丈夫跟随乾隆皇帝参加了几次东巡和南巡。我们听到过一些关于东北"龙兴之地"的任命——对于那些在北京长大的人来说，赴职沈阳是一个艰苦的任命，然而在成长于辽东半岛的扈斯哈里氏的眼里，沈阳却是一个恢弘的首都。当清帝国向内亚扩张的时候，满族女性诗人的父辈们参与了战争，她们的兄弟们在西宁和乌鲁木齐任职——佟佳氏的丈夫用了九个月的时间护送一队回族人从北京到阿克苏，然后返回北京；莹川的丈夫铁保在她六十岁生日的时候给她送了一首诗，当时他正在从遥远的喀什返回北京的路上。在佟佳氏的长篇自传体诗歌里，她表达

---

① 震钧：《天咫偶闻》卷四，第 37b 页。这段短暂婚姻的特点在这首诗中或许得以强调，即把新郎与新娘对比成一对鸟儿，它们在林中栖息了一阵，但是很快便飞往了不同的方向。

了对于儿子骑射技艺的骄傲——那是被乾隆皇帝定义为真正深得满族精髓的技能。

满族女诗人大部分时间都生活在北京，这使得她们在一定程度上免于受到重要的历史进程的直接影响。太平天国运动没有波及北京，但是龄文为太平军攻下南京和扬州感到哀痛。当她还是青少年的时候，在从衡阳去往北京的旅途中，她曾经路过这两个城市。然而，跟随她的儿子前往江南地区的百保却死于杭州满城的大屠杀。来自西方的影响也有更积极的一面：咸丰同治年间（19世纪50、60年代），那逊兰保就吃到了海舶从南方运送过来的新鲜荔枝。扈斯哈里氏甚至乘火轮船从牛庄前往上海，惊叹于那里的西式建筑。但是有一次在江西袁州，她也对甲午战争（1894—1895）中日本军队在东北的活动感到震惊。

然而，作为重要的政治宗族的成员，本书里的不少满族女诗人受到了相当直接的宫廷政治的影响。雍正继位前派系间的恶性竞争，以及雍正皇帝继位后展开的针对他的兄弟们及其支持者的报复行动，都对纳兰家造成了极大的影响。这一结果就是完全改变了养易斋主人和兰轩主人的命运，后者的丈夫嵩山被囚禁、驱逐。雍正皇帝针对他之前的支持者年羹尧（卒于1726年）所采取的行动在几十年后仍然影响着冰月的境况。乾隆皇帝快速地扭转了他父亲的政策，纠正了一些雍正行为的后果，但并不是全部。乾隆皇帝自己重新定义了满人的性质以及他们在征战中所扮演的角色，这大大提升了佟佳氏的地位。首先，她的丈夫毫无预期地被晋升为郡王，然后，她的儿子又突然被晋升为爵位更高的亲王。百保目睹了她的公公掌握权力的过程，因为她丈夫的妹妹嫁给了恭亲王。龄文紧紧地追随了她之前的教师彭玉麟的事业。

尽管满族女性作家有时会表达她们对于自己作为帝国主要奠基人后代的骄傲，但她们极少疑质疑自己的民族性质，她们似乎很享受被上天赋予的特权地位。在作品中表现出最强的种族意识的女诗人就是那逊兰保。她仔细地描述她的密友百保那英雄般的自杀,她首先从忠诚的角度解释了百保的行为,但是最后却感叹:“此其人岂非天之生是,使独以为我旗籍女子光哉!”尽管那逊兰保是蒙古族出身,她却对自己的满族家庭有着很强的身份认同。那逊兰保的一名女仆即将陪伴她的大嫂前往沈阳,在送别这名女仆的诗里,那逊兰保把东北地区称为“吾旧里”。[1] 不过,她对自己矛盾的自我种族意识最清晰的表述是在另一首诗里,大约写于咸丰八年(1858),当时她的哥哥瀛俊奉使出行,从北京回归他们的老家库伦。在这首诗里,她骄傲地回忆她的家族是成吉思汗的后裔,描绘她先辈的好战天性,并敦促她的哥哥要延续家族的传统。难怪这首诗经常被与内蒙古相关的研究所引用,进而把那逊兰保称作蒙古诗人。然而也正是在这首诗里,她承认自从她四岁搬到北京,已经有三十年没有回去过自己的“故乡”了;她已经不会蒙语了,而且她跟随的是首都的风尚,喜爱汉文学。我们确实感受到,她对不用陪伴她的哥哥去那遥远的地区而感到高兴,那些地区对现在的她而言就是“殊方”。[2] 据她的儿子盛昱说,有一次他被一个政治上的反对者间接攻击,这个反对者引用了盛昱母亲的诗歌来证明那逊兰保在很大程度上忘记了自己的出身。大概正是这种高度的民族意识刺激了那逊兰保去构思一部严格专注于满族女诗人的总集。在她构思这部总集的时候,她也在满族学者铁保的资助下构建了一个满族女诗人的谱系,同时铁保也被塑造成堪与袁枚相提并论的北方八旗诗学代表。当她开始编纂《满洲闺阁诗钞》时,她依旧将自己认定为一个“外藩女史”。

---

① 原诗题为《仆妇李氏随余六七年,今为家大嫂凤仪夫人携往盛京,因成十韵以畀之》,见《芸香馆遗诗》。——译者

② 参见欧立德对此诗的讨论:Mark C. Elliott, “Frontier History: Periphery as Center in Qing History”, *Frontiers of History in China* 9, no. 3 (2014): 336-360。文康(约 1810—约 1870)在其小说《儿女英雄传》的最后一回里给出了一个可笑的描述,即主角的八旗家庭里的小儿子被指派到乌里雅苏台任职时,全家惊慌失措的状态(后来得到了高官朋友的帮助,这一任命被改为派遣到山东)。

满族女性与女性文学

近几十年出现了一个研究中国明清女性文学的高潮,其结果不仅有大量优秀的专著和会议论文集,还有两部涵盖范围较广、关于女性诗歌及其他作品的总集。[①] 这些研究和总集主要关注江南地区的女性作者,因为大量的女性作者来自江苏和浙江,而在那一地区,刊刻书籍是很容易的事情。这样的结果导致我们的一手资料几乎全部来自那个区域。这种状况不仅出现在明清之交的17世纪,在满人成为统治精英的18世纪和19世纪也是如此。所以并不意外的是,江南地区的女性作者吸引了大量的研究者。[②] 直到近些年,学者们才开始关注其他地域的女性作者。[③]

就与同时期的男性诗人作品的差异来说,本书涉及的满族女诗人的作品和那些江南地区女诗人的作品在很多方面都是相似的。女性诗歌甚至更强调诗歌应该直接表达自发情感的原则。尽管满族女性与上层社会的汉族女性相比可能生活约束更少一些,但是无论是在地方还是在朝廷她们都被排除在一些公共生活之外,比如学术、科举考试、同年关系网,以及最重要的仕途都与女性

---

① 两部总集指的是斯坦福大学出版社于2000年出版的 *Women Writers of Traditional China: An Anthology of Poetry and Criticism*(《古代中国的女性作家:诗歌与评论选集》)和哈佛大学亚洲中心于2004年出版的 *The Red Brush: Writing Women of Imperial China*(《彤管:帝制中国的女性作者》)。——译者

② 关于古代中国女性文学的、用英文撰写的研究成果,最近期的综述是 Wilt L. Idema, "Writing Women of Dynastic China: A Bibliographical Survey of English-Language Scholarship", *Newsletter for International Chinese Studies* 6 (2012): 20-63。关于清代女性作家的、用中文撰写的研究成果,最近期的综述是姚敏:《近二十余年清代知识女性问题研究综述》,《学理论》2013年第14期,第228—230页。

③ Ellen Widmer, "Guangdong's Talented Women of the Eighteenth Century", in *Text, Performance, and Gender in Chinese Literature and Music: Essays in Honor of Wilt Idema*, edited by Maghiel van Crevel, Tian Yuan Tan and Michel Hockx (Leiden: Brill, 2009), 293-309.

绝缘。然后,帝国晚期具有压倒性数量的男性诗作与他们在公共领域的社会经验相关,女性诗人的作品主要取决于她们在家庭和花园、交游和短途旅行等私人领域内的经历和情感,某些广泛游历的人属于例外。这一点严格地限制了她们诗歌的主题,但是同时也避免让她们的作品变得像那些帝国晚期男性的社交诗一样,充斥着被典故胁迫的谄媚措辞导致如今变得难以理解。一旦社交诗在女性作品中更占主导,那就会变得像归真道人的诗集一样:和其他的作品相比,当写给她的赞助人时,她倾向于更加正式和客套。

但正是因为这个更私人化的特点,以及对于直接表达自发情感的强调,帝国晚期女性诗人的诗歌有那种让现代读者产生更直接共鸣的潜能。当然,没有诗歌是直接表达自发情感的;帝国晚期的女性诗人的作品,包括清代满族女诗人,并没有浪费时间在寻找正确的措辞和完美的句子上,但是对于直接表达自发情感的信仰让她们更偏好于使用较短的诗歌形式,并且避免那些显露学识的典故。尽管那时的男性诗人也许会带有竞争性地去展现一些生涩的引文,我们在满族女诗人的作品里发现的少量典故都是司空见惯的,而且马上就能被当代读者理解。一些满族女诗人明显受到过很高的教育,但是她们之中没有任何人(如果我们排除恽珠)表现出对于学术的明确兴趣,这一点是和某些她们同时代的汉族女性不一样的。尽管纳兰氏写了很多关于历史人物的诗作,同类的作品却很少出现在后来满族女诗人的诗集里。满族女诗人也并不参与当时关于文学流派的争论——是应该以盛唐诗作为模板,还是以宋诗作为模板。① 当多敏惠如允许自己涉及这个话题的时候,她却否定这种批判性的讨论对于女性诗人的价值。

与素芳女弟子论诗

何必论唐宋,诗原写性灵。

① 少数满族女诗人偶尔会表达对汉代古文和盛唐诗歌的惯例性的仰慕之意。

遣怀明似月，落管灿于星。
语夺千山绿，思澄一水青。
只今谁作者，空缅旧仪型。①

诗歌的私人化特点不仅可以表达强烈的个人情感，比如失去双亲、丈夫或孩子之后的情感，还可以展示才智和游戏趣味。对于男性来说，写诗更倾向于是严肃的事务；对于女性来说，写诗可以是纯粹的娱乐和趣味。男性作者的全集通常被作为重要的公共巨著而刊刻，而女性诗人的小集子很可能只是为了几个亲戚和密友而刊刻。后者的这种情况会使得一些个人材料被包括进来，但这些材料在男性作者诗集的编辑过程中大概会被剔除掉。

尽管和江南女性的诗歌有很多相似之处，满族女性的诗歌仍然有着自己的特点。这并不是因为满人的民族身份的表达。当某些中国学者在讨论满族和蒙古族女性的诗歌的时候，往往会标榜这种过于精炼化的民族身份，他们通常都以赞扬这些女性坚毅不屈的道德品质为基调——虽然这些品质是值得赞扬的，但并不一定是满人或蒙古人所特有的。本书的诗歌所展示的共同特点是源于共同的经历。满族女诗人大多数生活在中国某个特定的地区，并且与世隔绝。她们的特殊地位所带来的结果，是许多只会在她们的生活中发生的事件。但是就全部的共同特点来说，这些满族女性的诗歌也是高度个人化的，因为她们都用自己的方式来应对她们的个人经历。某个寡妇刊行了一百七十首绝句来哀悼自己已逝的丈夫，另一个寡妇则让她刚刚死去的小狗给她地下的伴侣传递信息。

对满族女性的学术研究范围仍然很受局限。尽管我们有不少对满族习俗和家庭生活的细节描述，但是这些描述却很少谈论女性的文学和艺术活动。最细节的研究都聚焦在那些有大量文献可

① 多敏惠如：《逸蒨阁遗诗》，第 19b 页。

以参阅的话题上,例如政府关于满蒙婚姻的政策。近些年,学界对于满族文学的兴趣逐渐上升,包括用满语撰写的文本和满族男性所写的汉语文本。但是,即使是迄今为止最全面的调查,最多也只是稍微提及一部分满族女性作者。① 尽管有一些简短的概括性的对于满族和蒙古族女性诗歌的调查性文章,但是它们的覆盖面既肤浅又不全面。虽然有一些文章把那逊兰保歌颂为蒙古女诗人,但是并没有满族女性作者获得过同等的关注,仅有几篇关于满族女性作者的研究文章。当然,这里有两个例外,恽珠和顾太清。恽珠刊印《正始集》的编纂工作已经被反复地核查过了。顾太清则被歌颂为 19 世纪最杰出的(女性)词人。关于她生活中丑闻的些许信息一直吸引着严肃的和不那么严肃的学者。然而,关于恽珠和顾太清的研究极少把她们当作满族女性作者,而是把她们当作清代的女性作者。

本书中绝大多数的满族女性诗歌在本质上都是抒情的,是被景象和事件所激发的模式化的情感表达。这些景象和事件有时在诗歌的题目或者诗题下的小序里有着详细的描述,有时也会被作者写在行间的夹注中,以便读者更好地理解诗歌内容的背景信息。因此,诗歌在很大程度上反映了这些女性诗人的生平与时代。当然,这种反映却无法解答我们对她们生活和思想的全部疑问。很强的惯例控制着诗歌的话题和诗歌的语言。在这种情况下,许多诗作都没有努力尝试创新,而是在已有的主题上进行微妙的变化,因为新的经历则需要新的诗歌主题和惯例。纳兰氏尝试了描写常

① 在四卷本的《满族文学史》(赵志辉主编第一、二卷,马清福主编第三卷,邓伟主编第四卷,沈阳:辽宁大学出版社 2012 年版)中,相关章节对于满族女性作者的覆盖范围是不全面的,而且看起来像是经常以某些选本中的诗作(例如徐世昌的《清诗汇》)为依据,因为其涉及的某些女性作者的生活年代是有误的。张菊玲的《几回掩卷哭曹侯——满族文学论文集》(沈阳:辽宁民族出版社 2014 年版)中包含有几篇关于顾太清的文章,但并没有涉及其他满族女性作者。

年寒冷和荒凉景色的中国北方；两个世纪以后，扈斯哈里氏乘火轮船游览，被上海这座现代化城市所震撼。就像新的经历一样，强烈的情感也注入了这些女性的诗歌里，无论是关于友谊还是关于消逝。很少有男性写失去孩子的痛苦，但是女性却不同，因为她们挣扎着去理解自己的经历。兰轩主人书写了她作为一名囚徒的妻子的生活，梦月则表达了她只能穿着女性服饰的气愤。通过在诗歌里反映并反思自己的经历，她们创造了关于自己生活的记录。即使不是所有的女性诗人都在生前刊行自己的作品集，并且其中的一些人要求在她们死后立刻销毁她们的诗作，但我相信，刊印她们作品的男性亲属懂得，这些女性想要通过自己的文字而被记住。正因为如此，我也想要让她们尽可能用自己的文字发声，故而在翻译部分我选录了她们大量的作品。我相信这是了解她们的多样性和独立性的最好方式。

所有的诗都是程式的语言；在汉语和英语这两种不同的语言所允许的范围内，我已经尽量在翻译里反映出这些诗歌形式上的特征。我已经很努力地保留对偶的结构，因为这些诗人都很努力地追求这一点。在很多情况下，我致力于追求韵律的样式，但是从没有试图复制韵脚。我已经尽可能地翻译了全部文本，但是在处理长的组诗的时候，我经常会做一些挑选。

为了避免杂乱，在这部诗歌总集里，我没有引用具体诗作的来源页码。这些诗歌是在相对较小的诗集里发现的，而且就像在原版诗集里一样按顺序陈列于此。认识中文并且可以使用原版诗集的读者应该不难在中文原版里找到这些作品。

余琼、颜子楠　译

著译者信息表

（姓名先后依据本书的文章编排顺序）

[加拿大]林理彰(Richard J. Lynn),多伦多大学荣休教授
[美]齐皎瀚(Jonathan Chaves),乔治·华盛顿大学教授
[美]胡志德(Theodore D. Huters),加州大学洛杉矶分校荣休教授
[加拿大]白润德(Daniel Bryant),维多利亚大学荣休教授
[美]管佩达(Beata Grant),圣路易斯华盛顿大学荣休教授
[美]李惠仪(Wai-yee Li),哈佛大学教授
[美]韩慕肯(Kenneth J. Hammond),新墨西哥州立大学教授
[美]高化岚(Philip A. Kafalas),乔治城大学副教授
[美]白亚仁(Allan H. Barr),波莫纳学院教授
[美]梅尔清(Tobie Meyer-Fong),约翰斯·霍普金斯大学教授
[美]舒衡哲(Vera Schwarcz),卫斯理大学教授
[加拿大]李小荣(Xiaorong Li),加州大学圣塔芭芭拉分校教授
[加拿大]林宗正(Tsung-Cheng Lin),维多利亚大学副教授
[加拿大]方秀洁(Grace S. Fong),麦吉尔大学教授
[美]王安国(Jeffrey Riegel), 悉尼大学荣休教授
[美]斯定文(Stephen J. Roddy),旧金山大学教授
[美]柯靖铭(Timothy R. Clifford),宾夕法尼亚大学博士
[美]韩若愚(Rivi Handler-Spitz),玛卡莱斯特学院副教授
[美]李博玲(Pauline C. Lee),圣路易斯大学副教授
[美]苏源熙(Haun Saussy),芝加哥大学教授

[荷]伊维德(Wilt L. Idema),哈佛大学荣休教授

费悦,南京大学博士研究生
张萌,深圳市福田区委政法委公务员
童岭,南京大学教授
丁涵,南开大学副教授
陆胤,北京大学副教授
李欣锡,新竹清华大学副教授
侯宇丹,香港中文大学博士研究生
杜欢,安徽大学讲师
沈梅洁,圣路易斯华盛顿大学博士研究生
许明德,牛津大学副教授
魏柔嘉,浙江大学博士研究生
叶晔,北京大学教授
龚宗杰,复旦大学青年副研究员
许建业,香港树仁大学助理教授
李泊汀,故宫博物院副研究馆员
李芳,中国社会科学院副研究员
林诗杳,加州大学圣塔芭芭拉分校博士研究生
莫崇毅,南京大学副研究员
侯承相,长沙理工大学讲师
王晚名,麦吉尔大学博士研究生
郑幸,上海大学教授
王启元,复旦大学副研究员
胡琦,北京大学助理教授
刘洋,中国传媒大学副教授
颜子楠,北京师范大学副教授
余琼,上海交通大学副教授

编后记

在过去的四十年中,有关明清诗文的整理与研究,成为中国文学研究中重要的学术增长点之一,从“期待关注”到“走出冷落”,所取得的进步振奋人心,也在一定程度上介入中国学术核心问题的对话。虽然没有先唐、唐宋文学沉淀千年的经典优势,也没有小说、戏曲与世界文学传统的便宜对接,但作为中国文学正典序列中不可或缺的一环,简单地用“文学代胜”“文体兴替”的说法予以抹杀或无视,亦非从根本上解决问题的做法。直面海量文献,补阙经典版块,探索精神世界,求问现代涵义,是以明清诗文为代表的近世集部文学研究在接下来数十年间最直截的学术责任及意义。

海外的汉学力量,已成为中国文学研究的重要组成部分。日韩的精细,欧洲的厚实,北美的敏锐,都是对原有的中国文学研究的很好的补充。但如同本土文学研究存在领域上的轻重缓急之分,海外的中国古典文学研究同样显露出厚古薄今的倾向。有关先秦两汉的中国文学早期问题研究,有关魏晋至唐宋的中国文学经典文本研究,有关元明清的帝制中国晚期通俗文学研究,已与本土学界形成了良性、持久的互动。与之相比,以明清诗文为代表的近世集部文学研究,在海外的声势略显单薄。其中原因自然是多方面的,既受限于明清诗文的自身特质,也由于中国本土研究状况的相对滞后,甚至与中国文学专业在国外大学中的教职数量有关。如果说上古、中古文学研究的一贯鼎盛,是继承了中国历代有序的古典学术传统,小说、戏曲研究的百年崛起,受益于西学东渐后的世界性潮流,那么在明清诗文研究的学术史中,本土的范式变革尚不迫切，文献一端的古籍整理事业任重道远，文学一端的发展史观仍未摆脱近现代学人的影响，要想在真正意义上实现蜕变，非一朝一夕可成；中西的交流互鉴也远未深入所在领域的学术肌骨，东亚诸国甚至中西之间，既未形成一个作为整体的学术共同体，也缺少不同学术共同体之间持续、自觉的对话机制。其中固然有学术偏见及信息不及时、不对称等因素，但研究力量不够强劲还是首要的问题。

但这并不意味着，明清诗文研究在本土率先"走出冷落"，足以让我们在横向的比较中收获某些优越感。事实上，海外的明清诗文研究虽然数量偏少，但质量并不逊色，只不过被更有声势的其他文学时代或类型研究所掩映，以致遗失在主流的学术视野之中。有鉴于此，我们希望编译一部英语世界有关中国明清诗文研究的论文集。考虑到英文学术专著在中文学界的受关注程度更高、被译介速度更快，我们倾向于留意那些发表在英文学术期刊上的单篇论文。

我们花了半年时间选目，对欧美地区的明清诗文研究成果做了一次较全面的梳理，既考察了《哈佛亚洲学报》《通报》《中国文学》《明研究》《清史问题》等较关注中国明清文学的西方老牌汉学刊物，也涉及《男女》《东亚出版与社会》等专题性质的前沿学术期刊。虽难言全备，亦尽己所能。出于期刊、作者、选题等多要素的综合考虑，我们最后选定了 21 篇文章，希望借此串联出一条有关欧美明清诗文研究的较简洁的学术史线索。文章涉及的作者，既有林理彰、齐皎瀚、胡志德、伊维德、舒衡哲等汉学名宿，也有李惠仪、苏源熙、梅尔清等现在的学界栋梁，还有如柯靖铭这样获得博士学位未久的青年才俊。面对两位远未熟识的中国青年学人的唐突请求，海外汉学数代学人慷慨应允并大力支持，让我们的工作得以顺利开展，实在需要报以由衷的感谢。由于本书优先编译未曾推介的期刊论文，孙康宜、施吉瑞、魏爱莲等在中国明清诗文研究领域作出了卓越贡献的海外先生们，我们反而无从选择，实在是他们的优秀论著已被快速且全面地引介至国内,在此深表遗憾。

收入这部论文集的 21 篇文章,以发表时间为序。我们的初衷,是较真实地反映欧美地区明清诗文研究的整体水平,力求呈现这一研究领域的立体感与历史感。林理彰的《中国诗学中的“才”“学”两极化:严羽及其后的传统》、韩慕肯的《超越复古:王世贞与北宋的遗产》,着重关注明清文学与宋代文学、文论的关系,即明清文学中的“近代资源”,他们所表现出的历史会通意识,以及对明清宗唐思潮下潜在的宋人文学遗产的求索,即使放在当下仍是学界的前沿问题。与之有异曲同工之处的,还有林宗正的《袁枚的叙事诗》,他对袁枚作品的文本细读与掘新,亦置于中国叙事诗歌演变的长时段视域之中以求实现。

在明清文学史的专题研究上,齐皎瀚的《钱谦益的黄山诗:作为游记的诗歌》,跳出西方偏重游记型散文的研究窠臼,较早从跨文类的角度关注明清诗歌中的地理书写,以及在文本结构上对前代纪行经典的接受;白润德的《旧都南京的句法、音韵与情绪:王士禛的〈秦淮杂诗〉》,将西方普遍的文学理论与中国古典诗学交互使用,对王渔洋的组诗展开了庖丁解牛式的文本分析,即使放在今日积淀渐厚的清诗研究成果中亦属翘楚;胡志德的《从文章到文学:清代中后期文论的进路》,以“书写表达”为切入点,讨论清代中后期的思想界如何在维持话语领域统一性的前提下改善“文”之地位,展现出宏阔的思想史路径;白亚仁的《江盈科在公安派的地位》,反映了一位《聊斋志异》研究权威对诗文作为中国古典文言小说之周边的逆向思考,从而赋予个体作家在传统文学史中新的位置;高化岚的《沉重的事务,轻淡的形式:政治与晚明小品作家》,关注徐渭、张岱这两位以小品著称的作家,如何通过对“文”之写作模式的调和,达成个人领域与政治领域之间的衔接及过渡;李惠仪的《晚明文学中率真的修辞》,提出了“率真的修辞”这一看似矛盾的概念,由此赋予那些代表晚明“文学解放”的经典作品新的批评、阐释空间,她对文本内部特征的条分缕析，提醒我们认识晚明文学的一些深层的学理特质。以上这些论文，虽与文类、技法、声韵、批评、流派等古典文学的正统话题密切相关，但其鲜明的问题意识，以及提供给学界的观看近世文学史的宽度，也让我们领会到了明清诗文卷入世界学术洪流的必然及某些优势。

方秀洁的《铭记在母家的自我意识：洪亮吉的回忆录与追忆诗》，通过解读洪亮吉有关在母家成长经历的私人写作，强调"铭记"所具有的回忆与自我重构的双重意义，以及不同文体的功能指向在记录生活经验时所呈现的不同处理方式；李小荣的《英雄主义的性别化：明清女性的〈满江红〉词》，则从文类的角度，关注女性作家如何通过对特定词调的借用，介入有关文学形式的复杂实践之中，达成其文学思想及风格中新的性别意识的生长。性别研究已是海外明清文学研究中的一道靓丽的风景线，但相关争论亦多，以上两篇文章表现出的对不同性别特质之互动与平衡的紧密关注，或可为古典文学的拓展研究如何实现深入式回归提供一些启示。类似的学术潮流，还有关于宗教及民间信仰的文学研究，齐皎瀚的《吴嘉纪诗中的道德行为》，留意明清易代所造成的社会动荡在古典诗歌中的表达，以及对普通文人之道德思想及民间信仰的复杂影响；管佩达的《"孰为是我孰为渠"——一位 18 世纪佛教善女人的诗作》，通过对女居士陶善的宗教忏悔诗的解读，展现她如何借助诗歌创作来表达对性别对立人格的超越，以及其两头无着的困境；斯定文的《诵陀罗尼时梦丁香：龚自珍〈己亥杂诗〉中的佛教与北京》，提醒我们龚自珍诗歌作为近代经典的复杂内涵，须基于其涵盖佛教思想、多民族文化交流在内的综合知识结构，方可获得整体性的认识。由上可见，本已复杂的宗教文学问题，又被植入了性别史、民族史等第三方视角，在不止双重的学科力量的介入下，更新的文学问题浮现了出来。本书既然意在引介，"开放"自为第一要义，其他学科对文学研究本位的补益之处，理应给予更多的留意。

梅尔清的《囊括时人：清代初期的文学总集、友谊网络与政治和解》，以历史学家的眼光，论述在走出动荡的清初时代，文人如何通过总集编纂事业经营其社会网络，借此消弭身份割裂，达成不同政治立场者之间的和解。此文所关注的文人网络、文学选本等话题，在海外汉学界向有持久的讨论声音。王安国的《袁枚及其与众不同的"雅集"》，在关注"雅集"作为文人网络之特殊形态的同时，亦显露出西方明清研究中日趋显著的艺术史转向；而柯靖铭的《"选家"唐顺之与16世纪中国的文章矩矱》，则体现了海外青年学人在文学研究上的某种"回归"之势，无论是有关文体学还是选本学的讨论，都是中国文学中的正统核心议题，如何在更紧密的中西对话中提出更深刻的见解，相信是新世代的学人必须直面且尝试去解决的。

舒衡哲的《盘桓于虚无：清皇子奕譞生平与诗歌中的记忆》，是本书中唯一一篇发表在欧美主流历史学刊物（*History and Memory*）上的论文。她笔下的奕譞诗歌及其精神创伤，在西方历史学研究的前沿阵地上发出了有力的声音；与满族诗人奕譞在中国诗歌史中的默默无闻相比，李惠仪的《吴伟业诗中的历史与记忆》，其考察对象更具经典文学研究上的示范意义。二者相通的是，都提示我们明清集部文献之于历史意识、集体记忆及个人心灵史研究的优势。这是晚近文学文献独具且当深掘的重要资源。

这本编译集的另一个特色，是为明清文学作品的英译留出了学术位置。在明清诗文领域，自齐皎瀚编译的 *The Columbia Book of Later Chinese Poetry-Yuan, Ming, Ch'ing Dynasties (1279-1911)* 以来，相关工作，代不乏人。不仅有伊维德、管佩达编译的 *The Red Brush: Writing Women of Imperial China* 等多部选集，包括白润德的 *The Great Recreation: Ho Ching-ming (1483-1521) and His World*、施吉瑞的 *Harmony Garden: The Life, Literary Criticism, and Poetry of Yuan Mei (1716-1798)* 等研究专书中，亦保留了大篇幅的作品翻译。当然，这些成果主要面向英语世界的读者，中国学界无意考察

在情理之中，甚至本书收录的齐皎瀚、白亚仁的两篇文章，原附有作者翻译的吴嘉纪、江盈科的若干作品，编者亦最终割爱。但即使如此，对西方的翻译专书中引言的学术价值，我们仍应给予重视。在此理念下，我们选取了近年出版的两部重要的明清诗文翻译集的引言，摘自苏源熙等编译的《焚书与藏书：李贽作品选》和伊维德编译的《两个世纪的满族女诗人：一部总集》，希望唤起中国学界对明清诗文外译及其学术史意义的适当关注。

译者如何选择，是我们面临的下一个问题。经过慎重考虑，我们决定邀请十数位汉语学界的优秀青年学人，各承担一至两篇海外教授的论文翻译工作。当然，如果原作者有意安排自己的博士生来翻译，考虑到作者与译者可以更好地就译文细节进行沟通，我们亦乐见其成。这样的做法，既可以保证译文的质量，也存有小小的私心，即希望借这次翻译的机缘，在明清文学研究的领域内，促成中国的青年学者群体与海外知名汉学家的交叉互动。如果通过这次集体翻译的行为，得以实质性地拉近明清诗文研究的中西距离，不仅是学术观点与方法上的对话，还有不同文化背景、不同年龄代际的学者之间的日后合作，或许将发挥其溢出于文本译介之外的另一层意义。

通过这次编译工作，我们也可管中窥豹，更好地认识海外明清诗文研究的一些优势与缺憾。发现他人的优点，可以知己知彼，取长补短。首先，北美学术尤重学科交叉，社会史、性别史、宗教史、艺术史等其他学科的介入，给文献足可征的中国近世文学研究带来了新的活力；其次，明清作为近世时代，其文学生态与当代社会思想的关系颇为紧密，近世文学的现代意义将是驱动本学科发展的另一种生命力，对此国内学界亦可深思。总的来说，以反躬自省的姿态，打捞明清诗文研究散见海外的诸多明珠，无论其光芒在传统还是现代，寻求融入中国文学研究的整体肌理之中，还是有必要的。至于认识他人的缺憾，最终的目的也是为了反思自己的不足。如欧美汉学在文学研究对象及方向上的选择，在一定程度上受到国内明清文集整理成果的影响，前及对吴嘉纪、江盈科的研究，就是国际汉学界对中国古籍整理出版物作出迅速反应的典型；另外，原典翻译一直是海外汉学的重要基础工作，而明清诗文的翻译成果但见树木，难见森林，在很大程度上归因于其本土经典化的受挫。注本的缺少，选本的落后，对一字一句皆需深究的翻译来说，增加了难以计数的额外工作量。从这个角度来说，我们要清醒地认识到，明清文献深度整理的短缺，制约了包括海外汉学在内的整体学术的提速，其中的迫切性尤需我们深省。

当然，学习局外人的洞见与启示，并不意味忽视其内生性的局限。欧美的中国文学研究，在本科生培养上，对西方文类视角下的基础翻译成果过于倚赖；在硕士生培养上，因跨文化、跨学科理念而导致文本本位、文学史意识的缺失；在博士生培养上，因理论化诉求而出现"用概念筛选文本"而非"从文本提取概念"的方法倒置之危险。这些不利的因素，都因明清基础文献的陌生与浩繁而被进一步放大。即使我们回到最初的翻译环节，海外汉学对明清诗歌的选译标准也存在一些问题，如为了追求"通顺"且符合英语表达习惯，放弃了具有多重解读空间的作品，而知识性正是近世诗歌的一大特点；对中国古典诗歌的审美，更偏爱意象、意境或文辞质径、打破传统的作品，而技术性又是近世诗歌的另一大特点。以上这些，都在一定程度上限制了海外汉学对明清文学世界的全面展开。适当地留意事物的两面性，用辩证的眼光看待包括本土学术在内的任何研究体系，是一位成熟的学人理应具备的品质。

这本编译集起意于2018年，正式的编译工作自2019年启动。我们联系了所有的论文作者(除一位已离世)，以及刊载论文的所有期刊或专著的出版机构，确保获得翻译的授权。在这两年间，全球经历了新冠肺炎疫情，无论作者还是译者，大家都在磨难中砥砺前行。将远在天涯、各在四方的学人们牵系在一起的，唯有"健康"的祈愿和向学的热忱。在论集的后期编译环节中，博士生宋佳霖协助我们做了大量细碎的校译工作，她对细节的执着让我们两位编者感佩且愧;责任编辑徐迈女史的紧密"追踪",更是让图书的质量精益求精。在统稿完成后,我们有幸邀请到了英国牛津大学东方学院邵逸夫汉学讲座教授陈䄇沅先生,由他为汉语世界的读者做一回有关欧美明清诗文研究的学术向导,相信也是各篇论文的作者乐见其成的。两位编者学浅识薄,所虑难免挂一漏万,但既然不知天高地厚地发起了此事,自然就要承担因译文疏误而来的所有责任。惶恐之余,唯盼这本已不算"小"的书,能唤起大家对明清文学及其世界的更多关注,相信这也是所有参译同仁的心愿吧。

叶晔　颜子楠

2021.1.28

学术史丛书

中国禅思想史 ——从6世纪到9世纪	葛兆光　著
士大夫政治演生史稿	阎步克　著
中国文学研究现代化进程	王　瑶主编
中国现代学术之建立 ——以章太炎、胡适之为中心	陈平原　著
陈寅恪先生史学述略稿	王永兴　著
明清之际士大夫研究	赵　园　著
儒学南传史	何成轩　著
西潮激荡下的晚清地理学	郭双林　著
中国文学研究现代化进程二编	陈平原主编
文学史的权力	戴　燕　著
《齐物论》及其影响	陈少明　著
文学史书写形态与文化政治	陈国球　著
晚清女性与近代中国	夏晓虹　著
北京:都市想象与文化记忆	陈平原　王德威　编
中国民间文学研究的现代轨辙	陈泳超　著
触摸历史与进入五四	陈平原　著
制度・言论・心态 ——《明清之际士大夫研究》续编	赵　园　著
近代中国的百科辞书	陈平原　米列娜　主编
清末民初的晚明想象	秦艳春　著
德语文学研究与现代中国	叶　隽　著
作为学科的文学史	陈平原　著
儒学转型与文化新命 ——以康有为、章太炎为中心(1898—1927)	彭春凌　著
政教存续与文教转型 ——近代学术史上的张之洞学人圈	陆　胤　著

世运推移与文章兴替　　王　风　著
——中国近代文学论集
文化制度和汉语史　　[日]平田昌司　著
现代中国述学文体　　陈平原　著
晚清女性与近代中国　　夏晓虹　著
晚清女子国民常识的建构　　夏晓虹　著
胡适之《说儒》内外　　尤小立　著
——学术史和思想史的研究

文学史研究丛书

中国现代主义诗潮史论　　孙玉石　著
小说史:理论与实践　　陈平原　著
上海摩登　　[美]李欧梵　著　毛　尖　译
——一种新都市文化在中国 1930—1945
北京:城与人　　赵　园　著
中国小说叙事模式的转变　　陈平原　著
晚清至五四:中国文学现代性的发生　　杨联芬　著
词与文类研究　　[美]孙康宜　著　李奭学　译
二十世纪中国文学三人谈·漫说文化
钱理群　黄子平　陈平原　著
唐代乐舞新论　　沈　冬　著
文学复古与文学革命　　[日]木山英雄　著　赵京华　译
鲁迅·革命·历史　　[日]丸山昇　著　王俊文　译
——丸山昇现代中国文学论集
鲁迅、创造社与日本文学
[日]伊藤虎丸　著　孙　猛　徐　江　李冬木　译
被压抑的现代性　　[美]王德威　著　宋伟杰　译
——晚清小说新论
汉魏六朝文学新论　　梅家玲　著
——拟代与赠答篇

重建美国文学史 单德兴 著
明代复古派唐诗论研究 陈国球 著
新文学现实主义的流变 温儒敏 著
丰富的痛苦 钱理群 著
——堂吉诃德与哈姆雷特的东移
大小舞台之间 钱理群 著
——曹禺戏剧新论
地之子 赵园 著
《野草》研究 孙玉石 著
中国祭祀戏剧研究 [日]田仲一成 著 布和 译
韩南中国小说论集 [美]韩南 著
才女彻夜未眠 胡晓真 著
——近代中国女性叙事文学的兴起
中国现代小说的起点 陈平原 著
——清末民初小说研究
朱有燉的杂剧 [美]伊维德 著 张惠英 译
后殖民理论 赵稀方 著
耻辱与恢复 [日]丸尾常喜 著 张中良 孙丽华 编译
——《呐喊》与《野草》
鲁迅与中国现代文学批评 陈方竞 著
鲁迅:中国"温和"的尼采 张钊贻 著
左翼文学的时代 王风 [日]白井重范 编
——日本"中国三十年代文学研究会"论文选
中国戏剧史 [日]田仲一成 著 布和 译
上海抗战时期的话剧 邵迎建 著
屈原及其诗歌研究 常森 著
鲁迅:无意识的存在主义 [日]山田敬三 著 秦刚 译
情与忠:陈子龙、柳如是诗词因缘 [美]孙康宜 著 李奭学 译
知识与抒情 张健 著
——宋代诗学研究
唐代传奇小说论 [日]小南一郎 著 童岭 译

临水的纳蕤思:中国现代派诗歌的艺术母题　　吴晓东　著

美人与书　　[美]魏爱莲　著　马勤勤　译

——19世纪中国的女性与小说

近代书局与白话小说　　潘建国　著

——以上海(1843—1911)为考察中心

屈原及楚辞学论考　　常　森　著

史事与传奇　　黄湘金　著

——清末民初小说内外的女学生

跨越闺门:明清女性作家论　　[加拿大]方秀洁　[美]魏爱莲　编

物质技术视阈中的文学景观　　潘建国　著

——近代出版与小说研究

王瑶与现代中国学术　　陈平原　编

古代小说研究十大问题　　刘勇强　潘建国　李鹏飞　著

文学史的书写与教学　　陈平原　编

书写"中国气派":当代文学与民族形式建构　　贺桂梅　著

西海遗珠:欧美明清诗文论集　　叶　晔　颜子楠　编

垒建新文学价值的河床(1923—1937)　　姚玳玫　著